A ARTE FRANCESA DA GUERRA

A marca FSC® é a garantia de que a madeira utilizada na fabricação do papel deste livro provém de florestas que foram gerenciadas de maneira ambientalmente correta, socialmente justa e economicamente viável, além de outras fontes de origem controlada.

ALEXIS JENNI

A arte francesa da guerra

Tradução
Eduardo Brandão

Companhia Das Letras

Copyright © 2011 by Éditions Gallimard

Grafia atualizada segundo o Acordo Ortográfico da Língua Portuguesa de 1990, que entrou em vigor no Brasil em 2009.

Título original
L'Art français de la guerre

Capa
Victor Burton

Fotos de capa
Xilogravura anônima, Imagerie d'Épinal, 1856 (capa);
Red Star Miniatures www.redstarminiatures.eu
redstarminiatures@gmail.com (quarta capa)

Preparação
Ana Cecília Agua de Melo

Revisão
Angela das Neves
Jane Pessoa

Dados Internacionais de Catalogação na Publicação (CIP)
(Câmara Brasileira do Livro, SP, Brasil)

Jenni, Alexis
    A arte francesa da guerra / Alexis Jenni ; tradução Eduardo Brandão. — 1ª ed. — São Paulo : Companhia das Letras, 2014.

    Título original: L'Art français de la guerre.
    ISBN 978-85-359-2444-2

    1. Ficção francesa I. Título.

14-02957   CDD-843

Índice para catálogo sistemático:
1. Ficção : Literatura francesa   843

[2014]
Todos os direitos desta edição reservados à
EDITORA SCHWARCZ S.A.
Rua Bandeira Paulista, 702, cj. 32
04532-002 — São Paulo — SP
Telefone: (11) 3707-3500
Fax: (11) 3707-3501
www.companhiadasletras.com.br
www.blogdacompanhia.com.br

O que é um herói? Nem um vivo nem um morto, um [...] que adentra o outro mundo e volta.
Pascal Quignard

Era tão besta. Estragaram as pessoas.
Brigitte Friang

A melhor ordem das coisas, a meu ver, é aquela em que eu deveria estar; e que se dane o mais perfeito dos mundos se eu não estiver nele.
Denis Diderot

Comentários I
A *partida para o Golfo dos sipaios de Valence*

O início de 1991 foi marcado pelos preparativos da Guerra do Golfo e pelo progresso da minha total irresponsabilidade. A neve cobriu tudo, bloqueando os trens, abafando os sons. No Golfo, felizmente a temperatura tinha caído, os soldados se escaldavam menos do que no verão, quando derramavam água no corpo, torso nu, sem tirar os óculos escuros. Oh! Aqueles lindos soldados do verão, quase nenhum deles morreu! Eles esvaziavam sobre a cabeça garrafas inteiras cuja água evaporava antes de cair no chão, escorrendo por sua pele e evaporando na mesma hora, formando em torno de seus corpos atléticos uma mandorla de vapor percorrida por arcos-íris. Dezesseis litros! era o que deviam beber por dia os soldados do verão, dezesseis litros! a tal ponto transpiravam sob seu equipamento naquele canto do mundo onde a sombra não existe. Dezesseis litros! A televisão divulgava números, e os números se fixavam como sempre se fixam os números: precisamente. O rumor propagava números que a gente se repetia antes do ataque. Porque esse ataque ia ser lançado contra o quarto exército do mundo, a Invencível Armada Ocidental ia se movimentar, em breve, e do outro lado os iraquianos se enterravam atrás dos arames farpados enrolados bem estreitamente, atrás das minas explosivas e dos pregos enferrujados, atrás de trincheiras cheias de petróleo que eles inflamariam no último momento, porque eles nem sabiam o que fazer com tanto petróleo. A televisão dava detalhes, sempre precisos, os jornalistas vasculhavam os arquivos a esmo. A televisão emitia imagens de antes, imagens neutras que não traziam nenhuma informação; não se sabia nada do exército iraquiano, nada de sua força nem de suas posições, sabia-se apenas que era o quarto exército do mundo, sabia-se porque se repetia isso. Os números a gente grava porque são claros, a gente sempre se lembra deles, logo acredita neles. E a coisa durava, durava. Não se via mais o fim de todos esses preparativos.

No começo de 1991 eu quase não trabalhava. Ia ao trabalho quando estava sem ideias para justificar minha ausência. Ia a médicos que prescreviam absurdas licenças médicas sem sequer me ouvir, e eu ainda tratava de prolongá-las com um lento trabalho de falsário. À noite, à luz de um abajur, eu redesenhava os números ouvindo discos com fones de ouvido, meu universo reduzido ao círculo do abajur, reduzido ao espaço entre minhas duas orelhas, reduzido à ponta da minha esferográfica azul que lentamente me concedia tempo livre. Eu treinava no rascunho, depois com um gesto seguro transformava os sinais traçados pelos médicos. Com isso dobrava, triplicava o número de dias em que podia ficar no aconchego, ficar longe do trabalho. Nunca soube se bastava modificar os sinais para mudar a realidade, refazer números com a esferográfica para escapar de tudo, não me perguntava nunca se aquilo podia ser marcado em outra folha que não a da receita, mas pouco importa; onde eu estava trabalhando tudo era tão mal organizado que às vezes, quando eu não ia, eles nem percebiam. Quando voltava na manhã seguinte, notavam minha presença tanto quanto nos dias em que eu não ia; como se a ausência não fosse nada. Eu faltava, e minha falta não era vista. Então ficava na cama.

Uma segunda-feira do início de 1991 soube ouvindo o rádio que Lyon estava paralisada pela neve. As nevascas da noite haviam cortado os cabos, os trens estavam parados na estação, e aqueles que tinham sido surpreendidos na rua se cobriam com edredons brancos. As pessoas que estavam abrigadas procuravam não entrar em pânico.

Aqui, no Escaut, caíam apenas alguns flocos, mas lá nada se movia, salvo as grandes máquinas de remover a neve, seguidas por uma fila de carros que avançavam lentamente, e os helicópteros que levavam socorro às localidades isoladas. Fico todo feliz por ser uma segunda-feira, porque aqui eles não sabiam o que era a neve, fariam uma montanha com ela, uma misteriosa catástrofe com base nas imagens que a tevê passava. Telefonei para o meu trabalho situado a trezentos metros e inventei que estava a oitocentos quilômetros dali, naquelas colinas brancas que os telejornais mostravam. Eu era de lá, do Ródano, dos Alpes, eles sabiam, às vezes voltava para passar um fim de semana, eles sabiam, mas não sabiam o que eram montanhas, nem neve, tudo batia, não havia razão para que eu não estivesse retido como todo mundo.

Depois fui à casa da minha namorada, que morava em frente à estação ferroviária.

Ela não se espantou, me esperava. Ela também tinha visto a neve, os flocos pela janela e as borrascas no resto da França na tevê. Ela havia telefonado para o seu trabalho, com a voz frágil que era capaz de usar no telefone: dissera que estava doente, com aquela gripe severa que assolava a França e de que falavam na televisão. Não podia ir hoje. Quando abriu para mim ainda estava de pijama, eu me despi e nos deitamos na sua cama, a salvo da tempestade e da doença que assolavam a França, das quais não havia motivo, nenhum motivo mesmo, para que fôssemos poupados. Éramos vítimas, como todo mundo. Fizemos amor tranquilamente, enquanto lá fora um pouco de neve continuava a cair, a flutuar e aterrissar, floco após floco, sem pressa de chegar.

Minha namorada morava num estúdio, uma sala e uma alcova, e uma cama na alcova ocupava todo o espaço. Eu me sentia bem junto dela, enrolado no seu edredom, nossos desejos aplacados, estávamos bem no calor tranquilo de um dia sem horas e sem ninguém saber onde estávamos. Eu me sentia bem no quentinho do meu canto roubado, com ela que tinha olhos de todas as cores, que eu gostaria de desenhar com lápis verde e azul num papel marrom. Eu gostaria, mas desenhava tão mal, e no entanto só o desenho poderia reverenciar seus olhos de uma luz maravilhosa. Dizer não basta; mostrar é necessário. A cor sublime de seus olhos escapava do dizer sem deixar rastros. Era preciso mostrar. Mas mostrar não se improvisa, como provavam as estúpidas televisões todos os dias do inverno de 1991. O aparelho estava posto na altura da cama e podíamos enxergar a tela empilhando os travesseiros para elevar nossa cabeça. À medida que secava, o esperma puxava os pelos das minhas coxas, mas eu não tinha a menor vontade de entrar no chuveiro, fazia frio no recinto do banheiro, e eu me sentia bem junto dela, e víamos televisão enquanto esperávamos que o desejo voltasse.

O grande assunto da tevê era a Desert Storm, Tempestade no Deserto, um nome de operação tomado emprestado de *Guerra nas estrelas*, concebido pelos roteiristas de um estúdio especializado. Ao lado saltitava a operação francesa Daguet, com seus meios limitados. Daguet é o nome do veadinho um pouco crescido, Bambi apenas púbere cujos primeiros cornos despontam, ele saltita, nunca fica longe de seus pais. Aonde será que os militares vão buscar esses nomes? Daguet, quem conhece essa palavra? Deve ter sido um oficial graduado que a propôs e que pratica a caçada nas terras da família. Desert Storm todo mundo compreende, de um extremo ao outro da Terra, estala na boca, explode no coração, é título de video game. Daguet é elegante, provoca um sorriso sutil entre os que compreendem. O exército tem sua língua, que não é a língua comum, e isso é meio perturbador. Os militares na França não falam, ou falam entre si. Chega-se a rir deles, empresta-se a eles uma burrice profunda que dispensaria palavras. O que eles nos fizeram para os desprezarmos assim? O que fizemos para que os militares vivam assim entre si?

O exército na França é um tema que incomoda. Não se sabe o que pensar desses tipos, e principalmente o que fazer com eles. Eles nos perturbam com seus quepes, com suas tradições regimentais de que não gostaríamos de saber, e com suas custosas máquinas que escorcham os impostos. O exército na França é mudo, obedece ostensivamente ao chefe das Forças Armadas, esse civil eleito que não entende patavina do assunto, que cuida de tudo e deixa o exército fazer o que bem entende. Na França não sabemos o que pensar dos militares, não ousamos nem mesmo empregar um possessivo que deixe pensar que eles são *nossos*: ignoramos, temos medo, caçoamos deles. Vivemos nos perguntando por que eles fazem isso, essa profissão impura tão próxima do sangue e da morte; desconfiamos de complôs, de sentimentos malsãos, de enormes limitações intelectuais. Preferimos que fiquem afastados, entre si em suas bases fechadas do sul da França, ou então percorrendo o mundo para vigiar as migalhas do Império, passeando no ultramar como faziam antes, de farda branca com seus dourados, em grandes navios limpinhos que brilham ao sol. Preferimos que estejam longe, que sejam invisíveis; que não nos digam respeito. Preferimos que deixem sua violência ir para alhures, para esses territórios distantes povoados de gente pouco parecida conosco, que mal são gente.

É tudo o que eu pensava do exército, isto é, nada; mas eu pensava como aqueles, como todos aqueles que eu conhecia; isso até a manhã de 1991, quando eu só deixava emergir do edredom meu nariz e meus olhos para espiar. Minha namorada aconchegada contra mim acariciava suavemente minha barriga e víamos na tela ao pé da cama o início da terceira guerra mundial.

Víamos a rua do mundo, cheia de gente, preguiçosamente debruçados na janela da tevê analógica, instalados na feliz tranquilidade que sucede ao orgasmo, que permite ver tudo sem pensar no ruim nem em nada, que permite ver televisão com um sorriso pairando por todo o tempo em que se desenrola o fio da programação. O que fazer depois da orgia? Ver televisão. Ver as notícias, ver a máquina fascinante que fabrica o tempo leve, de isopor, sem peso nem qualidade, um tempo de síntese que preencherá o melhor possível o que resta do tempo.

Durante os preparativos para a Guerra do Golfo, e depois, quando ela se desenrolou, vi coisas estranhas; o mundo inteiro viu coisas estranhas. Vi muito porque não saía do nosso casulo de Hollofil, esse maravilhoso têxtil da Du Pont de Nemours, essa fibra de poliéster de canal simples que recheia os edredons, que não amassa, que mantém a gente no quentinho, muito melhor do que as penas, bem melhor do que os cobertores, novo material que permite finalmente — verdadeiro progresso técnico — a gente ficar um tempão na cama e não sair mais; porque era inverno, porque eu estava em plena irresponsabilidade profissional e não fazia nada mais que ficar deitado junto da minha namorada, vendo televisão enquanto aguardávamos que nosso desejo voltasse. Mudávamos a capa do edredom quando nosso suor a deixava grudenta, quando as manchas do esperma que eu lançava em grande quantidade — é o caso de dizer: "a torto e a direito" — secavam e tornavam o tecido áspero.

Eu vi, debruçados na janela, israelenses no concerto com uma máscara de gás no rosto, só o violinista não usava, e continuava tocando; vi o balé das bombas acima de Bagdá, o feérico fogo de artifício verde, e assim fiquei sabendo que a guerra moderna se desenrola numa luz de telas de tevê e de monitores; vi a silhueta cinzenta e pouco definida de prédios se aproximarem tremendo e depois explodirem, inteiramente destruídos por dentro com todos os que estavam em seu interior; vi grandes B52 com asas de albatroz saírem de sua embalagem do deserto do Arizona e levantar voo de novo, carregando bombas pesadíssimas, bombas especiais conforme os usos; vi mísseis voar rente ao solo desértico da Mesopotâmia e procurar sozinhos seus alvos com um longo latido de motor deformado pelo efeito Doppler. Vi tudo isso sem sentir o ar que eles sopravam, apenas na tevê, como um filme de ficção meio malfeito. Mas a imagem que mais me deixou estupefato no início de 1991 foi muito simples, com certeza ninguém se lembra mais dela, e ela fez desse ano, 1991, o último ano do século XX. Eu assistia no telejornal à partida para o Golfo dos sipaios de Valence.

Aqueles jovens tinham menos de trinta anos, e suas jovens esposas os acompanhavam. Elas os beijavam diante das câmeras, carregando criancinhas que em sua maioria ainda não estavam na idade de falar. Abraçavam-se ternamente, aqueles jovens musculosos e aquelas jovens bonitas, e depois os sipaios de Valence subiam em seus caminhões cor de areia, seus VAB, seus Panhard com pneus. Não se sabia então quantos voltariam, não se sabia então que essa guerra não faria mortos do lado do Ocidente, quase nenhum, não se sabia então que o peso da morte seria suportado pelos outros incontáveis, pelos outros sem nome que povoam as terras quentes, assim como o efeito dos poluentes, o avanço do deserto, o pagamento da dívida; então a voz em off se entregava a um comentário melancólico, nos entristecíamos juntos com a partida dos nossos jovens para uma guerra distante. Eu estava estupefato.

Essas imagens são banais, a gente sempre vê nas televisões americana e inglesa, mas foi a primeira vez, em 1991, que vimos na França soldados partirem apertando contra si a mulher e os filhinhos; a primeira vez desde 1914 que mostravam militares franceses como pessoas cuja dor podíamos compartilhar e que poderiam nos deixar saudade.

O mundo girou bruscamente um grau, tive um sobressalto.

Ergui-me na cama, fiz sair do edredom mais que meu nariz. Fiz sair minha boca, meus ombros, meu torso. Eu precisava me sentar, precisava enxergar bem, porque assistia na tevê analógica — fora do entendimento, mas à vista de todos — a uma reconciliação pública. Recolhi minhas pernas, envolvi-as com meus braços e, o queixo apoiado nos joelhos, continuei a olhar para aquela cena fundadora: a partida para o Golfo dos sipaios de Valence; e alguns deles enxugavam uma lágrima antes de subir em seu caminhão cor de areia.

No início de 1991, não acontecia nada: preparava-se a Guerra do Golfo. Condenados à palavra sem nada saber, os canais de televisão praticavam o lero-lero. Eles produziam um fluxo de imagens que não continha nada. Interrogavam especialistas que improvisavam especulações. Difundiam arquivos, os que restavam, os que nenhum serviço havia censurado, e isso acabava com planos fixos do deserto enquanto o comentário citava números. Inventavam. Romanceavam. Repetiam os mesmos detalhes, procuravam novos ângulos para repetir a mesma coisa sem que ela cansasse. Repisava-se.

Acompanhei tudo isso. Assisti à torrente de imagens, deixei-me atravessar por elas; acompanhei seus contornos; ela escoava ao acaso, mas sempre na mesma linha; no início de 1991 eu estava disponível a tudo, me ausentava da vida, não tinha nada mais a fazer senão ver e sentir. Passava o tempo deitado, no ritmo do rebrotar do meu desejo e da sua messe regular. Talvez ninguém mais se lembre da partida para o Golfo dos sipaios de Valence, salvo eles que partiram e eu que via tudo, porque no inverno de 1991 não acontecia nada. Comentava-se o vazio, enchia-se o vazio de vento, esperava-se; não aconteceu nada salvo isto: o exército voltava ao corpo social.

Podemos nos perguntar onde ele pode ter estado esse tempo todo.

Minha namorada se espantou com meu súbito interesse por uma guerra que não acontecia. Na maioria das vezes eu afetava o tédio leve, um distanciamento irônico, um gosto pelos frêmitos do espírito, que eu achava mais seguros, mais repousantes, muito mais divertidos do que o peso por demais sufocante do real. Ela me perguntou o que eu espiava assim.

— Gostaria de dirigir uma dessas máquinas enormes — falei. — As cor de areia com as rodas dentadas.

— Isso é coisa de garotinho, e você não é mais um garotinho. Não mesmo — ela acrescentou, pondo sua mão em mim, bem ali, naquele belo órgão que vive para si próprio, que é dotado de um coração para si próprio e portanto de sentimentos, de pensamentos e de movimentos que lhe são próprios.

Não respondi nada, não tinha certeza, e me deitei de novo junto dela. Estávamos legalmente doentes e detidos pela neve e assim, ao abrigo, tínhamos para nós o dia todo, e a noite seguinte, e o próximo dia; até o esgotamento do fôlego e o desgaste de nossos corpos.

Naquele ano, pratiquei um absenteísmo laboral maníaco. Só pensava, noite e dia, nos meios de tapear, de me esquivar, de tirar o corpo fora, de me esconder num canto escuro enquanto os outros andavam na linha. Destruí em alguns meses tudo o que eu pude possuir de ambição social, de consciência profissional, de atenção ao meu cargo. Desde o outono, eu tinha me aproveitado do frio e da umidade, que são fenômenos naturais, logo indiscutíveis:

um arranhar na garganta bastava para justificar uma licença médica. Eu faltava, descuidava das minhas obrigações, e nem sempre ia ver minha namorada.

O que eu fazia? Andava pelas ruas, ficava nos cafés, lia na biblioteca pública obras de ciências e de história, fazia tudo o que pode fazer, na cidade, um homem sozinho que não se preocupa em voltar para casa. E na maioria das vezes, nada.

Não tenho lembranças desse inverno, nada organizado, nada a contar, mas quando ouço na France Info a vinheta dos flashes informativos, mergulho em tal estado de melancolia que percebo que devo ter feito unicamente isto: esperar no rádio as notícias do mundo, que chegavam a cada quinze minutos como as batidas de um relógio grande, relógio do meu coração que naqueles dias batia tão lentamente, relógio do mundo que ia sem hesitar rumo ao pior.

Houve um remanejamento na direção do meu trabalho. O sujeito que me dirigia só pensava numa coisa: sair da firma; conseguiu. Encontrou outra coisa, deixou seu cargo, e veio outro, que tinha a intenção de ficar, e pôs ordem no setor.

A competência duvidosa e o desejo de cair fora do chefe anterior tinham me protegido; me estrepei por causa da ambição e do uso da informática do sujeito que entrou. O espertalhão que saiu nunca tinha me dito nada, mas havia anotado todas as minhas faltas. Numas fichas, marcava as presenças, os atrasos, o rendimento; tudo o que podia ser mensurável ele tinha guardado. Isso o ocupava enquanto pensava em cair fora, mas não dizia nada. Esse obsessivo deixou seu arquivo; o ambicioso que veio era feito um matador de custos. Toda informação podia servir; ele se apoderou dos arquivos e me demitiu.

O software Evaluaxe representou minha contribuição à empresa por meio de curvas. A maioria destas estagnava rente ao eixo das abscissas. Uma — em vermelho — se elevava, subia em dente de serra desde os preparativos para a Guerra do Golfo e se mantinha bem alta. Mais embaixo, a horizontal em pontinhos da mesma cor assinalava a norma.

Ele bateu no monitor com um lápis cuidadosamente apontado, daqueles com borracha, que nunca utilizava para escrever, só para designar o monitor e insistir em certos pontos batendo. Diante de tais ferramentas, diante de um arquivo meticuloso, diante de um gerador de curvas tão indiscutíveis, minha prática com a esferográfica para maquiar as palavras do doutor não valia nada. Eu era, visivelmente, um colaborador fraco.

— Olhe o monitor. Eu deveria mandar o senhor embora por justa causa.

Ele continuava a bater nas curvas com sua borracha, parecia pensar, aquilo fazia um barulho de bola de borracha prisioneira de uma tigela.

— Mas pode haver outra solução.

Contive a respiração. Passei do marasmo à esperança; ninguém gosta de ser posto na rua, mesmo que não esteja nem aí.

— Por causa da guerra, a conjuntura se degradou. Temos de nos separar de uma parte do pessoal, o que faremos de acordo com todos os procedimentos. Você vai fazer parte da turma.

Aquiesci. Que mais tinha eu a responder? Olhei para os números na tela. Os números traduzidos em formas mostravam muito bem o que ele queria mostrar. Eu via minha eficácia econômica, era indiscutível. Os números atravessam a linguagem sem sequer se dar conta da sua presença; os números nos deixam calados, boca aberta, garganta aflita em busca de oxigênio no ar rarefeito das esferas matemáticas. Aquiesci com um monossílabo, estava contente com que ele me demitisse de acordo com os procedimentos, e não como um pilantra. Ele sorriu, fez um gesto com as mãos abertas; parecia dizer: "Ora, não é nada... Não sei por que faço. Mas vá embora rápido antes que eu mude de ideia".

Saí recuando, fui embora. Mais tarde soube que ele fazia esse número com todos os que demitia. Propunha a cada um o esquecimento das faltas em troca de uma demissão negociada. Em vez de protestar, todos agradeciam. Nunca houve um plano social mais calmo: um terço do pessoal se levantou, agradeceu e saiu; e isso foi tudo.

Atribuíram esses reajustes à guerra, porque as guerras têm tristes consequências. Não podemos fazer nada, guerra é guerra. Não podemos impedir a realidade.

Na mesma noite juntei meus bens em caixas de papelão que peguei no minimercado e decidi voltar para o lugar de onde eu vinha. Minha vida era tão chata então que eu podia levá-la em qualquer lugar. Eu gostaria de ter uma outra vida, mas sou o narrador. Não dá para o narrador fazer tudo: ele já narra. Se eu precisasse, além de narrar, viver, não daria conta. Por que tantos escritores falam da sua infância? É que eles não têm outra vida: o resto, eles passam escrevendo. A infância é o único momento que eles viveram sem pensar em outra coisa. Daí em diante, eles escrevem, e isso toma todo o seu tempo, porque escrever utiliza tempo assim como bordar utiliza fio. E fio a gente só tem um.

Minha vida é chata e eu narro; o que eu gostaria era de mostrar; e para isso, desenhar. É isto que eu gostaria: que minha mão se agitasse e que isso bastasse para que se veja. Mas desenhar requer uma habilidade, um aprendizado, uma técnica, enquanto narrar é uma função humana: basta abrir a boca e deixar o ar sair. Eu tenho de respirar, e falar é a mesma coisa. Então eu narro, ainda que a realidade sempre escape. Uma prisão de ar não é muito sólida.

Lá, eu havia admirado a beleza dos olhos da minha namorada, aquela de que eu era tão próximo, e tinha tentado pintá-los. "Pintar" é uma palavra adaptada à narração, e também à minha incompetência de desenhista: eu a pintei e o resultado foram só borrões. Pedi para ela posar de olhos abertos e olhar para mim enquanto meus lápis de cores densas se agitavam no papel, mas ela desviava o olhar. Seus olhos tão lindos se embaçavam e ela chorava. Não merecia que eu olhasse para ela, dizia, muito menos que a pintasse, ou desenhasse, ou representasse, ela me falou da irmã, que era muito mais bonita, com olhos magníficos, um peito de sonho, desses que esculpiam na proa dos barcos, já ela... Eu tinha de largar meus lápis, tomá-la em meus braços e acariciar suavemente seus seios, tranquilizando-a, enxugando seus olhos, repetindo tudo o que eu sentia a seu contato, a seu lado, ao vê-la. Meus lápis largados sobre meu desenho inacabado não se mexiam mais, e eu narrava, narrava, quando queria mostrar, eu penetrava no labirinto da narração quando queria apenas mostrar como era, e eu estava condenado sem cessar à narração, para consolo de todos. Nunca consegui desenhar seus olhos. Mas me lembro do meu desejo de fazê-lo, um desejo de papel.

Minha vida chata podia se deslocar. Sem nada que me prendesse, obedeci às forças do hábito que agem como a gravitação. O Ródano que eu conhecia calhava melhor para mim, finalmente, do que o Escaut, que eu não conhecia. Finalmente, isto é, enfim, isto é, ao fim. Voltei a Lyon para acabar com aquilo.

A Tempestade do Deserto me botou no olho da rua. Eu era uma vítima colateral da explosão que não se viu, mas cujos ecos ouvíamos pelas imagens vazias da televisão. Eu estava tão pouco apegado à vida que um suspiro distante me desligou dela. As borboletas da us Air Force bateram suas asas de ferro, e no outro lado da Terra isso desencadeou um tornado em minha alma, um estalo, e voltei para o lugar de onde tinha vindo. Essa guerra foi o último acontecimento da minha vida de antes; essa guerra foi o fim do século xx em que eu crescera. A Guerra do Golfo alterou a realidade, e a realidade bruscamente cedeu.

A guerra aconteceu. Mas que importância isso pode ter? Para nós ela poderia ter sido inventada, nós a acompanhávamos na tevê. Mas ela alterou a realidade em algumas das suas regiões pouco conhecidas; ela modificou a economia, provocou minha demissão negociada, e foi a causa da minha volta para aquilo de que tinha fugido; e os soldados de volta dessas terras quentes nunca mais recuperaram, dizem, toda a sua alma: eles estavam misteriosamente doentes, insones, angustiados e morriam de uma falência interna do fígado, dos pulmões, da pele.

Valia a pena se interessar por essa guerra.

A guerra aconteceu, não se soube grande coisa sobre ela. Melhor assim. Os detalhes que se soube, se minimamente reunidos, deixam entrever uma realidade que é melhor manter oculta. A Tempestade do Deserto aconteceu, o ligeiro Daguet saltitando atrás. Esmagaram os iraquianos sob uma quantidade de bombas difícil de imaginar, mais do que nunca antes se despejou, cada iraquiano podia ter a sua. Algumas dessas bombas perfuravam muros e paredes e explodiam atrás deles, outras derrubavam em série os andares de um edifício antes de explodir no subsolo entre os que lá se escondiam, outras projetavam partículas de grafite para provocar curtos-circuitos e destruíam as instalações elétricas, outras consumiam todo o oxigênio de um vasto círculo, e outras buscavam elas mesmas seu objetivo, como cães farejadores, que correm nariz rente ao chão, que pegam sua presa e explodem assim que a tocam. Depois metralharam massas de iraquianos que saíam de seus abrigos; pode ser que eles estivessem atacando, pode ser que estivessem se rendendo, não se sabia, porque eles morriam, não sobrou um. Eles só receberam munições na véspera, porque o partido Baas, desconfiado, que liquidava todo oficial competente, não dava munições às suas tropas com medo de elas se revoltarem. Teria sido a mesma coisa se esses soldados depenados estivessem equipados com fuzis de pau. Os que não saíam a tempo eram enterrados em seus abrigos por tratores que atacavam em linha, que empurravam com suas lâminas o solo à sua frente tapando as trincheiras com tudo o que elas continham. Isso durou alguns dias, essa guerra estranha que parecia um canteiro de demolição. Os tanques soviéticos dos iraquianos tentaram uma grande batalha num terreno plano como em Kursk, e foram dilacerados por uma simples passagem de aviões a hélice. Os aviões lentos de ataque ao solo crivaram os tanques de bolotas de urânio empobrecido, um novo metal, que tem a cor verde da guerra e pesa mais do que o chumbo, e por isso atravessa o aço com mais indiferença ainda. As carcaças foram abandonadas, e ninguém foi ver o interior dos blindados fumegantes depois da passagem dos pássaros negros que os matavam; com o que isso podia parecer? Com latas de ravióli desventradas e jogadas no fogo? Não há imagens, e as carcaças ficaram no deserto, a centenas de quilômetros de tudo.

O exército iraquiano se decompôs, o quarto exército do mundo refluiu em desordem pela rodovia ao norte de Kuwait City, uma coluna desordenada de vários milhares de veículos, caminhões, carros, ônibus, todos lotados de butim e rodando devagarinho, estendendo-se para-choque contra para-choque. Incendiaram essa coluna em fuga, com helicópteros, creio, ou com aviões, que vieram do sul rente ao solo e soltaram rosários de bombas inteligentes, que executavam sua tarefa com uma elaboradíssima falta de discernimento. Tudo queimou, as máquinas de guerra, as máquinas civis, os homens, e o butim que eles haviam roubado na cidade petrolífera. Tudo se coagulou num rio de borracha, metal, carne e plástico. Depois a guerra parou. Os tanques coligados cor de areia pararam em pleno deserto, desligaram seus motores, e o silêncio se fez. O céu estava escuro e dele gotejava a fuligem graxenta dos poços em chamas, pairava em toda parte o cheiro ignóbil de borracha queimada com carne humana.

A Guerra do Golfo não aconteceu, foi o que escreveram para dizer a ausência dessa guerra em nossas mentes. Melhor seria que ela não houvesse mesmo acontecido, para todos os que morreram, cujo número e cujo nome nunca se ficará sabendo. Nessa guerra, os iraquianos foram esmagados a tamancadas como formigas incômodas, daquelas que picam suas costas enquanto você faz a sesta. Os mortos do lado ocidental foram pouco numerosos, e conhecemos todos eles, e sabemos as circunstâncias da sua morte, a maioria em acidentes ou vítimas de fogo amigo. Nunca se saberá o número de mortos iraquianos, nem como cada um deles morreu. Como se poderia saber? É um país pobre, eles não dispõem de uma morte pessoal, foram mortos em massa. Morreram queimados juntos, vazados num bloco de cimento como num ajuste de contas de mafiosos, esmagados na areia das suas trincheiras, misturados ao concreto pulverizado de seus bunkers, carbonizados no ferro fundido de suas máquinas incendiadas. Eles foram mortos aos montes, não se encontrará nada deles. Seus nomes não foram guardados. Nessa guerra, morre como chove, a ausência de sujeito designando o estado de coisas, um processo da Natureza ante o qual nada se pode; e mata também, porque nenhum dos atores dessa matança em massa viu quem havia matado nem como o matava. Os cadáveres estavam longe, no fim da trajetória dos mísseis, lá embaixo sob a asa dos aviões que já tinham ido embora. Foi uma guerra limpa que não deixou manchas nas mãos dos matadores. Não houve propriamente atrocidade, só a grande desgraça da guerra, aperfeiçoada pela pesquisa e pela indústria.

Poderíamos não ver nada e não compreender nada a seu respeito; poderíamos deixar as palavras falarem: há guerra como chove, e é uma fatalidade. A narração é impotente, não se sabe contar nada dessa guerra, as ficções, que geralmente descrevem, permaneceram neste caso alusivas, mal-ajambradas, mal reconstituídas. O que aconteceu em 1991, que ocupou as televisões meses a fio, não tem consistência. Mas aconteceu alguma coisa. Não se pode contar o que aconteceu pelos meios clássicos da narrativa, mas pode-se dizê-lo pelo número e pelo nome. Compreendi isso no cinema, mais tarde. Porque adoro cinema.

Sempre vi filmes de guerra. Gosto de, sentado no escuro, ver os filmes de helicópteros, com o som do canhão e a laceração das metralhadoras. É futurista, belo como Marinetti, uma coisa que excita o menino pequeno que continuo sendo, menino, e pequeno, pam! pam! pam! É belo como a arte bruta, é belo como as obras dinamocinéticas de 1920, mas com o acréscimo de um som forte que percute, que realça as imagens, que encanta o espectador prendendo-o à sua poltrona pelo efeito de um sopro, como de bomba. Eu gostava dos filmes de guerra, mas este, que vi anos depois, me deu calafrios, por causa dos nomes, e dos números.

Oh, como o cinema mostra bem as coisas! Vejam! Vejam como duas horas mostram bem mais do que dias e mais dias de televisão! Imagem contra imagem: as imagens enquadradas fazem o fluxo de imagens restituir o que havia ocultado. O enquadramento fixo projetado na parede, aberto sem pestanejar como o olho de um insone na noite do seu quarto, permite que a realidade enfim apareça, por efeito da lentidão, da perscrutação, da fixidez implacável. Vejam! Eu me viro para a parede e vejo minhas rainhas, dizia ele, aquele que parou de escrever e que sempre teve as práticas sexuais de um adolescente. Ele teria adorado o cinema.

Você está sentado numa poltrona estofada cujo encosto é uma concha, a luz se atenua, o encosto é mais alto que as nucas e dissimula o que se faz, o que se pensa com gestos. Pela janela que se abre na frente — e às vezes ainda levantam uma cortina antes de projetar imagens —, por essa janela vê-se o mundo. E lentamente no escuro deslizo minha mão suave pelas curvas da namorada que me acompanha, e na tela eu vejo; compreendo enfim.

Não sei mais o nome da que me acompanhava então. É esquisito saber tão pouco de alguém com quem vamos para a cama. Mas não tenho memória para nomes, e na maioria das vezes fazemos amor fechando os olhos. Eu, pelo menos; e não lembro mais seu nome. Pena. Poderia fazer um esforço, ou inventá-lo. Ninguém ficaria sabendo. Pegaria um nome banal para parecer verdadeiro, ou um nome raro, para parecer joia. Hesito. Mas não mudaria nada inventar um nome; não mudaria nada ao horror da ausência, e da ausência da ausência. Porque o cataclismo mais aterrorizante, mais destruidor, é exatamente este: a ausência que a gente não percebe.

Nesse filme que vi e que me assustou, nesse filme de um autor conhecido que passou nos cinemas, que foi editado em DVD, que todo mundo viu, a ação transcorria na Somália, isto é, em lugar nenhum. Forças especiais americanas deviam atravessar Mogadíscio, pegar um cara, e voltar. Mas os somalis resistiam. E os americanos levavam tiros e atiravam de volta. Isso fazia mortos, muitos deles americanos. Cada morto americano era visto antes, durante, depois de acontecer seu fim, morria lentamente. Morriam um a um, com um pouco de tempo para eles no momento de morrer. Já os somalis morriam como nos jogos de *ball-trap*, em massa, não eram contados. Quando os americanos se retiraram, faltava um, feito prisioneiro, e um helicóptero voou sobre Mogadíscio para dizer seu nome, o som no máximo, dizer a ele que não havia sido esquecido. O letreiro final deu o número e o nome dos dezenove mortos americanos e anunciou que pelo menos mil somalis foram mortos. Esse filme não choca ninguém. Essa desproporção não choca ninguém. Essa assimetria não choca ninguém. É claro, estamos acostumados. Nas guerras assimétricas, as únicas de que o Ocidente participa, a proporção é sempre a mesma: nunca menos de um para dez. O filme é extraído de uma história verídica — evidentemente, sempre acontece assim. Nós sabemos. Nas guerras coloniais não se contam os mortos adversários: eles são uma dificuldade do terreno que se remove, como os calhaus pontudos, as raízes dos mangues ou os mosquitos. Não são contados porque não contam.

Depois da destruição do quarto exército do mundo, imbecilidade jornalística que se repetia em cadeia, aliviados por ver quase todo mundo voltar, esquecemos todos esses mortos, como se a guerra efetivamente não houvesse acontecido. Os mortos ocidentais eram mortos por acidente, sabe-se quem eram e serão lembrados; os outros não contam. Foi preciso o cinema para me ensinar isto: a destruição dos corpos à máquina é acompanhada por um apagamento das almas que não percebemos. Quando o morticínio não deixa vestígios, o próprio morticínio desaparece; e os fantasmas se acumulam, fantasmas que somos incapazes de reconhecer.

Aqui, precisamente aqui, eu gostaria de erguer uma estátua. Uma estátua de bronze, por exemplo, porque são sólidas e dá para reconhecer os traços do rosto. Seria instalada num pequeno pedestal, não muito alto para que fique acessível, e cercada de gramados liberados em que todos possam se sentar. Seria posta no centro de uma praça frequentada, onde a população passa e se cruza e parte em todas as direções.

Seria a estátua de um homenzinho sem graça física que usaria um terno fora de moda e enormes óculos que deformam seu rosto; seria mostrado segurando uma folha de papel e uma caneta, oferecendo a caneta para que as pessoas assinem o papel, como fazem os pesquisadores na rua ou os militantes que querem preencher suas petições.

Ele não tem boa aparência, seu ato é modesto, mas eu queria erguer uma estátua a Paul Teitgen.

Fisicamente, nada nele impressiona. Era frágil, e míope. Quando chegou para assumir suas funções no departamento de Argel, quando chegou com outros para remodelar a administração dos departamentos do Norte da África entregues ao abandono, ao arbítrio, à violência racial e individual, quando chegou, cambaleou de calor na porta do avião. Num instante cobriu-se de suor apesar do terno de tecido tropical comprado na loja para embaixadores do bulevar Saint-Germain. Enxugou a testa dando pancadinhas com um grande lenço, tirou os óculos para desembaçá-los, e não viu mais nada; só a ofuscação da pista e das sombras, os ternos escuros dos que tinham vindo recebê-lo. Pensou em regressar, partir de volta, mas pôs seus óculos e desceu a escada. Seu terno colava em toda a extensão das suas costas e ele se foi, quase sem enxergar, pelo cimento ondulante de calor.

Assumiu suas funções e cumpriu-as muito além do que havia imaginado.

Em 1957, os paraquedistas tinham todos os poderes. Bombas explodiam na cidade de Argel, várias por dia. Receberam ordens de acabar com a explosão de bombas. Não lhes indicaram o caminho para consegui-lo. Eles voltavam da Indochina, então sabiam correr nas florestas, se esconder, combater e matar de todas as formas possíveis. Pediram a eles que não houvesse mais explosões de bombas. Fizeram-nos desfilar pelas ruas de Argel, onde uma multidão de europeus os aclamou.

Começaram prendendo pessoas, quase todas árabes. Aos que detinham, perguntavam se fabricavam bombas; ou se conheciam pessoas que fabricavam bombas; se não, se conheciam pessoas que conheciam; e assim por diante. Pedindo com força e a muita gente, acabam encontrando. Acabam prendendo quem fabrica as bombas, se interrogarem todo mundo com vigor.

Para obedecer a essa ordem que lhes deram eles construíram uma máquina mortífera, um triturador pelo qual passaram os árabes de Argel. Pintaram números nas casas, fizeram uma ficha de cada homem, que pregaram nas paredes; reconstituíram a estrutura organizacional escondida na casbá. Processavam a informação. No que depois restava do homem, papelão amassado manchado de sangue, eles davam sumiço, porque não se deixa essas coisas por aí.

Paul Teitgen era secretário-geral de polícia do departamento de Argel. Foi adido civil do general dos paraquedistas. Foi uma sombra muda, pediam-lhe apenas para aquiescer. Nem mesmo para aquiescer: não lhe pediam absolutamente nada. Mas ele pediu.

Ele, Paul Teitgen, conseguiu — e isso lhe vale uma estátua — que os paraquedistas assinassem com ele, para cada homem que detinham, sua prisão domiciliar. Devem ter gasto canetas aos montes! Ele assinou todas as prisões que os paraquedistas lhe apresentavam, um maço grosso cada dia, assinava todas, e todas significavam calabouço, interrogatório, ficar à disposição do exército para essas perguntas, sempre as mesmas, feitas com força demais para que sempre sobrevivessem.

Ele assinava, guardava uma cópia, cada uma trazia um nome. Um coronel vinha fazer o balanço do dia. Depois de detalhar os soltos, os mandados para a prisão, os fugitivos, Paul Teitgen apontava a diferença entre aqueles números e a lista de nomes, que ele consultava ao mesmo tempo. "E estes?", perguntava, e podia dar uma quantidade, e nomes; e o coronel, que não gostava nada daquilo, lhe respondia todos os dias dando de ombros: "Bom, esses desapareceram, só isso". E encerrava a reunião.

Paul Teitgen na sombra contava os mortos.

No fim, ele soube quantos. Entre os que haviam sido tirados brutalmente de casa, pegos na rua, jogados num jipe que partia cantando pneus e virava a esquina, ou num caminhão coberto com toldo que ninguém sabia para onde ia — mas todo mundo sabia —, entre todos esses, que foram vinte mil, dos cento e cinquenta mil árabes de Argel e dos setenta mil moradores da casbá, 3024 desapareceram. Disseram que iam se juntar aos outros na montanha. Alguns corpos eram encontrados nas praias, devolvidos pelo mar, já inchados e deteriorados pelo sal, com ferimentos que se podia atribuir aos peixes, aos caranguejos, aos camarões.

Paul Teitgen possuía uma ficha de cada um deles, assinada pelo interessado. Pouco importa, você dirá, pouco importa para os interessados que desapareceram, pouco lhes importa esse pedaço de papel com o nome deles, porque não saíram vivos, pouco lhes importa essa folha em que, abaixo do nome deles, pode-se ler a assinatura do adido civil do general dos paraquedistas, pouco lhes importa porque isso não mudou sua sorte terrestre. O kadish também não melhora a sorte dos mortos: eles não voltarão. Mas essa prece é tão forte que concede méritos a quem a pronuncia, e esses méritos acompanham o morto em seu desaparecimento, e a ferida que ele deixa entre os vivos cicatrizará, e doerá menos, por menos tempo.

Paul Teitgen contava os mortos, assinava curtas preces administrativas para que o massacre não fosse cego, para que se soubesse mais tarde quantos haviam morrido e como se chamavam.

Graças lhe sejam rendidas! Impotente, horrorizado, ele sobreviveu ao terror geral contando e nomeando os mortos. Nesse terror geral em que qualquer um podia desaparecer numa breve girândola, nesse terror geral em que cada um trazia seu destino nos traços do seu rosto, em que se podia não voltar de um passeio de jipe, em que os caminhões transportavam corpos supliciados ainda vivos que levavam para matar, em que liquidavam à faca os que ainda gemiam no campo militar de Zéralda, em que atiravam homens como lixo no mar, ele fez o único gesto que podia fazer, porque ir embora, isso ele não tinha feito no primeiro dia. Fez o único gesto humano nessa tempestade de fogo, de estilhaços talhantes, de punhais, de porradas, de afogamentos numa cela, de eletricidade aplicada ao corpo: ele recenseou os mortos um a um e guardou seus nomes. Ele detectava a ausência deles e pedia explicações ao coronel que vinha lhe fazer o balanço. E este, incomodado, irritado, lhe respondia que haviam desaparecido. Bom; eles desapareceram, então, prosseguia Teitgen; e anotava o número e o nome deles.

A gente se prende a pouca coisa, mas na máquina de morte que foi a batalha de Argel os que consideraram que as pessoas eram pessoas, dotadas de um número e de um nome, esses salvaram a própria alma, e salvaram a alma dos que o compreenderam, e também a alma daqueles com quem se preocupavam. Quando os corpos sofridos e arrebentados desapareciam, a alma deles ficava e não se tornava um fantasma.

Agora sei o sentido desse gesto, mas eu o ignorava quando vi Desert Storm na televisão. Sei agora porque aprendi no cinema; e também encontrei Victorien Salagnon. Com ele, que foi meu mestre, aprendi que os mortos que foram nomeados e contados não se perderam.

Ele me esclareceu, encontrar Victorien Salagnon no vazio da minha vida me esclareceu. Ele me fez reconhecer esse sinal que percorre a História, esse sinal matemático pouco conhecido e no entanto visível, que está sempre presente, que é uma relação, uma fração, que se exprime assim: dez para um. Essa proporção é o sinal subterrâneo do massacre colonial.

Na volta, eu me estabeleci em Lyon num lugar modesto. Com o conteúdo das minhas pobres caixas de papelão enchi o quarto mobiliado. Estava sozinho e isso não incomodava. Não cogitava encontrar alguém, como a gente pensa quando está só: eu não procurava minha alma gêmea. Não dou a mínima para isso porque minha alma não tem gêmea nem gêmeo, ela é filha única para sempre, e desse isolamento nenhum vínculo a fará sair. E além do mais eu gostava das solteiras da minha idade que viviam sozinhas em pequenos apartamentos e que, quando eu aparecia, acendiam velas e se aconchegavam no sofá envolvendo seus joelhos com os braços. Elas esperavam sair daquilo, esperavam que eu soltasse seus braços, que seus braços pudessem abraçar outra coisa que não seus joelhos, mas viver com elas teria destruído essa magia tremulante da chama que ilumina as mulheres sozinhas, essa magia dos braços fechados que enfim se abriam para mim; então, uma vez seus braços abertos, eu preferia não ficar.

Felizmente não me faltava nada. A gestão tortuosa dos recursos humanos naquela que foi minha empresa, aliada à excelência dos serviços sociais do meu país — apesar do que dizem, apesar do que teriam se tornado —, me deu um ano de tranquilidade. Eu dispunha de um ano. Dá para fazer bastante coisa. Não fiz grande coisa. Eu hesitava.

Como meus recursos escasseavam, fui distribuir jornais publicitários. Eu ia de manhã, com um gorro cobrindo as orelhas, depositar jornais gratuitos nas caixas de correio. Usava meias-luvas de lã um tanto lastimáveis, mas ideais para essa tarefa de apertar botões de abrir porta e pegar papel. Puxava um carrinho de compras cheio de jornais que eu tinha de entregar, pesadíssimo porque é pesado o papel, e tinha de me esforçar para pôr apenas um exemplar em cada caixa. No entanto a tentação se impunha desde os primeiros cem metros: jogar tudo de uma vez, em vez de ir salpicando. Eu me via tentado a encher as latas de lixo, abarrotar as caixas de correio abandonadas, me enganar com frequência, pôr punhados de dois, cinco, dez em vez de um só em cada uma; mas haveria tantas queixas, um fiscal passava depois de mim, eu perderia o trabalho que me rendia um centavo por jornal entregue, quarenta centavos por quilo transportado, e que me ocupava a manhã. Eu percorria a cidade desde o alvorecer, precedido pela nuvem da minha respiração e arrastando atrás de mim um carrinho de velhota pesadíssimo. Eu entrava nas vielas, cumprimentava humildemente sem olhar muito para as pessoas com quem cruzava, esses moradores legítimos bem vestidos e asseados que desciam para o trabalho. Com um olhar seguro formado na guerra social eles avaliavam meu anoraque, meu gorro, minhas meias-luvas, hesitavam em dizer alguma coisa, depois passavam e me deixavam em paz; rapidamente, ombros abaixados, apenas visível, eu depositava um exemplar por caixa e seguia em frente. Percorria meu setor numa ordem lógica, cobria-o cuidadosamente com uma poluição publicitária que terminaria no caminhão de lixo, já no dia seguinte, e no fim do percurso sempre parava no café do bulevar que separa Lyon de Voracieux-les-Bredins; e tomava umas tacinhas de vinho branco por volta do meio-dia. Às treze horas, ia buscar nova carga. Entregavam a tarefa do dia seguinte em horas fixas, eu tinha de estar lá, não podia perder tempo.

Eu trabalhava de manhã porque depois tudo fecha. Ninguém vem fechar: as portas decidem por si mesmas quando abrir e quando fechar. Elas contêm relógios que contam o tempo necessário para o carteiro, os serviços de limpeza, os entregadores, e ao meio-dia elas se trancam, só podem entrar os que possuem a chave ou o código.

Então de manhã eu exercia meu parasitismo com um gorro na cabeça, puxando um carrinho de dona de casa pesado de tanto papel e me introduzia no ninho das pessoas para depositar meu ovo publicitário antes que as portas se fechassem. Quando a gente para pra pensar é sinistro que os objetos decidam sozinhos um ato tão importante quanto fechar ou abrir; mas ninguém o realizaria, preferimos ao contrário delegar às máquinas os atos incômodos, seja essa incomodidade física ou moral. A publicidade é um parasitismo, eu me introduzia nos ninhos, depositava o mais rápido possível meus maços de ofertas mirabolantes mal coloridas, e passava para o ninho ao lado a fim de pôr o máximo possível. Enquanto isso as portas descontavam em silêncio a duração restante em que estariam abertas. Ao meio-dia o mecanismo disparava, eu estava do lado de fora, não podia fazer mais nada, então ia festejar o fim do meu dia de trabalho, curto dia, dia defasado, com uns vinhos brancos no balcão de um café.

Sábado eu andava mais depressa. Escoando meu estoque em ritmo de corrida e esvaziando-o, para terminar, nas lixeiras de coleta seletiva eu ganhava mais de uma hora, que passava no mesmo bar do fim do percurso. Outros, que exerciam diversas profissões precárias ou viviam de pensões, iam lá como eu. A gente se reunia no bar nos confins de Lyon, exatamente antes de Voracieux-les-Bredins, tudo gente acabada ou se acabando, e no sábado éramos três vezes mais numerosos do que nos outros dias. Eu bebia com os habitués, e naquele dia podia ficar um pouco mais. Passei rapidamente a fazer parte dos móveis e utensílios. Era mais moço que eles, e me embriagava mais visivelmente, e isso os fazia rir.

A primeira vez que encontrei Victorien Salagnon foi nesse bar, num sábado, através das grossas lentes amarelas de míopes do vinho branco do meio-dia que tornava a realidade mais vaga e mais próxima, que a tornava enfim fluida, mas inapreensível, o que na época me caía bem.

Ele se sentava à parte numa velha mesa de madeira engordurada que quase não se vê mais na cidade de Lyon. Bebia sozinho meia garrafa de vinho branco, que ele fazia durar bastante, e lia o jornal local que abria inteiramente. Os jornais locais são impressos em folhas grandes, e desdobrando-o assim ele ocupava quatro lugares, e ninguém nunca ia se sentar com ele. Por volta do meio-dia, com o café repleto, ele reinava com indiferença na única mesa livre da sala enquanto os outros se comprimiam ao balcão, mas ninguém ia incomodá-lo, era o costume, e ele continuava a ler as ínfimas notícias das localidades periféricas sem nunca erguer a cabeça.

Um dia me fizeram uma confidência que talvez explicasse isso um pouco. Meu vizinho de balcão se inclinou para mim e, alto o bastante para que todo mundo ouvisse, apontou para ele com o dedo e deixou cair no meu ouvido: "Está vendo aquele homem com o jornal que ocupa a mesa toda? É um veterano da Indochina. Não imagina o que ele fez por lá...".

Concluiu com uma espécie de piscadela, mostrando que estava por dentro e que aquilo explicava muita coisa. Endireitou-se e tomou um bom gole de branco.

A Indochina! A gente não ouvia mais essa palavra, salvo como injúria para qualificar ex-militares, a própria região não existia mais; o nome estava no museu, numa vitrine, era feio pronunciá-lo. No meu vocabulário de garoto de esquerda, essa palavra rara, quando aparecia, era acompanhada por uma nuance de horror ou desprezo, como tudo o que era colonial. Só mesmo num velho boteco a ponto de fechar as portas, entre senhores nos quais o câncer e a cirrose apostavam corrida, só mesmo estando nos limites do mundo, em sua adega, entre aqueles restos, para ouvir de novo essa palavra pronunciada em sua música original.

A confidência era teatral, eu tinha de responder no mesmo tom. "Ah, a Indochina!", falei. "Era mais ou menos como o Vietnã, não é? Mas à francesa, sem meios, se virando! Como não tínhamos helicópteros, os caras pulavam do avião e, se o paraquedas abrisse, iam a pé."

O homem ouviu. Levantou a cabeça e condescendeu em sorrir. Olhou para mim com olhos de um azul frio cuja expressão eu não conseguia determinar, mas ele talvez simplesmente olhasse para mim. "Tinha disso; sobretudo quanto à pobreza dos meios", e continuou a leitura do seu jornal aberto, virando uma a uma suas páginas grandes, até a última sem esquecer uma só. O interesse passou para outra coisa, porque no balcão o ambiente não é o de dar seguimento a nada. Está aí todo o interesse do vinho branco como aperitivo: a rapidez, a ausência de gravidade, a falta de inércia, a adoção por todos de propriedades físicas que não são as do mundo real, aquele que nos pesa e nos aprisiona. Pelo vitrô amarelo dos copos de mâcon alinhados víamos um mundo mais próximo que convinha melhor a nossas fracas envergaduras. Chegada a hora, eu voltava para casa com meu carrinho vazio, entrava no meu quarto para curtir na sesta tudo o que bebera de manhã. Esse trabalho ameaçava ser fatal para o meu fígado e eu me prometia sempre antes de dormir que logo, logo faria outra coisa, mas sempre adormecia antes de saber o quê.

O olhar desse homem ficou gravado em mim. Cor de geleira, não tinha nem emoção nem profundidade. Mas emanava dele uma tranquilidade, uma atenção transparente que deixava vir a ele tudo o que o rodeava. Observado por esse homem a gente podia se sentir próximo dele, sem nada entre nós que fosse obstáculo e impedisse de ser visto, ou modificasse a forma de ser visto. Eu me iludia talvez, enganado pela estranha cor da sua íris, por seu vazio parecido com o do gelo que boia na água negra, mas esse olhar entrevisto por alguns instantes ficou gravado em mim, e na semana que se seguiu sonhei com a Indochina, e o sonho que se interrompeu de manhã me perseguiu o dia todo. Nunca havia pensado antes na Indochina, e agora eu sonhava com ela de uma maneira explícita, mas totalmente imaginária.

Sonhava com uma casa imensa. Estávamos dentro dela; não conhecíamos seus limites nem o lado de fora; eu não sabia quem era esse "nós". Subíamos aos andares por uma escada larga de madeira rangente que se erguia em espiral lenta até os patamares dos quais partiam corredores ladeados de portas. Subíamos em fila com um passo pesado, carregando mochilas repletas. Não me lembro das armas, mas lembro das velhas mochilas de pano pardo e armação metálica, com alças forradas de feltro. Estávamos vestidos de militares, subíamos a escada interminável, seguíamos em silêncio, em fila, por longos corredores. Era tudo mal iluminado, as madeiras absorviam a luz, não havia janelas, ou então eram fechadas com guarda-ventos internos.

Atrás de certas portas entreabertas víamos pessoas sentadas à mesa e comendo em silêncio, ou dormindo deitadas em camas profundas entre volumosos travesseiros e colchas xadrez. Andávamos muito e num corredor empilhamos nossas mochilas. O oficial que nos comandava indicava os lugares onde devíamos ficar. Deitamos atrás das mochilas, cansados, e só ele permanecia de pé. Magro, pernas abertas, punhos nos quadris, mantinha sempre as mangas arregaçadas; e seu simples equilíbrio garantia nossa defesa. Bloqueamos as escadas com barricadas, fizemos um paredão com nossas mochilas, mas o inimigo estava nas paredes. Eu sabia disso porque enxerguei várias vezes pelos olhos deles. Eu nos via de cima para baixo, por fissuras do teto. Não dava nenhum nome a esse inimigo porque nunca o vi. Eu via por ele. Eu sabia desde o início que essa guerra confinada era a da Indochina. Fomos atacados, éramos permanentemente atacados, o inimigo rasgava o papel de parede, brotava de todos os lados, caía do teto. Não me lembro de armas nem de explosões, só desses rasgões e desse surgimento, desse brotar do perigo das paredes e dos tetos que nos confinavam. Estávamos assoberbados, éramos heroicos, recuávamos para porções estreitas do patamar, detrás das mochilas, nosso oficial, punhos nos quadris, permanecia sempre de pé e nos indicava com um movimento do queixo onde ficar durante os diferentes episódios da invasão.

Eu me debati ao longo desse sonho e acordei coberto por um suor que recendia a vinho evaporando. O resto do dia não pude me desfazer da imagem sufocante de uma casa que se fechava, e da arrogância daquele oficial esbelto, sempre de pé, que nos tranquilizava.

Quando a violência do sonho se dissipou, o que me restou foi o "nós" do relato. Um "nós" indeciso percorria esse sonho, percorria o relato que eu fazia dele e descrevia, na falta de algo melhor, o ponto de vista geral segundo o qual o sonho fora vivido. Porque a gente vive os sonhos. O ponto de vista do qual ele havia sido vivido era geral. Eu estava entre os militares que iam com a mochila nas costas, estava entre os militares deitados atrás de suas mochilas, que tentavam se proteger e recuavam de novo, mas também estava no olhar sub-reptício que os espreitava de dentro das paredes, estava na respiração conjunta que me permitia fazer o relato de tudo. O único que eu não era, o único que não integrava esse "nós" e que mantinha seu "ele" era o oficial magro sempre de pé e sem armas, cujos olhos claros sabiam ler tudo e cujas ordens nos salvavam. Nos salvavam.

"Nós" é performativo; "nós" à sua simples pronúncia cria um grupo; "nós" designa uma generalidade de ninguém incluindo quem fala, e quem fala pode falar em nome deles, seus vínculos são tão fortes que quem fala pode falar por todos. Como é que eu pude na espontaneidade do meu sonho empregar um "nós" a tal ponto impensado? Como é que eu pude viver o relato do que não vivi, e que nem sequer conheço? Como é que eu pude moralmente dizer "nós" quando sei muito bem dos atos horríveis que foram cometidos? E no entanto "nós" agia, "nós" sabia, e eu não podia contar de outro modo.

Quando emergia das minhas sestas éticas, eu lia livros, via filmes. No quarto que ocupava no sótão eu estava livre até a noite. Quis aprender tudo sobre esse país perdido de que só resta um nome, um só nome com maiúscula, habitado por uma vibração doce e doentia, conservado no fundo da linguagem. Aprendi o que se pode aprender sobre essa guerra de poucas imagens, porque poucas foram feitas, e muitas foram destruídas, e as que sobravam não se podia entender, ocultadas por aquelas da guerra americana, tão numerosas e tão fáceis de ler.

Como chamar aqueles que andavam em fila na floresta, com velhas mochilas de lona parda, as mesmas que eu usava em criança porque meu pai me havia legado a que ele usava em criança? Devemos chamá-los de franceses? Mas quem seria eu então? Devemos chamá-los de "nós"? Bastaria então ser francês para ser implicado pelo que fizeram outros franceses? A questão parece vã, é gramatical, consiste em saber com que pronome designar os que caminhavam na floresta, com mochilas cuja armação metálica eu senti na curvatura das minhas costas de criança. Quero saber com quem vivo. Com eles eu compartilhava a língua, que é o que a gente compartilha com quem ama. Com eles eu compartilhava lugares, andamos pelas mesmas ruas, fomos juntos à escola, ouvimos as mesmas histórias, comemos juntos certos pratos que outros não comem, e achávamos isso bom. Falamos juntos a única língua válida, a que a gente compreende antes de pensar. Somos órgãos do mesmo grande corpo reunido pelas carícias da língua. Quem sabe até onde se estende esse grande corpo? Quem sabe o que faz a mão esquerda enquanto a direita está ocupada com carícias? O que faz todo o resto quando a atenção é tomada pelas carícias da língua?, eu me perguntava acariciando a concavidade daquela que se estendia contra mim. Esqueci seu nome; é estranho saber tão pouco sobre a pessoa com quem a gente dorme. É estranho, mas a maior parte do tempo, deitados contra outra pessoa, fechamos os olhos, e quando os abrimos ao acaso estamos perto demais para reconhecer aquele rosto. A gente não sabe quem é "nós", não sabe decidir quanto à gramática, então o que não se pode dizer, a gente cala. E dessas pessoas que caminham pela floresta a gente não falará mais, como não falará do nome daquela que está deitada contra você, nome que você esquecerá.

A gente sabe tão pouco quem está junto de nós. É apavorante. É bom tentar saber.

Revi várias vezes o homem do jornal aberto. Não sabia seu nome, mas isso não tinha importância no café perdido. Cada frequentador não era mais que um refrão, cada um só existia por seu detalhe que todos repetiam; esse detalhe que passa e torna a passar, sempre o mesmo, permitia ser reconhecido, aos outros rir, e a todos tomar um bom gole. O álcool é o combustível perfeito para máquinas assim. Ele explode, e o tanque fica rapidamente vazio.

Arrancada brutal; nenhuma autonomia; enche-se novamente o tanque. Ele era o veterano da Indochina que abria seu jornal nos horários de pico, e que ninguém incomodava; eu, o rapaz no mau caminho que não andava sem seu carrinho de velhota, e que todos os dias à uma da tarde ia encher o tanque: faziam incansavelmente piadas de duplo sentido sobre ele.

Isso podia durar bastante. Podia durar até a exaustão. Podia durar até seu envelhecimento e sua morte porque era bem mais velho que eu, podia durar até um grau suplementar da minha degradação, quando eu não teria mais o dinheiro, nem a força, nem a elocução para continuar no meu lugar, mais a força de me sentar com os outros no balcão em que nos enfileiramos aguardando o fim. Podia durar muito tempo porque esse gênero de vida se organiza para não mudar. O álcool conserva o ser vivo na derradeira postura que ele assume, sabe-se muito bem disso nos museus onde são conservados em bocais os corpos dos que foram vivos.

Mas o domingo nos salvou.

Alguns se chateiam aos domingos e fogem deles, mas esse dia é a condição do movimento; é o espaço conservado para que ocorra uma mudança. Domingo soube seu nome; e minha vida tomou outro rumo.

No domingo em que soube seu nome eu passeava à beira do Saône, no Mercado dos Artistas. Esse nome me faz rir, ele resume bem do que se trata: um brechó das práticas da arte.

O que fazia eu lá? Conheci dias melhores, um dia explico, fui letrado, tive gosto, apreciei as artes e entendia um pouco do assunto. Conservo deles um grande desengano, mas não amargor, e compreendo em toda a sua profundidade o aforismo de Duchamp: "Até o peido de um artista é arte". Isso me parece definitivo; soa como uma tirada, mas descreve com perfeição o que anima os pintores, e os que vão vê-los.

No Mercado dos Artistas não há nada muito caro, mas nada é muito bonito. A gente zanza sob os plátanos, olha sem pressa as obras dos que expõem, e estes atrás da sua mesa espiam a turba dos curiosos que se arrastam, cada vez mais desdenhosos à medida que não lhes compram nada.

Prefiro aqui ao mundo fechado das galerias, porque aqui o que está exposto é claramente arte: pintura sobre tela, realizada de acordo com estilos conhecidos. A gente reconhece o que sabe, pode deixar de lado o tema, e atrás das telas indiscutíveis espreita o olho febril dos artistas. Os que expõem se mostram; vêm salvar a alma porque são artistas, e não curiosos; quanto aos curiosos, eles salvam a alma vindo ver os artistas. Quem pinta salva a alma contanto que lhe comprem, e comprar sua pintura proporciona indulgências, algumas horas de paraíso ganhas à danação cotidiana.

Lá ia eu e me divertia comprovar, inúmeras vezes, que os artistas se parecem com sua obra. Preguiçosamente acredita-se no contrário, por um sainte-beuvismo barato: o artista se exprimiria e daria forma à sua obra, e esta portanto o refletiria. Ora! Uma volta sob os plátanos do Mercado dos Artistas revela tudo! O artista não se exprime — porque o que ele diria?: ele se constrói. E o que ele expõe é ele. Detrás da sua banca ele se expõe à vista dos curiosos que ele inveja e despreza, sentimentos que estes por sua vez lhe devolvem, mas de outro modo, invertido, e assim todo mundo fica contente. O artista fabrica sua obra e, em troca, a obra lhe dá vida.

Veja aquele sujeito alto e magro que faz retratos pavorosos com grandes pinceladas de acrílico: cada um é ele sob diversos ângulos. Junte-os, e eles o mostram tal como desejaria ser. E o que ele desejaria é.

Veja aquele que pinta com cuidado aquarelas vivas demais, definidas demais, cujas cores gritam, cujas massas se articulam distintamente. Ele é surdo e ouve muito mal o que os curiosos dizem, ele pinta o mundo tal qual o ouve.

Veja esta mulher muito bonita que só pinta retratos de mulheres lindas. Todas se assemelham a ela, e com o passar dos anos ela se veste cada vez melhor, envelhece, e as mulheres pintadas são de uma beleza cada vez mais chamativa. De uma forma previsível ela assina "Doriane".

Veja este chinês tímido que oferece pinturas de extrema violência, rostos em close-up profundamente rasgados pelas pinceladas. Ele nunca sabe onde pôr suas mãos enormes e pede desculpas por isso com um sorriso encantador.

Veja este que pinta miniaturas em tábuas enceradas. Ele ostenta um corte em forma de cuia que só se vê às margens dos manuscritos, tem uma cor de cera e seu repertório de gestos se reduz progressivamente até chegar a não ser mais que o da estatuária medieval.

Veja esta mulher grande de cabelo pintado de preto, que conheceu anos melhores, que agora perde o viço, mas continua ereta e com o olhar brilhante. Ela pinta corpos entrelaçados num traço delicado de nanquim, de um erotismo seguro, sem condescendência, mas sem excessos.

Veja esta chinesa sentada no meio de telas decorativas. Seus cabelos envolvem seus ombros como uma cortina de seda negra que é o guarda-joias da sua boca, de um vermelho estonteante. Sua pintura pomposa não tem grande interesse, mas quando ela se senta entre as suas telas estas se tornam o fundo perfeito da púrpura profunda de seus lábios.

Lá ia eu, e o reconheci, reconheci sua rigidez e sua alta estatura. Ele brandia sua bela cabeça de homem magro como que plantada na ponta de uma lança. Reconheci de longe seu perfil lapidado, seus cabelos brancos cortados curtos à escovinha, seu nariz bem reto que apontava para a frente. Seu nariz mostrava tal vivacidade que seus olhos pálidos pareciam atrasados, hesitantes. Sua ossatura era ação, mas seus olhos contemplativos.

Nós nos cumprimentamos com um movimento de cabeça, não sabendo até onde deviam ir nossos gestos e nossas palavras fora da rotina do bar. Estávamos de certo modo à paisana: mãos nos bolsos, de pé, falando comedidamente, sem ter bebido, sem vinho a tomar, fora do costumeiro. Ele olhava fixamente para mim. Em seus olhos transparentes eu lia apenas a transparência, me parecia que eu chegava ao seu coração. Eu não sabia o que dizer. Então folheei as folhas de aquarela arrumadas diante dele.

— O senhor não se parece nada com um pintor — digo maquinalmente.

— É que me falta a barba. Mas tenho pincéis.

— Muito bonito, muito bonito — dizia eu educadamente enquanto folheava, e entendi que o que eu dizia era verdade. Olhei enfim. Tinha achado que eram aquarelas, mas tudo era pintado a nanquim. Tecnicamente, tratava-se de *lavis* monocromáticos, realizados com a tinta diluída. Do negro profundo da tinta pura ele extraía tal variedade de nuances, tons de cinza tão diversos, tão transparentes, tão luminosos, que tudo estava ali, inclusive as cores, mesmo que ausentes. Com o negro ele fazia luz, e da luz o resto decorre. Levantei a cabeça e admirei-o por ter realizado aquilo.

Aproximando-me da sua banca eu tinha esperado ver o que produzem os que se dedicam à pintura tarde na vida, mais ou menos para ter uma ocupação. Tinha esperado paisagens e retratos de uma exatidão bem medida, com flores, animais, tudo o que a gente acha pitoresco e que a incontável comunidade dos amadores se obstina a reproduzir, sempre com mais precisão e sempre com menos interesse. E depois toquei as grandes folhas que ele havia pintado à tinta, peguei-as entre meus dedos uma a uma, dedos cada vez mais delicados e firmes, e senti seu peso, senti sua fibra, coloquei-as sob meu olhar e foi uma carícia. Folheei mal respirando aquela explosão de tons cinza, aquelas fumaças transparentes, aqueles grandes espaços de branco preservado, aquelas massas de negro absolutamente obscuro que pesavam sobre o conjunto com seu peso de sombra.

Ele oferecia caixas cheias, mal-arrumadas, mal fechadas, a preços ridículos. As datas se estendiam pelo último meio século, ele havia utilizado os papéis mais diversos, de aquarela, de desenho, mas também de embalagem, os pardos e brancos de todas as nuances, velhas fibras que se estragavam, e novinhos, recém-saídos de uma loja para artistas.

Ele pintava *d'après nature*. Os temas não passavam de pretexto para a prática da tinta, mas ele tinha visto o que tinha pintado. Podiam-se reconhecer montanhas pedregosas, árvores tropicais, frutas estranhas; mulheres inclinadas numa paisagem de arrozal, homens em *djellabas* esvoaçantes; vestígios de névoa em colinas pontiagudas, rios margeados de florestas. E homens de uniforme, muitos, heroicos e magros, alguns deles deitados, visivelmente mortos.

— Faz tempo que o senhor pinta?
— Uns sessenta anos.
— Vende tudo?
— Tudo isso me incomoda. Então esvazio o sótão e passeio aos domingos. Na minha idade são duas atividades importantes. Acessoriamente encontro desenhos esquecidos, procuro me lembrar de quando datam, e falo de pintura com os passantes. Mas a maioria deles só diz asneiras; então, por ora não diga nada.

Continuei a folhear em silêncio, seguia seu conselho, eu teria gostado tanto de falar com ele, mas não sabia de quê.

— O senhor esteve mesmo na Indochina?
— Olhe. Não invento nada. Aliás é pena, porque eu podia ter pintado mais.
— Esteve lá, naquela época?
— Se a pergunta é: com o exército, sim. Com o Corpo Expedicionário Francês no Extremo Oriente.
— O senhor era pintor das Forças Armadas?
— Nada disso: oficial paraquedista. Eu devia ser o único paraquedista que desenhava. Me gozavam um pouco por causa dessa mania. Mas não muito. Porque, embora o exército colonial não tivesse esse gênero de delicadezas,

nele se encontrava de tudo. E além do mais eu fazia o retrato dos gozadores. É melhor do que fotos; eles gostavam, vinham me pedir outros. Sempre tive papel e tinta; aonde quer que eu fosse, desenhava.

Eu folheava febrilmente como que descobrindo um tesouro. Passava de uma caixa a outra, abria, tirava as folhas e seguia em mim os traços do seu pincel, seguia seu trajeto e seu desejo em meus dedos, em meu braço, em meu ombro e em meu ventre. Cada folha se abria diante de mim como uma paisagem na curva de um caminho, e minha mão revoava por cima delas descrevendo volutas, e eu sentia em todos os meus membros o cansaço de ter feito o percurso de todos os traços. Alguns não passavam de esboços, outros eram grandes composições detalhadas, mas tudo banhava numa luz direta que atravessava os corpos, devolvia a eles no papel essa presença que a certo instante eles haviam tido. Embaixo, à direita, ele assinava claramente seu nome, Victorien Salagnon. Junto da assinatura, datas acrescentadas a lápis, algumas precisas, com dia e às vezes hora, outras muito vagas, reduzidas ao ano.

— Faço uma triagem. Tento me lembrar. Tenho caixas, malas, armários cheios.

— O senhor pintou muito?

— Sim. Pinto depressa. Quando eu tinha tempo, eram vários por dia. Mas também perdi muita coisa, extraviada, esquecida, abandonada. Bati muito em retirada na minha vida militar, e nesses momentos você não se enche de bagagens, não leva tudo; abandona.

Eu admirava sua pintura a nanquim. Ele permanecia de pé na minha frente, um tanto rígido, não tinha se mexido; maior que eu, ele me olhava de cima, bem direto, um pouco irônico, me olhava com aquele rosto de ossos e seus olhos transparentes nos quais a ausência de obstáculos me parecia como uma ternura. Minha divertida teoria sobre a arte e a vida não tinha mais interesse. Devolvi então o desenho que eu ainda segurava na mão e ergui os olhos para ele.

— Senhor Salagnon, o senhor gostaria de me ensinar a pintar?

No fim da tarde a neve começou a cair; grandes flocos flutuavam rumo ao solo e pousavam após certa hesitação. No início a gente não os via no ar cinzento, depois eles apareceram em branco à medida que o anoitecer esfregava o céu com carvão. No fim nada se via exceto eles, os flocos no ar brilhando contra o céu negro, e a camada branca no chão cobrindo tudo com um lençol molhado. A casinha sufocava sob a neve, no brilho violeta de uma noite de dezembro.

Eu estava sentado, mas Salagnon olhava para fora. De pé diante da janela, as mãos cruzadas nas costas, ele via a neve cair na sua casinha de subúrbio com jardim, na sua casa de Voracieux-les-Bredins, na extremidade leste da aglomeração, aonde vinha marulhar a preguiçosa extensão dos campos do Isère.

— A neve recobre tudo com seu alvo manto. Era o que se dizia, não era? Era assim que se falava da neve na escola. Sua branca mortalha estendida. Depois eu perdi a neve de vista; e as mortalhas também, aliás: tínhamos apenas lonas, no melhor dos casos, quando não a terra logo fechada com uma cruz em cima. Ou até eram deixados no chão; mas raramente. Procurávamos não abandonar nossos mortos, voltar com eles, contá-los e nos lembrar deles. Gosto da neve. Ela cai tão pouco agora, que eu fico na janela e assisto a suas precipitações como se fossem acontecimentos. Os piores momentos da minha vida eu vivi no calor extremo e no barulho. Então para mim a neve é o silêncio, é a calma, é um frio revigorante que me faz esquecer a existência do suor. Tenho horror ao suor, e durante vinte anos vivi ensopado, sem nunca poder me secar. Então para mim a neve é o calor humano de um corpo seco ao abrigo. Imagino que os que conheceram a Rússia com roupas inadequadas e tiveram medo de morrer gelados não têm o mesmo gosto pela neve. Todos aqueles velhos alemães não a suportam mais e partem para o sul desde os primeiros frios. Já eu tenho horror às palmeiras, e durante os vinte anos da guerra não vi a neve; e agora o aquecimento global vai me privar dela. Então aproveito. Desaparecerei com ela. Durante vinte anos estive nas terras quentes; além-mar, se você preferir. Para mim a neve era a França: os trenós, as bolas de neve do Natal, os suéteres com motivos noruegueses, a calça *fuseau* e as botas forradas, todas as coisas inúteis e sossegadas de que fugi e a que voltei um dia um pouco a contragosto. Depois da guerra tudo havia mudado, e o único prazer que encontrei intacto foi o da neve.

— Que guerra é essa de que o senhor fala?

— Você não percebeu a guerra de vinte anos? A guerra sem fim, mal começada e mal terminada; uma guerra gaguejante que talvez ainda dure. A guerra era perpétua, se infiltrava em todos os nossos atos, mas ninguém sabe disso. O início é vago: por volta de 1940 ou 42, pode-se hesitar. Mas o fim é nítido: 1962, nem um ano a mais. E logo em seguida fingiram que nada havia acontecido. Você não percebeu?

— Nasci depois.

— O silêncio depois da guerra é sempre a guerra. Você não pode esquecer o que faz força para esquecer; é como se te pedissem para não pensar num elefante. Apesar de ter nascido depois, você cresceu entre suas marcas. Olhe, tenho certeza de que você detestou o exército, sem conhecer nada dele. Eis uma das marcas de que falo: uma misteriosa aversão que se transmite sem que se saiba de onde ela vem.

— É uma questão de princípio. Uma opção política.

— Uma opção? Na hora em que isso se torna sem consequência? Absolutamente indiferente? As opções sem consequência não passam de marcas. E esse exército mesmo é uma delas. Você não o achava desproporcional? Você nunca se interrogou sobre o porquê de um exército tão considerável, em pé de guerra, impaciente, visivelmente nervoso, quando ele não servia para nada? Quando vivia numa redoma, sem que as pessoas falassem com ele, sem que ele falasse com você? Que inimigo podia justificar tal máquina em que todos os homens, preste bem atenção, todos os homens passavam um ano da sua vida, às vezes mais. Que inimigo?

— Os russos?

— Besteira. Por que os russos teriam destruído a parte do mundo que funciona mais ou menos e que lhes fornecia tudo que lhes faltava? Ora! Não tínhamos inimigos. Se depois de 1962 tínhamos um exército pronto para marchar, era para esperar que o tempo passasse. A guerra tinha acabado, mas os guerreiros continuavam lá. Então esperaram que eles se escondessem, envelhecessem e morressem. O tempo cura tudo por óbito do problema. Eles foram encerrados para evitar que não escapassem, para evitar que utilizassem a torto e a direito o que aprenderam. Os americanos fizeram um filme engraçado a esse respeito, em que um homem preparado para a guerra vagueia no campo. Ele não possui nada além de um saco de dormir, um punhal e o repertório técnico de todas as maneiras de matar gravado em sua alma e em seus nervos. Não me lembro mais do nome.

— Rambo?

— Isso mesmo: Rambo. Fizeram uma série totalmente idiota com ele, mas estou falando do primeiro filme: mostrava um homem que eu podia compreender. Ele queria a paz e o silêncio, mas lhe recusavam seu lugar, então ele devastava uma cidadezinha porque não sabia fazer outra coisa. O que se aprende na guerra não dá para esquecer. A gente acha que esse homem está longe, na América, mas eu o conheci na França às centenas; e com todos os que não conheço, são milhares. O exército foi mantido para lhes permitir que esperassem; que não se espalhassem. Isso é desconhecido porque não se faz uma história a seu respeito: tudo o que acontece na Europa tem a ver com o corpo social inteiro, e este se trata no silêncio; a saúde é o silêncio dos órgãos, dizem.

Aquele senhor de idade falava sem olhar para mim, ele via a neve cair pela janela e falava com a mesma candura me dando as costas. Eu não entendia do que falava, mas pressentia que ele sabia uma história que eu não sabia; que ele próprio era essa história e, por acaso, eu me encontrava com ele, no lugar mais perdido possível, em parte alguma, numa casa de subúrbio onde a cidade se desfaz na lama pegajosa dos campos do Isère; e ele estava pronto para me falar. Eu estava com o coração palpitante. Eu tinha encontrado na cidade em que eu morava, na cidade a que eu tinha voltado para pôr um ponto final, eu tinha encontrado um cômodo esquecido, um quarto escuro que eu não tinha notado na minha primeira passagem; havia empurrado a porta e diante de mim se estendia o sótão, não iluminado, havia muito fechado, e na poeira que cobria o chão nem o menor sinal de passos. E nesse sótão, um baú; e no baú, eu não sabia. Ninguém o abria desde que havia sido posto ali.

— O que o senhor fez nessa história?

— Eu? Tudo. França Livre, Indochina, montanhas da Argélia. Uma temporada na prisão, mais nada.

— Prisão?

— Por pouco tempo. Sabe, a coisa terminou mal; pelo massacre, pela renúncia e pelo abandono. Dada a sua idade, seus pais conceberam você em cima de um vulcão. O vulcão tremia, ameaçava explodir e evaporar todo o país. Seus pais deviam ser cegos, ou otimistas, ou desastrados. As pessoas naquele momento preferiam não saber de nada, não ouvir nada, preferiam viver despreocupadas a temer que o vulcão explodisse. Mas não, ele adormeceu. O silêncio, o amargor e o tempo venceram essas forças explosivas. Daí agora esse cheiro de enxofre. É o magma, embaixo ele continua quente e passa pelas fissuras. Sobe devagarinho sob os vulcões que não explodem.

— O senhor lamenta?

— O quê? Minha vida? O silêncio que a cerca? Não sei. É minha vida: gosto dela apesar do que foi, não tive outra. Morreram dessa vida os que a calaram; e eu não tenho a intenção de morrer.

— É o que ele diz desde que o conheço — falou uma voz forte atrás de mim, uma voz feminina e harmoniosa que ocupou todo o espaço. — Digo a ele que está errado, mas devo reconhecer que até aqui ele tem razão.

Eu tinha me sobressaltado e me levantado no mesmo gesto. Antes mesmo de vê-la tinha gostado da sua maneira de falar, do seu sotaque de ultramar, do trágico da sua voz. Uma mulher veio até nós, ereta, segura dos seus passos, a pele coberta por uma fina rede de rugas como seda amarrotada. Ela tinha a mesma idade de Salagnon e se dirigiu a mim estendendo a mão. Diante dela eu permaneci imóvel e mudo, os olhos fixos e a boca aberta. Apertamos as mãos, pois ela me estendeu a sua, e tive a surpresa do seu contato suave, direto e charmoso, raro nas mulheres, que costumam não saber apertar a mão. Ela irradiava força, dava para sentir na sua palma, irradiava uma força justa, que não era emprestada do outro sexo, mas tinha a cor da plena feminilidade.

— Esta é a minha esposa, Eurydice Kaloyannis, uma judia grega de Bab el-Oued, a última da sua espécie. Ela agora tem meu nome, mas continuo a utilizar aquele pelo qual a conheci. Escrevi tantas vezes esse nome, em tantos envelopes, com tantos suspiros, que não posso mais pensar nela de outro modo. O desejo que tenho por ela tem esse nome. E, além do mais, não gosto que as mulheres percam seu nome, sobretudo o dela que não tem descendência, eu respeitava muito seu pai, apesar de todos os nossos atritos, no fim; e, principalmente, Eurydice Salagnon não soa muito bem, não acha? Parece uma lista de legumes, não faz jus à sua beleza.

Sim, sua beleza. Era isso; exatamente isso. Eurydice era bela, soube disso imediatamente sem me dizer, minha mão na dela, meus olhos nos seus, imóvel, bobo e mudo, procurando palavras. A diferença de idade confunde as percepções. A gente acredita não ser da mesma idade, acredita estar longe, quando estamos tão próximos. O ser é o mesmo. O tempo passa, a gente nunca se banha na mesma água, os corpos se deslocam no tempo como barcos pela água. A água não é a mesma, nunca a mesma, mas os barcos tão distantes uns dos outros ignoram que são idênticos; apenas deslocados. Por causa das diferenças de idade não se sabe mais julgar a beleza, porque a beleza é sentida como um projeto: é bela aquela que posso querer beijar. Eurydice tinha a mesma idade de Salagnon, e uma pele que tinha essa idade, e cabelos que tinham essa idade, e olhos, lábios, mãos que não diziam outra coisa. Não há nada mais detestável do que a expressão "belos restos", e também o riso de falsa modéstia que acompanha a constatação "não parece ter" a sua idade. Eurydice parecia ter sua idade, e era a própria vida. Sua vida intensa por inteiro estava ao mesmo tempo presente em cada um dos seus gestos, toda a sua vida na postura do seu corpo, toda a sua vida nas inflexões da voz, e essa vida a preenchia, se deixava admirar, era contagiosa.

— Minha Eurydice é forte; é tão forte que, quando a trouxe do inferno, não precisei olhar para trás a fim de verificar se ela me seguia. Eu sabia que ela estava ali. Não é uma mulher de que a gente se esquece, e a gente sente sua presença inclusive às nossas costas.

Ele passou o braço por seus ombros, inclinou-se em sua direção e a beijou. Ele acabava de dizer o que eu pensava. Sorri para eles, agora que sabia de tudo podia retirar minha mão, e meu olhar não tremia mais.

Victorien Salagnon me ensinou a pintar. Me deu um pincel de pelo de lobo, um pincel chinês de pincelada viva que salta no papel sem perder nada da sua força. "Destes você não vai encontrar nas lojas, só pincéis de pelo de cabra que são bons para a caligrafia, para uma pincelada chapada de preenchimento, mas nem um pouco para o traço."

Ele me ensinou a segurar o pincel na mão côncava como se estivesse segurando um ovo, um modo de pegar tão instável que a respiração o faz desviar. "Basta você controlar sua respiração." Ele me ensinou a apreciar as tintas, a diferenciar os negros, a avaliar seu brilho e sua profundidade antes de utilizá-los. Ele me ensinou o valor do papel branco, cuja extensão intacta é tão preciosa quanto um estado de claridade. Ele me ensinou que o vazio é preferível ao cheio porque o cheio não se mexe mais, mas que o cheio é existência e que é preciso se resolver a romper o vazio.

Mas não fez nada na minha frente, ele se contentava em me falar e me ver fazer. Ele se contentava em me ensinar o uso dos instrumentos. Manejá-los depois era coisa minha. E o que eu gostaria de pintar seria coisa minha. Cabia a mim pintar, e lhe mostrar se eu desejasse. Senão, ele se contentava em ver como eu segurava o pincel no momento da pincelada, ou como eu fluía ao longo do traçado de um traço. Isso lhe bastava para me ver no caminho da pintura.

Eu ia lá com frequência. Eu aprendia fazendo, com ele olhando para mim. Ele não pintava mais. Contou que aproveitando seu ócio havia começado a redigir suas memórias nuns cadernos.

Foi sorte termos encontrado um ao outro. Os homens de guerra muitas vezes se acham dotados para a literatura. Querem ser eficazes em tudo, eles agiram e pensam saber contar como ninguém. E por outro lado os amantes de literatura se acham entendidos em estratégia, tática, poliorcética, todas as disciplinas que se traduzem na realidade de uma maneira muitas vezes catastrófica, de uma maneira que é de lamentar, porém muito mais densamente do que nos livros, confessemos.

Ele me falou várias vezes dessas memórias, como se de passagem, e um dia não se contendo mais foi buscar seu caderno. Escrevia num caderno quadriculado de folhas azuis com uma bela caligrafia de escola. Respirou fundo e leu. Começava assim. "Nasci em Lyon em 1926, numa família de pequenos comerciantes de quem era filho único."

Parou de ler, baixou o caderno e olhou para mim.

— Ouve o tédio? A primeira frase já me entedia. Eu a leio e fico impaciente para chegar ao fim; e aí paro e não recomeço mais. Ainda há várias páginas, mas paro.

— Tire a primeira frase. Comece pela segunda, ou em outro ponto.

— É o início. Eu tenho de partir do início, caso contrário fica incompreensível. São memórias, não um romance.

— De que você se lembra de verdade, no início?

— Do nevoeiro; do frio úmido, e de meu ódio ao suor.

— Então comece por aí.

— Antes eu tenho que nascer, ora essa.

— A memória não tem início.

— Você acha?

— Eu sei; a memória vem de qualquer jeito, tudo junto, ela só tem início na nota biográfica dos que morrem. E você não tem a intenção de morrer.

— Eu só quero ser claro. Meu nascimento é um bom início.

— O senhor não estava presente, logo ele não é nada. Há uma porção de inícios numa memória. Escolha o que lhe convém. O senhor pode se fazer nascer quando quiser. Nos livros se nasce com qualquer idade.

Perplexo, ele tornou a abrir o caderno. Percorreu em silêncio a primeira página, depois as outras. O papel já amarelava. Ele tinha anotado os detalhes, as circunstâncias e as peripécias do que vivera, do que achava que não deveria ser esquecido. Estava bem-ordenado. Não dizia o que ele queria dizer. Fechou o caderno e passou-o a mim.

— Não sei fazer essas coisas. Comece você mesmo.

Fiquei contrariado com que tivesse levado meu conselho ao pé da letra. Mas sou o narrador: tenho de narrar. Mesmo que não seja o que eu quero, mesmo que não seja a isso que aspiro, porque eu queria é expor. É por essa razão que estou na casa de Victorien Salagnon, para que ele me ensine a segurar um pincel melhor do que seguro minha caneta, e para que enfim eu possa expor. Mas quem sabe minha mão foi feita para a caneta. E além do mais tenho de pagar de uma maneira ou de outra, tenho de me dar a algum trabalho para equilibrar o trabalho a que ele se dá por mim. O dinheiro facilitaria as coisas, mas eu não o tenho, nem quero tê-lo. Então peguei seu caderno e comecei a lê-lo.

Li tudo. Ele tinha razão, era entediante; não ia além das lembranças de guerra que o autor publica por sua conta. Lendo aqueles livros em letra grande, cheios de parágrafos, a gente percebe que numa vida não acontece grande coisa quando é contada assim. Enquanto um só instante vivido contém mais do que uma caixa inteira de livros é capaz de descrever. Existe num acontecimento algo que seu relato não resolve. Os acontecimentos formulam uma pergunta infinita à qual contar não responde.

Não sei que competência ele me atribui. Não sei em que ele pensou ao me observar com seus olhos claros demais, com aqueles olhos nos quais não identifico emoções, só uma transparência que me faz crer na proximidade. Mas sou o narrador; então narro.

Romance I
A vida dos ratos

Desde o começo Victorien Salagnon teve confiança em seus ombros. Seu nascimento o dotara de músculos, de fôlego, de punhos pesados, e seus olhos pálidos lançavam estilhaços de gelo. Então ele classificava todos os problemas do mundo em duas categorias: os que ele podia resolver com um empurrãozinho — e aí ele metia os peitos — e aqueles a respeito dos quais ele não podia fazer nada. Com estes ele lidava pelo desprezo, passava fingindo não vê-los; ou então caía fora.

Victorien Salagnon teve tudo para ser bem-sucedido: a inteligência física, a simplicidade moral e a arte da decisão. Ele conhecia as suas qualidades, e conhecê-las é o maior tesouro que se pode ter aos dezessete anos. Mas durante o inverno de 1943, as riquezas naturais não serviam para nada. Visto da França, naquele ano o Universo inteiro parecia medíocre; intrinsecamente.

A época não era para os delicados, nem para brincadeiras de criança: já força era preciso. Mas as jovens forças da França, em 1943, os jovens músculos, os jovens cérebros, os culhões ardentes não tinham outro emprego além dos de faxineiros de quartos, trabalhadores no exterior, títeres em benefício dos vencedores que eles não eram, esportistas regionais no máximo, ou uns bobalhões de short se mostrando com pás que empunhavam como armas. Quando se sabia muito bem que, quanto a armas de verdade, o mundo inteiro as empunhava. Em toda parte do mundo se combatia, e Victorien Salagnon ia à escola.

Quando chegou à beira, ele se debruçou; e ao pé da Grande Instituição viu a cidade de Lyon flutuar. Do terraço, ele via o que o nevoeiro deixava ver: os telhados da cidade, o vazio do Saône, e mais nada. Os telhados flutuavam; e não havia dois iguais, nem em tamanho, nem em altura, nem em orientação. Cor de madeira gasta eles se entrechocavam preguiçosamente, naufragados sem ordem numa curva do Saône, onde permaneciam por causa de uma correnteza fraca demais. Vista do alto, a cidade de Lyon mostrava a maior desordem, não se viam as ruas, tomadas pelo nevoeiro, e nenhuma lógica na disposição dos tetos permitia adivinhar o traçado delas: nada indicava a localização das passagens. Essa cidade antiga demais é menos construída do que posta ali, largada no chão por um desmoronamento. A colina a que ela se prende nunca proporcionou uma base muito segura. Às vezes suas morainas regurgitantes de água não suportam mais e desabam. Mas hoje não: a desordem que Victorien Salagnon contemplava não era mais que uma visão sua. A cidade velha, onde ele vivia, não era construída ordenadamente, mas o aspecto indeciso e flutuante que ela adquiria naquela manhã do inverno de 1943 tinha causas unicamente meteorológicas; é claro.

Para se convencer disso ele tentou um desenho, porque os desenhos encontram ordem onde os olhos não encontram. De casa ele vira o nevoeiro. Pela janela tudo se reduzia às formas, e se assemelhava aos traços do *fusain* num papel granuloso. Ele tinha pegado um caderno de folhas ásperas e um lápis gorduroso, tinha prendido os dois na cintura e amarrado as coisas da escola com uma tira de pano. Não possuía nenhum bolso no formato do caderno e não gostava de misturá-lo com o material escolar, nem exibir seu talento levando-o na mão. Além do mais, aquele incômodo não lhe desagradava: lembrava-lhe que ele não ia aonde se podia imaginar que fosse, mas noutro rumo.

Não desenhou grande coisa. O aspecto gráfico do nevoeiro tinha se revelado pela janela, que oferecia sua moldura e a distância dos seus vidros. Na rua a imagem se evaporava. Não restava mais que uma presença confusa, invasiva e fria, e bem difícil de traduzir. Para fazer uma imagem não se deve ficar dentro dela. Não tirou o caderno da cintura, fechou bem sua pelerine para impedir que o ar úmido o atingisse e simplesmente foi para a escola.

Chegou à Grande Instituição sem ter feito nada. À beira do terraço tentou dar uma ideia do labirinto dos telhados. Esboçou um traço, mas a folha inchada de umidade se rasgou; aquilo não era nada, só papel sujo. Fechou o caderno, enfiou-o de volta na cintura, e fez como os outros: voltou para junto do relógio do pátio e bateu os pés para aquecê-los enquanto esperava a sineta.

Em Lyon o inverno é hostil; não tanto pela temperatura quanto por esta revelação que o inverno consuma: a principal matéria desta cidade é a lama. Lyon é uma cidade de sedimentos, de sedimentos compactados em casas, enraizados no sedimento dos rios que a atravessam; e sedimento é uma palavra polida para designar a lama que se amontoa. No inverno, em Lyon tudo vira lama, o solo que cede, a neve que não se conserva, os muros e as paredes que escorrem, e até o ar que a gente sente espesso, úmido e frio, que impregna as roupas de pequenas gotas, as manchas de uma lama transparente. Tudo fica mais pesado, o corpo se enterra, não há nenhuma maneira de se precaver. Salvo ficar no quarto com a estufa acesa dia e noite, e dormir numa cama cujos lençóis são passados com um braseiro várias vezes por dia. E durante o inverno de 1943, quem ainda pode dispor de um quarto, e de carvão, e de brasas?

Mas em 1943, justamente, não convém se queixar: em outros países o frio é bem pior. Na Rússia, por exemplo, onde combatem *nossas tropas*, ou *as tropas deles*, ou *as tropas*, não sabemos mais como dizer. Na Rússia o frio age como uma catástrofe, uma explosão lenta que destrói tudo à sua passagem. Dizem que os cadáveres são como achas de vidro que se quebram se forem carregados de mau jeito, ou que perder uma simples luva equivale a morrer porque o sangue congela em agulhas e dilacera as mãos; ou que os homens que morrem em pé assim permanecem o inverno inteiro, como árvores, e na primavera derretem e desaparecem, e também que são muitos os que morrem ao baixar a calça, com o ânus petrificado. A gente repete os efeitos desse frio como uma coleção de horrores grotescos, mas isso se parece com as balelas dos viajantes que se aproveitam da distância para inventar. As lorotas circulam, misturadas com verdades, sem dúvida, mas quem na França tem o menor interesse, a menor vontade, ou que seja o menor resto de rigor intelectual ou moral para ainda fazer a triagem?

O nevoeiro estende panos gelados através das ruas, através dos corredores, das escadas, até nos quartos. Os lençóis molhados colam nos que passam, se esfregam nas bochechas de quem anda, se insinuam, roçam o pescoço como lágrimas de raiva resfriada, gotejos de cóleras mortas, beijos afetuosos de agonizantes que gostariam que os beijados fossem embora com eles. Para não sentir nada seria preciso não se mexer mais.

Junto do relógio da Grande Instituição os garotos resistem se mexendo o mínimo possível: só um pouquinho contra o frio, mas não muito porque o nevoeiro se insinuaria. Eles marcam passo, protegem as mãos, arqueiam o corpo, baixam o rosto para o chão. Enterram o gorro na cabeça e fecham a pelerine esperando a sineta tocar. Ficaria bonito, à tinta, aqueles garotos todos iguais, enrolados numa pelerine negra arredondada nos ombros, que se apartam em grupos irregulares contra a arquitetura clássica do pátio. Mas Salagnon não tinha tinta, suas mãos estavam abrigadas e a exasperação da espera se apossava dele. Fez como os outros, esperou a sineta. Sentia com uma ponta de deleite seu caderno, duro, incomodá-lo.

A sineta tocou e os meninos correram para a sala. Se empurraram dando risadas, fingiram se calar e acentuaram a barulheira, passaram com cotoveladas, caretas e risos contidos pelos dois inspetores que guardavam a porta com o ar mais impassível, afetando o rigor militar tão em voga naquele ano. Como chamá-los, a esses alunos da Grande Instituição? Têm de quinze a dezoito anos, mas na França de 1943 a idade não vale nada. Mocinhos? É valorizar demais o que eles vivem. Homens jovens? É demasiado promissor em face do que viverão. Como chamar os que dissimulam um sorriso ao passar pelos inspetores que os vigiam, senão garotos? São garotos a salvo da tempestade, moram numa caixa de pedra despojada e glacial, e nela se atropelam como cachorrinhos. Esperam que a vida passe, latem fazendo sinal de que não latem, fazem mostrando que não fazem. Estão a salvo.

O sino tocou e os garotos se agruparam. O ar em Lyon é tão úmido, o ar de 1943 era de tão má qualidade que as notas de bronze não voavam: elas caíam com um barulho de papelão molhado e resvalavam até o pátio, misturavam-se às folhas rasgadas, aos restos de neve, à água suja, à lama que cobria tudo e pouco a pouco enchia Lyon.

Em fila, os alunos foram para as suas salas por um grande corredor de pedra fria como osso. O estalar das galochas ecoava nas paredes nuas, mas abafado por um fru-fru contínuo de pelerines e por esse matraquear dos garotos que no entanto estão calados mas não sabem fazer silêncio. Aquilo formava nos ouvidos de Salagnon uma infame cacofonia que ele detestava, que ele atravessava retesando-se como quando a gente tampa o nariz ao atravessar um aposento fedido. Para o clima, Salagnon não liga; com a frieza dos lugares, ele quase se rejubila; a ordem ridícula de uma escola, ele suporta. São circunstâncias infelizes das quais é possível isolar, mas se isso pelo menos pudesse ser feito em silêncio! A barulheira do corredor o humilha. Ele procura não ouvir mais, fechar internamente os tímpanos, entrar em si, no seu silêncio limpo, mas toda a sua pele percebe a zoeira que o envolve. Ele sabe onde está, não pode esquecer: numa classe de garotos que fazem todas as suas ações serem acompanhadas por barulhos infantis, e esses barulhos retornam a eles em eco, e essa zoeira os envolve como um suor. Victorien Salagnon despreza o suor, o suor é a lama que um homem inquieto, vestido demais, que se agita, produz. Um homem livre de seus movimentos corre sem transpirar. Ele corre nu, seu suor evapora à medida que corre, nada volta a ele; ele não se banha em si mesmo, mantém seu corpo seco. O escravo se curva sobre si mesmo e transpira em sua galeria na mina. A criança transpira até se afogar nas espessuras de lã com que sua mãe a envolveu. Salagnon tinha fobia do suor; ele sonhava ter um corpo de pedra, que não escorre.

O padre Fobourdon os aguardava diante do quadro-negro. Eles se calaram e ficaram de pé cada um no seu lugar até o silêncio se tornar perfeito. Qualquer ruído de roupa ou estalo da madeira prolongava o tempo que ficavam de pé. Ele duraria até o silêncio completo. Fobourdon fez sinal enfim para que se sentassem, e o arrastar das cadeiras foi breve e cessou imediatamente. Então ele se voltou e no quadro-negro, em belas letras regulares, escreveu: *Comentarii de Bello Gallico: versão*. Eles começaram. Era esse o método do padre Fobourdon: nem uma palavra a mais do que o absolutamente necessário, nenhuma conversa acompanhando a escrita. Gestos. Ele ensinava pelo exemplo a disciplina interior, que é uma arte exclusivamente prática, que só vale pela ação. Ele se via romano, pedra maciça talhada depois gravada. Às vezes desferia breves comentários que tiravam uma lição de moral dos incidentes, sempre os mesmos, que salpicam a vida escolar. Esta vida, ele a desprezava, ao mesmo tempo que tinha grande orgulho de sua vocação de professor. Considerava seu lugar no estrado melhor que um lugar no púlpito, porque deste se usa a palavra para fustigar, enquanto daquele se indica, se ordena, se age; revela-se então o único aspecto da vida que vale a pena, o aspecto moral, que não tem a estupidez do visível. E desse desenterrar dos ossos, a linguagem enfim se torna digna.

Eles tinham de traduzir um relato da batalha em que o inimigo é habilmente cercado e depois destroçado. A língua permite belos efeitos com a pena, pensou Salagnon, graças que deleitam e que a gente diz, que afloram o papel inconsequentemente, delicadezas de aquarela que realçam o relato. Mas nas guerras da Gália celta combatia-se da maneira mais suja, sem narrar e sem pensar na metáfora. Com gládios afiados desmembrava-se do corpo do inimigo pedaços sangrentos que caíam no chão, depois passava-se por cima destes para cortar outro membro, até o fim do inimigo, ou até tombar por sua vez.

César, o aventureiro, entrava na Gália e a sujeitava aos massacres. César queria, e sua força era grande. Ele queria esfacelar as nações, fundar um império, reinar; queria ser, ter o mundo conhecido em sua mão, ele queria. Ele queria ser grande, e não muito tarde.

De suas conquistas, desse morticínio em massa, ele fazia um relato arrebatado, que enviava a Roma para seduzir o Senado. Descrevia as batalhas como cenas de alcova em que a *vir*, a virtude romana, triunfava, em que o gládio de ferro era manejado como um sexo triunfante. Por seu relato hábil ele oferecia por procuração aos que haviam ficado em Roma a palpitação da guerra. Retribuía a confiança deles, restituía-lhes seu dinheiro, pagava-os com um relato. Então os senadores enviavam homens, subsídios e encorajamentos. Aquilo lhes daria retorno na forma de carroças cheias de ouro, e de histórias inesquecíveis, como a das mãos de inimigos cortadas formando amontoados gigantescos.

César pelo verbo criava a ficção de uma Gália, que ele definia e conquistava com uma mesma frase, com um mesmo gesto. César mentia como mentem os historiadores, optando por descrever a realidade que lhes parece a melhor. E assim o romance, o herói que mente, fundam a realidade muito melhor que os atos, a grande mentira proporciona um fundamento aos atos, constitui ao mesmo tempo as fundações ocultas e o teto protetor das ações. Atos e palavras juntos talham o mundo e lhe dão sua forma. O herói militar tem de ser um romancista, um grande mentiroso, um inventor de verbo.

O poder se recompensa com imagens, e delas se alimenta. César, gênio em tudo, conduzia o militar, o político e o literário, no mesmo passo. Cuidava de uma mesma tarefa com diferentes aspectos: conduzir seus homens, conquistar a Gália, fazer o relato desse feito, e cada aspecto reforçava o outro numa espiral infinita que o levou a um ápice de glória, até aquela parte dos céus em que só voam as águias.

A realidade sugere imagens, a imagem dá feição à realidade: todo gênio político é um gênio literário. Para essa tarefa o Marechal* não basta: o romance que ele exibe a uma multidão francesa muda de humilhação não é um romance; quando muito um livro de leitura para jardim de infância, um *Duas crianças passeiam pela França* expurgado do que incomoda, uma série de figuras para colorir que a criança preenche com a ponta da língua de fora. O Marechal fala como um velhote, não fica acordado muito tempo, sua voz tremula. Ninguém pode acreditar nas finalidades infantis da Revolução Nacional que ele propõe. As pessoas aquiescem com um ar distraído e pensam em outra coisa: dormir, cuidar de seus assuntos ou se matar uns aos outros à sombra.

Salagnon traduzia bem, mas lentamente. Sonhava com as breves frases latinas, lhes atribuía os prolongamentos que elas não diziam, dava-lhes nova vida. Na margem ele rabiscou um plano cenográfico da batalha. Aqui o campo; ali as orlas oblíquas que o fecham; aqui a descida que dará impulso; ali as legiões ordenadas ombro a ombro, cada um conhecendo seu vizinho e não o trocando; e, à frente, a massa celta desordenada e seminua, nossos ancestrais, os gauleses entusiastas e cretinos, sempre prestes a comprar briga só para sentir a palpitação da guerra, só a palpitação, pouco importando o resultado. Pôs uma gota de tinta roxa no dedo, molhou-a com saliva e acrescentou sombras transparentes ao seu traçado. Esfregou suavemente, as linhas duras se apagaram, o espaço se abriu, a luz apareceu. O desenho é uma prática milagrosa.

— Tem certeza das posições? — perguntou Fobourdon.

Levou um susto, corou, teve o reflexo de esconder tudo com o cotovelo e se irritou consigo mesmo por tê-lo feito; Fobourdon esboçou o gesto de puxar sua orelha, mas desistiu; seus alunos tinham dezessete anos. Os dois se recompuseram com certo desconforto.

— Preferia que o senhor continuasse com a sua tradução, em vez de se comprazer com essas marginálias.

Salagnon lhe mostrou as linhas já feitas; Fobourdon não encontrou nenhum erro.

* Pétain, que chefiou o governo pró-nazista de Vichy. (N. T.)

— Sua tradução é boa, e a topografia exata. Mas gostaria que o senhor não misturasse rabiscos com uma língua latina que é a honra do pensamento. O senhor necessita de todos os recursos do seu espírito, todos, para se aproximar desses píncaros que os Antigos frequentavam. Então pare de brincar. Às crianças o que é das crianças, a César o que é de César.

Satisfeito, afastou-se, seguido por uma brisa de murmúrios que percorreu as carteiras. Chegou ao estrado e virou-se. O silêncio se fez.

— Continuem.

E os colegiais continuaram a dar o equivalente da guerra da Gália em língua escolar.

— Escapou por pouco.

Chassagneaux falava sem mover os lábios, com uma habilidade de colegial. Salagnon deu de ombros.

— Fobourdon é duro. Mesmo assim estamos mais sossegados aqui que lá fora. Não acha?

Salagnon sorriu mostrando os dentes. Sob a carteira ele agarrou a pele da coxa do outro e torceu.

— Não gosto de sossego — sussurrou.

Chassagneaux gemeu, soltou um grito ridículo. Salagnon continuava a beliscar sempre sorrindo, sem parar de escrever. Devia doer; Chassagneaux guinchou uma palavra estrangulada que desencadeou uma risada geral, as ondas de risos se ampliavam em torno dele, pedra jogada no silêncio da classe. Fobourdon mandou com um gesto que se calassem.

— O que foi que houve? Chassagneaux, levante-se. Foi o senhor?

— Sim, senhor.

— E por quê?

— Uma cãibra, senhor.

— Pequeno cretino. Na Lacedemônia os jovens preferiam deixar lhes abrirem o ventre a quebrar o silêncio. O senhor vai limpar apagadores e lousa por uma semana. Trate de se concentrar no aspecto exemplar dessas tarefas. O silêncio é a limpeza do espírito. Espero que seu espírito saiba reencontrar a limpeza do quadro-negro.

Houve risadas, que ele interrompeu com um seco "Basta!". Chassagneaux, com os lábios moles, apalpava a coxa com precaução. Um tanto bochechudo, penteado com um repartido retíssimo, parecia um garotinho à beira de chorar. Salagnon lhe mandou um bilhetinho várias vezes dobrado. "Parabéns. Você guardou silêncio. Agora guardo por você minha amizade." O outro leu e devolveu-lhe um olhar furtivo de úmido reconhecimento, que provocou enorme nojo em Salagnon: todo o seu corpo se enrijeceu, ele tremeu, por pouco não vomitava. Então molhou a pena na tinta e começou a passar a limpo o que já havia traduzido. Só prestou atenção no seu traçado, só pensou em estar na ponta daquela pena e na tinta que escorria ao longo do aço. Seu corpo se acalmava. Animadas por sua respiração, as letras se desenharam em curvas roxas, em curvas vivas, seu ritmo lento o acalmava e ele acabava suas linhas com um ornamento caprichado, preciso como um toque de esgrima. A caligrafia clássica proporciona a calma de que os violentos e os agitados necessitam.

Vê-se o homem de guerra pela sua caligrafia, dizem os chineses; diz-se. Os gestos da escrita são em pequena dimensão os do corpo inteiro, e até os da existência inteira. A postura e o espírito de decisão são os mesmos qualquer que seja a escala. Ele compartilhava essa opinião, embora não se lembrasse de onde a tinha lido. Da China Salagnon não sabia quase nada, detalhes, rumores, mas isso bastava para que estabelecesse em sua imaginação um território chinês, distante, um pouco vago, mas presente. Ele o havia mobiliado com gordos budas sorridentes, pedras torneadas, vasos azuis não muito bonitos e com aqueles dragões que decoram os frascos de nanquim, que a tradução inglesa, mentirosa, diz virem da Índia. Seu gosto pela China vinha primeiro daí: de uma palavra, só uma, num vidrinho de tinta. A tal ponto gostava da tinta negra que ela lhe parecia capaz de fundar um país inteiro. Os sonhadores e os ignorantes às vezes têm intuições profundíssimas sobre a natureza da realidade.

O que Salagnon sabia da China se resumia, no essencial, às palavras de um velho senhor numa aula de filosofia. Ele tinha falado lentamente, lembra-se, e tinha se repetido, tinha se comprazido com longas generalidades que embotavam a atenção do público.

O padre Fobourdon havia convidado para a sua aula um jesuíta velhíssimo que havia passado a vida na China. Ele havia escapado da Revolta dos Boxers, assistido ao saque do Palácio de Verão, sobrevivido à insegurança geral das lutas dos senhores da guerra. Havia amado o Império, mesmo depois de esgotado, tinha se adaptado à República, se acomodado ao Kuomintang, mas os japoneses o haviam expulsado. A China tinha mergulhado num caos total, que prometia ser longo; sua idade avançada não lhe permitia esperar vê-lo chegar ao fim. Voltara para a Europa.

O ancião andava curvado respirando forte, apoiava-se em tudo que estivesse a seu alcance; levou um tempo infinito para atravessar a sala diante dos alunos de pé e desabou na cadeira de escritório que o padre Fobourdon nunca utilizava. Por uma hora, uma hora exatamente entre duas sinetas, ele havia desfiado com uma voz átona generalidades que qualquer um poderia ler nos jornais, os de antes da guerra, os que saíam normalmente. Mas com essa mesma voz resfolegante, com essa voz insípida que não sugeria nada, ele também leu textos estranhos que, estes, ninguém encontrava em nenhum lugar.

Leu aforismos de Lao-Tsé, pelos quais o mundo se tornava ao mesmo tempo muito claro, muito concreto, e muito incompreensível; leu fragmentos do *I Ching* cujo sentido parecia tão múltiplo quanto o de um baralho; leu enfim um relato de Sun Tzu sobre a arte da guerra. Sun Tzu mostrava que é possível manobrar qualquer um em ordem de batalha. Mostrava que a obediência à ordem militar é uma propriedade da humanidade e que não obedecer a ela é uma exceção antropológica; ou um erro.

"— Dai-me um bando qualquer de camponeses incultos, e eu os manobrarei como a vossa guarda, dizia Sun Tzu ao imperador. Seguindo os princípios da arte da guerra posso manobrar todo mundo, como na guerra. — Até minhas concubinas? Esse aviário de miolos de passarinho? — Até elas. — Não acredito. — Dai-me toda a liberdade e eu as manobrarei como vossos melhores soldados." O imperador aceitou, e Sun Tzu fez as concubinas manobrarem. Elas obedeceram por diversão, riram, se atrapalharam com os passos, e nada deu certo. O imperador sorria. "Não esperava nada melhor da parte delas, disse ele. — Se a ordem não é compreendida é que não foi bem dada, disse Sun Tzu. A culpa é do general, ele tem de explicar mais claramente."

Ele explicou de novo, mais claramente, as mulheres recomeçaram a manobra e voltaram a rir; dispersaram-se dissimulando o rosto em suas mangas de seda. "— Se a ordem ainda não foi compreendida, a culpa é do soldado", e ele pediu que decapitassem a favorita, aquela de onde partiam os risos. O imperador protestou, mas seu estrategista insistiu respeitosamente; ele tinha lhe concedido toda a liberdade. E se Sua Majestade quisesse ver seu projeto realizado, tinha de deixar agir como bem entendesse aquele a quem havia confiado essa missão. O imperador aquiesceu com certo pesar, e a jovem foi decapitada. Uma grande tristeza pesou no terraço onde se brincava de guerra, até os passarinhos se calaram, as flores não emitiram mais perfume, as borboletas cessaram de voar. As belas cortesãs manobraram em silêncio como os melhores soldados. Permaneciam juntas, em fileiras cerradas, ligadas entre si pela cumplicidade das sobreviventes, por essa excitação que o cheiro do medo transmite.

Mas o medo não passa de um pretexto que as pessoas se dão para obedecer: na maioria das vezes, preferem obedecer. Fariam tudo para estar juntas, para banhar no mesmo cheiro de pavor, para beber a excitação que tranquiliza, que repele a horrível inquietude de estar só.

As formigas falam por cheiros: elas têm cheiros de guerra, cheiros de fuga, cheiros de atração. Sempre obedecem a eles. Nós, as pessoas, temos sucos psíquicos e voláteis que agem como cheiros, e compartilhá-los é o que mais apreciamos. Quando estamos juntos, assim unidos, podemos sem pensar em nada mais correr, massacrar, combater a um contra cem. Não somos mais os mesmos; somos o mais próximo do que somos.

Num dos terraços do palácio, na luz oblíqua do anoitecer que coloria os leões de pedra amarela, as cortesãs manobravam a passo curto diante do imperador entristecido. Caía a noite, a luz adquiria a cor surda dos trajes militares, e aos gritos breves de Sun Tzu elas continuavam a marchar em uníssono, na batida cadenciada de seus tamancos, no esvoaçar murmurante de suas túnicas de seda deslumbrantes cujas cores ninguém mais pensava em admirar. O corpo de cada uma havia desaparecido, só restava o movimento comandado pelas ordens do estrategista.

A loja é odiosa. Sempre foi ignóbil, agora é ignominiosa. Dizer isso tão claramente ocorreu a Salagnon depois das aulas, num daqueles dias de inverno em que essas horas são noites.

Voltar para casa não é o momento que Salagnon prefere. Na escuridão um frio espesso sobe do chão, parece que você caminha na água. Voltar para casa àquelas horas no inverno é como entrar num lago, ir em direção a um sono que se assemelha ao afogamento, à extinção por entorpecimento. Voltar para casa é renunciar a ter saído, renunciar àquele dia como começo de uma vida. Voltar para casa é amassar esse dia e jogá-lo fora como um desenho que ficou ruim.

Voltar para casa ao anoitecer é jogar o dia fora, pensa Salagnon nas ruas da cidade velha, onde as grandes pedras molhadas do calçamento luzem mais que os pobres lampiões, postos nas paredes a intervalos grandes demais. Em Lyon, nas ruas antigas, é impossível crer numa continuidade da luz.

E além do mais ele detesta aquela casa, que no entanto é a dele, detesta aquela loja com fachada de madeira, que tem nos fundos um depósito onde seu pai amontoa o que vende e em cima uma sobreloja onde mora a família, mãe, pai e ele. Ele a detesta porque a loja é odiosa; e porque ele volta para lá todo fim de dia e deixa portanto que se pense que é a sua casa, a sua fonte pessoal de calor humano, quando não passa do lugar em que ele pode tirar os sapatos. Mas volta todo fim de dia. A loja é odiosa. Ele repete para si mesmo e entra.

A sineta da porta tilinta, a tensão logo cresce. Sua mãe o interpelou antes que ele fechasse a porta.

— Até que enfim! Vá ajudar seu pai. Ele está por aqui de trabalho.

A sineta tornou a tilintar, entrou um cliente junto com uma lufada de frio. Sua mãe num reflexo espantoso se virou e sorriu. Ela tem essa vivacidade dos homens que cruzam com uma moça de formas interessantes: um movimento que precede todo pensamento, uma rotação do pescoço desencadeada pela sineta. Seu sorriso é perfeitamente forjado. "Pois não?" Ela é uma mulher bonita, de porte elegante, que encara a clientela com um ar que todos concordam em achar encantador. Seria um prazer comprar alguma coisa dela.

Victorien foi para o depósito, onde seu pai estava empoleirado numa escada de mão. Ele batalhava com umas caixas de papelão e suspirava.

— Ah! Você chegou.

Do alto da escada, os óculos na ponta do nariz, ele lhe estendeu um maço de formulários e faturas. A maioria estava amarrotada porque o papel de 1943 não resiste às impaciências do sr. Salagnon, a seus gestos impulsivos quando ele fica furioso por não conseguir o que quer, à umidade das suas mãos quando ele se irrita.

— Está faltando; nada corresponde; não entendo nada. Você que sabe falar com os números, refaça as contas.

Victorien recebeu o maço e foi se sentar no último degrau da escada de mão. A poeira flutuava sem se depositar no chão. As lâmpadas de baixa voltagem não bastam, elas brilham como pequenos sóis através do nevoeiro. Ele não enxergava muito bem, mas não tinha importância. Se só se tratasse de números bastaria ler e contar, mas o que seu pai lhe pede não é um trabalho de contador. A casa Salagnon tem uma contabilidade múltipla, e ela varia conforme os dias. As leis do tempo de guerra formam um labirinto onde é possível andar sem se perder nem se ferir; é preciso distinguir com cuidado o que é permitido vender, o que é tolerado, o que é racionado, o que é ilegal mas não muito grave, o que é ilegal e punido com a morte, e aquilo sobre o que esqueceram de legislar. As contas da casa Salagnon integram todas as dimensões da economia de guerra. Nela se encontra o verdadeiro, o escondido, o em código, o inventado, o plausível em caso de necessidade, o inverificável que não diz seu nome e até dados exatos. Os limites são vagos, é claro, arranjados em segredo, só conhecidos pelo pai e pelo filho.

— Vou me perder.

— Victorien, vou passar por uma fiscalização. Então nada de fricotes, meu estoque tem de corresponder às contas, e às regras. Senão, babau. Para mim e para você também. Alguém me denunciou. Desgraçado! E fez isso tão discretamente que não sei de onde vem o golpe.

— Em geral você se arranja.

— Já me arranjei: não fui parar no xadrez. Eles simplesmente vêm vistoriar. Tendo em vista o ambiente, é algum favorecimento. Mudaram tudo na prefeitura departamental: querem ordem, não sei mais com quem me entender. Enquanto isso, nada de falha nesta montoeira de papéis.

— Como quer que eu não me perca? É tudo falso, ou verdadeiro, não sei mais.

Seu pai se calou, olhou fixamente para ele. Olhava-o de cima, porque estava mais acima, na escada. Falou enfatizando cada uma das suas palavras.

— Escute aqui, Victorien: de que adianta você estudar em vez de trabalhar? De que adianta, se você não é capaz de escriturar um livro-caixa que pareça verdadeiro?

Ele não está errado: para que serve o estudo senão para compreender o invisível e o abstrato, para montar, desmontar, consertar tudo o que por trás da cena rege o mundo. Victorien hesitou e suspirou, e é por isso que ficou irritado consigo mesmo. Levantou-se com os maços amarrotados e pegou na estante o grande livro de escrituração com capa de tecido.

— Vou ver o que posso fazer — disse. E mal foi audível.

— Rápido.

Ele para no umbral atulhado de documentos, embaraçado:

— Rápido — repete seu pai. — A fiscalização pode ser esta noite, amanhã, um dia imprevisível. E virão os alemães. Eles se aplicam porque têm horror de que desviem seu butim. Desconfiam que os franceses se entendem pelas costas deles.

— Não estão errados. Mas é a regra do jogo, não é? Retomar o que eles pegam.

— Eles são mais fortes, logo o jogo não tem regras. Nós não temos outros meios de sobreviver a não ser sendo espertos, mas discretamente. Temos de viver como ratos: invisíveis mas presentes, fracos mas astutos, roendo de noite as provisões dos donos da casa, bem debaixo do nariz deles, enquanto dormem.

Fica contente com sua imagem e arrisca um piscar de olhos. Victorien arreganha os lábios.

— Assim?

Mostra os incisivos, gira olhos marotos e inquietos, dá uns gritinhos. O sorriso de seu pai desaparece: o rato bem imitado lhe dá asco. Lamenta sua imagem. Victorien recompõe o rosto, o sorriso agora está do seu lado.

— Se é para mostrar os dentes, eu preferia mostrar dentes de leão a dentes de rato. Ou dentes de lobo. É mais acessível e tão bom quanto. É assim que eu gostaria de mostrar os dentes: com dentes de lobo.

— Claro, meu filho. Eu também. Mas a gente não escolhe nossa natureza. Temos de seguir a inclinação dada pelo nosso nascimento, e agora nascemos ratos. Não é o fim do mundo ser rato. Eles prosperam tanto quanto os homens, e às custas destes; vivem bem melhor que os lobos, mesmo que a salvo da luz.

A salvo da luz, é assim mesmo que vivemos, pensou Victorien. Esta cidade já não é muito clara com suas ruas apertadas e seus muros escuros, seu clima brumoso que a esconde de si mesma; mas além disso reduzem a potência das lâmpadas, pintam os vidros de azul e fecham as cortinas de noite como de dia.

Não há mais dia, aliás. Só uma sombra propícia a nossas atividades de ratos. Vivemos uma vida de esquimós na noite permanente do inverno, uma vida de ratos árticos numa sucessão de noites negras e de vagos crepúsculos. Quer saber, eu vou pra lá, ele continuava a pensar, vou me estabelecer no círculo polar quando a guerra acabar, na Groenlândia, quem quer que sejam os vencedores. Será escuro e frio, mas do lado de fora tudo será branco. Aqui é amarelo; um amarelo nojento. A luz é fraca demais, as paredes caiadas de terra, as caixas de embalagem, a poeira das lojas, tudo é amarelo, e também os rostos de cera que nenhum sangue irriga. Sonho em ver sangue. Aqui a gente o protege tanto que ele não corre mais. Nem na terra nem nas veias. Não se sabe mais onde está o sangue. Gostaria de ver rastros vermelhos na neve, só pelo brilho do contraste, e pela prova de que a vida ainda existe. Mas aqui tudo é amarelo, mal iluminado, é a guerra, e não enxergo onde piso.

Por pouco não tropeçou. Por um triz não deixou os papéis caírem e continuou a resmungar, arrastando os pés com aquele andar dos adolescentes em família que avançam e recuam ao mesmo tempo, e com isso não se movem mais. Ele, tão enérgico quando está fora de casa, adota na casa dos pais uma mobilidade reduzida; não combina com ele, mas ele não pode se desfazer dela: entre aquelas paredes ele se arrasta, sente um mal-estar amarelado, um mal-estar hepático que tem a cor de uma tinta urinosa sob uma luz fraca.

A hora de fechar passou e a sra. Salagnon foi para a cozinha, imediatamente atrás da loja. Victorien a vê de costas, vê a linha curva dos seus ombros, suas costas onde ressalta o grande nó preto do avental dos afazeres domésticos. Ela se inclina na pia — as mulheres passam um tempão molhando coisas. "Não é um lugar nem uma postura para um rapaz", ela sempre suspira; e esse suspiro muda, às vezes resignado, às vezes revoltado, sempre estranhamente satisfeito.

— Desça cedo — diz ela sem se voltar. — Seu tio vem jantar hoje.

— Tenho de trabalhar — diz ele, mostrando o livro-caixa às costas da mãe.

É assim que eles se falam, por gestos, sem se olhar. Ele sobe à sobreloja num passo ligeiro, porque gosta do tio.

Seu quarto era justo do seu tamanho; de pé ele roçava o teto; uma cama e uma mesa bastavam para enchê-lo. "Ele poderia servir de armário, e vai ser um quarto de despejo quando você sair de casa", dizia seu pai se esforçando para rir. Um lampião de acetileno dava a uma mesa uma luz viva do tamanho de um caderno aberto. Bastava. O resto não precisava de iluminação. Ele o acendeu, sentou-se, e torceu para que acontecesse alguma coisa que o impedisse de acabar aquele trabalho. O assobio do acetileno fazia um barulho contínuo de grilo que tornava a noite mais profunda. Ele estava sozinho diante daquele círculo claro. Olhou para suas mãos imóveis postas na mesa diante dele. Victorien Salagnon possuía de nascença mãos grandes, na extremidade de braços sólidos. Podia fechá-las formando punhos grandes, bater na mesa, socar; e acertar em cheio porque tinha bom olho.

Em outras circunstâncias essa característica física teria feito dele um homem ativo. Mas na França de 1943 não era oportuno usar livremente sua força. Era possível se mostrar agitado e rígido, dar a ilusão de ser voluntarioso, falar em ação, mas tudo isso não passava de um biombo. Todos se contentavam em ser flexíveis, em ter a menor dimensão possível para não se expor ao vento da história. Na França de 1943, trancada como uma casa de campo no inverno, haviam fechado portas e janelas. O vento da história só entrava pelas frestas, em correntes de ar que não enfunariam uma vela; justo o bastante para se resfriar e morrer de pneumonia, sozinho em seu quarto.

Victorien Salagnon possuía um dom que não havia desejado. Em outras circunstâncias não o teria percebido, mas a obrigação de ficar no quarto o havia deixado diante das suas mãos. Sua mão enxergava, como um olho; e seu olho podia tocar como uma mão. O que ele via, podia reproduzir a tinta, a pincel, a lápis, e reaparecia em preto numa folha branca. Sua mão seguia seu olhar como se um nervo houvesse unido os dois, como se um fio direto houvesse sido colocado por equívoco quando da sua concepção. Ele sabia desenhar o que via, e os que viam seus desenhos reconheciam o que haviam pressentido diante de uma paisagem, um rosto, sem no entanto terem conseguido captar o pressentido.

Victorien Salagnon gostaria de não se embaraçar com nuances e se arrojar, mas dispunha de um dom. Não sabia de onde ele vinha, era ao mesmo tempo agradável e desesperador. Esse talento se manifestava por uma sensação motora: uns têm zumbidos, manchas luminosas no olho, formigamento nas pernas, mas ele sentia entre seus dedos o volume de um pincel, a viscosidade da tinta, a resistência dos grãos do papel. Supersticioso, atribuía esses efeitos às propriedades da tinta, que era negra o bastante para conter um sem-número de sombrios desígnios.

Ele possuía um tinteiro enorme talhado num bloco de vidro; o tinteiro continha uma reserva desse líquido maravilhoso, ele o deixava no meio da mesa sem nunca movê-lo. O objeto tão pesado devia ser à prova de bombas; em caso de bombardeio teria sido encontrado intacto entre os restos humanos, não tendo perdido nada do seu conteúdo, pronto para cobrir de negro brilhante os fatos e gestos de outra vítima.

A sensação da tinta oprimia seu coração. Condenado pelo ambiente de 1943 a passar longas horas dentro de casa, cultivou esse dom com o qual de outro modo não teria feito nada. Deixou sua mão se agitar no espaço de uma página. A agitação servia de válvula de escape para a inércia do resto do corpo. Indolentemente, ele tencionava transformar seu talento em arte, mas esse desejo ficava em seu quarto, não saindo do círculo do lampião, do tamanho de um caderno aberto.

A sensação da tinta lhe escapava, ele não sabia como persegui-la. O melhor momento era o desejo que precede imediatamente o ato de pegar no pincel.

Levantou a tampa. Na massa de vidro o volume escuro não se mexia. O nanquim não emite nem movimento nem luz, seu negro perfeito tem as propriedades do vazio. Ao contrário de outros líquidos opacos, como o vinho ou a água lamacenta, a tinta nanquim é resistente à luz, não se deixa penetrar. Ela é uma ausência e é difícil saber sua dimensão: pode ser uma gota que o pincel absorverá, ou um abismo no qual você pode desaparecer. A tinta nanquim escapa da luz.

Victorien folheou as faturas, abriu o livro de escrituração. Tirou de uma pilha de papéis o rascunho de uma versão para o latim. No verso, rabiscou um rosto. A boca se abria. Ele não tinha vontade de mergulhar nas contas fraudulentas. Sabia muito bem o que era preciso modificar para que tudo se mostrasse verdadeiramente verossímil. Traçou dois olhos redondos, e fechou cada um com uma mancha. Bastava ele se lembrar do que era falso nas faturas. Não tudo. Ele é que as tinha feito. Pôs uma sombra atrás da cabeça, que extravasou de um lado do rosto. O volume vinha. Era mestre em fazer duas coisas de uma só vez. Como contrair ao mesmo tempo dois músculos antagônicos: isso cansa tanto quanto agir, e não produz nenhum movimento; isso permite esperar.

A sirene soou bruscamente, depois outras, a noite cedeu como um tecido que se rasga, todas gemiam juntas. Houve um alvoroço no prédio. Portas batiam, gritos se precipitavam escada abaixo, a voz aguda de sua mãe já se afastava: "Temos de chamar Victorien. — Ele já ouviu", dizia a voz de seu pai, sumindo, apenas audível; depois mais nada.

Victorien enxugou a pena com um pano. Senão, a tinta se incrusta; a goma líquida que lhe dá seu brilho a torna sólida ao secar. A tinta é verdadeiramente uma matéria. Depois apagou a luz e subiu a escada do prédio. Ia às apalpadelas, não cruzou com ninguém, não ouvia mais nada além do coro de cobre das sirenes. Quando chegou ao alto elas se calaram. Abriu a lucarna que dava para o telhado, lá fora tudo estava apagado. Atravessou com dificuldade a abertura da largura dos seus ombros, avançou pelo telhado com passos precavidos, pernas dobradas, tateando com o pé as telhas antes de avançar. Quando chegou à beirada, sentou-se deixando as pernas pendendo no ar. Não sentia mais nada além do seu próprio peso nas nádegas e a umidade glacial da cerâmica através da sua calça. Diante dele se abria um abismo de seis andares, mas ele não o via. O nevoeiro o envolvia, vagamente luminescente, mas sem lhe permitir ver nada, difundindo não mais que a luz suficiente para lhe garantir que não estava de olhos fechados. Estava sentado em nada. O espaço inexistente não tinha nem forma nem distância. Flutuava com ele, abaixo, a ideia do abismo e, acima, a chegada dos aviões carregados de bombas. Se não houvesse sentido um pouco de frio, teria acreditado que não estava mais ali.

Um trovejar distante veio do fundo do céu, sem origem, a ressonância geral da abóbada celeste esfregada com o dedo. Lanças de luz surgiram de repente, em grupos, grandes caniços duros e vacilantes, tateando o espaço. Flocos alaranjados apareceram no alto deles, linhas pontilhadas os seguiram, explosões abafadas e crepitações chegavam até ele com atraso. Agora ele via a linha dos telhados e o abismo a seus pés, atiravam nos aviões repletos de bombas que ele ainda não via.

Uma mão pousou em seu ombro; ele teve um sobressalto, escorregou, um punho firme o reteve.

— O que é que você está fazendo aqui? — sussurrou seu tio ao seu ouvido. — Todo mundo está a salvo.

— Se puder escolher, prefiro não morrer num buraco. Já imaginou se uma bomba nos acerta? O prédio desmorona e todos que estão no subsolo morrem. Não dará para distinguir meus restos dos da minha mãe, do meu pai e das latas de patê que ele tem estocadas. Vão enterrar tudo junto.

O tio não respondia, sem largar seu ombro; era comum ele não dizer nada, esperava o outro se cansar.

— Além do mais, adoro fogos de artifício.
— Cretino.

O som dos aviões diminuiu, derivou para o sul, se extinguiu. As lanças de luz desapareceram de repente.

O fim do alerta soou, a mão do tio se fez mais leve.

— Venha, vamos descer. Cuidado para não escorregar. Você só se arrisca a cair do telhado. Te recolheriam lá embaixo e jogariam na vala das vítimas de causas desconhecidas, ninguém saberia da sua independência. Venha.

Na escada novamente iluminada, cruzaram com famílias de pijama. Os vizinhos se interpelavam levando para cima, dentro de cestos, o jantar que não tinham podido acabar. As crianças ainda brincavam, reclamavam por ter de voltar para casa, e uma sequência de tabefes as mandou para a cama.

Victorien seguia o tio. A simples presença dele, sem dizer nada, mudava tudo. Quando ele lhes trouxe de volta o filho, seus pais não disseram nada, sentaram-se à mesa. Sua mãe tinha posto um vestido bonito e batom nos lábios. Seu pai detalhava em voz alta o rótulo de uma garrafa de vinho tinto, sublinhando a safra com um piscar de olho destinado ao tio.

— Desta não sobra mais nada — garantiu. — Os franceses não têm acesso a ela. Os ingleses a tomavam antes da guerra, e agora os alemães a confiscam. Pude lhes entregar outra coisa, eles não entendiam nada de vinho. E guardar alguns exemplares.

Serviu generosamente o tio, depois a si mesmo, e em seguida, mais modestamente, Victorien e sua mãe. O tio, não muito falante, comia com indiferença, e os pais se agitavam em torno de sua massa carrancuda. Eles tagarelavam, alimentavam a conversa com um falso entusiasmo, se revezavam para fornecer histórias e anedotas que provocavam no tio um vago sorriso. Tornavam-se cada vez mais fúteis, tornavam-se balões errantes, propulsavam-se pelo cômodo, sem destino, pelo ar que escapava da sua boca. A massa do tio sempre alterava a gravidade. Não se sabia o que ele pensava, nem mesmo se pensava, ele se contentava em estar ali, e isso deformava o espaço. Sentia-se o chão se inclinar em torno dele, ninguém conseguia mais ficar ereto, todo mundo escorregava e tinha que se agitar de uma maneira um tanto ridícula para manter o equilíbrio. Victorien ficava fascinado, gostaria de compreender aquele mistério da presença. Como explicar aquelas deformações da atmosfera para quem não conhecia seu tio? Ele às vezes tentava: dizia que seu tio o impressionava fisicamente; mas como não era nem grande, nem gordo, nem forte, nem nada de particular, uma descrição nesses termos não ia muito longe. Não sabia como continuar, não dizia mais nada. Seria preciso desenhar; não o tio, mas em volta dele. O desenho tem esse poder, é um atalho que mostra, para grande alívio do dizer.

Inesgotável, seu pai contava as sutilezas do comércio de guerra, sublinhando com uma cotovelada e um piscar de olhos os pontos altos em que o ocupante era lesado pelo ocupado sem saber. O fato de os alemães não perceberem deflagrava suas maiores risadas. Victorien participou da conversa; não podendo revelar sua aventura no telhado contou minuciosamente a guerra da Gália. Inflamou-se, inventou precisões, ruídos de armas, galopes de cavalaria, tinidos de ferro se chocando; dissertou sobre a ordem romana, a força celta, a igualdade das armas e a desigualdade do espírito, o papel da organização e a eficácia do terror. O tio ouvia com um sorriso afetuoso. Finalmente pôs a mão no braço do sobrinho. O que o fez se calar.

— Isso tem dois mil anos, Victorien.
— Está cheio de ensinamentos que não envelhecem.
— Em 1943 não se conta a guerra.

Victorien corou, e suas mãos, que haviam acompanhado seu relato, pousaram na mesa.

— Você é corajoso, Victorien, cheio de entusiasmo. Mas a água e o óleo têm de se separar. Quando a coragem tiver se separado das infantilidades, e se for mesmo a coragem que ficar na superfície, venha me ver que conversaremos.

— Eu vou te encontrar onde? Para falar do quê?
— Quando for a hora você vai saber. Mas lembre-se: espere a água e o óleo se separarem.

Sua mãe aquiescia, seu olhar passava de um ao outro, ela parecia recomendar ao filho que ouvisse bem e fizesse como o tio dizia. Seu pai soltou uma gargalhada e serviu mais vinho.

Bateram na porta, todos se sobressaltaram. O pai manteve a garrafa inclinada acima do seu copo, e o vinho não escorria. Bateram de novo. "Vá abrir, ora essa!" O pai ainda hesitava, não sabia o que fazer com a garrafa, o guardanapo, a cadeira. Não sabia em que ordem se livrar deles, e isso o imobilizava. Bateram com mais força, as batidas precipitadas indicavam uma ordem, a impaciência da suspeita. Abriu, pela porta entreaberta se insinuou o chefe de quarteirão com seu rosto pontudo. Seus olhos movediços percorreram a sala, e ele sorriu com seus dentes grandes demais para sua boca.

— Como vocês demoram! Estou voltando do subsolo. Venho ver se está tudo bem depois do alerta. Passo na casa de todos. Por ora, não falta ninguém. Ainda bem que esta noite não foi para nós, alguns não puderam se abrigar.

Sem parar de falar cumprimentou a sra. Salagnon com um sinal de cabeça, se deteve em Victorien com seu sorriso que mostrava os dentes, e quando terminou estava cara a cara com o tio. Ele o havia visto desde o início, mas sabia esperar. Fitou-o, deixou que se instalasse um leve mal-estar.

— O senhor é...?

— Meu irmão — disse a mãe com uma pressa culpada. — Meu irmão, que está de passagem.

— Vai dormir aqui?

— Vai. Improvisamos uma cama para ele com duas poltronas.

Ele a fez se calar com um gesto: conhecia o tom de desculpa. Essa maneira que os outros tinham de falar com ele lhe dava todo o seu poder. Ele queria um pouco mais: queria que aquele homem que ele não conhecia baixasse os olhos e acelerasse o fluxo da sua voz, que perdesse o fôlego ao lhe falar.

— O senhor está declarado?

— Não.

A música da frase indicou que ele havia terminado. A palavra, bilha de aço, caiu na areia e não iria mais longe. O chefe de quarteirão, acostumado com as torrentes falantes que um só de seus olhares desencadeava, quase perdeu o equilíbrio. Seus olhos se agitaram, não sabia como prosseguir. Naquele jogo em que ele mandava, todos tinham de colaborar. O tio não jogava.

Salagnon pai pôs fim ao incômodo soltando um riso jovial. Pegou um copo, encheu-o, ofereceu-o ao chefe. A mãe empurrou uma cadeira atrás dele, batendo em seus joelhos, forçando-o a se sentar. Ele pôde baixar os olhos e salvar a cara, sorrir largamente. Provou com um trejeito apreciativo; podiam falar de outra coisa. Achou o vinho excelente. O pai deu um sorriso modesto e releu o rótulo em voz alta.

— Claro. Ainda tem mais desse ano?

— Duas garrafas, uma das quais esta. A outra é para o senhor, já que sabe apreciá-lo. O senhor se dá a tanto trabalho com este prédio que pode aceitar uma pequena recreação.

Pegou uma garrafa idêntica e meteu-a nos braços dele. O outro fez cara de se sentir embaraçado.

— Vamos, faça-me esse obséquio. Beba-o à nossa saúde, lembrando-se que a casa Salagnon sempre fornece o melhor.

O chefe de quarteirão degustava com estalos de língua. Tratava de não olhar sobretudo para o lado do tio.

— Qual é sua função, exatamente? — este então perguntou com uma voz inocente.

O chefe de quarteirão fez um esforço para se voltar para ele, mas seus olhos instáveis tinham dificuldade para fitá-lo.

— Devo zelar pela ordem pública; zelar para que cada um more em sua própria casa, para que tudo corra bem. A polícia tem outras tarefas, não haveria como assegurar esta. Os cidadãos sérios podem ajudá-la.

— O senhor efetua uma tarefa nobre e ingrata. A ordem é necessária, não é? Os alemães entenderam isso antes de nós; acabaremos entendendo também. A falta de ordem é que nos perdeu. Ninguém mais queria obedecer, ficar em seu lugar, cumprir com o seu dever. O espírito de deleitamento foi nossa perdição; sobretudo o das classes inferiores, incentivadas por leis imbecis e permissivas. Elas preferiram as miragens da vida fácil às certezas da morte prevista. Felizmente que gente como o senhor nos traz de volta à realidade. Minhas homenagens, senhor.

Levantou o copo e bebeu, o chefe de quarteirão se viu forçado a brindar apesar do sentimento de que aquele discurso alambicado devia conter algumas arapucas. Mas o tio ostentava um ar modesto, que Victorien não conhecia nele. "Está falando sério?", cochichou-lhe. O tio fez um sorriso de uma bondosa ingenuidade, que provocou um incômodo em torno da mesa. O chefe de quarteirão se levantou apertando sua garrafa contra si.

— Tenho de terminar minha ronda. Amanhã, o senhor terá desaparecido. E eu não terei percebido nada.

— Não se preocupe, não lhe causarei problemas.

O tom, o simples tom, expulsava o chefe de quarteirão. O pai fechou a porta, colou sua orelha simulando ouvir passos se afastando. Depois voltou à mesa fazendo a pantomima do pé ante pé.

— Que pena — riu. — Tínhamos duas garrafas e por causa dos infortúnios da guerra só nos resta uma.

— É esse o problema.

O tio sabia incomodar falando pouco. Não exagerava a dose. Victorien soube que um dia ele seguiria aquele homem ou seus semelhantes, aonde quer que fossem; até onde fossem. Seguiria esses homens que pelo afinado musical do que dizem conseguem que as portas se abram, que os ventos parem, que as montanhas se movam. Toda a sua força sem objetivo ele confiará a esses homens.

— Você não era obrigado a dá-la — disse a mãe. — Ele teria ido embora por conta própria.

— Assim é mais seguro. Estávamos em dívida. É preciso saber comprometer.

A mãe não continuou. Compôs apenas um sorriso meio irônico, meio vencido, em seus belos lábios vermelhos daquela noite. Na guerra, ela pelo menos estava em seu lugar, porque tinha ficado onde estava; para ela, o inimigo era o marido.

Atrás da Grande Instituição se estendia um parque fechado por paredes, plantado de árvores. De dentro não se via a sua orla, tão grande era, e podia-se acreditar que as alamedas que se insinuavam sob as árvores chegavam até os picos azulados que pairavam acima das suas folhagens. Se alguém seguisse o trajeto das alamedas com a intenção de atravessar o parque, andaria muito tempo entre arbustos mal podados, sob os galhos baixos entregues a si próprios, atravessaria maciços de fetos que tornam a se fechar à passagem e águas empoçadas que escavam os caminhos abandonados; mais longe ainda passaria ao lado de lagos vazios, de fontes secas cobertas de musgo, de construções fechadas a cadeado mas cujas janelas estavam escancaradas, e chegaria enfim àquele muro, que se havia esquecido à força de evitar galhos e se afundar num colchão de folhas. O muro era sem fim, altíssimo, e só umas pequenas portas difíceis de encontrar permitiam sair; mas suas fechaduras incrustadas de ferrugem não permitiam mais abri-las. Ninguém ia tão longe assim.

A Grande Instituição concedia aos escoteiros o uso do seu parque. Era como uma floresta, só que mais segura, e nesse enclave de natureza e de religiosidade atlética, todo mundo pouco se importava com o que eles pudessem fazer, desde que não saíssem.

A patrulha dos escoteiros se reunia na casa do guarda do parque, que havia sido mobiliada com bancos de igreja. A função de guarda não existia mais, a casa estava caindo aos pedaços, acumulava friagem a cada ano. Os escoteiros de calça curta tiritavam de frio, exalando vapor. Esfregavam as mãos nos joelhos e esperavam que fosse dado o sinal para a grande brincadeira, para que pudessem se aquecer se movimentando. Mas tinham de esperar, e ouvir o preâmbulo do jovem padre de barba fina, desses que levantavam a batina no pátio da Instituição para jogar futebol com eles.

Ele sempre falava antes, e suas preliminares eram compridas demais. Fez uma exposição sobre as virtudes da arte gímnica. Para os escoteiros de joelhos de fora aquilo não significava nada mais do que "ginástica", um sinônimo pedante de "esporte", e eles continuavam a tiritar pacientemente, persuadidos de que o exercício aquece e impacientes para começá-lo. Somente Salagnon notava a insistência com a qual o jovem padre empregava o termo "gímnico", que parecia prezar. A cada ocorrência sua voz ficava suspensa, Salagnon aquiescia com um gesto de cabeça, e os olhos do jovem padre adquiriam um breve efeito metálico, como uma janela que se abre e recebe por um instante o brilho do sol; não dá para vê-lo, é curto demais para percebê-lo, mas sente-se a sua ofuscação, sem saber de onde vem.

Os escoteiros indiferentes esperavam o fim do discurso. Em seus trajes sumários tinham frio como se estivessem nus. Naquela tarde de inverno nada podia agasalhá-los, salvo se mexer, correr, se agitar de uma maneira ou de outra. Só o movimento podia protegê-los da intromissão do gelado, e esse movimento lhes era interditado.

Quando o jovem padre terminou seu discurso os escoteiros se levantaram, como se estivessem prestando atenção. Espreitavam o fim dos períodos, a voz que cai até o ponto final que se faz ouvir muito bem. Os escoteiros formados na música dos discursos se ergueram então como uma só pessoa. O jovem padre se comoveu com o entusiasmo deles, tão próprio àquela idade frágil que sai da infância, mas que infelizmente não dura, como as flores. Anunciou uma grande partida de "pegar-ver".

As regras do jogo são simples: no bosque, dois grupos se perseguem; um tem de capturar o outro. De um lado, captura-se pegando, do outro vendo. Para uns ser visto é fatal, para os outros ser pego.

O jovem padre nomeou as equipes: Minos e Medusas, dizia ele, porque era letrado; mas os escoteiros falavam de Pegadores e Vedores, porque tinham uma linguagem mais direta; e outras preocupações.

Salagnon era o rei Minos, chefe dos Pegadores. Desapareceu com seu grupo nos arvoredos do parque. Assim que ultrapassaram a orla do bosque, ele deu as ordens. Mandou seguirem a passo curto, em coluna; e eles obedeceram porque no começo a gente sempre obedece. Chegando a uma clareira organizou-os, dividiu-os em trios, cujos membros deviam andar juntos. "É só eles nos verem, que perdemos; e temos de nos aproximar até estarem ao alcance da nossa mão. A arma deles é de muito maior alcance que a nossa. Mas felizmente temos a floresta. E também a organização. Eles estão cheios de confiança porque acham que vão ganhar, mas a confiança deles os torna vulneráveis. Nossa fraqueza nos obriga à inteligência. Esta é a nossa arma: a obediência à organização. Vocês têm de pensar juntos e agir juntos, com exatidão, no momento preciso em que a ocasião se apresentar. Não devem hesitar porque as ocasiões não se repetem."

Mandou-os caminhar no mesmo passo em torno da clareira. Depois mandou-os repetir a mesma ação: no primeiro sinal, se jogar no chão em silêncio, e no sinal seguinte se levantar rápido e correr na mesma direção. Depois se jogar no chão de novo. O exercício de início os distraiu, depois eles reclamaram. Salagnon sabia que isso ia acontecer. Um dos maiores, que tinha um bonito rosto ornado com um pouco de pelos, cabelos penteados com um repartido brilhantinado, liderou o protesto.

— De novo? — disse ele quando Salagnon assobiou mais uma vez o sinal de se jogar no chão.

— É. De novo.

O outro ficou de pé. Os escoteiros tinham se grudado no solo, mas erguiam a cabeça. Com os joelhos de fora nas folhas úmidas, começavam a sentir frio.

— Até quando?

— Até a perfeição.

— Vou parar. Isso não tem nada a ver com a brincadeira.

Salagnon não manifestava nada. Olhava para ele, e o outro se esforçava para sustentar seu olhar. Os escoteiros de barriga no chão flutuavam. Salagnon designou dois grandes, quase tão grandes quanto o que o desafiava.

— Vuillermoz e Gilet, peguem-no.

Eles se levantaram e seguraram o colega pelos braços timidamente, em seguida, depois que este começou a se debater, firmemente. Como resistia, eles o seguraram duramente com um sorriso de triunfo.

Numa vala cresciam uns espinheiros. Salagnon se aproximou do prisioneiro, soltou-lhe o cinto e tirou a calça dele.

— Joguem-no ali dentro!

— Você não tem esse direito!

O outro quis fugir, foi jogado sem calça nos espinheiros. Os galhinhos farpados não o soltaram, gotículas de sangue apareceram na sua pele. Ele se desfez em lágrimas. Ninguém o acudiu. Um dos escoteiros recolheu a calça curta e jogou-a nos espinheiros, ela se emaranhou nas garras à medida que ele se debatia. Alguns riam.

— Se vocês quiserem ganhar, nossa equipe tem de ser uma máquina, vocês têm de obedecer como obedecem as peças das máquinas. E se pretendem não ser máquinas, se pretendem ter fricotes, azar o de vocês. Vão perder. E temos de ganhar.

Em cada trio ele estabeleceu uma hierarquia: designou o homem-cabeça encarregado de ouvir as ordens e transmiti-las por movimentos de dedos; e os homens-perna que deviam seguir e correr, depois virar homens-braço para pegar. Reuniu os trios em dois grupos, e confiou cada um aos dois maiores, transformados em seus esbirros, prontos agora para obedecer a todas as suas ordens.

— E você — disse à sua vítima saída dos espinheiros que vestia a calça fungando —, volte para o seu lugar e que eu não ouça mais um pio seu.

O treinamento continuou e a unidade foi obtida. Os homens-cabeça rivalizavam em entusiasmo. Quando ficaram prontos, Salagnon determinou suas posições. Escondeu-os nos arbustos, atrás de árvores grandes, à beira da trilha que penetrava no bosque a partir da casa do guarda. Esperaram.

Em silêncio esperavam misturados às folhas, escondidos debaixo dos fetos, olhos fixos naquele espaço descoberto de onde os outros viriam. Esperavam. A umidade subia do chão por suas roupas, atingia a pele que se impregnava de frio, como uma mecha se impregna de querosene. Galhos secos furavam o leito de folhas e se enfiavam na barriga deles, nas coxas, e eles se moviam devagarinho para evitá-los, depois suportavam seu contato. Diante do rosto deles apontavam os fetos de frondes aveludadas, os brotos bem enrolados e prontos a desabrochar ao primeiro sinal da primavera. Eles podiam sentir seu perfume verde vivo que contrastava com o cheiro esbranquiçado dos cogumelos molhados. A respiração deles tinha se acalmado, agora ouviam o que ressoava dentro de si; suas grossas artérias ressoavam, cada uma a caixa de um tambor cuja membrana vibrante era o coração. As árvores se chocavam lentamente, estalavam sem parar, gotas caíam aqui e ali com um ruído de papel estalando, ou neles mesmos, e eles tinham de se resolver a fazer um gesto bem lento, bem silencioso, para enxugá-las.

Os outros estavam vindo.

Um ruído de madeira ecoou, bem nítido, galho contra tronco: os Vedores passavam diante do primeiro grupo. Eles haviam batido no tronco de uma árvore seca.

Os Vedores se sobressaltaram e seguiram seu caminho. A floresta tem ruídos aos quais não se deve dar atenção; outros também que é preciso espreitar, mas não se sabe quais. Eles eram quatro, andando cautelosamente, ombro contra ombro, cada um virado para uma beira do caminho. Os Pegadores não poderiam se aproximar sem ser vistos. Eles avançavam passo a passo, as narinas tremendo; isso não adianta muito, mas quando os sentidos estão alertas todos os órgãos se inquietam juntos. Passaram diante de Salagnon, que não se mexeu, ninguém se mexia, passaram todos os quatro. Então Salagnon gritou: "Dois!", e o segundo grupo bem próximo se levantou e correu, na frente dos Vedores. Estes se voltaram para o barulho de gravetos quebrados e gritaram com uma alegria de vencedores: "Vimos! Vimos!". Obedecendo à regra, os Pegadores se imobilizaram e ergueram as mãos. Os Vedores, esquecendo toda prudência, se aproximaram para capturar os prisioneiros. Riam da felicidade de ganhar tão fácil, mas a arma deles era muito mais forte. Eles iam dizer o nome dos prisioneiros, como a regra exige, mas o riso demasiado solto os impedia de falar. Perderam tempo. "Três!", berrou Salagnon, e o terceiro grupo surgiu dos fetos, venceu com um salto os poucos passos que o separavam dos Vedores. Agarraram estes pelas costas antes que eles se virassem. Menos um, que escapou sem dizer nada, correu o máximo que suas pernas podiam e se embrenhou pelo primeiro caminho que encontrou. "Quatro!", gritou Salagnon com as mãos em concha na boca. O fujão resfolegante, que tinha parado na primeira trilha um pouco oculta, se encostando numa árvore para se recompor, foi pego pelo grupo já escondido ali, detrás dessa mesma árvore em que ele pensara ter encontrado socorro.

Outros gritos ecoaram na direção da casa do guarda-florestal. O primeiro grupo chegou, segurando pelos ombros os últimos Vedores, desconcertados, pegos por trás quando se precipitavam em direção à algazarra. Tinham corrido sem precaução, certos de fazer num piscar de olhos muitos prisioneiros, sem riscos, de longe, pela simples arma do olhar. Mas não. Todos foram pegos.

— Pronto — disse Salagnon.

— A gente viu vocês — protestaram.

— Mas não disse nossos nomes. Não disse, perdeu. Os perdedores não têm nenhum direito, eles se calam. Vamos embora.

O jovem padre tinha se instalado no ponto de encontro da patrulha, junto da estufa acesa com restos de madeira. Entraram, o que o fez sobressaltar-se; ele se levantou bruscamente deixando cair o livro de que só havia lido uma página. Pegou-o no chão e segurou-o virado para baixo de modo que ninguém pudesse ler seu título.

— Ganhamos, padre.

— Já? Mas o jogo devia durar pelo menos duas horas.

Os Pegadores mandaram os Vedores derrotados entrar, cada um entre dois outros, muito severamente. O que havia sido jogado nos espinhos estava igualmente entusiasmado por trazer seus capturados, empurrando-os um pouco, só um pouco mais que o necessário para guiá-los; e eles se deixavam empurrar.

— Bom, parabéns, Salagnon. O senhor é um grande capitão.

— Isso tudo é ridículo, padre. São brincadeiras de criança.

— As brincadeiras preparam para a idade adulta.

— Na França não há mais idade adulta, padre, pelo menos para os homens. Nosso país é povoado tão só por mulheres e crianças; e por um único velho.

O padre embaraçado hesitou em responder. O tema era delicado, o tom de Salagnon talvez provocador. Seus olhos de um azul frio procuravam transpassar os dele. Os escoteiros se comprimiam em torno da estufa onde o fogo dos gravetos mal dava para aquecer.

— Bom. Já que a brincadeira acabou, fiquemos aqui mais um pouco. Mande os prisioneiros catar lenha, isso os ensinará a perder. Alimentem o fogo, reúnam-se em torno dele. Vamos contar algumas histórias. Proponho que contemos de uma maneira adequada as façanhas do capitão Salagnon. Com rimas à sua glória e amplificação épica. Publicaremos a história no jornal da patrulha, e ele próprio vai fazer para nós as ilustrações dessa batalha, com a verve do seu pincel. Porque o herói é tanto aquele que ganha como aquele que sabe contar sua vitória.

— Como o senhor quiser, padre — disse Salagnon com um tom irônico ou amargo, ele mesmo não sabia direito; e distribuiu as tarefas, designou os grupos, supervisionou a atividade. Logo o fogo crepitava.

Do lado de fora o dia se adensava. Tornou-se opaco e isso acontecia no parque mais depressa que em outros lugares da cidade. A estufa crepitava, por sua porta deixada aberta a gente via os pedaços de brasa cintilarem, percorridos por palpitações luminosas como a superfície de uma estrela. Os escoteiros sentados no chão, bem apertados uns contra os outros, ouviam as histórias que alguns deles inventavam. Ombro a ombro, coxa a coxa, aproveitavam principalmente o calor que todos juntos produziam. Eles se abandonavam a sonhos simples feitos de percepções elementares ligadas ao grupo, ao descanso, ao calor. Salagnon se chateava, mas gostava daqueles escoteiros. As luzes do fogo formavam sombras no rosto deles, ressaltando seus olhos arregalados, suas bochechas redondas, seus lábios carnudos de crianças grandes. Pensou que, se o escotismo era uma instituição admirável, dezessete anos era uma idade estranha para praticar aqueles jogos. Seu diretor de estudos o apreciava. Ele poderia ser padre também, e chefe de escoteiros, cuidar de crianças, se consagrar à geração seguinte que talvez escapasse à sorte desta. Poderia se tornar como aquele homem sentado entre eles que sorria para os anjos, espremido entre os ombros dos dois maiores, seus braços rodeando os joelhos envolvidos pela batina. Mas a luz que ele às vezes percebia no olho do padre o dissuadia. Não desejava estar no lugar daquele homem. Mas que lugar ocupar na França de 1943?

Fez o que lhe tinham pedido: desenhou para o jornal da patrulha. Sentiu prazer em fazê-lo, felicitaram-no pelo seu talento. O desenho também é isso: dar a si mesmo o lugar onde ter prazer, delimitá-lo pessoalmente, ocupá-lo com todo o seu corpo; e além do mais, receber congratulações. Mas ele não estava seguro de que um homem inteiro pudesse ficar a vida toda no espaço de uma folha de desenho.

A fiscalização aconteceu. Vieram de noite, em quatro, como visitantes; um oficial indiferente encabeçava o grupo por dar passos mais largos que os outros; depois um funcionário da prefeitura departamental enrolado num capote, num cachecol, coberto por um chapéu de abas baixadas, apertando uma pasta de couro macio; dois soldados com fuzil ao ombro os seguiam num passo regular.

O oficial cumprimentou batendo os calcanhares e não tirou seu quepe. Estava em serviço e pediu desculpas. O funcionário apertou a mão de Salagnon pai, um pouco demoradamente demais, e se pôs à vontade. Pendurou o capote, guardou o cachecol, abriu a pasta em cima da mesa. Trouxeram-lhe os livros contábeis. Um soldado ficou diante da porta com a arma no ombro enquanto o outro foi ao depósito inspecionar as prateleiras.

Empoleirado na escada de mão ele se cobriu de uma poeira amarronzada. Lia os rótulos e lançava números em alemão. O funcionário acompanhava com sua caneta as colunas de contas e fazia perguntas precisas, que o oficial traduzia em sua língua brutal; o soldado respondia do fundo do depósito, o oficial traduzia de novo num francês melodioso para o funcionário sentado atrás dele, sem olhar para este. O oficial longilíneo se apoiava com uma só nádega na mesa, como um passarinho pronto para voar, a mão no bolso, o que levantava a parte de baixo da sua túnica. A linha dos ombros era nítida, o quepe ousadamente inclinado, o vinco da calça enfiado em suas botas esculpidas. Tinha menos de trinta anos, não dava para precisar mais, pois tudo em seus traços rivalizava entre a juventude e o desgaste. Uma cicatriz roxa atravessava sua têmpora, sua bochecha, descia ao longo do pescoço e desaparecia na gola da túnica negra. Ele fazia parte da ss, uma caveira ornava seu quepe, mas ninguém havia notado sua patente. Pousado assim, elegante ave de rapina, atleta negligente, parecia um desses cartazes de grande beleza que proclamava que a ss, em toda a Europa, decidia com indiferença entre a vida e a morte.

Sentado atrás dele, em frente ao funcionário que esmiuçava as contas, Victorien redigia uma versão para o latim; na margem do seu caderno de rascunho ele esboçava a cena: o soldado imóvel, o funcionário curvado, o oficial que esperava com um tédio muito distinto que os trabalhos de intendência terminassem; e seu pai sorridente, franco, aberto, acatando todos os pedidos, disciplinado mas sem baixeza, caloroso sem ser pegajoso, obediente, com a estrita reserva que se pode conceder aos vencidos; era a grande arte.

O funcionário por fim fechou o livro, recuou sua cadeira, suspirou.

— Sr. Salagnon, está tudo em ordem. O senhor respeita as leis da economia de guerra. Não creia que duvidássemos disso, mas os tempos são terríveis e temos de verificar tudo.

Às costas do alemão, ele concluiu com uma piscadela acentuada. Salagnon pai devolveu a piscadela e se virou para o oficial.

— Estou aliviado. É tudo tão complexo agora... — Seus lábios tremiam de tanto reter um sorriso. — Um erro é sempre possível e suas consequências em tempo de guerra são incalculáveis. O senhor aceitaria um cálice do meu melhor conhaque?

— Vamos nos retirar sem aceitar nada. Não fomos convidados para o aperitivo, caro senhor: nós o estávamos fiscalizando.

O funcionário fechou a pasta e enfiou o capote, ajudado por um Salagnon inquieto que não ousava dizer mais nada. O fato de o alemão não querer aceitar nada que ele pudesse oferecer o desestabilizava.

O soldado de volta do depósito se desempoeirava e prendeu cuidadosamente a barbela do seu capacete. O oficial com as mãos nas costas dava alguns passos distraídos à espera de que os outros terminassem de se arrumar. Parou atrás de Victorien, se debruçou sobre o seu ombro e apontou um dedo enluvado para uma linha.

— Este verbo requer o acusativo e não o dativo, rapaz. Preste atenção nos casos. Vocês, franceses, erram com frequência. Não sabem declinar, não estão acostumados como nós.

Batia na linha para ritmar seus conselhos e seu gesto moveu a folha. Ele viu o croqui à margem do rascunho: o soldado postado como uma estaca, o oficial visto de costas como um pássaro desiludido, o funcionário curvado sobre o livro, óculos no nariz, mas olhar por cima destes, e Salagnon pai sorridente piscando para ele. Victorien enrubesceu, não fez nenhum gesto para esconder, era tarde demais. O oficial pôs a mão em seu ombro e apertou.

— Traduza com cuidado, rapaz. Os tempos são difíceis. Dedique-se ao estudo.

Sua mão levantou voo, ele se endireitou, deu uma ordem seca em alemão e todos saíram juntos; ele na frente e os dois soldados fechando a marcha com um passo regular. Na soleira da porta se virou para Victorien. Sem sorrir piscou para ele e desapareceu na noite. Salagnon pai fechou a porta, esperou em silêncio alguns instantes, depois pulou de alegria.

— Levamos eles na conversa! Não perceberam nada. Victorien, que talento você tem, sua obra é perfeita!

— E lá sabemos acaso por que sobrevivemos à batalha? Mais raramente por bravura, muitas vezes por indiferença; indiferença do inimigo que preferiu por capricho atingir outro, indiferença do destino que desta vez nos esqueceu.

— O que você está dizendo?

— É o texto que traduzo.

— Esses seus versos latinos são uma asneira. Os mais espertos sobrevivem, só isso. Um pouco de sorte, lábia, e estamos com tudo. Deixe os romanos em seus túmulos e vá fazer algo de útil. Contabilidade, por exemplo.

Victorien continuou seu trabalho sem mais ousar encarar o pai. Aquela piscada de olho ficaria para sempre como a pior lembrança da guerra.

O tio voltou, jantou e dormiu, e foi embora de manhã. Não ousaram lhe falar da fiscalização. Adivinhavam que lhe dizer que tudo tinha corrido bem não o teria agradado, teria provocado seu desprezo e até sua cólera. O tio era brutal, a época assim queria; o tempo não era mais para os homens cordiais. O mundo inteiro naqueles últimos quinze anos conhecia um aumento progressivo da gravidade. Nos anos 1940 esse fator físico atingiu uma intensidade dificilmente suportável para o ser humano. Os cordiais sofriam mais com isso. Eles ficavam prostrados, amoleciam, perdiam seus limites, tornavam-se pegajosos, no fim viravam adubo, que é o purê nutritivo ideal para outros que brotam mais depressa, mais violentamente, e ganham assim a corrida ao sol.

O tio havia feito essa guerra durante os dois meses em que a França dela participara. Tinham-lhe confiado um fuzil, que ele limpava, verificava e lubrificava todas as noites, mas não havia feito um só disparo fora dos campos de tiro detrás da linha Maginot. Passou três quartos de um ano num *blockhaus*. A arma a tiracolo, ele vigiava as fortificações tão bem dispostas que nunca foram tomadas. A França foi tomada, mas não suas muralhas, que foram dignas de um Vauban, que foram abandonadas sem o menor impacto em seu belo concreto camuflado.

Dentro não era nada mal. Haviam previsto tudo. Durante a guerra anterior sofreu-se demais com o improviso. As trincheiras haviam sido um tal caos de lama, um tal cúmulo de desorganização, tão medíocres em relação às outras, haviam-se admirado tanto as trincheiras adversárias uma vez que foram tomadas, tão limpas, tão escoradas, tão bem drenadas que haviam decidido superar esse atraso. Todos os problemas que a guerra anterior havia levantado foram metodicamente resolvidos. Em 1939 a França estava pronta para enfrentar em excelentes condições as batalhas de 1915. Com isso, o tio viveu vários meses debaixo da terra em dormitórios razoavelmente limpos, sem ratos, e menos úmidos que os abrigos de argila em que seu pai havia mofado; mofado mesmo, com fungos que cresciam entre os dedos do pé. Eles alternavam alertas, exercícios de tiro e banhos de sol num porão com ultravioleta onde se entrava de óculos escuros. A medicina militar estimava que, tendo em vista a proteção de que as guarnições desfrutavam, o raquitismo seria muito mais mortífero que as balas inimigas.

Nos primeiros dias de maio, foram deslocados para uma zona florestal menos fortificada. O tempo era adequado para os trabalhos nos bosques, a terra estava seca e cheirava bem quando cavavam. Eles se enterraram em torno dos artilheiros que haviam escondido seus canhões em buracos recobertos de toras de madeira. Em meados de maio, sem nunca ter ouvido outra coisa além das brincadeiras dos camaradas, os passarinhos cantando ou o vento fazendo farfalhar as folhas, souberam que enfrentavam uma invasão. Os alemães avançavam numa barulheira de motores e bombas que eles nunca tinham ouvido, acostumados a se deitar para fazer a sesta no musgo dos arvoredos. Seus oficiais os aconselharam com meias palavras a dar o fora, e em dois dias, por fragmentos, em lascas, o regimento desapareceu.

Caminharam pelas estradas vicinais em grupos cada vez menores, cada vez mais distantes um do outro, e no fim não passavam de alguns, os amigos, caminhando mais ou menos para sudoeste sem encontrar ninguém. Salvo às vezes um carro à beira da estrada que ficara sem gasolina, ou uma fazendola abandonada cujos moradores tinham partido alguns dias antes, deixando animais que erravam nos pátios de terra batida.

A França estava silenciosa. Sob um céu de verão, sem vento, sem carros, apenas seus passos no pedrisco, caminharam por estradas margeadas de árvores, entre cercas vivas, tolhidos por suas armas e suas fardas. Em maio de 1940 fazia um calor maravilhoso, o grande capote regulamentar os incomodava, as perneiras colavam em suas pernas, o bibico de pano grosso provocava o suor sem absorvê-lo, os fuzis compridos balançavam, se chocavam uns nos outros, e dificilmente serviam de bengalas. Foram jogando tudo nas valas, caminharam de calça sem perneiras, em mangas de camisa, cabeça descoberta; até de suas armas se livraram, o que fariam com elas? O encontro de uma seção inimiga os teria liquidado. Alguns deles bem que teriam acertado algum alemão isolado, mas, tendo em vista a organização dos outros, teriam pagado caro esse pequeno prazer; e até os mais falastrões sabiam que não passava de um modo de dizer, um modo de não perder a pose; verbalmente, porque a pose já tinham perdido. Então eles jogavam fora suas armas depois de tê-las inutilizado, por desencargo de consciência, para obedecer uma derradeira vez ao regulamento militar, e seguiam mais leves. Quando passavam por uma casa vazia vasculhavam os armários e se abasteciam de trajes civis. Pouco a pouco não tinham mais nada de soldados, seu ardor havia derretido como a geada da manhã, e passaram a não ser mais que um grupo de rapazes cansados voltando para casa. Uns cortaram cajados, outros levavam um paletó no braço, era uma excursão, sob o lindo sol de maio, nas estradas desertas dos campos da Lorena.

Isso durou até cruzarem com os alemães. Numa estrada mais larga, uma coluna de tanques cinzentos parados debaixo das árvores. Os tanquistas, de torsos nus, tomavam sol em cima de suas máquinas, fumavam, comiam rindo, todos bronzeados e com seus belos corpos intactos. Uma fileira de prisioneiros franceses subia a estrada no outro sentido, guiada por reservistas de idade madura que empunhavam seus fuzis como varas de pescar. Os tanquistas sentados, pernas balançando, se interpelavam, soltavam piadas e tiravam fotos. Os prisioneiros pareciam mais velhos, mal-apessoados e malvestidos, arrastavam os pés para avançar na poeira, adultos de dar dó andando de cabeça baixa sob a caçoada de jovens atletas de roupa de banho. O grupo do tio foi capturado com um estalar de dedos, realmente. Um dos membros da escolta, que já ganhava barriga, estalou os dedos na direção deles com a segurança de um mestre-escola e lhes mostrou a coluna. Sem nada lhes perguntar, sem nem sequer contá-los, integraram-nos ao grupo. A coluna, crescendo a cada dia, continuava sua marcha para o nordeste.

Aquilo era demais, e o tio fugiu. Muitos fugiram: tinha seus riscos, mas não era difícil. Bastava aproveitar o pequeno número dos escoltadores, a indolência deles, uma curva, arbustos margeando a estrada; cada vez alguns davam no pé. Uns foram pegos e mortos na hora, largados na vala. Mas alguns fugiram. "O que me espanta, o que sempre me espantará", dizia o tio, "é que tão poucos fugiram. Todo mundo obedece." A capacidade de obedecer é infinita, é uma das características humanas mais bem distribuídas; sempre se pode contar com a obediência. O primeiro exército do mundo aceitou se dissolver, depois se rendeu por si mesmo nos campos de prisioneiros. O que as bombas não teriam conseguido, a obediência fez. Um estalar de dedos bastou: estão todos tão acostumados. Quando não sabemos mais o que fazer, fazemos o que nos dizem. Aquele cara que estalou os dedos parecia tão seguro de saber o que fazer... A obediência está inscrita tão profundamente no menor de nossos gestos que nem a enxergamos mais. Acatamos. O tio nunca se perdoou por ter obedecido àquele gesto. Nunca.

Victorien não entendia o que seu tio queria dizer. Não se via obedecendo. Traduzia textos, aprendia latim lendo velhos livros, mas isso era formação, não obediência. E além de tudo desenhava; isso ninguém tinha lhe pedido. Então ouvia os relatos do tio como relatos exóticos. Mais tarde ele partiria, enquanto isso continuava sua vida de estudante.

Às vezes ele saía com um grupo de colegas. Sair significa, em Lyon, que eles percorriam a rua central. Isso se faz em bando, bandos de rapazes e bandos de moças separados, cheios de cacarejos, olhares e risos escondidos, às vezes com o heroísmo breve de um cumprimento logo naufragado na agitação incomodada dos jovens. Essa agitação eles gastavam percorrendo a Rue de la République, num sentido depois no outro, em Lyon todo mundo faz isso, antes de ir beber alguma coisa nos cafés com toldo de lona que dão para a praça, a grande praça vazia que fica no centro. Nem passava pela cabeça de um lionês de dezessete anos não agir assim.

Entre seus colegas que ele frequentava na rua e nos cafés — frequentar é exagero — um deles o havia convidado a ir à academia de desenho.

— Venha ao curso de modelo vivo, você que é talentoso — caçoava erguendo o copo, e Victorien ficava vermelho, enfiava o nariz no seu sem saber o que responder. O outro era mais velho, desleixado, fazia o gênero artista, falava por alusões, mais ironizava do que ria, e garantia que não era qualquer um que entrava no curso de modelo vivo.

"Meu amigo é talentoso", dissera ele ao professor lhe passando duas garrafas de vinho fornecidas por Victorien, que as surrupiara da adega do pai. Com uma garrafa debaixo de cada braço, o senhor de barbicha estava de mãos amarradas, e o tempo que levou para pô-las na mesa e recobrar o uso de seus gestos, Victorien já havia sentado ao lado do amigo — chamá-lo assim é exagero — diante da sua folha branca presa com percevejos num cavalete. Entrando no jogo, o professor de desenho deu de ombros e não ligou para os sorrisos zombeteiros que o incidente havia provocado. Victorien, seríssimo, lápis na mão, começou a observar a moça no meio dos rapazes, a moça nua que fazia poses, poses que ele não sabia que era possível fazer.

Ele havia transformado numa coisa do arco-da-velha ver finalmente uma mulher nua. Seu amigo — chamá-lo assim é exagero — havia caçoado descrevendo-lhe a cena, a anatomia secreta das moçoilas, o olhar globular dos rapazes e o olhar apoplético do velho professor de desenho cuja barbicha tremia cada vez que a moça, encantos à mostra, mudava de postura.

— Mas para tanto — acrescentou —, você vai ter de pagar. Claro! Está pensando o quê?

Não era esse o problema, no entanto. Havia transformado numa coisa do arco-da-velha ver finalmente uma mulher nua, mas em absoluto não era esse o problema. Os seios, por exemplo, os seios de uma mulher nua que a gente olha não são nem um pouco como os de uma estátua, ou os daquelas gravuras que às vezes ele consultava: os seios verdadeiros são menos simétricos; têm um peso e caem; têm uma forma particular que não obedece à geometria; escapam ao olhar; apelam para a mão a fim de serem percebidos melhor. E os quadris também têm dobras e calombos que as estátuas não têm. E a pele tem detalhes, pequenos pelos, manchas, que as estátuas não têm. Claro, porque as estátuas não têm pele. A pele daquela moça se eriçava, se cobria de pequenos pontinhos, era percorrida por arrepios porque fazia frio no ateliê.

Ele tinha a expectativa de um erotismo feérico, tinha se imaginado explodindo, rastejando, babando, pelo menos tremendo, mas não era assim: diante dela, diante daquela estátua menos bem-feita, ele não sabia o que sentir; não sabia para onde olhar. Seu lápis lhe proporcionou uma postura conveniente. Traçou, acompanhou as linhas, esfregou sombras, e progressivamente o desenho ia revelando o peso real dos quadris, dos seios, dos lábios e das coxas; e progressivamente veio a emoção que ele tinha imaginado, mas de uma forma diferente. Teve vontade de apertá-la em seus braços, buscar em todo o seu corpo o calor e os arrepios, levantá-la e levá-la para outro lugar. Sua linha se tornou cada vez mais fluida, no fim da sessão ele tinha feito alguns belos esboços, que enrolou bem e escondeu em seu quarto.

Seu convívio com os estudantes de arte não durou muito. O tio pegou um dia aquele amigo — chamá-lo assim é exagero — ao sair do café onde matavam o tempo. Esperava na calçada, um ombro encostado na parede, braços cruzados. Quando o grupinho saiu rindo ele se dirigiu direto para o borra-tintas grandote e sapecou-lhe um par de sopapos. O outro desabou na hora sob o efeito tanto da surpresa e das bofetadas como do álcool que havia bebido. Os outros se dispersaram e desapareceram nas ruas laterais, menos Victorien, aparvalhado com aquela violência brusca. Seu amigo — chamá-lo assim é exagero — permanecia prostrado no chão, incapaz de se levantar, soluçando aos pés do tio imóvel que olhava para ele com as mãos nos bolsos. Mas o que assustou Victorien, muito mais que a queda do rapaz que quinze minutos antes parecia intocável, tão brilhante, tão esperto, foi a semelhança que nesse momento o tio tinha com a irmã, nos traços de seu rosto indiferente acima de um rapaz a seus pés, tombado porque ele acabava de esbofeteá-lo. Aquilo o assustou porque não compreendia o que os dois podiam ter em comum, e no entanto essa semelhança era visível.

O tio levou-o para a loja sem dizer nada. Abriu a porta para ele e apontou-lhe o interior imerso no escuro. Victorien teve um olhar interrogativo.

— Desenhe. Desenhe tanto quanto quiser. Mas deixe pra lá esse ambiente e essas pessoas. Deixe pra lá esses rapazolas, esses borra-tintas que se dizem artistas mas que um par de tabefes basta para curá-los da sua vocação. Ele devia ter se levantado e me posto abaixo com um murro, ou pelo menos tentado fazer isso. Mas não fez nada. Chorou somente. Então trate de esquecê-lo.

Empurrou Victorien para dentro e fechou a porta às suas costas. O interior estava às escuras. Victorien atravessou o lugar às cegas e foi para o seu quarto. Dormiu mal. Na escuridão do cômodo, ampliada pelo escurecimento dos olhos fechados, lhe pareceu que dormir era uma fraqueza. O cansaço o puxava para baixo, para a resignação do sono, mas a agitação procurava alçar voo, levá-lo para o alto, onde ele se chocava contra o teto, baixo demais. Esses dois movimentos travavam em seu corpo uma guerra civil que o despedaçava. Acordou de manhã exausto, abalado e amargo.

    Victorien Salagnon levava uma vida estúpida e tinha vergonha dela. Não via o que fazer quando terminasse de traduzir os velhos textos que agora ocupavam seus dias. Poderia aprender contabilidade e assumir o negócio do pai, mas a loja é odiosa. A loja sempre foi um pouco ignóbil, e em tempo de guerra se torna ignominiosa. Poderia estudar, diplomar-se, e trabalharia para o Estado francês submetido aos alemães, ou para uma empresa que participasse do esforço de guerra da Alemanha. A Europa de 1943 é alemã, e *völkisch*, cada qual encerrado em seu povo como na barraca de um bivaque. Victorien Salagnon será sempre um ser de segunda ordem, um vencido sem que tenha tido a oportunidade de combater, porque nasceu assim. Na Europa alemã, os que ostentam um nome francês — e não dá para dissimular o seu — fornecerão vinho e mulheres elegantes aos que ostentam um nome alemão. Na Europa nazista ele nunca passará de um servo, e isso está inscrito em seu nome e durará para sempre.
    Não que ele tivesse alguma coisa contra os alemães, mas se as coisas continuassem assim seu nascimento seria sua vida inteira, e ele nunca iria além. Era tempo de fazer algo contra, um ato, uma oposição, em vez de resmungar baixando a cabeça. Falou a respeito com Chassagneaux, e eles decidiram — quer dizer, Chassagneaux aceitou sem reservas a proposta de Salagnon — ir pintar nos muros palavras de ordem sem concessão.
    Era apenas o começo, e tinha a vantagem de ser feito depressa, e sozinhos. Tal ato mostraria aos franceses que uma resistência se preparava em surdina no coração das cidades, onde o ocupante está mais bem instalado. O francês está vencido, anda na linha, mas não é bobo: eis o que dirá um grafite, bem à vista de todos.
    Arranjaram tinta e dois pincéis bem grossos. A casa Salagnon tinha for-

necedores tão numerosos que foi fácil receber uma lata grande de tinta para metais, bem espessa, de boa cobertura e resistente à água, ressaltou quem a ofereceu ao filho acreditando agradar o pai. Não era branca, e sim vermelho-escura. Mas achar tinta em 1943 já estava mais do que bom; não dava para, além disso, querer escolher a cor. Essa resolvia. Decidiram que noite seria, prepararam as palavras de ordem a escrever em pequenas folhas que engoliam em seguida e realizaram durante vários domingos operações de reconhecimento para encontrar um muro. Este tinha de ser comprido o bastante para receber uma frase inteira e liso o bastante para não prejudicar a leitura. Não devia ser muito isolado, para que o lessem de manhã, e também não muito frequentado, para que uma patrulha não os atrapalhasse. Além do mais tinha de ser claro para que o vermelho se destacasse. Tudo isso eliminava o cimento bruto, o pedrisco e as pedras talhadas. Restavam as fábricas da zona leste, os compridos e pálidos muros dos galpões que os operários ladeiam de manhã indo para o trabalho. De noite as ruas estão vazias.

Na noite marcada, lá foram eles. Iluminados apenas pela lua atravessaram o Ródano e rumaram direto para o leste. Seus passos ressoavam, fazia cada vez mais frio, eles se guiavam pelo nome das ruas, decorados antes de saírem. Os pincéis os incomodavam na manga da camisa, a lata pesava nos braços, era preciso trocar de mão com frequência e enfiar rapidamente a outra no bolso. A lua tinha caminhado no céu quando chegaram ao muro que desejavam pintar. A cada esquina se escondiam, atentos ao passo ritmado de uma patrulha ou ao ronco de um caminhão militar. Não haviam cruzado com nada e se encontraram diante do muro. Este brilhava sob a lua como um rolo de papel branco. Os operários o leriam de manhã. Salagnon não tinha uma ideia precisa do que eram os operários, só que eram firmes, tenazes, e comunistas. Mas a comunidade de nação compensaria a diferença de classe: eles eram franceses, e vencidos como ele. As palavras de ordem que leriam de manhã inflamariam essa parte que não tinha lugar na Europa alemã. Os subjugados têm de se revoltar porque, se forem subjugados pela raça, nunca conseguirão nada. Claro, era preciso escrever isso com palavras simples.

Abriram a lata, o que levou tempo. A tampa fechava bem e eles tinham se esquecido de levar uma chave de fenda. Fizeram alavanca com o cabo dos pincéis, grossos demais, que escorregavam; se machucaram, o sangue agitado em suas veias fazia seus dedos tremerem, eles suavam de aflição diante daquele pote que não sabiam como abrir. Encaixaram uma pedra chata sob as beiradas da tampa, pelejaram xingando a meia-voz, e acabaram abrindo a porcaria da lata, derramando tinta no chão, manchando as mãos e o cabo dos pincéis. Estavam suando em bicas. "Ufa!", disseram baixinho. A lata aberta difundia um cheiro inebriante de solvente; no silêncio refeito Salagnon ouviu seu coração. Ouviu-o de verdade, como se de fora. Sentiu imediatamente uma tremenda vontade de mijar.

Atravessou a rua, bem larga naquele ponto, e se postou no canto de um muro. Escondido da lua urinou na base de um poste de cimento. Aquilo o aliviava infinitamente, até o exaltava, ele ia poder escrever; olhava para as estrelas no céu frio quando ouviu um "*Halt!*" que o fez estremecer. Teve de usar as duas mãos para controlar o jato. "*Halt!*" Essa palavra voa como uma pedra de atiradeira: a palavra é em si mesma um ato, ela se faz entender por todas as almas europeias: o H a propulsa como um míssil, o t abrupto acerta o alvo: "*Halt!*".

Salagnon, que não havia terminado de mijar, virou a cabeça com precaução. Cinco alemães corriam. A lua fazia brilhar as partes metálicas do seu fardamento, seu capacete, suas armas. A lata tinha ficado aberta ao pé do muro, sob um grande N já traçado cujo cheiro de solvente ele sentia em seu canto de sombra. Chassagneaux corria e o eco de seus passos nos muros se tornava agudo à medida que se afastava. Um alemão apontou e atirou, foi um breve estalo, e a corrida se interrompeu. Dois soldados trouxeram o corpo arrastando-o pelos pés. Salagnon não sabia o que fazer, continuar a mijar, fugir, levantar as mãos. Sabia que a regra é levantar as mãos quando se é pego, mas sua atividade talvez o dispensasse disso. Não sabia nem mesmo se tinha sido visto, não estava escondido atrás de nada, só a sombra o dissimulava. Não se mexeu. Os alemães depositaram o corpo debaixo do N, taparam a lata, trocaram algumas palavras cuja sonoridade se gravou para sempre no cérebro de Salagnon amolecido pelo pavor e pelo mal-estar. Eles não viram nada. Deixaram o corpo sob a letra e foram embora em coluna bem-ordenada, levando a lata e os pincéis.

Salagnon tremia, se sentia nu em seu canto, nada o escondia. Não o tinham visto. A sombra o ocultara, a ausência é mais protetora que os muros. Quando abotoou novamente a braguilha, colava. De tanto tremer, tinha coberto o sexo de tinta. Foi ver Chassagneaux: a bala tinha acertado sua cabeça

83

em cheio. O vermelho se espalhava debaixo dele na calçada. Voltou, seguiu rumo oeste pelas ruas que o levavam de volta para casa, sem tomar maiores precauções. Levantava-se um nevoeiro que o impedia de ver e ser visto. Se houvesse cruzado com uma patrulha, não teria fugido, teria sido detido; com os vestígios de tinta, acabaria na cadeia. Mas não encontrou nada, e de madrugada, depois de limpar o sexo com solvente industrial, se meteu na cama e dormiu um pouco.

Um veículo foi pegar o corpo, mas não apagaram a letra e deixaram o sangue no chão. Os caras do Propagandastaffel deram seu aviso: deixar o sinal da revolta mostraria o esmagamento imediato dela. Ou então ninguém tinha pensado em mandar alguém raspar o muro e lavar o sangue.

O corpo de Robert Chassagneaux foi exposto na place Bellecour, estendido de costas e guardado por dois policiais franceses. O sangue tinha enegrecido, a cabeça pendia sobre um ombro, estava com os dois olhos fechados e a boca aberta. Um cartaz impresso anunciava que Robert Chassagneaux, dezessete anos, tinha desobedecido às regras do toque de recolher; e fora abatido fugindo à aproximação de uma patrulha quando escrevia slogans hostis nos muros de uma fábrica estratégica. Eram relembradas as regras do toque de recolher.

As pessoas passavam pelo corpo estendido na praça. Os dois policiais um pouco recurvados que montavam guarda tentavam não ver ninguém, aquela guarda lhes pesava, não sabiam como sustentar os olhares. Naquela praça grande demais e silenciosa, ocupada o inverno todo por inquietações e neblinas, as pessoas não se detêm. Passam baixando a cabeça, enfiam as mãos nos bolsos e voltam o mais depressa possível para o abrigo das ruas. Mas em torno do jovem morto se formavam pequenos agrupamentos de donas de casa com suas sacolas de compras e de senhores de idade. Eles liam em silêncio o cartaz e olhavam para o rosto de boca aberta, os cabelos colados de sangue. Os senhores seguiam caminho resmungando, e algumas mulheres interpelavam os policiais tentando envergonhá-los. Eles nunca respondiam, murmurando sem levantar a cabeça um "Andando, andando!" apenas audível, como um estalo de língua irritado.

Quando o corpo começou a feder entregaram-no aos pais. Foi enterrado às pressas. Naquele dia todos os alunos da sua turma usaram uma fita de crepe preto que Fobourdon se absteve de comentar. Quando a campainha da noite soou eles não se levantaram; ficaram sentados em silêncio diante de Fobourdon. Durou dois ou três minutos, em que ninguém se mexeu.

— Senhores — disse ele por fim —, amanhã será outro dia.

Então eles se levantaram sem mover suas cadeiras e foram embora.

Como todos, Salagnon se informou sobre as circunstâncias da morte. Circulavam boatos, histórias excessivas que para muitos pareciam verdadeiras. Ele aquiescia sempre, passava as histórias adiante acrescentando por sua vez mais detalhes.

A morte de Chassagneaux devia ser exemplar. Salagnon apresentou uma carta que Chassagneaux teria escrito na véspera da sua morte. Uma carta de desculpas aos pais, de adeus a todos e de trágica resolução. Tinha imitado cuidadosamente a letra do colega e amassado um pouco o papel para lhe dar vida. Fez a carta circular e a entregou aos pais de Chassagneaux. Estes o receberam, o interrogaram demoradamente e choraram muito. Ele respondeu o melhor que pôde, inventou o que não sabia, num sentido sempre agradável, e assim os pais acreditavam mais nele. Agradeceram-lhe, acompanharam-no até a porta com muita gentileza, enxugaram os olhos avermelhados, e ele se despediu. Na rua, saiu correndo, o rosto enrubescido e as mãos escorregadias de suor.

Durante várias semanas se dedicou ao desenho. Melhorou sua arte copiando os mestres, de pé diante dos quadros do Museu de Belas-Artes, ou sentado na biblioteca diante de pilhas de livros abertos. Desenhava as posturas do corpo, primeiro os nus antigos, mas isso acabou por aborrecê-lo: reproduziu Cristos nus, dezenas, todos os que encontrou, depois inventou outros. Buscava sua nudez, seu sofrimento, seu abandono. Quando um artifício de trajes, panejamentos ou folhas dissimulava a nudez íntima, ele não desenhava. Deixava um vazio, sem nada no lugar, porque não sabia desenhar os culhões.

Uma noite pegou um espelhinho que sua mãe usava para a toalete. Esperou todo mundo dormir e se despiu. Pôs o espelho entre as pernas e desenhou, coxas crispadas, aquele órgão que faltava nas estátuas. Aos corpos de mulheres que ele também tinha copiado, não acrescentou nada, fechando o traço, e parecia ser assim.

Isso durou uma parte da noite. Desenhar o impedia de dormir.

Como se vive noutros lugares? Noutros lugares, jovens da mesma idade, da mesma altura, da mesma corpulência, com as mesmas preocupações quando os deixam em paz, ficavam na neve esperando não adormecer e sobretudo que sua metralhadora não congelasse; ou então em pleno deserto enchiam sacos de areia para fortificar os buracos, debaixo de um sol de que ninguém pode ter ideia antes de conhecê-lo; ou deslizavam de bruços na imunda lama tropical que se mexe sozinha, segurando acima da cabeça a arma cujo mecanismo pode travar, mas sem levantar muito a cabeça para não servir de alvo. Alguns acabavam a vida levantando as mãos ao sair de um *blockhaus* lambido pelas chamas e eram abatidos em fila como se corta urtiga, outros desapareciam sem deixar nada, num clarão, ao golpe de martelo que se segue ao assobio dos foguetes disparados ao mesmo tempo, que dilaceravam o ar e caíam juntos; e outros morriam com uma simples faca na garganta rasgando a artéria, e o sangue espirra até o fim. Outros ainda espreitavam o abalo das explosões através das paredes de aço, que os protegem de ser esmagados no fundo dos mares; outros espreitavam no visor dirigido para baixo o ponto onde soltar as bombas sobre as casas habitadas que desfilam sob seu ventre, outros esperavam o fim em barracões de madeira rodeados de arame farpado de onde nunca poderiam sair. Vida e morte se entrelaçavam ao longe, e eles ficavam no abrigo da Grande Instituição.

Claro, lá não era quente. O combustível era reservado para a guerra, para os navios, para os tanques, para os aviões, e isso impossibilitava o aquecimento das salas de aula, mas eles ficavam sentados em cadeiras diante de mesas, por trás de várias espessuras de parede que lhes permitiam conservar essa posição sentada. Não no quentinho, não chegava a esse ponto, mas no sossego.

A Grande Instituição subsistia, acendia uma vela a Deus e outra ao diabo, todos os diabos. Nunca se pronunciava a palavra "guerra", só havia uma preocupação: o exame.

O padre Fobourdon só se interessava pelo sentido moral da sua tarefa. Exprimia-se em instruções secas, e em algumas digressões eruditas que podiam dar a entender mais do que ele dizia. Mas era preciso procurar e querer esse mais e, se o houvessem feito notar, teria afetado surpresa; antes de explodir numa cólera que teria encerrado o assunto.

A cada inverno ele observava a neve cair, a penugem branca que volteava sem peso e desaparecia ao primeiro contato com as pedras que a esperavam no chão. Então bruscamente, com uma voz viva que fazia todo mundo sobressaltar, clamava: "Estudem! Estudem! É tudo o que lhes resta!". Depois percorria a classe a passos lentos entre as fileiras de rapazes mergulhados em seus trabalhos de latim. Eles sorriam sem levantar a cabeça, e esses sorrisos escondidos eram como um ligeiro chapinhar, um eco das bruscas frases lançadas no ar frio da classe, depois voltava a calma eterna do estudo: fricções de papel, rangidos de pena, breves fungadas e, às vezes, uma tosse logo abafada.

Ou então dizia: "Esse saber será tudo o que vocês puderem". Ou ainda: "Quando isso tiver acabado, nesta Europa de brutos, vocês serão os libertos; os que administram sem nada dizer os negócios de seu patrão".

Nunca desenvolvia o tema. Nunca voltava sobre o que tinha dito, não repetia. Os alunos conheciam as frases de Fobourdon, uma mania de professor. Eles as repetiam sem compreendê-las, colecionavam-nas para rir, mas se lembravam delas por admiração.

Aprendiam que em Roma o trabalho não era nada; deixavam o saber e as técnicas para os escravos e os libertos, enquanto o poder e a guerra eram o exercício dos cidadãos livres. Mesmo livre, o liberto não se desprendia da sua origem repugnante, sua atividade sempre o traía: ele trabalhava, e era competente.

Aprendiam que na alta Idade Média, durante o desmoronamento de tudo na guerra geral, os mosteiros, qual ilhas apartadas, preservavam o uso da escrita, conservavam sua lembrança por meio do grande silêncio meditativo do estudo. Aprendiam.

Então quando na primavera um homem de uniforme negro veio à turma deles falar do futuro, pareceu uma surpreendente intrusão. Ele usava um falso uniforme, mas negro, que não pertencia a nenhum exército existente. Apresentou-se como membro de uma das novas organizações que dirigiam o país. Usava botas, mais bonitas porém que a dos alemães, que parecem botas de canteiro de obras; usava as botas retas e brilhantes dos oficiais de cavalaria franceses, o que o punha sem hesitação na tradição de elegância nacional.

— A fronteira da Europa está à margem do Volga — começou ele com um tom cortante. Falava com as mãos nas costas, ombros estendidos para o teto. O padre Fobourdon pigarreou e deu um passo para se postar diante do mapa pregado na parede. Dissimulou-o com seus ombros largos.

— Nessa fronteira neva, faz trinta abaixo de zero, o solo é misturado com o gelo e tão duro que não dá para enterrar os mortos antes do verão; nessa fronteira nossas tropas lutam contra as do Ogro vermelho. Digo *nossas* tropas, deve-se dizer assim porque são as nossas, as tropas europeias, os jovens de dez nações que combatem como companheiros para salvar a cultura do avanço bolchevique. O bolchevique é a forma moderna do asiático, senhores, e para o asiático a Europa é uma presa desde sempre. Isso vai acabar, porque nós nos defendemos. Por ora é a Alemanha, mais avançada no caminho da Nova Ordem, que lidera esse levante das nações. A velha Europa deve confiar nela e segui-la. A França estava doente, agora se purifica, volta a seu gênio próprio. A França se engaja numa Revolução nacional, manterá seu lugar na nova Europa. Não há outro meio de conquistar esse lugar a não ser pela guerra. Se quisermos um lugar na Europa dos vencedores, temos de estar entre os vencedores. Os senhores devem se unir às nossas tropas, que combatem em nossas fronteiras. Logo irão receber uma convocação para os Campos de Trabalho para a Juventude, onde terão a formação necessária. Em seguida, serão integrados no novo exército que assegurará nosso lugar no mundo. Renasceremos pelo sangue.

A turma estupefata ouvia em silêncio. Depois um aluno, boquiaberto, sem pensar em pedir a palavra, balbuciou num tom queixoso:

— E os nossos estudos?

— Os que voltarem poderão continuar. Se ainda acharem necessário. Verão que a nova Europa necessita de soldados, de homens fortes, e não de intelectuais com mãos delicadas.

O padre Fobourdon se balançava na frente do mapa de geografia. Ninguém ousava tomar a palavra, mas a classe se agitava, criando um burburinho que o horrorizava. Percorreu a classe com os olhos. Era preciso acabar com aquela desordem. Designou um aluno, cuja cabeça ereta se destacava acima das outras.

— O senhor, Salagnon. O senhor parece ter algo a dizer. Diga, mas laconicamente.

— Não poderemos então fazer nosso exame de conclusão do segundo grau?

— Não. Um exame estará reservado para os senhores posteriormente. É o acordo feito com a Instituição.

— Não sabíamos.

O aparentemente militar abriu os braços, com um gesto de impotência simulada, o que aumentou o burburinho na classe; o que alargou seu sorriso matreiro e aumentou a desordem.

— Sempre foi assim — berrou o padre Fobourdon renunciando às belas frases. — Agora, calem a boca!

O silêncio se fez imediatamente. Todos fitavam o padre Fobourdon que hesitava em desenvolver o tema com um belo exemplo erudito. Desviava os olhos, suas mãos tremiam, escondeu-as atrás das costas.

— Sempre foi assim — murmurou. — Se vocês não sabiam é que vocês não ouviam.

Todos tremiam. O frio lhes pareceu mais penoso que de costume. Sentiam-se nus, irreparavelmente nus.

A primavera de 1944 se declarou em alguns dias. Março explodiu em bolas amarelas alinhadas ao longo do rio, num rosário de chamas frescas caídas do céu, em bolas de fogo solares nos jardins à beira do Saône. Em março, todas juntas, as forsítias se acendiam como um rastilho de fogo vivo, uma linha de explosões amarelas subindo em silêncio para o norte.

O tio veio bater na porta um dia, e hesitou na soleira antes de entrar. Estava com um traje diferente, camiseta e calção de cintura larga, meias subindo até os joelhos e botinas de caminhada. Deu um sorriso confuso. Ele, confuso! Sabia muito bem que notariam sua indumentária. Ela não aquecia o bastante para a temperatura daquela noite, mas anunciava o verão, o exercício metódico, a vida ao ar livre; ela o mostrava com uma ingênua ostentação. Às suas costas amarrotava um boné, um desses pratos de torta enfeitados com um escudo que se usa inclinados sobre a orelha.

— Ora, entre! — disse enfim Salagnon pai. — Mostre como está bonito. De onde vem seu uniforme?

— Campos de Trabalho para a Juventude — balbuciou o tio. — Sou oficial dos Campos de Trabalho para a Juventude.

— Você? Com sua cara de teimoso como uma mula? O que você vai fazer nos Campos?

— Meu dever, Salagnon, nada mais que meu dever.

O tio olhava para a frente, sem se mexer nem dizer nada mais. O pai hesitou em continuar naquele tom e acabou desistindo; com os subentendidos nunca se sabia aonde se ia chegar. Muitas vezes, é melhor não saber. Fiquemos com cara de sono, fiquemos com cara de nada. Não é?

— Entre, entre. Venha tomar um copo, vamos comemorar isso.

O pai se apressou, pegou uma garrafa, pôs-se com demasiada lentidão e cuidado a tirar o lacre, depois a rolha. Os gestos simples encadeados lhe davam certa compostura. O mundo estava agitado, e boa parte dessa agitação lhe escapava. Era aliás uma senhora tempestade e não se podia confiar em ninguém. Mas ele tinha de continuar, pilotar seu barco sem que ele afundasse. Continuar: está aí um projeto mais que suficiente. Encheu os copos e admirou-os por um tempo.

— Experimente. Nos Campos só vão te dar zurrapa diluída com água, servida em cantis de alumínio. Aproveite.

O tio bebeu, como se bebe água quando se tem sede. Pegou e pôs o copo de volta na mesa no mesmo gesto.

— De fato — disse ele vagamente. — Estou vendo que os negócios vão bem.

— Vão indo; quando a gente dá duro.

— O Rosenthal continua fechado? Sua porta de enrolar não foi levantada. Falência?

— Eles saíram certa manhã, como quem sai de férias. Tinham uma mala cada um. Não sei aonde foram. Com Rosenthal era só bom dia, boa noite. A gente se via na hora de abrir, e de noitinha ao fechar. Um dia ele me falou da Polônia, com seu sotaque que não tornava a conversa fácil. Devem ter ido para a Polônia.

— Você acha que alguém faz turismo na Polônia neste momento?

— Sei lá. Tenho o que fazer. E mais ainda depois que eles fecharam. Uma manhã, puf, foram embora, não sei para onde. Não vou mover céus e terra para encontrar os Rosenthal que não conheço nem de Eva nem de Adão.

A expressão o fez rir.

— E você, Victorien, conhecia o filho dos Rosenthal?

— Era mais moço. Não éramos da mesma classe.

O tio suspirou.

— Você não vai ficar triste por causa de um sujeito de que você só conhece o nome e a porta de enrolar abaixada. Tome um gole, vamos.

— Ninguém se preocupa com ninguém, Salagnon. A França desaparece porque se tornou uma coleção de problemas pessoais. Nós morremos por não estarmos juntos. É o que precisávamos: ter orgulho de estar juntos.

— A França! Ela é linda, a França! Mas não é ela que me alimenta. Além do mais, Rosenthal não era francês.

— Eles falavam francês como você, os filhos dele nasceram aqui, iam à mesma escola que o seu. Então...

— Ele não é francês, estou dizendo. Seus documentos provam, só isso.

— Você me faz rir com essa história de documentos, Salagnon. Os seus, é seu filho que faz. Mais verdadeiros que os verdadeiros.

Salagnon pai e filho enrubesceram juntos.

— Bom, não vamos brigar. Tome um gole. De qualquer modo não tenho nada a ver com Rosenthal. Eu trabalho. E se todo mundo trabalhasse como eu, não haveria mais os problemas de que você fala; a gente nem teria tempo de pensar neles.

— Tem razão. Trabalhe. E eu vou embora. Tomemos um gole. Pode ser a última vez.

À noite Victorien acompanhou o tio de pileque, para evitar por ele o encontro infeliz com uma patrulha, que ele não teria sido capaz de evitar e que teria inclusive provocado, é bem o seu gênero, quando bebe. Ele tinha entornado seu vinho sem prestar atenção no que bebia, tinha pedido mais, depois quis voltar para onde se alojava com os outros que partiam no dia seguinte rumo aos Campos de Trabalho para a Juventude.

— Vá com ele, Victorien — sua mãe pediu. E ele amparou o tio pelo cotovelo para evitar que tropeçasse na quina das calçadas.

Separaram-se à margem do Saône, trincheira escura percorrida por um vento glacial. O tio já sóbrio se aprumou, podia acabar o trajeto sozinho. Apertou gravemente a mão do sobrinho e, quando começou a atravessar a ponte, Victorien o chamou, alcançou-o correndo e lhe contou o projeto da Grande Instituição. O tio ouviu-o até o fim, apesar da camiseta e do calção que deixavam passar o vento. Quando Victorien acabou, teve um arrepio; os dois se calaram.

— Vou te mandar um passe para o meu campo — disse ele enfim.

— Isso é possível?

— Falso, Victorien, falso. Você está acostumado, não? Neste país fazem mais documentos falsos do que verdadeiros. Uma verdadeira indústria; e se os falsos se parecem tanto com os verdadeiros é que são feitos pelos mesmos que conforme a hora fazem verdadeiros e falsos. Logo, não se preocupe, o documento que você tiver servirá de atestado. Vou andando. Não gostaria de morrer de pneumonia. Na época em que vivemos, seria besta demais, eu não me consolaria se morresse de pneumonia. Não me consolaria mesmo — repetiu com um riso de bêbado.

Abraçou Victorien com um entusiasmo desajeitado e se foi. A sombra era tamanha na cidade apagada que no meio da ponte ele já tinha desaparecido.

Victorien voltou para casa, as mãos profundamente nos bolsos, a gola levantada, mas sem tiritar. Não tinha medo do frio.

Comentários II
Tive dias melhores e os abandonei

Moro agora numa toca feita num telhado. Vi numa gravura antiga a abundância em Lyon de barracos nos telhados, sempre os mesmos, tijolos e madeira, barro, telhado de um só lanço, e toda uma parede de janelas com quadradinhos de vidro voltada para o leste. Não é preciso outra janela: a cidade velha é construída no sopé de um morro, quase uma escarpa, que esconde o sol da tarde. Por minha janela mal vedada sou ofuscado todas as manhãs pelo sol nascente. Não vejo nada à frente, nada em volta, nada atrás, flutuo acima dos telhados numa luz diretamente vinda do céu. Antes de vir para cá, sonhava com vir. Agora estou aqui. Geralmente a gente progride, deseja e consegue uma casa maior, mais confortável, com mais gente dentro. A gente se relaciona melhor. Onde estou agora é quase insuportável, ninguém vem me visitar, estou sozinho e feliz em estar. Feliz da felicidade de não ser nada.

Porque tive dias melhores; tive uma casa. Tive uma mulher também. Agora moro num pombal. É engraçado onde moro, um simples calombo no caos dos telhados, nesta cidade remendada, onde nada nunca é destruído, onde nunca se muda nada, onde se acumula, onde se empilha. Moro numa caixa, num baú posto no alto dos prédios que ao longo dos séculos se acumularam à margem do Saône, como se acumulam os aluviões desse rio que endurecem e se fazem chão.

Gosto de morar numa caixa no alto dos telhados. Antes eu tinha vontade. Olhava lá de baixo essas moradias suplementares acrescentadas no ar, esses rebentos de uma cidade que não é construída mas que brota. Eu as desejava, olhando para cima, mas não sabia como entrar nelas. Desconfiava que nenhuma escada levava verdadeiramente a elas; ou então por um estreito acesso que se fecha à primeira passagem. Eu sonhava com estar diante da janela, diante de nada, e sabia que nesta cidade em desordem há lugares a que não se pode ter acesso, que são apenas pedaços de sonho. Aqui estou.

A vida aqui é simples. Sentado em qualquer parte da caixa vejo todas as minhas propriedades. Quanto ao calor, me arranjo diretamente com o céu: no inverno, o calor se evapora e a gente gela; no verão, o sol pesa tão perto que a gente sufoca. Sabia disso antes, comprovei-o depois, mas vivo numa dessas cabanas em que eu queria mesmo morar, e nunca me canso do prazer de viver nela. Vivo num quarto que virou casa. Pela janela vejo a extensão das telhas e as sacadas internas, as galerias com balaústre e as escadas, isso constitui um horizonte muito baixo e confuso, e todo o resto é céu. Quando estou sentado diante desse céu, atrás de mim não há nada mais: uma cama, um armário, uma mesa do tamanho de um livro aberto, uma pia que serve de tudo, e sobretudo a parede.

Eu me rejubilo por ter alcançado o céu. Eu me rejubilo por ter alcançado a moradia miserável de que normalmente as pessoas fogem, de que as pessoas fazem de tudo para se mudar quando progridem na vida. Eu não progrido. Eu me rejubilo.

Eu tinha trabalho, casa e mulher, que são três faces de um real único, três aspectos de uma mesma vitória: o butim da guerra social. Ainda somos cavaleiros citas. O trabalho é a guerra, a profissão um exercício da violência, a casa um fortim, e a mulher uma presa, jogada de través no cavalo e levada embora.

Isso só pode espantar os que acreditam viver de acordo com as suas opções. Nossa vida é estatística, as estatísticas descrevem a vida melhor do que todos os relatos que podemos fazer. Somos cavaleiros citas, a vida é uma conquista: não estou descrevendo uma visão de mundo, mas enunciando uma verdade numérica. Vejam quando tudo desmorona, vejam em que ordem desmorona. Quando o homem perde seu trabalho e não arranja outro, tomam sua casa, e sua mulher o deixa. Vejam como tudo desmorona. A esposa é uma conquista, ela se viu assim; a esposa do executivo desempregado largará o derrotado que não tem mais força para se apoderar dela. Ela não pode mais viver com ele, ele a enoja, arrastando-se em casa durante o horário do escritório, ela não suporta mais essa larva que se barbeia menos, se veste mal, vê televisão de dia e faz gestos cada vez mais lentos; esse derrotado que tenta se safar, mas fracassa, faz mil tentativas, se agita, afunda e soçobra irreversivelmente num ridículo que amolece seu olhar, seus músculos, seu sexo, esse derrotado a repugna. As mulheres se afastam dos cavaleiros citas caídos no chão, desses cavaleiros desmontados maculados de lama: é uma realidade estatística que nenhum relato pode mudar. Os relatos são todos verdadeiros, mas não pesam nada diante dos números.

Eu havia começado bem. Na época da I República de Esquerda, éramos governados por um Leviatã ameno, tolhido por seu tamanho e sua idade, ocupado demais em morrer de solidificação para pensar em devorar seus filhos. O Leviatã caipira oferecia um lugar para todos, no Estado da I República de Esquerda. Ele cuidava de tudo; cuidava de todos. Eu trabalhava numa instituição do Estado. Tinha uma bela situação, morava num belo apartamento, com uma mulher lindíssima que haviam batizado de Océane. Eu gostava muito desse nome que não queria dizer nada, privado que é de toda memória; dão esses nomes por superstição como um presente de fada, para que a criança tenha sorte desde o início. Eu tinha meu lugar no elevador social. Ele subia. Estava fora de cogitação que ele pudesse descer, teria sido uma contradição em termos. Não se pode conceber o que a língua não diz.

Que tempos heroicos foram aqueles, os primeiros tempos da I República de Esquerda! Esperávamos por ela fazia tanto tempo. Quanto durou? Catorze anos? Três meses de verão? Apenas a noite do domingo em que ele foi eleito? Desde o dia seguinte, desde o dia seguinte talvez, a coisa se degradou, como a neve que já se achata desde o último floco caído do céu. O elevador pôs-se a descer; e além do mais, eu saltei. A queda é uma forma de gozo. Sabemos bem disso no sonho: quando a gente cai, ela provoca um leve desprendimento do ventre, que flutua como um balão de hélio no céu abdominal. Isso se parece, essa flutuação, com o que era a excitação sexual antes de a gente saber que o próprio sexo é excitável. A queda é uma forma muito arcaica de prazer sexual; então gostei de cair.

Quase cheguei lá. Moro numa porção da cidade antiga que não renovam, porque não encontram as escadas para ir até ela. Estou acima dos telhados; vejo os prédios por seus cumes anônimos, não posso reconstituir o traçado das ruas de tal modo os telhados são desordenados. As instalações elétricas datam da invenção da eletricidade, com interruptores de girar e fios isolados com uma capa de algodão. O reboco dos corredores não é pintado e se cobre de algas que vivem da luz das lâmpadas. O piso é revestido com lajotas de barro cozido que racham, quebram, se desfazem e exalam o perfume de argila dos cacos de cerâmica num campo de escavações arqueológicas.

Quando saio, eu o vejo! Está deitado ao pé da placa que indica não estacionar, enfiado num saco de dormir de que só fica fora a mecha imunda do topo do crânio. Diante da minha porta, o mendigo do bairro não deixa aparecer nada. Quando dorme mostra apenas um esboço de forma humana, essa forma que os *body bags*, os sacos para cadáver de plástico preto em que são acomodadas as baixas militares, tentam esconder.

As calçadas são estreitas, tenho de passar por cima dele. Ele se enrola em torno da placa de trânsito que proíbe estacionar. Parece uma presa caída numa teia de aranha. É conservado vivo, suspenso num casulo, espera que ela o coma. Está no fim da sua queda, mas rente ao chão a gente leva muito tempo para morrer.

Eu compreenderia que se espantassem com minha atração pela queda. Poderia ter feito o mais simples: pular da janela. Ou pegar um saco e ficar na rua. Mas o que eu faria na rua? Melhor morrer; e não é o que quero. Quero é cair, e não ser caído. Espero cair lentamente e que a duração da queda me diga a altura em que eu estava. Não é acaso injurioso, como são injuriosos os desgostos dos endinheirados? Injurioso para os que caem de verdade e não queriam cair? O verdadeiro sofrimento acaso não impõe se calar? Sim: se calar.

Nunca os que sofrem pedem para se calar. Os que não sofrem, em compensação, tiram proveito do sofrimento. O sofrimento é um lance no tabuleiro do poder, uma ameaça velada, uma incitação a fazer silêncio. Vão para a rua, se vocês quiserem! Se não estiverem contentes: fora! Se isso não lhes convém, a porta da rua é serventia da casa! Há quem espere atrás dela; ficariam contentíssimos com o lugar de vocês. Até mesmo com um lugar um pouco menos bom; eles se contentariam. Vai-se propor a eles uma posição menos boa, e eles vão se calar. Contentes por tê-la. Vai-se negociar uma posição abaixo, vai-se negociar a escala social encurtando-a. Vai-se negociar o elevador social descendo. É preciso se mexer, se calar. Se reduzir. Pedir menos. Se calar. Os mendigos são como as caveiras postas no alto de estacas na entrada dos territórios controlados pela guerra: ameaçam, impõem o silêncio.

Me desinstalo. Vivo agora num só quarto onde faço tudo; faço bem pouco. Posso juntar tudo o que possuo em duas malas; posso levar as duas, uma em cada mão. Mas isso ainda é muito, não tenho mais mão livre, seria bom cair ainda mais. Gostaria de me reduzir a meu envoltório corporal, para lavar a alma. Lavar de que, a alma, não sei; mas então saberia.

Não te aflijas, alma minha: a grande nudez não tardará. E então saberei.

Tive dias melhores, e os abandonei.

Com minha mulher tudo ia mal sem ruídos, nada explodia nunca. Os rangidos que percebíamos atribuíamos à incompreensão dos sexos, tão comprovada que escrevem livros a respeito, ou ao desgaste do cotidiano, tão comprovado que escrevem outros livros a respeito, ou ainda às vicissitudes da vida, que não é fácil, como se sabe. Mas nosso ouvido nos enganava, esses rangidos eram arranhões, nós ouvíamos o ruído contínuo da escavação de uma galeria de mina bem debaixo dos nossos pés. A mina explodiu chegada a sua hora, num sábado. Os fins de semana são favoráveis aos desmoronamentos. A gente se vê mais, e por mais que sobrecarreguemos a agenda sempre resta uma folguinha. Sempre resta um pouco de vazio nesses dois dias em que a gente não trabalha. Que belo massacre foi!

Começou como sempre por um programa bem preciso. Não acreditem que o tempo livre é livre: ele é só organizado de outra maneira. Sábado de manhã, portanto, compras; de tarde, shopping center. As palavras são diferentes porque não é exatamente a mesma coisa. A primeira é uma obrigação, a outra um prazer; a primeira uma chatice utilitária, a outra um prazer que a gente busca.

De noite: amigos, em casa. Outros casais, com os quais jantaremos. Domingo de manhã, acordar tarde, é um princípio. Um provável momento de sensualidade, um pouco de exercício, uma roupa descontraída, um *brunch*, à tarde não lembro mais o que seria. Porque não chegamos à tarde. Naquele dia não fizemos nada e de tarde ela chorou o tempo todo. Ela chorava sem parar, diante de mim, eu não dizia nada. Saí.

Como casal praticávamos principalmente as compras. As compras fundam o casal; o sexo também, mas o sexo nos inscreve apenas pessoalmente, enquanto as compras nos inscrevem como unidade social, atores econômicos competentes que mobiliam seu tempo, ocupam com móveis esse tempo que nem o trabalho nem o sexo preenchem. Entre nós, falávamos de compras, e nós as fazíamos; com os amigos falávamos de nossas compras, as que tínhamos feito, as que desejávamos fazer. Casas, roupas, carros, equipamentos e assinaturas, música, viagens, eletrônicos. Isso ocupa o tempo. Podemos, entre nós, descrever infinitamente o objeto do desejo. Este se compra, pois é um objeto. A linguagem o diz, e tranquiliza que a linguagem o diga; e proporciona um desespero infinito que nem dá para dizer.

No sábado em que tudo explodiu fomos ao hipermercado. Empurramos nosso carrinho entre uma multidão de outros casais bem vestidos. Eles vinham juntos, como nós, e alguns traziam crianças pequenas sentadas no assento do carrinho. Alguns até levavam o bebezinho em seu carrinho. Deitado de costas, olhos abertos, o bebê olhava para os tetos falsos de que pendiam imagens, ele se via rodeado por uma agitação, uma barulheira que não compreendia, ofuscado pela luz que os outros não veem, mas ele sim, porque está de costas e de olhos abertos. Então o bebê desatava a chorar, berrava sem conseguir parar. Os pais logo batiam boca. Ele sempre se impacientava: estavam demorando muito, ela queria ver tudo, hesitava ostensivamente, marcava com competência o momento da escolha, e tudo se arrastava; e ela sempre se espantava: ele arrastava os pés como se achasse chato estar ali, em família, comprava qualquer coisa, às pressas. Ele fazia uma cara de quem não aguentava mais e fingia olhar para o outro lado. O bate-boca estourava, todo mundo com as mesmas frases, já formadas antes de eles abrirem a boca. O bate-boca de casal é tão codificado quanto as danças simbólicas da Índia: mesmas poses, mesmos gestos, mesmas palavras que falam por si. Tudo remete a costumes de representação, e tudo é dito sem que seja preciso dizer. A coisa se passa assim, nós não éramos exceção. Só que entre nós o conflito não explodia, mas porejava como um suor porque não tínhamos filho para fazê-lo vir à luz do dia.

Naquele sábado em que a mina em escavação explodiu, fomos juntos empurrar um carrinho no hipermercado. Fui pegar as carnes resfriadas e fiquei abobalhado diante dos balcões horizontais iluminados de dentro. Debrucei-me e fiquei imóvel, iluminado por baixo, e devia meter medo com sombras invertidas em meu rosto, o queixo que pendia, o olhar fixo. Meu bafo produzia uma névoa branca. Peguei uma bandeja envolta num filme plástico cheia de carne em cubos e lentamente passei-a para a outra mão; depois devolvi e peguei outra, e assim por diante, não muito depressa, fiz os pacotes de carne passarem diante de mim num movimento em câmara lenta de esteira rolante, um movimento circular sem começo nem fim, inibido pelo frio. O gesto ia sem que eu fosse junto. Tinha de escolher, mas não sabia o quê. Como não hesitar diante de gôndolas tão cheias? Bastaria estender a mão naquela abundância, fechá-la ao acaso, e teria resolvido o problema do menu da noite; mas naquele dia não se tratava apenas de comer. Eu mantinha acima do balcão um movimento que era incapaz de interromper, passava a carne em cubos de uma mão à outra, pegava e punha de volta, sempre o mesmo gesto, eu virava a carne, incapaz de parar, incapaz de sair dali, representando sem que eu quisesse, não mesmo! sem que eu quisesse! uma caricatura de tempo que não passa mais. Não sabia aonde ir.

Eu devia meter medo iluminado por baixo, cercado de uma névoa saída da minha boca, paralisado acima do balcão, somente as mãos agitadas, mas sempre com o mesmo gesto, tocando sem me decidir a carne que havia sido cortada sem ódio, da maneira mais sensata, da maneira mais técnica, de modo que não seja mais carne, e sim alimento. Os que notavam minha presença se afastavam de mim.

Eu não sabia aonde ir porque não sentia nada; não sabia escolher porque o que eu via me era indiferente. As carnes permaneciam mudas, falavam por etiquetas, eram apenas formas, de um rosa acentuado, cubos envoltos em poliuretano, não eram mais que formas puras; e para decidir entre as formas é preciso usar a razão discursiva; e a razão discursiva não deixa decidir nada.

As carnes formavam um monte abaixo de mim, no balcão refrigerado que conserva tão bem a nossa carne, na luz sem sombra do neon que dá a tudo uma coloração igual; eu não sabia aonde ir. Não conseguia nem mesmo adivinhar em que direção ia o tempo. Então repetia o mesmo gesto de pegar e de ver, depois punha de volta. Poderia ter continuado assim até morrer de frio, tombar congelado no balcão refrigerado e ficar entre as carnes, forma demasiado mal cortada, demasiado orgânica, demasiado aproximativa, posta acima do monte bem-ordenado das carnes pré-cortadas.

A voz de Océane é que evitou que eu morresse congelado ou levado pelos seguranças da loja. Sua voz sempre me despertava, sempre levemente alta demais, porque sempre demasiado forçada por demasiada decisão.

— Olhe — dizia ela. — O que é que você acha?

E passou debaixo do meu nariz uma bandejinha preta cheia de cubos vermelhos, como se para eu cheirar, mas eu não sentia cheiro algum. Também não enxergava direito porque estava com os olhos no vazio, tendo cessado de distinguir o que estava longe do que estava perto.

— Um bom *bourguignon* — diz ela —, com cenoura. E uma salada de entrada, peguei dois pacotes, uma tábua de queijos, eu vou buscar. Você se encarrega do vinho?

Ela continuava a passar a carne diante de mim com uma mão maquinal, debaixo do meu nariz, debaixo dos meus olhos, esperando uma aprovação, um sinal de entusiasmo, qualquer coisa que mostrasse que eu tinha entendido, que concordava, que ela tivera uma excelente ideia; mas eu admirava a geometria da carne. Os cubos macios bem ortogonais faziam um belo contraste com o negro do poliestireno. Um lencinho no fundo da bandeja absorvia o sangue; um filme esticado isolava o todo do ar e dos dedos. O corte era preciso, e o sangue invisível.

— São cubos. Não há nenhum animal com essa forma.

— Que animal?

— O que mataram para cortar a carne.

— Pare com isso, que coisa mais sinistra. Gostou do menu do jantar?

Peguei de novo o carrinho, o que passou por uma forma de aprovação masculina, um sinal detestável, mas que todo mundo entende. Erguendo os olhos para o teto, ela jogou a bandeja no carrinho aramado. A bandeja caiu bem em cima dos pacotes de folhas de salada cortadas, lavadas e selecionadas, ao lado de um saco coberto de cristais de gelo cheio de cenouras congeladas.

Íamos empurrando o carrinho ao lado dos refrigeradores a céu aberto. Uma grande vidraça mostrava o açougue da loja. A iluminação uniforme se refletia nas paredes de ladrilho, não deixando sombras, exibindo todos os detalhes da atividade de corte. Carcaças estavam penduradas nos trilhos fixados no teto, algumas no meio do recinto, outras esperando atrás das cortinas de plástico. Eram grandes mamíferos, eu os via por sua forma, pela disposição dos ossos e dos membros, temos os mesmos. Homens mascarados iam e vinham empunhando facas enormes. Calçavam botas de plástico em que escorriam manchas vermelhas, metidos em aventais brancos que flutuavam acima da roupa de trabalho, e na cabeça toucas que cobriam os cabelos, como as que as pessoas usam para tomar banho. Máscaras de pano dissimulavam seus narizes e bocas, não dava para reconhecê-los, só para ver se usavam óculos ou não. Alguns tinham na mão esquerda uma luva de malhas de ferro, empunhavam a faca com a outra; com a mão enluvada guiavam o rolamento das carcaças suspensas para expô-las à luz e na outra mão a faca brilhava. Outros fantasmas empurravam carrinhos cheios de baldes, e nos baldes boiavam restos vermelhos raiados de branco. Silhuetas mais moças lavavam o chão com água pressurizada, nos cantos, debaixo dos móveis, depois passavam os rodos de borracha. Tudo reluzia de uma limpeza perfeita, tudo brilhava de vazio, tudo não passava de transparência. Eles manipulavam instrumentos perigosos como navalhas, e os jatos d'água limpavam o chão sem interrupção. Não dava para reconhecer ninguém.

Por que não suportamos mais a *nossa* carne? O que fizemos? O que fizemos que não sabemos, para não suportá-la mais? O que esquecemos que tem a ver com o tratamento da nossa carne?

Rolaram metade de um boi pendurado num gancho que furava seus membros. Eu pensava num boi por causa do seu tamanho, mas não podia ter certeza, pois tinham tirado a pele e a cabeça, tudo o que possibilita um verdadeiro reconhecimento. Só restavam dele os ossos cobertos de vermelho, os tendões brancos na extremidade dos músculos, as articulações azuladas no ângulo das patas, os músculos inchados de sangue onde boiava a espuma branca da gordura. Armado de uma serra elétrica um homem mascarado atacou o corpo carnal. A carcaça vibrava sob a lâmina, ele destacou um vasto quarto que tremeu, hesitou e caiu de uma só vez. Pegou-o no ar e jogou-o em cima da mesa de aço em que outros, mascarados e munidos da luva de ferro, o trabalharam à faca. Eu não percebia os barulhos. Nem o uivo da serra, nem seu ruído de roedor no osso, nem os impactos da carne que cai, nem o leve deslizar das facas, nem o leve tilintar das luvas, nem os jatos d'água que lavavam sem interrupção toda a extensão do chão, que não deixavam se formar debaixo da mesa poças de sangue. Eu via só a imagem. Uma imagem detalhada demais, perfeita demais; iluminada demais e nítida demais. Tinha a impressão de assistir a um filme sádico porque faltavam o barulho, o cheiro, o contato, o toque mole da carne e sua entrega à faca, seu perfume enjoativo de vida abandonada, seu estalo flácido quando ela cai numa superfície dura, sua frágil elasticidade de corpo privado de pele. Faltava tudo o que podia me assegurar da minha presença. Restava apenas o pensamento cruel, aplicado ao corte em cubos de uma carne como a nossa. Tive uma náusea. Não de ver aquilo, mas de ver somente, sem sentir mais nada. Só a imagem flutuava, e fazia desagradavelmente cócegas no fundo da minha garganta.

Baixei os olhos, me desviei dos grandes painéis de vidro onde era afirmada a limpeza do abate, e passei ao longo dos refrigeradores onde as carnes eram dispostas por categorias. Vísceras, boi, carneiro, animais, porco, crianças, vitela.

"Animais", dá para imaginar. É uma frase truncada: queriam dizer carne para animais. Mas "crianças". Entre porco e vitela. Examinei de longe aquelas bandejas sem ousar pegar nenhuma com medo da reprovação. Sob o filme plástico bem esticado, a carne aparecia fina e rosada. Correspondia ao nome. Carne, crianças. Mostrei a etiqueta a Océane, com um esboço de sorriso trêmulo pronto a se abrir num riso franco se ela tivesse me dado o sinal, mas ela sempre compreendia tudo. Varreu essa bobagem com um alçar de ombros, uma sacudidela um pouco cansada da cabeça, e seguimos pelos compridos corredores. Continuamos nossas compras, ela consultava a lista em voz alta, e eu, empurrando o carrinho, meditava sem parar sobre a natureza das carnes e seu uso.

Voltávamos de carro quando fomos surpreendidos pelos engarrafamentos à margem do Saône. Ao longo da feira os caminhões em fila dupla invadiam as vias de circulação. Os faróis ficavam vermelhos por muito tempo, esperávamos muito mais do que queríamos, os carros amontoados em grande número na marginal mal avançavam, aos arrancos, num fervilhar de gases deletérios que felizmente o vento suave do rio enxotava. Eu tamborilava no volante, meus olhos erravam, e Océane dava os últimos retoques no seu menu.

— O que poderíamos imaginar de novo para a sobremesa? Do que você gostaria?

Do que eu gostaria? Recobrei o controle de meus olhos e olhei-a fixamente. Do que eu gostaria? Meu olhar devia ser inquietante, eu não respondia, ela ficou perturbada. Do que eu gostaria? Abri a porta do carro e saí. O motor ronronava, esperávamos na fila que o sinal abrisse.

— Vou ver o que posso encontrar — falei apontando para a feira.

Bati a porta e me esgueirei entre os carros parados. O sinal abriu, eles voltaram a andar, eu incomodava. Eu evitava os carros com alguns pulos, cumprimentando com um gesto da mão os que buzinavam e faziam seus motores roncar. Imagino que Océane tenha assumido o volante, preferindo não atrapalhar a passagem a me seguir largando as compras. Derrapando nos legumes jogados no chão, me reequilibrando em cima de um papelão úmido, esmagando um caixote com um barulhão, cheguei à feira.

Inseri-me na multidão de carregadores de sacolas que circula lentissimamente entre as barracas. Procurei os chineses. Encontrei-os pelo cheiro. Acompanhei o cheiro estranho da comida chinesa, esse cheiro tão particular que de início a gente não conhece, mas que depois não esquece mais porque é tão reconhecível, sempre o mesmo, devido ao uso repetido de certos ingredientes e de certas práticas que não conheço, mas cujo efeito posso identificar de longe, pelo cheiro.

De tanto comer assim será que os chineses conservam esse cheiro? Quer dizer: o trazem consigo, neles, em sua boca, seu suor, debaixo dos braços, em torno do sexo? Para saber seria preciso beijar longamente uma bela chinesa, ou menos bela, pouco importa, mas lambê-la continuamente em todas as suas partes para tirar a dúvida. Para saber se a diferença entre as raças humanas consiste numa diferença de cozinha, uma diferença de práticas alimentares que ao uso impregnam a pele, e todo o ser, até as palavras e enfim o pensamento, seria preciso estudar minuciosamente a nossa carne.

Graças a esse perfume em torno deles logo encontrei o açougueiro chinês. Sob sua barraca de lona pendiam em linha tripalhadas laqueadas. Não sei o nome desse pedaço de carne, nem sei se tem um nome em francês ou numa língua europeia: são entranhas, mas completas, sem esquecer nada, entranhas de cor vermelha, penduradas pela traqueia num gancho de ferro. Como conheço um pouco de anatomia vejo vagamente de que órgãos se trata e, sem poder dar um nome exato ao animal, farejo uma ave; ou pelo menos um volátil.

Não sei o que eles fazem com isso. Os livros de culinária chinesa que encontramos na França nunca dizem nada a esse respeito. Nesses livros, fala-se apenas dos pedaços nobres, cortados à faca, de acordo com as regras de um abate preciso, de acordo com os recortes naturais do animal. Nunca mostram horríveis vísceras, que no entanto se comem. Estas são de um realismo de arrepiar, e me arrepio ainda mais à ideia da maneira como são tiradas. Não há meios, creio eu, de dissolver a pele, a carne, os ossos e só guardar intactas as entranhas em sua disposição natural. Tem-se de introduzir a mão na goela do bicho, vivo certamente, para que as vísceras ainda estejam infladas pela respiração, depois pegar o nó aórtico, ou qualquer outro ponto consistente, e girar para arrancar, e puxar para que a coisa venha: a coisa cede, e toda a parte de dentro vem na mão, ainda quente e respirando. Mergulha-se rapidamente no caramelo vermelho para fixar as formas como elas são, para mostrá-las sem nada inventar; mas quem inventaria esses órgãos? Como se poderia inventar a tripalhada? Pode-se inventar o interior do corpo, a carne mais profunda, palpitante, moribunda, pendurada? Como se poderia inventar o verdadeiro? Basta simplesmente pegá-lo e mostrá-lo.

Parei, portanto, sob o teto de lona do açougueiro chinês, admirando as tripalhadas penduradas, laqueadas de vermelho. Oh, gênio chinês! Aplicado aos gestos, e à carne! Não sei como se comem essas vísceras pintadas, não sei como são preparadas, nem imagino; mas cada vez que passo aqui e as vejo penduradas, tão realistas, tão verdadeiras, tão vermelhas, paro e sonho, e isso produz em mim um pouco de saliva que não ouso engolir. Decidi enfim comprar um cacho. O açougueiro vestido de branco falava um francês difícil de entender. Com a maioria dos clientes só utilizava o chinês. Resolvi não perguntar nada, as explicações seriam aborrecidas, certamente decepcionantes, e além do mais minha imaginação me guiaria. Cheio de segurança apontei para uma tripalhada com uma cara de entendido e ele a embrulhou para mim num plástico estanque.

Voltei em meio à multidão compacta, atravessei o empurra-empurra, os gritos dos feirantes, o falatório incessante, os cheiros de tudo o que se come, e levei aquele saco de plástico pesadíssimo com uma felicidade inexplicável.

Mas aquilo não bastaria para alimentar nossos convidados; procurei outra coisa, as narinas trementes. Um vapor me deteve. Gorduroso e frutado, de uma riqueza enlouquecedora, emanava de uma panela barriguda posta na chama de um tripé a gás. Um homem cingido de um avental que se arrastava no chão mexia o conteúdo. A panela chegava à sua cintura e sua colher de pau tinha um cabo de porrete; eu teria dificuldade de segurá-la com uma mão só e ele a girava sem esforço como uma colherzinha de café numa xícara. O que ele misturava era vermelho, quase preto, em ebulição no centro, e acima boiavam em círculo ervas e tirinhas de cebola. "Morcela!", berrava ele. "Morcela! A verdadeira morcela!" Ele insistia em "verdadeira". "Não é coisa para mocinhas, isto, a verdadeira morcela de porco!"

Tinha um cheiro tremendamente bom, fervilhava de forma deliciosa, borbulhava com um barulhinho igual ao de quando a gente ri sarcasticamente de satisfação ao fazer coisas horríveis mas deleitáveis. Um moleque de orelhas grandes e buço trazia baldes vacilando com o peso. Nos baldes trazia o sangue; bem vermelho, espumante nas beiras, sem transparência. Quando o jovem auxiliar lhe estendia sua carga, o mestre charcuteiro pegava-a com uma só mão, uma mão gorda, peluda, matizada de púrpura, e com um só gesto esvaziava o balde na panela. Derramava um balde inteiro de sangue espesso, derramava todo o sangue de um porco degolado com um só gesto, e a fervura recomeçava. Ele mexia uma panela de sangue com uma colher cujo cabo era um porrete. Com o que havia cozinhado enchia as tripas até quase estourar. Trabalhava num vapor pesado que tinha um cheiro gostoso. Comprei vários metros de morcela preta. Quando lhe pedi para não cortar mas para deixar inteira, ele se espantou, mas sem dizer nada embrulhou com cuidado. Pôs tudo numa grande sacola para mim, reforçando-a com outra para que não cedesse, e me passou com um piscar de olhos. Aquela sacola equilibrou a primeira e multiplicou meu prazer.

Aquilo era bom, mas não bastaria; as partes internas não são tudo. Precisava arranjar outras partes para que o banquete fosse bem farto.

Um africano me inspirou. Ele falava altíssimo com uma voz de baixo, interpelava os homens chamando-os de patrão, ria disso, e as mulheres ele cumprimentava com uma piscadela e soltava um elogio adaptado a cada uma, e elas seguiam em frente sorrindo. Vendia mangas madurinhas e umas bananas pequenas, montinhos pontudos de especiarias, frutas de cores violentas e retalhos de frango: carcaças nuas, asas truncadas, pés ainda com unhas. Comprei umas cristas de galo de um vermelho vivíssimo, como se infladas com hidrogênio, prestes a pegar fogo ou a sair voando. Embalou-as prodigalizando-me conselhos cúmplices, elas tinham virtudes. Estendeu-as a mim com um sorriso que me encheu de alegria.

Acho que perdi a cabeça, pensei. A cabeça não é capital, como diz o refrão? Encontrei-a na barraca de um cabila.* O velho açougueiro de guarda-pó cinza, mangas arregaçadas nos antebraços em que músculos e ligamentos apareciam como se fossem cordas, desossava um carneiro a golpes de cutelo. Atrás dele outras carnes espiavam. Num assador fechado fileiras de cabeças eram assadas. Via-se seu movimento através de um vidro não muito limpo; giravam com pequenas sacudidelas, enfileiradas no espeto, caramelizando a fogo brando. Os olhos fixos das cabeças haviam rolado, elas mostravam a língua de lado; enfileiradas, cortadas rente à laringe, as cabeças de carneiro giravam havia horas no assador fechado, marrons e crepitantes, apetitosas, cada indivíduo reconhecível. Comprei três. Ele as enrolou num jornal, pôs tudo num saco plástico, e com um meneio de cabeça que dizia tudo me passou as cabeças. Geralmente elas só agradam aos velhos árabes glutões, os que se contentam em esperar o fim. Isso me rejubila ainda mais.

Carregado de bagagens odoríferas, voltei para casa. Joguei-as na mesa, o que fez um barulho mole de esmagamento. Abri os sacos e o odor escapou. Os odores são partículas voláteis, fogem das formas materiais para constituir no ar uma imagem que a gente percebe pelo vão da alma. Dos alimentos que eu havia trazido emanava um odor físico: vi o vapor azulado que saía dos sacos, o gás pesado que escorria para o chão, colava na parede, invadia.

Océane também via, seus olhos arregalados não se mexiam mais, eu não sabia se ela ia berrar ou vomitar; ela também não. Na hora ela não disse nada. Diante dela aquilo se achatava na mesa; aquilo se mexia sozinho. Desembrulhei minhas carnes, quando acabei ela teve um soluço; mas recobrou o controle.

— Você achou isso na feira? Ao ar livre? Que nojo!

— O quê? O ar livre?

— Não: isto! Não é proibido?

— Sei lá. Mas olhe as cores. Vermelho, dourado. Brilhos, bronzes, todas as cores da carne. Deixa comigo.

Me enrolei num grande avental e guiei-a pelos ombros para fora da cozinha.

---

* Povo da Cabília, região montanhosa do norte da Argélia, banhada pelo Mediterrâneo. (N. T.)

— Eu cuido de tudo — falei, tranquilizador. — Gaste tempo com você, se arrume bem bonita como você sabe fazer.

Meu entusiasmo interior não era desses sentimentos que se discutem: fechei a porta atrás dela. Servi-me uma taça de vinho branco. A luz que passava através dele tinha a cor do bronze novo; e seu perfume era o de uma picaretada ao sol numa pedra calcária. Esvaziei-o para me impregnar dele e me servi outra taça. Peguei os instrumentos; o cabo das facas se adaptava à minha palma; a inspiração vinha. Dispus as vísceras na mesa. Reconhecia todas elas como fragmentos de animais abatidos. Meu coração se inflamou ao vê-las tão reconhecíveis, e eu lhes era reconhecido por elas se mostrarem tais como são. Após alguns segundos de hesitação, aquela que a gente tem diante da página em branco, passei-lhes a faca.

Numa bruma alaranjada, álcool e sangue, pratiquei uma cozinha alquímica; transmutei o sopro de vida que inflava aquelas vísceras em cores simbólicas, texturas desejáveis, perfumes reconhecíveis como sendo os dos alimentos.

Quando voltei a abrir a porta da cozinha, meus dedos hesitavam, tudo em que tocava deslizava e eu deixava uma marca avermelhada. O que eu via também, quando se mexia deixava um rastro luminoso, um halo orientado que levava tempo para se apagar.

Océane apareceu diante de mim e não se lhe poderia fazer nenhum reparo. Um vestido branco a envolvia de um só gesto e suas formas modeladas cintilavam de reflexos. Seu corpo exibido sobre o expositor de sapatos pontudos inflava-se de curvas: bunda, coxas, peito, barriga deliciosa, ombros, tudo brilhava com os reflexos novos da seda a cada movimento seu. Suas mãos com unhas pintadas se agitavam em leves movimentos de pássaro, carícias do ar, afago de objetos, dando a elas sem querer um lugar um pouco mais perfeito. Caminhava sem pressa em torno da mesa que arrumava, e sua lentidão me perturbava. Seu penteado complexo luzia de uma luz de carvalho encerado, expunha sua nuca, mostrava suas orelhas arredondadas ornadas de brilhantes. Suas pálpebras maquiadas batiam como as asas de uma borboleta indolente, e cada um desses batimentos provocava o estremecimento perfumado de todo o espaço à sua volta. Ela punha a mesa milimetricamente, dispunha os pratos em intervalos perfeitos, os talheres alinhados de acordo com a sua tangente, os três copos numa linha. No centro da mesa, sobre um caminho de bordado branco, as velas lançavam sombras e suaves reflexos no metal, no vidro e na porcelana. As pequenas chamas davam ao seu vestido um furta-cor de toques efêmeros, delicados como carícias.

Quando vim com meu avental ensanguentado, minhas mãos enegrecidas até debaixo das unhas, com manchas estranhas no canto dos lábios, as pequenas chamas tremeram e me cobriram de contrastes terríveis. Ela abriu desmesuradamente os olhos e a boca, mas alguém tocou a campainha. O movimento de recuo que ela teve se tornou um deslocamento em direção à porta.

— Vou terminar — falei. — Mande entrar e sentar.

Precipitei-me de novo na cozinha, porta fechada. Ela vai ser impecável, nunca poderão lhe fazer o menor reparo; ela receberá à perfeição nossos amigos cujo nome já esqueci, conduzirá habilmente a conversa, será de um humor constante e leve, justificará com tato minha ausência até eu voltar. Será perfeita. Ela sempre se esforça para sê-lo. Sempre consegue. O que, quando penso, é um milagre assustador.

Os cheiros que minhas preparações produziam passavam pela porta, empurravam os gonzos, fendiam os painéis de madeira, se imiscuíam no interstício de cima para se propagar por toda parte. Mas quando saí para gritar "Está na mesa!" com uma voz alta demais, eles pareciam não desconfiar de nada. Sentados em nossas poltronas, tomavam champanhe conversando em voz baixa, ostentando em sua postura relaxada uma indiferença decorosa.

O entusiasmo descia pelas minhas veias, alimentado pelo vinho branco cuja garrafa eu esvaziara. Minha voz alta demais arranhou o fundo sonoro neutro, conversa e música, que Océane havia habilmente criado. Eu não havia tirado o avental nem limpado os lábios. Quando surgi no halo um pouco filtrado da sala, a atmosfera ficou tão pesada e petrificada que tive dificuldade de falar; mas talvez fosse o álcool, ou a inadequação do meu entusiasmo. Tive dificuldade de continuar me adiantando, diante do olhar deles, dificuldade de acionar meus pulmões, no ar rarefeito, para produzir algumas palavras que eles pudessem compreender.

— Venham — falei, um tom abaixo. — Venham sentar. Está pronto.

Océane sorridente indicou os lugares; eu trouxe enormes bandejas. Pousei diante deles um horrível amontoado de cheiros fortes e formas ensanguentadas.

Para apresentar a tripalhada chinesa, eu havia reconstituído o repolho mitológico de que todos nós viemos, essa verdura gerativa que não encontramos nas hortas. Com folhas de repolho eu havia criado um ninho, e no cerne bem apertado deste, tinha colocado a tripa vermelha, traqueia de fora, arrumada como está quando está dentro. Eu a tinha preservado dos cortes porque sua forma intacta era todo o seu quê.

Tinha fritado as cristas de galo, só um pouco, e isso as tinha inflado e feito seu vermelho saltar. Servi-as assim, pelando e turgescentes, num prato negro que proporcionava um contraste terrível, um prato liso onde elas escorregavam, fremiam, mexiam-se ainda.

— Peguem seus pauzinhos, suas pincinhas, eu já ia dizendo, e molhem as cristas nesse molho amarelo. Mas cuidado, esse amarelo está cheio de capsaicina, carregado de pimenta, tingido com cúrcuma. Também podem escolher este molho, se preferirem. É verde, cor suave, mas igualmente forte. Carreguei na cebola, no alho e no wasabi. O anterior devasta a boca, este devasta o nariz. Escolham; mas assim que provarem já será tarde demais.

As cristas fritas, cujo óleo eu não havia feito absorver, escorregavam um pouco demais no prato negro; um movimento brusco no momento de pô-las na mesa fez derrapar uma, que saltou como de um trampolim e bateu na mão de um conviva, ele gemeu, retirou-a vivamente, mas não disse nada. Continuei.

Não havia cortado a morcela nem a tinha cozinhado muito. Eu a tinha enrolado em espiral num grande prato hemisférico, apenas salpicada de curry amarelo e gengibre em pó, cujo perfume picante a quentura ressaltava.

Enfim pus no centro as cabeças cortadas, as cabeças de carneiro deixadas intactas postas num prato alto, dispostas num leito de alface em tiras fininhas, cada uma olhando numa direção diferente, os olhos para fora e a língua pendurada, como uma paródia daqueles três macacos que não veem, não ouvem, não falam. Uns babacas.

— Aí está — falei.

Fez-se um silêncio, o cheiro invadia a sala. Se não houvessem experimentado, todos ao mesmo tempo, aquele sentimento de irrealidade, nossos convivas talvez pudessem ter se sentido incomodados.

— Isso é nojento! — disse um deles com uma voz de falsete. Não sei mais quem foi, porque depois disso nunca mais os vi, esqueci de todos eles e fui até morar em outro lugar para nunca mais cruzar com eles na rua. Mas eu me lembro da música exata da palavra que ele pronunciou para dizer seu mal-estar: o *no* como um soluço, o *jen* longo, e o *to* se arrastando como um ruído de quem cai de barriga no chão. A música dessa palavra: eu me lembro muito mais dela do que do rosto dele, porque ele havia pronunciado "nojento" como num filme dos anos 1950, quando era a palavra mais violenta que se podia dizer em público. Em nossa maravilhosa sala, na presença de Océane, a quem não se podia fazer o menor reparo, era tudo o que ele podia dizer. Eles fizeram o que puderam para me desaprovar, mas, blindado pelo álcool e por uma felicidade louca, reduzido a mim mesmo, eu não ouvia nada. Seria preciso que eles me falassem claramente, mas carentes de vocabulário como eram — porque em nossas esferas o vocabulário se degrada, a tal ponto não serve para nada —, tentaram me olhar nos olhos para me desaprovar, com aquele ar de quem finge fulminar alguém, que em geral basta. Mas todos desviaram o olhar do meu e não tentaram mais. Não sei por quê; mas o que eles viam em meus olhos devia incitá-los a evitar meu rosto para não serem aspirados, depois feridos, depois tragados.

— Vou lhes servir — falei com uma gentileza que eles teriam de bom grado dispensado.

Servi com a mão porque nenhum talher pode convir, só a mão, e sobretudo nua. Abri com os dedos o repolho gerativo, empunhei as vísceras luzidias, rompi os corações, os baços, desagreguei os fígados, abri com um polegar bem vermelho as traqueias, as laringes, os cólons para deixar meus convidados tranquilos quanto ao grau de cozimento: para essas carnes só uma chama moderada pode convir, a chama deve ser uma carícia, um afago colorido, e o interior ainda deve sangrar. O fogo culinário não deve ser o fogo do ceramista: este vai ao cerne e transmuta a peça em sua massa; o fogo culinário serve apenas para capturar as formas, fixar as cores em sua delicadeza natural, não deve alterar o gosto, o gosto das funções animais, o gosto do movimento agora suspenso, o gosto da vida que deve permanecer fluido e volátil sob sua imobilidade aparente. Sob a fina superfície colorida restava o sangue. Degustem. Desse gosto, o gosto do sangue, a gente não se desapega mais. Os cães que provaram sangue, dizem, devem ser abatidos antes de se tornarem monstros sedentos de matar. Mas os homens são diferentes. O gosto pelo sangue a gente tem, mas domina; cada um de nós o conserva em segredo, o acarinha num fogo interior e nunca o mostra. Quando o homem prova o sangue, não se esquece, tal qual o cão; mas o cão é um lobo emasculado e é preciso abatê-lo se ele mudar de natureza, enquanto o homem depois de ter provado o sangue é enfim um ser completo.

Servi as cristas, um pouco mais para os homens do que para as mulheres, com certo sorriso que explicava essas diferenças. Mas as cabeças servi somente aos homens, com um piscar de olhos acentuado que eles não compreenderam mas que os impedia de recusar. Pousava a cabeça no prato deles orientando o olhar para as mulheres, e cada cabeça, os olhos brancos apagados, mostrava a língua num efeito burlesco altamente cômico. Caí na gargalhada, mas sozinho. Eu multiplicava as piscadas, as cotoveladas, os sorrisos matreiros, mas nada disso dissipava a estupefação. Eles não entendiam. Desconfiavam mas não entendiam nada.

Quando ataquei a morcela passei a faca com um pouco de violência, e um jorro de sangue negro se projetou com um suspiro e caiu de volta na travessa, mas também na toalha, no prato, duas gotas num copo onde em seguida desapareceu no vinho, indiscernível, e uma gota minúscula no vestido de Océane, sob a curva do seu seio esquerdo. Ela desabou como se atingida no coração por um estilete finíssimo. Os outros se levantaram em silêncio, se demoraram o tempo suficiente para dobrar o guardanapo e se dirigiram para o cabideiro. Puseram seus casacos se ajudando uns aos outros sem dizer uma palavra, só aquiescências polidas efetuadas com os olhos. Océane, estendida de costas sem rigidez, respirava calmamente. A mesa continuava iluminada apenas por velas. O vacilar das pequenas chamas agitava sombras no seu vestido que envolvia como um sopro seu corpo maravilhoso; aquilo brilhava como uma extensão de água agitada por uma ligeira ressaca, por uma brisa noturna, um zéfiro de sol poente, toda a superfície do seu corpo se mexia e o único ponto fixo era a mancha de sangue negro sob a curva do seu seio, acima do coração.

Eles se despediram com um gesto de cabeça e finalmente nos deixaram. Carreguei Océane e a pus em nossa cama. Imediatamente ela abriu os olhos e começou a chorar; gorgolejou, recuperou a respiração, berrou, soluçou, se sufocou com muco e lágrimas, incapaz de articular uma palavra. As lágrimas escorriam negras nas suas faces, estragavam seu vestido. Ela chorava sem parar, e se virara e se revirava, chorava de sufocar, o rosto mergulhado no travesseiro. A grande fronha branca se maculava à medida do seu pranto, se manchava de vermelho, de castanhos, de preto, de cinza lantejoulado diluído, de água saturada de sal, e o quadrado de pano virava quadro. Fiquei perto dela creio que com um sorriso idiota. Não tentava consolá-la, nem mesmo falar com ela. Eu me sentia enfim próximo dela, mais do que nunca havia sido. Sonhava que aquilo durasse, sabia que tudo aquilo se evaporaria ao secarem suas lágrimas.

Quando ela enfim se calou e enxugou os olhos eu soube que entre nós tudo havia acabado. Tudo o que acontecera antes e tudo o que poderia ter acontecido depois. Adormecemos lado a lado sem nos tocar, ela lavada, penteada, debaixo dos lençóis, e eu vestido, por cima deles.

Domingo de manhã ela chorou de novo ao acordar depois endureceu como concreto que pega. Domingo à tarde fui embora.

Segunda de manhã eu vivia outra vida.

Nunca mais tornei a vê-la, e a nenhum dos amigos que tínhamos em comum. Desapareci algum tempo na outra ponta do país, na sua extremidade norte muito mais miserável, onde consegui um emprego modesto, muito mais modesto do que o que eu deixara ao abandonar minha mulher.

Eu me desinstalei, como se desinstala um programa, desativei uma a uma as ideias que me animavam, tentando não mais agir para evitar ser agido. Contava que meu último ato seria aquele que nos cabe antes de morrer: esperar.

Victorien Salagnon era aquele por quem, sem conhecê-lo, eu havia preparado essa espera.

Romance II
Subir para o maqui em abril

Que felicidade subir para o maqui em abril! Quando não há guerra aguda, quando o inimigo está ocupado alhures, quando você não é perseguido pelos cães e ainda não utilizou armas, então subir para o maqui é como sonhar com ele, mais fortemente.

Abril brota, abril se abre, abril alça voo; abril corre para a luz e as folhas se acotovelam para chegar ao céu. Que felicidade subir para o maqui em abril! Sempre se diz "subir", porque para ir para o maqui se sobe. A floresta secreta onde a gente se esconde fica no alto das escarpas; o maqui é a outra metade do país, acima das nuvens.

A coluna de rapazolas se elevava no mato atravancado de arbustos. As folhas tremiam com a subida da seiva, e saltavam no cerne da madeira os pequenos tampões com que o inverno tinha bloqueado sua passagem. Com um pouco de entusiasmo seria possível ouvi-la, a seiva, e sentir seu frêmito pousando a mão nos troncos.

A coluna dos rapazes subia por um mato tão denso que cada um só via outros três à sua frente e, se virando, só via outros três caminhando atrás; cada um podia se imaginar estando em sete na floresta. A encosta era íngreme, e aquele que era visto liderando a coluna tinha os pés na altura dos olhos dos outros que o seguiam. Tinham um aspecto militar como aquele tempo pedia, com seus ouropéis de 1940, com que haviam feito o uniforme dos Campos para a Juventude. Haviam acrescentado o grande boné que se usava caído de lado, como sinal do espírito francês. O que se leva à cabeça diferencia os exércitos, sua forma é fantasista, dá um toque de gênio nacional às vestimentas sem colorido feitas para a utilidade.

Eles subiam. As árvores fremiam. E os pés deles doíam em seus botinões de couro grosso que nunca se adaptam aos pés. O couro militar não amolece, os pés é que se adaptam ao calçado depois que os cadarços são fechados como as mandíbulas de uma armadilha.

Eles usavam sacos de lona nas costas, e esses sacos serravam seus ombros. As passadeiras de metal esfregavam onde não deviam, o peso puxava para baixo, eles penavam, e o suor começava a escorrer em seus olhos, melava suas axilas e suas nucas, e eles sofriam na subida apesar da sua pouca idade e de todas aquelas semanas ao ar livre nos Campos para a Juventude.

Quantas marchas tinham feito na escola do soldado sem armas! Em lugar do tiro, marchavam, carregavam pedras e aprendiam a rastejar, aprendiam a se enfiar nos buracos, a se esconder atrás das moitas, e sobretudo aprendiam a esperar. Aprendiam a esperar porque a arte da guerra é principalmente a arte de esperar sem se mexer.

Salagnon se destacava nesses jogos, ele os praticava sem reclamar, mas esperava a sequência; uma sequência em que o sangue, em vez de girar em círculos em corpos estreitos demais, poderia enfim se derramar.

"O suor poupa o sangue", era o que se repetia. A divisa dos Campos para a Juventude havia sido pintada numa bandeirola na entrada do campo da floresta. Salagnon compreendia a beleza sensata dessa palavra de ordem, mas execrava muito mais o suor que o sangue. O sangue ele sempre tinha preservado, batia inesgotável em suas veias, e derramá-lo não passava de uma imagem; já do suor ele conhecia a cola, o horrível visgo que tornava grudentas as cuecas, a camisa, os lençóis, assim que chegava o verão, e dessa cola ele não podia se livrar, ela o perseguia, ela o sufocava, enojando-o como a baba de um beijo não desejado. Ele não podia fazer outra coisa senão esperar que o tempo esfriasse, que o tempo passasse, sem fazer nada, e isso o exasperava. Isso o sufocava mais ainda. A divisa não lhe convinha, nem o uniforme de um exército derrotado, nem a ausência de armas, nem o espírito de duplicidade que dirigia as ações, as palavras, e até os silêncios.

Quando chegou ao Campo com um passe falso se espantaram com seu atraso, mas ele apresentava desculpas escritas e carimbadas. Ninguém as leu; foram do timbre às assinaturas ilegíveis cobertas de carimbos; porque pouco importam as razões — todo mundo tem as suas e elas são excelentes —, o importante é saber que são apoiadas. Arquivaram o papel e lhe atribuíram uma cama de campanha numa grande barraca azul. Naquela primeira noite teve dificuldade para dormir. Os outros, esgotados de ar livre, dormiam mas se mexendo. Espreitava o roçar dos insetos na lona. A escuridão refrescava, o cheiro de terra úmida e de mato se tornava cada vez mais forte até lhe dar náusea e, sobretudo, essa primeira aventura lhe causava certo mal-estar. Não era o medo de ser confundido que o incomodava, mas que aceitassem seus documentos falsos sem lhe fazer maiores perguntas. Claro, de modo geral, era um sucesso; mas era falso. O plano funcionava, mas ele não tinha do que se orgulhar; ora, ele precisava se orgulhar. Seu espírito se irritava com esses detalhes, se perdia em absurdos, retrocedia, procurava outras saídas, não encontrava, e ele adormeceu.

Na manhã seguinte foi enviado ao trabalho florestal. Os jovens trabalhavam com machados debaixo das árvores; torso nu, golpeavam as faias, que resistiam. A cada machadada soltavam um grito surdo, fazendo eco ao choque do machado cujo cabo vibrava em suas mãos, e a cada machadada saltavam grossas lascas de uma madeira clara, limpíssima, fresca como o interior de um caderno novo. Dos entalhes jorrava umidade que respingava neles; dava para acreditar que abatiam um ser cheio de sangue. A árvore finalmente oscilava e caía num estalo de tábua, acompanhado do farfalhar de todos os ramos e folhas que caíam com ela.

Enxugavam a testa apoiados no cabo do machado e olhavam no ar o buraco nas folhagens. Viam o céu todo azul e os passarinhos recomeçavam a cantar. Com grandes serras, flexíveis e perigosas como serpentes, toravam as árvores dois a dois, coordenando seus gestos com canções de serradores de desdobro que haviam aprendido com um homem de vinte e cinco anos que chamavam de chefe e que achavam possuir toda a experiência de um sábio; mas um sábio dos tempos modernos, isto é, sorridente, de calção e sem palavras inúteis.

Faziam pilhas da madeira cortada, que alinhavam ao longo do caminho. Os caminhões viriam buscá-la mais tarde. Forneceram a Salagnon uma ripa bem reta, graduada, que lhe serviria de régua para o corte. Antes que começasse, o chefe tocou em seu ombro: "Venha ver". Levou-o até as pilhas de madeira. "Está vendo? — O quê?" O chefe pegou uma tora, puxou-a, e o que veio foi um toco de quinze centímetros, deixando um buraco redondo no cubo de madeira empilhada. "Ponha a mão." Dentro estava vazio. O chefe pôs a falsa tora de volta como se fosse uma rolha.

— Entendeu? O trabalho é medido em volume, não em peso. Então aqui a gente vai além das exigências, e se cansa menos. Você vai cortar judiciosamente para fazer pilhas ocas. Olhe a régua: tem marcas para isso.

Salagnon olhou para a régua, depois para o chefe e para as pilhas.

— E quando vierem buscá-las? Verão os ocos.

— Não se preocupe. Nós trabalhamos com volume e as normas são superadas. Os caras dos caminhões, com peso, carregam a metade com pedras, sempre as mesmas aliás, as normas deles também são superadas. Quanto aos caras das carvoarias, eles sabem explicar que a metade do peso virou fumaça. Porque isto tudo faz carvão de madeira para o gasogênio, para fazer os veículos andarem. Trabalhamos para o esforço de guerra; mas esse esforço não é exatamente o nosso. — Ele terminou com uma piscada a que Salagnon não respondeu. — Nem um pio, certo?

Salagnon deu de ombros e fez o que lhe diziam.

Foi buscar umas achas. Na clareira de abate os chefes haviam desaparecido. Os rapazes tinham largado as serras; vários, deitados, dormiam. Dois cantavam a canção dos serradores, manuseando ervas aromáticas sentados debaixo de uma árvore. Outro imitava à perfeição o barulho da serra, torcendo a boca, deitado de costas, mãos cruzadas atrás da nuca. Com uma acha em cada mão Salagnon olhava para eles sem entender direito.

— Os chefes foram embora — disse um dos deitados, que parecia dormir. — Largue essas achas. Estamos freando um pouco o esforço de guerra, como quem não quer nada — disse abrindo um olho só, que piscou antes de fechar os dois.

Continuaram a imitar os barulhos do trabalho. Salagnon, sacudindo os braços, enrubescia. Quando todos caíram na risada, ficou espantado; logo entendeu que riam da peça que tinham lhe pregado.

Nos Campos para a Juventude ele fez como lhe diziam. Não procurou mais nada; não ousou perguntar até que nível de comando sabiam que os trabalhos florestais produziam pilhas ocas. Não sabia até onde o segredo se estendia. Observava os chefes. Alguns só se interessavam em lustrar bem as botinas, perseguiam a poeira e a puniam severamente. Desses se desconfiava, porque os maníacos pelos detalhes são perigosos, pouco se importam de que lado estão, querem é ordem. Outros chefes organizavam com cuidado as atividades físicas: marchas, carregamento de fardos, séries de flexões. Estes inspiravam confiança porque pareciam preparar outra coisa, de que não podiam falar; mas ninguém os interrogava, porque podia se tratar tanto do maqui como da frente leste. Dos que só se interessavam pelas formas militares, perfeição da continência, correção do linguajar, não se pensava nada; eles aplicavam o regulamento só para passar o tempo.

Os jovens dos Campos se designavam pelo indefinido "a gente", que adquiria um valor de "nós", figura vaga do grupo que não especificava nada dele próprio, nem seu número, nem sua opinião. A gente esperava, a gente passava despercebido, e esperando a gente se inclinava pela França; uma França jovem e bela, mas toda nua porque a gente não sabia como vesti-la. Esperando a gente tratava de não evocar que ela estava nua; a gente fazia como se não houvesse nada, a gente não reparava. A gente estava em abril.

O tio chegou, com uma nova coluna de jovens. Não veio cumprimentar o sobrinho, fingiram não se conhecer, mas um sempre sabia onde estava o outro. Sua presença tranquilizava Salagnon; os Campos eram portanto só uma espera, e os discursos sobre a Revolução nacional eram portanto só uma imitação; ou deviam ser. Como saber? A bandeira não dizia nada. A bandeira tricolor era hasteada todas as manhãs e todos alinhados a saudavam, e todos viam em suas pregas rostos esperados, todos diferentes. De que a gente não ousava falar enquanto não tinha certeza, como não se ousa falar de uma intuição, ou de um devaneio íntimo demais, com medo de ser alvo de zombaria. Mas nesse caso era medo de ser morto.

Eles comiam muito mal. Empapavam o pão com as ignóbeis rações de legumes e feijões que cozinhavam tempo demais num fogão de ferro. A lavagem da louça era feita num tanque de pedra, sob a água fria de uma fonte encanada. Uma noite chegou a vez de Salagnon e Hennequin limparem as tigelas. Os coitados dos purês que não cabiam no estômago grudavam ferozmente no fundo de alumínio. Hennequin, um sujeito alto, parrudo e radical, esfregava com palha de aço. Ele raspava o metal e tirava todos os vestígios, o que formava um ignóbil suco azinhavrado, verde do espinafre, acinzentado do alumínio, que enxaguava com a água limpa.

— É a louça raspada, a única que presta — ria Hennequin. — Mais seis meses, e eu furo o fundo.

E se pôs a assobiar raspando mais forte ainda, braço avermelhado pela água fria, ombros salientes com o esforço. Assobiou várias cançonetas, conhecidas, menos conhecidas, depois gaiatas, e enfim o *God Save the King*, altíssimo e várias vezes. Salagnon que não sabia a música acompanhou mesmo assim, e fez com graves e curtos pom pom uma linha de baixo bem adequada. Isso incentivou seu colega a assobiar mais alto, mais nitidamente, e até a cantarolar, mas somente as notas, as palavras não, porque ele não sabia inglês, só o título. Esfregaram com mais força e ritmadamente, as manchas incrustadas desapareciam a olhos vistos, o hino se destacava nitidamente das esfregadas do metal, do gorjeio da fonte e dos respingos no tanque. Um chefe apareceu, um desses caras que pareciam tão apegados aos pequenos detalhes da ordem quanto os pais ou mestres-escolas.

— Aqui não se canta isso! — parecia furioso.
— Lully? Lully é proibido? Não sabia, chefe.
— Que Lully? Estou falando do que você cantava.
— Mas é de Lully. Ele não é subversivo. Já morreu.
— Está zombando de mim?
— De jeito nenhum, chefe.

Hennequin assobiou de novo. Com ornamentos parecia mesmo do Grande Século.

— Era isso que você cantava? Pensei que fosse outra coisa.
— O quê, chefe?

O chefe resmungou e girou nos calcanhares. Quando ficou fora de vista, Hennequin riu disfarçado.

— Você é atrevido — disse Salagnon. — É verdade, a sua história?
— Musicalmente exata. Eu poderia ter argumentado nota por nota, que esse maníaco da lustração teria sido incapaz de me provar que eu assobiava algo proibido.

— Não é preciso prova para matar alguém.

Eles levaram um susto e se viraram ao mesmo tempo, a palha de aço numa mão, uma grande tigela na outra: o tio estava ali como se inspecionasse o rancho, mãos atrás das costas andando num passo tranquilo.

— Em certas situações uma bala na cabeça serve perfeitamente como argumento.

— Mas era Lully...

— Não se faça de bobo comigo. Em outros lugares, uma simples reticência, um simples início de discussão, uma simples palavra que não fosse um "sim, senhor", ou mesmo um simples gesto que não fossem os olhos baixos acarretaria um abate imediato. Como se eliminam os animais que incomodam. Diante de uma pequena besteira como a sua, quem comanda abre o coldre do seu revólver, pega a arma sem se apressar e, sem sequer te levar para um canto afastado, te mata ali mesmo, com uma só bala, e deixa seu corpo ali, os outros que o transportem para onde quiserem, ele está se lixando.

— Mas não se mata as pessoas desse jeito.

— Agora, se mata sim.

— Não se pode matar todo mundo, fariam corpos demais. Como se livrariam dos corpos?

— Os corpos não são nada. Eles só parecem sólidos quando vivem. Ocupam volume porque são cheios de ar, porque juntam vento. Quando morrem, se esvaziam e se achatam. Se você soubesse quantos corpos dá para amontoar num buraco quando não respiram mais! Dá para afundar, enterrar; dá para misturar muito bem com a lama ou queimar. Não sobra nada.

— Por que o senhor diz isso? Está inventando tudo.

O tio mostrou os pulsos. Uma cicatriz circular os rodeava como se a pele houvesse sido mastigada por mandíbulas de ratos que tinham querido arrancar suas mãos.

— Eu vi. Fui prisioneiro. Fugi. O que vi, prefiro que vocês nem imaginem.

Hennequin corando oscilava de um pé ao outro.

— Podem voltar à louça — disse o tio. — O espinafre não pode secar, senão gruda. Acreditem na minha experiência de escoteiro.

Os dois rapazes ficaram em silêncio, cabeça baixa, incomodados demais para se olharem. Quando levantaram a cabeça, o tio havia desaparecido.

* * *

Tudo aconteceu no início de certa manhã. Os chefes se agitaram, ficaram desconfiados, juntaram suas coisas e ficaram prontos para partir. Uma coluna de caminhões chegou ao campo para esvaziá-lo. As barracas tinham sido desmontadas, o material carregado. Tinham de embarcar e descer até o trem do vale do Saône. Eram enviados para participar do esforço de guerra.

Os rapazes assistiram a uma estranha disputa entre os chefes. O objeto era a lotação dos caminhões e o lugar que eles, chefes, ocupariam na coluna. Parecia importante para eles estar na frente ou atrás, e discutiam vivamente a esse respeito, o que levava a gritos e gestos de cólera bruscos; mas todos ficavam evasivos quanto às razões de desejar tal posição em vez de outra. Insistiam sem fornecer argumentos. Os rapazes alinhados ao longo do caminho, o saco de campanha abarrotado a seus pés, esperavam, e riam de ver tanta mesquinharia, tanto senso de precedência aplicado a caminhões arquejantes estacionados numa estrada de terra.

O tio, tenso, insistia em subir no último caminhão com um grupo que ele havia designado e reunido à parte. Os outros resmungavam, principalmente um oficial de mesma patente com o qual ele não se entendia. O outro também queria ficar por último, fechando a fileira, dizia ele. Repetiu várias vezes essa expressão com certa ênfase, aquilo lhe parecia um argumento suficiente, uma expressão bastante importante, bastante militar para ganhar a discussão, e designava para o tio o caminhão de frente.

Salagnon esperava, o tio passou perto dele, bem perto, quase roçando nele, e de passagem disse-lhe entre os dentes: "Fique perto de mim e só suba se eu mandar".

A negociação continuou e o outro cedeu. Furioso, assumiu a frente; deu a partida com gestos demasiado enfáticos. "Mantenham contato visual!", berrou do primeiro caminhão, pondo meio corpo para fora da porta, ereto como um condutor de blindado. Salagnon se instalou, e no último momento Hennequin juntou-se a ele. Abriu um lugar ao lado dele e se sentou rindo.

— São uns malucos. Parece um exército de republiqueta: trezentos generais e cinco cabos. É só lhes dar um bastão de oficial, que ficam todo maneirosos, até fazem biquinho; parecem umas velhas lambisgoias diante de uma porta se fazendo gentilezas para não entrar primeiro.

Quando o tio dentro da cabine notou a presença de Hennequin, esboçou um gesto, abriu a boca, mas a coluna tinha partido. Os caminhões avançavam numa barulheira de suspensões de mola de lâmina e motores pesados; sacudidos pelos solavancos todos se agarravam ao varal da carroceria; atravessaram a floresta para pegar a estrada de Mâcon.

No caminho sulcado pelas rodas, invadido por pedras e galhos, os caminhões não iam depressa. A distância entre eles aumentava, os primeiros logo estavam fora de vista e, antes de saírem da floresta, os três últimos viraram numa trilha estreita, que subia para o cume dos morros dos quais deveriam ter se afastado.

Todos agarrados se deixavam levar. Hennequin se inquietou. Seus olhos redondos foram de um ao outro e não leu no rosto deles nenhuma surpresa. Levantou, bateu no vidro. O motorista continuava dirigindo e o tio virado para ele o fitava com indiferença. Hennequin se apavorou, quis pular, pegaram-no. Seguraram-no pelos braços, pela nuca, pelos ombros, e o fizeram sentar à força. Salagnon percebeu que não tinha entendido nada, mas tudo parecia tão óbvio que ele se comportou como todo mundo. Contribuiu para segurar Hennequin que se debatia e gritava. Ninguém o entendia porque ele babava um pouco.

O tio bateu no vidro e indicou com um gesto que lhe vendassem os olhos. Aquiesceram e assim fizeram, com um lenço de escoteiro. Hennequin balbuciava da maneira mais lamentável. "Os olhos não, os olhos não. Juro que não vou dizer nada. Deixem eu ir embora, eu me enganei de caminhão. Não tem nada demais se enganar de caminhão. Nunca direi nada, mas não vendem meus olhos, é horrível demais, deixem eu enxergar, nunca direi nada."

Ele transpirava, chorava, fedia. Os outros o seguravam de braços esticados para não se aproximarem. Ele se debatia cada vez mais debilmente, contentava-se em gemer. O caminhão parou, o tio subiu na traseira.

— Deixem eu ir embora — disse Hennequin baixinho. — Tirem a venda. É horrível demais.

— Não era para você estar aqui.

— Não vou dizer nada. Tirem esta venda.

— Saber põe você em perigo. A polícia dos alemães quebra os corpos como quem quebra avelãs, para arrancar os segredos que estão dentro. Você não pode ver nada, para seu próprio bem.

Hennequin se mijou literalmente, e pior. Fedia muito, deixaram-no à beira do caminho, amarrado só o bastante para que levasse um tempo para se desfazer das cordas. O caminhão arrancou e os outros ficaram afastados do lugar molhado do que havia sido posto para fora.

Os caminhões os deixaram onde o caminho se tornou uma trilha subindo entre as árvores. Desceram de volta vazios, protegidos por artimanhas administrativas demoradas demais para explicar mas que na época bastavam.

Eles cortaram através da mata, foram em linha reta, subiram para o maqui. Subiram por um bom tempo e o céu enfim apareceu entre os troncos; o aclive se atenuou, a caminhada se tornou menos penosa, ficou plano. Desembocaram num longo prado de altitude margeado por arvoredos. O solo magro ressoava sob seus pés, a rocha sob a relva aflorava em grandes pedras cobertas de musgo, faias robustas se apoiavam nelas, torcidas por toda uma vida nos prados de alta montanha.

Pararam ensopados de suor, largaram os sacos no chão, deixaram-se cair na relva com gemidos forçados, suspiros sonoros. Um cara os esperava no meio do prado, esbelto e forte, apoiando-se num cajado. Usava em torno do pescoço um turbante colonial e na cabeça o quepe azul-celeste dos *méharistes** empurrado para trás; estava armado com um revólver enfiado num coldre de couro preso na frente, o que tirava da arma seu ar regulamentar e lhe devolvia seu uso mortífero. Chamavam-no de coronel. Para a maioria dos jovens foi o primeiro chefe militar francês que viram sem aquele ar de guarda campestre, de encarregado da intendência ou de chefe de escoteiros; aquele podia ser comparado aos que montavam guarda nas barreiras das ruas, àqueles impecáveis que montavam guarda nas Kommandanturs, àqueles inquietantes que percorriam as estradas num caminhão sobre lagartas. Ele era como os alemães, um guerreiro moderno, com o acréscimo desse toque de garbo francês que dava nova coragem. Só, ele povoava o prado; os rapazes exaustos se encheram de entusiasmo silencioso, sorriram, e um a um se levantaram quando ele se aproximou.

Veio até eles com um andar leve, cumprimentou todos os chefes chamando-os de tenente, ou capitão, conforme a idade. Dirigiu a todos os rapa-

---

* Membro da cavalaria colonial francesa do Saara argelino, que, em vez de cavalos, montava dromedários (*méhares*). (N. T.)

zes um olhar e um breve sinal com a cabeça. Fez um discurso de acolhida cujos detalhes ninguém se lembrou mas que dizia: "Vocês estão aqui; é o momento. Vocês estão exatamente onde tinham de estar neste momento". Ele tranquilizava e abria espaço para o sonho; era ao mesmo tempo a instituição e a aventura, sentia-se que com ele seria para valer; mas ninguém se chatearia.

Instalaram-se. Um celeiro serviu de quartel-general. Uma ruína foi restaurada, seu teto coberto de pedras finas, reparado cuidadosamente; foram erguidas barracas com lonas verdes e mourões cortados na floresta. O tempo estava bom, fresco, tudo aquilo era saudável e divertido. Instalaram a despensa, uma cozinha, pontos de água, o bastante para viver muito tempo longe de tudo, entre companheiros.

Salpicada de grandes pedras e árvores vigorosas, a relva crescia a olhos vistos; ela ganhava volume, lenta e acidulada como ovos batidos. Uma multidão de flores amarelas brilhava ao sol; de certo ângulo isso formava uma placa de ouro contínua que refletia o sol. Na primeira noite fizeram fogueiras, ficaram acordados até tarde, riram muito, e dormiram aqui e ali.

No dia seguinte choveu. O sol se ergueu a contragosto, ficou tão escondido atrás da tampa de nuvens que não se sabia em que parte do céu ele estava. O entusiasmo juvenil é como um papelão que não resiste à umidade. Cansados, tiritantes, mal protegidos em seu acampamento improvisado, eles hesitaram. Espiavam em silêncio a água pingar das barracas. A bruma rastejava no prado e pouco a pouco o submergia.

O coronel percorreu o acampamento com sua bengala de buxo retorcida, com aquela mola de madeira dura cuja potência ele dominava. A chuva não o molhava, escorria nele como a luz. Ele brilhava mais. Os traços do seu rosto acompanhavam fielmente os ossos, as rugas traçavam um mapa dos escorrimentos que deixavam a estrutura da rocha a nu. Ele era em tudo o essencial. Seu turbante-echarpe saariano negligentemente amarrado, o quepe azul-celeste inclinado para trás, sua arma regulamentar presa na frente, foi de abrigo em abrigo balançando a bengala, batendo em galhos, desencadeando à sua passagem aguaceiros que não o atingiam. Em tempo de chuva sua rigidez indiferente era preciosa. Reuniu a rapaziada na grande ruína cujo teto tinham ajeitado. Palha seca cobria o chão. Um grandalhão que chamavam de mestre-cuca distribuiu um pão redondo a ser dividido por oito, uma lata de sardinhas a ser dividida por dois (foi a primeira da série das incontáveis latas de sardinha que Salagnon abriu) e, para cada um, uma caneca fumegante de café de verdade. Eles o tomaram com felicidade e estupor, porque não era nem café aguado nem algum sucedâneo, mas um verdadeiro café da África, cheiroso e quente. Mas foi a única vez que tomaram café durante toda a sua presença no maqui — para festejar a chegada, ou então conjurar os efeitos da chuva.

Eles foram formados com o objetivo preciso da guerra. Um oficial de infantaria escapado da Alemanha lhes ensinava o manejo das armas. De uniforme sempre abotoado, bem barbeado, cabelos cortados milimetricamente, em nada mostrava por sua aparência que vivia escondido nos bosques havia dois anos; se não fosse sua maneira de pisar quando andava, sem fazer estalar um graveto, sem amassar uma folha, sem golpear o chão.

Quando dava suas aulas os rapazes se sentavam na relva em torno dele e seus olhos brilhavam. Ele trazia caixas de madeira pintadas de verde, colocava-as no meio do círculo, abria uma por uma lentamente e retirava as armas.

A primeira que lhes mostrou decepcionou-os; sua forma não era séria. "O FM 24/29", disse ele. "O fuzil-metralhadora; a metralhadora leve do exército francês." Um véu passou pelos olhos dos garotos. "Fuzil" não lhes agradava, "leve" também não, e "francês" despertava sua desconfiança. Aquela arma parecia frágil, com um carregador inserido de través como que por falta de destreza. Era menos séria que as máquinas alemãs que viam nas esquinas, retas e diretas, com seus focinhos perfurados prontos para latir, suas fitas de balas inesgotáveis e a coronha ergonômica de metal que não tinha nada a ver, nada mesmo, com aquelas peças de madeira que põem em ridículo os fuzis. O carregador, uma caixinha, devia estar sem atirar por muito tempo. E o papel de uma metralhadora não é atirar o tempo todo?

— Não se iludam — sorriu o oficial. Ninguém tinha dito nada, mas ele sabia ler os olhares. — Esta arma é a da guerra que vamos travar. Vocês vão levá-la a pé, no ombro, é manejada por dois. Um que procura os alvos e coloca o carregador, o outro que atira. Estão vendo a pequena forquilha embaixo do cano: é para pôr a arma no chão e mirar. Acerta bem longe, exatamente onde a gente quiser, séries de balas de grosso calibre. No carregador vocês vão encontrar vinte e cinco balas, que podem atirar uma a uma ou por rajadas.

Acham o carregador pequeno? Ele é esvaziado em dez segundos. Mas dez segundos é muito quando a gente atira; em dez segundos vocês liquidam uma seção, e caem fora. Nunca se fica muito tempo no mesmo lugar, porque isso acarretaria a resposta, permitiria que o inimigo se recobrasse. A gente faz ele perder uma seção em dez segundos, e cai fora. O FM é a arma perfeita para aparecer e desaparecer, a arma perfeita da infantaria que marcha com agilidade, da infantaria agressiva e de manobras rápidas. O parrudo do grupo carrega a arma no ombro, e os outros repartem entre si os carregadores. As máquinas grandes não são tudo, senhores. E quem tem as máquinas são os alemães. Nós não temos outras riquezas além dos homens e vamos travar uma guerra de infantaria. Eles dominam o país? Seremos a chuva e os rios que eles não podem dominar. Seremos a torrente que desgasta, as vagas que batem na falésia, e a falésia nada pode contra elas porque é imóvel; depois, ela vem abaixo.

Ergueu uma mão aberta que atraiu todos os olhares; fechou-a e abriu-a várias vezes.

— Vocês serão grupos unidos, ligeiros como as mãos. Cada um de vocês será um dedo, independente mas inseparável. As mãos se imiscuem em toda parte furtivamente, e fechadas são um punho que golpeia; e depois voltam a ser mãos ligeiras que escapam e desaparecem. Nós combateremos com nossos punhos.

Ele fazia a mímica das suas palavras diante dos rapazes inebriados, suas mãos poderosas se fechavam em martelos depois se abriam em oferendas inofensivas. Ele cativava a atenção, realizava a instrução sem o ridículo de uma baderna no acantonamento. Dois anos nos bosques tinham-no emagrecido, afinado seus gestos, e quando ele falava era por imagens físicas que a gente queria viver.

Mostrou também uns fuzis Garand, de que haviam recebido várias caixas e muita munição. E as granadas, de uso perigoso, porque seus estilhaços voam mais longe que a distância na qual são atiradas, se forem atiradas como pedras; é preciso reaprender o gesto simples conhecido dos meninos menores: é preciso aprender a lançá-las com o braço esticado para trás; mostrou a eles o explosivo plástico, uma massinha de modelar macia nos dedos, que explode se alguém a contraria. Eles aprenderam a montar e desmontar a metralhadora Sten, feita de tubos e barras, que atira por mais maltratada que esteja. Aprenderam a atirar numa vala margeada de arbustos que abafavam o barulho, em alvos de palha já todo estragados.

Salagnon descobriu que atirava bem. Deitado nas folhas mortas, arma contra a face, o alvo distante alinhado à mira, ele se contentava em pensar numa linha que acerta um alvo para que este tombe. Sempre funcionava: uma leve contração do abdome, a ideia de uma linha reta traçada até o fim, e o alvo tombava; tudo no mesmo instante. Ficou todo contente por manejar tão bem o fuzil, devolveu a arma com um grande sorriso. "É ótimo ter boa mira", disse o oficial instrutor. "Mas não é assim que se combate." E passou o fuzil ao seguinte sem lhe dar maior atenção. Salagnon levou tempo para compreender. No combate não há tempo para se deitar, mirar, atirar; além disso o alvo também se esconde, mira e atira em você. A gente atira como pode. O acaso, a sorte e o medo têm o maior papel. Aquilo lhe deu vontade de desenhar. Em casa, quando sua alma estava agitada, seus dedos formigavam. A atmosfera do maqui onde se sonha com a guerra na primavera agitava seus dedos sem direção. Tateou à sua volta. Encontrou papel. Tinham mandado para eles caixas de munições e explosivos, de noite. Os aviões tinham passado acima deles, e eles haviam acendido uma linha de fogueiras na sombra; corolas brancas tinham se aberto no céu escuro enquanto o barulho dos aviões se afastava. Tiveram de achar os contêineres presos nas árvores, desembaraçar e dobrar os paraquedas, arrumar os contêineres na ruína reparada, apagar as fogueiras, suspirar de alívio e ouvir de novo os grilos ocultos na relva.

Ao abrir uma caixa de munição, Salagnon tinha se paralisado diante do papel marrom. Seus dedos haviam tremido e sua boca havia sido invadida por uma breve emissão de saliva. As balas de fuzis estavam arrumadas em caixas de papelão cinzento, e essas caixas embrulhadas com um papel fibroso, suave como uma pele virada. Desfez o embrulho sem rasgar nada. Abriu cada folha, alisou-a, cortou-a nas dobras e obteve um pequeno maço do tamanho de duas mãos abertas, o que é um formato agradável. Roseval e Brioude que realizavam as mesmas tarefas observavam aquele cuidado maníaco. Tinham desembrulhado sem a menor consideração as caixas de balas, rasgando o papel que guardavam para a fogueira.

— Dá pra saber o que você está fazendo? — perguntou por fim Brioude.
— Um caderno. Para desenhar.
Eles riram.

— Lá é momento para desenhar, meu velho? Olhe, os lápis e os livros eu deixei na escola. Nem quero mais saber o que são. Acabou. Quer desenhar o quê?

— Vocês.

— Nós? — Eles riram mais ainda. Depois pararam. — Nós?

Salagnon resolveu fazer o que dissera. Tinha numa caixa de metal vários lápis Conté de diferentes durezas. Apanhou todos finalmente e apontou-os à faca. Só tirou do grafite o necessário para deixá-lo pontudo. Roseval e Brioude assumiram uma pose: se fizeram heroicos, rosto de três quartos, punho no quadril; Brioude apoiou o cotovelo no ombro de Roseval, que avançou a perna numa quebra de quadril clássica. Salagnon os desenhou; trabalhava feliz. Os lápis deixavam traços untuosos no grosso papel de embrulho. Quando acabou, mostrou a eles, e eles ficaram boquiabertos. Da argila tênue do papel brotavam duas estátuas de ardósia. Dava para reconhecê-los, e o heroísmo de paródia que eles simulavam tinha se despojado do seu ridículo: eram dois heróis fraternos, e sem rir nem fazer rir, iam em frente, construir um futuro.

— Faça mais um — pediu Brioude. — Um pra cada um.

Acabaram de desembrulhar as caixas sem estragar o papel. Salagnon costurou um caderno, que recobriu com um papelão forte, o de uma caixa de ração alimentar enviada da América; o resto do papel, deixou livre: para dar.

Foi no fim de maio que os campos e os bosques alcançaram sua plenitude. Os vegetais inflados de luz ocuparam enfim todo o espaço que podiam ocupar. Seu verde ia se uniformizar, as infinitas nuances de verde iam se reduzir e convergir num verde-esmeralda um tanto escuro, fosco e geral. Aos verdes elétricos de abril sucedia enfim uma suave penumbra de água profunda que tinha a força de uma idade estável.

Os grupos de combate estavam formados e seus membros se conheciam bem. Cada um sabia com quem podia contar, quem ia na frente, quem carregava as munições, quem dava a ordem de se jogar no chão ou de correr. Sabiam marchar em fila sem se distanciar de ninguém, ao ser dado o sinal sabiam desaparecer nos buracos dos caminhos, atrás das pedras, atrás dos troncos, sabiam abrir fogo juntos e suspendê-lo juntos, sabiam viver em grupo. O coronel supervisionava tudo, da instrução militar à manutenção do campo.

Ele os persuadia com um simples olhar de que o acampamento em ordem já era uma arma contra a Alemanha. Eles se sentiam crescer e adquirir mais flexibilidade, se tornar fortes.

Salagnon continuou a desenhar; ficaram sabendo e lhe encomendaram retratos. O coronel decidiu que seria uma das suas tarefas. Nas horas da tarde consagradas à sesta vinham posar para ele. Ele traçava em seu caderno esboços de que se servia depois nas folhas soltas. Modelava retratos heroicos de jovens mostrando suas armas, usando seus bonés de lado, sua camisa aberta, jovens seguros de si e sorridentes, orgulhosos do seu porte, de seus cabelos um pouco compridos demais, de seus jovens músculos frementes que gostavam de exibir.

Ninguém mais rasgava o papel de embrulho, tratavam-no com cuidado e levavam para Salagnon em pilhas de folhas bem lisas, no maior formato que as dobras permitiam.

Desenhou também cenas de acampamento, jovens dormindo, a busca da lenha e a limpeza das panelas, o manejo das armas e as reuniões noturnas em torno da fogueira. O coronel pendurou vários desenhos na parede do celeiro que servia de posto de comando. Contemplava-os com frequência em silêncio, sentado em sua pequena escrivaninha feita de caixas vindas com os paraquedas, ou de pé, sonhador, apoiado em sua bengala retorcida. O espetáculo dos jovens heróis simplificados pelo desenho estufava seu peito. Achava Salagnon precioso. Os lápis e o papel davam coragem.

Confiou a Salagnon uma série completa da Faber-Castell, uma caixa de metal achatada contendo quarenta e oito lápis de cores diferentes. Era proveniente da pasta de um oficial alemão, roubada da prefeitura departamental com os documentos que continha. Vários suspeitos tinham sido detidos sem discernimento, e todos eles torturados. O responsável pelo roubo foi denunciado, depois executado. Os documentos enviados a Londres tinham servido ao bombardeio de vários enlaces ferroviários no momento em que eram triados preciosos comboios. Salagnon utilizou sem saber da história aqueles lápis pagos com sangue. Pôs mais profundidade nas sombras, e utilizou cores. Fez paisagens, desenhou árvores e grandes rochedos cobertos de musgo deitados aos pés destas.

Como não tinha tinta, improvisou com graxa de armas e negro de fumo. De um negro brilhante, aplicada como uma espátula de madeira, essa tinta grosseira dava a certas cenas e a certos rostos um aspecto dramático. No acampamento, os rapazes se olhavam de outro modo; Salagnon contribuía para que fossem felizes por viver juntos.

Uma noite do início de junho, o céu ficou azul-escuro por um bom tempo. As estrelas tiveram dificuldade de aparecer, não se acendiam, uma doce luminosidade geral tornava inútil acender lanternas. Uma tepidez azul impedia os jovens de dormir. Deitados na sombra ou encostados nos rochedos, bebiam vinho tinto roubado de tarde. O coronel havia autorizado a expedição contanto que não fossem pegos, que aplicassem as regras tantas vezes repetidas, que não deixassem ninguém para trás.

Munidos de baldes, puas e cavilhas de madeira, tinham descido até a estação ferroviária à beira do Saône. Tinham se imiscuído sub-repticiamente entre os trens parados na área de triagem. Haviam identificado os vagões-tanque marcados com um nome alemão, que devia ser seu destino. As torneiras estavam seladas, mas as cisternas eram de madeira; então furaram à pua e o vinho jorrara no balde com um barulho que os fizera rir. As cavilhas tinham servido para fechar os buracos, e subiram de volta a montanha, sem ser vistos, suando sob um sol vivo, derramando um pouco de vinho e rindo cada vez mais alto à medida que se afastavam da estação. Não haviam perdido ninguém, tinham retornado juntos, e o coronel não teve nenhuma observação a fazer. Mandou pôr o vinho ao fresco, na fonte, e pediu que esperassem um pouco para tomá-lo.

Na noite que não se decidia a cair de verdade, bebiam sem pressa, riam por intermitências de algumas piadas e do relato várias vezes recomeçado e enfeitado da expedição do dia. As estrelas não conseguiam se iluminar, o tempo não passava. Estava travado como se trava o balancim dos relógios quando chega ao fim do percurso: permanece imóvel justo antes de recomeçar.

No celeiro que servia de posto de comando brilhava um lampião de querosene cuja luz amarela filtrava pelas frestas da porta. O coronel havia reunido seu estado-maior de fantasia formado pelos chefes de grupo, aqueles adultos mocíssimos em quem os rapazolas confiavam como se fossem irmãos mais velhos ou jovens professores, e discutiam horas a fio a portas fechadas.

Salagnon, passavelmente bêbado, estava deitado de costas ao lado do balde. Raspava a relva debaixo de si, a relva úmida de orvalho e de seiva, seus dedos se enfiavam entre as raízes e sentia o hálito frio que subia do chão. Sentia com a ponta dos dedos a noite subir debaixo de si. Que ideia dizer que a noite cai, quando ela sobe do solo e pouco a pouco invade o céu que continua sendo até o último momento a última fonte de luz! Fitava uma estrela minúscula, única, suspensa acima dele, e teve a sensação da profundidade do céu, e sentiu contra suas costas a Terra como uma esfera, uma esfera gigante à qual ele aderia, e essa esfera girava no espaço, caía indefinidamente na imensidão azul-escura que contém tudo, ao mesmo ritmo que a estrela imóvel acima dele. Eles avançavam juntos, aderidos a uma grande bola na qual se prendiam, os dedos enfiados nas raízes da relva. Essa presença da Terra debaixo de si abriu nele uma alegria profunda. Inclinou a cabeça, e as árvores se destacaram em negro na noite clara, cada uma com um peso infinito, e os rochedos imóveis a seus pés brilhavam ligeiramente, deformavam o solo com seu peso, e como um lençol todo o espaço estava repuxado pelo peso de todas as presenças dos rapazes deitados na relva, das árvores robustas e dos rochedos cobertos de musgo, e isso lhe proporcionava aquela mesma alegria profunda que durava.

Ele experimentou uma benevolência eterna, ilimitada, para com todos os que, na relva à sua volta, esvaziavam com ele um mesmo balde de vinho; e a mesma benevolência tingida de esperança confiante para com os que estavam reunidos no celeiro, e para com o coronel que nunca tirava seu quepe azul-pálido de *méhariste*. Fazia horas que discutiam de portas fechadas em torno do único lampião aceso de todo o acampamento, cuja luz se via filtrar pelas frestas da porta, luz amarela, enquanto tudo do lado de fora era azul, ou negro.

O lampião de querosene se apagou. Os chefes de grupo se juntaram a eles, beberam com eles até a noite ficar verdadeiramente negra e a relva ficar empapada de água fria.

Na manhã seguinte, o coronel anunciou cerimoniosamente, diante de todos eles formados, diante da bandeira içada no alto de uma vara, que a batalha da França acabava de começar. Agora tinham de descer, e combater.

Comentários III
Uma receita de analgésico na farmácia noturna

Isso aconteceu uma noite na rua; uma noite de verão em que eu andava, em que estava doente, em que não podia mais, mas não mesmo, por causa dos estragos causados em minha garganta por uma razia viral, engolir minha própria saliva. Tinha de falar para que ela se evaporasse, matraquear incessantemente para não me afogar. Eu caminhava na noite de verão, boca aberta, e entrevi uma realidade que nunca tinha me aparecido. Ela havia ficado escondida de mim, eu caminhava nela desde sempre, nunca a tinha reconhecido. Mas naquela noite eu estava doente, a garganta dilacerada pela incursão de um vírus, e tinha de caminhar com a boca aberta para minha saliva evaporar, não conseguia engolir nada; falava sozinho nas ruas de Lyon indo buscar remédios na farmácia noturna.

Gostamos de uma rebelião; gostamos do calafrio que produz. Sonhamos com uma guerra civil, para brincar. E se essa brincadeira ocasiona mortes, isso só a torna mais interessante. A doce França, o país da minha infância, é assolada desde sempre por uma terrível violência, como minha garganta lavrada pelos vírus que me faz sofrer tanto, e não posso engolir nada. Então caminho, boca aberta, e falo.

Como ouso falar de todo o meu país?

Falo só da minha garganta. O país é apenas a prática da língua. A França é o espaço da prática do francês, e minha garganta devastada é seu lugar mais material, mais real, mais palpável, e naquela noite eu ia pelas ruas para tratar dela, para buscar remédios na farmácia noturna. Lá fora, era junho, a noite estava amena, não havia nenhuma razão para pegar uma friagem. Devo ter ficado doente na passeata, por causa dos gases e dos gritos.

Na França sabemos organizar belas manifestações. Ninguém no mundo sabe fazer tão bonitas porque elas são para nós o gozo do dever cívico. Sonhamos com teatro de rua, com guerra civil, com palavras de ordem como parlendas, e com o povo na rua; sonhamos com arremessos de telhas, paralelepípedos, grossos parafusos e porcas, barricadas misteriosas erguidas numa noite e fugas heroicas de manhã. O povo está na rua, as pessoas estão furiosas, e vamos lá! desçamos, todos na rua! vamos encenar o ato supremo da democracia francesa. Se para outras línguas a tradução de democracia é "poder do povo", a tradução francesa, pelo gênio da língua que bate na minha boca, é um imperativo: "O poder para o povo!", e isso é encenado na rua, pela força; pela força clássica do teatro de rua.

Desde sempre nosso Estado não discute. Ele manda, dirige e cuida de tudo. Nunca discute. E o povo nunca quer discutir. O Estado é violento; o Estado é generoso; todos podem aproveitar das suas prodigalidades, mas ele não discute. O povo também não. A barricada defende os interesses do povo, e a polícia militarizada é treinada para tomar a barricada. Ninguém quer ouvir; queremos é partir para a briga. Fazer acordo seria ceder. Compreender o outro seria aceitar suas palavras em nossa boca, seria ter a boca cheia da força do outro, e se calar enquanto ele fala. É humilhante, repugna. O outro tem de se calar; tem de se dobrar; tem de ser derrubado, deixado sem reação, cortada a sua garganta falante, relegado aos trabalhos forçados na floresta sufocante, nas ilhas onde ninguém o ouvirá gritar, salvo as aves ou os ratos do mato. Só o enfrentamento é nobre, e a derrubada do adversário; e seu silêncio, enfim.

O Estado nunca discute. O corpo social se cala; e quando não vai bem, se agita. O corpo social privado de linguagem é minado pelo silêncio, balbucia e geme mas nunca fala, sofre, se dilacera, vai manifestar sua dor pela violência, explode, quebra vidraças e louça, depois retorna a um silêncio agitado.

Quem foi eleito externa sua satisfação por ter obtido todos os poderes. Ia poder governar, diz ele, enfim governar, sem perder tempo discutindo. Logo respondem que seria greve geral, o país paralisado, as pessoas na rua. Enfim.

O povo, que já está cheio da chatice, das chatices e do trabalho, se mobiliza. Vamos ao teatro.

Quando vemos os anglo-saxões protestarem, dá vontade de rir. Eles vêm um a um com cartazes de cartolina, cartazes individuais que empunham por um cabo, com um texto que eles escreveram e que é preciso ler para entender. Eles desfilam, os anglo-saxões, e mostram para as câmeras da tevê seu cartaz redigido com cuidado e humor. São vigiados por policiais bonachões com a farda costumeira. Daria para pensar que a polícia deles não dispõe de escudos, perneiras, cassetetes compridos e caminhões com lanças d'água para evacuar a rua. Suas manifestações exalam decoro e tédio. Temos as mais belas manifestações do mundo, elas são um extravasamento, uma alegria.

Nós saímos à rua. A gente nas ruas é a realidade de todos os dias; a gente na rua é o sonho que nos une, o sonho francês das emoções populares. Saí para a rua com calçados que correm depressa e uma camiseta apertada que não dá pano para quem quisesse me pegar. Eu não conhecia ninguém, juntei-me à multidão, tomei lugar atrás de uma faixa e repeti em coro as palavras de ordem. Porque éramos vários a levar grandes faixas com frases breves em letras graúdas, e uns buracões para diminuir a resistência ao vento. São necessárias várias pessoas para carregar essas palavras de ordem de vários metros, e elas ondulam, são difíceis de ler; mas não é preciso lê-las, elas têm de ser grandes, e vermelhas, e o que está escrito nelas nós gritamos juntos. Quando a gente se manifesta, a gente grita e corre. Oh! Alegria da guerra civil! Os hoplitas da polícia barram as ruas, postados atrás dos seus escudos, com suas cnêmides, seus capacetes, a viseira abaixada que os torna idênticos; eles batem no escudo com seus cassetetes e isso provoca um rufar contínuo, e, claro, a coisa acabou mal. Tínhamos vindo para isso.

As pedras voaram, um jato de granadas respondeu, uma nuvem se elevou e se espalhou pela rua. "Melhor assim, combateremos à sombra!", riram aqueles dentre nós que tinham vindo de capacete, gorro ninja, armados de barras de ferro e de fundas, e começaram a quebrar vitrines. Nossa garganta já queimava, por causa do gás e dos gritos. Sob o voo de enormes parafusos e porcas atirados com as fundas, as vitrines vinham abaixo em queda cristalina, numa cintilação de reflexos.

Os policiais arreados com armas antigas avançaram na rua, manobrando numa ordem de legião, a pedraria caindo feito granizo em seus escudos de policarbonato; salvas de granadas explodiam com um ruído algodoado e carregavam o ar de gases irritativos, brigadas de fuzileiros à paisana corriam atrás dos manifestantes, detinham alguns agitados e os levavam para trás da muralha de escudos que avançava no rufar implacável dos cassetetes. Que barulheira! A faixa caiu, eu a peguei, a ergui, segurei-a acima de mim com um outro e ficamos à frente da passeata, depois nós a largamos e saímos correndo. Oh! Alegria da guerra civil! alegria do teatro! Corremos rente às vitrines que ruíam à medida que passávamos, corremos ao longo de lojas arrombadas onde jovens mascarados com uma echarpe se serviam como se estivessem na sua despensa, antes de também fugir, diante de outros jovens de mandíbulas voluntariosas. E estes corriam mais depressa, usavam braçadeiras cor de laranja e quando derrubavam no chão algum rapaz mascarado tiravam do bolso algemas. Eu corria, tinha vindo para isso, uma passeata sem correria desenfreada é uma passeata fracassada, eu escapava pelas ruas transversais.

O céu se tornava rosado, a noite caía, um vento frio varreu os eflúvios de gases. O suor escorria pelas minhas costas e minha garganta doía. No bairro onde tinha se realizado o cortejo passavam carros em baixa velocidade, ocupados por quatro homens de mandíbulas voluntariosas, cada um espiando por uma janela diferente; rodavam sobre destroços de vidro. Pairava ali um cheiro de queimado, espalhavam-se pelo chão roupas, calçados, um capacete de motoqueiro, manchas de sangue.

Eu me sentia mal, péssimo.

O governo que tinha avançado demais recuou; neutralizou as medidas tomadas com precipitação com contramedidas tomadas no desespero. O conjunto se equilibrou como sempre: o compromisso que não se discute foi ineficaz, e um complicador. O gênio francês constrói suas leis como constrói suas cidades: as avenidas do código de Napoleão constituem seu centro, admirável, e em torno dele se estendem construções a esmo, malfeitas e provisórias, ligadas por um labirinto de rotundas e contramãos inextricáveis. Improvisa-se, segue-se mais a correlação de forças que a regra, a desordem cresce pelo acúmulo dos casos particulares. Conserva-se tudo; porque seria provocador aplicar, e desmoralizante retirar. Então conserva-se.

Ai, como me sinto mal!

No entanto era junho, e eu me sentia mal por uma doença de frio, minha garganta me fazia sofrer, minha garganta fora atingida, a garganta que é o órgão, a garganta que é o alvo. Com uma receita no bolso ia a pé pelas ruas de Lyon procurar remédios na farmácia noturna. Eu atravessava a cidade no meio da noite, mantendo a boca aberta para que minha saliva evaporasse. Não podia engolir nada, mesmo vindo de mim, as funções naturais da boca estavam paralisadas pela dor, então eu caminhava de boca aberta e falava para evaporar minha saliva, para não perecer afogado de mim, demasiado cheio de secreções que não passam.

Caminhava pelas calçadas da noite onde sombras erravam; me afastava para não colidir com aqueles destroços, aqueles casais apertadinhos, aqueles grupos agitados. Cruzava com eles sem vê-los, todo ocupado com a minha dor, e cruzava com carros brancos em baixa velocidade decorados com faixas azuis e vermelhas carregadas de homens de macacão que olhavam pelas janelas. A palavra POLÍCIA estava pintada em letras grandes nesses carros, e também nas vans estacionadas à beira da calçada, decoradas do mesmo modo e carregadas desses mesmos jovens que vigiavam as sombras.

Ô, doce França! Meu querido país de frescor e de infância! Minha doce França tão calma e tão policiada... passa mais uma viatura em baixa velocidade carregada de jovens atléticos... no aquário da noite ela nada sem nenhum barulho até mim, olha para mim depois segue em frente. As noites de verão são pesadas e perigosas e as ruas do centro são esquadrinhadas, a noite inteira eles circulam: a presença policial ostensiva possibilita a pacificação. Sim, a *pacificação*! Praticamos a *pacificação* no próprio coração das cidades da França, no próprio coração da autoridade, porque o inimigo está em toda parte. Não conhecemos o adversário, só o inimigo, não queremos a adversidade que engendraria palavras sem fim, mas a inimizade, porque esta nós sabemos tratar pela força. Com o inimigo a gente não fala. A gente o combate; a gente o mata, ele nos mata. Não queremos conversa, queremos briga. No país da doçura de viver e da conversa como uma das belas-artes, não queremos mais viver juntos.

Estou pouco me lixando para isso tudo, caminho e falo, falo para dissipar o que de outro modo me afogaria; e se penso no meu país é para ter alguma coisa para falar, porque não posso interromper de forma alguma meu trajeto pelas ruas de Lyon, senão me veria reduzido a babar para não morrer sufocado.

Penso na França; mas quem pode dizer sem rir, quem pode dizer sem fazer rir, que pensa na França? Senão os grandes homens, e somente em suas memórias. Quem, senão De Gaulle, pode dizer sem rir que pensa na França? Quanto a mim, estou apenas me sentindo mal e tenho de falar andando até chegar à farmácia noturna que me salvará. Então falo da França como De Gaulle falava, misturando as pessoas, misturando os tempos, tornando confusa a gramática para encobrir as pistas. De Gaulle é o maior mentiroso de todos os tempos, mas mentiroso ele era como mentem os romancistas. Ele construiu pela força do seu verbo, peça por peça, tudo de que precisávamos para habitar o século XX. Ele nos deu, porque as inventou, as razões para viver juntos e termos orgulho de nós. E vivemos nas ruínas do que ele construiu, nas páginas rasgadas do romance que escreveu, que tomamos por uma enciclopédia, que tomamos pela imagem clara da realidade, quando não se tratava mais que de uma invenção; uma invenção na qual era doce crer.

Nossa terra é a prática da linguagem. A França é o culto do livro. Vivemos entre as páginas das *Memórias* do General, num cenário de papel que ele escreveu de próprio punho.

Eu caminhava na rua, de noite, a garganta em carne viva, e a violência muda que sempre nos acompanha também me acompanhava. Ela ia por baixo, sob meus passos, sob a calçada: a toupeira canibal da violência francesa rastejava sob meus passos sem se mostrar. De vez em quando ela sai para respirar, tomar ar, abocanhar uma presa, mas está sempre presente, mesmo quando não a vemos. A gente a ouve arranhar. O solo é instável, pode ceder a qualquer momento, a toupeira pode sair.

Chega! Chega de tudo isso! Mas não posso engolir nada. Minha saliva se evacua, se difunde em falação, troco minha dor por uma torrente de palavras, e essa torrente que sai de mim me salva do afogamento em meus próprios líquidos. Sou habitado pelo gênio francês, encontro soluções verbais para as minhas dores e assim, falando, sobrevivo a doenças de frio que pego nos meses de verão.

Cheguei enfim à farmácia noturna. Seria melhor me calar. Em público, na fila, engoli minha dor.

A fila tensa formava um arco na loja bem fechada que mal podia nos conter. Tentávamos não cruzar nossos olhares, e o que pensávamos guardávamos para nós. Tratava-se de suspeitas. Porque quem vinha à farmácia noturna senão os destroços humanos que não sabem mais quando é dia ou noite? senão os drogados que procuram moléculas que conhecem muito melhor do que um estudante de medicina? senão doentes que não podem esperar o dia seguinte, logo doentes em estado de urgência, logo grandes corpos purulentos que contaminam tudo em que tocam? E demora, demora sempre demais, porque as pessoas se arrastam na farmácia noturna, os movimentos ficam mais lentos, o movimento mal existe, não existe mais, e a inquietação cresce, a inquietação ocupa o pequeno espaço em que somos numerosos demais, em que fazemos fila, portas fechadas.

Um auxiliar de farmácia de nome africano atendia sem nunca erguer a voz nem acelerar seu gesto. Seu rosto redondo, negro e liso, não tinha a menor receptividade aos olhares impacientes. Nós não nos olhávamos com medo de nos contaminar, e olhávamos para ele, que entregava os medicamentos, e ele não ia muito depressa. Lia as receitas com cuidado, conferia várias vezes, balançava a cabeça sem dizer nada mas com um ar desconfiado, questionava num suspiro, avaliava o aspecto do cliente; depois ia às prateleiras nos fundos da farmácia e trazia o remédio urgentíssimo que o doente esperava balançando de uma perna a outra, mudo, fervilhante de uma cólera impossível de externar, doente.

Do outro lado da porta de vidro blindado que havia sido fechada às 22h30, jovens atléticos iam e vinham em grupo, se interpelavam, berravam ao celular, gargalhavam batendo um na palma da mão do outro. Vinham de noite e brincavam de andar pela calçada, de se encostar nas paredes, de se empurrar com risos e olhar de cima para os passantes; vinham à noite até aqui, em frente à farmácia noturna, no quadrado de luz que a porta de vidro, espessa, fechada e trancada a partir das 22h30, recortava na calçada. Vinham como mariposas, agitavam-se diante da porta fechada, fechada para eles porque não tinham receita. Não conheciam o cansaço. Passavam lançando cada vez um olhar, exclamavam entre si, batiam um na mão do outro com risadas. O fluxo das vítimas os excitava, o fluxo de dinheiro os excitava, o fluxo de medicamentos que saíam de lá os excitava; olhavam para os passantes de cima, e mesmo sem dizer nada todo mundo entendia. Riam da inquietação dos doentes que deviam passar entre os provocadores, os clientes de cabeça baixa e receita na mão, que tentavam não ver nada e tinham de atravessar o grupo deles para tocar a campainha, e aguardar, para pedir humildemente, com cara de quem não espera nada além da abertura da farmácia noturna.

Uma senhora do lado de dentro, uma senhora na fila, diz: "Não sei o que eles têm, mas me parecem bastante excitados estes dias". Uma ondulação de aquiescência percorreu a fila. Todo mundo compreendia sem se olhar, sem erguer os olhos, sem serem necessárias maiores precisões. Mas ninguém queria falar no assunto, porque isso não se fala: se enuncia, e se acredita.

A tensão subia no início do verão; a tensão subia nas breves noites quentes. Jovens atléticos andavam na rua de torso nu. O auxiliar de nome africano conferia a validade das receitas, pedia documentos de identidade, garantias de pagamento. Com o canto dos olhos vigiava o quadrado de luz projetado na calçada, atravessada de novo e de novo pelos jovens eufóricos que remexiam os ombros.

Quando um cliente era atendido, ele lhe abria a porta à prova de bala com um grande molho de chaves. Entreabria, cedia a passagem e tornava a fechar com um barulho de chaves se entrechocando e de junta de borracha que fecha sem deixar passar nem mesmo o ar. O cliente se via trancado do lado de fora, sozinho na calçada, apertando contra a barriga um saco de papel branco marcado com uma cruz verde, e aquilo causava uma agitação nos jovens que iam e vinham na calçada, uma agitação irônica como a dos mosquitos que se aproximam e se afastam, sem pousar, sem ser vistos, com um pequeno zumbido que é um riso, e o cliente sozinho na noite tinha de atravessar o grupo de rapazes atléticos apertando seu saquinho cheio de caixinhas, cheio de preciosos princípios ativos que deviam curá-lo, tinha de atravessar o grupo, evitar sua trajetória, escapar dos seus olhares, mas nunca acontecia nada; só a inquietação.

O auxiliar de farmácia só deixava entrar quem ele julgava ter uma aparência adequada, os que tocavam e mostravam sua receita. Concordava em abrir ou não. Não dizia mais nada. Lia as receitas, conferia a etiqueta nas caixas, conferia os meios de pagamento. Nada mais. Efetuava os gestos do comércio, não era ali mais que uma máquina, distribuía caixas de princípios ativos. Na farmácia noturna cheia de doentes graves, que faziam a fila tentando não se ver, a tensão subia. Seu rosto redondo e negro, olhos abaixados para o monitor da caixa registradora, não tinha a menor receptividade.

Uma mulherzinha magra adiantou-se achando que era sua vez. Um belo homem de olhos intensos se interpôs, nariz conquistador e bela mecha de través na testa. Foi cortante, aproveitando-se do seu tamanho e da sua elegância: "A senhora não percebeu que eu estava antes?". Ela balbuciou, mas sem enrubescer — sua pele completamente seca não tinha como. Ela tremia. Cedeu a vez com desculpas inaudíveis. Ele tinha um ar inteligente, próspero, vestido de linho elegantemente amarrotado, e ela, pequena e magra, mostrava por todo o corpo seu desgaste, e não me lembro das suas roupas. Ele logo ficou feroz, pronto para bater nela, ela estava com medo.

A imensidão líquida toda escura quebrava nos flancos da farmácia noturna. O carnaval imprevisível acontecia ao redor, sombras errantes iam pelas ruas, que se pareciam com pessoas mas eram sombras; as sombras errantes vinham se fazer ver no quadrado de luz, um instante diante da porta fechada, seus dentes brilhavam um instante, seus olhos em seus rostos sombrios, e nós nos comprimíamos dentro da loja fechada, esperando a vez, furiosos por ela não chegar; temerosos de que não chegasse. Distribuíam-nos calmantes.

O homem seguro de si entregou sua receita batendo com ela no balcão, abriu-a, resmungava que não era possível, não mesmo, mas era sempre assim. Mostrou uma linha martelando nela com o indicador, várias vezes.

— Só quero isto.

— E o resto? O médico receitou o conjunto.

— Escute aqui, o médico é meu amigo. Ele sabe do que preciso. Ele me dá o resto para eu ser reembolsado. Mas sei o que faço. Sei o que tomo. Me dê o que peço.

Ele segmentava as frases, martelava a pontuação, falava com o ar entendido de quem decidiu, falava com o tom de quem sabe tanto quanto o médico, e sempre mais que um auxiliar de farmácia africano que responde pelo plantão noturno. Parecia querer partir para a briga. A mulherzinha gasta havia recuado vários passos. Assumia o ar submisso que poderia lhe evitar as pancadas, e o outro lhe lançava olhares furiosos que se acumulavam em suas espáduas frágeis, de osso e papelão. Estávamos todos na fila silenciosa da farmácia noturna, não queríamos nos falar porque éramos talvez loucos ou desviantes ou doentes, não queríamos saber, porque para saber teria sido necessário o contato, e o contato é perigoso, irrita, contamina, fere. Queríamos nossos remédios, que acalmam nossas dores.

Ela se adiantou um pouquinho, sem querer, a mulherzinha gasta; ela sem dúvida tinha medo de perder mais do que a vez que tinha cedido, então deu um passo na zona vazia em volta daquele homem tenso, daquele homem eriçado de pontas como os detonadores em torno das minas que flutuam. Ela aflorou seu espaço, poderia ter lido a receita, então ele pousou a mão nesta como uma bofetada, desintegrou-a com o olhar, ela bateu em retirada.

— Mas não é possível! — ele berrou. — É sempre assim! Eles nunca ficam no lugar! Sempre furando fila! A gente tem de ter olhos nas costas!

Bateu várias vezes na receita. Arrumou sua mecha com um belo gesto; sua roupa de linho fluido seguia seus movimentos.

— Quero isto — disse com toda a ameaça de que era capaz.

O auxiliar não deixava transparecer nada, seus traços redondos não se mexiam, sua pele negra não mostrava nada, e o homem colérico varreu mais uma vez sua bela mecha. Seus olhos coruscavam, sua pele se avermelhava, sua mão tremia no balcão; gostaria de ter batido de novo, batido no balcão, batido na receita, batido em alguma outra coisa para se fazer entender por aquele indiferente.

— E então, vai me dar ou não este remédio! — berrou na cara do auxiliar, que nem tremeu.

O gordo que estava na minha frente, um grandalhão de bigodes cuja barriga repuxava os botões da camisa, pôs-se a respirar mais forte. Pela vidraça espessa viam-se os jovens ociosos passar e tornar a passar, lançando a cada passagem um olhar para nós, trancados, um olhar que nos provocava. A coisa estava ficando feia. Mas eu não dizia nada, me sentia mal.

O belo homem arrogante vestido de linho tremia de raiva por ser assimilado à turba de doentes numa farmácia noturna, e a mulherzinha gasta atrás dele, o mais longe possível agora, tremia como devia ter sempre tremido. Talvez ele fosse se virar e esbofeteá-la, como se esbofeteia uma criança que enche a paciência, só para se acalmar e mostrar que domina a situação. E ela, depois da bofetada, urraria num tom agudíssimo e rolaria no chão tremendo com todos os seus membros; ou levantaria uma vez na vida a cabeça e se precipitaria sobre ele e o martelaria com aqueles soquinhos que as mulheres dão chorando; também poderia não dizer nada: só suportar a bofetada com um estalo em suas costas, que a faria ficar mais arqueada ainda, sacudida por soluços silenciosos, ainda mais recolhida, ainda mais gasta.

E o outro cara, o bigodudo grandão e barrigudo, que teria feito diante de uma mulherzinha que fica arrasada, ou diante de uma mulherzinha que se revolta com choros de falsete, ou diante de uma mulherzinha que se apaga um pouco mais da superfície da Terra? Que teria ele feito? Teria respirado mais forte, sua respiração teria alcançado o regime de um aspirador em plena potência, poderia ter avançado, movido sua massa e acertado uma porrada no nojento. O elegante teria caído com o nariz sangrando e berrando protestos, teria arrastado em seu tombo a prateleira de cápsulas para emagrecer e o bigodudo grandão teria ficado lá, massageando o punho e respirando mais forte ainda, com dificuldade, como uma bicicleta a motor numa ladeira quase sufoca, seu barrigão tremendo entre os botões da sua camisa, um dos quais talvez saltasse. O outro de quatro o teria coberto de ameaças jurídicas mas sem se levantar, e o auxiliar africano, impassível por já ter visto coisas piores, teria tentado botar panos quentes. "Que é isso, senhores? Calma." Teria dito. E a mulherzinha teria feito o movimento de socorrer o arrogante sanguinolento de quatro lançando olhares de pesadas reprovações ao bruto de bigodes que decididamente respiraria cada vez pior, muito pior, e correria o risco de ter um entupimento do coração, uma obstrução dos brônquios, uma parada de todo o tráfego em suas artérias estreitas, demasiado reduzidas, demasiado apertadas, de capacidade demasiado fraca para a violência de que ele era capaz.

O auxiliar continuaria a gerenciar o estoque em sua caixa registradora eletrônica, e continuaria a pedir calma com uma voz comedida: "Que é isso, senhores! Que é isso, senhora!", o tempo todo pensando na bomba de gás lacrimogênio na gaveta embaixo da caixa, com que ele bem teria borrifado todo mundo. Mas depois teria sido preciso arejar, e a única porta possível era a que dava para a rua, e esta ele não podia abrir, porque na rua perambulava agora uma gente que tinha de ser mantida do lado de fora. Então ele pedia calma, sonhando em metralhar todo mundo para que aquilo acabasse.

Que teria feito eu nessa explosão de violência francesa? Eu me sentia mal. O vírus devastava minha garganta, eu precisava de um analgésico, precisava que transformassem minha dor numa ausência abafada da qual eu não mais saberia. Então não disse nada; esperei minha vez; esperei que me dessem.

Claro, não aconteceu nada. O que vocês querem que aconteça num lugar fechado, trancado por uma porta de vidro à prova de balas? O quê, senão o sufocamento?

O comércio continuou. O auxiliar suspirando deu o que o outro pedia. Lavava as mãos. Quando o outro obteve o que exigia, soltou um "Até que enfim!" exasperado e saiu dando grandes passadas e fuzilando a fila com um olhar dirigido a todos. O auxiliar abriu para ele e voltou para detrás do balcão. "De quem é a vez?" A noite para ele se desenrolava sem incidentes. A fila avançou. A mulherzinha entregou uma receita amarrotada que havia servido muito, apontou para uma linha com um dedo trêmulo, pediu humildemente, e ele aceitou dando de ombros. Ele distribuía psicotrópicos, distribuía somatotrópicos; aos que conheciam seu médico ele dava o que pediam, aos outros dava o que estava escrito, a alguns concedia um suplemento; a legalidade flutuava, a violência se abrandava, os favores distribuídos atenuavam os choques.

Saí finalmente com os remédios. Ele abriu para mim e fechou, atravessei o grupo agitado na calçada e não aconteceu nada.

Na noite passavam sombras; pessoas falam sozinhas na noite mas hoje em dia não se sabe mais se são loucas ou se estão com um celular oculto. O calor do dia saía das pedras, uma tensão pesada vibrava no ar, duas viaturas da polícia carregadas de homens jovens se cruzaram em baixa velocidade, piscaram uma para a outra os faróis e continuaram seu deslizar sem marolas. Procuravam a fonte da violência e, quando a encontrassem, estariam prontos para dar o bote.

Oh, como tudo vai mal! Não consigo engolir nada. Eu me pergunto de que doença eu sofro que me obriga a falar assim para evaporar essa saliva que senão me afogaria. Que doença? Uma razia de vírus, vinda do grande deserto exterior? E depois desse ataque é minha própria defesa que devasta minha própria garganta; meu sistema imunológico depura, pacifica, extirpa, liquida minhas próprias células para extrair delas a subversão. Os vírus não passam de uma palavra, um pouco de informação veiculada pelo suor, pela saliva ou pelo esperma, e essa palavra se introduz em minhas células, mistura-se à minha palavra própria, e depois meu corpo fala a língua do vírus. Então o sistema imunológico executa minhas próprias células uma a uma, para limpá-las da língua do outro que queria murmurar bem no meu âmago.

Em toda parte as ruas são iluminadas, mas sempre metem medo. São tão iluminadas que daria para ler embaixo dos postes de luz, mas ninguém lê porque ninguém fica. Ficar na rua não se faz. Ilumina-se bem, em toda parte, até o ar parece luzir, mas essa iluminação é uma mistificação: as lâmpadas criam mais sombra que luz. Eis o problema das luzes: a iluminação reforça todas as sombras que ela não dissipa no ato. Como nas planícies desoladas da Lua, o menor obstáculo, a menor aspereza cria uma sombra tão profunda que não dá para distingui-la de um buraco. Então na noite contrastada a gente evita as sombras, pois quem sabe não seriam buracos mesmo.

A gente não fica na rua, a gente se manda, e viaturas em baixa velocidade passam ao longo das calçadas na velocidade dos passantes, elas os encaram com todos os seus olhos através de seus vidros escuros, e seguem em frente, deslizam ao longo das ruas, procuram a fonte da violência.

O corpo social está doente. Acamado, ele tirita. Não quer ouvir mais nada. Fica de cama, cortinas fechadas. Não quer saber mais nada da sua totalidade. Sei que uma metáfora orgânica da sociedade é uma metáfora fascista; mas os problemas que temos podem ser descritos de uma maneira fascista. Temos problemas de ordem, de sangue, de solo, problemas de violência, problemas de poder e de uso da força. Essas palavras vêm ao espírito, qualquer que seja seu sentido.

Eu ia pela noite como uma sombra louca, um espectro falante, uma logorreia que anda. Cheguei enfim em casa e na minha rua um grupo de jovens se agitava sob um poste de luz. Giravam em torno da motoneta de um deles estacionada na calçada, e este, torso nu, havia ficado com o capacete, sua correia solta batendo nos ombros.

Na minha rua deserta, janelas às escuras, ouvia de longe suas vozes altas sem distinguir as palavras; mas o fraseado precipitado deles me revelava o que eu precisava saber: de onde eles vinham. Soube de longe, pelo ritmo, de qual de nossos estratos sociais hereditários eram originários. Nenhum estava sentado, salvo o de capacete, sentado no banco da sua motoneta. Estavam encostados na parede, iam e vinham pela calçada, varriam o ar com gestos de jogadores de basquete; exploravam a rua em busca de uma aventura, ínfima que fosse. Passavam de mão em mão uma garrafa grande de soda limonada que bebiam sucessivamente com longos gestos exagerados, a cabeça bem para trás.

Atravessei-os, eles se afastaram. Estamparam sorrisos de ironia, dançaram em volta de mim, mas passei, não tinha medo, não exalava o menor cheiro de medo, eu me sentia mal, preocupado demais em não sufocar. Atravessei-os murmurando como murmurava desde o começo da noite, resmungando para mim mesmo aquelas palavras evaporantes que ninguém podia compreender; aquilo os fez rir. "Ei, moço, vai estourar seus créditos falando tanto assim de noite."

Eu estava mal, padecia de uma faringite nacional, de uma gripe francesa que torce a garganta, de uma doença que inflama a parte interna do pescoço, que ataca o órgão precioso das palavras e faz jorrar essa torrente de verbo, o verbo que é o verdadeiro sangue da nação francesa. A língua é nosso sangue, ela fluía de mim.

Passei pelo grupo sem responder, eu estava ocupado demais e não compreendi as alusões ao objeto técnico. O ritmo da língua deles não era absolutamente o meu. Aqueles rapazes se agitavam sem se mexer, como panelas deixadas no fogo, e sua superfície ondulava com bolhas vindas de dentro. Passei por eles, dirigi-me para a minha porta. Estava pouco me lixando para a rua. Eu estava mal, só isso, e apertava na mão a sacolinha de medicamentos cada vez mais amarrotada a cada passo que eu dava. No papel, nas caixinhas, estava o que ia me curar.

Uma viatura submarina decorada com faixas azuis e vermelhas deslizou ao longo da rua. Parou na altura do grupo. Quatro jovens de macacão saíram juntos. Alongaram seus músculos, e ergueram num mesmo gesto o cinturão tilintando de armas. Eram jovens, fortes, quatro, os membros como molas, e nenhum era mais velho que os outros para mantê-los sob controle. Nenhum era mais velho, mais lento, nenhum era um pouco desligado do mundo como são os que viveram um pouco, nenhum que pudesse não reagir na hora, nenhum que pudesse atrasar o uso daquele poder de fogo. Eram quatro da mesma idade, aqueles homens de armas cujas mandíbulas de ferro foram aguçadas, bem jovens, e não havia ninguém ali para manter a rédea curta. Os homens mais velhos não querem mais patrulhar nas noites de junho, então deixam granadas destravadas circular na rua, deixam uns jovens tensos procurar às cegas na noite outros jovens tensos que brincam de escapar deles.

Os jovens de vestimentas sóbrias e azuis se aproximaram dos jovens vestidos de *flou* multicor, e um deles inclusive de torso nu. Cumprimentaram com um esboço de gestos e pediram os documentos de todo mundo e os da motoneta. Esmiuçaram os cartões plastificados, inspecionando os arredores, os gestos ficavam mais lentos. Com o indicador, sem se abaixar, apontaram para uma guimba no chão; mandaram recolher para exame. Os gestos ficaram mais lentos ainda, mais precavidos. Todos tiveram de esvaziar os bolsos e foram apalpados por um homem de azul, enquanto o outro espreitava os gestos, uma mão no cinturão de armas. Demorava. Eles procuravam; e procurar muito tempo sempre leva a encontrar. Os gestos lentos se aproximavam da imobilidade. Aquilo não podia durar. A imobilidade não pode durar muito. O corpo é uma mola e abomina a imobilidade. Houve uma sacudidela, gritos, a motoneta caiu. Os jovens fugiram na sombra e só ficou um, torso nu, caído no chão, o capacete tendo rolado um pouco mais longe, dominado por dois atletas de azul. Algemado foi levado para a viatura. No silêncio da minha rua à noite ouvi claramente o que diziam no rádio. Nas fachadas da minha rua algumas janelas se acenderam, rostos apareceram nas frestas das cortinas. Ouvi o enunciado do motivo: "Obstrução à revista. Resistência ao agente. Delito de fuga". Ouvi perfeitamente. Eu estava na rua mas não me pediram nada. Encerrado na minha fisiologia, não temia nada, encerrado em mim não tinha nada mais a fazer além de apagar minha dor. As janelas se apagaram uma a uma, a viatura se foi com mais um passageiro, a motoneta ficou deitada na calçada, o capacete permaneceu na sarjeta.

Prendem por resistência à detenção: o motivo é maravilhosamente circular. De uma lógica jurídica impecável, mas circular. O motivo é racional assim que aparece; mas como aparece?

Certamente não aconteceu nada aquela noite na minha rua. Mas a situação está tão tensa que um choque ínfimo produz um espasmo, uma defesa brutal de todo o corpo social como quando de uma verdadeira doença; salvo que aqui não há inimigos, salvo certa parte de si.

O corpo social treme de febre alta. Não dorme, o corpo social doente: teme por sua razão e sua integridade; a febre o agita; ele não encontra seu lugar em sua cama quente demais. Um ruído inesperado conta para ele como uma agressão. Os doentes não suportam que lhes falem alto, isso dói tanto quanto se batessem neles. No calor desregulado do seu quarto os doentes confundem a ideia e a coisa, o medo e o efeito, o barulho das palavras e os golpes. Fechei a porta atrás de mim, não acendi, a luz de fora bastaria. Fui à pia me servir de um copo d'água, engoli os remédios que tinham me receitado, e adormeci.

* * *

O espírito se segura por um fio. O espírito carregado de seus pensamentos é um balão de hélio segurado por uma criança. A criança é feliz por segurar esse balão, tem medo de soltá-lo, segura firme o fio. Os psicossomatotrópicos vendidos na farmácia livram da inquietação, os remédios abrem a mão. O balão voa. Os psicossomatotrópicos comprados na farmácia proporcionam um sono isolado do mundo físico, onde as ideias leves aparecem como verdadeiras.

Como conseguem reconhecê-las na noite?

A gramática vivida não é a gramática teórica. Quando uso um pronome, ele é uma caixa vazia, me diz a gramática que leio nos livros; nada, absolutamente nada me diz de que se trata. O pronome é uma caixa, não diz nada do seu conteúdo, mas o contexto sabe qual é. Todo mundo sabe. O pronome é uma caixa fechada, e todo mundo sem precisar abri-la sabe o que ela contém. Vocês me compreendem.

Como fazem para reconhecê-los? A tensão aguça os sentidos. E a situação na França está bem tensa. Um bilhete jogado fora, e uma estação é saqueada, entregue às chamas. Estou exagerando? Estou aquém. Poderia listar horrores piores, todos verdadeiros. Um bilhete de metrô jogado no chão de uma estação desencadeou uma operação militarizada de manutenção da ordem.

Uma centelha e tudo pega fogo. Se a floresta pega fogo, é que estava seca, e cheia de mato. Perseguem a centelha; querem deter o contraventor. Querem encontrar aquele que produziu a centelha, querem pegá-lo, nomeá-lo, demonstrar sua ignomínia e enforcá-lo. Mas centelhas se produzem sem cessar. A floresta está seca.

Um agente do metrô pediu um dia o bilhete a um rapaz. Este acabava de jogá-lo no chão. Sugeriu dar meia-volta para achá-lo. O agente quis levá-lo dali para constatar o delito. O rapaz protestou; o agente insistiu brutalmente, não tinha de negociar a lei. Seguiu-se uma confusão que o conjunto dos testemunhos não foi capaz de explicar. Sobre o começo das violências os testemunhos sempre se contradizem. Os atos aparecem por saltos quânticos, os acontecimentos são de uma nova natureza, cujo advento é probabilista. O ato poderia não ter acontecido, aconteceu, logo foi inexplicável. Só se pode contá-lo.

Os acontecimentos se encadearam numa lógica de avalanche: tudo caiu porque tudo era instável, tudo estava pronto. O agente tentava levar o infrator; e este protestava. Jovens se aglomeraram. A polícia chegou. Os jovens berraram insanidades. A polícia militarizada atacou para liberar a estação. Os jovens correram e atiraram pequenos objetos, depois grandes, que vários juntos arrancaram. A polícia se pôs em forma conforme as regras. Homens de armadura se alinharam detrás de seus escudos. Atiraram granadas, atacaram, interpelaram. Os gases encheram a estação. O metrô despejava outros jovens. Não era preciso descrever para eles a situação: eles escolhiam seu lado sem que lhes explicassem nada. Tudo é tão instável; o enfrentamento está pronto.

A estação ficou juncada de cacos de vidro, cheia de gás, devastada. Muita gente saiu chorando, arqueada, agarrando-se uns aos outros pelos ombros. Viaturas azuis com os vidros gradeados estacionavam em torno. O trânsito foi interrompido, barreiras metálicas foram postas atravessando as ruas, os acessos foram controlados por policiais uniformizados, e também por piquetes de homens atléticos à paisana empunhando rádios chiantes.

Uma fumaça de uma espessura de betume quebrou uma janela e subiu direto para o céu. A estação pegava fogo. Uma coluna de bombeiros veio em reforço, escoltados por homens que os protegiam com seus escudos. Pequenos objetos choviam no plástico, no asfalto em volta deles; eles aspergiram a estação com neve carbônica.

Pode passar por absurdo: são incomensuráveis, um bilhete de metrô e uma estação. Mas não se trata de desordem: os que se enfrentavam conheciam seu papel de antemão. Nada havia sido preparado, mas tudo estava pronto; se o bilhete havia deflagrado a revolta, foi como a chave que dá a partida num caminhão. Basta que o caminhão esteja presente e ele pega assim que se introduz a chave. Ninguém se espanta com a desproporção entre a chave e o caminhão, porque é a organização própria do caminhão que faz que seu motor pegue. E não a chave; ou só um pouco.

As pessoas imaginam, é tranquilizador, que uma bonita estação no coração das cidades significa ordem, e que a revolta é uma desordem; engano. As pessoas não olham direito para as estações, só passam por elas. Mas se nos damos tempo para observá-las, se nos sentamos e nos demoramos um pouco, nós imóveis e os outros agitados, então vemos que não há lugar mais confuso que o centro multimodal onde se cruzam trens, metrôs, ônibus, táxis, pedestres, cada qual indo de acordo com uma lógica que só diz respeito a si, procurando seguir seu caminho sem se chocar com os outros, cada qual correndo de acordo com uma linha quebrada, à maneira das formigas na superfície dos grandes formigueiros de agulhas de pinheiro. Basta um choque, basta um tropeção numa irregularidade, uma impureza nesse meio fluido, e a ordem que a paz não deixava ver logo reaparece. O fluxo das pessoas apressadas, que enche a estação, ganha corpo, se organiza em linhas, toma forma. As pessoas se emparelham, os grupos se formam, os olhares que iam ao acaso só tomam certas direções, espaços vazios aparecem onde tudo estava cheio, linhas azuis bem retas se constroem onde tudo não era mais que maleabilidade multicor, os objetos voam em direções privilegiadas.

As forças da ordem não mantêm a ordem, elas a estabelecem: elas a criam porque nada é mais ordenado do que a guerra. No conflito cada qual conhece seu lugar sem que seja necessária nenhuma explicação: basta um princípio organizador. Cada qual sabe e faz; durante a guerra cada qual conhece seu papel, cada qual está em seu lugar. Os que não sabem deixam os lugares chorando. Os que não conhecem seu lugar fingem não entender nada, acreditam que o mundo é insensato e se lamentam, veem atrás deles a estação pegar fogo. Não compreendem esse absurdo, acreditam numa derrocada da ordem. Morrem ou não, ao acaso.

Jogado o bilhete no chão, a estação se incendiou. Houve corpos se enfrentando e fujões. As pessoas se organizaram. O princípio organizador era a raça.

O jovem a quem pediram o bilhete era negro. A estação se incendiou.

A raça não existe. Ela existe o bastante para que uma estação se incendeie e que centenas de pessoas que não tinham nada em comum se organizem por cores. Negros, pardos, brancos, azuis. Depois do choque que ocorreu na estação os grupos de cor eram homogêneos.

Depois dos distúrbios os policiais passavam pelos vagões das composições aterrorizadas. As mãos no cinturão, caminhavam lentamente pelo corredor central perscrutando os passageiros sentados. Exibiam o armamento das tropas de choque, eram ágeis e firmes em seu uniforme militarizado. Não usam mais o uniforme dos antigos policiais, calça reta, botinas baixas, pelerine e quepe; mas uma calça apertada nos tornozelos, própria para pular, botinas altas de cadarço, que permitem a corrida, blusões amplos e capacetes bem aparafusados sobre o crânio. Na cintura estão penduradas ferramentas de impacto e de abordagem. Mudaram seu uniforme. Inspiraram-se no dos batalhões de paraquedistas.

Eles vão nos trens, com seu mosaico de passageiros, num passo tranquilo, e verificam as identidades. Não verificam ao acaso, seria incompetência. Utilizam um código de cor que todo mundo conhece. Isso se sabe. Faz parte dessa capacidade humana de perceber as aparências. Nas estações em que as composições se detêm ouve-se a chiadeira anasalada dos alto-falantes, ouve-se aquele som antigo que acompanha a ronda das zonas urbanas. "Populações fiéis à França, a polícia zela por sua segurança. A polícia persegue os fora da lei. Aceitem os controles, sejam vigilantes, sigam as orientações. Populações fiéis à França, a polícia zela por vocês. Facilitem a sua ação. Dela depende sua segurança."

Segurança. Sabemos de que se trata.

Tendo abandonado meu corpo aos psicossomatotrópicos, eu dormia.

De fora, ninguém poderia diferenciar esse sono da morte; meu corpo não se mexe, está envolvido por um pano que pode servir de lençol, ou de mortalha, que pode me fazer atravessar a noite ou cruzar o rio dos mortos. O espírito liberto do corpo se torna um gás mais leve que o ar. Trata-se do hélio, trata-se de um balão; não se deve soltá-lo. No sono neuroquímico, o espírito é um balão de hélio que é segurado apenas por um fio.

A barulheira do pensamento sempre continua, o verbo eternamente flui. Esse fluir é o Homem. O Homem é um manequim tagarela, uma pequena marionete manipulada por fios. Empanturrado de medicamentos até não sofrer mais, desprendido do meu corpo sensível, eu deixava ir o balão de hélio. A linguagem vai sozinha, ela racionaliza o que pensa, e não pensa em nada além do seu próprio fluir. E não passa de um fio que retém no chão o balão inflado de inquietações.

Com quem posso falar? De quem descendo? Com quem posso dizer que me pareço?

Necessito da raça.

A raça tem a simplicidade das grandes loucuras, das que é simples compartilhar porque são o ruído de nossas engrenagens quando mais nada as dirige. Entregue a si mesmo, o pensamento produz a raça; porque o pensamento classifica, maquinalmente. A raça sabe me falar do meu ser. A semelhança é minha ideia mais simples, eu a mendigo nos rostos, exploro o meu às apalpadelas. A raça é o método de classificação dos seres.

Com quem falarei? Quem falará comigo? Quem me amará? Quem gastará tempo ouvindo o que digo?

A raça me responde.

A raça fala do ser de maneira louca e desordenada, mas fala. Nada mais me fala do meu ser de uma maneira tão simples.

Quem me acolherá sem nada me pedir?

A raça responde às questões demasiado pesadas que fazem meu coração se dobrar. A raça sabe aligeirar as graves questões com respostas delirantes. Quero viver entre os meus. Mas como os reconhecerei senão por seu aspecto? Senão por seu rosto que se parece com o meu? A semelhança me mostra de onde vêm os que me rodeiam, e o que pensam de mim, e o que querem. A semelhança não se mede: ela se sabe.

Quando o pensamento falha, ele classifica; quando o cérebro pensa, mesmo que em nada, ele classifica. A raça é classificação, baseada na semelhança. Todo mundo compreende a semelhança. Nós a compreendemos; ela nos compreende. Nós nos parecemos mais com alguns, menos com outros. Lemos a semelhança em todos os rostos, o olho a busca, o cérebro a encontra, antes mesmo que saibamos procurá-la, antes mesmo que pensemos em encontrá-la. A semelhança ajuda a viver.

A raça sobrevive a todas as suas refutações, porque é o resultado de um hábito de pensamento anterior à nossa razão. A raça não existe, mas a realidade nunca a desmente. Nosso espírito a sugere sem cessar; essa ideia sempre volta. As ideias são a parte mais sólida do ser humano, bem mais que a carne, que se degrada e desaparece. As ideias se transmitem, idênticas a si mesmas, dissimuladas na estrutura da língua.

O cérebro segue seu curso. Ele busca as diferenças, e as encontra. Ele cria formas. O cérebro cria categorias úteis à sua sobrevivência. Maquinalmente, ele classifica, procura prever os atos, procura saber de antemão o que farão os que o rodeiam. A raça é idiota, e eterna. Não é preciso saber o que se classifica, basta classificar. O pensamento racial não necessita nem de desprezo nem de ódio, ele se aplica simplesmente com a minúcia febril do psicótico, que arruma em caixas diferentes e bem etiquetadas as asas da mosca, suas patas e seu corpo.

De onde sou?, eu me pergunto.

O balão de hélio ia ao vento; o fio da linguagem não retinha mais nada. Que raça em mim os outros reconhecem?

Tenho é claro uma ascendência, mas pouca. Se remonto à fonte desse sangue que me percorre, ela não vai mais longe que meu avô. Ele é a montanha de que jorram as fontes e que barra a visão. Não vejo além; ele é o horizonte, tão próximo. Ele mesmo se punha a questão da ascendência; e não respondia a ela. Falava sem nunca se cansar da geração. Falava de tudo, falava muito, tinha sobre todas as coisas ideias bem definidas, mas sobre nenhum outro assunto era tão falante e categórico quanto sobre o assunto da geração. Ele se animava mal alguém tocava nessa ideia. "Olhem", dizia erguendo a mão. Com o indicador direito ele contava as articulações da mão esquerda, o médio esticado. Apontava para as falanges, o pulso, o cotovelo. Cada articulação configurava um grau de parentesco. "Entre os celtas", dizia ele, "a proibição de aliança vinha até aqui." E apontava para o cotovelo. "Os germanos aceitavam a aliança nos punhos. E agora ela está aqui", dizia mostrando com o indicador as falanges do médio reto. "É uma decadência progressiva", dizia passando com desgosto o indicador ao longo do braço, do cotovelo até o dedo, figurando a inexorável progressão da promiscuidade. Localizava em seu corpo o lugar do proibido, conforme as épocas e conforme os povos. Havia tamanha segurança em suas palavras que ele me deixava sem voz. Ele possuía, no âmbito da geração, uma cultura universal. Sabia tudo da transmissão dos bens, dos corpos, dos nomes. Falava com uma voz que me amedrontava um pouco, a voz anasalada e teatral que se utilizava antes para falar francês, que não se ouve mais a não ser nos filmes antigos, ou nas gravações daquelas rádios cheias de chiados em que se procurava falar claramente. Sua voz ecoava com o som metálico do passado, eu estava sentado mais baixo que ele, num banquinho do meu tamanho, e aquilo me amedrontava um pouco.

Meu avô falava sob uma faca. Ele se sentava em sua poltrona de veludo azul, situada no canto da sala. De um lado desse canto pendia da parede uma faca em sua bainha. Ela às vezes oscilava com as correntes de ar sem nunca fazer barulho. Tinham-na despendurado à minha frente e haviam tirado a lâmina do estojo de couro gasto. Na lâmina, incrustações vermelhas podiam ser ferrugem ou sangue. Deixavam a dúvida, riam de mim. Um dia evocaram o sangue de uma gazela, e riram mais ainda. Na outra parede havia um grande desenho emoldurado, que mostrava uma cidade que nunca pude situar. As casas eram curvas, os passantes velados, as ruas atravancadas de toldos de pano: as formas se confundiam. Desse desenho eu me lembro como de um cheiro, e nunca soube a que continente podia ser atribuído.

Meu avô se sentava ali para falar, em sua grande poltrona de veludo azul, que ninguém além dele utilizava. Levantava a calça antes de se sentar para evitar deformá-la nos joelhos. O espaldar redondo se elevava acima dos seus ombros e rodeava sua cabeça com uma auréola de madeira com tachinhas. Ele se mantinha reto, utilizava os braços da poltrona, nunca cruzava as pernas. Bem sentado, nos falava. "É importante saber a origem do nosso nome. Nossa família vive nas fronteiras, mas encontrei vestígios do seu nome no coração da França. Esse nome é antiquíssimo e significa o trabalho da terra, o enraizamento. Os nomes nascem dos lugares como plantas que depois se espalham graças às suas sementes. Os nomes dizem a origem."

Eu escutava, sentado num banquinho do meu tamanho. Ele possuía uma cultura imensa sobre o tema da geração. Sabia dizer o passado através da ortografia. Sabia seguir as deformações fonológicas que permitiam passar do nome de um lugar ao de um clã.

Mais tarde, bem mais tarde, quando reconquistei minha voz, nunca achei sinal algum de tudo o que ele tinha me contado, em nenhum livro, em nenhuma das conversas que tive. Acho que ele inventava. Ele pescava no que ouvia dizer, enfeitava e levava ao extremo a menor coincidência. Levava a sério seu desejo de explicação, mas as realidades que nos descrevia só tinham existência ao pé da sua poltrona azul, somente enquanto durava seu relato. O que ele dizia só tinha existência na sua palavra, mas esta fascinava, pelo som anasalado do passado que ela permitia ouvir. A propósito da geração, seu desejo de regras era inextinguível e sua sede de conhecimentos, inconsolável. Nunca as enciclopédias teriam sido capazes de preencher tamanho abismo de apetite, então ele inventava tudo aquilo de que desejava a existência.

No fim da vida, se apaixonou pela genética. Aprendeu seus princípios em revistas de vulgarização. A genética enfim lhe dava a resposta clara que ele sempre havia querido ouvir. Providenciou para que lessem seu sangue. Precisei de vinte anos e muito estudo para compreender como se podia ler o sangue. Meu avô tinha se dirigido a um laboratório que fazia a tipagem das moléculas fixadas nos glóbulos brancos. As moléculas nunca morrem, elas se transmitem, como as palavras. As moléculas são as palavras de que somos as frases. Contando-se a frequência das palavras na fala pode-se conhecer o pensamento secreto no âmago dos genes.

Mandou um laboratório analisar todos os grupos sanguíneos que levava. Explicou-nos o que procurava. Eu errei de palavra e falei de grupos sangrentos. Isso provocou risos, mas acendeu nos olhos do meu avô um clarão de interesse. "O sangue é o ingrediente maior", dizia ele. "A gente o herda, compartilha e vê de fora. O sangue que vocês têm lhes dá cor e forma, porque é o caldo no qual cozinharam vocês. O olho humano sabe ver a diferença dos sangues."

Meu avô providenciou para que colhessem seu sangue e o da sua esposa. Os frascos bem fechados foram marcados com o nome deles. Enviou-os ao laboratório; providenciou para que lessem num pouco do seu sangue o mistério da geração. Olhem à sua volta o mundo que se agita. Adivinha-se alguma coisa que o poria em ordem. Trata-se da semelhança; e isso pode ser pronunciado "raça".

O resultado veio num envelope grosso como o de um documento oficial, ele o abriu com o coração palpitante. Sob o moderníssimo logo do laboratório, comunicavam a ele o resultado das medidas que havia pedido. Meu avô era celta, e minha avó húngara. Ele o anunciou num dia de inverno, durante um almoço que reunia a nós todos. Ele celta, ela húngara. Eu me pergunto como ele conseguiu persuadir minha avó a entregar um pouco do seu sangue. O laboratório havia lido, por um procedimento cujos detalhes meu avô não nos explicou, pouco lhe importava. Ele se lixava para os detalhes. O resultado tinha chegado num envelope, e somente isto importava: ela húngara, ele celta.

Das ciências da vida ele só havia retido um aspecto menor, ausente dos manuais acadêmicos mas que sempre volta nas revistas fáceis de ler, que são as únicas que de fato a gente lê. Ele não se interessava pela abstração, ele queria respostas, essas respostas ele chamava de fatos. Reteve da ciência do século XX essa ideia fantasmagórica que a persegue desde sempre. Essa ideia era extirpada, os tratados universitários a refutavam, mas ela sempre voltava, pelo rumor, pelo não dito, pelo desejo de enfim compreender: basta querer vivamente, basta interpretar um pouco, que a análise molecular permite voltar à ideia do sangue. Com meias palavras, o estudo das moléculas e da sua transmissão parece confirmar a ideia de raça. Não se acredita nela, deseja-se, persegue-se essa ideia. E ela retorna sempre, tão poderoso é nosso desejo de ordenar os mistérios confusos da semelhança.

Minha avó foi portanto húngara e meu avô celta. Ela cavaleira ogra de olhos puxados, ele colosso nu tatuado de azul. Ela correndo a estepe na poeira que seus cavalos levantam, buscando aldeias a destruir, crianças a raptar e comer, construções a abater para restituir todo o espaço ao mato e à terra nua; ele bêbado se isolando numa cabana fedorenta, redonda e bem fechada, para seguir ritos malsãos ligados à música, dos quais o corpo nunca sai intacto.

Como se deu o acoplamento deles? O acoplamento deles. Sim, porque se acoplaram, são meus avós. Como fizeram? Ela húngara, ele celta, povos selvagens da velha Europa, como fizeram inclusive para se aproximar? Se aproximar. Como fizeram para estar no mesmo lugar, imóveis bastante tempo, eles, que não percorriam a Europa no mesmo ritmo? Terá isso se dado sob ameaça? Sob ameaça de lanças de lâmina dentada, de espadas de bronze, de flechas frementes postas na corda de arcos de curvatura dupla? Como fizeram para ficar imóveis bastante tempo um contra o outro, antes que um deles se esvaziasse inteiramente do seu sangue?

Será que se protegiam? Se protegiam do frio, do frio glacial da velha Europa percorrida por povos antigos, será que se protegiam dos golpes de lâmina que desferiam uns nos outros assim que estavam suficientemente próximos para se atingir? Eles usavam roupas de couro que recendiam a putrefação, e peles arrancadas dos animais, couraças de pele fervida juncadas de pregos, e escudos pintados com enormes cabeças de touro rodeadas por símbolos vermelhos e com as narinas jorrando sangue. Será que eles podiam se proteger?

Em todo caso, fizeram esse acoplamento porque aqui estou eu, mas onde isso pode ter acontecido? Onde puderam se enlaçar, se não partilhavam nenhum lugar onde teriam podido se deitar juntos, salvo num campo de batalha? Porque uns montavam dia e noite cavalos gotejantes de suor, e os outros se reuniam em grandes cercados juncados de ossadas, fechados por uma paliçada de estacas pontiagudas.

Onde isso pode ter acontecido senão na relva pisoteada, entre ruínas fumegantes e armas quebradas espalhadas por toda volta? Como isso pode ter acontecido entre dois povos incomensuráveis a não ser nos restos da guerra, a não ser à sombra trêmula dos grandes estandartes fincados para esconjurar os maus espíritos; ou no solo de musgo de uma floresta de árvores gigantes; ou no solo de pedra de um castelo monolítico? Como?

Ignoro tudo do seu acoplamento. Só compreendo estas duas palavras: "celta" e "húngara". Não compreendo o que ele me sugere me contando, a mim como aos outros, os resultados do seu teste sanguíneo. Ele pronuncia essas palavras no ar quente do salão de inverno, "celta", "húngara", e deixa o silêncio cair depois de dizê-las. Elas crescem. Ele havia mandado ler seu sangue, e não sei o que ele queria saber, não sei por que nos contava, todos à sua volta, eu num banquinho do meu tamanho, num dia de inverno em que estávamos todos reunidos. "Celta e húngara", diz ele. Soltava essas duas palavras como se tira a focinheira de dois cachorrões e as deixava andar entre nós. Ele nos revelava o que se pode ler numa gota de sangue. Ele nos dizia, a nós, reunidos ao seu redor: o sangue nos liga. Por que conta isso diante de mim, uma criança? Por que ele quer, sem dizê-lo, descrever o acoplamento que foi a fonte do sangue?

Sugeriu que cada um mandasse ler uma gota do seu sangue para que todos soubéssemos, todos nós reunidos naquele salão de inverno, de que povo descendíamos. Porque cada um de nós devia descender de um povo antigo. E assim compreenderíamos o que éramos e por fim explicaríamos o mistério das tensões terríveis que nos animavam assim que estávamos juntos. A mesa em torno da qual nos reuníamos seria então aquele continente gelado percorrido por figuras antigas, cada uma munida de suas armas e de seu estandarte, tão estranhos aos olhos dos outros.

Sua proposta não teve eco. Ela me aterrorizou. Eu estava sentado mais baixo que os outros num banquinho do meu tamanho, e de baixo percebia bem o mal-estar deles. Ninguém respondeu, nem para dizer sim, nem para dizer não. Deixavam-no falar; deixavam-no sem eco; e deixavam ficar entre nós os dois cachorrões que ele havia soltado, "celta", "húngara", lamber o chão, babar na gente, ameaçar nos morder.

Por que ele queria recriar naquele dia de inverno, entre nós todos reunidos, uma Europa antiga de povos selvagens e de clãs? Estávamos reunidos ao redor dele, uma mesma família sentada ao redor do avô que estava em sua poltrona de veludo azul, ele aureolado de tachinhas, debaixo daquela faca que pendia da parede e se mexia sem ruído. Ele queria que lêssemos uma gota do nosso sangue e que lêssemos nesse sangue o relato de figuras se enfrentando, o relato de diferenças irredutíveis figuradas por nossos corpos. Por que ele queria nos separar, a nós, que estávamos reunidos ao seu redor? Por que ele queria nos ver sem relação? Quando éramos, tanto quanto se pode ser, do mesmo sangue.

Não quero saber do que se pode ler numa gota do meu sangue. Do sangue deles eu me lambuzei, isso basta, mais que isso eu não quero dizer. Não quero saber do sangue que corre entre nós, não quero saber do sangue que corre em nós, mas ele continua a falar da raça que se pode ler em nós e que escapa à razão.

Ele continuava. Pretendia saber ler o rio que figura a geração. Nos convidava a seguir seu exemplo, a nos embriagar como ele com essa leitura, a nos banhar juntos no rio que constitui o tempo humano. Nos convidava a nos banhar juntos, com ele, no rio de sangue; e isso seria nosso vínculo.

Meu avô se deleitava. Ele bordava em termos velados os resultados de laboratório em que nada estava dito, mas em que ele via tudo sugerido. O relato racial nunca está longe do delírio. Ninguém ousava comentar, todos olhavam para outro lugar, eu olhava de baixo, silencioso como sempre, sentado num banquinho do meu tamanho. Na atmosfera constrangida do salão de inverno ele desfiava num tom ávido seu teatro de raças, e nos fitava, um a um, vendo através de nós, entre nós, o enfrentamento sem fim de figuras antigas.

Não sei de que povo descendo. Mas pouco importa, não é?
Porque não existe raça. Não é?
Não existem essas figuras que se combatem.
Nossa vida é muito mais sossegada. Não é?
Somos todos os mesmos. Não é?
Não vivemos juntos?
Não é?
Respondam.

No bairro em que moro, a polícia não vem; ou raramente; e quando os policiais vêm é por pequenos grupos que conversam sem pressa, que andam de mãos nas costas e param diante das vitrines. Param suas viaturas azuis à beira da calçada e esperam de braços cruzados olhando as mulheres passar, como todo mundo. São atléticos, armados, mas se comportam como guardas campestres. Posso crer que meu bairro é tranquilo. A polícia não me vê; eu mal a vejo. Mesmo assim eu assistia a um controle de identidade.

Falo dele como se fosse um espetáculo, mas onde moro os controles são raros. Moramos no centro, somos protegidos do controle pela distância que separa a cidade de suas periferias. Nunca vamos à periferia, ou então de carro, aos supermercados cercados, e não abaixamos as janelas, trancamos bem as portas.

Na rua ninguém nunca me pede para apresentar minha identidade. Por que me pediriam? Acaso não sei quem sou? Se me perguntarem meu nome, eu digo. Que mais? A carteirinha em que está escrito meu nome eu não carrego comigo, como muitos moradores do centro. Estou tão certo do meu nome que não preciso de uma cola para me lembrar. Se me perguntam educadamente, eu digo, como daria uma informação a quem estivesse perdido. Ninguém nunca me pediu na rua para apresentar minha carteira, a carteirinha cor da França em que estão meu nome, minha imagem, meu endereço e a assinatura do prefeito do departamento. De que serviria eu tê-la comigo? Sei disso tudo.

Claro, o problema não está aí; a carteira nacional de identidade não serve de cola. Essa carteirinha poderia ser vazia, só cor da França, azul com a assinatura ilegível do prefeito. É o gesto que conta. Todas as crianças sabem disso. Quando as meninas brincam de mercadinho, é o gesto de dar o dinheiro imaginário que funda a brincadeira. O policial que controla a identidade está pouco se lixando para o conteúdo, decifrar a letra, ler os nomes; o controle de identidade é um encadeamento de gestos, sempre os mesmos. Ele consiste numa aproximação direta, num cumprimento eludido, num pedido sempre firme; a carteira é procurada depois mostrada, nunca está longe nos bolsos dos que sabem que têm de entregá-la; a carteira é longamente examinada de um lado depois do outro, muito mais do que requerem as poucas palavras que ela traz; a devolução é reticente, como que a contragosto, pode se seguir a ela uma revista, o tempo se detém, a coisa pode demorar. O controlado tem de ser paciente e silencioso. Cada qual conhece seu papel; só conta o encadeamento dos gestos. Nunca me controlam, minha cara é óbvia. Aqueles a quem pedem essa carteira que não levo comigo são reconhecidos por alguma coisa em seu rosto, que não se pode definir mas que se sabe. O controle de identidade obedece a uma lógica circular: se verifica a identidade daqueles cuja identidade se verifica, e a verificação confirma que aqueles cuja identidade se verificou fazem de fato parte daqueles cuja identidade se verifica. O controle é um gesto, uma mão no ombro, a lembrança física da ordem. Puxar a guia lembra ao cão a existência da coleira. Nunca me controlam, minha cara inspira confiança.

Portanto assisti de perto a um controle de identidade, não me pediram nada, não me controlaram. Conheço perfeitamente meu nome, nem levo comigo o pequeno cartão azul da França que o prova. Eu tinha um guarda-chuva. Assisti a um controle de identidade graças ao temporal. As enormes nuvens se abriram, e cataratas d'água caíram todas juntas na hora em que eu atravessava a ponte. A água de bronze do Saône foi martelada por gotas, invadida por milhares de círculos que se entremeavam. Não há nenhum abrigo numa ponte, nada até a outra margem, mas eu estava com meu guarda-chuva aberto e atravessava sem pressa. As pessoas corriam sob a tromba d'água, puxavam o casaco por sobre a cabeça, ou a bolsa, ou um jornal que logo se liquefaria, ou até a mão, qualquer coisa que fizesse o sinal de se proteger. Esconjuravam a chuva; corriam todos, mostrando ao mesmo tempo que se abrigavam, e eu atravessava a ponte saboreando o luxo de não correr. Eu segurava com firmeza a tela que me protegia das gotas, elas caíam com um martelar de tambor e se esmagavam no chão à minha volta. Um rapaz ensopado me pegou pelo braço; às gargalhadas se apertou contra mim, e caminhamos juntos. "Me empresta seu guarda-chuva até o fim da ponte?" Brincalhão e molhado, ele se apertava contra mim; era totalmente sem-cerimônia e tinha um cheiro gostoso; sua cara de pau alegre se prestava ao riso. Seguimos de braços dados no mesmo passo, atravessamos a ponte até o fim. Eu só havia ficado com uma metade do guarda-chuva e me molhava todo de um lado, e ele xingava a chuva, falava sem parar. Rimos dos que corriam fazendo acima da cabeça sinais contra a chuva, eu sorria com sua vivacidade, seu extraordinário atrevimento me fazia rir, aquele cara não sossegava.

Assim que atravessamos a ponte o temporal terminou. O essencial havia caído e agora escorria nas ruas, não restava mais que um pouco de chuvisco suspenso num ar lavado. Ele me agradeceu com aquela intensidade que punha em todas as coisas; se despediu com um tapa nas costas e saiu correndo sob as últimas gotas. Passou depressa demais diante da viatura azul que estacionava na extremidade da ponte. Os belos atletas estatuários vigiavam a rua de braços cruzados sob a marquise de uma loja. Ele passou depressa demais, ele os viu, aquilo desviou sua corrida; um deles se adiantou, fez um cumprimento demasiado vivo, dirigiu-lhe a palavra; ele se atrapalhou na corrida, ia depressa; não entendeu de imediato. Todos eles pularam e saíram correndo atrás dele. Ele não parou, por reflexo, por lei de conservação do movimento. Eles o agarraram.

Continuei avançando no mesmo passo, meu guarda-chuva preto acima da minha cabeça. Cheguei diante deles, agachados na calçada. Os jovens de macacão azul prensavam contra o chão o rapaz com quem eu havia atravessado a ponte. Esbocei o gesto de reduzir o passo, nem mesmo de parar, só reduzir o passo, e talvez dizer alguma coisa. Não sabia exatamente o quê.

— Vá andando.
— Esse jovem fez alguma coisa?
— Nós sabemos o que fazemos. Vá andando, por favor.

De barriga para baixo, ele estava com um braço nas costas e a boca esmagada por um joelho. Seus olhos giraram nas órbitas, subiram até mim. E ele lançou um olhar insondável onde li a decepção. É o que eu pensava ler nele. Fui andando, eles o levantaram algemado.

A mim não tinham pedido nada; a ele, tinham pedido com um gesto que apresentasse um documento que provasse sua identidade. Eu deveria ter dito alguma coisa? A gente hesita em discutir com os atletas da ordem, são tensos como molas, e armados. Nunca discutem. São da ação, do controle, do domínio. Eles fazem. Eu os ouvi atrás de mim enunciar os motivos da interpelação. "Recusa de obtemperar. Delito de fuga. Falta de documento de identidade." Com uma olhadela discreta enquanto me afastava eu o vi sentado na viatura com as mãos nas costas. Sem dizer mais nada, ele assistia ao desenrolar da sua sorte. Não conhecia aquele rapaz. Seu caso seguia seu curso. Nossos caminhos se separavam. Talvez aqueles homens de azul soubessem o que faziam, aqueles encanadores da ordem social, talvez eles soubessem o que eu não sabia. Tive a impressão de um assunto entre eles, onde eu não tinha lugar.

Foi isso que me perseguiu durante o dia. Não a injustiça, nem minha covardia, nem o espetáculo da violência a meus pés: o que me perseguiu até me dar náusea foram aquelas duas palavras postas juntas que me vieram espontaneamente. "Entre eles." O mais horrível dessa história se inscrevia na própria matéria da língua. Essas duas palavras tinham vindo juntas, e o mais repugnante era sua ligação, que eu ignorava trazer em mim. "Entre eles." Como sempre, como antes. Aqui como lá.

No mal-estar geral, na tensão geral, na violência geral, um fantasma que não podemos definir vem errar. Sempre presente, nunca muito longe, ele tem essa grande utilidade de fazer crer que podemos explicar tudo. A raça na França tem um conteúdo mas não tem definição, não sabemos dizer nada a respeito mas é algo que se vê. Todo mundo sabe. A raça é uma identidade efetiva que deflagra atos reais, mas não se sabe que nome dar àqueles cuja presença explicaria tudo. Nenhum dos nomes que lhes dão convém, e sabemos de imediato para cada um desses nomes quem os disse, e o que querem os que esses nomes lhes dão.

A raça não existe, mas é uma identidade efetiva. Na sociedade sem classes, na sociedade molecular entregue à agitação, todos contra todos, a raça é a ideia visível que possibilita o controle. A semelhança, confundida com a identidade, permite a manutenção da ordem. Aqui como lá. Lá, nós bolamos o controle perfeito. Posso muito bem dizer "nós", porque se trata do gênio francês. Em outros lugares, no mundo em paz, desenvolviam-se as ideias abstratas de Von Neumann para construir máquinas. A IBM inventava o pensamento efetivo, por meio de um conjunto de fichas. A IBM, a que estava reservado um futuro imenso, produzia cartões perfurados e simulava operações lógicas manipulando esses cartões com agulhas, compridas agulhas metálicas e pontudas que chamávamos de gozação agulhas de tricô. Enquanto isso, na cidade de Argel, aplicávamos esse pensamento ao homem.

Aqui temos de prestar homenagem ao gênio francês. O pensamento coletivo desse povo que é o meu sabe ao mesmo tempo elaborar os sistemas mais abstratos, mais completos, e aplicá-los ao homem. O gênio francês soube assumir o controle de uma cidade oriental aplicando da maneira mais concreta os princípios da teoria da informação. Em outros lugares, fizeram com ela máquinas de calcular; lá, aplicaram-na ao homem.

Em todas as casas da cidade de Argel traçaram um número com tinta. Foi feito um cartão perfurado para cada homem. Traçaram em toda a cidade de Argel uma rede de coordenadas. Cada homem foi um dado, procedeu-se a cálculos. Ninguém podia fazer um gesto sem fazer a teia se mexer. Qualquer perturbação do costumeiro constituía um byte de suspeita. Os tremores da identidade subiam pelos fios até os casarões da cidade alta, onde se vigiava sem nunca dormir. A um sinal de desconfiança, quatro homens pulavam num jipe. Saíam em disparada pelas ruas segurando-se na borda da carroceria com uma mão, submetralhadora na outra. Freavam na frente do prédio, saltavam ao mesmo tempo, devoraram os degraus correndo, tremiam de energia elétrica. Detinham o suspeito na cama, ou na escada, ou na rua. Levavam-no de pijama para o jipe, voltavam para a cidade alta sem nunca reduzir a velocidade. Sempre encontravam, porque cada homem era um cartão, cada casa era marcada. Foi o triunfo militar do cartão. Sempre levavam alguém, os quatro atletas armados que desabalavam de jipe sem nunca reduzir a velocidade.

As agulhas de tricô que eram utilizadas em outros lugares para pescar os cartões perfurados foram utilizadas na cidade de Argel para pescar os homens. Graças a um furo num homem, com a agulha comprida se pescava outro homem. Aplicou-se a agulha de tricô no homem, enquanto a IBM só a aplicava ao cartão. Fincavam agulhas nos homens, faziam furos neles, remexiam nesses furos e através de um homem pescavam outros homens. A partir desses furos feitos num cartão, pegavam outros cartões com a ajuda de compridas agulhas. Foi o maior sucesso. Tudo o que se mexia foi detido. Tudo se detêve, parou de se mexer. Uma vez utilizados, os cartões não podiam servir outra vez. Cartões nesse estado não podiam mais ser utilizados, jogavam-nos fora. No mar, numa fossa que tapavam, de boa parte delas não se sabe. As pessoas desapareceram como um cesto de papel.

O inimigo está como um peixe dentro d'água? Então, esvaziem a água! E de quebra ericemos o chão com pontas de ferro eletrificadas. Os peixes pereceram, a batalha foi ganha, o campo de ruínas ficou para nós. Ganhamos por uma exploração metódica da teoria da informação; e todo o resto foi perdido. Ficamos senhores de uma cidade devastada, vazia de homens com quem falar, assombrada por fantasmas eletrocutados, uma cidade onde não restavam mais que o ódio, a dor atroz e o medo geral. A solução que havíamos encontrado mostrava esse aspecto bem reconhecível do gênio francês. Os generais Salan e Massu aplicaram ao pé da letra os princípios de genial burrice de Bouvard e Pécuchet: fazer listas, aplicar a razão em tudo, provocar desastres.

Íamos ter dificuldade de viver novamente juntos.

Oh, começa tudo de novo!

Começa tudo de novo! Ele disse, eu o ouvi dizer; ele disse com as mesmas palavras, os mesmos termos, o mesmo tom. Oh, começa tudo de novo! A podridão colonial nos infecta, nos corrói, volta à superfície. Desde sempre ela nos acompanha por baixo, ela se movimenta sem que a vejamos, tal como os esgotos acompanham o traçado das ruas, sempre ocultos e sempre presentes, e no tempo de calor forte a gente se pergunta de onde pode vir aquele fedor.

Ele disse, eu o ouvi dizer, nos mesmos termos.

Comprava o jornal. O dono da tabacaria de quem eu comprava era um sujeito nojento. Não demonstro, mas sei, por impressão imediata de todos os sentidos. Recendia a charuto dos bons misturado com eflúvios de loção pós-barba. Eu preferiria que ele fosse acabado, careca, cigarrilha pendurada na boca, atrás de um balcão onde se esconde o porrete. Mas aquele tabaqueiro escondia sua calvície com o corte rente, fumava um charuto retilíneo que devia ser de boa qualidade. Anunciava possuir um porão com higrometria controlada, devia ser um aficionado, devia entender de charutos e apreciá-los. Eu podia invejar sua camisa, ele a vestia bem. Tinha mais ou menos a minha idade, não era balofo, apenas lastreado de peso suficiente para se manter bem fixo no chão. Mostrava uma bela carnosidade, uma bela pele, uma segurança tranquila. Sua mulher, que cuidava da segunda caixa, brilhava com um erotismo comercial mas charmoso. Ele perorava, o charuto plantado reto entre os dentes.

— Eles me fazem rir.

Com o jornal aberto à sua frente, comentava a atualidade; lia um diário de referência, não uma folha populista. Não se pode mais contar com as caricaturas para se proteger dos outros. Trinta anos de comunicação aplicada ao cotidiano fazem que qualquer um se apresente o melhor possível e não traia mais tão facilmente o que pensa. É preciso procurar pequenos sinais para saber com quem se está lidando; ou então ouvir. Tudo se comunica pela música, tudo se diz na estrutura da língua.

— Eles me fazem rir com essa história de currículos anônimos.

Porque recentemente tiveram a ideia de não pôr mais o nome quando os pedidos de emprego se fizessem por escrito. Propuseram proibir a menção do nome nos currículos. Sugeriram que se discutisse às cegas, sem nunca pronunciar o nome. O objetivo era racionalizar o acesso ao emprego, porque a cor sonora dos nomes podia perturbar o espírito. E o espírito perturbado toma então decisões que a razão não justificaria. Querem calar os elementos da língua que transportam sentidos demais. Gostariam, por evaporação, que a violência não fosse mais dita. Gostariam, progressivamente, de não falar mais. Ou com palavras que seriam números; ou falar inglês, uma língua que não nos diz nada de importante.

— Currículos anônimos! Eles me fazem rir! Mais uma tapeação! Como se o problema fosse esse!

Eu ia aquiescer, porque a gente sempre aquiesce vagamente a um tabaqueiro que tem um porrete debaixo do balcão. A gente nunca mais tornará a vê-lo, nunca mais voltará lá, fazê-lo não compromete ninguém. Eu ia aquiescer, e também achava que o problema não era esse.

— Era antes que se devia ter agido.

Fui vago. Peguei o troco, o jornal, pressentia uma cilada. Porque um sorriso que se arredondou em torno de um charuto plantado demasiado reto acaso não oculta uma cilada? Seu olhar divertido me escrutava; ele me reconhecia.

— Se há dez anos, quando ainda dava tempo, a gente tivesse batido pra valer nos que se mexiam, agora a gente estaria em paz.

Tive de repetir várias vezes o gesto de pegar o troco, as moedas me escapavam. Os objetos sempre resistem quando a gente quer se livrar deles o mais depressa possível. Ele me retinha. Sabia como agir.

— Dez anos atrás eles ainda estavam sossegados. Alguns se agitavam: era então que a gente deveria ter sido firme. Firmíssimo. Bater pra valer nas cabeças que se erguessem acima das outras.

Tentei sair, afastei-me recuando, mas ele sabia como agir. Falava comigo sem parar de me olhar, falava comigo diretamente e se divertia à espera da minha aprovação. Ele me reconhecia.

— Depois de todas as babaquices deles, olha o resultado. Olha em que ponto a gente está. Eles reinam, não temem mais ninguém, se acham em casa.

Não se controla mais nada, salvo nas empresas. Os currículos anônimos são uma maneira de fazer eles entrarem sem dificuldade onde ainda eles eram um pouco controlados. Então, meu caro, eles acham graça: abrem-se as portas para eles. Incógnitos, eles entram nos últimos lugares preservados.

Eu tentava sair. Mantinha a porta entreaberta com uma mão, meu jornal na outra, mas ele não me largava. Sabia como agir. Os olhos fixos no meu, sem parar de falar, o charuto plantado com satisfação, usava a hipnose da relação humana. Deveria ter cortado o papo e saído. E para tanto teria sido preciso que durante uma das suas frases eu me virasse, mas isso constituía uma afronta que eu queria evitar. Nós sempre ouvimos os que falam conosco nos encarando; é um reflexo antropológico. Eu não queria me lançar num debate sórdido. Queria que aquilo acabasse sem horror. E ele ria, tinha me reconhecido.

Ele não afirmava nada de preciso, eu compreendia o que ele dizia, e essa compreensão por si só já equivalia à aprovação. Ele sabia disso. Somos unidos pela língua, e ele brincava com os pronomes sem nada precisar. Ele sabia que eu não diria nada, a não ser que entrasse em conflito com ele, e me aguardava pronto para o que desse e viesse. Se eu entrasse em conflito com ele, mostrava que havia compreendido e confessava assim possuir em mim a mesma linguagem que ele: pensávamos nos mesmos termos. Ele afirmava, eu fingia não ver: quem aceita o que está dado aspira a um melhor acordo com a realidade, já ganha vantagem.

Eu permanecia na porta, não ousando me arrancar dali e ir embora. Ele me mantinha de boca aberta, me cevava como a um ganso branco até meu fígado estourar. Sua mulher no apogeu da idade brilhava com seu louro perfeito. Arrumava com indiferença as revistas em pilhas caprichadas, com gestos graciosos das unhas vermelhas e tilintares de joias. Ele tinha me reconhecido, se aproveitava disso. Tinha reconhecido em mim o filho da I República de Esquerda, que se recusa a dizer e se recusa a ver. Havia reconhecido em mim aquele que se felicita pelo anonimato, aquele que não emprega mais certas palavras com medo da violência, que não fala mais com medo de se sujar e que, com isso, fica sem defesa. Eu não podia contradizê-lo, a não ser que confessasse compreender o que ele tinha dito. E assim mostrar desde minha primeira palavra que pensava como ele. Ele ria da sua cilada fumando com graça seu grosso charuto retilíneo. Ele me aguardava.

— Se a gente tivesse agido a tempo, não veria o que vê. Se a gente tivesse dado um soco na mesa no momento em que eles não passavam de uns poucos se agitando, se a gente tivesse batido com bastante força, mas com bastante força mesmo, naqueles que erguiam a cabeça, a gente teria a paz agora. A gente teria tido paz por dez anos.

Oh, começa tudo de novo! A podridão colonial volta nas mesmas palavras. "Paz por dez anos", ele disse diante de mim. Aqui como lá. E esse "eles"! Todos os franceses o empregam em conivência. Uma cumplicidade discreta une os franceses que compreendem sem que seja especificado o que esse "eles" designa. Não se explicita. Compreender esse "eles" faz entrar no grupo dos que o compreendem. Compreender "eles" faz ser cúmplice. Alguns afetam não pronunciá-lo, e até não entendê-lo. Mas em vão; não podemos nos impedir de entender o que diz a língua. A língua nos rodeia e todos nós a compreendemos. A língua nos compreende; e é ela que diz o que somos.

De onde tiramos a ideia de que ser firme acalma? De onde tiramos a ideia de que um bom par de bofetões nos garante a paz? De onde tiramos essa ideia simples, tão simples que parece espontânea, senão de "lá"? E "lá" não é preciso explicitar: cada francês sabe muito bem onde esse "lá" se situa.

Os bofetões restabelecem a paz; essa ideia é tão simples que está em uso nas famílias. Dá-se uns tabefes nas crianças para que elas se acalmem, ergue-se a voz, faz-se cara feia, e isso parece ter um pouco de efeito. E vai-se em frente. No mundo fechado das famílias isso não tem maiores consequências, porque se trata na maioria das vezes de um teatro de máscaras, com gritos, ameaças nunca cumpridas e agitação de braços, mas isso sempre se torna, transposto ao mundo livre dos adultos, uma violência atroz. De onde vem essa ideia de que os bofetões restabelecem a paz que a gente deseja? senão de lá, do ilegalismo colonial, do infantilismo colonial?

De onde vem a crença na virtude do bofetão? De onde vem a ideia de que "eles se agitam"? E que "é preciso mostrar a eles"; para que eles se acalmem. De onde, senão de "lá"? Da sensação de estar sitiado que assombrava as noites dos *pieds-noirs*.* De seus sonhos americanos de desbravadores de terras virgens percorridas por selvagens. Eles sonhavam com ter a força. A força lhes parecia a solução mais simples, a força sempre parece a solução mais

---

* "Pés-pretos": designação pejorativa dos colonos franceses nascidos na Argélia. (N. T.)

simples. Todo mundo pode imaginar isso, porque todo mundo foi criança. Os adultos gigantes nos impunham respeito com sua força inimaginável. Eles levantavam a mão e nós os temíamos. Nós curvávamos a cabeça acreditando que a ordem provinha da força. Esse mundo submerso ainda subsiste, formas flutuantes erram na estrutura da língua, nos vêm ao espírito, sem serem chamadas, certas associações de palavras que ignorávamos saber.

Consegui enfim me virar. Atravessei a porta e caí fora. Escapei do nojento que recendia a charuto, escapei do sorriso zombeteiro, charuto plantado reto, daquele homem pronto a tudo para que cada um fique no seu lugar. Caí fora sem responder, ele não tinha me perguntado nada. Não vejo sobre o que eu teria podido discutir. Na França não discutimos. Afirmamos nossa identidade de grupo com toda a força que nossa insegurança requer. A França se desagrega, os pedaços se afastam uns dos outros, os grupos tão diversos não querem mais viver juntos.

Caí fora em plena rua, estava com os olhos baços para não olhar para ninguém, os ombros curvos para penetrar melhor o ar e o passo rápido para evitar encontros. Fugi para longe daquele sujeito nojento, que tinha me feito engolir horrores sem dizer nada preciso e sem que eu protestasse. Caí fora em plena rua, levando comigo uma lufada de fedor, a dos esgotos da língua por um instante entreabertos.

Eu me lembro muito bem da origem dessa frase, me lembro de quando foi pronunciada e por quem. "Eu lhes dou a paz por dez anos", disse o general Duval em 1945. As aldeias do lado cabila foram bombardeadas pela Marinha, as do interior o foram pela Aviação. Durante as revoltas, cento e dois europeus, número exato, foram estripados em Setif. Estripados no sentido próprio, sem metáfora: seu abdome foi aberto com instrumentos mais ou menos cortantes e suas vísceras puxadas fora e esparramadas no chão, ainda palpitantes, eles continuando a berrar. Armas foram dadas a quem as quisesse. Policiais, soldados e milícias armadas — quer dizer, qualquer um — se espalharam pelos campos. Massacraram quem encontravam pela frente, ao acaso. Milhares de muçulmanos foram mortos devido ao azar de um encontro. Era preciso mostrar a eles a força. As ruas, as aldeias, as estepes da Argélia foram banhadas de sangue. As pessoas encontradas foram mortas, se tinham cara para sê-lo. "Temos paz por dez anos."

Foi um belo massacre o que perpetramos em maio de 1945. Com as mãos manchadas de sangue pudemos nos juntar ao campo dos vencedores. Tínhamos força para tal. Contribuímos *in extremis* para o massacre geral, de acordo com as modalidades do gênio francês. Nossa participação foi entusiástica, desenfreada, um pouco desregrada e, principalmente, aberta a todos. O massacre foi tumultuado, certamente alcoolizado, marcado pela *furia francese*. No momento de fazer as contas da grande guerra mundial, participamos do massacre geral que deu às nações um lugar na História. Nós o fizemos com o gênio francês, e isso não teve nada a ver com o que fizeram os alemães, que sabiam programar os morticínios e contabilizar os corpos, inteiros ou em pedaços. Nem tampouco com o que fizeram os anglo-saxões, desencarnados pela técnica, que confiavam a enormes bombas soltadas do alto, de noite, toda a tarefa da morte, e não viam nenhum dos corpos mortos, evaporados nos relâmpagos de fósforo. Não teve nada a ver com o que faziam os russos, que contavam com o frio trágico da sua grande natureza para assegurar a eliminação em massa; nem com o que fizeram os sérvios, animados por uma robusta saúde aldeã, que degolavam os vizinhos à faca como faziam com os porcos que se conhece por tê-los alimentado; nem mesmo com o que fizeram os japoneses, espetando à baioneta num gesto de esgrima, soltando berros de teatro. Esse massacre foi o nosso e nós nos juntamos in extremis ao campo dos vencedores besuntando nossas mãos de sangue. Tínhamos a força. "Paz por dez anos", anunciou o general Duval. Não estava errado, o general. Seis meses mais, e teríamos dez anos de paz. Depois, tudo se perdeu. Tudo. Eles e nós. Lá. E aqui.

Ainda falo da França andando na rua. Essa atividade seria risível se a França não fosse justamente uma maneira de falar. A França é o uso do francês. A língua é a natureza em que crescemos; ela é o sangue que transmitimos e que nos nutre. Nós nos banhamos na língua e alguém cagou nela. Não ousamos mais abrir a boca com medo de engolir um desses cagalhões de verbo. Nós nos calamos. Não vivemos mais. A língua é puro movimento, como o sangue. Quando a língua se imobiliza, como o sangue ela coagula. Ela se torna pequenos trombos negros que entalam na garganta. Sufocam. A gente se cala, não vive mais. A gente sonha com utilizar o inglês, que não nos diz respeito.

A gente morre engasgado, morre de obstrução, morre de um silêncio barulhento todo habitado de gorgolejos e furores reprimidos. Esse sangue demasiado espesso não se move mais. A França é precisamente essa maneira de morrer.

Romance III
A *chegada na hora certa do comboio de zuavos motorizados*

Os zuavos motorizados chegaram a tempo. Aquilo não podia se prolongar. Os fuzis-metralhadoras haviam chegado ao seu limite: as balas enviadas pela arma francesa quicavam como avelãs na blindagem dos tanques alemães Tigre. Os onze centímetros de aço eram impenetráveis ao que a mão de um homem sozinho atirava. Seria preciso usar de astúcia: cavar fossos com elefantes através das estradas e guarnecer o fundo com estacas de ferro; ou atear fogo dias a fio nos comboios que lhes traziam combustível e esperar que o motor deles secasse num derradeiro soluço.

Deitado nos ladrilhos de uma cozinha atravancada de escombros, junto do buraco na parede que dava para os campos, Victorien Salagnon sonhava planos incoerentes. As torres quadradas dos Tigre deslizavam entre as cercas vivas, atravessavam-nas sem esforço, esmagando-as. O longo canhão terminado em bulbo — ele não sabia para que aquilo servia — girava como o focinho de um cachorro que procura, e disparava. O impacto o fazia baixar a cabeça e ele ouvia a queda de uma parede e de um teto, o destroçar das madeiras de uma casa que vem abaixo, e não sabia se um dos jovens que conhecia tinha se refugiado nela.

Aquilo tinha de acabar. Os zuavos motorizados chegaram em boa hora. As casas desabando fazem uma poeira espessa que leva tempo para assentar, os tanques avançavam deixando atrás de si a grossa fumaça negra de seu motor a óleo. Salagnon se encolheu mais ainda detrás do grosso montante da porta, o pedaço de pedra mais confiável do muro arrombado, cujos pedacinhos quebrados juncavam o solo ou balançavam, a ponto de se soltar. Maquinalmente, ele desimpedia um pouco de chão à sua volta. Desimpedia os ladrilhos. Reunia os fragmentos de pratos caídos do guarda-louça. A decoração de flores azuis lhe permitiria recolá-los. O tiro havia devastado a cozinha. Procurava com o olhar os pedaços que se encaixariam. Ele se ocupava para não voltar os olhos para as silhuetas cobertas de escombros brancos atrás dele. Os corpos estavam deitados de qualquer jeito, entre os destroços da mesa e as cadeiras caídas. Um homem idoso tinha perdido seu boné, uma mulher desaparecia pela metade sob a toalha rasgada e queimada, duas garotas jaziam lado a lado, do mesmo tamanho, duas meninas cuja idade ele não ousava avaliar. Quanto tempo demora um tiro? Um raio para chegar, um instante para que tudo venha abaixo, e ainda assim parece se desenrolar em baixa velocidade; não mais.

Apertava com força sua metralhadora Sten cujas balas havia contado várias vezes. Vigiava nos campos as torres dos Tigre que se aproximavam da aldeia. Aquilo não podia mesmo se prolongar.

No meio do entulho Roseval ferido no abdome respirava mal. Cada passagem do ar, num sentido depois no outro, provocava um gorgolejo, como uma caixa se esvaziando. Salagnon olhava o menos possível para ele, pelo barulho sabia que continuava vivo; remexia nos restos de pratos à sua volta, apertava a coronha metálica da arma, que aos poucos ia ficando quente. Vigiava o avanço dos tanques cinzentos como se uma atenção incessante pudesse protegê-lo.

E aconteceu como ele tanto desejara. Os tanques foram embora. Sem desgrudar os olhos deles, viu os blindados virarem e desaparecerem além dos campos demarcados por cercas vivas. Não ousava acreditar. Depois viu aparecer os tanques dos zuavos motorizados, pequenos tanques verdes, globulosos, munidos de um canhão curto, e em grande número; eram Sherman, soube mais tarde, e naquele primeiro dia que os viu foi com um enorme alívio. Fechou enfim os olhos e finalmente respirou fundo, sem mais temer ser visto e destruído. Roseval deitado não muito longe dele não se dava conta de nada.

Não estava mais consciente, a não ser da sua dor, soltava pequenos gemidos precipitados e não acabava de morrer.

No entanto tudo havia começado bem; mas os zuavos motorizados chegaram na hora certa. Quando seus carros pararam debaixo das árvores, entre as cercas vivas, entre as casas semidestruídas da aldeia, puderam ler em sua carcaça verde palavras em francês. Tinham chegado na hora.

Tudo havia começado bem, no entanto. O mês de junho tinha lhes dado nova vida. Viveram algumas semanas de liberdade armada que os consolaram dos longos invernos cinzentos. O próprio Marechal lhes tinha dado essa coragem à base de troças que usaram sem reservas. No dia 7 de junho fez um discurso que foi distribuído e afixado em toda a França. O coronel lhes fez a leitura, eles formados à sua frente, *maquisards* armados vestindo calça curta de escoteiro. Tinham engraxado suas botinas gastas, levantado bem o cano das meias e inclinado a boina intrepidamente sobre a orelha para dar prova do gênio francês.

Franceses, não agravem nossos infortúnios com atos que poderiam atrair sobre vocês trágicas represálias. Inocentes populações francesas é que sofreriam as consequências disso. A França só se salvará observando a mais rigorosa disciplina. Obedeçam portanto às ordens do governo. Que cada qual cumpra com seu dever. As circunstâncias da batalha podem levar o exército alemão a tomar disposições especiais nas zonas de combate. Aceitem essa necessidade.

Um grito de alegria insolente acolheu o fim do discurso. Com uma das mãos, eles seguravam a metralhadora de lado, com a outra jogaram a boina para o ar. "Hurra!", gritaram, "vamos em frente!" E a leitura do discurso terminou com uma alegre desordem, cada qual procurando, pegando e pondo novamente a boina de través, sem soltar a arma contra o flanco que se entrechocava com a dos outros. "Estão ouvindo o que esse velho conservado em formol diz? Ele nos faz sinais detrás do vidro, sinais de peixe no aquário! Mas não dá pra ouvir nada! É que esse caco velho está com a boca cheia de formol!"

O sol de junho fazia a relva brilhar, uma brisa agitava a folhagem nova das faias, eles riam competindo em bravatas. "O que foi que ele disse? Pra bancar os mortos? Sem estar? Estamos mortos? O que está dizendo essa múmia de aquário? Pra gente fingir que não está acontecendo nada? Pra deixar os estrangeiros guerrear entre eles, em nossa terra, pra abaixar a cabeça a fim de evitar as balas e dizer 'sim, senhor' aos alemães? Ele está pedindo pra gente bancar os suíços, em nossa casa, quando os outros combatem no nosso quintal! Essa é boa! Mais tarde teremos tempo de sobra pra bancar os mortos. Quando todos tivermos morrido."

Aquilo fez bem.

Desceram em coluna a pé pelas trilhas da floresta, adultos de fresca data, virgens de violência militar mas inundados daquela vontade de combater que age sobre os membros como vapor sob pressão. Choveu à tarde, uma bela chuva de verão, de gotas grossas. Ela os refrescou sem molhá-los e foi logo absorvida pelas árvores, pelos fetos, pelo capim. Aquela chuvinha os envolveu com perfumes de terra almiscarada, de resina e de madeira aquecida, como um nimbo sensível, como se alguém os incensasse, como se os impelissem à guerra.

Salagnon levava o fuzil-metralhadora de través nos ombros, e Roseval atrás dele os carregadores num embornal. Brioude abria a marcha e atrás dele seus vinte homens respiravam fundo. Quando saíram do bosque, as nuvens se abriram e deixaram ver o fundo azul do mundo. Eles se alinharam no mato de fetos acima de uma estrada. Gotas bem formadas perolavam as ramagens, caíam no pescoço deles e escorriam por suas costas, mas abaixo da barriga o leito de folhas secas os mantinha aquecidos.

Quando o Kübelwagen cinzento apareceu numa curva, precedendo dois caminhões, eles abriram fogo sem esperar. Com uma pressão contínua do indicador, Salagnon esvaziou o carregador da arma, trocou-o, o que durou alguns segundos, e continuou a atirar quase sem alterar o eixo de tiro. O municiador deitado a seu lado mantinha uma mão posta no ombro dele e com a outra já lhe estendia um carregador cheio. Salagnon atirava, aquilo fazia uma barulheira danada, isto apertado contra ele esquentava e trepidava, e alguma coisa ao longe situada no eixo reto do olhar se decompunha em lascas, se vergava sob o efeito de golpes invisíveis, ia abaixo como aspirada por dentro. Salagnon sentia uma grande felicidade em atirar, sua vontade saía por seu olhar e, sem contato, aquilo cortava o jipe e os caminhões como uma acha a machadadas. Os veículos se dobravam sobre si mesmos, as chapas da lataria empenavam, os vidros caíam em nuvens de estilhaços, as chamas começavam a aparecer; uma simples intenção do abdome, dirigida pelo olhar, realizava isso tudo.

Depois da ordem de cessar-fogo, não houve mais nenhum barulho. O jipe destruído estava tombado à beira da estrada, um caminhão jazia nela com as rodas quebradas e o outro pegava fogo esmagado contra uma árvore. Os *maquisards* se esgueiraram de arbusto em arbusto depois chegaram à estrada. Nada mais se movia, salvo as chamas e uma coluna de fumaça lentíssima. Os motoristas crivados de balas estavam mortos, se agarravam ao volante em posições desconfortáveis, e um deles queimava desprendendo um cheiro horrível. Debaixo de sua lona, os caminhões transportavam sacos de correspondência, caixas de rações e enormes pacotes de papel higiênico cinzento. Largaram tudo lá. O jipe tinha sido tripulado por dois homens fardados, um de cinquenta anos, o outro de vinte, agora caídos para trás, a nuca no banco, a boca aberta e os olhos fechados. Podiam ser pai e filho durante a sesta, num carro estacionado à beira do caminho. "Não são as melhores tropas que estão aqui", murmurou Brioude inclinado sobre eles. "São os velhos, ou os jovenzinhos." Salagnon murmurou uma aquiescência, dissimulava o desconforto ao examinar os mortos fingindo procurar debaixo dos pés deles não sabia o quê, mas que seria importante. O rapazola havia sido atingido por uma única bala no flanco, que só deixara um pequeno furo vermelho, e parecia dormir. Era espantoso, porque o homem maduro ao volante tinha o peito triturado; seu casaco parecia arrancado a dentadas e deixava à mostra uma carne avermelhada violentamente mastigada, de que saíam ossos brancos dispostos de través. Salagnon procurou se lembrar se ele tinha mirado no lado esquerdo do veículo. Não sabia mais, e não tinha importância. Voltaram sem alegria para a floresta.

Lançaram-lhes armas durante a noite; o som de aviões invisíveis passou sobre a cabeça deles, eles acenderam fogos com gasolina na vasta campina, e no céu negro se abriu de repente numa série de corolas brancas. Os fogos foram apagados, o barulho dos aviões se evaporou e eles foram correndo pegar os tubos de metal caídos na relva. O orvalho molhava a seda dos paraquedas, que eles dobraram cuidadosamente. Dentro dos contêineres encontraram caixas de material e de munições, metralhadoras e carregadores, uma metralhadora inglesa, granadas e um rádio portátil.

E no meio das corolas de seda murchas viram aparecer homens de pé, que se soltavam de suas correias com gestos tranquilos. Quando se aproximaram para vê-los melhor, foram cumprimentados num francês pouco fluente. Levaram-nos ao celeiro que servia de posto de comando. À luz trêmula do lampião, pareciam bem moços, louros e ruivos, aqueles seis comandos ingleses que lhes tinham enviado. Os jovens franceses se acotovelavam ao redor deles, os olhos brilhantes, o riso fácil, se interpelando ruidosamente, espreitando o efeito que podiam produzir seu entusiasmo e seus gritos sonoros. Indiferentes, os jovens ingleses explicavam ao coronel o objetivo da sua missão. Seus uniformes desbotados lhes caíam à perfeição, o pano gasto acompanhava sua gesticulação, viviam com eles fazia tanto tempo, era sua pele. Os olhos deles em seus rostos tão jovens mal se mexiam, conservavam um estranho brilho fixo. Haviam sobrevivido a outras coisas, vinham formar os franceses em novas técnicas de matar, que haviam sido elaboradas fora da França naqueles últimos meses, enquanto eles estavam escondidos nos bosques, enquanto fora dali se combatia. Souberam muito bem explicar tudo isso a eles. Seu francês sumário hesitava nas palavras mas fluía de forma bem lenta para que eles pudessem compreender e até imaginar aos poucos do que verdadeiramente se tratava.

Sentados em círculo ouviram a lição do inglês. O jovem de mechas caprichosas que flutuavam à menor brisa apresentou a eles a faca de desnucar, de que haviam recebido uma caixa inteira. Parecia um canivete de bolso com várias lâminas. Podia-se utilizá-la num piquenique, desdobrar a lâmina, o abridor de latas, a lima, o pequeno serrote, ferramentas muito úteis para a vida nas florestas. Mas também se podia puxar do cabo um punção sólido e do tamanho de um dedo. O punção servia para desnucar, isto é, como mostrou o lourinho em palavras lentíssimas, se aproximar do homem que você quer matar, tapar sua boca com a mão esquerda para evitar gritos e com a mão direita, que empunha firmemente a faca de desnucar, cravar com determinação o instrumento na base do crânio, bem entre as colunas de músculos que o sustentam; esse buraco, que você pode encontrar atrás do seu crânio procurando-o com o dedo, parece ter sido feito de propósito para ser perfurado, como um opérculo que teria sido posto ali. A morte é imediata, o ar escapa pela porta dos ventos, o homem cai em silêncio, todo mole.

Salagnon ficou perturbado com esse objeto tão simples. Cabia na mão como uma faca dobrável, e sua forma perfeita denotava o senso prático de que a indústria pode dar provas. Um engenheiro havia desenhado seu perfil, determinado seu comprimento exato em função do uso, e talvez trabalhasse com um crânio em sua mesa de desenho para testar as medidas. Devia tomá-las com o auxílio de um paquímetro bem conservado que não deixava ninguém manipular. Quando seus lápis estavam gastos pelo desenho, ele os apontava cuidadosamente. Depois ajustaram as máquinas-ferramentas de uma fábrica de Yorkshire ou da Pensilvânia conforme as cotas indicadas no desenho, e a faca de desnucar fora produzida em massa, da mesma maneira que um copo de alumínio. Com aquele objeto no bolso, Salagnon viu todas as pessoas que o rodeavam de uma maneira diferente: uma portinha atrás do crânio, fechada mas que se podia abrir, deixava sair a respiração e entrar os ventos. Todos podiam morrer, na hora, por sua mão.

Outro comando, ruivo e rosado como uma caricatura de inglês, explicou para eles o punhal usado pelos comandos. O objeto podia ser atirado e sempre caía do lado da ponta. Acerado, cravava-se profundamente; também cortava. E se fosse utilizado preso entre os dedos, não deviam segurá-lo como Tarzan o segura quando enfrenta os crocodilos, mas com a lâmina voltada para o polegar, não muito diferente de uma faca de cortar carne. Por acaso a função não é a mesma, cortar? Então os gestos se parecem.

A lentidão das explicações, o francês hesitante deles, a vontade que tinham de ser entendidos, dava tempo de sobra para todos imaginarem do que de fato se falava: um mal-estar difuso impregnava a atmosfera. Mais nenhum dos rapazes se exibia nem arriscava piadas; eles manipulavam aqueles objetos simples com certo incômodo. Tomavam cuidado para não tocar nas lâminas. Acolheram com alívio o estudo dos explosivos. O explosivo plástico, uma macia massa de modelar, tinha um contato untuoso sem nenhuma relação com seu uso. E era ativado com uma abstração de fios. Eles se concentraram nas conexões e foi bem tranquilizante. Ainda bem que a gente não pensa em tudo, o tempo todo. Os detalhes técnicos são bem-vindos para ocupar a atenção.

* * *

 Quando atacaram a coluna de caminhões que subia o vale do Saône, foi mais sério. Aquilo se pareceu mais com uma batalha. Os trinta caminhões carregados de soldados da infantaria foram pegos sob o fogo dos fuzis-metralhadoras emboscados na encosta acima deles, atrás das cercas vivas e dos troncos cortados. Saltando dos caminhões, mergulhando nas valas, os soldados aguerridos responderam, tentaram um contra-ataque, que foi repelido. Corpos se espalhavam pela relva e pelo asfalto entre as carcaças que ardiam. Quando os carregadores se esvaziaram, o ataque cessou. A coluna recuou em certa desordem. Os *maquisards* deixaram-nos em paz, calcularam de binóculo os estragos e se retiraram. Alguns minutos depois dois aviões voando baixo vieram metralhar a encosta. Suas grandes balas cortaram o mato, revolveram o solo, troncos largos como um braço foram dilacerados e caíram. A coxa de Courtillot foi varada por uma grossa lasca úmida de seiva, comprida como um braço, pontuda como uma lâmina. Os aviões voltaram várias vezes acima da estrada fumegante depois foram embora. Os *maquisards* subiam de volta para os bosques levando seu primeiro ferido.

 Sencey foi tomada. Foi fácil. Bastava avançar e abaixar a cabeça para evitar as balas. As balas de metralhadora seguiam o eixo da rua principal. Passavam alto, um falso plano as atrapalhava, distinguia-se na luz ofuscante a proteção de sacos de areia, o focinho furado da metralhadora alemã e os capacetes redondos que sobressaíam, fora de alcance. As balas se precipitavam no ar quente com uma vibração aguda, uma longa laceração que terminava com um estalido seco contra a pedra. Eles abaixavam a cabeça, as pedras brancas acima deles estouravam com pequenas nuvens de poeira argilosa e um cheiro de calcário quebrado a picareta em pleno sol.
 Sencey foi tomada, porque tinha de ser tomada. O coronel insistiu, para assinalar uma progressão no mapa. Tomar uma cidade é o principal ato militar, mesmo quando se trata de um pequeno burgo da região de Mâcon cochilando na hora da sesta. Eles avançavam abaixando a cabeça, evitando as balas que a metralhadora disparava alto demais. Escondiam-se em linha na reentrância das portas. Rastejavam na base das paredes, se encolhiam atrás de

um marco a ponto de excedê-lo, mas diante da rua principal não podiam ir mais longe.

Brioude avançava aos saltinhos, as pernas dobradas e o dorso horizontal, os dedos da mão esquerda apoiados no chão; sua mão direita apertava a metralhadora Sten, e seus dedos ficavam brancos nas juntas de tanto apertar aquela arma que ainda havia servido tão pouco. Atrás dele Roseval andava igualmente agachado, e Salagnon em seguida, e os outros, em fila, desfiando como as contas de um rosário ao longo das fachadas, atrás dos obstáculos, atrás das esquinas, atrás dos bancos de pedra, dos cantos de porta. As ruas de Sencey eram calçadas de pedras, as paredes de pedra clara, tudo refletia a luz branca. Enxergava-se o calor como uma ondulação do ar, e eles avançavam apertando os olhos, suando nas costas, suando na testa, suando nos braços, suando nas mãos também, mas enxugavam-nas no calção para que não escorregassem na coronha da arma.

Portas e janelas da aldeia estavam fechadas, não viram ninguém, se viraram com os alemães sem que nenhum morador se metesse. Mas às vezes, quando passavam diante de uma porta, coluna de homens de camisa branca avançando a pequenos saltos, aquela porta se abria e uma mão — nunca viram mais que a mão — depositava na soleira uma garrafa cheia, e depois a porta se fechava com um barulho ridículo, um leve estalo de fechadura no meio do crepitar das balas. Eles bebiam, passavam ao seguinte, era vinho fresco ou água, e o último deixava com todo cuidado a garrafa vazia numa janela. Continuavam avançando ao longo da rua principal. Tinham de atravessá-la. As pedras irradiavam calor branco que lhes queimava as mãos e os olhos. A metralhadora dos alemães postada no fim da rua atirava a esmo, ao menor movimento. Do outro lado, se abriam ruelas sombrias que permitiriam se aproximar a salvo. Dois saltos bastavam.

Brioude com gestos indicou a rua. Fez duas rotações de punho representando os dois saltos e apontou para a ruela do outro lado. Os outros aquiesceram, agachados, em silêncio. Brioude saltou, mergulhou, e rolou para se abrigar. As balas seguiram, mas tarde demais e alto demais. Ele estava do outro lado da rua, fez sinal para os outros. Roseval e Salagnon partiram juntos, correram bruscamente, e Salagnon acreditou sentir o vento das balas atrás de si. Não sabia ao certo se balas ventavam, talvez fosse apenas o barulho delas, ou o vento da sua própria corrida; caiu sentado contra a parede à sombra, o peito prestes a estourar, perdido o fôlego com os dois saltos. O sol esmagava as pedras, a rua era difícil de olhar, do outro lado os homens agachados hesitavam. Nesse silêncio superaquecido em que tudo se tornava mais espesso e mais lento, Brioude fez sem nenhum ruído gestos insistentes que pareciam mais vagarosos, como no fundo de uma piscina. Mercier e Bourdet se lançaram e a rajada pegou Mercier no pulo, acertou-o no ar como uma raquete acerta uma bola, e ele caiu de barriga no chão. Uma mancha de sangue se espraiou debaixo dele. Bourdet não conseguia parar de tremer. Brioude fez um gesto para não se mexerem, os outros, em frente, permaneceram agachados ao sol, os que haviam passado se esgueiraram na rua atrás dele.

O corpo de Mercier ficou estendido. A metralhadora atirou de novo, mais baixo, e as pedras saltaram em volta dele, várias balas o atingiram com um barulho de martelo na carne, o corpo se mexia com pequenos esguichos de sangue e de pano rasgado.

Nas ruelas entre as casas de pedra, na sombra e no silêncio, sem mais precauções eles correram. Deram com dois alemães deitados atrás de um poço, fuzil apontado para a rua principal. Eles impediam a passagem no sentido errado. Foram alertados pelos passos precipitados atrás deles, tarde demais porém, eles se viraram, Brioude que corria atirou por reflexo, a metralhadora Sten à sua frente na ponta dos braços estendidos como se se protegesse de alguma coisa, como se avançasse no escuro com medo de se chocar contra algo, lábios crispados, olhos reduzidos a frestas. Os dois alemães desabaram esvaziando-se do seu sangue, o capacete de través, eles não reduziram o passo, saltaram por sobre os corpos, estavam se aproximando da metralhadora oculta.

Chegaram pertinho, viram os capacetes acima dos sacos de areia e o cano perfurado que oscilava. Roseval lançou rapidamente uma granada e se jogou no chão; lançou curto demais, o objeto rolou na frente dos sacos e explodiu, pedaços de terra e de pedra voaram por cima das cabeças, fragmentos metálicos caíram no chão tilintando. Quando a poeira se dissipou, os quatro homens olharam de novo. Os capacetes e a arma haviam desaparecido. Conferiram, avançaram lentamente, contornaram, até se assegurar de que o lugar estava vazio. Então se ergueram, Sencey tinha sido tomada.

Do pórtico da igreja viram morro abaixo o campo quadrilhado pelas cercas vivas. Os campos desciam suavemente até Porquigny, de que se via a estação de trem, e mais além o Saône bordeado de árvores, e a planície desbotada de luz, quase dissolvida no ar ofuscante. Na estrada de Porquigny três caminhões se afastavam sacolejantes. Ao acaso das curvas e das lombadas enviavam breves lampejos quando o sol se refletia em seus vidros. Fumaças verticais se elevavam acima das vias férreas, onde deviam estar os trens.

Diante do pórtico da igreja, na extremidade da aldeia de onde se via o campo ao redor, Salagnon precisou se sentar; seus músculos tremiam, seus membros não o sustentavam mais, transpirava. A água escorria dele como se sua pele não fosse mais que uma gaze de algodão, estava banhado em suor, e aquilo fedia, ele grudava. Sentado, as mãos apertando sua arma para que ela pelo menos não tremesse, pensou em Mercier deixado na rua, morto no ar, por má sorte. Mas afinal um deles tinha de morrer, era a regra imemorial, e ele sentiu a imensa alegria, o imenso absurdo de ter ficado vivo.

Tomar Porquigny era fácil. Bastava descer pelos caminhos, se esconder entre as cercas vivas. Em Porquigny eles alcançariam a ferrovia, a estrada principal, o Saône; e então viria o novo exército francês, e os americanos que subiam para o norte tão depressa quanto suas grandes mochilas permitiam.

Eles se esgueiraram pelos campos, alcançaram as primeiras casas. Abrigados nos cantos das paredes, ouviam. Grandes moscas lerdas vinham irritá-los, eles as espantavam com pequenos gestos. Não ouviam nada exceto o voo das moscas. O ar zumbia em torno deles; mas o ar vibrante de calor não tem ruído: só se pode vê-lo, ele deforma as linhas e a gente enxerga mal, pisca os cílios para descolá-los, depois enxuga os olhos com a mão molhada de suor. O ar quente não tem ruído algum, são as moscas. No burgo de Porquigny, as moscas formavam enxames preguiçosos que zumbiam continuamente. Era preciso espantá-las com grandes gestos, mas elas não reagiam, ou quase, elas saíam voando e pousavam de novo no mesmo lugar. Não temiam as ameaças, nada podia afastá-las, elas grudavam no rosto, nos braços, nas mãos, onde quer que escorresse um pouco de suor. No burgo, o ar vibrava de um calor desagradável, e de moscas.

O primeiro corpo que viram foi o de uma mulher deitada de costas; seu bonito vestido se abria à sua volta como se ela o houvesse estendido antes de morrer. Tinha trinta anos e parecia ser da cidade. Podia estar aqui de férias ou ser a professora da aldeia. Morta, estava de olhos abertos e conservava um ar de tranquila independência, de confiança e de instrução. O ferimento em seu ventre não sangrava mais, porém a crosta vermelha que rasgava seu vestido fremia com um grande veludo de moscas.

Encontraram os outros na praça da igreja, dispostos em linha contra as paredes, alguns tombados de través em portas entreabertas, vários empilhados numa carroça leve, com um cavalo atrelado que ficava ali sem se mexer, somente piscando os olhos e agitando as orelhas. As moscas iam de um corpo ao outro, formavam turbilhões ao acaso, seu zumbido enchia tudo.

Os *maquisards* avançavam com passos cautelosos, mantinham-se em coluna perfeita, respeitando as distâncias como nunca haviam feito. O ar vibrante não cedia lugar a nenhum outro som, eles esqueciam que eram dotados de palavra. Cobriam maquinalmente a boca e o nariz, para se proteger do cheiro e da entrada de moscas; e para mostrar a si mesmos, bem como a seus camaradas, que estavam com o fôlego cortado e não conseguiam falar nada. Eles contaram e encontraram vinte e oito cadáveres nas ruas de Porquigny. O único jovem era um rapaz de dezesseis anos vestindo uma camisa branca aberta, uma mecha loura barrando sua testa, as mãos nas costas amarradas com uma corda. Sua nuca havia explodido com uma bala atirada de perto, que havia poupado seu rosto. As moscas só passeavam na parte de trás da sua cabeça.

Saíram de Porquigny em direção à estação construída mais abaixo, para lá dos campos salpicados de pequenos bosques, atrás de uma linha de álamos. Houve um assobio no céu e uma série de explosões bem em linha levantou o solo à frente deles. O solo tremeu e os fez tropeçar. Ouviram em seguida o baque surdo das primeiras bombas. Uma segunda salva se seguiu e as explosões os rodearam, cobrindo-os de terra e farpas úmidas. Dispersaram-se atrás das árvores, subiram correndo de volta para a aldeia, alguns ficaram deitados no chão. "O trem blindado", disse Brioude, mas ninguém o ouviu, no trovejar do bombardeio sua voz não se projetava, e foi uma fuga só. O solo tremia, a fumaça misturada de terra não parava de cair, uma chuva de pequenos detritos desabava à volta deles, em cima deles, todos estavam surdos, cegos, em pânico, e correram para a aldeia o mais depressa que puderam sem se preocupar com outra coisa a não ser fugir.

Quando chegaram entre o casario, faltavam alguns. As salvas se interromperam. Distinguiram roncos de motor. Atravessando a cortina de álamos, três blindados Tigre subiam a encosta em direção a Porquigny. Deixavam atrás de si trilhas de terra revolvida, e homens de farda cinzenta os seguiam, abrigados pelos grandes blocos de metal de que eles ouviam o rangido contínuo.

O primeiro tiro varou uma janela e explodiu numa casa cujo telhado foi abaixo. As vigas se quebraram, as telhas despencaram com um tilintar de cerâmica e uma coluna de poeira avermelhada se elevou acima da ruína, se espalhou pelas ruas.

Os *maquisards* buscavam abrigo entre as casas. Atrás dos carros, os soldados de cinza avançavam curvados para não servirem de alvo. Eles avançavam juntos, não atiravam, não se expunham, as máquinas abriam o caminho para eles. Os jovens franceses de camisa branca que queriam comprar briga iam ser esmagados como cascas pelas mandíbulas de ferro de um quebra-nozes. Não tanto pelas máquinas quanto pela organização.

Quando estiveram ao alcance, as balas dos fuzis-metralhadoras ricochetearam na grossa blindagem sem sequer amassá-la. Os Tigre avançavam esmagando o mato. Quando atiravam sua massa se erguia com um profundo suspiro, e diante deles uma parede vinha abaixo.

Roseval e Salagnon tinham se refugiado numa casa cuja porta tinham aberto a pontapés. Uma família sem marido nem filho homem estava escondida no fundo da cozinha. Roseval foi tranquilizá-la enquanto Salagnon, pela porta, vigiava a torre quadrada, de bonitas linhas, que lentamente avançava, que lentamente girava, apontando para todos os lados seu olhar negro. O tiro destruiu a cozinha. Salagnon ficou coberto de poeira; só ficaram intactos os montantes da porta arrancada dos gonzos. Salagnon protegido pelas pedras grandes não foi tocado. Não olhou atrás de si para o fundo do cômodo. Vigiava o tanque que avançava seguido de soldados aguerridos cujo equipamento podia distinguir; o rosto ainda não; mas avançavam em sua direção. Coberto de poeira, detrás das pedras brancas, ele os vigiava com atenção como se a atenção pudesse salvá-lo.

Os três aviões vieram do sul, pintada em seu corpo uma estrela branca. Não voavam muito alto e fizeram ao passar o barulho de um céu que se rasga. Fizeram o barulho que se espera ouvir quando o céu se rasga; porque só o rasgamento do céu em todas as suas espessuras é capaz de produzir aquele barulho, de fazer a cabeça se enterrar nos ombros pensando que não existe nada mais forte; mas existe. Passaram pela segunda vez e atiraram balas de grosso calibre nos Tigre, balas explosivas que levantavam terra e pedras em volta deles, ricocheteavam com um barulhão na sua blindagem. Viraram sobre a asa com zumbidos de enormes serras circulares e escaparam para o sul. Os tanques deram meia-volta, os soldados aguerridos sempre abrigados atrás deles. Os *maquisards* permaneceram em seus abrigos milagrosos que haviam resistido até então, os ouvidos alertas, espreitando o desaparecimento do barulho dos motores. Voltou então o zum-zum contínuo das moscas, de que eles haviam se esquecido.

Quando os primeiros zuavos motorizados chegaram à aldeia, os *maquisards* saíram piscando os olhos; apertavam suas armas quentes e grudentas de suor, hesitavam como depois de um grande esforço, um grande cansaço, uma noite passada bebendo, e agora era dia. Fizeram grandes gestos para os soldados verdes que avançavam entre tanques Sherman, enterrados em suas mochilas, o fuzil atravessado nos ombros, o capacete pesado dissimulando seus olhos.

Os rapazes abraçaram os soldados do exército da África, que corresponderam com paciência e gentileza às suas efusões, acostumados que estavam havia semanas a desencadear a alegria ao passarem. Falavam francês, mas com um ritmo a que os jovens não estavam acostumados, com uma sonoridade que eles nunca tinham ouvido. Precisavam apurar a audição para compreender, e aquilo fazia rir Salagnon, que não havia imaginado que se pudesse falar assim. "— É engraçado como eles falam — disse ao coronel. — Você vai ver, Salagnon, às vezes é difícil entender os franceses da África. Muitas vezes somos surpreendidos, e nem sempre da melhor maneira", murmurou o coronel apertando sua echarpe saariana e ajustando seu quepe azul-celeste de acordo com a inclinação exata que sua cor azul-celeste pedia.

Salagnon, esgotado, se deitou na relva, acima dele pairavam grandes nuvens bem desenhadas. Elas se mantinham no ar com uma majestade de montanha, com o desprendimento da neve que se deposita num pico. Como tanta água pode ficar no ar?, ele se perguntou. Deitado de costas, atento ao refluxo que percorria seus membros, não tinha melhor pergunta a fazer. Agora se dava conta de que tivera medo; mas tanto medo que nunca mais teria medo. O órgão que lhe permitia ter medo havia sido quebrado de uma só vez, e levado embora.

Os zuavos motorizados se instalavam nos arredores de Porquigny. Dispunham de uma quantidade extravagante de material que vinha de caminhão e que eles desembalavam nos campos. Armaram tendas, alinharam-nas com cordões, empilharam caixas em enormes amontoados, verdes e marcadas em branco com palavras em inglês. Tanques estacionavam em fila tão naturalmente quanto automóveis.

Salagnon, esgotado, observava sentado na relva o campo ser montado, os veículos virem, as centenas de homens se dedicarem a tarefas de instalação. Diante dele passavam tanques arredondados em forma de batráquios, veículos todo-o-terreno sem cantos vivos, caminhões sisudos com músculos de bovino, soldados de uniforme sob um capacete redondo, a calça bufante por cima da botina de cadarço. Tudo tinha uma cor de rã escura, um pouco enlameada como ao sair do charco. O material americano é construído seguindo linhas orgânicas, pensava ele; foi projetado como uma pele por cima dos músculos, deram-lhe formas bem adaptadas ao corpo humano. Já os alemães pensam em volumes cinzentos, mais bem desenhados, mais bonitos, desumanos como vontades; angulosos como raciocínios indiscutíveis.

Com o espírito vazio, Salagnon via formas. Em seu espírito desocupado, seu talento voltava. Primeiro ele via em linhas, ele as seguia com uma atenção tão muda e sensível quanto pode ser uma mão. A vida militar permite essas ausências, ou as impõe aos que não a desejariam.

O coronel, homem nada menos que contemplativo, reuniu seus homens. Mandou buscar os mortos deixados no campo lavrado pelos obuses e dentro das casas desmoronadas. Carregaram os feridos para as barracas-hospital. Salomon Kaloyannis cuidava de tudo. O major médico acolhia, organizava, operava. Aquele homenzinho afável parecia curar pelo simples contato das suas mãos, doces e volúveis. Com seu sotaque gaiato — foi a palavra que ocorreu a Salagnon — e com excesso de frases, mandou instalar os mais gravemente feridos na barraca e alinhar os outros em cadeiras de lona postas na relva. Interpelava sem cessar um grandalhão bigodudo que chamava de Ahmed, e que lhe respondia sem cessar com uma voz suave: "Está bem, doutor". Repetia em seguida as ordens numa língua que devia ser árabe para outros caras morenos como ele, maqueiros, enfermeiros, que lidavam com os feridos com gestos eficazes e simplificados pelo hábito. Ahmed, que um bigode e grossas sobrancelhas tornavam assustador, prodigalizava seus cuidados com uma grande doçura. Um jovem *maquisard* com o braço arrebentado, que não dizia nada havia horas, apertando contra si seu membro ensanguentado, amparado pela raiva, irrompeu em lágrimas assim que, com uma compressa e movimentos delicados, Ahmed começou a lavá-lo.

Uma enfermeira de uniforme trazia da barraca os curativos e frascos de desinfetante. Ela se afligia com os feridos com uma voz cantante, transmitia com um tom firme aos enfermeiros as instruções do major médico ocupado lá dentro; eles aquiesciam com seu acentuado sotaque e sorriam à sua passagem. Era bem mocinha, e toda em curvas. Salagnon que pensava em formas acompanhou-a com os olhos, primeiro sonhadoramente, deixando-se levar por seu talento. Ela se esforçava para se manter neutra, mas não conseguia. Uma mecha escapava de seus cabelos puxados para trás, suas formas escapavam do seu uniforme abotoado, seus lábios redondos escapavam do ar sério que ela procurava se dar. A mulher escapava dela, se irradiava dela a cada um dos seus gestos, transbordava dela à menor respiração; mas ela procurava representar o melhor possível seu papel de enfermeira.

Todos os homens do regimento de zuavos motorizados a conheciam por seu nome. Como todos eles, ela dava o melhor de si naquela guerra de verão em que a gente sempre ganhava, fazia jus a seu lugar entre eles, ela era Eurydice, filha do dr. Kaloyannis, e ninguém nunca deixava de cumprimentá-la ao cruzar com ela. Victorien Salagnon nunca saberia se se apaixonar por Eurydice naquele momento se devera às circunstâncias ou a ela. Mas pode ser que os indivíduos não sejam mais que as circunstâncias em que aparecem. Será que ele a teria visto nas ruas de Lyon, onde andava sem nada ver, entre mil mulheres que passavam ao seu redor? Ou será que ela só despontou diante dos seus olhos por ser a única mulher entre um milhar de homens cansados? Pouco importa, as pessoas são seu ambiente. Assim, num dia de 1944, quando sonhava apenas com linhas, quando exausto não percebia nada mais que a forma dos objetos, quando seu prodigioso talento voltava às suas mãos enfim livres, Victorien Salagnon viu Eurydice Kaloyannis passar à sua frente; e ele nunca mais tirou os olhos dela.

* * *

O coronel se deu a conhecer ao outro coronel, Naegelin, o dos zuavos motorizados, um francês de Oran palidíssimo que o recebeu educadamente, como receberia todos os combatentes da liberdade que se somavam a ele desde Toulon; mas também com um pouco de desconfiança quanto à sua patente, seu nome, sua folha de serviço. O coronel mandou seus homens se formarem e baterem continência, apresentou-se enchendo o peito, gritava com uma voz forçada que nenhum dos seus jovens conhecia. Eles tinham no entanto um porte orgulhoso assim alinhados ao sol, equipados com armas inglesas desemparelhadas, vestindo o uniforme um tanto gasto dos Campos para a Juventude, um tanto sujos, um tanto imperfeitos em sua posição de sentido, mas trêmulos de entusiasmo em sua postura e erguendo o queixo com um ardor que não se encontra mais entre os militares, nem os que uma longa paz havia amolecido, nem os que uma muito longa guerra desenganava.

Naegelin saudou, apertou sua mão, e logo já olhava para outro lado e cuidava de outros assuntos. Eles foram incorporados como companhias supletivas, sob as ordens do seu comando habitual. De noite na barraca o coronel lhes conferiu patentes imaginárias. Apontando com o dedo em torno, nomeou quatro capitães e oito tenentes. "— Capitão! O senhor não está exagerando? — espantou-se um deles, perplexo, girando entre os dedos a tira de pano dourada que acabava de receber. — Por quê? Não sabe costurar? Ponha esses galões em sua manga, e já! Sem galão, feche a boca; com o galão na manga, poderá abri-la. As coisas correm depressa. Ai dos que se arrastam."

Salagnon foi um deles, porque estava ali e porque o coronel necessitava de muita gente. "— Você me agrada, Salagnon. Tem boa cabeça, bem cheia, e bem assentada sobre os ombros. E agora, costure."

Tudo aquilo durou o tempo de ser dito. Em 1944 as decisões não se arrastavam. Se desde 1940 ninguém havia decidido nada, salvo se calar, em 1944 iam à forra. Tudo era possível. Tudo. Em todos os sentidos.

A noite inteira tanques subiram para o norte pela estrada. Eles iluminavam os que os precediam com seus faróis baixos, cada um empurrando diante de si uma porção de estrada iluminada. De manhã foram os aviões que passaram baixo, muito rápido, por grupos de quatro bem formados. Conforme os ventos, ouviram roncos e impactos, um ruído de forja que parecia vir do solo, o barulho surdo dos duelos de obuses. De noite, halos de chamas tremiam no horizonte.

Foram deixados de lado. O coronel aceitava todas as missões mas não decidia nada. Ia andar de noite pelos caminhos, e com bruscos giros da sua bengala decapitava os cardos, as urtigas e todas as hastes florais um pouco altas que se destacavam na vegetação.

Os feridos chegavam de caminhão, arrebentados, curativos malfeitos, ensanguentados, os mais atingidos escondidos debaixo de cobertas, e eram instalados na barraca-hospital de Kaloyannis, que os ajudava a sobreviver ou a morrer com igual suavidade. A companhia supletiva do coronel auxiliava no transporte deles, carregava as macas, alinhava no chão os mortos tirados um a um da barraca verde marcada com uma cruz vermelha. Senão, passavam longas horas sem fazer nada, porque a vida militar se reparte assim, alternância de períodos de grande atividade, que deixam todos exaustos, e de períodos vazios preenchidos pela marcha e pela faxina. Mas ali, no campo, por nada. Muitos dormiam, limpavam suas armas a ponto de ficarem conhecendo seu menor arranhão, ou procuravam do que comer um pouco melhor.

Para Salagnon, o tempo vazio era o do desenho; o tempo que não passa produzia uma comichão em seus olhos e em seus dedos. No papel de embalagem americano que lhe restava, desenhava mecânicos de torso nu mexendo no motor dos tanques, outros consertando os pneus dos caminhões à sombra dos álamos, outros debaixo das folhagens em constante movimento transvasando gasolina com grossas mangueiras que carregavam com as duas mãos; desenhou os *maquisards* espalhados pela relva, deitados entre as flores, dando forma às nuvens que atravessavam o céu. Desenhou Eurydice passando. Desenhou-a várias vezes. Quando a desenhava, mais uma vez, sem pensar direito no que fazia, toda a sua alma concentrada entre seu lápis e o traço que este deixava, uma mão pousou em seu ombro, mas tão suave que nem teve um sobressalto. Kaloyannis sem dizer nada admirava a silhueta da filha no papel. Salagnon, imobilizado, não sabia como reagir, se devia lhe mostrar o desenho ou escondê-lo, pedindo desculpas.

— O senhor desenha minha filha maravilhosamente — disse o outro enfim. — Não gostaria de vir com mais frequência ao hospital? Para fazer o retrato dela, e dá-lo para mim.

Salagnon aceitou com um suspiro de alívio.

Salagnon ia com frequência ver Roseval. Quando este fechou os olhos, desenhou-o. Fez para ele um rosto muito puro em que não se via o suor, em que não se ouvia a respiração assobiante, em que não se adivinhavam as crispações dos lábios nem os tremores que subiam de seu abdome enfaixado e o percorriam por inteiro. Não mostrou sua palidez que puxava para o verde, não mostrou nenhuma das palavras que ele balbuciava sem abrir os olhos. Fez o retrato de um homem quase lânguido que repousava de costas. Antes de fechar os olhos, Roseval havia agarrado sua mão, a tinha apertado com força e falado bem baixinho mas de maneira clara.

— Sabe, Salagnon, só lamento uma coisa. Não é morrer; isso, azar. Tem de ser. O que lamento é morrer virgem. Eu bem que gostaria. Faz isso por mim? Quando acontecer com você, pensará em mim?

— Sim. Te prometo.

Roseval soltou sua mão, fechou os olhos, e Salagnon o desenhou a lápis no grosso papel pardo que embalava as munições americanas.

— Você o desenha como se ele dormisse — disse Eurydice por cima do seu ombro. — Mas ele sofre.

— Fica mais parecido quando não sofre. Queria preservá-lo como ele era.

— O que você prometeu? Ouvi ao entrar que você lhe prometia alguma coisa antes que ele soltasse sua mão.

Salagnon corou ligeiramente, pôs algumas sombras no desenho, que aprofundaram um pouco os traços, como um adormecido que sonha, um adormecido que ainda vive dentro de si, mesmo que não se mexa.

— Viver por ele. Viver pelos que morrem e que não verão o fim.

— E você, vai ver o fim?

— Pode ser. Ou não; mas nesse caso um outro verá por mim.

Hesitou em acrescentar alguma coisa a seu desenho, depois renunciou a estragá-lo. Virou-se para Eurydice, ergueu os olhos para ela, ela o encarava bem de perto.

— Você viveria por mim, se eu morresse antes do fim?

No desenho, Roseval dormia. Calmo e belo rapaz estendido num campo de flores, esperando, esperado.

— Sim — ela sussurrou ficando vermelha como se ele a houvesse beijado.

Salagnon sentiu suas mãos tremerem. Saíram juntos da barraca-hospital, e com um simples sinal da cabeça cada qual se afastou numa direção diferente. Caminhavam sem se virar e sentiam em torno de si como que um véu, um manto, um lençol, a atenção do outro que o cobria por inteiro e acompanhava seus movimentos.

De tarde, foram buscar os mortos de caminhão. Brioude sabia dirigir e ia ao volante, os outros se comprimiam no banco: Salagnon, Rochette, Moreau e Ben Tobbal, que era o sobrenome de Ahmed. Foi Brioude que lhe perguntou antes de subirem todos no caminhão. "Não vou te chamar pelo primeiro nome, teria a impressão de me dirigir a uma criança. E com os bigodes que você tem..." Ahmed lhe respondera: Ben Tobbal, sorrindo debaixo dos seus bigodes. Brioude desde então só o chamou assim, mas era o único. Era tão só um efeito de seu gosto pela ordem, de seu igualitarismo um tanto brusco, e ele não pensava mais no assunto. O ar do verão soprava pelas janelas com cheiros de vegetação quente; eles rodavam pela campina que corre ao longo do Saône, sacolejavam na estrada pedregosa, se agarravam como podiam, pulavam no banco, se chocavam uns contra os outros procurando não bater na mão de Brioude posta na alavanca do câmbio, todos descabelados pelo ar quente que turbilhonava na cabine.

Brioude dirigia cantarolando, iam buscar os corpos, trazer os mortos. Era uma das missões que Naegelin confiava aos irregulares do coronel, e quando dizia a patente deste pronunciava as aspas que a envolviam, com uma pequena pausa antes da palavra e como que um piscar de olhos depois.

Atravessaram de caminhão o quadro flamengo do vale do Saône, onde campos de um verde vivo são recortados pelos fios de lã um pouco mais escura das cercas vivas. No azul do céu passavam nuvens de fundo plano, alvíssimas, e abaixo ia o Saône que se estende mais do que corre, espelho de bronze que flui, misturando reflexos de céu à argila.

À beira d'água vários tanques verdes pegavam fogo. A grande campina não havia perdido nada da sua beleza nem de suas vastas proporções; haviam apenas disposto coisas atrozes sobre a paisagem intacta. Tanques queimavam na relva, como grandes ruminantes abatidos no lugar em que pastavam. Numa elevação que dominava a campina, um Tigre tombado aparecia por cima de uma cerca viva, sua escotilha escancarada e enegrecida.

Quicando nas lombadas da campina, passaram pelos tanques verdes, todos atingidos na base da torre; e cada vez, sob o efeito do projétil de carga oca, os Sherman pouco blindados haviam soluçado depois explodido de dentro para fora. Suas carcaças abandonadas no mato ainda ardiam. Pairava em torno deles um cheiro gorduroso que raspava a garganta, uma fumaça em que se misturavam borracha, gasolina, metal quente, explosivos e mais outra coisa. Esse cheiro ficava dentro do nariz como uma fuligem.

Haviam imaginado, ao virem buscar os mortos, que estes seriam corpos estirados como que adormecidos, marcados por cortes, ou então pelo arrancamento nítido de uma parte do corpo, pela supressão de um membro qualquer. Os que recolheram pareciam animais caídos no fogo. O volume deles tinha se reduzido, a rigidez de seus membros tornava seu transporte fácil, mas sua arrumação na carroceria, trabalhosa. Todas as partes frágeis dos corpos haviam desaparecido, as roupas nem pareciam roupas. Pegaram-nos como se fossem achas de lenha. Quando um desses objetos se mexeu e que um fio de voz saiu dele — não sabiam de onde, pois não havia mais boca que permitisse articular — deixaram-no cair de susto. Ficaram ao seu redor, o rosto lívido e as mãos trêmulas. Ben Tobbal se aproximou, se ajoelhou perto do corpo com uma seringa erguida na mão. Espetou-a, injetou um pouco de líquido no peito, onde se reconhecia o tecido queimado dos resíduos de um galão. O movimento e o barulho cessaram. "Podem pô-lo no caminhão", disse Ben Tobbal baixinho.

Foram até o Tigre e treparam em sua carcaça para olhar dentro dele. À parte um pouco de fuligem na escotilha, parecia intacto, somente tombado com uma lagarta no ar. Tiveram a curiosidade de saber como era o interior dos invencíveis Panzer. Dentro estagnava um cheiro pior que o dos tanques incendiados. O cheiro não transbordava, permanecia dentro, líquido, pesado e manchava a alma. Uma geleia ignóbil atapetava as paredes, envisgava os comandos, cobria os assentos; uma massa derretida de que sobressaíam ossos tremia no fundo do habitáculo. Reconheceram fragmentos de uniforme, uma gola intacta, uma manga envolvendo um braço, a metade de um capacete de tanquista envisgada num líquido espesso. O cheiro enchia o interior. No flanco da torre viram quatro furos em linha com as bordas bem nítidas: os impactos dos foguetes atirados do céu.

Brioude vomitou à vista de todos; Ben Tobbal deu-lhe uns tapinhas nas costas como que para ajudá-lo a se esvaziar. "Sabe, a gente só reage ao primeiro. Os outros não te farão nada."

Na volta, Salagnon desenhou os tanques na campina. Ele os fez de tamanho pequeno sobre o horizonte, dispersos na pradaria, e uma enorme fumaça ocupava toda a folha.

Na verdade, eles foram lotados na barraca-hospital, sob a autoridade bonachona do major médico. O coronel sapateava de raiva, mas Naegelin afetava não se lembrar do seu nome e se esquecer de sua presença. Então eles se encarregavam dos feridos que à sombra da barraca esperavam em camas de campanha. Esperavam ir para os hospitais das cidades libertadas, esperavam sarar, esperavam à sombra quente demais da barraca-hospital; espantavam as moscas que giravam em torno dos lençóis, ficavam olhando horas a fio para o teto de lona — os que ainda podiam enxergá-lo — e deixavam descansar ao seu lado os membros enfaixados, às vezes manchados de vermelho.

Salagnon vinha se sentar ao lado deles e desenhava seus rostos, seus torsos nus envoltos no lençol, seus membros feridos cobertos com ataduras brancas. Posar os aliviava, sua imobilidade tinha um sentido, e desenhar matava o tempo. Depois lhes dava o desenho que eles guardavam preciosamente em suas mochilas. Kaloyannis o incentivava a vir sempre e fez que a intendência mandasse para ele belo papel granulado, lápis, penas, nanquim, e até uns pinceizinhos macios que serviam para lubrificar as peças dos sistemas de mira. "Meus feridos saram melhor quando olham para eles", dizia ao intendente que estranhava ter de dar aquele belo papel branco das ordens oficiais e diplomas de honra ao mérito; e arranjava para Salagnon material para desenhar, atividade sem fins muito claros que estranhamente interessa a todo mundo.

Na barraca-hospital Kaloyannis operava, fazia curativos, tratava; confiava aos enfermeiros muçulmanos as aplicações das injeções que, se ministradas com tato, valem por um réquiem. Tinha arrumado para si um cantinho de barraca onde descansava nas horas quentes, conversando com alguns oficiais, principalmente franceses da França. Mandava Ahmed preparar um chá, que recendia a menta. A arrumação se resumia a um tapete e algumas almofadas para sentar, com um cortinado em volta, e uma bandeja de cobre posta em cima de uma caixa de munições; mas quando entrou pela primeira vez por aquele cortinado, o coronel exclamou com uma voz sincera: "Puxa, o senhor trouxe um pedacinho de lá!". E empurrou para trás seu quepe azul-celeste; aquilo lhe deu um ar intrépido que fez Kaloyannis sorrir.

O coronel voltou com frequência à sala mourisca do doutor, com *maquisards* desocupados e principalmente Salagnon. Eles tomavam chá, encostados nas almofadas, ouviam a conversa de Kaloyannis, que gostava de falar mais do que de tudo. Morava em Argel, não saía de Bab el-Oued e não conhecia o Saara; aquilo parecia tranquilizar o coronel que da sua vida anterior só contou anedotas sumárias.

Salagnon desenhava Eurydice, e ela não se cansava de ser assim olhada. Kaloyannis atento protegia sua filha com um ar de terna admiração, e o coronel silencioso media tudo com seu olhar agudo. Lá fora, nas horas de calor, não se enxergava mais a paisagem, esmagada por um enorme sol branco; as bordas erguidas da tenda deixavam passar pequenas correntes de ar que aliviavam a pele soprando o suor. "É o princípio das tendas beduínas", dizia o coronel. E se lançava na explicação etnográfica e física daquelas tendas negras em pleno deserto, que, não é preciso dizer, ele havia frequentado pessoalmente; não é preciso. Kaloyannis se divertia, pretendia nunca ter visto beduínos, nem sequer saber se a Argélia os abrigava. Nunca tinha convivido com nenhum árabe, salvo nas ruas, além de Ahmed e seus enfermeiros e, como exotismo, só podia contar histórias de pequenos engraxates. E contava. Pela graça da sua bonomia e da sua verve transportava os ouvintes a outros lugares.

Salagnon contou o que haviam visto na campina. Lembrava-se do cheiro como de uma sensação dolorosa, que ferira seu nariz e sua garganta no interior do tanque.

— O que vi no blindado alemão era ignóbil. Não sei nem como descrever.

— Um só desses Tigre pode destruir vários dos nossos — disse o coronel. — Temos de abatê-los.

— Ele nem estava danificado, e dentro, mais nada; só isso.

— Ainda bem que temos máquinas — disse Kaloyannis. — Já imaginou ter de fazer isso à mão? Liquidar os quatro passageiros de um veículo ao maçarico por um buraco na porta? Teria sido preciso se aproximar, enxergá-los através do vidro, introduzir o bico do maçarico no buraco da fechadura e acender. Demoraria um tempão para encher todo o habitáculo de chamas; a gente acompanharia tudo pelo vidro, manteria firmemente o bico até que tudo houvesse derretido no interior, e no fim a pintura externa não ficaria nem empolada. Já imaginou poder acompanhar a coisa tão de perto assim? Você ouviria tudo, e o espetáculo para quem empunhasse o maçarico seria insuportável. Ninguém faria isso.

"Os pilotos americanos, que em sua maioria são pessoas muito corretas, dotadas de um sentido moral rigoroso devido à sua religião bizarra, não suportariam matar pessoas se não tivessem máquinas. O piloto que fez isso não viu nada. Visou o tanque numa mira geométrica, apertou um botão vermelho no manche e nem viu o impacto, já estava longe. Graças às máquinas podemos passar ao maçarico várias pessoas dentro de um carro de combate. Sem a indústria não teríamos podido matar tanta gente, não teríamos suportado."

— Kaloyannis, o senhor tem um senso de humor muito particular.

— Nunca vejo o senhor rir, coronel. Não é um sinal de força. Nem de saúde. Rígido como o senhor é, se lhe dão um empurrão o senhor se quebra. O que o senhor pareceria com seus pedaços desordenados? Um quebra-cabeças de madeira?

— Kaloyannis, não dá para ficar zangado com o senhor.

— É o gênio *pataouète*,* coronel. Exagere sempre um pouco, que a coisa sempre passa melhor.

— Mas essa sua história das máquinas me parece corrosiva.

— Eu só digo a verdade filosófica desta guerra, coronel; e se a verdade corrói, que posso fazer?

— O senhor filosofa de uma maneira paradoxal.

— Está vendo, coronel? Humor, medicina, filosofia: estou em toda parte. Estamos em toda parte; é mais ou menos isso que o senhor queria dizer?

— Eu não teria tomado a iniciativa de dizer, mas já que vem do senhor...

— Ah, foi pronunciado o grande paradoxo: estou só, e em toda parte.

---

* Francês popular da Argélia. (N. T.)

Glória ao Eterno, que compensa minha ínfima presença com o dom da ubiquidade! Isso me permite aperrear os senhores animados por paixões tristes. Será que conseguirei fazê-los rir de si mesmos?

Ahmed continuava ali, um pouco retirado, de cócoras diante do fogareiro; em silêncio preparava o chá e às vezes sorria das tiradas do médico. Enchia uns copinhos derramando de bem alto, num gesto que o coronel não procurou imitar, mas que garantiu conhecer bem. Quando terminaram o chá fervendo, os panos da barraca se mexeram, um pouco de suor se evaporou, o que os fez suspirar de alívio.

— A esta hora eu preferiria tomar um licor de anis — acrescentou Kaloyannis. — Mas com essas manias que encontramos no islã, Ahmed é contra, e me incomodaria beber sem ele. Então, senhores, será chá para todo mundo, e durante toda a guerra, em nome do respeito às ideias fixas de cada um.

— Me diga uma coisa, Kaloyannis, o senhor é judeu? — perguntou enfim o coronel.

— Eu bem via que isso o perturbava. Claro, coronel; meu primeiro nome é Salomon. O senhor deve saber que nos dias de hoje ninguém se sobrecarrega com um nome assim sem sólidas razões familiares.

O coronel girou seu copo, para que o chá fizesse um pequeno turbilhão, os resíduos da folha no meio e o rodamoinho cada vez mais rápido subindo perigosamente para a borda do copo. Ele tomou um gole e fez de novo a pergunta de outra forma.

— Mas Kaloyannis é grego, não?

Salomon Kaloyannis soltou uma gargalhada alegre que fez o coronel enrubescer. Depois se inclinou para ele, apontando o indicador, com jeito de quem passa uma descompostura.

— Estou vendo o que o deixa inquieto, coronel. É o tema do judeu oculto; estou enganado?

O coronel não deu uma resposta clara, incomodado como uma criança pega ameaçando um adulto com uma espada de madeira.

— A angústia do judeu oculto — prosseguiu Kaloyannis — não passa de um problema de classificação. Tenho um amigo rabino que mora em Bab el-Oued, como eu. Não pratico nada da religião, mas mesmo assim é meu amigo, porque matávamos aula juntos. Faltar à escola juntos cria muito mais vínculo do que ir à escola juntos. Nós nos conhecemos tão bem que sabemos o que existe por baixo das nossas respectivas vocações; nada de extraordinário, logo isso nos evita muita discussão. Em jejum, ele me explica com uma bela lógica a impureza de certos animais ou a ignomínia de certas práticas. O *kashrut* tem a precisão de um livro de ciências naturais, e isso eu compreendo. É puro o que é classificado, é impuro o que fica fora das classificações; porque o Eterno construiu um mundo em ordem, é o mínimo que se podia esperar dele; e o que não entra em suas categorias não merece nelas figurar: os monstros.

"Claro, depois de alguns copos não distinguimos tão claramente os limites. Eles parecem solúveis. As prateleiras da estante divina não estão mais muito retas. As divisões se encaixam mal, algumas não têm todas as suas bordas. Na hora do licor de anis, o mundo se parece menos com uma biblioteca do que com um prato de *kemia** em que beliscamos: um pouco de tudo, sem muita ordem, só por prazer.

"Alguns copinhos mais, e deixamos para lá o escândalo, a indignação e o pavor diante dos monstros. Adotamos a única reação sadia diante da desordem do mundo: o riso. Um riso inextinguível que nos faz ser olhados com benevolência por nossos vizinhos. Eles sabem muito bem que, quando o rabino e o doutor se põem a discutir a Torá e as ciências na praça dos Três Relógios, sempre termina assim.

"No dia seguinte sinto dor de cabeça e meu amigo se culpa um pouco. Evitamos nos ver por alguns dias e exercemos nossos ofícios com muito cuidado e competência.

"Mas vou responder à sua pergunta, coronel. Eu me chamo Kaloyannis porque meu pai era grego: ele se chamava Kaloyannis, e os nomes são transmitidos pelo pai; casou-se com uma Gattégno de Salonica, e como a judeidade é transmitida pela mãe, me chamaram Salomon. Quando Salonica desapareceu como cidade judaica, vieram para Constantina como náufragos que mudam de barco quando o deles afunda. Pois é, abandonamos o barco quando ele afunda: está aí uma metáfora que o senhor sem dúvida já ouviu, de uma forma um pouco diferente, mais zoológica. Mas quando o barco afunda, é ou pular fora, ou se afogar. Em Constantina, fui francês: e me casei

---

* Tira-gostos variados: tremoços, azeitonas picantes, mexilhões ao escabeche, amendoim, pistache etc. (N. T.)

com uma Bensoussan, porque a amava; e também porque não queria assumir a interrupção de uma transmissão milenar. Quando me tornei médico, me estabeleci em Bab el-Oued, que é uma alegre mistura, porque, se gosto da comunidade, a vida na comunidade me exaspera. Aí está, coronel, todo o segredo do nome grego que encobre um judeu oculto."

— O senhor é cosmopolita.

— Perfeitamente. Nasci otomano, o que não existe mais, e cá estou francês, porque a França é a terra de acolhida de todos os inexistentes, e falamos francês, que é a língua do Império das Ideias. Os impérios têm seu lado bom, coronel, eles deixam a gente em paz, e a gente sempre pode pertencer a eles. O senhor pode ser súdito do império com poucas condições: é só aceitar sê-lo. E conservará todas as suas origens, mesmo as mais contraditórias, sem que elas o martirizem. O império permite respirar em paz, ser semelhante e diferente ao mesmo tempo, sem que isso seja um drama. Já ser cidadão de uma nação, isso se faz por merecer, por nascimento, pela natureza do seu ser, por uma análise escrupulosa das origens. É o aspecto ruim da nação: a gente é ou não é dela, e a suspeita sempre corre. O Império otomano nos deixava em paz. Quando a pequena nação grega pôs a mão em Salonica, foi necessário mencionar nossa religião nos documentos. É por isso que amo a República francesa. É uma questão de maiúscula: a República não precisa ser francesa, essa bela coisa pode mudar de adjetivo sem perder a alma. Falar como eu falo com o senhor, nesta língua, me possibilita ser um cidadão universal.

"Mas confesso ter ficado decepcionado quando fui confrontado com a verdadeira França. Eu era cidadão da França universal, bem longe da Île-de-France, e eis que a França nacional pôs-se a me arrumar encrencas. Nosso Marechal, como bom guarda campestre, herdou uma metrópole e quer transformá-la numa aldeia."

O coronel fez um gesto de irritação como se se tratasse de um assunto que só se debate em particular.

— E no entanto o senhor veio combater pela França.

— Imagine! Muito pouco. Vim apenas recuperar algo de que me espoliaram.

— Seus bens?

— Claro que não, coronel. Sou um judeuzinho nu, sem capitais nem bens. Sou médico em Bal el-Oued, que fica bem longe de Wall Street. Eu levava uma vida tranquila, cidadão suntuosamente francês, quando se teve notícia de acontecimentos obscuros lá longe, ao norte do meu bairro. Em seguida me tiraram minha qualidade de francês. Eu era francês, passei a não ser mais que judeu, e me proíbem de praticar meu ofício, de ensinar, de votar. A Escola, a Medicina, a República, tudo aquilo em que eu acreditara me foi retirado. Então entrei no navio com alguns outros para vir recobrá-lo. Quando voltar, distribuirei o que recuperei a meus vizinhos árabes. A República Elástica, nossa língua, pode acolher um número infinito de locutores.

— O senhor acha que os árabes são gente capaz?

— Tanto quanto o senhor e eu, coronel. Com a educação, garanto-lhe que sou capaz de transformar um pigmeu num físico atômico. Olhe Ahmed. Nasceu num casebre de barro que envergonharia uma toupeira. Nós o formamos, ele me acompanha, e é capaz de ministrar cuidados de enfermagem de uma qualidade perfeita. Ponha-o num hospital francês, ele passará despercebido. Salvo o bigode, claro; usam um bigode menor na metrópole, o que nos surpreendeu. Não é, Ahmed?

— Sim, dr. Kaloyannis. Surpreendeu muito.

E serviu o chá, lhe trouxe um copo, Salomon agradeceu gentilmente. O dr. Kaloyannis se entendia muito bem com Ahmed.

Comentários IV
Aqui e lá

No dia seguinte à minha noite de dor, eu estava melhor. Obrigado.

Essa dor era a minha, devastando minha garganta; nada sério, mas era minha. Não podia me desfazer dela. Minha dor ficava comigo como um rato que tivessem fechado em meu escafandro, eu cosmonauta, nós lançados numa cápsula que deve dar várias voltas na Terra antes de voltar. O cosmonauta só pode esperar, ele sente o rato aqui e ali ao longo do seu corpo, está encerrado com ele, ele atravessa o espaço e o rato atravessa com ele. Não pode fazer nada. O ratinho voltará com ele na hora marcada, e daqui até lá só pode esperar.

De manhã, não sentia mais minha dor. Tomara analgésicos, anti-inflamatórios, vasomodificadores, e eles a tinham dissipado. O rato havia desaparecido do meu escafandro, tinha se dissolvido. Os analgésicos são a grande glória da medicina. E também os anti-inflamatórios, os antibióticos e os psicotrópicos calmantes. Não sendo capaz de curar direito as dores de viver, a ciência produz os meios para a gente não se sentir mal. Os farmacêuticos vendem a caixas, dia após dia, os meios de não reagir. Médicos e farmacêuticos exortam o paciente a mais paciência, sempre mais paciência. A prioridade das ciências aplicadas ao corpo não é curar, mas aliviar. Ajudam quem se queixa a suportar suas reações. Aconselham a ele a paciência e o descanso; ministram atenuadores a ele, nesse meio-tempo. Resolverão o mal; porém mais tarde. Enquanto isso é preciso se acalmar, não ficar assim desnorteado; dormir um pouco para continuar a viver nesse estado desastroso.

Engoli os remédios e no dia seguinte estava melhor. Obrigado.

Já não estava mal graças aos analgésicos. Mas tudo vai mal.

Tudo vai mal.

Eu visitava Salagnon uma vez por semana. Ia ter uma aula de pincel em Voracieux-les-Bredins. Pronuncie o nome diante de um lionês, e ele estremecerá. Esse nome faz as pessoas se retraírem ou sorrirem, e nesse sorriso contam-se histórias.

Essa cidade de espigões e pequenas casas se encontra na extremidade das linhas de transporte. Depois de lá, os ônibus não vão mais, a cidade acabou. O metrô me deixou em frente ao terminal de ônibus. As plataformas se alinham sob os tetos de plástico embaçados pela luz e pela chuva. Grandes números cor de laranja sobre um fundo negro dizem os destinos. Os ônibus para Voracieux-les-Bredins saem de raro em raro. Fui sentar num banco descorado, seu encosto todo arranhado, grudado no para-vento de vidro estalado por um impacto. Na maravilhosa flutuação analgésica eu não tocava totalmente o chão. O assento mal concebido não me ajudava; profundo demais, beirada alta demais, ele levantava minhas pernas, e meus pés mal roçavam o asfalto incrustado de manchas. O desconforto do mobiliário urbano não é um erro: o desconforto desencoraja a imobilidade e favorece a fluidez. A fluidez é a condição da vida moderna, senão a cidade morre. Mas eu estava fluido em mim mesmo, empanturrado de psicossomatotrópicos, mal tocava meu corpo, meus olhos sozinhos flutuavam acima do meu assento.

Estava longe da minha casa. A Voracieux-les-Bredins, gente como eu não vai. Na região leste, a última estação de metrô é a porta de serviço da aglomeração. Uma multidão apressada sai dela, entra por ela, e não se parecem comigo. Esbarravam em mim sem me ver num fluxo apressado, puxando volumosas bagagens, segurando crianças, guiando carrinhos de neném no labirinto das plataformas. Andavam sozinhos de cabeça baixa ou em pequenos grupos compactos. Não se pareciam comigo. Eu estava reduzido ao meu olho, meu corpo ausente, sem condicionantes porque separado do meu peso, desconectado do meu tato, flutuando na minha pele. Não nos parecemos; nos esbarramos sem nos ver.

Em volta de mim eu ouvia falar, mas o que eles diziam eu também não compreendia. Falavam alto demais, recortavam o que diziam em segmentos demasiado curtos, em breves exclamações que acentuavam de uma maneira estranha; e quando eu percebia enfim que era francês, eu via tudo transformado. Ouvia ao meu redor, eu num banco que penava para me conter, um estado da minha própria língua como que deformado por ecos. Tinha dificuldade de acompanhar aquela música, mas os analgésicos que acalmavam minha garganta me exortavam à indiferença. Em que estranha caverna de plástico eu me encontrava! Ali, não reconhecia nada.

Eu estava doente, certamente contagioso, febril ainda, e tudo me parecia estranho. Eles iam, eles vinham, e eu não compreendia nada. Eles não se pareciam comigo. Todas essas pessoas que passavam em torno de mim se pareciam entre si e não se pareciam comigo. Onde vivo, percebo o inverso: aqueles com quem cruzo se parecem comigo e não se parecem entre si. No centro, onde a cidade faz jus a esse nome, onde a gente está mais seguro de ser quem é, o indivíduo prima sobre o grupo, reconheço cada um, cada um é si mesmo; mas aqui, nos confins, é o grupo que me salta aos olhos, e confundo todos os seus membros. Sempre identificamos grupos, é uma necessidade antropológica. A classe social hereditária se vê de longe, se traz no corpo, se lê no rosto. A semelhança é um pertencimento, e aqui não pertenço. Flutuo no meu banco-concha à espera do ônibus, meus pés não tocam o chão, vejo apenas por meus olhos que flutuam sem saber mais nada do meu corpo. O pensamento sem participação do corpo não se ocupa de nada além das semelhanças.

Eles se reconheciam, eles se cumprimentavam, mas esse cumprimento eu não reconhecia. Os rapazes batiam os dedos entre si, socavam-se os punhos seguindo sequências que me perguntava como podiam memorizar. Homens mais velhos se davam as mãos compungidamente e depois, com o outro braço, se puxavam mutuamente e se beijavam sem utilizar seus lábios. Quando cumprimentavam com menos efusão levavam a mão que acabava de tocar a outra a seu coração, e isso, mesmo quando apenas esboçado, produzia em mim uma emoção inebriante. Jovens instáveis esperavam o ônibus, formavam grupos de empurrões, vacilando à beira do círculo que formavam, olhando para o exterior e voltando para os camaradas mudando de perna, ondulando os ombros. As mulheres jovens passavam ao largo entre elas, não cumprimentando ninguém. E quando uma o fazia, quando uma moça de quinze anos cumprimentava um rapaz de quinze anos que saía do seu grupo instável, ela fazia isso de uma maneira que me deixava estupefato, eu que flutuava acima do meu banco-concha descorado, mal tocando o chão: ela apertava a mão dele como uma mulher de negócios, a mão bem reta na ponta de um braço estendido, e seu corpo não participava, todo enrijecido durante o contato com a mão de um rapaz. E dizia bem alto para aquelas que a acompanhavam que era um primo; alto o bastante para que eu ouvisse, e todos os que esperavam o ônibus para Voracieux-les-Bredins.

Não conheço essas regras. No fim do metrô, as pessoas se cumprimentam de outra maneira, então como viver juntos se os gestos que permitem o contato não são os mesmos?

Passaram dois véus negros contendo pessoas. Caminhavam no mesmo passo flutuando ao vento, escondendo tudo. Luvas acetinadas ocultavam os dedos, só os olhos não estavam cobertos. Caminhavam juntos, passaram diante de mim, eu não podia ver neles mais do que se vê através de um pedaço de noite. Duas echarpes com olhos atravessaram o terminal de ônibus. Deviam ser mulheres que é proibido ver. Meu olhar as teria desonrado tal a concupiscência que contém. Porque ver a forma das mulheres teria despertado meu corpo, teria me feito sentir minha solidão, o desconforto de estar sentado no banco-concha de plástico arranhado, teria me levado a me levantar, a tocar e beijar aquele outro que eu queria como a mim mesmo. Não vê-las deixa meu corpo em si mesmo, insensível como que adormecido, e todo consagrado a abstratas computações. O reinado exclusivo da razão faz de mim um monstro.

Como eu suportaria esse estorvo que é o outro, se o desejo que tenho dele não me faz lhe perdoar tudo? Como viver com aqueles com quem cruzo se não posso aflorá-los com os olhos, acompanhá-los com os olhos, amar e desejar sua passagem, porque simplesmente vê-los já desperta meu corpo. Como? Se o amor não é possível entre nós, o que é que resta?

O outro velado por um saco preto privatiza um pouco do espaço da rua. Põe cercas num pouco de espaço público. Tira meu lugar. Ocupa o lugar onde eu poderia estar; e só posso esbarrar nele, por descuido, ou evitá-lo resmungando, e ele me faz perder tempo. O outro que não posso mais contemplar só me incomoda. Está sobrando. Com quem não deixa aparecer nada, só posso ter relações racionais, e nada é mais errático do que a razão. O que nos resta, se não podemos nos desejar, pelo menos com o olhar? A violência?

Os dois véus negros atravessaram as plataformas na indiferença sem esbarrar em ninguém. Consultaram os horários e subiram num ônibus. Os véus então se ergueram e vi melhor os seus pés. Um usava calçados femininos decorados com dourados e o outro, calçados de homem. O ônibus saiu e me alegro por não tê-lo tomado. Me alegro por não ter me fechado naquele ônibus com duas echarpes escuras, uma das quais usava calçado de mulher e a outra, calçado de homem. O ônibus desapareceu no trevo dos viadutos e eu não soube o que aconteceu depois. Nada, com certeza. Tomei de novo um psicossomatotrópico porque minha cabeça voltava a doer, minha garganta não suportava mais que eu engolisse. Eu sofria das mucosas e do crânio. Eu sofro do órgão do pensamento e do órgão do contato. A vizinhança se torna dolorosa, a proximidade fóbica, a gente se pega sonhando em não ter mais vizinhos, em suprimir tudo que não for você. A violência se exercita na superfície de contato, aí aparece a dor, daí se espalha a vontade de destruição, na mesma velocidade do medo de ser destruído. As mucosas se inflamam.

Por que se dissimular sob um lenço tão grande? Senão para preparar sombrios desígnios, para anunciar o desaparecimento do corpo: por relegação; por negação; pela vala comum.

Salagnon sorriu para mim. Pegou minha mão na dele, sua mão ao mesmo tempo suave e firme, e sorriu para mim. Oh, aquele sorriso! Por aquele sorriso você perdoa tudo nele. Esquece a dureza dos seus traços, seu corte de cabelo militar, seu olhar frio, seu passado terrível, esquece todo o sangue que ele tem nas mãos. Aquele sorriso que suaviza seus lábios quando ele me recebe apaga tudo. No momento do sorriso Victorien Salagnon está nu. Não diz nada, apenas a abertura, e permite a entrada num cômodo vazio, num desses maravilhosos cômodos vazios de apartamento antes de você mobiliá-lo, cheios apenas de sol. Seus traços secos pairam sobre os ossos do seu rosto, cortina de seda diante de uma janela aberta, e o sol detrás dela brinca em suas dobras, uma brisa a agita, traz a mim os ruídos felizes da rua, o murmúrio das árvores sombrosas repletas de passarinhos.

Quando ele aperta minha mão fico pronto para ouvir tudo o que me dirá. Não direi nada. O desejo da minha língua desceu por inteiro para minhas mãos, não tenho outro desejo de linguagem além de pegar entre meus dedos o pincel, molhá-lo no nanquim, pousá-lo na folha; minha única vontade é um tremor das mãos, um desejo físico de receber o pincel, e o primeiro traço negro que aparecerá na folha será um alívio, um relaxamento de todo o meu ser, um suspiro. Gostaria que ele me guiasse no caminho do único traço de pincel, que eu pudesse me endireitar e estender entre as minhas mãos o esplendor da tinta.

Claro, isso não dura muito; coisas assim não duram muito. Ele abre para mim e me cumprimenta, depois nossas mãos se separam, seu sorriso se apaga e eu entro. Ele me precede no corredor e eu o sigo, espiando de passagem as porcarias que ele pendura nas paredes.

Decora com quadros as paredes da casa. Expõe também outros objetos. O papel de parede é tão carregado, a luz tão sombria, que o corredor em que ele me precede parece o túnel de uma gruta, os cantos aparecem arredondados, e sobre o fundo de motivos repetidos não se distingue de imediato o que está pendurado. Nesse corredor não paro, contento-me em segui-lo, identifiquei de passagem um barômetro com o ponteiro travado em "instável", um relógio de algarismos romanos, cujos ponteiros somente meses depois descobri que não se mexiam, e até uma cabeça de camelo empalhada que eu me perguntei como teria chegado ali, se ele tinha comprado — mas onde? —, se tinha herdado — mas de quem? —, se ele próprio tinha cortado de um animal que havia matado — mas como? Não sei qual das três possibilidades me engulhava mais. Fora isso, em molduras, em molduras horríveis de madeira torneadas e douradas, dormiam escuras paisagens pseudo-holandesas de que era preciso se aproximar para distinguir o tema, e a indigência, ou então berravam vistas provençais transbordantes de falsas alegrias e de discordâncias desagradáveis.

De Salagnon eu teria imaginado outra coisa para seu interior: bibelôs asiáticos, um ambiente de casbá, ou então nada, um vazio branco e janelas sem cortina. Teria imaginado um interior que correspondesse a ele próprio, ainda que um pouco, ainda que por pequenos toques, que correspondesse a sua história. Mas não aquela banalidade levada até a embriaguez, até o sufocamento. Se o interior de cada um reflete sua alma, como se pretende, então Eurydice e Victorien Salagnon tinham o bom gosto de não deixar transparecer nada.

Quando ousei enfim lhe designar uma miserável marinha a óleo numa moldura de madeira encerada, uma vista de tempestade numa costa rochosa, cujos rochedos pareciam pedras-pomes e as ondas, coágulos de resina (não digo nada do céu, que não se parecia com nada), ele se contentou com um sorriso desarmante.

— Não é meu.

— O senhor gosta?

— Não. Está na parede, só isso. É decoração.

Decoração! Esse homem cujo pincel vibrava, cujo pincel se animava com o sopro do ser no momento em que o alimentava de nanquim, aquele homem se cercava de "decoração". Ele reconstituía em casa o catálogo de uma loja de móveis, de vinte anos atrás, ou trinta, sei lá. O tempo não tinha importância, era negado, não passava.

— Sabe — ele acrescentou. — Estas pinturas são feitas na Ásia. Os chineses desde sempre são mestres nessa prática, eles dobram seu corpo de acordo com a sua vontade, por aprimoramento. Aprendem os gestos da pintura a óleo, e em grandes ateliês produzem paisagens holandesas, inglesas ou provençais, para o Ocidente. Várias ao mesmo tempo. Pintam melhor e mais depressa do que nossos pintores de fim de semana, e isso chega aqui de navio, enrolado dentro de contêineres.

"São fascinantes esses quadros: sua feiura não pertence a ninguém, nem aos que os fazem, nem aos que olham para eles. Isso aí descansa todo mundo. Estive presente demais minha vida toda, estive sempre presente; cansei de estar.

"O pensamento dos chineses me faz bem; a indiferença deles é uma terapêutica. Minha vida inteira girei em torno do ideal deles, mas na China nunca pus os pés. Vi a China uma só vez, de longe. Era a colina em frente, do outro lado de um rio cuja ponte tivemos de dinamitar. Vários caminhões Molotova pegavam fogo, e por trás da fumaça do incêndio eu via aquelas colinas abruptas cobertas de pinheiros, exatamente as das pinturas, entre nuvens à deriva. Mas naquele dia, as nuvens de gasolina queimando eram de um negro profundo demais, gosto equivocado. Eu me dizia: então é isso a China? está a dois passos e não irei lá porque dinamitei a ponte. Não me demorei, porque tínhamos de cair fora. Voltamos correndo vários dias seguidos. Um cara que estava comigo morreu de cansaço ao chegar. Morreu mesmo; foi enterrado com honras."

— O senhor não expõe suas pinturas?

— Não vou pôr na parede uma coisa que fiz. Acabou. O que resta daqueles momentos me satura.

— O senhor nunca pensou em expor, vender, virar pintor?

— Eu desenhava o que via, para que Eurydice visse. Quando ela tinha visto, o desenho estava terminado.

Quando entramos na sala, dois homens nos esperavam; e quando os vi escarrapachados no sofá, o absurdo do cenário me enojou de novo. Como podiam viver, ela e ele, naquela decoração factícia? Como podiam viver, naquele cenário de série de tevê que poderia ser poliestireno recortado e pintado? A não ser que não quisessem tomar conhecimento de mais nada, não dizer mais nada, nunca mais.

Mas a artimanha da banalidade não era de suficiente envergadura diante da violência física que emanava dos dois sujeitos. Eles se escarrapachavam no sofá como dois familiares que queriam se comportar ali como se estivessem em casa. Contra o fundo cafona dos falsos móveis, contra o fundo de imbecilidade do papel de parede, eles se destacavam como dois adultos numa decoração de escola maternal. Não sabiam onde pôr as pernas, ameaçavam com seu peso desmontar o móvel onde estavam sentados.

O mais velho se parecia com Salagnon, só que mais gordo, e seus traços começavam a ceder apesar da energia que punha em seus gestos. Eu mal distinguia seus olhos porque usava óculos de lentes coloridas, largas lentes bordeadas com um fio de ouro. Detrás das paredes esverdeadas seus olhos iam e vinham, peixes de aquário, e eu identificava mal a expressão que os reflexos dissimulavam. Tudo em suas roupas parecia estranho: um paletó xadrez bastante largo, uma camisa de colarinho folgado demais, uma corrente de ouro caindo na abertura desta, uma calça boca de sino, mocassins demasiado brilhantes. Parecia com o que fora a elegância escandalosa de trinta anos antes, com cores que não existem mais, e fazia mesmo pensar na reaparição de uma imagem. Só a deformação do sofá sob o peso das suas nádegas dava certeza da sua presença.

O outro tinha no máximo trinta anos, usava uma jaqueta de couro de que sobressaía uma barriguinha, os cabelos raspados em seu crânio redondo, crânio posto em cima de um pescoço volumoso que fazia dobras; dobras na frente, sob o queixo quando se inclinava, e dobras atrás, na nuca quando se endireitava.

Salagnon nos apresentou evasivamente. Mariani, um velho amigo; um de seus rapazes. Eu, seu aluno; seu aluno na arte do pincel. O que fez o cara com paletó de 1972 dar uma boa risada.

— A arte do pincel! Você com seus trabalhos manuais para senhoras, Salagnon! Bordado e tricô: é assim que ocupa a sua longa aposentadoria em vez de se juntar a nós?

Deu uma gargalhada como se achasse aquilo de fato engraçado, e seu comparsa riu em eco porém com mais maldade. Salagnon trouxe quatro cervejas e copos, e Mariani lhe deu um tapa na bunda quando ele passou.

— Que gracinha de garçonete! Já no tempo da guerra ele se levantava mais cedo e nos preparava o café. Não mudou nada.

O comparsa de Mariani riu de novo, pegou uma garrafa e, desdenhando o copo com afetação, bebeu diretamente do gargalo. Fez que ia dar um arroto viril, me encarando direto nos olhos, mas os dois velhos senhores o fulminaram com o olhar e ele o engoliu, o fez desaparecer balbuciando uma desculpa. Salagnon nos serviu num silêncio que me incomodava, com a indiferença polida de um dono de casa.

— Fique sossegado — me disse enfim Mariani. — Faz meio século que implico com ele. São brincadeiras entre nós que ele não suportaria de ninguém mais. Ele me faz a gentileza de manter o mesmo humor quando eu me deixo levar por minha babaquice natural. Tem por mim a indulgência que se concede aos sobreviventes.

— Fora isso tenho vários séculos de antecipação no domínio dos excessos — acrescentou Salagnon. — Ele me rebocou na floresta. Me machucou tanto que eu o cobri de injúrias o tempo todo que não estava desmaiado.

— O capitão Salagnon tem talento de verdade. Não entendo nada de arte, mas um dia ele fez um retrato meu quando estávamos juntos de sentinela, em outros tempos e outros lugares; e esse retrato que ele fez em alguns segundos na folha de um bloco, que ele arrancou e me deu, é a única imagem minha que é verdadeira. Não sei como ele faz, mas é assim. Ele mesmo talvez não saiba. Debocho dos seus talentos de salão, mas só para ir à forra, para lhe devolver os xingamentos de quando o carreguei, que foram bem sujos. Não tenho nenhuma dúvida sobre a força de caráter do meu amigo Salagnon, ele já o provou bastante. Seu talento de pintor é apenas uma esquisitice naqueles meios e naqueles tempos que frequentamos juntos, e em que não se praticavam muito as artes. Como se ele tivesse cachos louros entre aqueles crânios raspados. Ele não tem culpa, e isso não altera em nada o vigor da sua alma.

Salagnon, sentado, bebia num copo, não dizia nada. Havia reposto sua máscara de ossos que podia meter medo, que não mostrava nada além do que uma folha de papel amassada mostraria: a ausência de sinais e o branco preservado. Mas eu via, visível apenas para quem soubesse enxergá-lo, um movimento em seus lábios finos; eu sentia a sombra de um sorriso aflorar, tal como a sombra de uma nuvem desliza pelo chão sem nada perturbar, eu via passar como uma sombra pela carne o sorriso indulgente daquele que deixa falarem. Eu podia vê-lo, eu conhecia o mais ínfimo dos seus gestos. Havia observado até turvar a vista todos os desenhos que ele houve por bem me mostrar. Conhecia cada um dos seus movimentos porque a pintura a nanquim, muito mais que de nanquim é feita disto: de movimentos interiores realizados por gestos. E eu encontrava todos eles em seu rosto.

— Nós todos, lá, tínhamos a maior estima por Salagnon.

O comparsa de Mariani se agitou e mexeu a garrafa. Os velhos senhores se viraram para ele ao mesmo tempo, com o mesmo sorriso em seus lábios enrugados. Assumiram o ar enternecido dos que veem um filhotinho de cachorro se agitar em seu sono, traindo com leves patadas e tremores nas costas as cenas de caçada que vive em sonho.

— Pois é, menino! Lá! — exclamou Mariani batendo na coxa do rapaz. — Um mundo que você não conheceu. E você também não — prosseguiu me designando, sem que eu pudesse identificar o sentimento de seus olhos detrás de suas lentes verdes.

— Ainda bem — disse Salagnon —, porque lá a gente deixava a pele, da maneira mais idiota ou mais atroz. E mesmo os que voltaram não voltaram inteiros. Lá, a gente perdia membros, pedaços de carne, partes inteiras do espírito. Tanto melhor para a integridade de vocês.

— Mas é uma pena, porque na vida de vocês não há nada que tenha podido servir de forja. Vocês estão intactos como no primeiro dia, ainda dá para ver a embalagem original. A embalagem protege, mas viver embalado não é uma vida.

O outro se agitava, cara feia, mas sua postura continuava marcada pelo respeito. Quando os dois vovôs pararam para sorrir largamente e trocar uma piscada de olhos, conseguiu enfim dizer alguma coisa.

— A vida da rua é como a das colônias de vocês. — Recuou nas almofadas para parecer mais importante. — Posso garantir que ela desinibe, a gente sai logo da embalagem. Aprende coisas que não se aprende na escola.

Essa era dirigida a mim, mas eu não queria me meter nesse gênero de conversa.

— Você não está errado — disse Mariani, achando graça de o outro ter mostrado os dentes. — A rua está ficando como lá. A forja se aproxima, meninos, logo todo mundo vai poder mostrar o que vale a domicílio. Aí vai dar pra ver os fortes e os moles, e os que parecem duros mas quebram no primeiro choque. Como lá.

O outro fulminava e cerrava os punhos. A doce zombaria dos dois senhores o deixava furioso. Brincavam de excluí-lo, mas em quem descontar? Neles, que representavam tudo para ele? Em mim, que não representava nada, salvo o inimigo de classe? Em si mesmo, que não sabia exatamente, por não ter sido testado, de que fibra era feito?

— Estamos prontos — grunhiu.

— Espero que eu não o choque falando essas coisas — me disse Mariani com uma ponta de perversidade. — Mas a vida nos territórios periféricos evolui de uma forma bem diferente da que você conhece. Porque é onde nós estamos: nos territórios exteriores. A lei não é a mesma, a vida é diferente. Mas você evolui também, porque os centros da cidade são hoje percorridos pelos bandos armados deles; infiltrados, dia e noite. Você não vê que eles estão armados, mas todos estão. Se a gente os revistasse, se as leis da nossa república molenga permitissem revistá-los, a gente encontraria com cada um uma faca, um estilete e, com alguns, uma arma de fogo. Quando a polícia nos abandonar, quando retroceder e abandonar os territórios ao deus-dará, como fizemos lá, vocês estarão sozinhos, como estavam sozinhos e cercados os que nós íamos defender lá. Estamos colonizados, meu jovem.

Bem acomodado nas almofadas achatadas, seu comparsa, a seu lado, sacudia a cabeça, sem ousar acrescentar nada porque retinha um arroto, salientando cada ideia-força com um bom gole de cerveja.

— Estamos colonizados. Temos de dizer a palavra. Temos de ter a coragem da palavra, porque é a que convém. Ninguém ousa utilizá-la mas ela descreve exatamente nossa situação: estamos numa situação colonial, e somos os colonizados. Isso tinha que acontecer, de tanto que recuamos. Você se lembra, Salagnon, quando a gente corria para a floresta com os viets em nossos calcanhares? A gente tinha de abandonar o posto, para não perder a vida, e o deixamos às pressas. Na época, uma boa retirada sem muitas baixas parecia pra gente uma vitória, e isso podia merecer uma medalha. Mas temos de chamar as coisas pelo nome: era uma fuga. Fugimos, com viets nos calcanhares, e ainda estamos fugindo. Estamos quase no centro agora, no coração de nós mesmos, e estamos sempre fugindo. Os centros das cidades se tornaram casamatas do nosso campo recuado. Mas quando passeio por ele, pelo centro da cidade, quando passeio no coração de nós mesmos, tapando os olhos como todo mundo para não ver, quando passeio pela cidade, eu ouço. Ouço com os meus ouvidos que continuam livres porque não tenho mãos bastantes para tapar tudo. É francês? O francês que eu deveria ouvir ao passear no coração mesmo de nós mesmos? Não, ouço outra coisa. Ouço o som de lá explodindo com arrogância. Ouço o francês que é eu mesmo numa versão maltratada, degradada, apenas compreensível. É por isso que temos de empregar as palavras exatas, porque é pelo ouvido que se julga. E pelo ouvido, fica claro que já não estamos mais em casa. Ouçam. A França recua, degringola, dá para julgar isso pelo ouvido; só pelo ouvido porque não queremos ver nada. Mas vou parar por aqui. As horas passam e sua patroa não vai demorar. Não quero encrenca, nem arrumar encrenca pra você. Vamos deixar vocês com suas aulas de tricô.

Ele se levantou com um pouco de dificuldade, desamarrotou o paletó, e detrás da vidraça verde de seus óculos seus olhos pareciam cansados. Seu comparsa se levantou bruscamente e ficou de pé ao lado dele, esperava respeitosamente.

— Você se lembra de tudo, Salagnon?

— Você sabe que sim. Se eu acabar morrendo, vão me enterrar com minhas lembranças. Não faltará nenhuma.

— Precisamos de você. Quando resolver deixar pra lá seus trabalhos para senhoras e voltar a tarefas dignas de você, junte-se a nós. Precisamos de tipos enérgicos que se lembrem de tudo para enquadrar os jovens. Para que nada seja esquecido.

Salagnon aquiesceu com as pálpebras, o que é muito suave e muito vago.

Apertou demoradamente a mão do outro. Mostrava que estaria sempre presente; para o que, exatamente, não esclarecia. Do outro, ele apertou a mão mal o encarando. Quando saíram respirei melhor. Encostei-me na poltrona de veludo, terminei minha cerveja; deixei meu olhar correr por aquela decoração de uma feiura conscienciosa, carente de qualquer alma. As almofadas de veludo arranhavam, as poltronas não ofereciam o menor conforto; não estavam ali para isso.

— O paranoico e seu cachorro — falei como que cuspindo.

— Não diga isso.

— Um delira e o outro late. E este último só quer saber de obedecer. São seus amigos?

— Só Mariani.

— Amigo esquisito esse, que defende tais ideias.

— Mariani é um amigo esquisito. É o único dos meus amigos que não morreu. Eles morriam um depois do outro, ele não. Então, devo a todos os outros me manter fiel a ele. Quando aparece, eu o trato bem, sirvo a ele bebida e comida para que se cale. Prefiro que ele engula a vê-lo arrotar. É uma sorte termos um só órgão para fazer tudo. Mas na sua presença ele se animou a falar. Mariani é muito sensível, detectou a sua origem.

— A minha origem?

— Classe média educada, voluntariamente cega às diferenças.

— Não entendo essa história de diferenças.

— É o que digo. Mas ele exagera na sua frente. Fora isso, é um sujeito inteligente, capaz de profundidade.

— Não é a impressão que me dá.

— Eu sei, infelizmente. Nunca matou ninguém, fora os que atiraram nele antes. Mas ele se cercava de cães manchados de sangue até o pescoço, que espreitavam em seu olhar quando deviam matar. Tem alguma coisa de louco em Mariani. Na Ásia esgarçou alguma coisa, se rasgou por dentro, um fio seu rebentou. Seria um homem delicioso se tivesse ficado aqui. Mas foi para lá, e lá não suportou a divisão das raças. Foi para lá de armas na mão, e alguma coisa rebentou, o que teve para ele o efeito de uma dose de anfetaminas. Não se recuperou, aquilo abriu um buraco na sua alma, e desde então esse buraco não parou de crescer, ele só enxerga agora através desse buraco da diferença das raças. O que vivemos lá podia rasgar os tecidos mais sólidos.

— E o senhor não?

— Eu desenhava. Era como remendar o que os acontecimentos rasgavam. Enfim, é o que eu me digo agora. Havia sempre uma parte de mim que não estava totalmente presente; a essa parte que eu mantinha ausente eu devo a vida. Ele não voltou inteiro. Sou fiel aos que não voltaram, porque eu estava com eles.

— Não entendo.

Ele parou de falar; levantou e se pôs a andar em sua sala idiota. Andava com as mãos nas costas mexendo as mandíbulas como se resmungasse, e aquilo fazia tremer suas velhas bochechas e seu velho pescoço. Parou bruscamente diante de mim e me olhou nos olhos, com seus olhos claríssimos cuja cor era a transparência.

— Sabe, depende de um só gesto. Um momento bem preciso que não se reproduzirá pode fundar uma amizade para sempre. Mariani me rebocou pela floresta. Eu estava ferido e não podia andar, então ele me carregou pela floresta de Tonquim. As florestas de lá são escarpadíssimas, e ele as atravessou comigo às costas e com os viets em nossos calcanhares. Me levou até o rio e nós dois fomos salvos. Você não sabe o que isso significa. Levante-se.

Levantei-me. Ele se aproximou.

— Me carregue.

Eu devia estar com cara de bobo. Magro, apesar de grande, ele não devia pesar muito; mas eu nunca havia carregado um adulto nas costas, nunca havia carregado um homem, nunca havia carregado alguém que eu não conhecia direito... Mas estou me enrolando: eu simplesmente nunca tinha feito o que ele me pedia.

— Me carregue.

Então eu o ergui nos braços e o carreguei. Levava-o de viés no meu torso, ele passou um braço pelos meus ombros, seus pés pendiam. Sua cabeça repousava no meu peito. Não era muito pesado mas eu estava todo invadido por ele.

— Me leve ao jardim.

Fui para onde ele disse. Seus pés balançavam, atravessei a sala, o corredor, abri as portas com o cotovelo, ele não me ajudou. Ele pesava. Ele me incomodava.

— Lá, a gente recolhia nossos mortos — me disse ele pertinho do meu ouvido. — Os mortos são pesados e inúteis, mas tratávamos de recolhê-los. E nunca abandonávamos nossos feridos. Eles também não.

A porta de entrada não foi fácil de abrir. Tropecei um pouco nos degraus do alpendre. Sentia seus ossos sobressaírem da sua pele, contra meus braços, contra meu torso. Sentia sua pele de idoso deslizar sob meus dedos, sentia seu cheiro de velho cansado. Sua cabeça não pesava nada.

— Não é coisa à toa carregar e ser carregado — ele me disse juntinho de mim.

Na aleia central do seu jardim eu parecia um paspalhão com ele de través nos meus braços, a cabeça na concavidade do meu peito. Afinal de contas, pesava bastante.

— Imagine que você tenha de me levar para a sua casa, a pé; imagine isso horas a fio, numa floresta sem trilhas. E se você fracassa, os sujeitos que te perseguem te matam; e me matam também.

O portão rangeu e Eurydice entrou no jardim. Os portões rangem porque é raro que alguém perca tempo lubrificando-os. Ela carregava uma sacola de que sobressaía um pão, caminhava bem ereta a passos largos e parou diante de nós. Pus Salagnon no chão.

— O que vocês estão fazendo?

— Estou explicando Mariani a ele.

— Esse imbecil apareceu de novo?

— Tomou o cuidado de ir embora antes de você chegar.

— Fez bem. Por causa de gente como ele, perdi tudo. Perdi minha infância, meu pai, minha rua, minha história, tudo isso por causa da obsessão da raça. Então quando vejo eles reaparecerem na França, pego fogo.

— Ela é uma Kaloyannis de Bab el-Oued — disse Salagnon. — Formada no xingamento de rua, de uma janela à outra. Conhece grosserias que você não imagina. E quando fica brava, inventa novas.

— Mariani faz bem em não cruzar comigo. Que vá terminar suas guerras em outro lugar.

Com sua sacola cheia de legumes na mão, bem ereta, entrou e fechou a porta com uma energia pouco abaixo do estrondo, mas bem pouco. Salagnon me deu um tapinha no ombro.

— Relaxe. Tudo correu bem. Você me carregou no meu jardim sem me deixar cair e escapou da tigresa de Bab el-Oued. Foi um dia enriquecedor do qual você saiu vivo.

— Mariani, vá lá, eu entendo, mas por que ele anda com esse gênero de gente?

— O tipo que arrota? Ele é do GARFAR, Grupos de Autodefesa e Resgate dos Franceses de Autêntica Raiz. Mariani é o chefe local. E tem seus sabujos ao redor, como lá.

— Mariani com *i*? Francês de autêntica raiz? — falei com a ironia que se usa nesses casos.

— A fisiologia da raiz é complexa.

— Não somos árvores.

— Pode ser, mas raiz as pessoas entendem. As pessoas leem, sabem. A apreciação da raiz provém de um juízo finíssimo que é impossível explicar a quem não o sente.

— Se não dá para explicar, é que não tem sentido.

— O que é verdadeiramente importante não se explica. A gente se contenta em sentir, e viver com os que sentem do mesmo modo. A raiz é uma questão de ouvido.

— Então não tenho ouvido?

— Não. Questão de modo de vida. Você vive tanto entre os seus semelhantes que é cego às diferenças. Como Mariani antes de partir. Mas o que você faria se vivesse aqui? Ou se partisse para lá? Você sabe de antemão? A gente só sabe o que se torna quando está de fato em outro lugar.

— As raízes são imbecilidades. A árvore genealógica é uma imagem.

— Certamente. Mas Mariani é assim. Uma parte dele é louca, e outra parte me carregou. Julgar as pessoas por um único traço, só sei fazer com o pincel. Na guerra eu também conseguia; era simples e sem floreios: nós e eles. E na dúvida, liquidava-se; isso ocasionava alguns estragos, mas era simples. Na vida em paz a que voltamos, não pode ser tão simples, a não ser que sejamos injustos e destruamos a paz. É por isso que alguns gostariam de voltar para a guerra. Não é melhor a gente ir pintar?

Ele me pegou pelo braço e entramos de novo na casa.

Naquele dia ele me ensinou a escolher o tamanho do pincel. Ele me ensinou a escolher o traçado que eu deixaria na folha. Isso não requer reflexão, pode se confundir com o gesto de estender a mão para a ferramenta, mas o que se escolhe é o ritmo que se vai manter. Ele me ensinou a escolher o tamanho dos meus traços; me ensinou a decidir a escala da minha ação na extensão do desenho.

Disse isso de uma maneira mais simples. Ele me fazia fazer, e eu compreendia que o uso da tinta é uma prática musical, uma dança da mão mas também de todo o corpo, a expressão de um ritmo mais profundo que eu.

Para pintar com tinta, utiliza-se tinta, e a tinta nanquim é preta, uma abolição brutal da luz, sua extinção ao longo do traçado do pincel. O pincel traça o preto; o branco aparece no mesmo gesto. O aparecimento do branco é exatamente simultâneo ao aparecimento do preto. O pincel carregado de tinta traça uma massa escura deixando-a atrás de si, também traça o branco deixando-o aparecer. O ritmo que une os dois depende do tamanho do pincel. A quantidade de pelos e a quantidade de tinta dão a espessura da pincelada. Esta ocupa a folha de determinada maneira, é o tamanho do pincel que regula o equilíbrio entre o preto traçado e o branco deixado, entre o traço que eu faço e o eco que eu não faço, e que existe mesmo assim.

Ele me ensinou que o papel ainda intacto não é branco: é tão preto quanto branco, não é nada, é tudo, é o mundo ainda sem si mesmo. A escolha do tamanho do pincel é a escolha do ritmo que se seguirá, da ocupação do papel que se concederá, a escolha da largura do caminho que nossa inspiração seguirá. Pode-se agora deixar o impessoal, passar do "se" ao "nós", e logo direi "eu".

Ele me ensinou que os chineses utilizam um só pincel cônico e escolhem a cada instante o peso que aplicam nele. A lógica é a mesma porque apoiar não difere de ocupar o espaço. Com um dobrar do punho eles escolhem a cada instante a intensidade da presença, a cada instante a escala da ação.

— Vi em Hanói durante a guerra — me disse ele — um desses pintores demiúrgicos. Ele utilizava apenas um pincel e uma gota de tinta numa tigela de esteatita. Dessas ferramentas minúsculas extraía a força e a diversidade de uma orquestra sinfônica. Ele afetava devotar um culto a seu pincel, que banhava demoradamente na água limpa depois de usá-lo e deitava em seguida numa caixa forrada de seda. Falava com ele e pretendia não ter melhor amigo. Acreditei nele por algum tempo, mas ele debochava de mim. Compreendi enfim que seu único instrumento era ele mesmo, mais exatamente a escolha que fazia a cada instante da amplitude que se concedia. Ele conhecia exatamente seu lugar, e a modulação segura deste era o desenho.

Pintamos até não poder mais. Pintamos a dois e ele me ensinava como fazer. Quer dizer que eu agia pela tinta e pelo pincel, e ele pelo olho e pela voz. Ele julgava o resultado dos meus gestos, e eu recomeçava; aquilo não tinha por que acabar. Quando percebi o estado de cansaço que eu havia atingido, o meio da madrugada já tinha passado fazia tempo. Meu pincel só espalhava a tinta para manchar o papel, eu não realizava mais nenhuma forma. Ele não me dizia mais que sim ou não, e lá pelo fim somente não. Resolvi voltar para casa, meu corpo não acompanhava mais meus desejos, queria se deitar e dormir apesar daquele apetite de tinta que gostaria de continuar mais e mais.

No instante em que parti, ele sorriu para mim, e seus sorrisos me bastariam para minha vida inteira. Na hora de partir ele me sorriu como na hora em que me recebeu, e aquilo estava de bom tamanho para mim. Ele me abria seus olhos claríssimos que não tinham outra cor senão a transparência, me deixava ir a ele, me deixava ver nele, e eu ia sem me perguntar aonde; eu voltava de lá sem levar nada, sem sequer ter visto nada, mas esse acesso que ele me oferecia a si me era mais do que suficiente. Aquele sorriso que ele me oferecia na hora da chegada e da partida escancarava diante de mim a porta de um salão vazio. A luz entrava nele sem obstáculos, nele eu tinha meu lugar, aquilo ampliava meu mundo. Bastava eu ver à minha frente essa porta se abrir; isso me bastava.

Saí às ruas de Voracieux-les-Bredins. Jorraram em mim pensamentos confusos que eu não dominava; abandonei-os. Caminhando pensei em Perceval, o cavaleiro bobo, que fazia o que o mandavam fazer, porque em tudo o que podiam lhe dizer ele acreditava piamente.

Por que pensei nisso? Por causa daquele salão vazio todo ocupado pela luz, para o qual me abria o sorriso de Victorien Salagnon. Eu ficava na soleira e me sentia feliz sem entender nada. *O Conto do Graal* só fala desse instante: ele o prepara e o espera, o elude no momento de vivê-lo, depois lamenta que tenha passado e o procura novamente. O que aconteceu? Pelo maior dos acasos, Perceval que não entende nada de nada chegou ao Rei Pescador. Este pescava pessoalmente porque não havia mais nada que ainda o divertisse; pescava num rio, que não dava para atravessar, com uma linha em que punha como isca um peixe brilhante, do tamanho de um pequeno barrigudinho. Fora daquela canoa em que pescava no rio que não dá para atravessar, ele não conseguia andar. Para voltar ao seu quarto, quatro serviçais alertas e robustos pegavam as quatro pontas da coberta em que ele ficava sentado e levavam-no assim. Não andava mais sozinho porque um dardo o havia ferido entre os quadris. A única coisa que fazia era pescar, e convidou Perceval a seu castelo que não se avista de longe.

Perceval, o bobo, tinha se tornado cavaleiro sem entender nada de nada. Sua mãe escondia tudo dele com medo de que ele se afastasse. Seu pai e seus irmãos foram feridos e morreram. Ele se tornou cavaleiro sem saber nada de nada. Chegou ao castelo que não se avista e o Graal lhe foi mostrado sem ele saber. Enquanto conversava com o Rei Pescador, enquanto comiam juntos, jovens passaram diante deles no maior silêncio carregando belíssimos objetos. Um, uma lança, e saía do seu ferro uma gota de sangue que nunca seca; o outro, um enorme prato que saciava todos que o usassem tanto era largo e profundo, e no qual eram servidas carnes preciosas com seus molhos. Atravessaram lentamente o salão sem dizer nada, e Perceval os via sem entender, e não perguntou quem eles iam servir, quem era essa pessoa que ele não via. Tinham lhe ensinado a não falar muito. O momento foi uma culminância, ele não veria mais o Santo Graal de tão perto, mas não soube disso porque não havia perguntado nada.

Pensava, nas ruas de Voracieux-les-Bredins, em Perceval, o bobo, o cavaleiro absurdo que nunca está em seu lugar porque não entende nada. Para qualquer outra pessoa, o mundo está entulhado de objetos, mas para ele o mundo é aberto porque ele não os compreende. Do mundo ele só conhece o que sua mãe disse, e ela não lhe disse nada com medo de perdê-lo. Ele é simplesmente repleto de alegria. E nada o incomoda, nada lhe faz obstáculo, nada o impede de ir em frente. Eu pensava nele porque Victorien Salagnon tinha se aberto a mim, e eu vi sem nada ver, e aquilo me havia enchido de alegria sem nada pedir. Talvez isso pudesse bastar, eu me dizia caminhando.

Fui até o abrigo de ônibus da avenida esperar o primeiro ônibus da manhã, que não demoraria. Sentei no banco de plástico, me encostei na gaiola envidraçada, cochilei no ar frio de uma noite que se evaporava lentamente.

Eu aspirava a manejar um pincel enorme sobre uma folha pequenina. Um pincel cujo cabo fosse feito de um tronco, e os pelos de vários fardos de crina solidamente amarrados. Seria maior que eu e, mergulhado no nanquim, de que absorveria um balde inteiro, pesaria mais do que eu posso segurar. Seriam necessárias cordas e polias penduradas no teto para manejá-lo. Com esse enorme pincel eu poderia com uma só pincelada cobrir toda a pequenina folha, e mal daria para distinguir o traçado de um gesto no interior do negro. O acontecimento do quadro seria o movimento difícil de ver. A força preencheria tudo.

Tornei a abrir os olhos, bruscamente, como se estivesse caindo. Diante de mim passavam sem fazer barulho os veículos de uma coluna blindada. Se me levantasse poderia tocar com a mão seus flancos metálicos e seus grossos pneus à prova de bala, tão altos quanto eu.

Eles me superavam em altura, esses veículos da coluna blindada, passavam sem outros ruídos além do esmagamento do pedrisco e do rom-rom de feltro dos motores pesados em baixa velocidade, avançavam em linha pela avenida de Voracieux-les-Bredins, larga demais como são as avenidas de lá, vazias de madrugada, veículos azuis com vidros gradeados seguidos por camionetes carregadas de policiais, cada uma arrastando reboques que sem dúvida continham o material pesado da manutenção da ordem. A coluna se cindia ao passar diante dos conjuntos habitacionais, uma parte parava, o resto continuava. Alguns veículos vieram se alinhar diante do abrigo em que eu esperava a noite se dissipar. Os policiais militarizados desceram, eles usavam capacete, armas proeminentes e escudo. Seus protetores de pernas e de ombros modificavam sua silhueta, dando-lhes uma estatura de homens de armas na penumbra metálica da madrugada. Um carregava no ombro um grosso cilindro preto munido de alças, com o qual arrombam as portas. Em frente à entrada de um conjunto, eles esperavam. Vários carros chegaram, estacionaram precipitadamente, e saíram homens à paisana com máquinas fotográficas e câmeras. Somaram-se aos policiais e esperaram com eles. Flashes cortaram com seus lampejos a luz alaranjada dos postes de iluminação. Uma lâmpada acima da câmera foi acesa, uma ordem breve a fez se apagar. Esperavam.

Quando o primeiro ônibus veio enfim me pegar, já havia um monte de gente modesta que partia sonolenta para o trabalho. Encontrei um lugar e adormeci assim, a cabeça encostada no vidro; o ônibus me largou diante do metrô vinte minutos depois. Voltei para casa.

A continuação fiquei sabendo pelo jornal. Na hora legal* mui precisamente constatada, numerosas forças haviam efetuado uma vasta batida num bairro sensível. Indivíduos conhecidos dos serviços da polícia, jovens, a maioria dos quais morava com os pais, haviam sido surpreendidos ao pular da cama. Os grupos de intervenção haviam irrompido na sala das famílias, em seguida em seus quartos, depois de arrombar a porta. Ninguém teve tempo de fugir. O caso foi rapidamente encerrado, apesar de alguns desacatos domésticos, de xingamentos sentidos, sopapos para acalmar, alguma louça quebrada e berros femininos acutíssimos, mães e avós essencialmente, mas as garotas também acompanhavam. Imprecações haviam jorrado nos patamares das escadas e pelas janelas. Os suspeitos algemados foram levados rapidamente, a maioria sem resistir, à força quando necessário. Pedras caíam de lugar nenhum. Num zumbido de policarbonato rígido, os policiais levantaram ao mesmo tempo seus escudos. Os projéteis ricochetearam neles. A gente se agrupava à distância, com roupa de dormir ou já de trabalho. Bombas lacrimogêneas estouraram nos apartamentos, de que os moradores tiveram de sair. As forças que invadiram os prédios se retiraram em ordem, levando os jovens de chinelo, pantufas, tênis por amarrar. Fizeram todos entrar nos veículos abaixando-lhes a cabeça. Uma máquina de lavar tombou de uma janela e se arrebentou com o baque surdo do seu contrapeso, que se enterrou no chão; o barulho de lata assustou todo mundo mas ninguém se machucou; da mangueira arrancada estendida no solo ainda escorria água com sabão. Eles recuavam lentamente, os homens a pé se retiravam sempre em linha detrás de seus escudos ajustados, as pessoas dissimuladas na penumbra confusa não se aproximavam, batiam de passagem no flanco dos veículos blindados que andavam em baixa velocidade. Os suspeitos detidos foram confiados à justiça. A imprensa — avisada sabe-se lá como — mostrou imagens e descreveu os fatos. Todo mundo se concentrou na presença da imprensa. Ninguém comentava nada, salvo a presença da imprensa. As pessoas se escandalizavam com a espetacularização. Foram contra, acomodaram-se, mas quanto aos fatos ninguém teve o que acrescentar. Todos foram soltos no dia seguinte; não acharam nada.

---

* Seis horas da manhã é a hora em que, na França, a ação policial nos domicílios pode se iniciar. (N. T.)

Ninguém chamou a atenção para a militarização da manutenção da ordem. Ninguém parecia prestar atenção às colunas blindadas que entram de madrugada nos bairros insubmissos. Ninguém se espantou com o uso da coluna blindada na França. Poderiam ter falado disso. Poderiam ter discutido moralmente: é bom a polícia militarizada aparecer num apartamento depois de arrebentar a porta, para pegar uns garotos de cara esquisita? É bom brutalizar todo mundo, prender um montão e soltar todos porque nada de muito grave podia lhes ser imputado? Eu digo "bom" e "muito", porque a discussão deveria se dar no nível mais fundamental.

Poderia ser discutida a prática: conhecemos muito bem as colunas blindadas; isso explica por que ninguém as nota. As guerras travadas lá fora nós as travávamos desse modo, e nós as perdemos pela prática da coluna blindada. Pela blindagem nós nos sentíamos protegidos. Brutalizamos todo mundo; matamos muita gente; e perdemos as guerras. Todas. Nós.

Os policiais são jovens, muito jovens. Mandam jovens em colunas blindadas para retomar o controle de zonas proibidas. Eles fazem estragos e vão embora. Como lá. A arte da guerra não muda.

Romance IV
As *primeiras vezes, e o que veio depois*

Victorien e Eurydice se foram entre os tanques estacionados. Era de noite, mas uma noite de verão não muito escura, com o céu clareado pelas estrelas e pela Lua, tomada pelo cri-cri dos insetos e pelos ruídos do acampamento. Salagnon sensível às formas se maravilhava com a beleza dos tanques. Eles jaziam com a obstinação das suas cinco toneladas de ferro, bois adormecidos que irradiavam ondas de massa, porque só vê-los, ou passar à sua sombra, ou tocá-los com o dedo, já dava a sensação do inabalável, ancorado nas profundezas da terra. Formavam grutas dentro das quais nada de grave podia acontecer.

Mas Salagnon sabia muito bem que aquela força não salvava ninguém. Havia passado horas recolhendo os restos dos tanquistas mortos, reunindo-os, depositando-os em caixas que no fim não se sabia mais quantos corpos diferentes continham. Blindagem, fortaleza, armaduras, a gente se sente protegido mas acreditar que de fato está é uma besteira: a melhor maneira de se fazer matar é se acreditar a salvo. Victorien havia visto quão facilmente se perfuravam as blindagens, porque há ferramentas que passam através delas. A gente tem uma confiança quase infantil na chapa de ferro detrás da qual se esconde. Ela é espessíssima, pesadíssima, opacíssima, e atrás dela a gente está escondido, então acredita que não acontecerá nada enquanto não for visto.

Detrás dessa grossa chapa a gente se tornou o alvo. Nu, a gente não é nada; protegido por uma casca, a gente se torna o alvo. Um certo número de pessoas se enfia numa caixa de ferro. A gente vê o lado de fora por uma janela não maior que a fenda de uma caixa de correio. A gente enxerga mal, vai devagar, fica apertado com outros caras numa caixa de ferro que vibra. Não vê nada, então acha que não é visto; é infantil. Essa grande máquina pousada no mato é só o que se vê; ela é o alvo. A gente está dentro. Os outros fazem tudo para destruí-la, inventam meios: o canhão, as minas, a dinamite; os buracos cavados na estrada, os foguetes atirados de um avião. Tudo; até destruí-la. A gente acaba moído na caixa, misturado com pedaços de ferro, lata de apresuntado aberta a marretadas e largada no chão.

Salagnon tinha visto o que restava dos alvos. Nem a pedra nem o ferro protegem dos golpes. Se a gente fica nu, pode correr entre homens idênticos, e os disparos a esmo podem hesitar e errar o alvo; as probabilidades protegem melhor que a espessura de uma blindagem. Nu, a gente é esquecido; mas protegido por um tanque, será visado com obstinação. As proteções impressionam, fazem acreditar na potência; elas se fazem mais espessas, se tornam mais pesadas, ficam mais lentas e visíveis, e elas mesmas chamam à destruição. Quanto mais a força se afirma, mais o alvo aumenta.

Eurydice e Victorien se esgueiraram entre os tanques estacionados em linhas, no pequeno espaço deixado entre eles, afastaram-se do acampamento por um caminho bordeado por cercas vivas; quando ficaram no escuro, se deram as mãos. Eles enxergavam toda a extensão do céu que brilhava com estrelas tão nítidas como se a houvessem lustrado. Adivinhavam-se desenhos que não permanecem, que aparecem claramente depois e se distribuem em outros assim que você para de prestar atenção neles. O ar recendia a seiva quente, morna como um banho, as roupas poderiam ter desaparecido que a pele não teria se arrepiado. A mão de Eurydice na de Victorien palpitava como um pequeno coração, ele não a sentia como mais calor, mas sim por um suave frêmito, por uma respiração bem próxima que estivesse alojada na palma. Andaram até não ouvirem mais os murmúrios do acampamento, os motores, as batidas do metal, as vozes. Entraram num prado e se deitaram na relva. Esta havia sido cortada em junho mas havia crescido de novo, um pouco mais alta que eles dois deitados de costas, e isso formava em torno de suas cabeças uma cerca de folhas longilíneas e de inflorescências de gramíneas, uma coroa de traços finos e escuros destacados contra um céu um pouco menos escuro. Eles o viam semeado de estrelas cujos desenhos mudavam. Ficaram imóveis. Os grilos em torno voltaram a cantar. Victorien beijou Eurydice.

    Ele a beijou primeiro com sua boca pousada em sua boca, como esses beijos que a gente sabe ter de dar porque marcam a entrada numa relação íntima. Os dois entraram. Depois com sua língua ele teve vontade de provar seus lábios. A vontade vinha sem que ele nunca a houvesse cogitado, e Eurydice em seus braços se animava das mesmas vontades. Deitados na relva eles se ergueram sobre os cotovelos e suas bocas se abriram uma para a outra, seus lábios se encaixaram; suas línguas bem abrigadas percorriam uma à outra, maravilhosamente lubrificadas. Nunca Victorien havia imaginado carícia tão doce. Todo o céu vibrou, de ponta a ponta, com um ruído de folha de metal maleável que alguém chacoalha. Aviões invisíveis passavam altíssimo, centenas de aviões carregados de bombas que caminhavam juntos no assoalho de aço do céu. O coração de Victorien bateu até o pescoço, onde ficam as carótidas cheias de sangue, e o ventre de Eurydice foi sacudido de arrepios. O ser dos dois vinha à superfície como os peixes quando lhes jogam pão; estavam no fundo do lago, a superfície estava calma, e de repente vêm em massa, boca colada contra o ar, e a superfície vibra. A pele de Eurydice vivia, e Victorien sentia essa vida vir por inteiro sob seus dedos; e quando pôs as mãos em concha para conter seu peito, sentiu Eurydice inteira viver ali plena e redonda, contida em sua palma. Ela respirava depressa, fechava os olhos, toda invadida de si mesma. O sexo de Victorien o incomodava consideravelmente, atrapalhando todos os seus gestos; e quando abriu a calça sentiu um grande alívio. Aquele membro novo, que nunca saía assim, roçou as coxas nuas de Eurydice. Estava animado por uma vida própria, farejava a pele dela com leves arquejos, subia ao longo da coxa de Eurydice aos saltinhos. Queria se aninhar nela. Eurydice suspirou fundo e murmurou:

— Victorien, vamos parar com isso. Não quero perder a cabeça.

— Mas é bom, não é?

— É, mas é grande demais. Quero manter os pés no chão. Só que agora nem sei mais onde está meu corpo. Gostaria de reencontrá-lo antes de voar.

— O meu eu sei onde está.

— Vou pegá-lo juntinho de mim.

Com uma grande delicadeza ela pegou seu sexo, sim, a palavra é essa, apesar da aparência, a palavra em seu sentido mais antigo, com uma grande nobreza ela acariciou seu sexo até ele gozar. Victorien, deitado de costas, via as estrelas se mexerem e bruscamente elas todas se apagaram ao mesmo tempo, depois voltaram a se acender. Eurydice se aninhou nele e beijou-o no pescoço, atrás da orelha, bem onde passam as carótidas, e pouco a pouco esse tambor cessou. Ao norte o ronco continuava como um eco, de que era impossível discernir os detalhes; um ronco contínuo ondulava sem nunca parar, e luzes avermelhadas apareciam no contrarritmo no horizonte, e lampejos amarelados que logo desapareciam.

Foi a primeira vez que alguém cuidava do seu sexo. Aquilo o perturbou tanto que não pensou em mais nada. Quando Eurydice veio se aconchegar contra ele, Salagnon viu o tempo se abrir de repente: soube que aquela garota estaria naquele lugar sempre, mesmo que eles não se vissem nunca mais.

Ele se perguntou se mantivera a promessa feita a Roseval. Teve esse pensamento assim que voltou ao acampamento de mãos dadas com Eurydice. Na noite quente ele corou, o que não foi notado por ninguém, salvo por ele próprio. Mas essa pergunta ele se fazia. Segurando Eurydice pelo ombro, apertando-a bem, concluiu que sim. Mas só em parte. No entanto ele bem que ficaria para sempre assim. Escapava tanto ao amargor da falta quanto à decepção do consumado. As tarefas da guerra lhe permitiram permanecer naquele maravilhoso estado, que de outro modo não dura. Os feridos chegavam cada dia em grande número; era preciso recolhê-los do chão, cada vez mais longe, e trazê-los de caminhão; chamavam-no para tarefas urgentes que o afastavam de Eurydice. A cada uma das partidas ele lhe dirigia algumas palavras, um desenho, pensamentos amorosos; e quando a partida era precipitada, quando era preciso subir no caminhão às pressas, desenhava de um só traço de pincel num papel de embalagem um coração, uma árvore, a forma de um quadril, lábios abertos, a curva de um ombro; esses, desenhos elípticos apenas traçados, apenas secos, que dava a ela correndo, eram mais preciosos para ela que os outros.

A arma blindada impressiona, mas é um túmulo de ferro. O trem blindado? Tem a fragilidade de uma garrafa de vidro; no choque, quebra. Dois homens de alpercata passando por um caminho estreito, carregando em suas mochilas explosivos do tamanho de um sabonete, o imobilizam sem nem mesmo olhar para ele. Em alguns minutos fazem os trilhos irem pelos ares. E dois homens é para que o trabalho seja mais agradável, para que possa ser feito conversando; senão um só basta.

O trem blindado do vale do Saône não foi além de Charlon. A via férrea sabotada de noite o fez parar em meio a uivos de freios, num rangido insuportável de metal atritado, esguichos horizontais de faíscas. Os trilhos vergados pela explosão subiam como defesas de um elefante fóssil, os dormentes arrebentados se espalhavam em estilhaços sobre o lastro aberto numa cratera. Quatro aviões americanos, em duas passagens, explodiram a locomotiva e os vagões-plataforma, o da frente e o de trás onde protegidos por sacos de areia os canhões multitubos tentavam acompanhá-los. Tudo desapareceu numa brusca bola de fogo, os sacos rasgados, os canhões retorcidos, os artilheiros desmembrados, queimados, dilacerados e misturados à areia em alguns segundos. Os ocupantes do trem se dispersavam pela via férrea, correram curvados, se inclinavam para evitar os estilhaços, se jogavam ao chão para evitar as rajadas de balas que martelavam o lastro da via. No alto os aviadores faziam a moenda girar, passando e repassando ao longo da via, ensanguentando as pedras. Os sobreviventes mergulhavam nas cercas vivas e caíam nas mãos dos franceses escondidos ali desde a véspera. Os primeiros foram mortos na confusão, os outros deitados em linha, de bruços, mãos cruzadas na nuca. O trem ardia, corpos vestidos de cinzento salpicavam o talude da via. Os aviões agitaram as asas e se foram. Levaram de volta uma coluna de prisioneiros que se puseram em marcha sem que fosse preciso gritar, estavam até descontraídos, casaco no ombro, mãos nos bolsos, felizes por terem enfim acabado com aquilo, e vivos.

O coronel foi ter com Naegelin.

— Foram eles em Porquigny. O massacre; mulheres, crianças, velhos. Vinte e oito corpos na rua, quarenta e sete nas casas, abatidos a sangue-frio, alguns com as mãos atadas.

— E?

— Vamos fuzilá-los.
— Nem pensar.
— Vamos julgá-los então. E depois fuzilamos.
— E quem julgará? O senhor? Será uma vingança, um crime a mais. Nós? Somos militares, não é nosso ofício o de julgar. Os juízes civis? Faz dois meses eles julgavam os caras da Resistência por conta dos alemães. Admitamos que a lei seja neutra, mas não vamos exagerar. Não há ninguém na França para julgar neste momento.
— O senhor não vai fazer nada?
— Vou mandá-los aos americanos. Assinalando a responsabilidade num massacre de civis. Eles decidirão. Isso é tudo, "coronel".

As aspas bem pronunciadas despacharam o coronel tão seguramente quanto um gesto de mão.

Puseram os alemães capturados num pasto de vacas. Delimitaram com rolos de arame farpado um pedaço de capinzal onde os largaram. Despojados das armas, do capacete, dispersos na pastagem, sem a organização que os fazia agir juntos, os prisioneiros se pareciam com o que de fato eram: uns sujeitos cansados, de diferentes idades, cujo rosto mostrava, em todos eles, as marcas de vários anos de tensão, de medo e de convívio com a morte. Agora, deitados na relva em grupos irregulares, a cabeça no cotovelo ou na barriga de outro, sem cinturão e sem nada na cabeça, a túnica desabotoada, deixavam o sol passear em seus rostos bronzeados, olhos fechados. Outros grupos informes se mantinham de pé diante do arame farpado em espiral, fumavam, mão no bolso, sem dizer nada e quase não se mexendo, olhando além da cerca com um ar distraído para onde estava a sentinela francesa que os guardava, fuzil no ombro e se esforçando a uma rigidez severa. Mas as sentinelas, depois de terem tentado lançar olhares fulminantes, não sabiam mais onde pousar os olhos. Os alemães vagamente achando graça olhavam sem ver, ruminavam sem pressa dentro do seu cercado, e as sentinelas finalmente olhavam para o chão, para os pés dos que vigiavam, e aquilo lhes parecia absurdo.

Os *maquisards*, que se vestiam com uniformes americanos, vinham ver aqueles soldados despidos que tomavam sol. Estes apertavam os olhos e esperavam. Um oficial apartado impressionava Salagnon por sua elegância altiva.

Seu uniforme aberto lhe caía como um traje de verão. Fumava com indiferença enquanto aguardava o fim da partida. Tinha perdido, azar. Salagnon sentiu por aquele rosto uma atração estranha. Acreditou ser uma atração e não ousou olhar fixamente para ele; compreendeu enfim que se tratava de uma familiaridade. Plantou-se diante dele. O outro com as duas mãos no bolso continuava fumando, olhava para ele sem vê-lo, apenas franzia os olhos ao sol e à fumaça do cigarro nos lábios. Estavam no mesmo pasto, e os dois metros que os separavam eram intransponíveis, ocupados por um rolo de arame eriçado de pontas, mas não estavam mais distantes do que estariam se estivessem sentados à mesma mesa.

— O senhor fiscalizou a loja do meu pai. Em Lyon, em 1943.

— Fiscalizei muitas lojas. Fui designado para essa função idiota: fiscalizar lojas. Para jugular o mercado negro. Ela me aborreceu muito. Não me lembro do senhor seu pai.

— Quer dizer que não me reconhece?

— O senhor, sim. À primeira vista. Faz uma hora que o senhor gira em torno de nós fingindo não me ver. O senhor mudou, mas nem tanto. Deve ter descoberto o uso de seus órgãos. Estou enganado?

— Por que o senhor poupou meu pai? Ele fazia comércio ilegal, o senhor sabia.

— Todo mundo faz. Ninguém segue as regras. Então eu poupo, eu condeno. Depende. Não íamos matar todo mundo. Se a guerra houvesse durado, talvez tivéssemos feito isso. Como na Polônia. Mas agora acabou.

— Foi o senhor, em Porquigny?

— Eu, meus homens, as ordens superiores: todos nós estivemos envolvidos, ninguém em particular. A Resistência era, como vocês dizem, sustentada; então aterrorizávamos para minar os apoios.

— Vocês mataram qualquer um.

— Se matássemos apenas os combatentes, não seria mais do que guerra. O terror é um instrumento muito elaborado, consiste em criar em torno de nós um pavor que limpa o caminho. Então avançamos tranquilamente e nossos inimigos perdem seu apoio. É preciso criar essa atmosfera de terror impessoal, é uma técnica militar.

— O senhor fez isso por conta própria?

— Pessoalmente não tenho gosto pelo sangue. O terror não passa de uma técnica, para aplicá-la são necessários psicopatas, e para organizá-la um que não o seja. Eu tinha comigo uns turcomenos, que encontrei na Rússia; nômades para quem a violência é um jogo e que degolam seus animais rindo, antes de comê-los. Eles certamente gostam de sangue, basta lhes permitir que apliquem esse gosto um pouco mais amplamente que em seus rebanhos. São capazes de esquartejar um homem vivo com uma serra, eu vi isso. Estavam comigo no trem blindado, como uma arma secreta que causa terror. São meus sabujos. Eu os solto e os retenho, só cuido da coleira. Mas o que você teria feito se estivesse em meu lugar? Em nosso lugar?

— Eu não estou. Escolhi não estar, mais precisamente.

— A roda da fortuna gira, meu jovem. Eu era encarregado de manter a ordem, e talvez amanhã será sua vez. Ontem eu poupei vocês por um pouco de melancolia, por um erro de declinação que o senhor tinha cometido, e hoje sou seu prisioneiro. Éramos os senhores, e agora não sei o que vocês farão de mim.

— O senhor vai ser entregue aos americanos.

— A roda da fortuna gira. Aproveite, aproveite sua vitória novinha em folha, aproveite seu lindo verão. O ano de 1940 foi o mais lindo da minha vida. Depois foi menos bom. A roda da fortuna girou.

Tinha de acontecer. De tanto querer matá-lo lançando em sua direção engenhos explosivos, quase conseguimos. Nós o ferimos. Ao longo das missões de recolhimento dos mortos, eles eram alvejados. Alemães erravam pelos campos, obuses que acompanhavam a curvatura do céu caíam vinte quilômetros mais longe, um só avião às vezes descia das nuvens para metralhar o que via, e desaparecia logo em seguida. Podia-se morrer por acaso.

Com Brioude, Salagnon escapou do atirador escondido na caixa-d'água. Os alemães tinham partido e ele havia ficado ali, talvez esquecido, na laje de concreto a trinta metros de altura. Em torno dele, os campos estavam juncados de mortos e de máquinas destruídas, vestígios de uma batalha a que ele deve ter assistido e que acreditavam estar encerrada. Quando os *maquisards* do coronel foram buscar os corpos, carregando macas dois a dois, ele começou a atirar, acertando Morellet na coxa. Pularam para trás de uma cerca viva e responderam, mas o outro estava fora de alcance. Brioude e Salagnon ficaram isolados. Precisavam sair daquele vasto campo ao pé da caixa-d'água, atravancado de corpos estirados no chão e de veículos fumegantes. O atirador mirava neles, sem se apressar, tentava matá-los antes que se escondessem. O pelotão detrás das cercas vivas disparava rajadas que batiam na beira do concreto sem atingi-lo. Ele estava fora de alcance, assim pousado no ar; recuava, depois vinha acertar uma bala onde pensava que seus alvos se escondiam. Brioude e Salagnon mergulhavam na relva alta e a bala batia no chão, escondiam-se atrás dos mortos e o corpo estremecia com um choque mole, jogavam-se atrás de um jipe incendiado e a bala tilintava no metal, errando o alvo novamente. Rastejavam, levantavam, pulavam, alternavam a velocidade de forma irregular fazendo sinais um ao outro com o coração disparado, e o atirador sempre falhava. Avançavam metro a metro para atravessar o campo, cada vez alguns metros de vida a mais, o tempo que o outro levava para mirar neles, e ele sempre errava. Chegaram enfim ao caminho em rebaixo onde todo o pelotão estava deitado ao abrigo do atirador. Quando atravessaram a cerca viva e rolaram entre os outros, uma ovação abafada os acolheu. Ficaram deitados de costas, sem fôlego, transpirando horrivelmente; e rebentaram de rir, felizes por terem ganhado, felizes por estarem vivos.

Depois o céu se rasgou como uma cortina de seda, e no fim do rasgão um enorme martelo bateu no solo. A terra caiu de volta, pedras e fragmentos de madeira choveram em torno deles, seguidos de gritos. Salagnon sentiu um choque atravessando a coxa e depois foi quente e líquido. Era abundante, amolecedor, ele se esvaziava; aquilo devia fumegar no chão. Vieram pegá-lo, ele não via mais que um rodopio que o impedia de andar, transportaram-no deitado. Uma espécie de fumaça líquida o impedia de ver, mas podiam ser lágrimas. Ouvia berros próximos. Tentou dizer alguma coisa a quem o transportava. Ele o puxou pela gola, o atraiu para si e murmurou em seu ouvido, bem devagarinho: "Ele não vai nada bem". Depois soltou-o e desmaiou.

Quando acordou, Salomon Kaloyannis estava ao lado dele. Tinham-no instalado num quartinho, com espelho na parede e bibelôs numa prateleira. Estava deitado numa cama de madeira, recostado em grandes travesseiros bordados com iniciais, e não podia dobrar a perna. Uma atadura apertada a cobria do tornozelo à virilha. Kaloyannis lhe mostrou um pedaço de metal, afiado, torto, do tamanho de um polegar; as bordas eram tão finas quanto as de um caco de vidro.

— Olhe, era isto. Nos bombardeios a gente só vê a luz, parece um fogo de artifício; mas o objetivo é enviar fragmentos de ferro. Lançam lâminas de barbear com atiradeira em pessoas peladas. Se você soubesse os ferimentos horrorosos que tenho de costurar... A guerra me ensina muito sobre como cortar o homem e sobre as técnicas de costura. Mas você está acordado, parece estar bem, vou indo. Eurydice virá visitar você.

— Estou no hospital?

— No hospital de Mâcon. Estamos bem instalados agora. Arranjei este quarto para você porque está tudo superlotado. Deitam gente nos corredores, até no jardim, em tendas. Pus você no quarto do porteiro para você ficar ao meu alcance. Não queria que te mandassem embora antes de eu ter tratado de você. Não sei onde está o porteiro, então aproveite o quartinho dele para se recuperar. Eu arranjei para você até um caderno de verdade. Descanse. Quero muito que você saia desta.

Beliscou a bochecha de Salagnon, sacudindo-a vivamente, depositou na cama um caderno grande com capa de pano e se foi, com o estetoscópio balançando no pescoço, as mãos nos bolsos do avental branco.

O sol da tarde passava pelas frestas oblíquas das venezianas e traçava raios paralelos nas paredes e na cama. Ele ouvia a zoeira constante do hospital, os caminhões, os gritos, toda aquela gente nos corredores, a agitação do pátio. Eurydice veio trocar seu curativo, trouxe numa bandeja metálica ataduras, desinfetante, algodão e alfinetes de segurança novinhos, toda uma caixa escrita em inglês. Ela prendia bem rente seus cabelos e abotoava o uniforme até em cima, mas a Victorien bastava um batimento dos cílios, um tremor dos lábios dela para adivinhá-la por inteiro, seu corpo nu e todas as suas curvas, sua pele viva. Ela largou o material e sentou na cama, beijou-o. Ele a puxou para si, sua perna ferida que não podia mexer o atrapalhava, mas sentia em seus braços e na sua língua força bastante para absorvê-la. Ela se deitou contra ele e seu uniforme subiu ao longo das coxas. "Queria perder a cabeça", ela murmurou no seu ouvido. Sua coxa se apertou com força contra a coxa ferida, o suor dos dois se misturava, lá fora a barulheira contínua se acalmava, pois era a hora mais quente da tarde. O sexo de Victorien nunca havia sido tão volumoso. Ele nem o sentia mais, não sabia mais onde começava nem acabava, estava todo inchado e sensível, se encaixava por inteiro no corpo sensível de Eurydice. Quando a penetrou, ela se enrijeceu depois suspirou; as lágrimas escorreram, ela fechou os olhos depois os abriu, sangrava. Victorien a acariciava por dentro. Os dois se equilibravam, tratavam de não cair, não paravam de se olhar nos olhos. A felicidade que veio foi sem precedente. O movimento, aquele esforço reabriram o ferimento de Victorien. Ele sangrava. O sangue dos dois se misturava. Ficaram um bom tempo deitados um contra o outro, olhando os riscos paralelos de luz avançar lentamente na parede e passar pelo espelho que brilhava sem refletir nada.

— Vou trocar seu curativo. Vim para isso.

Ela fez o curativo apertando menos, limpou também suas coxas, beijou-o nos lábios e saiu. Salagnon sentia na coxa seu ferimento pulsar, mas ele tinha tornado a se fechar. A dor leve o mantinha desperto. Ele desprendia um cheiro almiscarado que não era totalmente o seu, ou que nunca havia emitido até então. Abriu o bonito caderno de folhas brancas que Salomon tinha lhe trazido. Fez umas manchas ligeiras, traços leves. Tentava traduzir com o nanquim a suavidade dos lençóis, suas dobras infinitamente torneadas, seu cheiro, os raios de luz paralelos que se refletiam no espelho da parede, o calor envolvente, a barulheira e o sol lá fora que é a própria vida, o sol que é sua matéria, e ele naquele quarto sombreado, central e secreto, o coração pulsante de um grande corpo feliz.

Ele se curou, porém menos depressa do que o andamento da guerra. Os zuavos motorizados continuaram rumo ao norte, deixando os feridos para trás. Quando Salagnon pôde se levantar, integrou outro regimento com uma patente, e eles seguiram viagem até a Alemanha.

No verão de 1944, fazia um tempo bom e quente, ninguém ficava em casa: todo mundo na rua! A gente passeava de short largo, apertado na cintura fina por um cinto de couro, a camisa aberta até a barriga. Gritava-se muito. Ficava-se no meio da multidão nas ruas apinhadas, desfilava-se, aclamava-se, acompanhava-se o triunfo que passava sem se apressar. Caminhões militares rodavam lentamente afastando a multidão, carregados de soldados sentados que afetavam rigidez. Eles trajavam fardas limpas, capacetes americanos, se esforçavam para manter os olhos na horizontal e segurar virilmente suas armas, mas ostentavam todos um sorriso trêmulo que lhes comia o rosto. Carros pintados de novo e repletos de jovens vestidos de escoteiro seguiam agitando bandeiras e armas heteróclitas. Oficiais de jipe distribuíam apertos de mão a centenas de pessoas que queriam tocá-los, abriam caminho para tanques batizados com nomes franceses a tinta branca. Depois passavam os vencidos, outros soldados que erguiam as mãos bem alto, sem capacetes, sem cinturão, tratando de não fazer gestos bruscos e não cruzar o olhar de ninguém. Vinham atrás algumas mulheres rodeadas pela multidão que se fechava e seguia a parada, mulheres todas iguais, de rosto baixo sulcado pelas lágrimas, de rosto tão fechado que não dava para reconhecê-las. Elas encerravam o triunfo, e atrás delas, alinhados nas calçadas, grupos alegres se juntavam no meio da rua para seguir a parada; todos andavam juntos, todos participavam, a multidão passava entre duas fileiras de multidão, a multidão triunfava e aclamava sua glória, multidão feliz precedida por mulheres conspurcadas que caminhavam em silêncio. Além dos soldados vencidos, só elas silenciavam, mas a multidão as empurrava e delas ria. Os homens armados em torno delas empunhavam suas armas achando graça e deixavam a multidão achincalhá-las, zombeteiros. Uma braçadeira lhes servia de uniforme, eles usavam a boina de lado e deixavam a gola aberta, um oficial de quepe os dirigia para a praça onde parariam um momento para apagar a vergonha. Em seguida, tudo recomeçaria sobre novas bases, mais sadias, mais austeras, mais fortes. A multidão carnavalesca respirava prolongadamente o ar do verão de 1944, todos respiravam o ar livre da rua em que tudo acontece. Nunca mais a França seria a puta da Alemanha, sua dançarina vestida com roupas de baixo provocantes, que vacila em cima da mesa se despindo quando está ébria de champanhe; a França era agora viril, atlética, a França estava renovada.

Naquela tarde, nas ruas à margem do triunfo, em casas de portas abertas, em cômodos vazios — todo mundo na rua, cortinas esvoaçando diante das janelas, correntes de ar quente indo de um ambiente para o outro —, tiros isolados estalavam sem eco; acertos de contas, transferências de fundos, subornos e transportes de valores; senhores discretos partiam pelas ruas laterais carregando malas que tinham de pôr em lugar seguro.

Foi uma bela festa francesa. Quando se cozem as carnes para o *pot-au-feu*, é necessário um momento de ebulição em que se constitui a alma do caldo; é necessária uma viva agitação em que tudo se mistura, em que as carnes se fundem, em que se desfazem suas fibras: é aí que se constituem os aromas. O verão de 1944 foi o momento de fogo vivo sob a panela, o momento de criação desse gosto que terá mais tarde o prato que cozinha em fogo brando horas a fio. Claro, a paz logo reinstalou suas peneiras, e os dias que se sucederam as sacudiam pacientemente; a gente simples passou entre as malhas e tornou a se ver mais baixo que os outros, no mesmo lugar de antes. Todos foram classificados segundo seu diâmetro. Mas alguma coisa ocorrera que deu sabor ao todo. Na França são necessárias emoções populares, festas, regularmente: todo mundo na rua! e todos juntos saem para a rua, e se cria um sabor de viver juntos que se preserva por muito tempo. Porque senão as ruas são vazias, as pessoas não se misturam, elas se perguntam com quem será que estão convivendo.

Em Lyon, as folhas das castanheiras começavam a ficar secas, a loja estava no mesmo lugar, claro, e intacta. Uma grande bandeira francesa tremulava acima da porta. Tinham costurado três pedaços de pano, e não eram os matizes certos, salvo o branco, porque era um lençol; mas o azul era claro demais, e o vermelho descorado, tinham usado panos gastos e lavados demais, mas ao sol, quando o grande sol do verão de 1944 passava através, as cores brilhavam com toda a intensidade que era necessária.

Seu pai pareceu feliz de revê-lo. Deixou-o beijar a mãe, demoradamente e em silêncio, depois deu seu abraço. Levou-o em seguida consigo, abriu uma garrafa empoeirada.

— Tinha guardado para a sua volta. Borgonha! Não é onde você estava?

— Eu te desobedeci um pouco.

— Por conta própria você seguia o bom caminho. Logo eu não disse nada; e agora tudo está claro. Olhe só — disse ele mostrando a bandeira da qual dava para ver o azul mal escolhido se agitar pela porta aberta.

— Você estava nesse caminho?

— Os caminhos se bifurcam, não vão aonde a gente imagina... e agora nossos caminhos tornam a se encontrar. Olhe só.

Abriu uma gaveta, remexeu sob os papéis e pôs na mesa um cinturão com um revólver, e uma braçadeira das FFI.

— Não te incomodaram?

— Quem? Os alemães?

— Não... os outros... pelo que você fazia antes...

— Ah... tenho todos os documentos secretos necessários que mostram que eu abastecia as pessoas certas. E isso, há muito tempo, para que a minha participação no bom lado não possa ser posta em dúvida.

— Você fazia isso?

— Tenho todas as provas.

— Como você obteve essas provas?

— Você não é o único que sabe produzir provas. Por sinal, é um talento bem difundido.

Deu uma piscada. A mesma, que provocou o mesmo efeito nele.

— E o cara da prefeitura?

— Ah... foi denunciado por sei lá quem e desapareceu na prisão. Como outros que frequentavam demais os alemães.

Sacou o revólver do coldre de couro gasto, examinou-o com grande ternura.

— Sabe, ele serviu.

Victorien olhou incrédulo para ele.

— Não acredita em mim?

— Acredito. Imagino que deve ter servido. Mas não sei como.

— Os revólveres bem manejados são muito mais úteis do que todos os petardos militares de vocês. Tem algum projeto em vista?

Victorien se levantou e foi embora sem se virar. Ao sair se enroscou na bandeira francesa que flutuava acima da porta. Deu um puxão, as costuras frouxas demais rebentaram, e foi uma bandeira trífida, uma língua para cada cor, que se agitou detrás dele para saudar sua partida.

Victorien atravessou o verão com o uniforme da França Livre, beijaram-no, apertaram-lhe as mãos, deram-lhe de beber, propuseram-lhe contatos íntimos que às vezes recusou, às vezes aceitou. Fizeram-no entrar numa escola de oficiais, da qual ao sair seria integrado ao novo exército francês com o grau de tenente.

No outono estava na Alsácia. Numa floresta de pinheiros guardou uma fortaleza de troncos rejuntados com terra. Os pinheiros cresciam retos, apesar do declive, graças a uma torção violenta na base do tronco. As noites se adensavam por volta das quatro da tarde, e o dia nunca voltava de fato. Fazia cada vez mais frio. Os alemães não fugiam mais, tinham se enterrado do outro lado da elevação, na outra encosta, e era preciso ficar à espreita de sinais lá no alto. Patrulhavam enrolados em capas cor de folhagem, acompanhados de cachorros que sabiam se calar e mostrar com o focinho o que farejavam. Atiravam granadas, explodiam casamatas, capturavam jovens franceses que tinham se engajado algumas semanas antes, eles que nem sabiam mais direito o que era, depois de tantos anos, dormir sem uma arma carregada ao lado.

Quando choveu, a água caiu em torrente no solo atapetado de agulhas de pinheiro, o fundo das casamatas ficou grudento de lama, o rejunte de terra entre os troncos começou a se dissolver. O entusiasmo dos jovens franceses se pulverizava diante dos alemães da mesma idade mas forjados por cinco anos de sobrevivência. Ataques em massa foram ordenados, decididos por oficiais superiores que concorriam entre si, que tinham muito a provar ou a fazer esquecer. Eles lançaram suas brigadas ligeiras contra os alemães escondidos em buracos e elas se pulverizaram. Muitos morreram de frio, espojados no chão, sem que os alemães recuassem. Os oficiais subalternos recuperaram sua importância. O material foi mais bem utilizado, os homens ficaram calmos e pudentes. A guerra não divertia mais ninguém.

Os zuavos motorizados voltaram para a África. Victorien foi até o coração da Alemanha, tenente de um grupo de jovens que se alojavam em fazendas abandonadas, lutavam brutal e brevemente contra os restos da Wehrmacht que não sabiam mais para onde ir. Capturavam todos os que queriam se render e libertavam prisioneiros cujo estado de magreza e de abatimento os assustava. Mas seus ossos visíveis os assustavam menos do que seu olhar vítreo; como o vidro, o olhar desses prisioneiros tinha apenas dois estados: cristalino e vazio, ou quebrado.

A primavera de 1945 passou igual a um suspiro de alívio. Salagnon estava na Alemanha devastada, arma na mão, comandando um grupo de jovens musculosos que não hesitavam nunca em seus atos. Tudo o que dizia era logo seguido de efeitos. Fugiam deles, capitulavam, falavam com eles temerosos, balbuciando o que sabiam de francês. Logo a guerra terminou e ele teve de voltar para a França.

Continuou militar por uns meses, depois voltou à vida civil. "Voltar" é a palavra usada, mas no caso dos que nunca viveram civilmente a volta pode parecer um desnudamento, um depósito na beira do caminho, a volta a uma origem que lhes é atribuída mas que para eles não existe. O que ele podia fazer? O que podia fazer de propriamente civil?

Matriculou-se na universidade, fez cursos, tentou exercer seu pensamento. Jovens sempre sentados, baixando a cabeça num anfiteatro, tomavam nota do que um homem idoso lia diante deles. A sala era gelada, a voz do ancião se perdia nos agudos, ele parava para tossir; um dia deixou cair suas notas que se espalharam pelo chão, e levou longos minutos para recolhê-las e ordená-las, resmungando; os estudantes em silêncio, caneta erguida, esperavam que ele prosseguisse. Comprou os livros que lhe mandaram ler, mas só leu a *Ilíada*, várias vezes. Lia deitado na cama, de calça, torso nu e pés descalços quando fazia calor, e enrolado no capote, debaixo de um cobertor, à medida que o inverno se aproximava. Leu e releu a descrição da peleja atroz, em que o bronze desarticula os membros, fura as gargantas, atravessa os crânios, entra no olho e sai pela nuca, levando os combatentes a um negro perecimento. Leu boquiaberto, trêmulo, o furor de Aquiles quando vinga a morte de Pátroclo. Fora de toda regra, degola os troianos prisioneiros, maltrata os cadáveres, destrata os deuses sem nunca perder sua qualidade de herói. Comporta-se da maneira mais ignóbil, com os homens, com os deuses, com as leis do universo, e continua sendo um herói. Aprendeu com a *Ilíada*, com um livro que se lê desde a Idade do Bronze, que o herói pode não ser bom. Aquiles irradia vitalidade, dá morte como a árvore dá fruto, e excele em façanhas, bravura e proezas: não é bom; morre, mas não tem de ser bom. O que fez em seguida? Nada. O que se podia fazer, depois? Fechou o livro, não retornou à Universidade e procurou trabalho. Achou, vários, largou todos, eles o entediavam. Em outubro do ano de seus vinte anos juntou todo o dinheiro que pôde e partiu para Argel.

Choveu a travessia inteira, nuvens fuliginosas se desfaziam sobre a água marrom, um vento constante tornava penoso ficar no convés. As curtas ondas do mar outonal batiam nos costados do navio com estrépitos breves, ressonâncias surdas que metiam medo, que se espalhavam por toda a estrutura da embarcação, e até os ossos dos passageiros que não conseguiam dormir, como se fossem pontapés dados num homem caído no chão. Quando não sorri mostrando todos os seus dentes, quando não ri seu riso de garganta, o Mediterrâneo é de uma malvadeza terrível.

De manhã eles se aproximaram de uma orla cinzenta onde não se via nada. Argel não é o que se diz, pensou ele debruçado na amurada. Mal dava para adivinhar a forma de uma cidade sem brilho agarrada ao aclive, uma cidade pequena num aclive medíocre, sem árvores, que deve ser de terra batida quando é quente e, neste momento, lamacenta. Salagnon aportou em Argel em outubro, e o navio de Marselha teve de atravessar cortinas de chuva para alcançá-la.

Felizmente a chuva parou quando o navio atracou, o céu se abriu plenamente quando Salagnon desceu a escada de portaló, e quando pegou a escadaria para subir do porto — porque em Argel o porto é ao pé da cidade — ficou novamente azul. As fachadas brancas com suas arcadas secavam depressa, uma multidão agitada encheu de novo as ruas, uns meninos giravam em torno dele lhe propondo serviços que ele nem ouvia. Um velho árabe com um boné gasto, talvez oficial, quis carregar sua bagagem. Recusou educadamente, apertou mais a alça da mala e indagou sobre o seu caminho. O outro resmungou alguma coisa que não devia ser muito amável e apontou vagamente para uma parte da cidade.

Ele seguiu as ruas em ladeira, nas sarjetas uma água marrom escorria para o mar; uma lama avermelhada descia dos bairros árabes, atravessava a cidade europeia, simplesmente atravessava, e desaparecia no mar. Notou que havia fragmentos nesse fluxo d'água, e alguns eram flocos de sangue coagulado, de um tom púrpura quase negro. As nuvens haviam desaparecido, as paredes brancas refletiam a luz, brilhavam. Ele se orientava lendo as placas azuis nas esquinas, placas francesas redigidas em francês, o que nem percebeu, a tal ponto era natural: as palavras que ele podia ler eram sublinhadas com as ondulações agudas do árabe que ele não sabia ler, e isso não passava de um simples ornamento. Seguiu sem se desviar, encontrou a casa cujo endereço havia escrito com tanta frequência, e Salomon o recebeu com alegria.

— Entre, Victorien, entre! É um prazer ver você!

Salomon puxou-o pelo braço, levou-o até uma pequena cozinha um tanto suja com louça usada na pia. Pegou uma garrafa e uns copinhos que pôs em cima da toalha encerada da mesa. Com um pano de prato duvidoso limpou rapidamente as migalhas e as manchas maiores.

— Sente-se, Victorien! Estou tão contente com sua presença aqui! Experimente, é anisete, o que se bebe aqui.

Encheu os copinhos, o fez sentar e se sentou, e olhou para a visita bem nos olhos; mas seus olhos circundados de vermelho não olhavam bem.

— Fique, Victorien, fique quanto quiser. Aqui você está em casa. Em casa.

Mas depois dos abraços ele se repetia, cada vez mais baixo, e por fim se calou. Salomon havia envelhecido, não ria, só falava alto, servia o anisete com gestos vacilantes. Algumas gotas caíam fora do copo, porque suas mãos tremiam. Tremiam o tempo todo, suas mãos, mas não dava para perceber, porque, quando não segurava nada, ele as escondia, enfiava-as debaixo da mesa ou nos bolsos. Trocaram notícias, contaram um pouco da vida.

— E Ahmed?

— Ahmed? Se foi.

Salomon suspirou, esvaziou seu copinho e tornou a se servir. Não ria mais, as rugas do riso que marcavam seu rosto pareciam desativadas, e outras, novas, que o envelheciam, tinham aparecido.

— Você sabe o que aconteceu aqui ano passado, não sabe? De repente tudo veio abaixo, o que se acreditava sólido não passava de papelão, pffft, foi pelos ares, cortado, desfeito. E para tanto bastou apenas uma bandeira e um tiro. Um tiro na hora do aperitivo, como numa tragédia *pataouète*.

"Os árabes queriam se manifestar em comemoração ao dia da vitória, quando os alemães lá no norte resolveram entregar os pontos. Os árabes queriam dizer a uma só voz que estavam contentes por nós termos ganhado, mas ninguém aqui está de acordo quanto ao que 'nós' quer dizer. Eles queriam festejar a vitória e dizer sua alegria de ter ganhado, e dizer também que agora que tínhamos ganhado nada mais podia continuar como antes. Então queriam desfilar, em ordem, e tinham saído para a rua com bandeiras argelinas, mas a bandeira argelina é proibida. Eu pessoalmente acho que é antes de tudo absurda, a bandeira argelina, não vejo de que ela é bandeira. Mas eles tinham saído para a rua com ela, e os escoteiros muçulmanos a empunhavam. Um sujeito saiu do café, um policial, e quando viu aquilo, a multidão de árabes cerrando fileiras com aquela bandeira, acreditou que se tratava de um pesadelo, ficou com medo. Levava uma arma consigo, sacou-a, atirou, e o escoteirinho muçulmano que empunhava a bandeira argelina tombou. Esse tira babaca, que ia tomar o aperitivo com sua arma, deflagrou a revolta. Poderiam ter acalmado as coisas, não é a primeira vez que um árabe é morto à toa, por uma reação um pouco viva; mas neste caso estavam todos cerrando fileiras, com a bandeira argelina proibida, e era 8 de maio, o dia da vitória, da nossa vitória, mas ninguém está de acordo quanto ao que esse 'nós' designa.

"Então a revolta se abateu sobre quem quer que passasse, as pessoas se mataram confiando na fisionomia, se estriparam conforme a cara que o outro tinha. Dezenas de europeus foram desventrados bruscamente, com ferramentas diversas. Suturei alguns dos seus ferimentos, eram horríveis e sujos. Os feridos, os que haviam escapado de serem cortados em pedacinhos, sofriam um martírio, porque a ferida infeccionava; mas sofriam principalmente um terror intenso, um terror muito pior do que tudo o que vi na guerra, quando aqueles alemães metódicos atiravam na gente. Viviam um pesadelo, esses feridos, porque as pessoas com quem viviam, as pessoas com quem cruzavam sem vê-las, com quem esbarravam todo dia nas ruas se voltaram contra eles com ferramentas cortantes e os atacaram. Pior do que o ferimento, eles sofriam com a incompreensão; e no entanto eram profundos seus horríveis ferimentos porque tinham sido feitos com ferramentas, com apetrechos de jardinagem e de açougueiro, que haviam esburacado os órgãos; mas a incompreensão era mais profunda ainda, no próprio coração das pessoas, ali onde elas existiam. Por causa da incompreensão, elas morriam de terror: a pessoa com quem você vive se volta contra você. Como se o seu cão fiel se voltasse sem aviso prévio e te mordesse. Dá para acreditar? Seu cão fiel, você o alimenta e ele se joga sobre você, e te morde."

— Os árabes são os cães do senhor?
— Por que você me diz isso, Victorien?
— O senhor é que diz.
— Eu não digo nada. Faço uma comparação para que você compreenda a surpresa e o horror da confiança traída. E em que a gente tem mais confiança do que em nosso cachorro? Ele possui na boca o suficiente para matar, e não mata. Mas quando faz isso, quando ele morde você com o que ele sempre teve à disposição e com o que se abstinha de morder, a confiança é bruscamente destruída, como num pesadelo em que tudo vira pelo avesso, e contra

você, em que tudo recomeça a obedecer à sua própria natureza depois dela ter sido por tanto tempo domesticada. Não tem o que compreender; ou então todo mundo sabia sem ousar se dizer. No caso dos cães evoca-se a raiva, um micróbio que o deixa louco, que se pega por mordida e que faz morder, e isso explica tudo. No caso dos árabes, não se sabe.

— O senhor fala das pessoas como se fossem cães.

— Não me encha a paciência com meus deslizes de linguagem. Você não é daqui, Victorien, você não sabe de nada. O que vivemos aqui foi tão aterrorizante que não vamos nos proibir maneiras de falar para poupar a delicadeza dos franceses. É preciso encarar as coisas de frente, Victorien. É preciso falar a verdade. E a verdade, quando é dita, dói.

— Só que ela tem de ser verdadeira.

— Eu queria falar de confiança, então falei de cães. Para explicar o furor que às vezes se apossa dos cães, dizem que eles têm raiva; isso explica tudo, e a gente os mata. No caso dos árabes, eu não sei. Nunca acreditei nessas histórias de raça, mas agora não vejo como dizer outra coisa senão que isso está no sangue. A traição está no sangue. Você enxerga outra explicação?

Calou-se um instante. Serviu-se uma dose, derramou um pouco fora do copo, esqueceu-se de servir Salagnon.

— Ahmed desapareceu. No começo, ele me ajudava. Mandavam-me feridos para que eu os tratasse, e ele estava sempre comigo. Mas quando os feridos o viam se inclinar sobre eles, com seu nariz aquilino, com seus bigodes, com sua pele que não engana ninguém, eles gemiam com uma vozinha miúda e queriam que eu ficasse. Me suplicavam para não me afastar, para não os deixar sozinhos com ele, e de noite queriam que eu é que ficasse de plantão, ele, de jeito nenhum.

"Agora me lembro de ter esquecido de perguntar a Ahmed o que ele achava, mas a mim aquilo fazia rir. Eu havia dado umas palmadinhas no ombro de Ahmed dizendo: 'Bom, deixe comigo, eles não estão bem, têm angústia do bigode', como se fosse uma piada. Mas não era, os sujeitos metade abertos por ferramentas de jardinagem não fazem piadas.

"Depois, tarde de certa noite, quando limpávamos e esterilizávamos uns instrumentos utilizados durante o dia — porque tínhamos de fazer tudo, tanto trabalho e distúrbios havia, mas isso não era diferente dos anos de guerra que passamos juntos —, como dizia, quando estávamos os dois diante da estufa limpando o instrumental, ele me disse que eu era seu amigo. Primeiro, isso me agradou. Achei que o cansaço o deixava falante, e a noite, e as provações vividas juntos. Achei que ele queria falar de tudo o que tínhamos vivido, por muitos anos até aquele momento. Aquiesci e ia responder que ele também era, mas Ahmed continuou. Ele me disse que logo os árabes matariam todos os franceses. E nesse dia, como eu era seu amigo, ele próprio me mataria, rapidamente, para que eu não sofresse.

"Falava sem elevar a voz, sem olhar para mim, imerso em seu trabalho, com um avental manchado de sangue à cintura e as mãos cheias de espuma naquela noite em que só nós estávamos acordados, com alguns feridos que não conseguiam dormir, os únicos de pé, os únicos válidos, os únicos sensatos. Ele me garantia que não me deixaria ser morto por qualquer um de qualquer jeito, e me dizia isso tirando manchas de sangue de lâminas afiadíssimas, me dizia isso diante de uma exorbitância de escalpelos, pinças e agulhas que meteriam medo num açougueiro. Tive a presença de espírito de rir e de agradecer a ele, e ele também sorriu para mim. Quando acabamos de arrumar tudo fomos nos deitar, encontrei a chave do meu quarto, uma chavezinha de nada que fechava uma fechadurazinha de nada, mas era o que eu tinha, de qualquer modo aquilo só podia ser um pesadelo, e tranquei meu quarto. Bastam gestos rituais para esconjurar pesadelos. Na manhã seguinte eu mesmo me espantei por ter fechado a porta com um trinco tão pequenino. Ahmed tinha ido embora. Uns sujeitos da vizinhança, armados de fuzis e de pistolas, uns sujeitos de camiseta que eu conhecia vieram em casa e me perguntaram onde ele estava. Mas eu não tinha a menor ideia. Queriam levá-lo e dar cabo dele. Mas ele tinha ido embora. Fiquei aliviado por ele ter ido embora. Os sujeitos armados me disseram que havia uns bandidos nas montanhas. Ahmed, diziam, talvez tivesse se juntado a eles. Mas houve tantas batidas, aniquilações, enterros às pressas, em massa, que ele talvez tenha desaparecido; desaparecido mesmo, sem deixar rastro. Não se sabe quantos morreram. Não são contados. Todos os feridos que eu tratava eram europeus. Porque naquelas semanas, não houve feridos árabes, os árabes eram mortos.

"Sabe o que é uma batida? Bate-se o mato para desentocar os fora da lei. Semanas a fio perseguiram os culpados dos horrores de 8 de maio. Nenhum podia escapar. Todo mundo participou: a polícia, claro, mas ela não bastava, então o exército, mas ele também não bastava, então a gente do campo, que está acostumada, e também a gente das cidades, que ficou acostumada, até a marinha, que bombardeava de longe as aldeias do litoral, e a aviação, que bombardeava as aldeias inacessíveis. Todos pegaram em armas, e todos os árabes suspeitos de ter se envolvido de perto ou de longe nesses horrores foram pegos e liquidados."

— Todos quantos são?

— Mil, dez mil, cem mil, sei lá. Se preciso fosse, um milhão; todos. A traição está no sangue. Não há outra explicação, senão por que eles teriam nos atacado quando vivíamos juntos? Todos, se preciso fosse. Todos. Agora temos a paz por dez anos.

— Como eram reconhecidos?

— Quem, os árabes? Está brincando, Victorien?

— Os culpados.

— Os culpados eram árabes. E não era hora de deixar um só escapar. Se houvesse alguma injustiça, azar. Era preciso erradicar o mais depressa possível, cauterizar, e que não se falasse mais no assunto. Os árabes têm todos mais ou menos alguma coisa a recriminar. Basta ver a maneira como andam ou como olham para nós. De perto ou de longe, todos cúmplices. São imensas famílias, você sabe. Como tribos. Todos se conhecem, se apoiam. Logo todos são mais ou menos culpados. Não é difícil reconhecê-los.

— O senhor não falava assim em 1944. O senhor falava de igualdade.

— Estou pouco me lixando para a igualdade. Eu era jovem, estava na França, ganhava a guerra. Agora estou na minha terra, e estou com medo. Dá para acreditar? Na minha terra e com medo.

Suas mãos tremiam, seus olhos estavam circundados de vermelho, seus ombros se vergavam como se ele fosse se dobrar e se deitar encolhido em bola. Serviu-se um copinho e fitou-o em silêncio.

— Victorien, vá ver Eurydice. Agora me sinto cansado. Ela está na praia com uns amigos. Ficará contente em te ver.

— Na praia em outubro?

— O que é que você acha, francesinho? Que a gente desmonta a praia no fim de agosto, quando o pessoal da sua terra volta das férias? A praia está sempre no lugar. Bom, vá até lá, Eurydice ficará contente em te ver.

Na praia de Argel não é necessário entrar na água. A orla mergulha rápido no mar, a faixa de areia é estreita, ondas curtas esbofeteiam com uma brusca impaciência as pedras que emergem da água. A areia seca depressa debaixo de um sol forte, o céu é de um azul suave sem nenhuma falha, uma linha de nuvens nítidas paira acima do horizonte, bem ao norte, acima da Espanha, ou da França.

Os jovens de camisa aberta sobre um traje de banho vêm sentar de frente para o mar, na praia rodeada de rochedos. Trazem uma toalha, uma sacola, sentam na areia ou nos quiosques apressadamente construídos: marquise de concreto, balcão, algumas cadeiras, e só. Aqui as pessoas vivem do lado de fora, mal se vestem, beliscam uns petiscos um tanto picantes bebericando alguma coisa, e falam, falam interminavelmente sentadas na areia.

Sentada numa toalha branca Eurydice ocupava o centro de um grupo de jovens ágeis e bronzeados, volúveis e gaiatos. Ao ver Victorien ela se levantou e se aproximou com um passo hesitante, porque a areia não é muito estável; correu como pôde até ele e beijou-o, seus dois braços dourados envolvendo seu pescoço. Depois levou-o e o apresentou aos outros que o cumprimentaram com um entusiasmo surpreendente. Crivavam-no de perguntas, faziam-no juiz de suas piadas, tocavam seu braço ou seu ombro dirigindo-se a ele como se o conhecessem desde sempre. Riam altíssimo, falavam depressa, se irritavam à toa e riam, riam. Salagnon foi deixado à parte. Ele decepcionava rápido, carecia de vivacidade; não estava à altura.

Eurydice ri com seus amigos que brincavam de cortejá-la. Quando o sol ficou mais forte ela pôs os óculos escuros que suprimiam seus olhos, passou a não ser mais que seus lábios que gracejam. Ela se virava para um, se virava para outro, seus cabelos soltos rolavam em seus ombros acompanhando com atraso seus menores movimentos; a cada um dos seus risos ela reinava numa corte de símios. Salagnon se fechou em copas. Não participava mais, olhava de longe e pensou que preferiria pintar a linha ondulosa de nuvens que pairam acima do horizonte reto. Seu talento o tomava de novo, por meio de um comichar das mãos; ficou calado. Começou de repente a detestar Argel, logo ele que havia gostado tanto da bonomia volúvel de Salomon Kaloyannis; a detestar Argel e os franceses da Argélia, que falam depressa demais uma língua que não é mais a dele, uma língua demasiado ágil que ele não consegue acompanhar, da qual não pode participar. Saltitavam em torno dele, debochados, cruéis, e escavavam em torno de Eurydice um fosso intransponível.

Subiram finalmente de volta para a cidade pelos degraus de concreto postos entre os rochedos. Os jovens os deixaram, beijaram Eurydice, apertaram a mão de Victorien com um entusiasmo que não era mais o mesmo do início, mais irônico, lhe pareceu. Os dois voltaram juntos, ombro a ombro pelas ruas estreitas, mas já era tarde. Trocaram lentas generalidades sobre o caminho que pareceu comprido demais, atravancado por uma multidão apressada que os impedia de andar. O jantar com Salomon foi pesado de polidez. Eurydice cansada foi se deitar rapidamente.

— Victorien, o que você vai fazer agora?

— Voltar para a França, acho. Quem sabe, continuar no exército.

— A guerra acabou, Victorien. A vida recomeça. Para que ainda precisaríamos de mosqueteiros? Enriqueça, faça uma coisa importante. Eurydice não precisa de um cabo de esquadra, não é mais a época deles. Quando tiver arrumado a vida, volte. Os tipos daqui não passam de uns falastrões, mas você não é nada. Viva, depois volte para nós.

No dia seguinte pegava o navio para Marselha. No convés de popa começou a escrever para Eurydice. A costa de Argel diminuía, ele a desenhou. O sol nítido marcava sombras, guarnecia a casbá de dentes. Desenhou pequenos detalhes do navio, a chaminé, a amurada, as pessoas debruçadas que espiavam o mar. Desenhava a nanquim em pequenos cartões brancos. De Marselha mandou alguns para ela como cartões-postais. Mandou-os com frequência. Anotava no verso algumas notícias suas, bem sucintas. Ela nunca respondia.

Tornou a ver o tio, que voltava da Indochina; ele havia passado algumas semanas num quarto sem nem mesmo desfazer sua bagagem. Não tinha o que fazer na França, dizia. "Moro num caixão agora." Dizia aquilo sem rir, olhando seu interlocutor nos olhos, e este desviava o olhar porque pensava num caixão de defunto, e não sabia se era para sorrir ou estremecer. Mas ele falava de uma mala-baú de metal, nem tão grande assim, pintada de verde, que continha todas as suas coisas e o acompanhava aonde quer que fosse. Ele a tinha levado para a Alemanha, as Áfricas, a do Norte e a Equatorial, para a Indochina agora. A tinta descascava, as laterais estavam amassadas. Batia nela com afeto e ela soava como se estivesse vazia.

— É minha verdadeira casa, porque contém tudo o que me pertence. O caixão é nossa morada final mas já moro nele. Precedo o movimento. Parece que a filosofia consiste em se preparar para morrer. Não li os livros em que se explica isso, mas entendo essa filosofia aplicando-a. É um ganho de tempo considerável, porque corro o risco de não ter tempo suficiente: com a vida que levo corro o risco de vestir o paletó de madeira mais depressa que a maioria de nós.

Seu tio não ria. Victorien sabia que ele não punha humor no que dizia: dizia somente o que tinha a dizer, mas de uma maneira tão direta que se podia pensar que era piada. Ele dizia somente as coisas como elas são.

— Por que você não para? — perguntou mesmo assim Victorien. — Por que não volta, agora?

— Voltar para onde? Desde que não sou mais criança, só faço a guerra. E mesmo criança, brincava de guerra. Depois fiz o serviço militar e, logo em seguida, a guerra. Fui feito prisioneiro e fugi, para voltar a fazer a guerra. Toda a minha vida de adulto passei fazendo a guerra, sem nunca ter tido o projeto de fazê-la. Sempre vivi num caixão, sem imaginar nada mais, e ele é para o meu tamanho. Posso segurar minha vida em meus braços, posso carregá-la sem me cansar muito. Como você quer que eu viva de outro modo? Trabalhar todos os dias? Não tenho paciência. Construir uma casa? Grande demais para mim, não poderia levantá-la e levá-la para outro lugar. Quando a gente vai daqui pra lá, só pode levar consigo uma mala como esse meu caixão. E voltaremos ao caixão, todos. Então por que um desvio? Eu levo minha casa e percorro o mundo, faço o que sempre fiz.

No quartinho em que passava esses dias de inação só havia espaço para uma cama e uma cadeira, em cima da qual havia uma farda dobrada; Victorien a deslocara com cuidado, sem amarrotá-la, para sentar na beirada do assento, todo rígido. O tio deitado na cama falava com ele olhando para o teto, descalço e de tornozelos cruzados, mãos atrás da nuca.

— Que livro você levaria para uma ilha deserta? — perguntou ele.

— Nunca pensei no assunto.

— É uma pergunta cretina. Ninguém vai para uma ilha deserta, e os que nela se encontram foi sem ter sido avisados: não tiveram tempo de escolher. A pergunta é boba porque não compromete você com nada. Mas eu brinquei a brincadeira da ilha deserta. Como esse caixão aí é minha ilha, me perguntei que livro eu levaria nele. Os militares coloniais podem ser letrados, e têm tempo de ler em suas viagens de navio, e nas longas vigílias em lugares muito quentes não se consegue dormir. Levei comigo a *Odisseia*, que conta uma errância, longuíssima, de um homem que procura voltar para casa mas não acha o caminho. E enquanto erra pelo mundo às cegas, em seu país tudo está entregue às ambições sórdidas, ao cálculo ávido, aos saques. Quando finalmente volta, faz uma faxina completa, pelo atletismo da guerra. Desentulha, limpa, bota ordem.

"Esse livro, eu leio por partes em lugares que Homero não conhecia. Na Alsácia enterrado na neve, à luz de um isqueiro para não adormecer, porque dormir naquele frio teria me matado; nas noites da África numa choça de palha trançada, onde ao contrário tento dormir, mas faz tanto calor que até a pele você gostaria de tirar; leio no convés da terceira classe de um navio, encostado no meu caixão, para pensar em outra coisa que não em vomitar; num bunker de troncos de palmeiras que tremem a cada tiro de morteiro, e um pouco de terra cai cada vez nas páginas, e o lampião pendurado no teto balança e embaralha as linhas. O esforço que faço para acompanhar as linhas me faz bem, esse esforço fixa a minha atenção e me faz esquecer de ter medo de morrer. Parece que os gregos sabiam o livro de cor, estudá-lo constituía sua educação; eles eram capazes de recitar versos ou um canto inteiro em todas as circunstâncias da vida. Então eu também o estudo, tenho a ambição de sabê-lo por inteiro de cor, e será essa toda a minha cultura."

No quartinho em que quase não havia espaço, o caixão ocupava o pé da cama em frente à cadeira, eles falavam dele por cima dele, e Salagnon não podia esticar as pernas. A mala de metal verde ganhava importância à medida que falavam dela. "Abra-a." Estava metade vazia. Um pano vermelho dobrado com cuidado escondia seu conteúdo. "Levante." Debaixo do pano, o livro de Ulisses, um volume de capa mole que começava a perder as páginas. Outro pano vermelho dobrado lhe servia de almofada. "Protejo-o o melhor que posso. Não sei se encontrarei outro no alto Tonquim." Debaixo do pano só havia algumas roupas, uma pistola num coldre de couro e apetrechos de higiene. "Desdobre esses dois panos." Salagnon desdobrou duas bandeiras de bom tamanho, ambas de um vermelho intenso. Uma trazia num círculo branco uma cruz gamada cuja tinta cansada se azulava, e a outra uma única estrela dourada de cinco pontas.

— A bandeira dos boches eu peguei na Alemanha, pouco antes do fim. Ela tremulava na antena do rádio do veículo de um oficial. Ele a exibia até o fim, à cabeça da sua coluna blindada que nós paramos. Não se protegia, ia de pé no seu Kübelwagen, à frente dos tanques em linha que avançavam mantendo distância entre si. Eles esvaziavam o tanque de combustível, depois nunca mais teriam gasolina e a guerra deles teria terminado. Seu quepe designava quem ele era, e vestia uma túnica bem passada, remendada mas muito asseada. Havia lustrado sua cruz de ferro e a usava no pescoço. Foi o primeiro a tombar, com sua arrogância intacta. Paramos os blindados um a um. O último se rendeu, só o último. Não havia mais ninguém para ver o que faziam, então podiam. Meus camaradas queriam atear fogo à bandeira do carro do oficial. Eu a guardei.

— E a outra? Com a estrela dourada? Nunca vi uma.

— Vem da Indochina. O Vietminh fez uma bandeira à maneira dos comunistas, com vermelho e símbolos amarelos. Esta eu peguei quando retomamos Hanói. Eles esperavam nossa volta e tinham se fortificado. Haviam aberto trincheiras atravessando as ruas, buracos para caber um homem nos gramados, haviam serrado as árvores e construído barricadas. Tinham costurado bandeiras para mostrar quem eram, algumas de algodão, outras com a magnífica seda que serve para as roupas e que haviam requisitado dos lojistas. Queriam mostrar para nós, e nós, depois de termos sido escorraçados pelos japoneses, também queríamos mostrar para eles. Dos dois lados nos orgulhávamos das nossas bandeiras. Foi muito heroico, e depois eles fugiram. Retomei a bandeira de um rapaz que a tinha brandido diante de nós, e agora jazia morto na rua cheia de escombros. Não creio que tenha sido eu a matá-lo, mas nunca se sabe, nos combates de rua. Peguei-a para proteger meu livro. Agora está bem guardado.

"Esses sujeitos me arrepiam, os dois. O oficial nazista transbordante de arrogância e o jovem tonquinês exaltado. Vi todos os dois vivos, depois mortos. E dos dois eu tomei a bandeira, que dobro para proteger meu Ulisses. Esses sujeitos me arrepiam porque preferem mostrar um vermelho-vivo a salvar a pele se escondendo. Eles não eram mais que o mastro que sustenta a bandeira, e morreram. É isso o horror dos sistemas, o fascismo, o comunismo: o desaparecimento do homem. Só têm isso na boca: o homem, mas eles se lixam para o homem. Veneram o homem morto. E eu que faço a guerra, porque não tive tempo para aprender outra coisa, tento me pôr a serviço de uma causa que não parece muito ruim: ser um homem, para mim mesmo. A vida que levo é um meio de sê-lo, e continuar sendo. Em vista do que se faz por lá, é um projeto digno do nome; pode ocupar toda a vida, todas as forças; e não se tem certeza do êxito."

— Como é lá?

— A Indochina? É o planeta Marte. Ou Netuno, sei lá. Um outro mundo que não se parece com nada daqui: imagine uma terra em que a terra firme não existiria. Um mundo mole, todo misturado, todo sujo. A lama do delta é a matéria mais desagradável que conheço. É nela que fazem brotar o arroz que comem, e ele brota a uma velocidade de meter medo. Não é de espantar que cozam a lama para fazer tijolos: é um exorcismo, uma passagem no fogo para que enfim fique dura. São necessários rituais radicais, mil graus no forno para sobreviver ao desespero que toma conta da gente diante de uma terra que sempre escapa, à vista como ao toque, debaixo do pé como debaixo da mão. É impossível pegar essa lama, ela envisga, ela é mole, ela cola e ela fede.

"A lama do arrozal cola nas pernas, aspira os pés, se espalha nas mãos, nos braços, a gente acha lama até na testa como se tivéssemos caído; a lama sobe em você, quando você anda nela. E à sua volta zumbem insetos, outros chiam; todos picam. O sol pesa, a gente tenta não olhar para ele mas ele se reflete como lantejoulas que ferem a vista e se mexem em todas as poças d'água, acompanham o olhar, ofuscam sempre, mesmo quando você baixa os olhos. E fede, o suor escorre nos braços, entre as pernas e nos olhos; mas você tem de andar. Não pode perder nada do equipamento que pesa nos ombros, armas que você tem de manter limpas para que funcionem apesar de tudo, você tem de continuar andando sem escorregar, sem cair, e a lama sobe até os joelhos. E além de ser naturalmente tóxica, os que a gente persegue enchem de armadilhas essa lama. Às vezes ela explode. Às vezes ela se abre, você se atola vinte centímetros e umas lanças de bambu empalam seu pé. Às vezes um tiro é disparado de uma moita à beira de uma aldeia, ou de detrás de um pequeno dique, e um homem tomba. A gente corre para o lugar de onde foi disparado o tiro, corre com aquela espessa lama grudenta, não consegue avançar e, quando chega, não encontra nada, nenhum vestígio. Você fica que nem bobo diante daquele homem estendido, sob um céu grande demais para nós. Agora vamos ter de carregá-lo. Ele parecia ter caído sozinho, de repente, e o estalido seco que tínhamos ouvido antes dele cair devia ser o rompimento do cordão que o mantinha de pé. No delta, andamos como marionetes, recortados contra o céu, cada um dos nossos movimentos parece lerdo e previsível. Temos agora membros de madeira; o calor, o suor, o imenso cansaço nos tornam insensíveis e idiotas. Os camponeses olham para nós sem mudar em nada seus gestos. Se acocoram nos taludes que elevam suas aldeias acima da água, fazendo sei lá o quê, ou se debruçam sobre aquela lama que cultivam com instrumentos simplíssimos. Quase não se mexem. Não dizem nada, não fogem, só nos veem passar; e depois se curvam de novo e continuam suas pobres tarefas, como se o que faziam valesse a eternidade e nós nada, como se estivessem ali desde sempre, e nós de passagem, apesar da nossa lentidão.

"As crianças se mexem mais, elas nos seguem correndo pelos diques, soltam gritinhos muito mais agudos que as crianças daqui. Mas também se imobilizam. Ficam frequentemente deitadas no lombo de seu búfalo negro, e este avança, pasta, bebe nos regos sem sequer perceber que leva no dorso uma criança adormecida.

"Sabemos que todos informam o Vietminh. Indicam nossos movimentos, nosso material e quantos somos. Alguns até são combatentes, o uniforme das milícias vietminhs locais é o pijama preto dos camponeses. Enrolam o fuzil com algumas balas num tecido encerado e o escondem no arrozal. Sabem onde está, nós não o encontraremos; e depois que passamos, pegam o fuzil de volta. Outros, principalmente as crianças, acionam armadilhas à distância, granadas com um cordão amarrado numa estaca fincada na lama, num arvoredo no dique, dentro de uma moita. Quando passamos, puxam o cordão e a granada explode. Aprendemos então a enxotar as crianças, a atirar em volta delas para que não se aproximem. Aprendemos a desconfiar principalmente dos que parecem dormir no lombo dos búfalos pretos. O cordão que eles seguram e que mergulha na lama tanto pode ser o cabresto do animal como o acionador da armadilha. Atiramos na frente deles para que se afastem, e às vezes abatemos o búfalo à metralhadora. Quando um tiro é disparado, pegamos todo mundo, todos os que trabalham no arrozal. Cheiramos os dedos, desnudamos o ombro, e os que recendem a pólvora, os que mostram na pele o hematoma do recuo, nós tratamos duramente. Diante das aldeias, metralhamos as moitas antes de prosseguir. Quando mais nada se mexe, entramos nelas. As pessoas foram embora. Têm medo da gente. Além do mais o Vietminh também mandou irem embora.

"As aldeias são como ilhas. Ilhas quase a seco num pequeno talude, aldeias fechadas por uma cortina de árvores; de fora não se vê nada. Na aldeia a terra é firme, não se atola mais. Estamos quase no seco, diante das casas. Às vezes vemos pessoas, e elas não nos dizem nada. E isso quase sempre desencadeia nossa fúria. Não o silêncio delas, mas de estar no seco. De ver enfim alguma coisa. De poder enfim sentir o cheiro de terra e ela ficar na mão. Como se na aldeia pudéssemos agir, e a ação é uma reação à dissolução, à paralisia, à impotência. Agimos com severidade assim que podemos. Destruímos aldeias. Temos o poder de fazê-lo: ele é a própria marca do nosso poder.

"Felizmente temos máquinas. Rádios que nos ligam uns aos outros; aviões que zumbem acima de nós, aviões frágeis mas que enxergam do alto bem melhor do que nós, colados no chão como estamos; e tanques anfíbios que se movimentam na água, na lama, tanto quanto na estrada, e que às vezes nos levam, trancados em sua blindagem escaldante. As máquinas nos salvam. Sem elas teríamos submergido nessa lama e sido devorados pelas raízes do arroz deles.

"A Indochina é o planeta Marte, ou Netuno, que não se parece com nada que conhecemos e onde é tão fácil morrer. Mas às vezes ela nos concede o deslumbramento. A gente toma pé numa aldeia e uma vez na vida não metralha nada. No meio dela se ergue um pagode, a única construção de material sólido. Muitas vezes os pagodes servem de bunker nas batalhas contra o Vietminh; para nós ou para eles. Mas às vezes a gente entra em paz na sombra quase fresca, e dentro, quando os olhos se acostumam, a gente só vê vermelho-escuro, madeira profunda, douraduras e dezenas de pequenas chamas. Um buda dourado brilha na sombra, a luz trêmula das velas escorre em torno dele como uma água clara, dá a ele uma pele luminosa que estremece. Com os olhos fechados ele ergue a mão, e esse gesto faz um bem danado. A gente respira. Monges de cócoras estão enrolados em longos panos cor de laranja. Eles murmuram, batem nos gongos, queimam incenso. Dá vontade de raspar a cabeça, se enrolar num tecido e ficar ali. Quando a gente volta ao sol, quando se atola de novo na lama do delta, ao primeiro passo que se atola a gente quase chora.

"Os caras de lá não nos dizem nada. São menores do que nós, com frequência estão de cócoras e a polidez deles desaconselha encarar os outros. Então nossos olhares não se cruzam. Quando eles falam é com uma língua estridente que não compreendemos. Tenho a impressão de cruzar com marcianos; e de combater alguns que não distingo dos outros. Mas às vezes falam conosco: camponeses numa aldeia ou citadinos que foram à escola tanto quanto nós, ou soldados engajados em nossas tropas. Quando nos falam em francês isso nos alivia de tudo o que vivemos e cometemos cada dia; com algumas palavras podemos crer que esquecemos os horrores e que eles não voltarão mais. Olhamos para suas mulheres que são bonitas como cortinados, como palmeiras, como algo leve que flutua ao vento. Sonhamos ser possível viver ali. Alguns de nós assim fazem. Se estabelecem nas montanhas, onde o ar é mais fresco, onde a guerra é menos presente, e na luz da manhã essas montanhas pairam sobre um mar de bruma luminosa. Podemos sonhar com a eternidade.

"Na Indochina vivemos o maior horror e a maior beleza; o frio mais penoso na montanha e o calor dois mil metros abaixo; sofremos a seca mais severa nos calcários pontudos e a maior umidade nos pântanos do delta; o medo mais constante nos ataques noite e dia e uma imensa serenidade diante de certas belezas que não sabíamos existir na Terra; oscilamos entre o recolhimento e a exaltação. É uma provação violentíssima, somos submetidos a extremos contraditórios, e tenho medo de que rachemos como a madeira quando é submetida àquelas provas. Não sei em que estado ficaremos depois; enfim os que não morrerem, porque a gente morre rápido."

Ele olhava para o teto, mãos cruzadas atrás da nuca.

— É incrível como se morre depressa lá — murmurou. — Os sujeitos que chegam, e estão sempre chegando de navio da França, eu mal tenho tempo de conhecer; eles morrem, e eu fico. É incrível como se morre lá; eles nos matam como se a gente fosse atum.

— E eles?

— Quem? Os viets? São uns marcianos. Nós também os matamos, mas como morrem não sabemos. Sempre escondidos, sempre tendo ido embora, nunca lá. E mesmo que os víssemos, não os reconheceríamos. Todos se parecem muito, todos vestidos igual, não sabemos o que matamos. Mas quando somos pegos numa emboscada, eles no capinzal, nas árvores, eles nos matam com método, nos abatem como atuns. Nunca vi tanto sangue. Um monte nas folhagens, um monte nas pedras, um monte nos arroios verdes, a lama fica vermelha.

"Olhe, é como na passagem da *Odisseia*. É esta passagem que me fez pensar nos atuns.

Aí saqueei a cidade e chacinei os homens.

Aí dei ordens no sentido de fugirmos com passo veloz;
mas eles, na sua grande insensatez, não quiseram obedecer.

Entretanto os cícones foram chamar outros cícones,
que eram seus vizinhos, mas mais numerosos e valentes que eles.
Viviam no continente e eram peritos em combater o inimigo
montados em cavalos e, se tal se afigurasse necessário, a pé.

Chegaram em número igual ao das folhas e das flores
na primavera, qual nuvem de guerreiros! Foi então
que o destino malévolo de Zeus se postou ao nosso lado
(homens terrivelmente condenados!), para padecermos
muitas dores...

Enquanto era ainda de manhã e crescia em força o dia sagrado,
repelimo-los sem dali arredar pé, embora eles fossem mais.
Mas quando o sol trouxe a hora de desatrelar os bois,
então prevaleceram os cícones, subjugando os aqueus.
E de cada nau pereceram seis camaradas de belas joelheiras,
embora nós, os outros, conseguíssemos fugir à morte e ao destino.

Daí navegamos em frente, entristecidos no coração,
mas aliviados por termos escapado à morte,
apesar de terem perecido os companheiros.
E não deixei que avançassem as naus recurvas antes que alguém
chamasse três vezes pelo nome dos infelizes companheiros
que tinham morrido na planície, chacinados pelos cícones...

"Merda! não é aí. Juraria que falava de um massacre de atuns. Me dê o livro."

Endireitou-se na cama, arrancou o volume gasto das mãos de Victorien que o segurava cheio de precauções, com medo de as páginas caírem, e folheou-o furiosamente, sem o menor cuidado.

— Juraria... Ah! Encontrei! Os lestrígones. Confundi os lestrígones com os cícones. Escute. Pois perto são os caminhos do dia e da noite... Escute...

Pela cidade levantou Antífates um grito; e, quando o ouviram,
os corpulentos lestrígones acorreram de todos os lados,
aos milhares, não semelhantes a homens, mas a gigantes.
Dos rochedos arremessaram contra nós pedregulhos enormes;
ouviam-se entre as naus barulhos horríveis, de homens moribundos
e de naus esmagadas. E, arpoando os homens como peixes,
os lestrígones levaram para casa o seu repugnante jantar.

"Olhe! Escute mais isto...

Desembarcamos e ali permanecemos dois dias e duas noites,
consumindo o coração com cansaço e tristeza.

"Homero fala de nós, muito mais que as atualidades filmadas. No cinema esses filminhos pomposos me fazem rir: não mostram nada; o que esse velho grego conta está muito mais próximo da Indochina que eu percorro há meses. Mas confundi dois cantos. Está vendo, ainda não sei o livro. Quando o souber por inteiro de cor, sem me enganar, como um grego, o terei terminado. E não respondo por mais nada."

Livro fechado no colo, mão pousada no cobertor, recitou dois cantos a meia-voz, olhos fechados. Deu um sorriso felicíssimo. "— Ulisses está em fuga, perseguido por um monte de sujeitos que querem matá-lo. Seus companheiros todos morrem, mas ele permanece vivo. E quando volta para casa, põe ordem, mata os que pilharam os celeiros, liquida todos os que colaboraram. Depois, vem a noite, não há mais muita gente, só estragos. E cai enfim uma grande paz. Acabou. A vida pode recomeçar, vinte anos para voltar à vida. Acabou. Victorien, você acha que levaremos vinte anos para sair dessa guerra? — Acho muito tempo. — Sim, é muito tempo, tempo demais..." E ele se deitou de novo, o livro no peito, e não disse mais nada.

* * *

Novembro não é favorável a nada. O céu se aproxima, o tempo fecha, as folhas nas árvores se crispam como as mãos de um moribundo; e caem. Em Lyon um nevoeiro se ergue acima dos rios como sobe a fumaça pesada acima de um monte de folhas que alguém queima, mas às avessas. Às avessas tudo isso, porque não se trata de fumaça mas de umidade, não de labaredas mas de líquido, não de calor mas de frio, tudo às avessas. Não sobe, rasteja, e se esparrama. Em novembro não resta mais nada da alegria de ser livre. Salagnon sentia frio, seu capote não o protegia de nada, seu quarto sob o teto deixava entrar o ar de fora, as paredes úmidas o escorraçavam para fora, onde ele ia caminhar sem rumo, mãos nos bolsos, apertando o capote, gola levantada, caminhar através das línguas de nevoeiro que escorriam ao longo das fachadas, que se descolavam molemente delas como pedaços de papel molhado.

Desenhar ficava difícil. É preciso parar; é preciso deixar vir a você as formas que tomarão vida no papel, é preciso uma sensibilidade fremente da pele que você não pode deixar nua por causa desse frio úmido. Arrepios e frêmitos se confundem, se contrariam e se esgotam no simples ato de andar, sem nenhum rumo, só para dissipar a agitação.

Para as bandas de Gerland, estacou ao pé de um Cristo morto. Havia caminhado ao longo dos Grandes Matadouros que matavam em câmara lenta, ao longo do Grande Estádio aberto onde a grama crescia desordenadamente, havia caminhado um dia inteiro de novembro naquela avenida que não leva a lugar algum, e parou na frente de uma igreja de concreto cuja fachada exibia até o alto o baixo-relevo de um Cristo gigante. Era preciso erguer os olhos para vê-lo por inteiro, tinha os pés no chão e seus tornozelos já alcançavam a altura das cabeças, e sua cabeça se dissolvia no nevoeiro verde que não permite ver mais nada mal se estende um pouco mais longe. Estar assim perto demais e ter de erguer os olhos torcia a estátua numa perspectiva que deformava o corpo como que por um espasmo, e a estátua ameaçava arrancar os pregos que a prendiam nos punhos, e cair, e esmagar Salagnon.

Entrou na igreja onde a temperatura uniforme lhe pareceu reconfortante. A pobre luz de novembro não atravessava os espessos vitrais, perdia-se dentro dos tijolos de vidro que luziam como brasas vermelhas, azuis, negras, prestes a se apagar. Umas velhinhas andavam em silêncio a passos curtos, executavam tarefas precisas que conheciam de cor e salteado, sem erguer a cabeça, com a aplicação dos camundongos.

Novembro não serve para nada, pensava ele apertando o capote demasiadamente fino que não lhe proporcionava calor suficiente. Mas não é mais que um mau momento a passar. Desolava-o pensar que ser jovem, forte e livre fosse um mau momento a passar. Tivera de começar sua vida um tanto depressa e sentia agora um brusco cansaço. Aconselha-se aos que correm, e querem correr muito tempo, a não começar muito rápido, a largar lentamente, a guardar reservas para não perder o fôlego e sentir uma pontada que comprometerá a chegada. Ele não sabia o que fazer. Novembro, que não é propício a nada, que parece se apagar indefinidamente, lhe parecia ser seu próprio fim.

O padre saiu da sombra e atravessou a nave; seus passos soaram sob as abóbadas com tanto vigor que Salagnon acompanhou-o sem querer com o olhar.

— Brioude!

O nome ecoou na igreja e as senhorinhas se sobressaltaram. O padre se virou bruscamente, estreitou os olhos, escrutou a sombra, e seu rosto se iluminou. Veio a Salagnon com a mão estendida, seus largos passos apressados contrariados pela batina.

— Chegou em boa hora — disse ele diretamente. — Vou estar com Montbellet esta noite. Ele está em Lyon por quarenta e oito horas, depois vai para sei lá onde. Não pode deixar de vê-lo. Venha às oito. Toque no presbitério.

Virou-se com a mesma brusquidão, deixando Salagnon com a mão ainda estendida.

— Brioude!

— Sim?

— Depois desse tempo todo... você vai bem?

— Claro. Falaremos disso hoje à noite.

— Não fica surpreso com este acaso: eu aqui, você aí?

— A vida não me surpreende mais, Salagnon, eu a aceito. Eu a deixo vir, e depois eu a mudo. Até a noite.

Desapareceu na sombra, seguido pela batida sonora de seus sapatos nas lajotas, depois por uma batida de porta, e mais nada. Uma senhora empurrou Salagnon com um estalido de língua irritado, andou com passinhos curtos até uma grade de ferro diante da estátua de um santo. Plantou numa ponta da grade uma velinha minúscula, acendeu-a e esboçou um sinal da cruz. Olhou em silêncio para o santo com esse olhar de exasperação que se reserva àqueles de que se espera muito e que não fazem nada; ou mal; ou não como deveriam.

Ela virou a cabeça e lançou o mesmo olhar a Salagnon, que saía. No átrio, ele tentou levantar o colarinho mas era curto demais; ergueu os ombros, enfiou a cabeça entre eles e foi embora sem se virar para não ver o Cristo pavorosamente torcido. Não sabia aonde ir daquela hora até a noite, mas o céu já lhe parecia menos doente; tinha menos aquele aspecto de borracha suja que lentamente cedia. Logo seria nitidamente noite.

O presbitério dessa igreja, no qual Brioude morava, se parecia com um apartamento ocasional, um pavilhão de caça onde ninguém mora, um abrigo onde só se acampa, sempre se preparando para partir. A tinta das paredes descascava e deixava ver as camadas mais antigas, os grandes cômodos frios eram ocupados por móveis amontoados como quando guardados num sótão, tábuas empilhadas, portas tiradas dos gonzos e encostadas nas paredes. Comeram num cômodo mal iluminado em que o papel de parede se descolava e em que o assoalho poeirento precisava ser encerado.

Com indiferença comiam um macarrão cozido demais, não muito quente, e um resto de carne com molho que Brioude tirava de uma panela amassada. Ele servia deixando a concha tilintar bruscamente no prato e ofereceu um Côtes-du-Rhône denso que extraía de um pequeno tonel posto num canto escuro do cômodo.

— A igreja come mal — exclamou Montbellet —, mas sempre teve bons vinhos.

— É por isso que a gente perdoa essa venerável instituição. Ela pecou muito, errou muito, mas sabe embriagar.

— Então você virou padre. Não sabia que tinha atração por essa vida.
— Nem eu. O sangue a mostrou para mim.
— O sangue?
— O sangue em que nos banhamos naqueles dias. Vi uma quantidade enorme de sangue. Vi uns sujeitos cujas botinas estavam encharcadas com

o sangue dos que eles acabavam de matar. Vi tanto sangue que foi um batismo. Banhei-me em sangue e depois me transformei. Quando o sangue parou de correr, foi preciso reconstruir o que havíamos quebrado, e todo mundo se consagrou a essa tarefa. Mas era preciso também reconstruir nossas almas. Porque vocês viram em que estado estão nossas almas?

— E nossos corpos? Você viu nossos corpos?

Divertiram-se com a própria magreza. Nenhum deles pesava grande coisa, Brioude transparente e espichado, Montbellet ressecado pelo sol, e Salagnon descarnado, a pele turva de cansaço.

— Também, com o que você come...

— ... você está se esquecendo da existência dos prazeres da mesa.

— Exatamente, senhores. É péssimo, então não como muito de nada, só o necessário para assegurar neste mundo uma presença mínima. Nossa magreza é uma virtude. Todo mundo ao nosso redor se entope para recuperar o mais depressa possível o peso de antes da guerra. A magreza que conservamos é sinal de que não fazemos como se nada houvesse acontecido. Conhecemos o pior, então buscamos um mundo melhor. Não voltaremos atrás.

— Só que minha magreza não é desejada — disse Salagnon. — No seu caso é ascetismo, e você é a imagem de um santo; Montbellet é a aventura; eu sou a pobreza, e tenho apenas o aspecto de um pobre coitado.

— Salagnon! "Não há outras riquezas que não os homens." Conhece essa frase? É velha, quatro séculos, mas é uma verdade que não muda, maravilhosamente dita em poucas palavras. "Não há outras riquezas que não os homens", ouça bem o que diz essa frase em 1946. No momento em que se utilizaram os meios mais poderosos para destruir o homem, física e moralmente, nesse momento percebeu-se que não havia outro recurso, outra riqueza, outra força que não o homem. Os marinheiros encerrados nos caixões metálicos que eram postos a pique, os soldados enterrados vivos sob as bombas, os prisioneiros deixados à míngua até morrer, os homens forçados a se conformar com os sistemas mais mórbidos, pois bem, estes sobreviviam. Nem todos, mas muitos sobreviviam ao desumano. Em situações materialmente desesperadas eles sobreviviam a partir de nada, salvo a coragem. Ninguém quer mais saber dessa sobrevivência milagrosa, todos tivemos medo demais. É apavorante passar tão perto da destruição, mas apavora ainda mais essa vida invencível que sai de nós no último momento. As máquinas nos esmagavam e, in extremis, a vida nos salvava. A vida não é nada, materialmente; e ela nos salvava da infinita matéria que se esforçava por nos esmagar. Como não ver nisso um milagre? ou o surgimento de uma lei profunda do universo? Para que essa vida saia, temos de encarar a aterradora promessa do esmagamento; pode-se compreender que isso seja insuportável. O sofrimento faz a vida brotar; quanto mais sofrimento, mais vida. É duro demais, porém, as pessoas preferem enriquecer, se aliar com quem quis nos esmagar. A vida não vem da matéria, nem das máquinas, nem da riqueza. Ela brota do vazio material, da pobreza total que você tem de aceitar. Vivos, somos um protesto contra o espaço atravancado. O cheio, o transbordante, se opõem à nossa plenitude. É preciso deixar vazio para que o homem advenha novamente; e essa aceitação do vazio, que nos salva in extremis da ameaça do esmagamento, é o medo mais terrível que se pode conceber; e é preciso superá-lo. A urgência da guerra nos dava coragem; a paz nos afasta dela.

— Os comunistas não dizem a mesma coisa, que só existe o homem?

— Eles falam do homem em geral. De um homem manufaturado, produzido na fábrica. Já nem dizem mais o povo: as massas, dizem. Eu penso cada homem como fonte única de vida. Cada homem merece ser salvo, poupado, nenhum pode ser intercambiável, porque a vida pode brotar dele a qualquer momento, principalmente no momento de ser esmagado, e a vida que brota de um só homem é a vida inteira. Pode-se chamar essa vida: Deus.

Montbellet sorriu, abriu as mãos com um gesto de acolhimento e disse:

— Por que não?

— Você crê em Deus, Montbellet?

— Não preciso. O mundo vai bem por si só. A beleza me ajuda muito mais a viver.

— A beleza também se pode chamar: Deus.

Montbellet fez o mesmo gesto de acolhimento com as mãos abertas e disse de novo:

— Por que não?

O anel que ele usava no anular esquerdo sublinhava cada um dos seus gestos. Muito ornamentado, de prata envelhecida, não era um anel feminino. Salagnon não sabia que anéis assim existissem. Os ornamentos gravados no metal engastavam uma pedra grande, de um azul profundo; filetes de ouro que pareciam se mexer a percorriam.

— Essa pedra — disse Brioude apontando para ela — até parece um céu de iluminura; tudo num espaço pequenino; uma capela romana escavada na rocha em que o sol seria representado em pedra.

— Ora, ora, é só uma pedra. Um lápis-lazúli do Afeganistão. Eu nunca havia pensado numa capela, mas no fundo você não está errado. Olho com frequência para ela, e quando olho para ela sinto nisso o prazer de uma meditação. Minha alma vem se aninhar nela e contempla o azul, e ele me parece grande como um céu.

— O Céu é tão grande que se aloja em todas as pequenas coisas.

— Vocês, padres, são terríveis. Falam tão bem que a gente sempre os ouve. A palavra de vocês é tão fluida que penetra em toda parte. E com essas belas palavras vocês pintam tudo com as cores de vocês, um misto de azul-celeste e de dourado bizantino, atenuado com um pouco do amarelado de sacristia. A vida você chama de Deus, a beleza também; meu anel, capela; e a pobreza, existência. E quando você diz isso a gente crê em você. E a crença dura o tempo em que você fala.

"Mas não passa de um anel, Brioude. Percorro a Ásia Central para o Museu do Homem. Mando-lhes objetos, explico seu uso, e eles os mostram ao público que não sai nunca da França. E eu, passeio. Aprendo línguas, faço amigos estranhos e tenho a impressão de perambular pelo mundo do ano mil. Roço a eternidade. Mas compreendo o que você diz. Lá no Afeganistão o homem não é alto; simplesmente não está na escala. O homem é pequeno demais nas montanhas grandes demais, nuas. Como fazem? A casa deles é de pedras catadas à volta, a gente não os vê. Usam roupas cor de poeira e, quando deitam no chão, quando se enrolam na coberta que lhes serve de capote, desaparecem. Como fazem para existir num mundo que nem sequer é voluntariamente hostil, que simplesmente nega você?

"Eles andam, percorrem a montanha, possuem minúsculos objetos em que toda a beleza humana vem se concentrar e, quando falam, o fazem em algumas palavras que fulminam o coração. Os anéis como este são usados por homens que aliam a maior delicadeza à maior selvageria. Eles têm o cuidado de realçar seus olhos com rímel, tingir a barba, e sempre mantêm uma arma a seu lado. Usam uma flor na orelha, passeiam com um amigo com os dedos entrelaçados e desprezam suas mulheres muito mais que a seus asnos. Massacram selvagemente os intrusos e ficarão de quatro para receber vocês como um primo distante muito amado que finalmente volta. Essa gente, eu não a compreendo, eles não me compreendem, mas agora passo minha vida com eles.

"O primeiro dia em que pus este anel, encontrei um homem. Encontrei-o num desfiladeiro de montanha, um desfiladeiro não muito alto em que uma árvore ainda crescia. Em frente à árvore havia uma casa na beira da estrada. E quando digo 'estrada', deve-se entender um caminho pedregoso de terra batida; e quando digo 'casa', vocês devem imaginar um abrigo de pedra de telhado plano, com poucas aberturas, uma porta e uma janela bem estreitas dando para um interior sombrio que recende a fumaça. Nesse lugar, no desfiladeiro, onde a estrada que subia hesita um pouco antes de tornar a descer do outro lado, estabeleceu-se uma casa de chá que se consagra ao descanso do viajante. O homem de que lhes falo, e que encontrei nesse dia, tinha como tarefa receber os que subiam até lá e lhes servir o chá. Ele havia instalado a cama de conversa debaixo da árvore. Não sei se esse móvel tem um nome em francês. É uma armação encordoada de madeira, com pés. Pode-se dormir nela, porém é mais usual sentar-se com as pernas cruzadas, sozinho ou em vários, para observar o mundo que se desenrola para lá da armação da cama. Você flutua como num barco no mar. Enxerga como de uma sacada por cima dos tetos. Experimenta nesse móvel uma calma maravilhosa. O homem que cuidava da casa do desfiladeiro convidou meu guia e eu a nos sentar. Numa fogueira de gravetos, aquecia a água numa chaleira de ferro. A árvore proporcionava a sombra e proporcionava os gravetos. Ele nos serviu chá de montanha, que é uma bebida densa, carregada de especiarias e frutas secas. Aproveitamos a sombra da última árvore que crescia nessa altitude, cuidada por um homem sozinho instalado num abrigo de pedra. Contemplamos os vales que se abrem entre as montanhas e que são, nesse país, abismos. Ele me pediu para contar de onde eu vinha. Não simplesmente dizer, mas contar. Tomei várias xícaras daquele chá e contei a Europa, as cidades, o pequeno tamanho das paisagens, a umidade, e a guerra que tínhamos terminado. Em troca, ele me disse poemas de Al Gazali. Ele os recitava maravilhosamente, e o vento que soprava acima do desfiladeiro empinava cada palavra como uma pipa; ele as retinha com a linha vibrante da sua voz e depois as soltava. Meu guia me ajudava a traduzir as palavras sobre as quais eu hesitava. Mas o ritmo simples dos versos e o que eu compreendia já faziam tremer todos os meus ossos, eu era um alaúde com cordas de medula. Aquele senhor idoso sentado numa cama de corda me tocava; ele fazia soar em mim minha própria música, que eu desconhecia.

"Ao me despedir para continuar a viagem, eu extravasava reconhecimento. Ele me cumprimentou com um pequeno sinal da mão e se serviu de mais chá. Eu me acreditava flutuando no ar das montanhas e, quando chegamos ao jardim que ocupa o fundo do vale, quando senti o perfume da vegetação, a umidade das árvores, tive a sensação de entrar num mundo perfeito, num éden que gostaria de celebrar em poemas; mas sou incapaz de fazê-lo. Então, tenho de voltar lá. Foi a isso que este anel me abriu; não me separo mais dele."

— Eu o invejo — disse Salagnon. — Sou apenas pobre; sem heroísmo nem desejo. Minha magreza é resultado do frio, do tédio e de uma alimentação insuficiente. Minha magreza é um defeito de que eu gostaria de prescindir; gostaria sobretudo de me livrar dele.

— Sua magreza é um bom sinal, Victorien.

— Pintor eclesiástico! — berrou Montbellet. — Anda com um balde de azul e um pincel para dourar! Ele vai te repintar, Victorien, ele vai te repintar!

— Os sinais são obstinados, incréus! Eles resistem até à ironia!

— Você vai vender pra ele a carinha mirrada dele como uma bênção, Brioude. Está aí todo o milagre dessa religião: simplesmente pintura, estou dizendo! A Igreja trata de revestir o exterior da vida com tinta azul.

— Os sinais são reversíveis, Montbellet.

— É nisso que a religião é forte.

— É aí que a religião é grande: pondo os sinais no sentido certo, de modo que o mundo siga em frente depois de ter tropeçado. E o sentido certo é aquele que possibilita aumentar.

Ele encheu os copos, eles beberam.

— Está bem, Brioude, aceito ver as coisas assim. Continue.

— A sua magreza, Victorien, não é sinal de uma escravidão na qual você teria caído. É sinal de uma verdadeira partida, sem bagagem prévia, de uma tábula rasa. Você está pronto, Victorien; você não está preso a mais nada. Você está vivo, você é livre, só te falta um pouco de ar para que seja possível te ouvir. Você é como um instrumento de cordas, como o alaúde de Montbellet, mas encerrado numa redoma a vácuo. Sem ar não se ouve o som, a corda vibra à toa porque não movimenta nada. É preciso uma fissura na redoma, é preciso que o ar venha, e enfim ouviremos você. Em torno de você tem algo a ser quebrado para que você enfim respire, Victorien Salagnon. Talvez seja a casca do ovo. A rachadura da casca que vai te dar o ar talvez seja a arte. Você desenhava. Desenhe, então.

Montbellet se levantou, brandiu seu copo que brilhou vermelho-escuro sob a pobre lâmpada, caloroso como sangue na penumbra fria.

— A arte, a aventura e a espiritualidade bebem à magreza comum delas três.

Eles beberam, riram, beberam de novo. Salagnon empurrou suspirando seu prato onde os últimos macarrões frios tinham se fixado numa cola de molho.

— Em todo caso, é uma pena que a espiritualidade coma tão mal.

— Mas tem um vinho excelente.

O olhar de Brioude coruscava.

Victorien resolveu desenhar. Quer dizer, sentou diante de uma folha com o nanquim. E não vinha nada. O branco continuava branco, o negro do nanquim ficava a sós consigo mesmo, nada tomava forma. Mas o que poderia ele desenhar, simplesmente debruçado sobre a folha? O desenho é uma marca, um vestígio, algo que vive dentro e sai; mas nele não havia nada; salvo Eurydice. Eurydice estava longe, lá naquele mundo ao revés que andava de cabeça para baixo, para lá do Mediterrâneo mortífero, em seu inferno de sol mordente, de palavras evaporadas, de cadáveres enterrados às pressas; ela estava longe, do outro lado do rio largo demais que cortava a França em dois. E fora dele também não havia nada, nada que pudesse se depositar sobre a folha; nada além de um nevoeiro verde, que estagnava entre prédios prestes a se dissolver em sua própria umidade. Bem que teria chorado, mas isso também não era mais possível. A folha estava em branco, sem nenhum vestígio.

Continuou sentado, cotovelos na mesa sem se mexer, horas a fio. No quarto escuro somente a folha intacta proporcionava luz, uma tênue claridade que não se apagava. Aquilo durou a noite inteira. A manhã se anunciou com uma aurora metálica desagradável, em que todas as formas apareciam sem profundidade, sombras e luzes misturadas em partes iguais numa luminescência uniforme. Aquilo não produzia nenhum relevo, não destacava nada, não lhe permitia captar nada do que o rodeava. Sem ter deixado nenhum traço, sem tristeza nem culpa, deitou-se na cama e adormeceu no mesmo instante.

Quando acordou, fez o necessário para que o mandassem para a Indochina.

Comentários V
A *frágil ordem da neve*

— Mas ouça quanta babaquice! — berrou Mariani na frente da tevê. — Está ouvindo? Ei, está ouvindo? Eles dizem que é irlandês o cara que acaba de ganhar!
— Ganhar o quê?
— Mas os cinco mil metros que correm na sua frente faz dez minutos! Está sonhando, Salagnon?
— Ué, ele não é irlandês?
— Mas é preto!
— Você começa todas as suas frases por "mas", Mariani.
— Mas é porque tem um "mas", um grande "mas". O "mas" é uma conjunção entre duas proposições, assinalando uma reserva, um paradoxo, uma oposição. Oponho e me oponho. Ele é irlandês, mas é preto. Emito uma reserva; aponto o paradoxo, denuncio o absurdo; mas também a estupidez de não enxergar o absurdo.
— Se ele corre pela Irlanda é porque é legalmente irlandês.
— Estou me lixando para a legalidade! Me lixando mesmo, eu a vi ser quebrada mil vezes e reconstruída do jeito que bem queriam conforme as necessidades. Estou me lixando e sempre me lixei. Estou falando da realidade. E na realidade um irlandês preto existe tanto quanto um círculo quadrado. Já viu irlandês preto?

— Vi. Na tevê. Ele acaba de vencer os cinco mil metros, aliás.

— Salagnon, você me desespera. Você enxerga tolamente. Fica apegado às aparências. Você não passa de um pintor.

Eu me perguntava o que estava fazendo ali. Estava sentado no ar, no décimo oitavo andar, em Voracieux-les-Bredins, no espigão em que Mariani morava. As costas viradas para as janelas, víamos televisão. Em algum lugar longe dali se realizava um campeonato europeu. Uns caras na telinha corriam, pulavam, lançavam umas coisas, e vozes de jornalistas com uma sábia mistura de retardos e exclamações tentavam tornar o espetáculo interessante. Devo deixar claro que dávamos as costas para as janelas porque esse detalhe tem sua importância: podíamos sem medo dar as costas, elas eram seguras, obstruídas por uma pilha de sacos de areia. Refestelados em sofás macios, tomávamos cerveja, luzes acesas. Tinham me sentado entre Salagnon e Mariani, e em volta, sentados no chão, de pé atrás de nós, nos outros cômodos, estavam vários dos seus rapazes. Todos eles se pareciam, uns grandalhões que metiam fisicamente medo, calados a maior parte do tempo, vociferantes quando preciso, indo e vindo como se estivessem em casa no grande apartamento vazio. Mariani mobiliava sua casa com a mesma indiferença de Salagnon, mas ao contrário deste, que se enchia de objetos sem razão, como se enche de flocos de poliestireno as caixas que contêm objetos frágeis, queria preservar um pouco de espaço, para receber uns colossos barrigudos que não paravam quietos.

Através dos sacos de areia que tapavam as janelas, haviam feito aberturas para enxergar o lado de fora. Quando tínhamos chegado, ele tinha me mostrado, eu tinha visitado suas instalações, ao falar comigo ele batia nos sacos de juta grossa recheados de areia.

— Maravilhosa invenção — dissera. — Toque neles.

Eu tocara. Sob o pano marrom e áspero a areia parecia dura se você batia nela, mas fluida se você a apertava suavemente; ela se comportava como a água, mais lenta porém.

— A areia, para a proteção, é bem melhor que o concreto; principalmente este concreto aqui — acrescentou esmurrando a parede que soava oca. — Não sei se essas paredes são à prova de bala; mas esses sacos, sim. Eles detêm as balas e os estilhaços, que penetram um pouco, são absorvidos e não vão mais longe. Mandei vir um caminhão de areia. Meus rapazes a subiram balde a balde pelo elevador. Outros em cima enchiam os sacos com uma pá e os arrumavam de acordo com as regras. Formou-se uma aglomeração no estacionamento, mas um pouco longe, eles não ousavam perguntar. Viam que a gente estava dando um duro danado, isso os intrigava, eles se perguntavam para quê. A gente deu a entender que estava refazendo a laje e os ladrilhos. Todos aquiesciam. "Tá precisando mesmo", diziam. A gente riu um bocado. Não imaginavam que aqui em cima a gente enchia os sacos e os dispunha em torno dos ângulos de tiro, como lá. É assim que é a arte de fortificar: geometria prática. Você deixa livres as linhas de fogo, evita ângulos mortos, domina a superfície. Agora dominamos o platô de Voracieux. Organizamos turnos de sentinela. No dia da reconquista, abriremos fogo de apoio. E pus uma boa camada de areia debaixo da minha cama, para servir de anteparo contra os estilhaços, caso nos ataquem por baixo. Não tenho a menor confiança nos tetos. Durmo sossegado.

Depois, felizmente, me serviram uma bebida, nos refestelamos nos sofás rechonchudos, ficamos vendo esporte na tevê. Os rapazes de Mariani não diziam muita coisa, eu também não. Os jornalistas se encarregavam dos comentários.

— Os irlandeses não são pretos — recomeçou Mariani. — Senão nada mais tem sentido. Por acaso se faz camembert com leite de camela? Um queijo desses ainda se chamaria camembert? Ou vinho com suco de groselha? Alguém ousaria chamar isso de vinho? Deveriam estender a noção de DOC às populações. O homem tem mais importância que o queijo, e é tanto quanto este ligado à terra. Um DOC das pessoas evitaria absurdos como um irlandês preto, que vence corridas.

— Garanto que deve ser naturalizado.

— É o que estou dizendo: um irlandês de papel. É o sangue que faz a nacionalidade, não o papel.

— O sangue é vermelho, Mariani.

— Que bugre de pintor! Estou falando de um sangue profundo, não desse treco vermelho que escorre mal a gente se arranha. O sangue! Transmitido! O único que conta!

"As palavras não querem dizer mais nada — suspirou. — O dicionário está entulhado de mato como uma floresta cortada demais. Abateram as árvores frondosas, e os arbustos proliferam no lugar delas, todos iguais, com espinhos, caule tenro, seiva tóxica. E o que fizeram das árvores frondosas? o que fizeram dos colossos que nos abrigavam? o que fizeram das maravilhas que levaram séculos para crescer? transformaram-nas em pauzinhos descartáveis para comer arroz e em móveis de jardim. A beleza soçobra no ridículo.

"Temos de parar de falar, Salagnon, porque com ruínas de palavras não se pode falar. Temos de voltar ao real. Temos de retornar às realidades. Temos de agir. No real, pelo menos cada um pode contar com sua própria força. A força, Salagnon: a força que a gente tinha e que nos escorregou por entre os dedos. A força que tivemos, que escapava de todos os camaradas mortos e que ainda escapava da gente quando voltamos para casa. São para isso os sacos de areia e as armas: para erguer uma barreira à força que escapa."

— Você tem armas aqui? — a voz de Salagnon se velou de inquietação.

— Mas é claro que sim! Não se faça de bobo! E armas de verdade, não essas carabinas de chumbo pra caçar esquilo. De verdade, das que matam com balas de guerra. — Virou-se para mim. — Você já se aproximou de uma arma de guerra? Empunhou, manipulou, experimentou? Utilizou?

— Deixe-o fora disso, Mariani.

— Você não pode deixá-lo fora do real, Salagnon. Ensine-lhe pincel, se quiser, eu vou mostrar a ele as armas.

Levantou-se e voltou. Trazia uma enorme arma na mão.

— Uma pistola, muito exatamente. É uma Colt 45, guardo-a debaixo da cama para minha proteção próxima. Ela atira balas de 11,43. Não sei por que adotaram medidas tão complicadas, mas são balas grossas. Eu me sinto mais bem protegido por balas grossas, principalmente durante o sono. Não há nada pior do que dormir sem defesa; nada pior do que acordar e ser impotente. Então se você sabe que debaixo da sua cama está a solução, se você pode num instante pegar uma arma automática de grosso calibre, pronta para atirar na hora, então você tem a possibilidade de se defender, de sobreviver, de voltar à realidade pela força; então você dorme melhor.

— É tão perigoso assim dormir?

— A gente é degolado em alguns segundos. Lá nós dormíamos com um olho só. Velávamos alternadamente uns o sono dos outros. Fechar os olhos sempre foi assumir um risco. E agora aqui é lá. É por isso que ocupo as alturas. Fortifiquei um posto com meus rapazes, vejo eles virem de todos os lados.

De debaixo do sofá tirou uma arma imponente, um fuzil de precisão equipado com uma luneta. "Venha ver." Ele me arrastou para a janela, apoiou-se nos sacos de areia, passou o cano pela fresta e mirou para fora. "Olhe." Peguei. As armas são objetos pesados. Seu metal denso pesa na mão, dá a sensação do choque ao menor contato. "Olhe lá embaixo. O carro vermelho." Um carro esporte vermelho destoava dos outros. "É o meu. Ninguém mexe nele. Sabem que estou vigiando dia e noite. Tenho uma mira noturna também." A luneta aumentava bastante. Viam-se as pessoas dezoito andares abaixo que passavam sem desconfiar de nada. O campo da luneta delimitava o torso delas com a cabeça, e uma cruz gravada permitia escolher aonde iria a bala.

— Ninguém mexe no meu carro. Ele tem alarme, e eu posso acertar uma bala numa cabeça de dia e de noite, instantaneamente. Eles me conhecem. Ficam na deles.

— Mas eles quem?

— Você não os reconhece? Eu os reconheço com um só olhar: pela maneira de se comportar, pelo cheiro, pelo ouvido. Eu os reconheço na hora. Eles se dizem franceses e nos desafiam a provar que não são. Como prova brandem esse papel que chamam de carteira de identidade e que eu chamo de papel fajuto. Papel de complacência concedido por uma administração frouxa e infiltrada.

— Infiltrada?

— Salagnon, você devia ensinar a ele outras coisas além de pincel. Ele não sabe nada sobre o mundo. Acha que a realidade é o que diz o papel.

— Mariani, pare.

— Mas olhe, eles estão lá! Dezoito andares abaixo, em toda parte, mas posso segui-los com a luneta. Ainda bem, porque no momento desejado: pof! pof! Está vendo, eles proliferam. Damos para eles a nacionalidade tão depressa quanto as fotocopiadoras reproduzem o papel rabiscado, e depois não podemos controlar mais nada. Eles se multiplicam sob a proteção dessa palavra oca que domina a todos nós como uma árvore morta: "nacionalidade francesa". Não se sabe mais o que isso quer dizer, mas dá para ver. Eu vejo muito bem quem é francês, vejo pelo óculo da luneta, como via lá; é fácil de ver e fácil de resolver. Então por que tagarelar para não dizer nada? Bastam algumas pessoas decididas, e mandamos passear todo esse legalismo que nos bloqueia, esses discursos perniciosos que nos embrulham, e enfim se governará pelo bom senso, entre pessoas que se conhecem. É esse o meu programa: o bom senso, a força, a eficácia, o poder aos sujeitos que têm confiança uns nos outros; meu programa é a verdade nua e crua.

Eu aquiescia, aquiescia por reflexo, aquiescia sem entender. Ele tinha deixado a arma em minhas mãos, e eu olhava pela luneta para não olhar para ele, e eu seguia as pessoas dezoito andares abaixo, seguia a cabeça delas gravando-a com uma cruz negra. Aquiescia. Ele continuava; eu o fazia rir empunhando a arma com tanta seriedade. "Está gostando, não é?" Eu sabia que deveria ter posto o fuzil no chão mas não podia, minhas mãos permaneciam coladas ao metal, meu olho à luneta, como se por brincadeira alguém houvesse besuntado a arma com cola rápida antes de passá-la para mim. Eu seguia as pessoas com os olhos, e meu olho marcava a cabeça delas com uma cruz, uma cruz de que elas nem desconfiavam e que não as largava. O metal esquentava em meus braços, a arma obedecia a todos os meus gestos, o objeto se integrava ao meu olhar. O fuzil é o homem. "Salagnon, olhe! Ele acaba de ter comigo sua primeira aula de fuzil! Olhando para ele quem diria que ele seria capaz de assumir posição num posto de sentinela? Vamos deixá-lo à janela, com ele de guarda não temos nada." Os rapazes de Mariani riram todos juntos, um riso enorme que fez a barriga deles tremer; riram de mim, e eu fiquei tão vermelho que minhas bochechas ardiam. Salagnon se levantou sem dizer nada e me levou dali como se eu fosse uma criança.

— Eles são doidos, não? — falei assim que as portas do elevador se fecharam. A cabine de um elevador não é grande, mas a gente não fica inquieto quando elas se fecham. O cubículo é iluminado, dotado de espelhos, acarpetado. Quando a porta se fecha a gente não sente claustrofobia, ao contrário se sente até seguro. Já os corredores, no espigão em que Mariani mora, despertam o medo do escuro: as lâmpadas estão quebradas, eles serpenteiam no andar sem janelas, a gente logo perde o senso de orientação e erra às apalpadelas à procura das portas. A gente não sabe mais aonde vai.

— Doidos varridos — disse ele com indiferença. — Mas sou indulgente para com Mariani.

— Mesmo assim, uns caras armados que fortificam um apartamento...

— Está cheio de gente assim; e a coisa nunca degenera. Mariani os segura, eles sonham viver o que Mariani viveu, e ele, como viveu, os contém. Quando ele morrer, eles não saberão mais com que sonhar. E se dispersarão. Quando o último ator do carnaval colonial tiver morrido, o GARFAR se dissolverá. Ninguém nem se lembrará de que uma coisa dessas foi possível.

— O senhor é um otimista. Num edifício de apartamentos tem uns loucos furiosos armados até os dentes, e o senhor varre isso com um revés de mão.

— Estão ali faz quinze anos. Nunca fizeram um só disparo, a não ser no clube de tiro de que têm a carteira oficial, com o nome verdadeiro deles e uma foto. As derrapagens que houve são da ordem do incidente, teriam ocorrido sem eles, e até mais.

Sem barulho, sem nenhuma sinalização, o elevador nos descia de volta para a terra. A calma de Salagnon me exasperava.

— Sua calma me exaspera.

— Sou um homem calmo.

— Mesmo diante da babaquice desses caras, do gosto pela guerra, do gosto pela morte?

— A babaquice é muito bem distribuída, eu mesmo contenho muito dela; a guerra não me impressiona mais; e quanto à morte, bom, estou me lixando para a morte. E Mariani também. É o que me dá essa indulgência para com ele. O que eu digo você não entende. Você não sabe nada da morte e não imagina o que pode ser se lixar para ela. Vi gente que se lixava totalmente para a própria morte, vivi com eles. Sou um deles.

— Só os loucos não têm medo, e olhe lá. Somente certo tipo de loucos.

— Eu não disse que não tinha medo. Disse apenas que me lixava para a minha própria morte. Eu a vejo, sei onde ela está, estou me lixando para ela.

— Isso são palavras.

— Aí é que está, não são. Essa indiferença eu vivi; eu vi nos outros. Era indiscutível e assustador. Lá eu assisti a uma carga de legionários.

— Uma carga? Havia carga de tropas no século XX?

— Carregar quer dizer apenas avançar sobre os sujeitos que atiram em você. Eu vi isso, estava presente, mas me escondi detrás de uma pedra abaixando a cabeça, como todos fazem nesses casos, mas eles carregaram; quer dizer que ao comando do seu oficial uns se levantam e avançam. Os inimigos atiram neles; eles sabem que podem morrer de repente, de um momento para o outro, mas avançam. Nem se apressam: marcham com a arma nos quadris e atiram como no treinamento. Eu fiz isso, investir contra um inimigo que atira em você, mas nesses casos a gente berra e corre; o grito não deixa pensar em nada e a corrida faz você crer que evita as balas. Eles não: eles se levantam e avançam compassadamente. Se morrem, azar; sabem muito bem disso. Alguns tombavam, outros não, e estes continuavam. Esse espetáculo é aterrorizante, homens que se lixam para a própria morte. A guerra se baseia no medo e na proteção; então, quando esses sujeitos se levantam e avançam, isso só pode aterrorizar, as regras não existem mais, não se está mais na guerra. Então, na maioria das vezes, os caras do outro lado, os que estão protegidos e atiram, davam no pé. Eram tomados por um cagaço danado e fugiam. Às vezes ficavam, e a coisa terminava à faca, a coronhadas, a pedradas. Os legionários se lixam tanto para a morte dos outros quanto para a própria. Matar alguém como se varre um quarto, eles podem fazer isso. Eles limpam a posição, assim dizem, e falam disso como de tomar uma chuveirada. Vi homens morrerem de cansaço para não diminuir o ritmo dos outros. Vi ficarem sozinhos na retaguarda para retardar os perseguidores. E todos sabiam o que faziam. Esses sujeitos olharam direto para o sol, tiveram a retina queimada; punham uma coisa deles no chão, um saco de campanha por exemplo, e não se mexiam mais, em pleno conhecimento de causa. Me aconteceu ver casos assim. Depois, nada mais tinha o mesmo sentido, o medo, a morte, o homem, nada mais.

Eu não sabia o que dizer. O elevador chegou com um pequeno choque elástico, e a porta se abriu. Saímos na aleia onde havia uns jovens parados.

Ele atravessou o grupo sem nenhuma modificação de seu passo, nem reduzir, nem acelerar, nem tampouco curvar as costas ou mesmo endireitá-las. Atravessou a entrada lotada de jovens como se fosse um lugar vazio, passou por cima das pernas de um que estava sentado atravessado na porta com um pedido de desculpa perfeitamente adequado, e o outro pediu desculpa no mesmo tom, por reflexo, e dobrou os joelhos.

Eles se lixavam para a morte, Salagnon tinha me dito; não estou certo de saber o que exatamente isso significa. Talvez tenham posto uma coisa deles no chão, como ele me disse, e enfim não se mexiam mais. Os jovens nos cumprimentaram com um sinal de cabeça, a que respondemos, e eles não interromperam a conversa por nossa causa.

Quando saímos, nevava. Com as mãos nos bolsos de nossos capotes seguimos pelas ruas vazias de Voracieux, ruas vazias de tudo, vazias de gente, vazias de fachadas, vazias de beleza e de vida, ruas lastimáveis que são apenas o vasto espaço que resta entre os espigões, ruas degradadas pelo uso e pela falta de manutenção. As ruas de Voracieux são desordenadas como uma cidade do Leste: tudo está ali por acaso, nada combina com nada. Inclusive o homem, nessas ruas, não está em seu lugar. Inclusive a vegetação, que de costume tende espontaneamente ao equilíbrio: as ervas daninhas estavam onde o chão devia ser pelado, e trilhas de terra nua atravessavam os gramados. A neve que caía naquela noite dava nova forma. Cobria tudo e aproximava tudo. Um carro estacionado se tornava pura massa, da mesma natureza que um arbusto, que um galpão que alojava um mercadinho, que um abrigo de ônibus onde ninguém esperava, que um meio-fio até o fim da avenida. Tudo não era mais que formas recobertas de uma brancura de papel, que atenuava os ângulos, unificava as texturas, apagava as transições; as coisas apareciam em sua simples presença, protuberâncias harmoniosas sob o mesmo lençol grande, eram irmãs sob a neve. Estranhamente, esconder unia. Pela primeira vez caminhamos pela Voracieux unificada, pela Voracieux silenciosa abafada de branco, todas as coisas entregues a uma vida igual pela calma da neve. Íamos em silêncio, os flocos se comprimiam em nossos capotes, permaneciam um instante em equilíbrio na lã, depois se desfaziam sobre si mesmos e desapareciam.

— O que o GARFAR quer, afinal?

— Ora, só coisas simples, só bom senso: querem resolver todos os problemas entre os homens. Como se faz nesses grupinhos que a lei não alcança. Querem que os fortes sejam fortes, que os fracos sejam fracos, querem que a diferença seja vista, querem que a evidência seja um princípio de governo. Não querem discutir, porque a evidência não se discute. Para eles, o uso da força é a única ação que vale; a única verdade, porque não fala.

E mais não disse, aquilo lhe parecia suficiente. Atravessamos Voracieux acalmada pela neve que cobre tudo. No silêncio os dez mil seres não passavam de ondulações de uma mesma forma branca. Os objetos não existiam, não passavam de ilusão do branco, e nós de capotes escuros, único movimento, éramos dois pincéis atravessando o vazio, deixando atrás de si dois traços de neve adulterada.

Quando chegamos ao seu jardim parou de nevar. Os flocos desciam, menos densos, esvoaçavam mais do que caíam, e os últimos, sem serem percebidos, foram absorvidos no ar violáceo. Acabou.

Ele abriu o portão que rangia e olhou à sua frente para a extensão que moldava as moitas, as beiras das aleias, a pouca grama e alguns objetos que não dava para reconhecer. "Está vendo, no momento em que chego ao meu jardim a neve para de cair, e nesse momento a cobertura é perfeita; nunca será mais fiel. Quer ficar um pouco aqui fora comigo?"

Ficamos em silêncio olhando nada, o jardim de uma casa de subúrbio de Lyon coberto com um pouco de neve. A luz dos lampadários lhe dava reflexos malva. "Gostaria que durasse bastante tempo, mas não dura. Está vendo esta perfeição? Logo, logo ela passa. Assim que para de cair, a neve começa a desmanchar, se achata, derrete, desaparece. O milagre da presença não dura mais que o instante do aparecimento. É horrível, mas temos que gozar da presença, e não esperar nada dela."

Caminhamos pelas aleias, o leve empoado afundava sob nossos pés, nossos passos eram acompanhados por um ruído delicioso que parece ao mesmo tempo o ranger da areia e o achatar das penas num grosso edredom. "Tudo é perfeito, e simples. Olhe os telhados como terminam numa bela curva, olhe os canteiros como se fundem com as aleias, olhe o varal como está bem sublinhado: agora a gente o vê."

Sobre o fio entre duas estacas tinha se depositado neve, numa faixa estreita e alta, ininterrupta, bem equilibrada. Seguia a curva de um só gesto. "A neve faz sem querer um desses traços como eu gostaria de traçar. Ela sabe, sem nada saber, acompanhar o fio com perfeição, ela sublinha sem o trair o impulso da curva que ele descreve, mostra esse fio melhor do que ele mesmo pode se mostrar. Se eu quisesse depositar neve sobre um fio, seria incapaz de fazer algo tão belo. Sou incapaz de fazer querendo o que a neve realiza com sua indiferença. A neve desenha no ar fios de pendurar roupa porque não dá a mínima para o fio. Ela cai, segundo as simplíssimas leis da gravidade, do vento e da temperatura, um pouco segundo a lei da higrometria, e traça curvas que não posso atingir com todo o meu saber de pintor. Tenho inveja da neve; gostaria de pintar assim."

Os móveis do jardim, uma mesa redonda e duas cadeiras de metal pintado haviam sido elegantemente cobertos por almofadas tão exatas que seria difícil a gente cortá-las e costurá-las usando a medida. Esses móveis envelhecidos, cuja ferrugem aparecia nos descascados da tinta, tinham se tornado sob a neve obras-primas de harmonia. "Se eu pudesse atingir essa indiferença, essa perfeição da indiferença, seria um grande pintor. Estaria em paz, pintaria o que me rodeia e morreria nessa mesma paz."

Ele se aproximou da mesa coberta por um edredom de proporções perfeitas, modelado unicamente pela combinação das forças naturais. "Olhe como é bem-feito o mundo, quando a gente o deixa por sua própria conta. E olhe como é frágil."

Raspou um punhado de neve, compactou o que havia pegado e atirou em mim. Tive o reflexo de me abaixar, muito mais em reação a seu gesto do que para evitar o projétil, e quando me endireitei novamente, surpreso, a segunda bola me acertou em cheio na testa, empoando minhas sobrancelhas e começando imediatamente a derreter. Enxuguei os olhos e ele saiu correndo, catando para cobrir a fuga porções de neve que mal amassava antes de atirá-las em mim; juntei munição e o persegui, corremos gritando pelo jardim, devastamos todo o manto nevoso para atirá-lo um no outro, amassando cada vez menos, mirando cada vez menos, atirando cada vez menos longe, saracoteávamos rindo em meio a uma nuvem de neve em pó.

A brincadeira acabou quando ele me agarrou por trás e enfiou um punhado de gelo tirado de um galho na gola do meu capote. Soltei um grito agudíssimo, sufoquei de rir e caí sentado no chão frio. Ele de pé à minha frente tratava de recobrar o fôlego. "Te peguei... Te peguei... Mas temos de parar. Não posso mais. E, depois, já atiramos toda a neve."

Tínhamos desarranjado tudo, pisoteado tudo, nossas pegadas confusas se embaralhavam, montículos informes misturados com terra reuniam o que restava.

— Está na hora de entrar em casa — disse ele.

— É uma pena o que fizemos com a neve.

Levantei-me e com o pé tentei fazer um montinho de neve; não parecia mais nada.

— E não dá para pôr a neve de volta onde estava.

— Vai ser preciso esperar ela cair outra vez. Ela sempre cai perfeitamente, mas é impossível imitar.

— Não deveríamos tocá-la.

— É, não nos mexer, não andar, só ficar contemplando, infinitamente satisfeitos de contemplar sua perfeição. Mas por si mesma, quando acaba de cair, começa a desaparecer. O tempo continua, e a moldagem maravilhosa se desfaz. Esse tipo de beleza não suporta o fato de vivermos. Vamos entrar.

Entramos. Sacudimos nossos calçados e penduramos os capotes.

— As crianças é que adoram anunciar que está nevando. Elas correm, gritam, e isso sempre provoca uma feliz animação: os pais sorriem e se calam, a escola pode fechar, toda a paisagem vira uma área de jogos que você pode modelar. O mundo fica macio e maleável, você pode fazer tudo sem pensar em nada, depois você se seca. Isso dura o tempo de você se maravilhar, dura o momento em que você o diz. Dura o tempo de anunciar que está nevando, e acabou. Assim é com os sonhos de ordem, meu rapaz. Agora vamos pintar.

No desenho, os traços mais importantes são os que você não faz. Eles deixam o vazio, e só o vazio deixa espaço: o vazio possibilita a circulação do olhar, e também do pensamento. O desenho é constituído por vazios habilmente dispostos, ele existe principalmente por essa circulação do olhar em si próprio. A tinta afinal está fora do desenho, a gente pinta com nada.

— Seus paradoxos chineses me exasperam.

— Mas toda realidade um pouco interessante só se diz com paradoxos. Ou se mostra por gestos.

— Mas se assim é, mais vale suprimir os traços. Uma folha em branco resolve.

— Pois é.

— Era só o que faltava.

Pela janela o jardim devastado reluzia suavemente, de uma luz marmoreada de traços negros irregulares.

— Um desenho assim seria perfeito, mas frágil demais. A vida deixa muitos traços — disse ele.

Não insisti, recomecei a pintar. Fiz menos traços do que costumava, ou tentava, fazer; e não estava pior. E os traços que restavam se traçavam por si mesmos em torno do branco aprofundado. A vida é o que resta; o que traços e vestígios não recobriram.

Apesar de tudo, voltei à carga; porque me inquietavam os sectários da autêntica raiz com suas armas, postados acima dos telhados.

— Mariani é um cara perigoso, não é? Seus rapazes têm armas de guerra, miram em todo mundo.

— Eles gesticulam. Divertem-se, tiram fotos uns dos outros. Gostariam que ao vê-los as pessoas sentissem um medo físico. Mas nestes quinze anos que gesticulam nunca fizeram vítimas, a não ser por extravasamentos que teriam ocorrido mesmo sem eles. Os estragos que fazem não são proporcionais à quantidade de armas que possuem.

— O senhor não os leva a sério?

— Nem um pouco; mas quando você os escuta fica tremendamente sério, e está aí o mais grave. O que o GARFAR diz há quinze anos tem mais efeito que os músculos um tanto gordos deles, que suas armas de teatro, que o porrete que levam no carro.

— E a raça?

— A raça é puro lero-lero. Um lençol estendido na sala para um teatro de sombras. A luz se apaga, todos se sentam, e não resta mais nada além da luzinha que projeta as sombras. O espetáculo começa. A plateia se extasia, aplaude, faz piada, vaia os malvados e incentiva os bonzinhos; ela só se dirige às sombras. Não sabe o que acontece atrás do lençol, acredita nas sombras. Atrás estão os verdadeiros atores que a plateia não vê, atrás do lençol se resolvem os verdadeiros problemas que são sempre sociais. Quando ouço um cara como você falar da raça com esse tremor heroico na voz, concluo que o GARFAR venceu.

— Mas eu me oponho ao que eles pensam.

— Quando alguém se opõe, compartilha. Sua firmeza os reconforta. A raça não é um fato natural, ela só existe se a gente falar nela. De tanto se agitar, o GARFAR fez todo mundo crer que a raça era, entre os nossos problemas, aquele que mais nos importava. Eles soltam um bafo e todo mundo acredita que o bafo existe. O bafo, a gente deduz pelos seus efeitos, então se supõe que a raça existe por causa do racismo. Eles venceram, todo mundo pensa como eles, contra ou a favor, para eles pouco importa: as pessoas creem de novo na divisão da humanidade. Compreendo que minha Eurydice fique furiosa e os odeie com todo o seu entusiasmo de Bab el-Oued: eu a tirei do que você nem imagina, e eles querem reconstruir aquilo aqui, como lá.

— Mas o que eles querem?

— Eles querem apenas querer, e que isso seja seguido por um efeito. Queriam que deixassem o caminho livre para os homens fortes, queriam uma ordem natural em que cada um teria seu lugar, e os lugares seriam vistos. Lá em cima, no décimo oitavo andar da torre de apartamentos de Mariani, eles criaram um falanstério, que é a imagem sonhada na França de hoje do que era a vida lá. O uso da força era possível, as pessoas cagavam para a lei, rindo. Um fazia o que tinha de fazer, em companhia dos sujeitos que conhecia. A confiança era dada num piscar de olhos, bastava ler nos rostos. As relações sociais eram relações de forças, e você as via diretamente.

"Eles sonham com formar uma matilha, gostariam de viver como um comando de caça. O ideal perdido deles é o do grupo de rapazes na montanha, armas nas costas, em volta de um capitão. Isso existiu em certas circunstâncias; mas um país inteiro não é um campo de escoteiros. E é trágico esquecer que, no fim das contas, perdemos. A força nunca se considera errada: quando seu uso fracassa, você sempre acredita que com um pouco mais de força teria vencido. Então você recomeça, mais forte, e perde de novo, com um pouco mais de estragos. A força nunca entende nada, e os que se valeram dela contemplam seu fracasso com melancolia, sonham voltar à carga.

"Lá tudo era simples, nossa vida repousava em nossa força: uns tipos que não se pareciam conosco tentavam nos matar. Nós também. Tínhamos de derrotá-los ou escapar deles; sucesso ou fracasso; nossa vida tinha a simplicidade de um jogo de dados. A guerra é simples. Sabe por que a guerra é eterna? Porque é a forma mais simples da realidade. Todo mundo quer a guerra, para simplificar. Queremos enfim desatar os nós em que vivemos usando a força. Ter um inimigo é o bem mais precioso, ele nos proporciona um ponto de apoio. Na floresta de Tonquim buscávamos o inimigo para enfim combatermos.

"O modelo de solução de todos os problemas é o sopapo que você dá no garoto ou o pontapé que desfere no cachorro. Isso alivia. Quem incomoda todos sonham enquadrar pela força, como a um cachorro, uma criança. Quem não faz o que a gente diz tem de ser posto no seu devido lugar pela força. Ele só compreende assim. Lá era o reino do sopapo, que é o ato social mais evidente. Lá foi por água abaixo porque não se pode governar as pessoas tratando-as como cachorros. É trágico esquecer que no fim perdemos; é tragicamente idiota pensar que um pouco mais de força teria resolvido o assunto. Mariani e seus caras são os órfãos inconsolados da força, é trágico levá-los a sério porque a seriedade deles nos contamina. Eles nos obrigam a falar de seus fantasmas, e assim nós os fazemos reaparecer e durar.

"Entendo a cólera de Eurydice. O que ela queria ao ver Mariani era lhe cravar uma estaca no coração, para que ele não voltasse nunca mais, para que desaparecesse com todos os fantasmas que o acompanham. Quando ele vem aqui, lá volta para nos assombrar, quando passamos nossa vida tentando não pensar mais em lá. Entendo a cólera de Eurydice, mas Mariani me carregou na floresta."

— E isso basta? É pouco.

— Onde encontrar mais? A amizade vem de um só gesto, ela se dá de repente, depois ela rola; ela não mudará de trajetória a não ser que um grande choque a desvie. O sujeito que tocou em seu ombro em certo momento, esse sujeito você ama para sempre, muito mais do que aquele com quem você fala toda manhã. Mariani me carregou na floresta, e ainda sinto na perna a dor das sacudidas quando esse babaca tropeçava nas raízes. Teriam de me cortar a perna para que eu não voltasse mais a vê-lo. Fui ferido, e ele foi ferido onde estou intacto. Nós nos vemos como dois caras acabados que sabem por quê.

"Não gosto dos rapazes dele, mas sei por que anda com eles. As concepções políticas do GARFAR são idiotas, simplesmente idiotas. E reconheço esse gênero de idiotice, eles a herdaram de lá, onde nunca soubemos governar. De Gaulle os chamava de tagarelas, e sua perfídia muitas vezes tinha razão. Lá as pessoas tagarelavam. O poder estava em outro lugar, a gente se apoiava nele sem que ele estivesse lá e, quando as coisas azedavam, chamava-se o exército. A gente não sabia governar, não sabia nem mesmo o que era isso: a gente mandava e, à menor contradição, esbofeteava; como se esbofeteia as crianças, como se bate nos cachorros; se o cachorro reagia, se ameaçava morder, chamava-se o exército. O exército era eu, Mariani, outros caras assim, muitos dos quais morreram: nós nos esforçávamos para matar o cachorro. Que profissão, hein! Mariani acreditou nisso e não se curou dessa crença, e eu creio que desenhar me salvou. Eu era um militar menos bom, mas salvei minha alma.

"Matador de cães — murmurou. — E quando os cães morriam, olhavam para mim com olhos de homens, o que nunca haviam deixado de ser. Que vida! Se eu tivesse filhos, não sei como poderia lhes contar. Mas eu te digo isso, não sei se você entende; você não entende nada da França, como todo mundo."

— De novo ela — suspirei. — De novo ela.

A França me exasperava com seu grande F enfático, o F maiúsculo como De Gaulle o pronunciava, e agora como ninguém mais ousa pronunciá-lo. Essa pronúncia do F maiúsculo ninguém mais a compreende. Estou cheio desse grande F de que falo desde que encontrei Victorien Salagnon. Estou cheio dessa maiúscula enviesada, mal concebida, que a gente pronuncia com um silvo de ameaça e que é incapaz de encontrar sozinha seu equilíbrio: ela se inclina à direita, cai, seus ramos assimétricos a arrastam; o F só para em pé se o contivermos pela força. Pronuncio o grande F a todo instante desde que conheço Victorien Salagnon, acabo falando da França maiúscula tanto quanto De Gaulle, esse mentiroso flamejante, esse romancista genial que nos fez crer unicamente com a sua pena, com o seu verbo, que éramos vencedores quando não éramos mais nada. Por um *tour de force* literário ele transformou nossa humilhação em heroísmo: quem teria ousado não acreditar nisso? Nós acreditávamos: ele o dizia tão bem. Isso fazia tão bem. Acreditamos sinceramente termos combatido. E quando fomos sentar à mesa dos vencedores, fomos com nosso cão para mostrar nossa riqueza, e lhe demos um pontapé para mostrar nossa força. O cão ganiu, batemos de novo, e depois ele nos mordeu.

A França se diz com uma letra malfeita, tão incômoda quanto a cruz do General em Colombey.* É difícil pronunciar a palavra, a grandeza enfática do início impede de modular corretamente o povo de minúsculas que a segue. O grande F expira, o resto da palavra se respira mal, como falar mais?

Como dizer?

A França é uma maneira de expirar.

Todo mundo aqui solta suspiros, nós nos reconhecemos por esses suspiros, e alguns cansados do excesso de suspiros vão para outro lugar. Não entendo os que partem; eles têm razões, eu as conheço, mas não os entendo. Não sei por que tantos franceses vão para outro lugar, por que deixam este

---

* Cruz com duas travessas, a cruz de Lorena é o emblema dos gaullistas e da Resistência. Colombey-les-Deux-Églises, pequena aldeia francesa onde o general De Gaulle comprou a propriedade onde viria a falecer, abriga hoje o monumento em homenagem à Resistência, dominada por essa cruz. (N. T.)

lugar aqui que eu nem imagino deixar, não sei por que todos eles têm vontade de partir. No entanto vão embora aos montes, se mudam com uma clara evidência, são quase um milhão e meio, cinco por cento longe daqui, cinco por cento do corpo eleitoral, cinco por cento da população ativa, uma parte considerável de nós em fuga.

Eu nunca poderia ir para outro lugar, nunca poderia respirar sem essa língua que é meu fôlego. Não posso prescindir do meu fôlego. Outros podem, parece, e eu não entendo isso. Perguntei então a um expatriado, que havia vindo de férias por uns dias, pouco antes de ele voltar para onde ganhava muito mais dinheiro do que ouso sonhar, perguntei: "Você não tem vontade de voltar?". Ele não sabia. "Não sente falta da vida daqui?" Porque sei que em outras partes eles gostam da vida daqui, dizem isso com frequência. "Não sei", ele me respondeu, com o olhar vago, "não sei se volto. Mas sei (e aí sua voz ficou firme, e ele me olhou nos olhos), sei que serei enterrado na França."

Não soube o que responder a tal ponto estava surpreso, se bem que responder não é a palavra exata: eu não soube como continuar a falar do assunto. Falamos de outras coisas, mas desde então sempre penso nisso.

Ele vive em outro país mas quer morrer na França. Eu estava persuadido de que o corpo morto, acometido de ataraxia e surdez, de anosmia, de cegueira e de insensibilidade geral, era indiferente à terra em que se dissolve. Eu acreditava, mas não, o corpo morto ainda é apegado à terra que o alimentou, que o viu andar, que o ouviu balbuciar suas primeiras palavras de acordo com essa maneira particular de modular a respiração. Muito mais que uma maneira de viver, a França é uma maneira de expirar, uma maneira de quase morrer, um sibilar desordenado seguido de minúsculos soluços apenas audíveis.

A França é uma maneira de morrer; a vida na França é um longo domingo que termina mal.

Começa cedo para um sono de criança. A janela é bruscamente aberta, as venezianas empurradas, e a luz vem para dentro. Você se sobressalta franzindo os olhos, gostaria de se meter de novo debaixo dos lençóis agora amarfanhados pela noite, que não correspondem mais ao cobertor, mas mandam você se levantar. Você se levanta com os olhos inchados, sai do quarto a passinhos curtos. As fatias de pão com manteiga são cortadas num pão largo, você as molha no café com leite, esse espetáculo é meio nojento. Você tem de tomar toda a enorme tigela que segura com as duas mãos e que deixa demoradamente diante do rosto.

A roupa nova está estendida na cama, a que a gente não usa com frequência, não o bastante para amaciá-la e apreciá-la, mas a gente tem de vesti-la e tratar de não a amarrotar nem sujar. Não é exatamente do tamanho certo porque a gente não a gasta e ela dura demais. Os sapatos são apertados por terem sido usados muito pouco, suas bordas não amaciadas machucam as canelas e o tendão traseiro, onde as meias furam.

A gente está pronto. O incômodo e a dor não se veem, o conjunto visto de fora é impecável, ninguém pode fazer nenhum reparo. A gente passa cera nos sapatos, eles já estão machucando, mas não tem importância. A gente vai andar pouco.

A gente vai à igreja; vai à assembleia — "a gente" não é ninguém em particular. A gente vai junto, e seria uma pena a gente não estar presente. A gente levanta, senta, canta como todo mundo, muito mal, mas a única maneira de escapar é não estar juntos, então a gente fica, e canta, mal. No átrio a gente troca cortesias; os sapatos maltratam.

A gente compra doces e pede para porem numa caixa de papelão rígido, branco, limpinho. A gente leva a caixa pelo barbante com um laço no centro, num gesto delicado. A gente andará sem sacudi-la porque dentro coabitam pequenos castelos de creme, de caramelo e de manteiga. Será o coroamento do almoço considerável que já está sendo preparado.

É domingo, os sapatos maltratam, a gente se senta diante do prato que nos designaram. Todo mundo se senta diante de um prato, todo mundo tem o seu; todo mundo se senta com um suspiro de alívio, mas esse suspiro também pode ser um pouco de cansaço, de resignação, nunca se sabe em se tratando de suspiros. Ninguém falta, mas talvez a gente quisesse estar em outro lugar; ninguém está a fim de vir, mas a gente ficaria mortificado se não nos convidassem. Ninguém deseja estar ali, mas a gente teme ser excluído; estar ali é uma chateação, mas não estar seria um sofrimento. Então a gente suspira e come. O almoço é bom, mas demorado demais, e pesado demais. A gente come muito, muito mais do que gostaria, mas sente prazer, e pouco a pouco o cinto aperta. A comida não é somente um prazer, também é matéria, é um peso. Os sapatos maltratam. O cinto se afunda na barriga, atrapalha a respiração. À mesa, a gente se sente mal e busca o ar. A gente está sentado com essas pessoas para sempre e se pergunta por quê. Então a gente come. A gente se pergunta por quê. Na hora de responder, a gente engole. A gente nunca responde. A gente come.

De que se fala? Do que se come. Prevê-se, prepara-se, come-se: sempre se fala da comida, o que a gente come ocupa a boca de diferentes maneiras. A boca, ao comer, a gente ocupa não dizendo nada, a gente a ocupa para não mais poder falar, para saciar enfim esse tubo sem fundo aberto para fora, aberto para dentro, essa boca que a gente não pode tapar, infelizmente. A gente se ocupa de enchê-la para se justificar por nada dizer.

Os sapatos maltratam, mas debaixo da mesa isso não se vê; apenas se sente, logo não tem importância. A gente afrouxa um pouco o cinto, seja discretamente, seja com uma grande risada. Debaixo da mesa os sapatos maltratam.

Depois vem o passeio. A gente o teme porque não sabe aonde ir, então vai a um lugar bem conhecido; a gente espera andar porque aqui a gente não respira mais. O passeio será dado a passos hesitantes, a passos reticentes que não avançam, como um gingar que tropeça a cada passo. Nada é menos interessante do que um passeio de domingo, todos juntos. A gente não avança; os passos escorrem como os grãos preguiçosos do tempo; a gente finge que avança.

Por fim a gente volta para casa, para fazer uma sesta, praticada de costas e de janela aberta. Atirando-se na cama a gente atira os sapatos, enfim, os sapatos que maltratavam, a gente os arranca e joga em desordem ao pé da cama. A gente abre o colarinho, a gente desafivela o cinto, a gente deita de costas porque a barriga está inchada demais. Lentamente, o calor lá fora se acalma.

O coração bate um pouco forte demais, com essa agitação de ter subido ao quarto, de ter desafivelado depressa demais o que atrapalhava a expansão do ventre e do pescoço, o que mantinha os dedos do pé encolhidos, de ter se atirado forte demais na cama soltando um grande suspiro. Os rangidos do estrado de molas diminuem, e enfim a gente pode ver o quarto silencioso e o lado de fora acalmado. O pescoço bate um pouco forte demais, empurra com dificuldade um sangue açucarado demais que preguiçosamente corre, um sangue gorduroso demais que mal passa, que desliza mais do que corre. O coração pena, se esgota nesse esforço. Quando a gente estava de pé o sangue corria naturalmente para baixo, a marcha lenta o ajudava a se mover; quando a gente estava sentado, à mesa, ele se esquentava com as conversas, e o álcool volátil o deixava mais leve; mas assim deitado, o sangue grosso demais se espalha, paralisa, entope o coração. Deitado de costas num quarto, a gente morre de entupimento. Sem drama, a gente morre de imobilização, de envisgamento de sangue gorduroso, porque nos vasos na horizontal nada circula. O processo é demorado, cada órgão isolado se vira, eles morrem cada qual por sua vez.

Morrer na França é um longo domingo, uma parada progressiva do sangue que não vai mais para lugar nenhum; que fica onde está. A origem obscura não se mexe mais, o passado se imobiliza, nada mais se move. A gente morre. É bom assim.

Pela janela aberta vão se propagando os esplendores atenuados do crepúsculo. Os perfumes florais se propagam e se misturam, o céu que a gente vê por inteiro é um grande prato de cobre que os passarinhos fazem vibrar com ligeiras batidas de baquetas envoltas em tecido. Na penumbra violeta que sobe, eles começam a cantar. A gente estava bem vestido, a gente não fez nenhuma mancha na camisa, a gente se manteve em nosso lugar sem fraquejar, a gente participou desse banquete com todos os outros. A gente agora morre de uma paralisia do sangue, de um pesado empastamento dos vasos que bloqueia a circulação, de um sufocamento que aperta o coração, e isso impede de gritar. De gritar por socorro. Mas quem acudiria? Quem acudiria, na hora da sesta?

A França é uma maneira de morrer domingo à tarde. A França é uma maneira de no último momento falhar em morrer. Porque a porta explode; jovens de cabeça redonda se precipitam no quarto; eles cortam os cabelos tão curto que não resta mais que um pouco de sombra em torno do crânio, seus ombros esticam suas roupas a ponto de estourá-las, seus músculos saltam, eles carregam objetos pesados e se movimentam correndo. Eles se precipitam no quarto. Atrás deles vem um homem mais velho, mais magro, que dá ordens gritando mas nunca perde a calma. Ele tranquiliza porque vê tudo, dirige com o dedo e com a voz, os lobos à sua volta controlam sua força. Eles se precipitam no quarto e a gente se sente melhor; eles fornecem oxigênio e a gente respira, abrem uma cama mecânica, estendem nela aquele corpo imóvel prestes a morrer e o levam correndo. Eles empurram pelo corredor a cama de rodinhas, o corpo que sufoca amarrado em cima dela, carregam-na escada abaixo, instalam-na na camionete cujo motor não tinham desligado. A cama mecânica é adaptada a todos esses transportes. Atravessam a cidade depressa demais, a camionete berrando faz as curvas inclinada, furam sinais, afastam os carros com um revés de mão orgulhoso, não obedecem mais às regras porque não é mais hora de obedecer às regras.

No hospital correm pelos corredores, empurram à sua frente a cama de rodinhas em que repousa o corpo que sufoca, correm, abrem portas duplas com um pontapé, empurram os que não se afastam rapidamente, chegam enfim na sala esterilizada onde um homem mascarado os aguarda. Não dá para reconhecê-lo porque seu rosto está escondido atrás da máscara de pano, mas sabe-se que ele está preparado: está tão tranquilo, tão seguro de saber, que diante dele a gente não sabe mais; a gente se cala. Trata com intimidade o chefe dos jovens. Eles se conhecem. Ele assume as rédeas da situação. Em volta dele mulheres mascaradas lhe passam ferramentas brilhantes. Ele corta a artéria sob a luz de um projetor que não faz sombras, opera, costura o rasgão dando pontinhos miúdos, com a perturbadora delicadeza de um homem que se destaca nos trabalhos de mulher.

A gente acorda num quarto limpo. Os jovens de cabeça redonda foram até outras pessoas que sufocam. O homem providencial que sabe manejar o bisturi e a agulha abaixou a máscara até o pescoço. Sonha à janela fumando um cigarro.

A porta se abre sem ruído e uma mulher adorável de jaleco branco traz numa bandeja uma refeição leve demais. Na louça espessa, parecem brinquedos o presunto sem gordura, o pão em fatias estreitas, o montinho de purê, o pedaço de queijo, a água morta. Todos os dias a comida será assim: transparente, até a cura.

Com seu chefe mais magro e mais velho que eles, os jovens atléticos foram fazer outro atendimento; o médico sem rosto, para o qual trazem corpos quase mortos, quase sem vida, salva-os com um simples gesto.

A vida francesa segue assim: quase sempre perdida, depois salva por um corte de bisturi. Sufocada de sangue, de um sangue que se espessa até não se mexer mais, e salva de repente, por um jorro de sangue claro que espirra do ferimento infligido.

Perdida, depois salva; a França é uma maneira muito suave de quase morrer, e uma maneira brutal de ser salvo. Eu entendo, sem ser capaz de explicar, por que hesitava regressar aquele a quem eu perguntava se o faria, o expatriado que vivia em outro país sem querer voltar para cá, e por que ele sabia no entanto que tinha de ser enterrado aqui.

Eu não sabia, não sabia dessa morte, dessa morte deliciosa e lenta, e desse salvamento brutal por homens que se movimentam correndo, o salvamento com um corte de bisturi feito por um homem que sabe o que faz e a quem a gente devotará um infinito reconhecimento; eu não esperava por isso. E no entanto, tudo o que me contaram na França, tudo o que faço meu por essa língua que me atravessa, tudo o que sei e que foi dito, e escrito, e contado por essa língua que é a minha me prepara desde sempre a acreditar ser salvo pelo uso da força.

— Você não entende nada da França — me dizia Victorien Salagnon.

— Entendo sim. Simplesmente, não sei como dizer.

Então eu me levantava e o beijava, eu o beijava em suas bochechas acartonadas de velho, um pouco ásperas com os pelos brancos que ele não cortava mais tão bem, eu o beijava ternamente e lhe agradecia, e voltava para casa, voltava a pé pelas ruas vazias de Voracieux-les-Bredins, na neve toda estragada pelas marcas dos pneus e pelas marcas dos passos. Quando passava ao lado de uma camada de neve intacta, gramados ou calçadas ainda não percorridos, eu a contornava para não danificá-la. Sabia muito bem da fragilidade daquela ordem branca, que de qualquer modo não passaria daquele dia.

Romance v
A guerra neste jardim ensanguentado

Não há cidade no mundo que Salagnon tenha detestado mais do que a cidade de Saigon. Lá o calor é todo dia horroroso, e o barulho. Respirar sufoca, o ar parece estar misturado com água quente, e se você abre a janela pela qual acreditou poder se proteger, você não se ouve mais falar, nem pensar, nem respirar, a barulheira da rua invade tudo, inclusive o interior do crânio; e se você tornar a fechá-la, não respira mais, um lençol molhado se deposita na sua cabeça, e a comprime. Nos primeiros dias que esteve em Saigon ele abriu e fechou várias vezes a janela do seu quarto de hotel, depois desistiu, e ficava deitado de cueca na cama ensopada, tentava não morrer. O calor é a doença desse país; você tem de se acostumar com ele ou morre dele. É melhor se acostumar, e pouco a pouco ele se retira. Você não pensa mais nele e ele só volta de surpresa, quando você tem de fechar todos os botões da túnica do seu uniforme, quando tem de fazer um gesto enérgico demais, quando tem de carregar qualquer pesinho, levantar seu saco de campanha, subir uma escada; o calor volta então como uma onda brutal que molha as costas, os braços, a testa, e manchas escuras se espalham pelo tecido claro do uniforme. Ele aprendeu a se vestir com roupas leves, a não fechar nada, a economizar seus atos, a fazer gestos amplos de maneira que a sua pele não tocasse a sua pele.

Também não gostava da rua invasiva, do barulho que nunca deixava em paz, do formigueiro de Saigon; porque Saigon lhe parecia um formigueiro em que uma infinidade de pessoas parecidas se agitava em todos os sentidos, sem que ele compreendesse seus objetivos: militares, mulheres discretas, mulheres vistosas, homens de roupas idênticas cuja expressão não sabia decifrar, cabelos negros todos iguais, mais militares, gente em todos os sentidos, riquixás, veículos de tração humana, e uma atividade insensata nas calçadas: cozinha, comércio, cabeleireiros, corte das unhas dos pés, conserto de sandálias, e nada: dezenas de homens de cócoras vestindo roupas gastas, fumando ou não, observavam vagamente a agitação sem que se pudesse saber o que pensavam. Militares de bonitos uniformes brancos passavam estendidos nos riquixás, outros se sentavam à mesa nos terraços dos grandes cafés, entre si ou com mulheres de cabelos negros compridíssimos, alguns de uniforme dourado atravessavam a multidão no banco de trás de automóveis que abriam passagem a buzinadas, ameaças e roncos de motor, e detrás deles logo tornava a se formar o atravancamento. Detestou Saigon desde o primeiro dia, pelo barulho, pelo calor, por todas as horríveis invasões de que estava povoada; mas quando se viu fora da cidade, a alguns quilômetros campo adentro, acompanhado de um oficial simpático que queria lhe mostrar os burgos dos arredores, mais calmos, mais repousantes, alguns com piscinas e restaurantes agradáveis, quando se viu no arrozal plano sob nuvens imóveis, sentiu tamanho silêncio, tamanho vazio, que se acreditou morto; pediu para encurtar o passeio e voltar a Saigon.

Preferiu Hanói, porque a primeira manhã em que acordou na cidade foi pelo barulho dos sinos. Chovia, a luz era acinzentada e o frio da manhã que o cercava lhe fez crer que estava em outra parte, de volta, quem sabe à França mas não a Lyon, porque em Lyon ele não queria que o esperassem, acreditou-se num outro lugar da França onde estaria bem, um lugar verde e cinzento, um lugar imaginário tirado de leituras. Acordou totalmente e não transpirou ao se vestir. Tinha um encontro no bar do hotel, "depois da missa", tinham lhe dito, a missa na catedral, no bar do Grand Hôtel du Tonkin, estranha mistura de província francesa e de colônia distante. Em Saigon a luz obrigava a franzir os olhos, luz de um amarelo-claro superexposto salpicado de manchas coloridas; em Hanói era apenas cinza, de um cinza sinistro ou de um belo cinza melancólico conforme os dias, repleta de pessoas que só usavam roupa preta. Transitava-se igualmente mal nas ruas entupidas de mercadorias, de carrinhos de mão, de comboios, de caminhões, mas Hanói trabalhava, com uma seriedade de que caçoavam um pouco noutros lugares; Hanói trabalhava sem nunca se distrair de seu objetivo, e mesmo a guerra aqui era travada seriamente. Os militares eram mais magros, densos e rijos como cabos elétricos vibrantes, o olhar intenso em suas órbitas cavas pelo cansaço; andavam sem se demorar, apressados, parcimoniosos, sem nada inútil nos gestos, como se ali decidissem a cada instante sua vida e sua morte. Vestindo uniformes gastos de uma cor vaga, nunca mostravam nada de extremo oriental ou de decorativo, andavam sem afetação, como escoteiros, exploradores, alpinistas. Seria possível cruzar com eles nos Alpes, no meio do Saara, no Ártico, atravessando sozinhos extensões de pedras ou de gelo com essa mesma tensão no olhar que não varia, essa mesma magreza ávida, essa mesma economia de gestos, porque a precisão permite sobreviver, e os erros não. Mas isso ele conheceu mais tarde, já era outro; o primeiro contato que teve com a Indochina foi aquele horrível algodão empapado de água quente que enchia toda Saigon e que o sufocava.

O calor, que é a praga de além-mar, havia começado no Egito, no momento em que o *Pasteur*, que fazia a ligação com a Indochina, entrara no canal de Suez. O navio carregado de homens avançava lentamente pela trilha d'água no deserto. O vento do mar havia diminuído, não estavam mais no mar, e fez tanto calor no convés que ficou perigoso tocar as peças metálicas. Nos conveses inferiores entupidos de jovens que nunca haviam visto a África, não se respirava mais, as pessoas derretiam, e muitos soldados desmaiaram. O médico colonial os reanimava brutalmente e lhes dava uma bronca, para fazer com que compreendessem: "E agora chapéu de mato o tempo todo, e comprimidos de sal, se vocês não quiserem passar desta para a melhor estupidamente. Seria muito besta ir para a guerra e sucumbir de insolação, imaginem o relatório enviado às suas famílias. Se morrerem lá, tratem de morrer corretamente". A partir de Suez, um véu de melancolia caiu sobre os jovens amontoados em todos os espaços do navio; pareceu-lhes, somente agora, que não voltariam todos.

De noite, ouviam-se fortes respingos de água na base do casco. Espalhou-se o boato de que os legionários desertavam. Eles mergulhavam, nadavam, subiam na beira do canal e seguiam todos molhados pelo deserto escuro, a pé, rumo a outro destino de que ninguém teria notícia. Suboficiais faziam rondas no convés para impedi-los de pular n'água. No mar Vermelho a brisa voltou, evitando que todos morressem esmagados pelo sol direto que brilha no Egito. Mas em Saigon o calor os esperava, sob uma forma diferente, estufa, banho de vapor, panela de pressão cuja tampa permaneceria bem vedada por todo o tempo da estada deles.

No cabo de São Tiago desembarcaram do *Pasteur* e subiram o Mekong. O nome o encantou, e o verbo; "subir o Mekong": ao pronunciá-los juntos, verbo e nome, sentiu a felicidade de estar em outro lugar, de iniciar uma aventura, sentimento que logo se evaporou. O rio muito liso não tinha uma ruga; brilhava como uma chapa de metal que teriam coberto com óleo castanho, e à sua superfície deslizavam as barcaças que os transportavam, deixando para trás um caldo grosso e sujo. O horizonte retilíneo estava bem baixo, o céu descia bem baixo, branqueava nas beiradas, e nuvens brancas bem nítidas ficavam fixadas no ar sem se mexer. O que viu era tão plano que se perguntou como eles poderiam fincar pé ali e se manter erguidos. Na caçamba da barcaça os jovens soldados esgotados pela travessia e pelo calor cochilavam recostados em seus sacos, em meio ao cheiro adocicado de lama que se elevava do rio. Os sujeitos na popa, de calção, torso bronzeado, vigiavam a margem com uma metralhadora soldada num eixo móvel; não diziam uma palavra. Cara fechada, não concediam um olhar àqueles soldadinhos novos, àquele rebanho de homens claros e limpos cuja transumância asseguravam e do qual logo faltaria a metade. Salagnon ainda ignorava que em alguns meses teria aquela mesma cara. O motor da barcaça roncava na água, as chapas da blindagem vibravam sob os homens, e o barulho contínuo, enorme, se dissipava sozinho na largura extrema do Mekong, porque não encontrava nada, nada que se erguesse e contra o que ricochetear. Apertado contra os outros, silencioso como os outros, o coração saindo pela boca como os outros, teve durante toda a subida até Saigon a sensação de um inferno de solidão.

Foi convocado por um velho coronel da Cochinchina que tinha ideias inabaláveis sobre a condução da guerra. O coronel Duroc recebia em sua sala, deitado num sofá chinês, servia um champanhe que permanecia fresco enquanto as pedras de gelo não derretiam. Seu magnífico uniforme branco, com muitas costuras douradas, o apertava com um pouco de exagero, e o ventilador acima dele espalhava seu suor, e alastrava no ambiente seu cheiro de gordura cozida e água-de-colônia; à medida que o dia tropical surgia lá fora, em frestas ofuscantes através das persianas fechadas, seu cheiro se agravava. Ele lhe mostrou uma coisinha pequenina, que desaparecia entre seus dedos roliços.

— Sabe como dizem bom dia aqui? Eles se perguntam se comeram arroz. Eis o ponto exato em que vamos ganhar, voltando todas as nossas cargas para lá.

Apertou os dedos, o que os enrugou, mas Salagnon compreendeu que ele lhe mostrava um grão de arroz.

— Aqui, meu jovem, é preciso controlar o arroz! — ele se entusiasmou. — Porque neste país de fome tudo se mede pelo arroz: a quantidade de homens, a extensão das terras, o valor das heranças e a duração das viagens. Esse padrão de tudo cresce na lama do Mekong; então, se controlarmos o arroz que escapa do delta, sufocamos a rebelião, como se privássemos o incêndio de oxigênio. É física, é matemática, é lógica, tudo o que você quiser: controlando o arroz, vencemos.

A gordura do seu rosto esfumava seus traços, lhe dando sem ele querer um ar impassível e levemente satisfeito; apertar os olhos, qualquer que fosse a causa, produzia nele duas frestas anamitas* que lhe davam um ar de entendido. O país era vasto, a população na melhor das hipóteses indiferente, seus soldados pouco numerosos e seu material vetusto, mas ele tinha ideias inabaláveis sobre a maneira de ganhar uma guerra na Ásia. Vivia lá fazia tanto tempo que se julgava incorporado à terra. "Não sou mais totalmente francês", dizia ele com uma risadinha, "mas ainda o bastante para utilizar os cálculos do segundo birô.** Sutileza da Ásia, precisão da Europa: mesclando o gênio de cada mundo faremos grandes coisas." Com a ponta do lápis batia no rela-

---

* Anamitas: povo de Aname, antigo reino na costa leste da Indochina. (N. T.)
** Segundo Birô do Estado-Maior, serviço de informação externa das Forças Armadas. (N. T.)

tório posto ao lado do balde de champanhe, e a segurança do gesto servia de demonstração. Os números diziam tudo sobre o circuito do arroz: produção nas terras do delta, capacidade de carga dos juncos e das sampanas, consumo diário dos combatentes, capacidade de transporte dos *coolies*, velocidade da caminhada. Integrando tudo isso, basta se apossar de certa porcentagem do que sai do delta para apertar o suficiente o tubo de arroz e estrangular o Vietminh. "E quando eles morrerem de fome descerão das montanhas, virão para a planície e aí nós os esmagaremos, porque nós temos a força."

Esse maravilhoso velho coronel se agitava expondo seu plano, o ventilador girava acima dele e difundia seu cheiro úmido, um cheiro de rio daqui, morno e perfumado, ligeiramente enjoativo; atrás dele, na parede, o grande mapa da Cochinchina formigava de traços vermelhos, que indicavam a vitória tão inequivocamente quanto uma flecha indica sua ponta. Concluiu sua demonstração com um sorriso de conivência que teve um efeito horrível: pregueou todos os seus vários queixos, e extraiu dali um suplemento de suor. Mas esse homem tinha o poder de distribuir meios militares. Outorgou com uma penada ao tenente Salagnon quatro homens e um junco para vencer a batalha do arroz.

Ao sair, Victorien Salagnon mergulhou na resina derretida da rua, no ar fervendo que colava em tudo, carregado de cheiros ativos e penetrantes. Alguns desses cheiros ele nunca tinha percebido, até ignorava que existissem, a tal ponto invasivos e ricos que eram também um gosto, um contato, um objeto, o escoamento de matérias voláteis e cantantes dentro dele mesmo. Aquilo misturava o vegetal e a carne, podia ser o cheiro de uma flor gigante que teria pétalas de carne, o cheiro que teria uma carne de que escorria seiva e néctar, você sonha dar uma mordida, ou poderia desmaiar, ou vomitar, você não sabe como se comportar. Na rua pairavam perfumes de ervas picantes, perfumes de carnes açucaradas, perfumes de frutas azedadas, perfumes almiscarados de peixe que desencadeavam por contato uma apetência parecida com a fome; o cheiro de Saigon despertava um desejo instintivo, misturado com um pouco de repulsão instintiva, e a vontade de saber. Deviam ser cheiros de cozinha, porque ao longo da rua, em biroscas rodeadas de vapores, os anamitas comiam, sentados a mesas desbeiçadas, manchadas, muito gastas por uso demais e manutenção de menos; os vapores em volta deles provocavam escorrimentos de saliva, as manifestações físicas da fome, embora tudo o que ele sentia nunca tivesse sentido antes; devia ser a cozinha deles. Comiam depressa, em tigelas, aspiravam sopas fazendo enorme barulho, pescavam filamentos e pedaços com pauzinhos que manejavam como pincéis; levavam tudo prontamente à boca, bebiam, aspiravam, empurravam o conjunto com uma colher de porcelana, comiam como quem se empanturra mantendo os olhos baixos, concentrados em seus gestos, sem dizer nada, sem pausa, sem trocar uma só palavra com os dois vizinhos grudados em seus ombros; mas Salagnon sabia bem que eles notavam sua presença, que o acompanhavam apesar da cara sempre baixa; com seus olhos que se acreditaria fechados eles acompanhavam todos os seus gestos através do vapor aromático, todos sabiam exatamente onde ele estava, único europeu naquela rua em que tinha se perdido um pouco, girando várias vezes ao acaso desde a sede da Marinha, de que saía, onde lhe haviam confiado quatro homens e o comando de um junco de madeira.

Ele não sabia como se dirigir a todos aqueles anamitas à mesa, não sabia interpretar seus rostos, estavam apertados uns contra os outros, baixavam os olhos para suas tigelas, tratavam unicamente de comer, sua consciência reduzida ao trajeto minúsculo da colher que ia da tigela posta contra os lábios à boca sempre aberta, que aspirava com um gorgolejar de bomba. Não via como dizer uma palavra a alguém, como notar alguém, isolá-lo, falar somente com ele nessa massa ruidosa e apressada de homens ocupados em comer e nada mais.

Uma cabeça loura bem ereta se destacava acima de todas as cabeças de cabelos negros, todas inclinadas sobre sua tigela, ele se aproximou. Um europeu alto comia mantendo o busto reto, um legionário de camiseta e cabeça descoberta, ombro a ombro com os anamitas, mas ninguém à sua frente, lugar vazio em que ele havia posto seu quepe branco. Comia sem se apressar, esvaziava suas tigelas uma a uma fazendo uma pausa entre cada, quando então bebia numa jarrinha de barro envernizado. Salagnon esboçou um cumprimento e se sentou diante dele.

— Acho que preciso de ajuda. Gostaria de comer, todas essas coisas me dão vontade, mas não sei o que pedir, nem como.

O outro continuou a mastigar mantendo o dorso reto, bebeu no gargalo da jarrinha; Salagnon insistiu com cortesia mas sem implorar, estava apenas curioso, queria ser orientado e perguntou de novo ao legionário como fazer; os anamitas em volta deles continuavam comendo sem levantar a cabeça, as costas arredondadas, com aquele barulho de aspiração que eles se esforçavam em produzir, eles, tão limpos e discretos em todas as coisas, salvo por esse barulho que eles se obrigavam a fazer comendo. Os usos e costumes têm mistérios insondáveis. Quando um acabava, se levantava sem erguer os olhos e outro tomava seu lugar. O legionário designou seu quepe na mesa.

— Já almoçar dois — disse com um sotaque carregado.

Bebeu no gargalo da sua jarra e ela se esvaziou. Salagnon afastou cuidadosamente o quepe.

— Pois então almocemos três.

— Você tem dinheiro?

— Tanto quanto um militar que desembarca com seu soldo.

O outro soltou um urro terrível. Isso não fez se mexer nenhum anamita ocupado com sua sopa, mas chegou um homem idoso, vestido de preto como os demais. Um pano de prato sujo preso na cintura devia ser seu uniforme de cozinheiro. O legionário desfiou toda uma lista com sua voz enorme, e seu sotaque carregado era perceptível até em vietnamita. Em alguns minutos chegaram os pratos, pedaços coloridos que o molho tornava brilhantes, como se fossem laqueados. Perfumes desconhecidos pairavam em torno deles como nuvens de cores.

— É rápido...

— Eles cozinham depressa... Viets cozinham depressa — arrotou ele com uma gargalhada atacando uma nova jarra. Salagnon tinha a mesma, bebeu, era forte, ruim, meio fedido. "*Chum!* Álcool de arroz. Como álcool de batata mas com arroz." Eles comeram, beberam, amarraram um porre monumental e, quando o velho cozinheiro não muito limpo apagou o fogo sob a grande panela preta que era seu único utensílio, Salagnon não parava mais em pé, se banhava num molho global, salgado, picante, acre, adocicado, que o submergia até as narinas e reluzia sobre sua pele inundada de suor. Quando o legionário se levantou tinha quase dois metros, com uma barriga na qual um homem normal, bem encolhido, podia caber; era alemão, havia visto toda a Europa e lhe agradava muito a Indochina, onde fazia um pouco de calor, mais calor do que na Rússia, mas na Rússia os russos eram chatos. Seu francês ruim limava as palavras e dava a tudo o que ele dizia uma estranha concisão que deixava mais a entender do que ele de fato dizia.

— Vem jogar agora.

— Jogar?

— Chineses jogam o tempo todo.

— Chineses?

— Cholon, cidade chinesa. Ópio, jogo e muitas putas. Mas cuidado, fica comigo. Se problema, você grita: "A mim, Legião!". Sempre funcionar, mesmo na selva. E se não funcionar, sempre agradar gritar.

Foram a pé e foi demorado. "Se você pega riquixá, motor explode", berrava o legionário nas ruas apinhadas, consteladas de umas luzinhas, lâmpadas, lanternas e velas postas nas calçadas em que os vietnamitas acocorados conversavam, em sua língua desconhecida e instável, que se parecia com o som dos rádios quando a gente gira o condensador, quando eles procuram uma estação perdida no éter.

O legionário caminhava sem hesitar, era tão maciço que suas vacilações de bêbado permaneciam no invólucro do seu corpo. Salagnon se apoiava nele, como numa parede graças à qual se orientaria tateante, temendo porém ser esmagado se ele caísse.

Entraram numa sala iluminada e barulhenta em que não davam a mínima para eles. As pessoas vibravam aglutinadas ao redor de grandes mesas nas quais umas moças altivas manipulavam cartas e fichas falando o mínimo possível. Quando a sorte era lançada uma descarga elétrica percorria a assistência, todos os chineses inclinados se calavam, seus olhos estreitos, uma fresta apenas, seus cabelos ainda mais negros, mais eretos, mais pontudos, coroados por faíscas azuis; e quando a carta era virada, quando a bolinha parava, havia um espasmo, um grito, um suspiro soltado forte demais, ao mesmo tempo colérico e silencioso, e a palavra voltava bruscamente, sempre aguda e berrante, homens tiravam do bolso enormes maços de notas e as agitavam como um desafio, ou um recurso, e as moças impassíveis recolhiam as fichas com uma pá de cabo comprido que manejavam como um leque. Jogavam outra vez.

O legionário jogou o que sobrava de dinheiro a Salagnon, e perdeu tudo; isso os fez rir muito. Quiseram mudar de sala porque atrás de uma porta de batente duplo laqueada de vermelho pareciam jogar mais alto, homens mais ricos e mulheres mais bonitas lá entravam, de lá saíam, aquilo os atraiu. Dois caras de preto barraram a passagem deles simplesmente erguendo a mão, dois caras magros de que se via cada músculo e que traziam cada um uma pistola enfiada na cintura. Salagnon insistiu, avançou, e foi empurrado. Caiu de bunda, furioso. "Mas quem é que manda aqui?", berrou com uma voz pastosa de *chum*. Os esbirros ficaram à porta, as mãos cruzadas na frente, sem olhar para ele. "Quem é que manda?" Nenhum dos jogadores virava a cabeça, eles se agitavam em torno das mesas com gritos agudíssimos; o legionário o levantou e levou-o de volta para fora.

— Mas quem é que manda, então? É a França aqui, não é? Hein? Quem é que manda?

O legionário ria.

— Que nada. Aqui a gente só tem voz no restaurante. E olhe lá. Eles servem o que bem entendem. Vietminh manda, chineses mandam; franceses comem o que lhes servem.

Jogou-o num riquixá, deu instruções ameaçadoras ao anamita e Salagnon foi levado para o seu hotel.

De manhã, acordou com dor de cabeça, a camisa suja e a carteira vazia. Mais tarde lhe disseram que era coisa pouca, que noitadas assim costumam terminar com o sujeito boiando num arroio, nu e degolado, quando não castrado. Nunca soube se era verdade ou se apenas lhe contavam histórias; mas na Indochina ninguém nunca sabia nada direito. Como a laca que se aplica camada após camada para realizar uma forma, a realidade era o conjunto das camadas do falso que, de tanta acumulação, adquiria um aspecto de verdade perfeitamente suficiente.

Deram-lhe quatro homens e um junco de madeira, mas quatro contando apenas os soldados franceses. O junco vinha com marinheiros anamitas cujo número ele teve dificuldade de avaliar: cinco, ou seis, ou sete, eles se vestiam de maneira idêntica e ficavam um bom tempo sem se mexer, desapareciam sem avisar e reapareciam mais tarde, mas não sabia quais. Precisou de algum tempo para notar que não se pareciam.

"Os anamitas costumam ser fiéis", tinham lhe dito, "não gostam do Vietminh, que é mais tonquinês; mesmo assim desconfie deles, podem ser filiados a seitas, ou a uma organização criminosa, ou ser simples pequenos delinquentes. Podem obedecer a um interesse imediato, ou a um interesse remoto que você não compreende, podem até ser fiéis a você. Nenhum indício jamais poderá te esclarecer; só ser degolado provaria que eles traem, mas aí seria tarde demais."

Salagnon, embarcado no mar da China, aprendeu a viver de calção com um chapéu de mato, se bronzeou como os outros, seu corpo se endureceu. A vela mestra em leque se enfunava por seções sucessivas, o cavername do barco rangia, ele sentia as vigas se mexerem quando se apoiava na amurada, quando deitava no convés à sombra da vela, e isso o deixava um pouco enjoado.

Não tiravam os olhos da costa, controlavam as barcaças de arroz que cabotavam entre as localidades do delta, controlavam aldeias erguidas na areia, quando havia areia, se não erguidas sobre pilotis enfiados na lama da praia, imediatamente acima das ondas. Às vezes achavam um velho fuzil de pederneira, que confiscavam como se confisca um brinquedo perigoso, e, quando uma barcaça de arroz não possuía as autorizações necessárias, eles a punham a pique. Embarcavam os *coolies* e os levavam para a praia, ou quando não estavam muito longe os jogavam na água e deixavam que voltassem a nado, incentivando-os com gargalhadas, debruçados por cima da amurada.

Viviam de torso nu, amarravam um lenço na cabeça, não largavam mais os facões que prendiam à cintura. De pé na amurada, se agarrando nas adriças da vela, se inclinavam acima da água fazendo com a mão uma viseira, numa bela pose que não permitia ver longe mas os divertia muito.

As aldeias da costa eram feitas de palhoças de bambu, com paredes vazadas e teto de sapê, erguidas sobre pilotis finos, nenhum dos quais era reto. Nelas, quase não viam homens, diziam que estavam no mar, pescando, ou na floresta lá em cima buscando madeira, voltariam mais tarde. Na praia, acima de barcos finíssimos que puxavam para a areia ao anoitecer, peixinhos secavam pendurados em fios; eles desprendiam um cheiro pavoroso que mesmo assim fazia salivar, impregnando o ar das aldeias, a comida, o arroz e também o grupo de marinheiros anamitas que conduziam o junco sem dizer nada.

De uma aldeia, atiraram neles. Eles navegavam contra o vento, passavam rente à praia, um tiro foi disparado. Responderam à metralhadora, o que fez uma cabana ir abaixo. Viraram de bordo, desembarcaram na água pouco profunda, entusiasmados e desconfiados. Numa palhoça encontraram um fuzil francês e uma caixa de granadas pela metade marcada com caracteres chineses. A aldeia era pequena, eles a queimaram toda. As palhoças pegavam fogo depressa, como pequenos caixotes enchidos com palha, o que não lhes dava a impressão de atear fogo em casas, eram só cabanas ou feixes de feno que logo produzem uma bola de chamas vivas, que crepitavam e estalavam, depois se desmanchavam em cinzas leves. E além do mais os aldeões não choravam. Permaneciam amontoados na praia, mulheres, crianças e pessoas idosas, faltavam todos os homens jovens. Abaixavam a cabeça, apenas murmuravam, e só algumas mulheres piavam num tom muito agudo. Tudo isso se parecia tão pouco com a guerra. Nada do que faziam parecia uma exação, um quadro histórico em que as cidades ardem. Não faziam mais do que destruir cabanas; uma aldeia inteira de cabanas. Ficavam olhando as labaredas, os pés enfiados na areia, as palhoças vinham abaixo com cintilações de palha em brasa, e a fumaça se perdia no céu vasto e muito azul. Não tinham matado ninguém. Embarcaram de novo deixando para trás umas estacas enegrecidas que se erguiam acima da praia.

 Com as granadas chinesas pescaram num arroio. Cataram à mão o peixe morto que boiava, e os marinheiros o prepararam com uma pimenta tão forte que choravam só de sentir seu cheiro, que berraram ao comê-la, mas nenhum quis deixar sobrar nada; enxaguaram a boca com vinho morno entre duas garfadas e limparam o prato grande em que comiam todos juntos, os quatro soldados de calção e o tenente Salagnon. Adormeceram doentes e bêbados, e os marinheiros anamitas se encarregaram da navegação sem dizer nada, levaram-nos ao largo onde vomitaram, foram para o mar aberto onde a brisa os desembriagou. Ao acordar, o primeiro pensamento de Salagnon foi que seus marinheiros lhe eram fiéis. Sorriu meio bobamente para eles e passou o resto do dia dissipando em silêncio sua dor de cabeça.

 Encontraram o Vietminh para lá de uma enseada. Uma fila de homens vestidos de preto descarregava um junco, cada um com água até o peito levando uma caixa verde na cabeça. Um oficial de uniforme claro dava ordens na praia, um ordenança a seu lado tomava notas numa prancheta; os homens de preto atravessavam a praia carregando seu caixote e desapareciam atrás da duna, como uma miragem no ar ondulante de calor. Os cinco franceses se rejubilaram. Içaram uma bandeira preta confeccionada com um pijama viet e avançaram em direção ao junco ancorado. O oficial apontou para eles, berrou, uns soldados com capacete de bambu surgiram da duna, jogaram-se na areia e assestaram um fuzil-metralhadora. As balas costuraram a amurada bem em linha; eles só ouviram a rajada depois dos impactos. Um obus de morteiro se elevou do junco e explodiu na água à proa deles. Outra rajada de fuzil-metralhadora rasgou a vante da vela, arrebentando os reforços de pau. Os marinheiros anamitas soltaram as adriças e se abrigaram detrás da amurada atingida. Salagnon se desfez do facão que o incomodava e sacou o revólver do coldre de lona. Uma nova saraivada de balas se incrustou no mastro, o junco deles estremeceu, a vela entregue a si mesma panejava, não os propulsava mais, a embarcação seguia seu impulso, eles iam encalhar na areia. Os anamitas trocaram algumas palavras. Um fez uma pergunta, Salagnon achou que era uma pergunta, apesar de ser difícil adivinhá-la numa língua tonal. Hesitaram. Salagnon engatilhou seu revólver. Os anamitas olharam para ele depois agarraram as adriças, puseram-se ao leme e viraram de bordo. A vela se enfunou bruscamente, o junco deu um pinote, eles se afastaram. "— Nada quebrado? perguntou Salagnon. — Tudo bem, tenente", disseram os outros se levantando. Pelo binóculo viram os homens de preto continuar a descarregar os caixotes. Não se apressavam mais, o ordenança anotava tudo em sua prancheta, a fila de homens carregando caixotes seguiu até o último atrás da duna. "Acho que não os amedrontamos", suspirou o que olhava pelo binóculo.

Viram de longe o outro junco levantar âncora sem pressa e desaparecer detrás de um recorte da costa; jogaram na água a bandeira preta, os lenços de cabeça, os fuzis do século anterior que haviam confiscado, guardaram os facões em seus apetrechos de mato. Os marinheiros anamitas manobravam habilmente apesar dos buracos na vela. Voltaram ao porto da Marinha onde não se falava mais da batalha do arroz. Devolveram o junco.

"— Nem um pouco séria essa sua história de piratas. — Foi ideia de Duroc, em Saigon. — Duroc? Não está mais aqui. Foi mandado de volta para a França. Corroído pelo impaludismo, embebido de ópio, alcoólatra até o último grau. Um cretino à moda antiga. Você vai ser mandado para Hanói. A guerra é lá."

Em Hanói, o coronel Josselin de Trambassac fazia o gênero nobre, fidalgo de gostos cistercienses, cavaleiro de Jerusalém em sua fortaleza enfrentando a vaga sarracena; trabalhava numa sala nua, diante de um grande mapa de Tonquim colado numa prancha sustentada por três pés. Alfinetes coloridos assinalavam a localização dos postos, uma floresta de espetos cobria a Alta Região e o delta. Quando um posto era atacado, ele traçava uma flecha apontando para este; quando um posto caía nas mãos do inimigo, tirava o alfinete. Os alfinetes tirados ele não reutilizava, guardava-os numa caixa fechada, um estojo de madeira de formato alongado. Sabia que pôr um alfinete naquele estojo significava pôr no túmulo um jovem tenente vindo da França e alguns soldados. Supletivos indígenas também, mas estes podiam escapar, sumir e voltar à vida de antes, enquanto seu tenente e seus soldados não voltavam, uma vez esquecidos seus corpos em algum lugar na floresta de Tonquim, nos escombros fumegantes do posto. A última atenção que se podia dar a eles era guardar o alfinete no estojo de madeira, que logo estaria cheio de alfinetes idênticos; e de quando em quando, contá-los.

Trambassac nunca usava o uniforme da sua patente, só aparecia em farda camuflada de combate, limpíssima, com cinturão de lona esfiapado, mangas arregaçadas deixando ver seus antebraços estriados pelo sol. Sua patente só aparecia pelos galões no peito, como numa operação, e nenhuma mancha de suor escurecia suas axilas, porque esse homem magro não suava. Ele recebia encostado na janela ofuscante, e se dava a ver como uma sombra, uma sombra falante: sentado diante dele, de cara para a luz, ninguém podia lhe ocultar nada. Salagnon havia relaxado um pouco sua pose, porque o outro havia ordenado, e esperava. O tio, mais atrás numa poltrona de vime, não se mexia.

— Vocês se conhecem, creio.

Eles fizeram que sim, discretamente, Salagnon esperava.

— Me falaram das suas aventuras de corsário, Salagnon. Era uma idiotice e, principalmente, ineficaz. Duroc não passava de um velho coronel de escritório, traçava flechas num mapa, num quarto fechado; e quando havia colorido bem suas flechas, ele as via se mexer tanto estava impregnado de ópio; e de uísque, entre dois cachimbinhos. Mas nessa peripécia idiota, o senhor mostrou que é safo e sobreviveu, duas qualidades que apreciamos no mais alto grau, aqui. O senhor agora está em Tonquim, e é a guerra de verdade. Precisamos de homens safos que sobrevivam. Este capitão que o conhece houve por bem nos recomendar o senhor. Sempre ouço o que dizem meus capitães, porque a guerra são eles.

Seus olhos amarelos reluziram na sombra. Virou-se para o tio em sua poltrona de vime, que não se mexia na sombra, nem dizia nada. Prosseguiu.

— Não estamos em Kursk, nem em Tobruk, onde milhares de tanques se deslocavam em campos minados, onde os homens só contavam a partir do milhão, onde eles morriam em massa por acaso, debaixo de tapetes de bombas. Aqui é uma guerra de capitães em que se morre à faca, como na guerra dos Cem Anos, a guerra dos Xaintrailles e dos Rais.* Em Tonquim, a unidade de cálculo é o grupo, qualquer que seja sua dimensão, e costumam ser grupos pequenos; e, no centro, a alma do grupo, a alma coletiva dos homens, é o capitão que os conduz e que eles seguem cegamente. É a volta à *ost*,** tenente Salagnon. O capitão e seus leais, alguns bravos que compartilham suas aventuras, com seus escudeiros e seus peões. As máquinas aqui não contam, elas servem sobretudo para enguiçar. Não é, capitão?

— Se o senhor assim diz, coronel...

Sempre pedia a opinião do tio, parecendo debochar dele e buscando uma aprovação que não vinha nunca; passado um tempo, continuava.

— Eu lhe proponho portanto fundar uma companhia e partir para a guerra. Recrute guerrilheiros nas ilhas da baía de Along. Lá eles não têm medo do Vietminh, nunca o viram. Eles não sabem o que "comunista" quer dizer; então nos apoiam. Recrute, nós armamos vocês, e parta em guerra para a floresta com eles.

"Não somos daqui, Salagnon. O clima, o solo, o relevo, nada nos convém, é por isso que eles nos esfolam, eles conhecem o terreno, sabem viver nele e se confundir com ele. Recrutar guerrilheiros será virar o feitiço contra o feiticeiro, combatê-los no terreno que eles conhecem com ajuda de gente que o conhece tanto quanto eles."

Na sombra, o vime estalou. O coronel descobriu lentamente seus dentes que brilharam contra a luz.

---

* Jean Poton de Xaintrailles e Gilles de Rais (ou de Retz) foram camaradas de armas de Joana d'Arc. (N. T.)
** *Ost*, ou *host* (hoste), é o exército medieval francês, composto por um enorme número de pequenos exércitos senhoriais, que se juntavam para formar a *ost royale*, hoste real, por convocação do rei. (N. T.)

— Babaquice! — resmungou o tio. — Babaquice!

— Não ter papas na língua é a língua natural dos capitães, e nós aceitamos isso de muito bom grado. Mas pode explicar ao tenente Salagnon o que o senhor quer dizer com isso?

— Coronel, só os fascistas acreditam no espírito dos lugares, no enraizamento do homem num solo.

— Pois eu acredito, sem com isso ser... fascista, como o senhor diz.

— Claro que acredita. Seu nome, imagino, vem da Idade Média, deve existir um lugar da França que o ostenta; mas esse solo não emite nenhum vapor que altere o espírito e fortaleça o corpo.

— Se o senhor assim diz...

— Os tonquineses não conhecem a floresta melhor do que nós. São camponeses do delta, conhecem a casa deles, o arrozal, mais nada. E essas montanhas em que vive a organização armada, eles não conhecem melhor do que nós. O que faz com que eles nos esfolem é sua quantidade, sua raiva e estarem acostumados à miséria; e principalmente sua obediência absoluta. Quando pudermos ficar, como eles, três dias inteiros num buraco por ordem dos nossos superiores, em silêncio na lama, comendo única e exclusivamente uma bola de arroz frio, quando pudermos pular fora desse buraco a um assobio para sermos mortos se preciso for, então seremos como eles, teremos o que o senhor chama de conhecimento do terreno, e os derrotaremos.

"E mesmo que fossem homens da floresta, considero que um homem treinado, motivado, consciente, um sujeito que aprendeu de maneira intensiva, vive melhor na selva do que aquele que a frequenta desde a infância sem nela prestar atenção. Os viets não são indianos, não são caçadores. São camponeses escondidos nas matas, tão perdidos e pouco à vontade, tão cansados, tão doentes quanto nós. Conheço a floresta melhor do que a maioria deles porque eu a aprendi, aceitando a fome, o silêncio e a obediência."

Os olhos de gato — ou de cobra — do coronel coruscaram.

— Bom, tenente, o senhor está vendo o que tem de fazer. Recrute, eduque e venha nos ver novamente com uma companhia de homens treinados para a obediência, a fome e a floresta. Se é a penúria que cria o guerreiro, dados os meios do corpo expedicionário, ela é uma coisa que podemos fornecer.

Sorriu com seus dentes que brilhavam e escorraçou com um peteleco a sombra de uma poeira em seu impecável uniforme camuflado. Esse gesto valia por uma dispensa, significava que era hora de se retirar. Josselin de Trambassac tinha o senso da duração, sempre sentia quando a elegância exigia que se terminasse, porque todo o necessário havia sido dito. O resto, cada um devia sabê-lo; dizer tudo era uma falta de gosto.

Salagnon saiu, seguido do tio, que prestou molemente continência e bateu a porta. No longo corredor andavam olhando para o piso de cerâmica, mãos nas costas. Cruzaram com ordenanças carregados de papelório, com oficiais bronzeados a quem dirigiam um esboço de continência, com criados anamitas de casaco branco que se colavam à parede à passagem deles, com prisioneiros de pijama preto que esfregavam o chão o dia inteiro. Nesse corredor margeado de portas idênticas marcadas com um número, ressoavam ruídos de passos, de móveis arrastados, um murmúrio constante de vozes, um martelar de máquinas de escrever e de papel sendo amassado, explosões de raiva e ordens breves, e o bater dos calçados nos degraus de cimento, que os ordenanças e oficiais subiam e desciam sempre de quatro em quatro; do lado de fora, motores arrancavam, o que fazia as paredes tremerem, depois se afastavam. Uma colmeia, pensou Salagnon, uma colmeia, o centro da guerra em que todo mundo se esforça para ser moderno, rápido e sem floreios. Eficiente.

O tio pôs uma mão tranquilizadora em seu ombro. "Para onde você vai será um pouco difícil, mas não perigoso. Aproveite. Aprenda. Estou de jipe. Se quiser, levo você ao trem de Haiphong."

Salagnon aceitou; aquele corredor comprido lhe dava tonturas. A construção moderna ressoava com os ecos, as portas se alinhavam infinitamente, todas iguais salvo a etiqueta, elas se abriam e se fechavam para dar passagem a homens carregados de pastas, de enormes pastas, eclusas sincronizadas do rio de papel que alimentava a guerra. A guerra necessitava muito mais de papel do que de bombas, seria possível sufocar o inimigo sob essa massa de papel que se utilizava. Sentiu-se grato por seu tio ter proposto levá-lo.

Foi buscar o salvo-conduto para o trem de Haiphong mas errou de porta. Aquela estava entreaberta e ele a empurrou; ficou no limiar porque lá dentro estava escuro, venezianas fechadas, e um cheiro de mijo amoniacado impregnava essa sombra. Um tenente vestindo um uniforme de campanha sujo, blusa de combate aberta até a barriga, se precipitou até ele. "Você não tem de se meter aqui!", latiu, sua mão enegrecida avançando, bateu em seu peito, empurrou-o, seus olhos demasiado abertos chamejavam com uma luz louca. Fechou a porta batendo-a com força. Salagnon ficou ali, nariz contra a madeira. Ouvia na sala golpes ritmados, como se alguém batesse com um porrete num saco cheio d'água. "Venha", disse o tio. "Você se enganou." Salagnon não se mexia. O tio insistiu: "Ei! Não fique aí!". Salagnon se virou para ele, depois lhe falou bem lentamente. "— Acho que vi um sujeito nu, pendurado pelas pernas, de cabeça para baixo. — Você acha. Mas a gente não enxerga direito nas salas às escuras. Principalmente através de portas fechadas. Vamos."

Pôs a mão em seu ombro e levou-o. Lá fora, no grande terreno nu da base se enfileiravam tanques, caminhões enlonados, canhões com o cano erguido. Oficiais de jipe percorriam as fileiras de material, sempre saltavam do veículo antes que ele parasse e sempre subiam com um pulo. A base turbilhonava, zumbia, ninguém andava porque ali se corre, na guerra se corre, é um preceito da Ásia em guerra, um preceito do Ocidente que constrói as máquinas, a velocidade é uma das formas da força. Filas de soldados dobrados sob suas armas se dirigiam trotando para os caminhões enlonados, que assim que ficavam cheios partiam; paraquedistas correndo, com sacos de campanha pendurados batendo nas pernas, iam ao longe em direção aos Dakota de nariz redondo, porta aberta, cujas hélices já giravam. Todo mundo corria na base, Salagnon também, num passo enérgico atrás do seu tio. Toda essa força, pensava ele, nossa força: não podemos mais perder nada. No meio do grande pátio, na ponta de um mastro altíssimo, pendia a bandeira tricolor que nenhum vento agitava. Ao pé desse mastro, dentro de uma cerca de arame farpado, dezenas de anamitas acocorados esperavam sem um gesto. Não falavam entre si, não olhavam para nada, ficavam ali. Soldados armados os vigiavam. A roda da base girava, e o cercado de homens de cócoras era seu cubo de roda sem eixo. Tomado pela agitação, Salagnon não conseguia desviar deles seu olhar. Viu oficiais empunhando uma chibata de junco voltar várias vezes, mandar os anamitas se levantar por fileiras e levá-los para o edifício. Os outros não se mexiam, os soldados continuavam sua guarda, a agitação em volta continuava numa cacofonia tranquilizadora de motores, gritos, passos coordenados. A porta do quartel se fechava sobre os homenzinhos trajando um pijama preto. Eles caminhavam com uma grande economia de gestos. Salagnon reduziu o passo, fascinado por aquele cercado humano; seu tio voltou até ele.

— Deixe pra lá. São viets, suspeitos, gente detida. Estão aí, são prisioneiros.
— Para onde vão?

— Não se meta. Deixe pra lá. Esta base não vale nada. Uma caricatura de força. Nós estamos na floresta e combatemos. E direito, porque arriscamos nossa pele. O risco lava nossa honra. Venha, deixe pra lá o que acontece aqui; você está com a gente.

Embarcou-o no jipe amassado, que dirigia com brusquidão.

— O que eles faziam na sala fechada?

— Prefiro não responder.

— Responda mesmo assim.

— Eles produzem informação. A informação se produz à sombra, como o cogumelo ou a endívia.

— Informações sobre o quê?

— A informação é o que um sujeito diz quando o forçam a dizer. Na Indochina, não vale nada. Nem sei se têm uma palavra para dizer "verdade" na língua tonal deles. Eles sempre dizem o que devem dizer, em todas as circunstâncias, isso é para eles uma questão de correção; e aqui a correção é a própria matéria da vida. A informação é o óleo queimado da guerra, o treco sujo que mancha quando você o toca; e nós na floresta não necessitamos de óleo queimado, só de suor.

— Trambassac parece limpo.

— De limpo Trambassac só tem o uniforme de campanha. Limpo e gasto ao mesmo tempo. Você não se pergunta como ele faz? Ele lava seu uniforme à máquina com pedra-pomes. Fora isso, viaja de avião e não suja nada além da sola de seus coturnos. É da sua sala que ele nos envia em operação. Neste país, nossas vidas dependem de gente muito esquisita. O comando francês é tão perigoso para nós quanto tio Ho e seu general Giap. Conte apenas consigo mesmo. Sua vida está em suas mãos. Trate de prestar atenção nela.

Ele embarcou no porto de Haiphong, que é uma cidade escurecida pela fumaça, sem beleza nem graça; nela, as pessoas trabalham como na Europa, minas de carvão, descarregamento, embarque de madeira e borracha, desembarque de caixas de armas, de peças de avião e de veículos. Tudo passa pelo trem blindado de Tonquim que vai pelos ares regularmente em seu trajeto. Sabotar as vias férreas é a ação mais simples da guerra revolucionária. Dá para imaginar a cena vista do lastro da via, deitado de bruços: desenrolar os fios, colocar o explosivo, espreitar a chegada do comboio. Mas Salagnon imaginou-a do alto, desta vez, do trem, do vagão-plataforma atrás dos sacos de areia onde os senegaleses de torso nu manobravam metralhadoras pesadas. Com um sorriso um tanto forçado, eles apontavam os grossos canos perfurados para tudo o que, ao longo da via férrea, pudesse esconder um homem; manipulavam compridas cintas de cartuchos cujo peso fazia saltar seus músculos. Aquilo tranquilizava Salagnon: as balas, grossas como um dedo, podiam fazer explodir um torso, uma cabeça, um membro, e eles poderiam disparar milhares por minuto. Nada explodiu, o trem andava em baixa velocidade, chegou a Haiphong. Ele embarcou. Um junco chinês fazia a ligação com as ilhas. Famílias viajavam no convés com galinhas vivas, sacos de arroz e cestas de legumes. Elas penduraram esteiras para fazer sombra, e assim que a embarcação se fez ao mar acenderam braseiros para cozinhar.

Salagnon se descalçou e deixou seus pés nus pendurados ao longo da amurada; o junco construído como um caixote deslizava na água límpida, se adivinhava o fundo através de um véu cerúleo amarrotado por pequenas ondas, nuvens branquíssimas pairavam lá em cima, turbilhões de creme dispostos numa chapa de metal azul; o navio de madeira voava sem esforços, com rangidos de cadeira de balanço. Em torno deles as ilhotas rochosas surgiam bruscamente da baía, dedos apontados para o céu, avisos entre os quais o grande navio singrava sem problemas. A travessia foi calma, o tempo maravilhoso, uma brisa marinha dissipava o calor, foram as horas mais deliciosas de toda a sua estada na Indochina, horas sem medo em que ele não fez nada além de olhar para o fundo através da água clara e ver desfilar as ilhotas abruptas em que árvores em desequilíbrio se agarravam. Sentado no convés, as pernas passando pelas aberturas da balaustrada, ele se sentia na varanda de uma casa de madeira, e a paisagem desfilava acima, abaixo, em volta, enquanto a ele, envolvido pelo crepitar delicado do óleo quente, chegavam como carícias os maravilhosos perfumes da cozinha que eles fazem. As famílias que viajavam não olhavam para o mar, as pessoas permaneciam acocoradas em círculo e comiam, ou tiravam uma soneca, olhavam umas para as outras sem conversar muito, cuidavam dos animais vivos que transportavam. O junco tem seu conforto, não faz pensar na navegação, quem vai nele está longe do mar. Os chineses não gostam muito do mar, acomodam-se a ele; se é necessário viver nele, vivem, e fazem casas flutuantes. Constroem suas embarcações com vigas, paredes, assoalhos, janelas e cortinas. Se moram perto da água, num rio, num porto, numa baía, suas embarcações estacionam e são o prolongamento das ruas, eles moram lá; flutuam, e nada mais. Salagnon atravessou a baía de Along num devaneio perfumado.

Em Ba Cuc, perdida no labirinto da baía, última aldeia em que tremulava uma bandeira tricolor, um oficial o recebeu com um aperto de mão nem um pouco militar. Entregou-lhe uma caixa blindada contendo o soldo dos guerrilheiros, duas outras contendo fuzis e munições, saudou-o de novo rapidamente e embarcou no junco quando este partia de volta.

— Nada mais? — berrou Salagnon do píer.
— Virão buscá-lo — respondeu se afastando.
— Como devo proceder?
— Você vai ver...

O resto se perdeu na distância, no rangido das tábuas do píer, no barulho de leque da vela estaiada que se abria. Salagnon ficou sentado em sua bagagem enquanto à sua volta faziam o transbordo de sacos de arroz e de gaiolas com galinhas vivas. Estava sozinho numa ilha, sentado numa caixa, não via direito aonde ir.

Teve um sobressalto ao ouvir um bater de calcanhares; da saudação pronunciada com um forte sotaque não entendeu nada, salvo a palavra *"lieut'nant"*,* pronunciada sem o e *e* com uma pequena parada em torno do primeiro *t*. Um legionário de idade madura mantinha-se numa pose regulamentar impecável; excessiva, até. Empertigado, queixo erguido, tremia com a postura, os olhos enevoados, o lábio molhado com um pouco de saliva; e somente a posição de sentido garantia seu equilíbrio.

— Descansar — falou, mas o outro continuou empertigado, preferia assim.
— Soldado Goranidzé — anunciou o outro —, sou seu ordenança. Devo levá-lo à ilha.
— Ilha?
— A que o senhor vai comandar, tenente.

Comandar uma ilha lhe agradava bastante. Goranidzé levou-o num bar-

---

* *Lieutenant*: tenente. (N. T.)

co a motor que estrondeava, impedia de falar e deixava atrás deles uma nuvem preta que levava tempo para se dissipar. Num pico rochoso ele indicou uma casa encravada na falésia. De concreto, feita de linhas horizontais e grandes janelas, era recente, mas já decrépita; fixada no calcário dominava a água lá do alto.

— Sua casa — Goranidzé berrou.

Chegava-se a ela por uma praia em que uns pescadores consertavam suas redes estendidas ao sol; eles ajudaram a puxar o barco para a areia e descarregaram as caixas que Salagnon e seu ordenança traziam. Subia-se à casa por um caminho na falésia, que tinha certas partes a pico talhadas em forma de escada.

— Como um mosteiro — soprou às suas costas o soldado Goranidzé um pouco vermelho. — Onde eu estava quando criança havia mosteiros encravados na montanha, como estantes aparafusadas nas paredes.

— Onde você estava, em criança?

— País que não existe mais, Geórgia. Os mosteiros estavam vazios depois Revolução, monges mortos ou expulsos. Nós íamos brincar lá, e as paredes de todas as salas eram pintadas; isso contava a vida de Cristo.

Lá também grandes afrescos cobriam as paredes, na sala vazia de móveis e nos quartos que davam para o mar.

— Eu tinha lhe dito, tenente. Como em mosteiros.

— Mas não acho que isto conte a vida de Cristo.

— Não sei. Sou legionário há muito tempo para me lembrar dos detalhes.

Visitaram todos os cômodos, a casa recendia a abandono e umidade. Nos quartos, grandes cortinas de tule se inflavam diante das janelas sem vidro, sujas e algumas delas rasgadas, mostrando o mar azul de quando em quando. Nos afrescos das paredes, mulheres maiores que o natural, de todas as raças do Império, estavam deitadas nuas na relva verde, em grandes lençóis de cores quentes, à sombra das palmeiras e dos arbustos em flor. De todas, viam-se o rosto, de frente, os olhos baixos, e elas sorriam.

— Maria Madalena, tenente. Eu tinha lhe dito: a vida de Cristo. Uma por região do Império: é preciso isso.

Instalaram-se na casa, onde o administrador colonial, que lá residia na estação quente, não residia mais desde a guerra.

Salagnon ficou com um quarto que tinha toda uma parede aberta dando para o mar. Dormia numa cama bem maior do que ele, tão larga quanto comprida, na qual podia se deitar no sentido que lhe agradasse. A cortina de tule, inflada pela brisa, mal se agitava; quando se deitava naquele quarto apagado, ouvia o leve ruído das ondas ao pé da falésia. Levava uma vida de reizinho de sonhos, sonhava muito, imaginava, não tocava a terra.

As paredes do quarto eram pintadas de mulheres que a umidade começava a roer. Mas ainda dava para distinguir, intacto, o sorriso de cada uma em seus lábios sensuais, inflados de seivas tropicais; as mulheres do Império eram reconhecidas pelo esplendor da sua boca. No teto estava pintado um só homem, nu, que enlaçava uma mulher em cada braço; seu estado explícito deixava supor o desejo, mas só dele não se distinguia o rosto, virado. Deitado na cama grande, de costas e mantendo os olhos abertos, Salagnon o via bem, o homem único pintado no teto. Gostaria que Eurydice viesse se juntar a ele. Teriam vivido como príncipe e princesa daquele castelo voador. Escrevia para ela, pintava o que via pela parede vazia, a paisagem chinesa das ilhotas da baía surgindo da água ofuscante. Mandava-lhe as cartas pelo barco a motor, que uma vez por semana ia ao porto onde o junco parava. Goranidzé cuidava de tudo, do abastecimento e do correio, das refeições e da roupa, com aquela rigidez impecável que nunca abandonava, e também da recepção dos figurões locais que ele anunciava com uma voz vibrante quando se apresentavam à porta. Mas toda semana vinha anunciar respeitosamente a Salagnon que era seu dia, trazendo-lhe a chave. Ele se embriagava, sozinho; depois dormia no quarto que havia escolhido, pequeno e sem janela, cuja porta pedia para Salagnon trancar e ficar com a chave enquanto o álcool não se dissipasse. Temia, do contrário, passar pelas janelas ou escorregar na escada, o que teria sido fatal. Na manhã seguinte Salagnon ia lhe abrir e ele retomava sua rigidez habitual, sem nunca evocar os acontecimentos da véspera. Nesse dia fazia a faxina dos quartos que eles não utilizavam. O abastecimento, além das armas a distribuir e os soldos, trazia vinho bastante para bebedeiras devidamente regradas. Mas o correio só ia num sentido, Eurydice nunca respondia a seus envios de pinturas, àquelas paisagens de nanquim com ilhas altas, que ela nunca poderia acreditar representassem alguma coisa que se pudesse ver; Salagnon gostaria que ela se espantasse com elas e que ele pudesse lhe assegurar, em resposta, que tudo o que desenhava ele via de fato. Lamentava não poder lhe reafirmar, pelo menos por correspondência, a realidade de seus pensamentos. Ele se desmaterializava.

Foi fácil recrutar guerrilheiros. Nessas ilhas povoadas de pescadores e caçadores de andorinhas, o dinheiro não circulava e não se viam outras armas além de fuzis chineses velhíssimos que nunca eram usados. O tenente Salagnon distribuía riquezas em abundância em troca apenas da promessa de virem se exercitar um pouco todas as manhãs. Os jovens pescadores vinham em grupo, hesitavam, e um deles, intimidado pelos risos dos outros, assinava seu engajamento; punha uma cruz embaixo do formulário cor-de-rosa, cujo papel inchado pela umidade às vezes se rasgava, por ele segurar mal o lápis. Levava então seu fuzil, que passava de uma mão para a outra, e um maço de notas que enrolava bem apertado na bolsa que levava ao pescoço, com seu fumo. Os formulários se esgotaram rapidamente, ele os mandou assinar pequenos quadrados de papel virgem, que apagava de noite, porque só o gesto contava, ninguém sabia ler naquela ilha.

De manhã, organizava o exercício na praia. Muitos faltavam. Nunca tinha o número exato. Pareciam não aprender nada, manejavam as armas sempre mal, como rojões cujas detonações os fizessem sempre ter um sobressalto, sempre rir. Quando se acostumou com os rostos e os vínculos de parentesco, se deu conta de que vinham por rodízio, um por família, mas nem sempre o mesmo. Elas enviavam os jovens menos hábeis, os que mais atrapalhavam na pesca do que outra coisa. Isso os ocupava sem muitos riscos, e eles levavam um soldo que toda a família dividia entre si. Salagnon esteve na aldeia onde foi recebido numa casa comprida de madeira trançada. Na penumbra que recendia a fumaça e molho de peixe, um ancião o ouviu gravemente, sem entender direito, mas meneava a cabeça a cada fim de frase, a cada ruptura de ritmo daquela língua que não conhecia. O que traduzia falava mal francês, e quando Salagnon evocava a guerra, o Vietminh, o recrutamento de guerrilheiros, ele traduzia por longas frases embrulhadas que repetia várias vezes, como se não houvesse palavras para dizer o que Salagnon falava. O ancião sempre aquiescia, com cara de não compreender, mas polidamente. Depois seus olhos fulguraram; ele riu, se dirigiu diretamente a Salagnon que aquiesceu com um grande sorriso, um pouco ao acaso. O ancião chamou na sombra e uma moça de longos cabelos negros se aproximou; permaneceu diante deles, os olhos baixos. Vestia apenas uma tanga que cobria suas ancas estreitas, e seus pequenos seios despontavam como brotos de árvore carregados de seiva. O ancião mandou dizer a ele que havia finalmente compreendido e que ela podia ir viver com o tenente. Salagnon fechou os olhos, sacudiu a cabeça. As coisas não funcionavam. Ninguém entendia nada, parece.

Em sua casa encravada na falésia ele contemplava as pinturas que se degradavam lentamente, ou o mar do lado de lá da cortina de tule que ondulava muito lentamente. A coisa não funcionava, mas ninguém além dele percebia. Que importância tinha? Como não gostar da Indochina? Como não gostar desses lugares que na França a gente nem imagina? e também dessas pessoas, desconcertantes de estranheza? Como não gostar do que se pode viver lá? Ele adormecia ninado pelo mar, e no dia seguinte retomava os exercícios. Goranidzé fazia os homens ficarem em fila, ensinava-lhes a segurar o fuzil bem reto e a marchar erguendo bem alto a perna. Ele tinha sido cadete numa escola de oficiais do tzar, não muito tempo, logo antes de ser projetado numa longa série de guerras confusas. Não gostava de nada tanto quanto dos exercícios e das regras, pelo menos isso não mudaria. Por volta do meio-dia os pescadores voltavam, puxavam seus barcos para a praia, os guerrilheiros debandavam rindo para lhes contar sua manhã. Goranidzé se punha na sombra e grelhava peixes até ficarem no ponto, com pimentas e limões; depois subiam para a casa fazer a sesta. Era inútil pensar no que quer que fosse para o resto do dia. Então Salagnon do seu quarto olhava para a baía e procurava compreender como pintar ilhas verticais que saem bruscamente do mar. Vivia encravado na falésia como um inseto pousado num tronco, imóvel o dia todo, esperando sua muda.

Quando os mandaram para Tonquim, sua companhia não compreendia mais do que um quarto dos que ele havia engajado. A região logo os desagradou. O delta do rio Vermelho não passa de lama espalhada horizontalmente, mas o olhar não alcançava mais que a próxima sebe de bambus em torno de uma aldeia. Não se via nada. Era possível se sentir ao mesmo tempo perdido no vazio e espremido num horizonte estreito.

As famílias dos pescadores da baía haviam deixado partir os jovens, os agitados, os distraídos, os que não faziam falta à aldeia, aqueles a quem um pouco de mudança faria bem. O que sabia francês serviria de intérprete e tomava seu engajamento por uma viagem. Com o chapéu de mato enfiado até os olhos, o fuzil grande demais, pareciam disfarçados, andavam com dificuldade, as sandálias amarradas no saco de campanha porque descalços sentiam melhor o caminho. Iam a pé, para desalojar o Vietminh que também ia a pé. Caminhavam em fileira cerrada demais atrás de Salagnon, que a cada quinze minutos lhes berrava para manter uma distância maior e se calar. Então eles se espaçavam e faziam silêncio, depois pouco a pouco recomeçavam a conversar, e se aproximavam insensivelmente do senhor oficial que os guiava. Acostumados às areias e às pedras calcárias da baía, derrapavam na lama dos diques e caíam de bunda na água nos arrozais. Paravam, se amontoavam, resgatavam fazendo piadas o que havia caído, e todos riam, e o que estava coberto de lama ria ainda mais que os outros. Deslocavam-se de maneira barulhenta e inofensiva, nunca poderiam surpreender ninguém, ofereciam um alvo perfeito no horizonte plano. Sofriam com o calor porque nenhuma brisa marinha vinha temperar o sol velado que pesava sobre aquela extensão de lama.

Mas quando viram a montanha, não gostaram nem um pouco. Colinas triangulares saíam de repente da planície aluvial, se escalonavam bem alto, misturadas às brumas que lá em cima se confundiam com as nuvens. O Vietminh vivia lá, como um bicho na floresta, que viria de noite assombrar as aldeias e devorar os passantes.

Tinham sido construídos postos para fechar o delta, para vigiar as passagens, os "postos quilométricos": torres quadradas altíssimas para enxergar ao longe, cercadas de barreiras. Quantos havia ali dentro? Três franceses e dez supletivos guardavam uma aldeia, vigiavam uma ponte, asseguravam a presença da França no labirinto encharcado de arroios e mato. No estado-maior cada um equivalia a uma bandeirinha fincada no mapa; quando o posto era destruído durante a noite, tiravam a bandeira.

Foram enviados para reforçar um posto sensível. Aproximaram-se pelo caminho no dique, em coluna, bem espaçados dessa vez, cada um pisando na pegada do que marchava adiante. Salagnon tinha lhes ensinado isso, porque são cavadas armadilhas no caminho. Cercas de bambu protegiam o posto, em várias linhas, deixando apenas um estreito acesso à torre de alvenaria, bem em face de uma seteira da qual apontava o cano perfurado de uma metralhadora. Das pontas aceradas do bambu escorria um suco negro. Elas eram untadas de purina de búfalo para que os ferimentos que causassem se infectassem bastante. Pararam. A porta, sob a seteira, estava fechada; tinham-na colocado bem alto, sem prever escada. Era preciso uma escada de mão para subir até ela, uma escada que retiravam de noite e que guardavam do lado de dentro. Abaixo, numas varas, tinham plantado duas cabeças de vietnamitas, o pescoço cortado besuntado de sangue negro, seus olhos fechados zumbindo de moscas. Fazia um calorão no espaço limpo diante do posto, dos arrozais em toda volta subia uma umidade penosa, Salagnon não ouvia nada além do barulho das moscas. Algumas vinham até ele e voavam para longe. Chamou. No espaço uniforme dos planos d'água esmagados pelo sol, teve a impressão de que tinha uma vozinha apagada. Chamou mais alto. Depois de ter gritado várias vezes, o cano da metralhadora se mexeu; em seguida apareceu na seteira um rosto hirsuto e desconfiado.

— Quem é você? — berrou uma voz rouca. Um olho único fora da órbita brilhava sob os pelos louros.

— Tenente Salagnon, e uma companhia de supletivos da baía, para apoiar vocês.

— Deponham as armas.

A metralhadora crepitou, os tiros explodiram em linha na lama, jogando respingos em todos. Os homens se sobressaltaram com gritinhos, romperam a formação, se comprimiram em torno de Salagnon.

— Deponham as armas.

Quando todos os fuzis foram jogados no chão, a porta se abriu, a escada foi posta para fora, e desceu saltitando um francês de calção, barbudo e com o torso nu, um revólver sem coldre enfiado no cinto. Dois tonquineses de pijama preto o seguiam, armados de metralhadoras americanas. Ficaram sem se mexer três metros atrás dele.

— Que caralho você está fazendo? — perguntou Salagnon.

— Eu? Sobrevivendo, tenente de opereta. Já você, não sei não.

— Não está vendo quem sou?

— Agora sim, sei quem você é. Mas desconfio por princípio.

— Desconfia de mim?

— De você, não; ninguém desconfiaria de você. Mas um batalhão de viets precedido por um branco pode ser perigoso. Não se contam mais os postos que caíram no golpe do legionário. Um desertor europeu, uns vietminhs disfarçados de supletivos, ninguém tem dúvidas; a gente abre amavelmente, baixa a escada, e logo em seguida é degolado. A gente só entende que foi um babaca ao ver o próprio sangue escorrer. Muito pouco para mim.

— Tranquilo, então?

— Eu estou. Quanto a você, não sei. Seus homens não são do Vietminh, disso tenho certeza. Espalhar-se piando à primeira rajada os classifica claramente entre os amadores.

Apontou com o polegar às suas costas os dois tonquineses rígidos que não deixavam transparecer nada, empunhando suas metralhadoras prontas para serem utilizadas.

— Estes aqui são vietminhs aliados, e aí é outra coisa. Impassíveis sob o fogo, obedecendo a um sinal do dedo, sem frescuras.

— E você confia neles?

— Agora estamos no mesmo barco. Quer dizer, barco não, barca. Se eles passam de volta para o lado de lá, o comissário político os liquida no ato; se abandonam a guerra, os aldeães os lincham; eles sabem disso. Eles não têm opção, eu não tenho opção, somos o batalhão dos condenados em suspensão condicional de suas penas, unidos como os dedos da mão. Cada dia em que sobrevivemos é uma vitória. Quer subir, tenente? Eu pago a rodada. Com um ou dois dos seus homens, nem um a mais. Os outros ficam embaixo. Não tenho lugar para todos.

O posto era escuro, a luz só entrava pela porta e por uma seteira em cada face; em cada uma estava assestada uma metralhadora. Só viu os homens aos poucos, sentados contra as paredes sem se mexer, vestidos de preto, cabelos pretos, os olhos mal se abrindo, a arma de través no colo. Todos olhavam para ele e vigiavam cada um dos seus gestos. Um cheiro de anis e de dormitório mal arejado pairava no ar escuro. O tenente se inclinou sobre umas caixas empilhadas no centro do recinto, catou um objeto e lançou-o para Salagnon, que o pegou por reflexo; pensou ser uma bola, era uma cabeça. Sentiu uma forte náusea, quase a largou por reflexo, e por reflexo a reteve, os olhos abertos olhavam para cima, não para ele, o que o tranquilizou. Tremeu, depois se acalmou.

— Queria jogá-la fora antes que você chegasse, trocar as de baixo que fedem demais.

— Vietminh?

— Não juraria, mas pode muito bem ser.

Pegou um boné ornado com uma estrela amarela, pedaço de obus trabalhado à mão.

— Ponha nela. Com isso, ela é um deles, com certeza.

Uma cabeça sozinha é uma coisa densa, não muito pesada, como uma bola. A gente pode virá-la, poderia lançá-la, mas quando você quer pô-la em algum lugar não sabe em que sentido. A lança para isso é prática, você sabe onde fincá-la, e depois pode pôr a cabeça. O tenente hirsuto lhe estendeu um bambu de ponta rombuda. Salagnon fincou-o no esôfago ou na traqueia, não sabia direito, isso produziu um rangido de borracha demasiado apertada na madeira, pequenas coisas cederam dentro do pescoço. Cobriu-a por fim com o boné de oficial. Os caras sentados ao longo das paredes olhavam para ele sem dizer nada.

— O posto já foi tomado três vezes. Dos caras aqui dentro não restou grande coisa, tratados à granada. Então mostro a eles quem somos, agora. Aterrorizo. Tenho armadilhas em torno do posto. Sou uma mina: se se aproximam de mim, ratatatá! se tocam em mim, bum! Bom, você ganhou um gole.

Pegou a cabeça de volta na ponta do seu bambu, estendeu-lhe como que em troca um copo cheio, que recendia violentamente a anis. Todos os homens se passaram copos cheios de um líquido leitoso, cujo amarelo opalino chegava a reluzir no escuro.

— É *pastis* autêntico, que nós mesmos fazemos. Nós o bebemos durante nossos momentos de ócio, e aqui todos os nossos momentos são de ócio. Você sabe que o anis-estrelado, esse aroma tão típico da França, que acreditamos ser de Marselha, na verdade vem daqui? À sua. E aonde vai desse jeito, com seus trapalhões?

— Para a floresta.

— Floresta, tenente, não tem jeito. Os homens não querem.

— Não querem o quê?

— Caminhar na floresta.

— Engajei vocês para isso.

— Não, não engajados para caminhar na floresta, não tem jeito. Engajados para ter uma arma e ter o soldo.

Teve de ficar furioso. Naquela mesma noite, vários foram embora. A floresta não convinha aos pescadores. Não convinha a ninguém. Quando atiraram neles pela primeira vez não foi tão difícil quanto se podia acreditar. Pensar que alguém quer sua morte, que alguém se esforça para isso, que insiste, só é insuportável quando se para para pensar, mas ninguém para. Um furor obscuro cega os combatentes durante toda a duração da metralha. Não há mais ideias nem sentimentos, não há nada mais que atropelo, trajetórias que se cruzam, fugas, correrias, jogo terrível mas abstrato. Não há nada mais que atirar e levar tiro. Basta uma trégua para pensar de novo que é insuportável levar tiro; mas é sempre possível não pensar.

Os pensamentos demasiado difíceis podem ser triturados no nascedouro, mas voltarão depois, no sono, no silêncio das noites, em gestos inesperados, em suores brutais que surpreendem porque não entendemos sua causa; mas é mais tarde, felizmente. Na hora é possível não pensar, viver em equilíbrio no limite que separa um gesto do gesto seguinte.

É engraçado como os pensamentos podem se dilatar ou se extinguir, tagarelar sem fim ou se reduzir a quase nada, a uma mecânica que estala, a rodas dentadas que se engrenam e progridem a pequenos trancos, todos iguais. O pensamento é um trabalho de cálculo que nem sempre dá o resultado certo, mas sempre continua. O nariz no chão, deitado nas folhas, Salagnon pensava nisso; não era a hora, mas ele não podia se mexer. Os tiros abafados eram disparados quase juntos, cinco, ele os contava; os assobios se confundiam, os obuses de morteiro caíam quase juntos, em linha, o solo tremia sob seu ventre. Uma girândola de terra e fragmentos de madeira caía em chuva nas costas, nos chapéus de mato, nos sacos de campanha deles; as pedrinhas soavam no metal das suas armas, os fragmentos de obus quando caem não machucam muito, mas não se deve segurá-los porque queimam, e cortam. Eles atiram à voz de comando, em linha, cinco morteiros. Eu não acreditava que os anamitas fossem tão organizados. Mas são tonquineses; nada divertidos, verdadeira máquinas, que fazem metodicamente o que devem fazer. Estão em linha com um oficial de binóculo que lhes indica cada gesto com uma bandeirola. Uma nova salva foi disparada, caiu, mais perto. A próxima acerta na gente. As explosões reviraram o solo em linha bem reta, um sulco. Cinco metros entre duas. Vinte segundos entre duas, o tempo para a terra cair de volta, para o oficial ver de binóculo o resultado, mandar ajustar a mira, e ele abaixa de novo sua bandeirola. Os obuses caem cinco metros mais longe. Eles progridem com método. Esperam a terra cair de volta antes de disparar nova salva, sabem que seus alvos estão alinhados de barriga no chão, querem acertá-los metodicamente, todos de uma vez só. Com três salvas, adeus. A terra treme, uma chuva de pedras e farpas os recobre de novo. "No próximo tiro, a gente corre na hora do estampido, passe adiante. A gente corre direto para os buracos na frente, se esconde antes que a terra termine de cair." O assobio fendeu o céu, percutiu o solo como caixas de chumbo caindo. Eles pularam através do húmus que caía de volta no chão, passaram através da poeira, se esconderam nos buracos de terra fresca. O coração agitado, a ponto de rebentar, a boca rangente de resíduos, eles apertavam contra si a coronha da arma, seguravam o chapéu. A próxima. A salva passou por cima deles, revirou o solo onde eles estavam deitados antes, como uma série de enxadadas que os teria feito em pedaços e enterrado, minhocas, mortos. Não notaram nada. De quão pouco tudo depende.

    Os tiros pararam. A um assobio uma linha de soldados com capacete de bambu saiu da orla da mata, arma atravessada na barriga, sem precauções. Eles nos acreditavam dilacerados. Disparar, depois avançar. Ou isso, ou eles recomeçam. A coisa aconteceu assim, com uma ferocidade extrema. Dispararam ao mesmo tempo na linha de soldados que tombaram como quilhas de boliche, saltaram, lançaram granadas, avançaram correndo, estouraram crânio e torso de uns caras que se arrastavam de quatro, sentados, caídos, estriparam uns caras de pé com uma facada no ventre, chegaram aos morteiros alinhados, dispostos numa linha traçada a cal no chão da orla da mata, atiraram nos que fugiam por entre as árvores. O oficial tombou sem largar sua bandeirola, com os pés na extremidade da linha, o binóculo no peito. Respiraram fundo. Nesses momentos rápidos demais não se enxergam as pessoas. São massas que atrapalham, sacos em que se enfia a lâmina, esperando que ela não se quebre, sacos de pé, nos quais se atira, e eles se dobram, tombam, não atrapalham mais, a gente continua. Eles se contaram. Vários corpos permaneciam estendidos onde estavam logo no começo, atingidos pelos morteiros; esses não tinham se mexido, não haviam compreendido a ordem que passava de homem deitado a homem deitado, ou haviam agido tarde demais. A vida, a morte dependem de cálculos erráticos; este foi exato, os seguintes, quem sabe. Mais acima, na floresta, ouviram assobios prolongados. Caíram fora.

Aquilo durou semanas. Seus pescadores mal ou bem aguentavam o tranco. Tiveram doenças que nunca haviam encontrado na baía. O efetivo se derretia lentamente. Eles se aguerriram. Desapareceram em alguns segundos num fim de tarde. Caminhavam em fila num dique elevado, o sol declinava, suas sombras se estendiam no plano d'água do arrozal, um calor pegajoso subia da lama, o ar se tornava alaranjado. Passaram por uma aldeia silenciosa. Uma metralhadora escondida num bambuzal matou quase todos. Salagnon não sofreu nada. O rádio, o intérprete e dois homens, todos os que estavam perto dele sobreviveram. A aviação ateou fogo à aldeia já noite escura. Ao raiar do dia, com outra seção que tinha vindo pela estrada, revolveram as cinzas mas não encontraram nenhum corpo e nenhuma arma. A companhia destruída foi administrativamente dissolvida. Salagnon retornou a Hanói. De noite, deitado de costas e os olhos arregalados, ele se perguntava por que a rajada durara tão pouco, por que tinha se detido justo antes dele, por que eles não haviam começado atirando na cabeça da coluna. Sobreviver o impedia de dormir.

— A expectativa de vida de um jovem oficial recém-chegado da França não é maior que um mês. Nem todos morrem, mas muitos. No entanto, se tirarmos dessa coorte os mortos do primeiro mês, aí a expectativa de vida dos nossos oficiais aumenta de forma vertiginosa.
— Diga, Trambassac, o senhor tem mesmo tempo para fazer esses cálculos sinistros?
— Como esperar fazer a guerra sem utilizar números? A conclusão desses cálculos é que se pode confiar nos oficiais que passam do primeiro mês. Pode-se confiar a eles um comando, eles aguentarão, pois aguentaram.
— Que besteira. O senhor acaba de demonstrar que se confia um comando aos que sobrevivem? A quem os confiariam? Aos mortos? Só temos disponíveis os vivos. Então pare com seus cálculos de probabilidade: a guerra não é provável, é certa.

* * *

Confiaram a Salagnon um grupo de combate formado por tais das montanhas, quarenta caras que não entendiam nada do igualitarismo autoritário do Vietminh e não suportavam, geração após geração, os tonquineses da planície. Seus suboficiais falavam vagamente francês, e além do subtenente Mariani, saído da escola militar e que acabava de chegar da França, foram destacados para ele Moreau e Gascard, tenente e subtenente, vindos ele não sabia de onde. "Não é incomum, como comando?", perguntou Salagnon. Eles tinham ido tomar um copinho sob os jasmins-manga, na véspera de subir o rio Negro. "É." Aquilo parecia fazer Moreau sorrir, com um sorriso como um corte com a lâmina de barbear entre lábios finos que mal se viam, sob um bigode negro retilíneo, aparado milimetricamente, menos até, que brilhava de cosmético. Não se podia saber exatamente se ele sorria. Gascard, colosso corado, simplesmente sacudia a cabeça, esvaziava seu copo e pedia outro. O sol se pôs, os lampiões pendurados nos galhos proporcionavam uma multidão de luzes. Os cabelos grudados de Moreau brilhavam, divididos por uma risca reta. "É muito; e principalmente, é uso duplo. Mas dá para entender." Sua voz felizmente era mais quente do que se supunha ao ver aquele rosto liso e fino demais, senão teria metido medo. Ele era inquietante quando não dizia nada. "— Entender como? — Quem comanda é o senhor, a sorte lhe dá galões; e o garoto recém-saído da escola, que está queimado de sol, foi confiado ao senhor para aprender. — E vocês? — Nós? A gente perde nossos galões à medida que os ganha. Gascard por seus porres, e eu por excesso de zelo diante do inimigo, e por um pouco de falta de cortesia para com os superiores. Em compensação, somos imorríveis. Não contamos mais no papelório deles, mas sabemos como fazer as coisas, então nos botam aqui. Eles dizem: 'Nos livramos de vocês! Vai ser um bonito bando: um cara que sobrevive a tudo, dois corredores de mato, um novato que acabará aprendendo alguma coisa e um número indefinido de homens de armas. A gente solta isso na selva, e cuidado com a bunda, senhores viets!'. Quando a situação está preta, a superstição funciona tão bem quanto qualquer outra coisa."

Salagnon preferiu achar graça. Parecia-lhe que ir para a montanha com aqueles dois, e quarenta espalha-brasas em guerra imemorial contra os camponeses das planícies, era melhor que um seguro de vida. Beberam bastante, o menino Mariani parecia gostar bastante da Indochina, voltaram para o quartel embriagados, em meio ao impalpável cheiro leitoso das flores brancas, e passaram diante das vidraças iluminadas do Grand Hôtel du Tonkin. Estavam por lá administradores civis, anamitas de altas castas, mulheres de ombros à mostra, militares das três armas de uniforme de gala e Trambassac de uniforme de campanha, mas com todas as suas condecorações. O hotel brilhava. Tocava-se música, dançava-se. Lindas mulheres de cabelos compridos valsavam com passinhos curtos e com aquela contenção aristocrática que deflagrava nos militares do Cefeo* grandes e desesperados amores. Moreau, ébrio mas com passo firme, deu um empurrão no ordenança da entrada e foi direto ao bar onde os generais e os coronéis, todos brilhantes de dourados, conversavam a meia-voz com uma taça de champanhe na mão. Salagnon o seguia, distanciado, inquieto, Gascard e Mariani três passos atrás dele.

— Parto ao raiar do dia, coronel, com razoável probabilidade de ser morto. Não toquei no rancho, ele fedia a requentado várias vezes, e o quarto de litro de vinho que nos servem daria para desengordurar nossas armas, de tão ácido que é.

Os oficiais superiores sem ousar intervir se voltavam para esse homem inquietante, frágil e impecavelmente penteado, visivelmente bêbado, mas com dicção nítida. Sua boca fina sob um bigode estreito inquietava um pouco. Trambassac sorria.

— Mas estou vendo que o senhor está no champanhe. O *foie gras* dos canapés não derrete com esse calor?

Passada a surpresa, os generais iam protestar, depois se impor, alguns coronéis atléticos haviam posto sua taça na mesa e tinham se aproximado. Trambassac os deteve com um gesto paternal. "Tenente Moreau, o senhor é meu convidado, e o senhor também, Salagnon, e os outros dois que se escondem atrás dos senhores." Pegou duas taças cheias na bandeja que um criado nativo oferecia, distribuiu-as aos jovens boquiabertos e ficou com uma para si. "Senhores", disse dirigindo-se a todos, "os senhores têm diante de si o melhor do nosso exército. Na cidade, são cavalheiros de honra suscetível, em campanha são lobos. Amanhã eles partem, e tenho dó do general Giap e

---

* Corpo Expedicionário Francês do Extremo Oriente. (N. T.)

de seu exército de mendigos. Senhores, viva a arma aerotransportada, viva o Império, viva a França; os senhores são seu gládio, e tenho orgulho de brindar à vossa coragem."

Ergueu sua taça, todos o imitaram, beberam, houve alguns aplausos. Moreau não soube como reagir. Corou, ergueu o copo e bebeu. A música continuou, e o murmúrio das conversas. Ninguém mais deu atenção aos quatro jovens tenentes sem condecorações. Trambassac pôs sua taça pela metade na bandeja de um criado que passava e foi dar uns tapinhas no ombro de Moreau. "O senhor parte ao raiar do dia, meu rapaz. Fique mais um pouco, aproveite, e não vá se deitar tarde demais. Recupere suas forças."

E desapareceu na multidão heterogênea. Eles não ficaram, Salagnon pegou Moreau pelo braço e saíram. O ar quente do exterior não os desembriagava, mas tinha o cheiro gostoso das flores gigantes. Morcegos esvoaçavam sem fazer barulho em volta deles.

— Viu — disse mansinho Moreau —, eu sempre me dou mal. Vou precisar esperar amanhã para ficar de novo com raiva.

Não dá para saber antes de ter estado: como é; e para isso é preciso ir; e aqui também a língua pena. Vê-se bem, então, que sempre só se fala das coisas conhecidas, só se fala entre pessoas que concordam, que já sabem, e com estas mal é necessário dizer, basta evocar. O que não se conhece, é preciso ver e, depois, dizê-lo a si próprio: o que não se conhece fica sempre um tanto distante, sempre fora de alcance apesar dos esforços da língua, que é feita principalmente para evocar o que todo mundo já conhece. Salagnon se embrenhou na floresta com três jovens oficiais e quarenta caras cuja língua ele não falava.

Vista de avião, a floresta é ondulada; não é desagradável. Ela abranda os relevos da Alta Região, atenua os calcários agudos de um tapete de lã verde, desfila uniformemente sob a carlinga, bastante compacta, e do alto parece ser gostoso deitar-se nela. Mas quando se mergulha, quando se atravessa a abóbada regular e densa, se percebe com horror que ela é feita de farrapos mal costurados.

Não se imaginava tão malfeita a floresta da Indochina; era sabido que era perigosa, isso se suporta, mas ela proporciona um ambiente lastimável para morrer. É principalmente isso que se faz lá, morrer, os animais se entredilaceram com refinamentos, e os vegetais não têm sequer tempo de cair no chão, são devorados de pé, tão logo morrem, pelos que crescem em volta e em cima.

Na França, as pessoas fazem falsas ideias da floresta virgem, porque a dos romances de aventuras é decalcada das grandes plantas que crescem junto da janela nas salas superaquecidas, e os filmes de selva são rodados nos jardins botânicos. A essa floresta vista em livros, bem carnuda, empresta-se uma admirável fertilidade; acredita-se que ela é uma ordem na qual se progrediria a facão, com a alegria do apetite no coração, a tensão da conquista no ventre, tudo isso fazendo escorrer o bom suor do esforço que um banho no rio dissipará. Absolutamente não é assim. De dentro, a floresta da Indochina é mal-arranjada, mais para magra, e nem sequer é verde. De avião, é macia; de longe, compacta; mas de dentro, a pé sob as árvores, que pobre desordem! É plantada de qualquer jeito, não há duas árvores iguais lado a lado, cada uma meio sufocada se apoia na outra, todas torcidas, agarrando todos os galhos que podem alcançar, todas elas mal plantadas num solo medíocre, magro demais, nem sequer inteiramente coberto de folhas caídas; a vegetação cresce em todos os sentidos, em todas as alturas, e não é verde. Os troncos acinzentados brigam para permanecer retos, os galhos de um ocre doentio se entrelaçam sem que se saiba a quem pertencem, as folhagens furadas, como que salpicadas de cinza, penam para ganhar o céu, os cipós marrons tentam entravar tudo que vai além deles, tudo germina com uma pressa que evoca mais a doença e a fuga do que o crescimento harmonioso dos vegetais.

Imagina-se uma floresta densa, e se trata de um quarto de despejo. O nível do solo, onde se caminha, não é repleto de fecundidade mas atravancado de resíduos de queda. Prendem-se os pés nas raízes que crescem desde a metade do tronco, os troncos se cobrem de pelos que endurecem em espinhos, os espinhos cobrem a beirada das folhas, as folhas se tornam algo bem diferente de folhas, enceradas demais, moles demais, grandes demais, inchadas demais, chifrudas demais, depende; a demasia é sua única regra. O calor úmido dissolve o entendimento. Insetos zunem ininterruptamente, em pequenos enxames que seguem toda fonte de sangue quente, ou emitem estalidos, ou rastejam disfarçados em galhos. Uma diversidade fenomenal de vermes impregnam o solo, formigam, e o chão se mexe. Na floresta da Indochina fica-se encerrado como numa cozinha trancada, portas fechadas, janelas fechadas, ventilação fechada, e em que teriam acendido todas as bocas do fogão para pôr a ferver com grossas bolhas panelas cheias d'água sem pôr a tampa. O suor cola desde os primeiros passos, as roupas ficam ensopadas, os gestos se desfazem em meio ao incômodo; derrapa-se no solo amolecido. Apesar da energia higrotérmica que irrompe de tudo, que jorra dos corpos, a impressão dominante que dá a floresta é a de uma pobreza doentia.

"Caminhar na floresta" só tem um sentido sadio e alegre na Urwald europeia, onde as árvores todas parecidas se alinham sem incomodar uma à outra, onde o solo elástico estala um pouco sob as pisadas, fresco e seco, onde se vê o céu aparecer entre a folhagem, onde se pode caminhar olhando para ele sem medo de tropeçar em pavorosas desordens. "Caminhar na floresta" não tem aqui o mesmo sentido, isso evoca andar num bolor gigantesco, que cresce em grandes montes de velhos legumes. Não se passeia, mas se exerce um ofício. Para alguns, é o de sangrar as seringueiras, outros colhem mel selvagem, outros descobrem jazidas de pedras raras ou abatem enormes tecas, que têm de ser arrastadas até o rio para serem levadas. Nela é possível se perder, morrer de doenças, matar uns aos outros. No caso de Salagnon, seu ofício é procurar o Vietminh, e se safar do encontro se puder. Se puder, sair desse bolor, se puder, ele se repete sem parar. Aqui, tudo conspira para tornar a vida frágil e detestável. Ele não lamentou fazer a maior parte do trajeto de barco.

O nome barco convém mal ao LCT, o Landing Craft for Tanks, que serve para transportar os homens nos rios da Indochina. São chamados, em vez disso, de barcaças, são caixas de ferro a motor e sobem o rio marrom num estrondejar mole sempre a ponto de engasgar, um barulho que tem dificuldade de se propagar no ar espesso, úmido demais, quente demais. Talvez o barulho do motor nem sequer alcançasse as margens, e talvez as crianças que conduziam grandes búfalos negros com uma corda não o ouvissem; elas viam as máquinas subir o rio em silêncio, com dificuldade, num caldo lento de lama líquida. Os LCTs não haviam sido construídos para isso. Fabricados a toque de caixa, da maneira mais simples, deviam depositar o material pesado nas ilhas do Pacífico, podiam ser perdidos sem pena. Terminada a guerra, sobrou um montão. Aqui falta material pesado; ele enguiça, explode nas minas, não serve para nada contra homens ocultos. Então, com os LCTs se transportavam os soldados nos rios, eles eram carregados com suas bagagens e suas munições em grandes porões a céu aberto, e em cima tinham sido postos tetos leves para protegê-los do sol, tinham estendido telas presas em varas para protegê-los das granadas lançadas da margem ou de uma sampana que passasse perto demais. Com seu abrigo de lona e de bambu, seu porão repleto de homens sonolentos, seu metal roído pela ferrugem, suas paredes de chapa amassada e furada por um rosário de impactos, essas embarcações americanas simples e funcionais, como tudo que é americano, adquiriam como tudo na Indochina um ar tropical, favelesco, um ar de cansaço e de improvisação que o martelar molhado do óleo diesel acentuava; se esperava a cada instante que ele engasgasse e que tudo parasse.

O marinheiro que comandava o comboio de LCTs, e que Salagnon chamava de capitão por ignorância das patentes da Marinha, veio se debruçar junto dele na amurada e eles ficaram vendo a água passar. Ela transportava tufos de capim arrancados, pencas de jacintos-d'água, galhos mortos que flutuavam lentamente rio abaixo.

— Aqui, está vendo, o único caminho mais ou menos limpo é o rio — disse ele por fim.

— Limpo, o senhor acha?

A palavra divertia Salagnon, porque a água marrom que deslizava ao longo dos costados da barcaça era tão pesada que a proa e as hélices nem produziam espuma; a água carregada de limo se agitava pouco à sua passagem, depois voltava a ser a extensão lisa na qual eles deslizavam sem perturbá-la.

— Sou marinheiro, tenente, mas faço questão de conservar minhas pernas. E para isso, nesta terra, não se deveria mais andar. Não tenho confiança no solo. Estradas aqui não tem, e quando tem são interrompidas; barram-nas com árvores serradas à noite, abrem trincheiras atravessando-as, provocam desmoronamentos para que desapareçam. Mesmo a paisagem nos quer mal. Quando chove, as estradas são pura lama, e quando você pisa nelas, explodem; ou cedem, e você passa através delas, o pé num buraco e no fundo do buraco há estacas pontudas. Não ando mais na terra que eles chamam de firme, e que firme não é, só me locomovo de barco, nos rios. Como não têm minas flutuantes ou torpedos, é limpo.

Os três LCTs em fila subiam o rio, os homens cochilavam no porão sob o abrigo de lona, a chapa do casco vibrava, dava para sentir o atrito da água espessa no costado fino das embarcações. Nessa via sem sombra o sol os castigava, o calor os cercava de vapor em que a luz se refletia, ofuscante. Os diques de argila escondiam a paisagem, acima deles apareciam buquês de árvores e tetos de sapê reunidos. Barcos amarrados ondulavam à passagem deles, carregados de mulheres acocoradas lavando roupa, de pescadores em andrajos, de crianças peladas que os espiavam passar depois pulavam n'água dando risada. Tudo, do chão ao céu, banhava no amarelado um pouco verde, uma cor de tecido militar gasto, uma cor de uniforme de infantaria colonial prestes a ceder se levar um puxão. O martelar úmido dos motores sempre os acompanhava.

— O problema desses rios são as ribeiras. Na Europa, é sempre calmo, um pouco triste, mas tranquilizante. Aqui há tamanho silêncio que a gente sempre acredita que vai levar um tiro. Não vemos nada, mas somos vigiados. E não me pergunte por quem, não sei, ninguém sabe, ninguém nunca sabe nada nesta terra imunda. Não suporto o silêncio deles; não suporto tampouco o barulho deles, aliás. Quando falam, gritam, e quando se calam, seu silêncio mete medo. O senhor percebeu? Enquanto suas cidades são uma tremenda barulheira, seus campos são um pesadelo de silêncio. Às vezes a gente até dá uns tapas nos ouvidos para verificar se estão funcionando. Acontecem coisas aqui que a gente não ouve. Não durmo mais; acho que estou surdo, acordo sobressaltado, o motor me tranquiliza, mas temo que pare; verifico as ribeiras, e sempre nada. Mas sei que eles estão lá. Não há meio de dormir. As ribeiras teriam de estar longe de verdade para que eu dormisse em paz. No alto-mar, acho. Lá eu dormiria enfim. Enfim. Porque acumulei vontade de dormir anos a fio. Não sei como vou recuperar isso. O senhor não imagina quanto eu poderia dormir se estivesse em alto-mar.

Uma batida débil chamou a atenção deles; eles viram um corpo humano, o rosto n'água, braços e pernas estendidos, se chocar sem brutalidade contra o casco; depois, sem insistir, deslizou ao longo do costado da barcaça, rodopiava, e desapareceu rio abaixo. Outro o seguiu, depois outro, e outros mais. Corpos deitados desciam o rio, boiavam de barriga para baixo, o rosto imerso até produzir uma angústia de sufocamento, ou de costas, o rosto inchado voltado para o céu, a localização dos olhos reduzida a frestas. Girando lentamente sobre si mesmos, eles descem o rio. "— O que é? — Pessoas."

Um ficou preso contra a vante achatada do LCT, emergiu pela metade, se arqueou e não se mexeu mais, depois subiu o rio na companhia deles. Outro deslizou para trás, foi triturado pelos movimentos da hélice, e a água se tornou amarronzada, vermelho-sangue misturado com lama, e uma metade de corpo seguiu seu caminho, bateu em outro LCT e afundou. "Cacete, afastem eles!" Uns marinheiros se muniram de croques e debruçados na proa empurraram os corpos para longe do casco, espetavam, afastavam, jogavam os corpos de volta na correnteza para evitar que o barco os tocasse.

— Afastem eles, cacete, afastem eles!

Dezenas de corpos desciam o rio, uma reserva inesgotável de corpos corria pelo rio, as mulheres boiavam rodeadas por seus cabelos negros estendidos em torno delas, as crianças dessa vez iam sem movimentos bruscos, os homens se pareciam todos no pijama preto que serve de uniforme a todo o país. "Afastem eles, cacete!", o capitão repetia berrando sempre a mesma ordem, com uma voz que se tornava aguda, "Afastem eles, cacete!", e seus punhos cerrados embranqueciam. Salagnon enxugou os lábios, devia ter vomitado sem perceber, muito depressa, restava uma espuma amarga na sua boca, algumas gotas jorradas do seu estômago brutalmente esvaziado. "— Quem são? — Aldeões. Pessoas assassinadas pelos saqueadores, pelos bandidos, esses canalhas que assombram a floresta. Pessoas que passavam pela estrada, estupradas, roubadas, jogadas no rio. As estradas deste país... Todo dia acontecem coisas horríveis."

Corpos flutuantes deslizavam ao longo dos três LCTs que subiam o rio, sozinhos, em massas aglomeradas, alguns estavam com o uniforme amarronzado, mas não dava para ter certeza, porque as roupas aqui se parecem, e depois tudo estava molhado, inchado, impregnado de água amarela, passavam ao longe e ninguém ia verificar. O estrondejar débil dos motores a diesel continuava, e o arquejo dos que manejavam os croques.

— Quero mesmo rever o mar — murmurou o capitão quando deixaram para trás o macabro banco de areia. Soltou a borda metálica da amurada e através da pele seca das suas bochechas Salagnon via seus movimentos internos: os músculos das mandíbulas palpitavam como um coração, sua língua se esfregava maniacamente em seus dentes. Deu meia-volta, se trancou na cabine estreita improvisada ao lado dos motores, e Salagnon não o viu mais até o fim da viagem. Tentava dormir, talvez; e talvez conseguisse.

* * *

Rio acima, passaram por uma aldeia incendiada. Ainda fumegava, mas tudo havia queimado, o sapê dos tetos, as paliçadas de bambu, as paredes de madeira trançada. Só restavam umas vigas verticais enegrecidas e amontoados fumegantes, cercados de palmeiras sem seu topo e cadáveres de porcos. Barcos afundados apareciam acima da superfície da água.

Um Citroën apareceu no dique, preto como na França, inesperado naquele lugar; rodava em baixa velocidade no mesmo sentido dos barcos, no caminho à beira d'água que só os búfalos percorriam. Ficaram emparelhados por algum tempo, o Citroën seguido por uma nuvem de poeira, depois parou. Dois homens de camisa florida de mangas curtas saíram arrastando um terceiro vestido de preto, com os punhos amarrados nas costas, um vietnamita de cabeleira espessa, uma pesada mecha cobrindo os olhos. Eles o acompanharam com a mão no ombro até a beira do rio, onde o obrigaram a se ajoelhar. Um dos homens de camiseta ergueu uma pistola e abateu-o com uma bala na nuca. O vietnamita tombou para a frente e caiu no rio; da barcaça só ouviram depois o tiro abafado. O corpo boiava de barriga para baixo, ficou na beirada, depois encontrou um veio de correnteza e começou a derivar, se afastou da margem e desceu o rio. O homem de camisa florida enfiou a arma na calça e ergueu a mão para saudar os LCTs. Os soldados lhe responderam, alguns rindo e dando hurras que talvez ele tenha podido ouvir. Voltaram para o Citroën e desapareceram ao longo do dique.

— A Segurança Nacional — murmurou Moreau.

Salagnon sempre o sentia vir porque Moreau, ao despertar, se penteava cuidadosamente, traçava uma risca bem nítida e aplicava uma pouca de brilhantina que derretia com o calor. Quando Moreau se aproximava, recendia a barbeiro.

— Você dormiu?

— Cochilei em cima do meu saco, entre meus tais. Eles estão dormindo, sabem dormir em qualquer lugar; mas como gatos. Quando me levantei, com o mínimo de gestos possível, nenhum barulho — eu estava todo prosa com meu desempenho —, vi que dois dos meus vizinhos, sem abrir os olhos, haviam apertado seus punhais. Mesmo dormindo, eles sabem. Tenho de me aprimorar.

— Como é que você reconhece os caras da Segurança Nacional?

— O Citroën, a arma na calça, a camisa solta. Eles se mostram, são os figurões do crime, eles reinam. Catam uns sujeitos, interrogam, matam. Não se escondem, não temem nada, até que são mortos por sua vez. Então há represálias, e a coisa continua.

— E adianta alguma coisa?

— Eles são a polícia, buscam informações, é o ofício deles. Porque se a gente pode atravessar este país sem ver nenhum viet, quando eles formigam, é que faltam informações. Então eles fazem de tudo para obtê-las. Prendem, interrogam, ficham e liquidam, uma verdadeira indústria. Encontrei um numa cidadezinha do delta, ele tinha a mesma camisa florida, a mesma arma na calça, se arrastava como uma alma penada, desesperado. Buscava informações, como reza sua função, e nada. Havia interrogado os suspeitos, os amigos dos suspeitos, os conhecidos dos amigos dos suspeitos, e nada.

— Não encontrava os viets?

— Ah, isso a gente nunca sabe, e ele também não. Sempre se pode interrogar uns suspeitos, dirão sempre alguma coisa, que levará a outros suspeitos. Não falta trabalho, e este sempre dá frutos, pouco importando sua utilidade. Mas o que desesperava mesmo esse sujeito que era a polícia numa cidadezinha do delta era ter liquidado pelo menos cem fulanos e não ter recebido nem condecoração nem promoção. Hanói fazia como se ele não existisse. Estava amargurado, percorria as ruas da cidadezinha, ia de um café a outro, desanimado, sem saber o que fazer, e todas as pessoas com que cruzava baixavam os olhos, arrepiavam caminho, desciam da calçada para lhe ceder a passagem, ou sorriam para ele; indagavam sobre a sua saúde com muitas mesuras, porque ninguém sabia o que fazer, se era ou não preciso lhe dirigir a palavra para escapar dele, se era preciso parecer não ter nada com nada ou parecer estar do seu lado. E ele não notava nada, ele se arrastava pelas ruas com sua pistola na calça amaldiçoando a lentidão da administração, que não reconhecia seu trabalho. Nunca havia encontrado nada, mas era eficiente; nunca havia encontrado vestígios do Vietminh, mas fazia seu serviço; se uma rede clandestina tivesse querido se instalar, não teria podido, por falta de militantes em potencial, que ele havia liquidado preventivamente; e não o reconheciam por seu justo valor. Estava mortificado.

Moreau terminou com uma risadinha, aquela risadinha bem dele, que não era desagradável, mas também não era engraçada, uma risada como seu nariz afilado, uma risada como seu bigode fino que bisava seus lábios finos, uma risada clara e sem alegria que gelava sem que se soubesse por quê.

— No fim das contas, não suportamos o clima das colônias. Mofamos por dentro. Menos você, Salagnon. Parece que tudo está bem para você.

— Eu olho; então me acostumo a tudo.

— Eu também me acostumo a tudo. Mas é exatamente isso que me preocupa: não me adapto, troco de pele; algo irreversível. Nunca mais serei o mesmo.

"Antes de vir para cá eu era professor primário. Tinha autoridade sobre um pequeno grupo de meninos irrequietos. Eu os controlava com a palmatória, com o chapéu de burro, com um bofetão, se fosse preciso, ou pondo de castigo, de joelhos numa régua. Na minha turma não havia bagunça. Eles decoravam, não cometiam erros, levantavam o dedo antes de falar, só sentavam quando eu mandava, se tudo estivesse calmo. Eu tinha aprendido essas técnicas na Escola Normal e por observação. Veio a guerra, mudei de profissão por um tempo, mas como poderia voltar agora? Como poderia estar de novo diante de uma turma de meninos? Como poderia suportar a menor desordem sabendo o que sei? Aqui tenho autoridade sobre um povo inteiro, utilizo as mesmas técnicas aprendidas na Escola Normal e por observação, mas levo-as ao extremo, para adultos. Vejo mais longe. Não tem aqui pais a quem eu possa denunciar as travessuras dos pimpolhos, para eles os castigarem de noite. Eu mesmo faço tudo. Como eu poderia enfrentar de novo uns garotinhos? Como faria para manter a ordem? Eu mataria um logo na primeira bagunça, por reflexo, para servir de exemplo? Faria interrogatórios implacáveis para saber quem atirou uma bolinha de papel impregnada de tinta? É melhor eu ficar por aqui. Aqui a morte não tem muita importância. Eles não parecem sofrer com ela. Entre mortos, entre futuros mortos, nós nos entendemos. Eu não poderia voltar para uma turma de meninos, não teria sentido. Não sei mais como fazer. Ou sim, sei bem demais, mas faço em grande escala. Estou encurralado aqui; fico aqui esperando nunca mais voltar, para o bem dos garotinhos da França."

O horizonte se elevava como uma dobradura de papel, colinas triangulares subiam como se alguém dobrasse o solo plano; o rio fez meandros. Eles penetraram na floresta ininterrupta. A correnteza estava mais forte, a hélice dos LCTs martelava a água com mais força, temia-se cada vez mais que ela parasse; um espesso veludo verde orlava as ribeiras, as colinas se tornavam cada vez mais altas, mais escarpadas, mesclavam-se às nuvens que desciam bem baixo.

— A floresta não é melhor — resmungou o capitão saindo da sua cabine. — A gente acha que é vazia, acha que é limpa, acha que está enfim sossegado... Imaginem! Por baixo, é um formigueiro. Uma rajada, e você mata quinze. E ali! Metralhe a margem.

O artilheiro girou a arma e disparou uma longa rajada nas árvores da ribeira. Os soldados se sobressaltaram e aclamaram. Balas graúdas explodiam nos galhos, gritos de macacos ecoaram, aves voaram. Resíduos de folhas e de madeira arrebentada caíram n'água.

— Pronto — concluiu o capitão. — Não tinha muitos hoje, mas o lugar está limpo. Tomara que cheguemos logo. Tomara que isto acabe.

Largou-os numa aldeia em ruínas, numa margem lavrada de buracos. Os caixotes de munição foram carregados por prisioneiros marcados com um PIM* nas costas, em letras maiúsculas, vigiados por legionários que não prestavam a menor atenção neles. Sacos de areia empilhados com todo o cuidado como se fossem tijolos cercavam o que restava das casas, bloqueavam as ruas de retirada, cercavam as peças de artilharia com seu longo cano erguido, todas elas viradas para as colinas de um verde profundo em que deslizavam farrapos de bruma. Os moradores haviam desaparecido, não restavam mais que vestígios quebrados da vida cotidiana, cestas, uma sandália, potes quebrados. Uns legionários de capacete vigiavam atrás dos parapeitos de sacos enquanto outros, à pá, continuavam cavando para fortificar a aldeia. Trabalhavam todos em silêncio, com a seriedade implacável da Legião. Localizaram o comando numa igreja de teto furado. Na nave haviam empurrado para um lado a caliça e os bancos quebrados, e liberado o altar em que os oficiais tinham se instalado; a santa mesa estava perfeitamente posta, com uma toalha branca e pratos de porcelana com filete azul, círios acesos à sua volta proporcionavam

---

* Pessoal Militar Internado: prisioneiros vietminhs utilizados como carregadores. (N. T.)

uma luz trêmula que se refletia nos copos limpos e nos talheres. De uniforme empoeirado, o quepe branco impecável pousado a seu lado, os oficiais eram servidos por um ordenança de jaqueta cujos gestos denotavam a maior competência.

— Caminhões? Para levar seus homens? Está brincando? — disse um coronel de boca cheia.

Salagnon insistiu.

— Mas eu não tenho caminhões. Eles explodem ao passar numa mina. Espere o comboio terrestre, um dia ele há de chegar.

— Tenho de ir para o meu posto.

— Ora, vá a pé. É por ali — disse ele apontando com o garfo para a janela ogival. — E agora deixe a gente terminar. É o jantar de ontem que não pudemos comer por causa de um ataque. Ainda bem que ficou intacto. Nosso ordenança trabalhou como maître do maior restaurante de Berlim, antes que os órgãos de Stálin o transformassem num monte de areia. Serve à perfeição, mesmo nas ruínas, foi uma boa ideia trazê-lo. Traga a continuação.

O ordenança, impassível, trouxe uma carne com um cheirinho gostoso de carne, coisa rara na Indochina. Então Moreau se aproximou.

— Coronel, eu me permito insistir.

O outro, com o garfo enfiado num pedaço sangrento, suspendeu seu gesto a meio caminho entre o prato e a boca aberta; ergueu os olhos com um ar malvado. Mas Moreau, esse pequeno homem magro e sem graça, tinha uma particularidade, a de que, quando pedia uma coisa com aquela voz que não grita nunca, que passa entre seus lábios finos, ela lhe era concedida, como se se tratasse de uma questão de vida ou morte. O coronel já tinha visto coisas piores, estava se lixando para seus caminhões e tinha uma enorme vontade de terminar finalmente sua refeição.

— Está bem. Eu empresto um caminhão para as munições, só que não tenho mais nenhum. Quanto aos homens, vão a pé. A estrada é mais ou menos segura. Mas a colonial tinha de parar de contar com a gente.

Moreau se voltou para Salagnon, que concordou; no fundo, ele era de natureza conciliadora, mas não se orgulhava muito disso. Deixaram o serviço de mesa continuar, saíram.

— Trambassac não está errado. Aqui é o capitão, seus bravos e seus homens de armas; cada um com sua patota.

— Falando nisso, lá está a sua patota.

Mariani e Gascard sentados nuns caixotes os esperavam, e os quarenta supletivos tais acocorados, apoiados em seus fuzis que seguravam como se fossem lanças. Mariani se levantou quando eles se aproximaram, veio sorrindo ouvir as novidades; se dirigia a Moreau.

Aquilo lhes custou três dias de estrada de terra. Subiram em fila, a arma atravessada nos ombros. Não demoraram a pingar de suor por terem de grimpar fortes aclives em pleno sol. Da sombra à beira da estrada nem se aproximavam, era a floresta, portanto uma infinidade de esconderijos, de ciladas, de fios entre as árvores ligados a minas, de atiradores pacientes sentados entre os galhos. As duas paredes verdes os oprimiam, então eles caminhavam no meio, em pleno sol. E às vezes uma clareira com as orlas queimadas assinalava o efeito da artilharia de longo alcance, ou da aviação; um caminhão enegrecido tombado à beira da estrada, perfurado de balas, atestava uma escaramuça desconhecida, cujas testemunhas estavam mortas. Felizmente não largavam os mortos, senão a pista estaria semeada deles. Não se largam os mortos, recolhem-se, salvo no rio. Salvo no rio, pensava Salagnon penando com o peso do seu saco de campanha, com o peso da sua arma atravessada nos ombros. Mas o que significavam aqueles mortos no rio? Que se tem repugnância de tocar nos corpos mortos, então às vezes os deixam, mas por que jogá-los no rio? Cada passo era penoso naquela estrada ruim que subia, e pensamentos desagradáveis vinham com o cansaço, com aquele desânimo que o esgotamento dos músculos causa. De noite, dormiram nas árvores, suspensos em redes de corda, metade deles acordada montando guarda para a metade adormecida.

De manhã, continuaram andando pela estrada na floresta. Ele não imaginava que podia ser tão difícil levantar um pé para pôr na frente do outro. Seu saco repleto de peças metálicas o puxava para trás, suas armas pesavam, cada vez mais, os músculos das suas coxas se tensionavam como os cabos de uma ponte, ele os sentia ranger a cada oscilação; o sol o secava, a água que ele continha escorria para fora, carregada de sal, ele se cobria de auréolas brancas.

Na noite do terceiro dia chegaram a uma crista de montanha, e a paisagem das colinas se abriu abaixo num brusco movimento de leque. Um capinzal amarelo os cercava, brilhante de cintilações douradas ao sol do entardecer, e a estrada, no terreno plano, passava pelo meio daquele capim que chegava aos ombros, como uma trincheira escura. Dessa crista avistava-se longe; as colinas se sucediam até o horizonte, as primeiras de um verde úmido de pedra preciosa, e as seguintes em tons turquesa, de um azulado cada vez mais suave, diluídos pela distância até não pesar mais nada, até se dissolver no céu branco. A longa fileira de homens corcundas, vergados sob seus sacos de campanha, parou para respirar, e toda aquela paisagem incrivelmente leve se insuflou neles, o azul pálido e o verde suave os encheram, e eles retomaram com um passo vivo a caminhada para o posto instalado na crista.

Um terceiro-sargento indígena mandou abrir a porta, recebeu-os, ele cuidava de tudo. Os atiradores estavam acocorados no pátio, com suas torres cobertas de sapê em cada canto. Salagnon procurou a seu redor uma fisionomia europeia. "— E seus oficiais? — O primeiro-sargento Morcel está enterrado lá", disse o sargento. "O segundo-tenente Rufin está em operação, vai voltar. Quanto ao tenente Gasquier, não sai mais do quarto. Está à espera de vocês. — Vocês não têm mais comando? — Temos, tenente, eu. Aqui as forças franco-vietnamitas se tornaram de fato vietnamitas. Mas não é natural que as coisas acabem correspondendo às palavras?", terminou ele com um sorriso divertido.

Falava um francês delicado aprendido no liceu, o mesmo que Salagnon havia aprendido a dez mil quilômetros dali, apenas levemente matizado de um sotaque musical.

O chefe do posto os aguardava sentado à mesa, a camisa aberta e a barriga bem pronunciada, parecia ler um jornal velho. Seus olhos avermelhados o percorriam num sentido depois no outro, sem fixar nada de preciso, e ele não se resignava a virar as páginas. Quando Salagnon se apresentou, não olhou para ele, seus olhos continuavam a errar no papel como se tivesse dificuldade para erguê-los.

— Viu isto? — balbuciou. — Viu isto? Os comunistas! Eles degolaram outra aldeia inteira, para servir de exemplo. Porque eles se recusavam a lhes fornecer arroz. E eles maquiam o crime, fazem crer que foi o exército, a polícia, a Segurança, a França! Mas eles nos enrolam. Eles nos enganam. Eles utilizam uniformes roubados. E todo mundo sabe que a Segurança está infiltrada.

Totalmente. Por comunistas da França, que recebem ordens de Moscou. E que matam por conta de Pequim. O senhor é novato aqui, tenente, então não se deixe engabelar. Desconfie! — Finalmente olhou para ele e seus olhos giravam nas órbitas. — Não é, tenente? O senhor não vai se deixar engabelar.

Seus olhos se tornaram vagos, e ele desabou. Bateu com a cabeça na mesa e não se mexeu mais.

— Me ajude, tenente — murmurou o sargento indígena. Pegaram-no pelos pés e pelos ombros e o deitaram na cama de campanha no canto do quarto. O jornal dissimulava uma tigela de *chum*, de que ele guardava um jarro debaixo da cadeira. — A esta hora ele dorme — continuou o sargento, com o tom de voz que se usa no quarto de um bebê que por fim dormiu. — Normalmente até de manhã. Mas às vezes acorda de noite e quer que a gente se reúna com o equipamento e as armas. Quer que a gente parta em coluna na floresta para perseguir o viet de noite, enquanto ele não desconfia de nada. Temos a maior dificuldade para dissuadi-lo e fazê-lo dormir novamente. É preciso lhe dar mais de beber. Ainda bem que vai voltar, para Hanói ou para a França. Senão, ele nos levaria a ser mortos. O senhor vai substituí-lo. Trate de aguentar mais tempo.

O caminhão chegou no dia seguinte com as caixas de munição e os víveres; não demorou e desceu de volta para o rio levando Gasquier ainda adormecido com seu batalhão de atiradores. Firmaram-no bem entre umas caixas para que não caísse, enquanto eles próprios seguiam a pé. A poeira baixou sobre a estrada de terra, e Salagnon se tornou chefe de posto, substituindo o precedente, desgastado demais, porém ainda vivo, salvo a contragosto pelas opiniões sensatas de um suboficial indígena.

Rufin voltou no fim da tarde, à frente de uma coluna em andrajos. Haviam caminhado na floresta vários dias, haviam atravessado os riachos, tinham se escondido entre arbustos pegajosos, tinham dormido na lama. Deitados no húmus, haviam esperado; gotejantes de suor salgado, haviam caminhado. Estavam todos ignobilmente sujos e suas roupas endurecidas de sujeira, de suor, de sangue e de pus, marcadas pela lama; e seu espírito também estava em andrajos, esgotado por um misto de cansaço, de medo, de coragem feroz que confina com a loucura, que por si só possibilita andar, correr e se matar reciprocamente na floresta dias a fio.

— Quatro dias e principalmente quatro noites — precisou Rufin saudando Salagnon. Seu bonito rosto de garoto louro estava encovado, mas a mecha que varria seus olhos permanecia viva, e um sorriso divertido pairava em seus lábios. — Graças a Deus, ser escoteiro me preparou para as longas caminhadas.

Os homens arqueados que voltavam poderiam ter arriado na beira da estrada, e em algumas horas teriam derretido e desaparecido, não os teriam mais distinguido do húmus. Mas todos esses homens imundos como mendigos carregavam armas rutilantes. Suas armas estavam como no primeiro dia, retilíneas, brilhantes, lubrificadas; o corpo exausto e a vestimenta em estado de trapos de oficina, mas suas armas incansáveis, armas rechonchudas e bem nutridas qualquer que fosse a hora, qualquer que fosse o esforço. As peças de metal que eles portavam reluziam como olhos de feras, e o cansaço não as embaçava. Em seu espírito esfumado pelo cansaço ainda subsistia — sozinho, derradeiro — o pensamento que emana da materialidade das armas: o pensamento de matar, violento e frio. Todo o resto era carne, tecido, e havia apodrecido, eles o haviam deixado à beira da estrada e não lhes restava mais que seu esqueleto: a arma e a vontade, a morte à espreita. A arma, muito mais que o prolongamento da mão ou do olhar, é o prolongamento do osso, e o osso dá forma ao corpo que, senão, seria mole. No osso está grudado o músculo, e assim a força pode se manifestar. O grande cansaço tem esse efeito: ele decapa a carne e solta os ossos. Pode-se chegar a esse mesmo estado trabalhando até cair, cara na mesa, andando no sol a pino, cavando buracos a picareta. A cada vez, se é reduzido ao que resta, e o que resta pode ser considerado o mais belo no homem: a obstinação. A guerra faz isso também.

Os homens foram se deitar e todos adormeceram. Depois da agitação da sua chegada, um grande silêncio se fez no posto, e o sol declinou.

— Os viets? — disse Rufin —, eles estão em toda parte, em todo o entorno, na floresta. Passam como querem, descem da Alta Região aonde não vamos mais. Mas podemos fazer como eles, nos esconder no mato, e eles não nos verão.

Adormeceu de costas, a cabeça ligeiramente inclinada, e seu belo rosto de anjo, muito claro, muito liso, muito puro, era o de uma criança.

Na Indochina a noite não perde tempo. Quando o sol se pôs, eles foram rodeados durante alguns minutos por uma paisagem vaporizada por montanhas de porcelana que não pesavam mais nada; as cristas azuladas flutuavam sem mais tocar nenhum chão; elas se esfumaram, desapareceram, dissolvidas, e a noite se fez. A noite é uma redução do visível, o apagamento progressivo do longínquo, uma invasão pela água negra que poreja do solo. Pousados na crista, eles perdiam pé. Estavam no ar, em companhia das montanhas flutuantes. A noite se arrojava como um bando de cães negros que subissem pelas trilhas do fundo dos vales, farejassem as orlas, grimpassem as encostas, cobrissem tudo e no fim devorassem o céu. A noite vinha de baixo com um arquejo feroz, com o desejo de morder, com a agitação maníaca de uma alcateia de sabujos.

Quando a noite caiu eles souberam que ficariam a sós até o romper do dia, num cômodo cerrado cujas portas não se fecham, rodeados pelo sopro desses cães negros que os buscavam, ganindo na escuridão. Ninguém os acudiria. Fecharam a porta de seu castelinho, mas ela era de bambu. A bandeira deles pendia sem se mexer na ponta de uma vara comprida, e logo desapareceu, eles não viam as estrelas porque o céu estava velado. Estavam sozinhos na noite. Puseram para funcionar o grupo eletrogêneo, cujos galões de diesel contavam cuidadosamente; assim alimentavam de alta tensão a rede de arame que entrelaçava os bambus nos fossos; acenderam os projetores nas torres, feitas de troncos e de terra, e a única lâmpada no teto da casamata. O resto da iluminação era assegurado por lampiões a querosene, e pelas lamparinas a óleo dos supletivos acocorados em pequenos grupos nos cantos do recinto.

O que cai no fim do dia não é a noite — a noite sobe dos vales formigantes que rodeiam o posto, ao pé das encostas íngremes cobertas de capim-amarelo —, o que cai no fim do dia é sua fé em si mesmos, sua coragem, sua esperança de um dia viver em outro lugar. Quando a noite vem, eles se veem permanecendo aqui para sempre, eles se veem no derradeiro fim de dia, no momento derradeiro que não vai para lugar nenhum, e, depois, se dissolvendo na terra ácida da floresta da Indochina, seus ossos levados pelas chuvas, suas carnes transmudadas em folhas e tornadas comida de macacos.

Rufin dormia. Mariani consertava o rádio na casamata, escutava o chiado de fragmentos de palavras em francês, verificava mil vezes se estava mesmo funcionando. Gascard, sentado a seu lado, começava a beber assim que caía a noite, descontraído e meio desligado, como se tomasse o aperitivo numa noite amena de verão; quando bebia muito ninguém percebia, ele nunca caía, não titubeava, e o tremor das luzes ocultava o tremor dos seus dedos. Moreau e Salagnon, que haviam ficado do lado de fora, olhavam para a escuridão debruçados na amurada de terra, não viam nada e falavam baixinho, como se os cães negros que cobriam o mundo pudessem ouvi-los, farejar sua presença e vir.

— Sabe — cochichou Moreau —, estamos presos aqui. Só temos uma alternativa: ou esperamos ser massacrados um dia ou outro, ou degolados em nossa cama, ou substituídos; ou então fazemos como eles, nos escondemos no mato e vamos amofiná-los de noite.

Calou-se. A noite se mexia como a água, pesada, odorante e sem fundo. A floresta farfalhava de estalos e gritos, produzindo uma zoeira que podia ser tudo, animais, movimentos de folhas, ou a sombra dos combatentes marchando em coluna entre as árvores. Salagnon por reflexo adotava um silêncio inquieto, um silêncio de espreita, inútil na escuridão confusa, quando ao contrário deveriam falar, todos, falar francês indefinidamente sob a lâmpada elétrica da casamata, para se chamarem de volta a si próprios, para se lembrarem de si próprios, para existirem mesmo que um pouquinho para si próprios, tanto esse sentimento de si ameaçava se evaporar durante a noite. Salagnon sentiu que nas semanas que viriam sua saúde mental e sua sobrevivência dependeriam da quantidade de galões de óleo diesel de que ainda disporiam. No escuro, aqui, ele se perderia.

— E então, o que acha?

— Deixo por sua conta.

De dia, o posto parecia uma fortaleza para soldadinhos de chumbo, desses que a gente constrói com terra compactada, pedrinhas chatas e agulhas de pinheiro; eles haviam construído castelos de férias ou de feriado escolar, e agora moravam dentro deles. O fortim era construído de madeira, terra e bambu, e com o cimento vindo de caminhão havia sido construída uma casamata onde os franceses se alojavam: sua torre, que não era mais alta que os muros. Viviam em seu castelo no alto da montanha, quatro bravos e seus peões, numa elevação nua que comandava uma vasta extensão de floresta, bem verde, vista de cima, cortada pelos laços marrons do rio. Diz-se "comandar" quando uma fortaleza domina geograficamente a paisagem, mas aqui o termo podia se prestar ao sorriso. Sob as árvores mais abaixo uma divisão inteira poderia passar sem ser vista. Salagnon sempre podia mandar disparar alguns obuses na floresta. Sempre podia.

Os dias passavam e se acumulavam, os longos dias todos iguais a vigiar a floresta. A vida militar é feita de grandes vazios em que não se faz nada, dos quais se indaga se um dia aquilo vai acabar, e a pergunta em pouco tempo não é mais feita. A espera, a vigília, o transporte, tudo demora, nunca se vê o fim, aquilo recomeça a cada dia. Depois o tempo volta a correr, nas convulsões bruscas de um ataque, como se ele se precipitasse de repente depois de ter se acumulado longamente. E isso também demora, não dormir, estar atento, reagir o mais depressa possível, tudo isso não tem fim, salvo a morte. Os militares que voltam à vida civil sabem passar o tempo melhor que os outros, esperando, sentados sem fazer nada, imóveis no tempo que passa como se eles estivessem boiando na água. Suportam melhor que os outros o vazio, mas o que lhes falta são os espasmos que fazem viver de repente tudo o que se acumulou durante o vazio e que não tem mais razão de ser depois da guerra.

De manhã eles acordavam com alegria, tranquilizados por não terem sido mortos durante a noite, e viam o sol aparecer entre as brumas que deslizavam das árvores. Salagnon desenhava com frequência. Tinha tempo. Sentava-se e se aprimorava no *lavis*, no nanquim, na paisagem; tratava-se aqui da mesma coisa, porque toda a água contida no solo e no ar transformava o país inteiro em *lavis*. Sentado no capim alto ou numa pedra, pintava a nanquim o horizonte irregular, a transparência das sucessivas colinas, as árvores que despontavam em negro fora das nuvens. De manhã a luz ficava mais dura, ele diluía menos a tinta. No pátio do posto desenhava os supletivos tais, desenhava-os um pouco de longe, fixando apenas a postura deles. Deitados, sentados, acocorados, dobrados ou de pé, podiam adotar muito mais poses do que os europeus imaginavam. O europeu fica de pé ou deitado, ou então ele se senta; o europeu tem pelo solo um sentimento de desprezo arrogante ou de renúncia. Os tais não parecem odiar aquilo em que caminham, nem ter medo, podiam ficar de qualquer jeito, adotar todas as posições possíveis. Ele aprendeu, desenhando-as, todas as posições de um corpo. Tentou também desenhar árvores, mas nenhuma, se ele a isolava, lhe agradava. Eram em sua maioria esquálidas, mas formavam juntas uma massa aterrorizante. Como as pessoas, como as pessoas daqui, de que ele não sabia grande coisa; fez o retrato dos quatro homens que viviam com ele. Desenhou rochedos.

    Moreau não ia se deixar sufocar assim, protegendo-se do dia durante o dia, da noite durante a noite; então ao anoitecer ele partia para a floresta com seus tais. Podia falar de seus homens, o possessivo aqui é delicioso, teria encantado Trambassac que semeava por toda a Alta Região uma multidão de pequenos Duguesclin.* Eles se equipavam e partiam quando a base do sol aflorava as colinas, quando o capim que cercava o posto ficava cor de cobre vibrante, e a floresta em contraluz de um verde espesso de fundo de garrafa, quase preto. Eles iam em fila, com o barulho que de qualquer modo fazem quinze homens que marcham juntos mesmo que se calam, respiração, roçar de tecidos, estalos de metal, solados de borracha raspando levemente o chão. Eles se afastavam e o ruído se extinguia; entravam na floresta e alguns metros depois desapareciam entre as ramagens. Apurando bem o ouvido, ainda se podia ouvi-los, isso também se extinguia. O sol deslizava bem depressa detrás dos relevos, a floresta soçobrava na escuridão, não restava nenhum traço de Moreau e de seus tais. Tinham desaparecido, não se sabia mais nada deles, era preciso esperar que voltassem.

    Gascard, por sua vez, se via perfeitamente sufocando assim. O afogamento é a morte mais suave, diz-se tolamente, são os boatos que correm, como se alguém tivesse experimentado. Então por que não, principalmente se o afogamento por *pastis* é possível. Gascard se empenhava em fazê-lo, era suave. Recendia a anis-estrelado da noite à manhã, e o dia não era longo o bastante para tudo evaporar. Salagnon deu-lhe uma bronca, ordenou que reduzisse o consumo, mas não muito, não totalmente, porque agora Gascard era um peixe de *pastis*, e lhe retirar sua água certamente o sufocaria.

---

* Bertrand Duguesclin, ou Du Guesclin, se notabilizou durante a Guerra dos Cem Anos por organizar uma guerra de desgaste, à maneira das guerrilhas, contra os ingleses que ocupavam a França. (N. T.)

* * *

O comboio terrestre finalmente chegou, ao anoitecer, era esperado para a véspera, mas estava atrasado, sempre atrasado porque a viagem nunca transcorre bem, a estrada colonial nunca está livre, os comboieiros sempre fazem outra coisa além de dirigir. Ouviram primeiro um ronco bastante vago preenchendo o horizonte, depois avistaram uma nuvem acima das árvores, poeira marrom, nuvens de óleo diesel, aquilo avançava pela estrada colonial, pela pista de terra pedregosa que forma laços e, enfim, na curva antes da subida até o posto viram os caminhões verdes que rodavam aos solavancos.

— Que barulhão! Os viets nos ouvem de longe. Eles sabem onde nós estamos; nós, não.

Os caminhões subiram resfolegando, se é que se pode dizer que um caminhão resfolega, mas aqueles, uns GMC com a tinta descascando, com uns pneuzões gastos, com portas amassadas, às vezes furados por impactos, subiam tão lentamente pela estrada ruim que dava para senti-los se sacudir com dificuldade, pigarreando, uma respiração rouca, arquejos asmáticos em seus motores pesados. Quando pararam diante do posto foi um alívio para todos, que eles descansem. Os que saíram estavam de torso nu, hesitavam, enxugavam a testa; tinham os olhos vermelhos piscando, parecia que iam se deitar e dormir.

— Levamos dois dias. Vamos ter de voltar.

Os caminhões alternavam com *half-tracks* lotados de marroquinos. Estes também desciam, mas não diziam nada. Acocoravam-se à beira da estrada e esperavam. Seus rostos morenos e magros diziam a mesma coisa, um grande cansaço, uma tensão e também uma grande raiva que não se exprimia. Dois dias para cinquenta quilômetros, esse é muitas vezes o caso na estrada colonial. O trem de Haiphong não vai mais depressa, ele se arrasta nos trilhos, faz alto para consertar e prossegue, em baixa velocidade.

Aqui as máquinas atrapalham. Mil homens e mulheres carregando sacos iriam mais depressa do que um comboio de vinte caminhões, custariam mais barato, chegariam com maior frequência, seriam menos vulneráveis. A verdadeira máquina de guerra é o homem. Os comunistas sabem disso, os comunistas asiáticos melhor ainda.

"Descarregar!" O capitão que comandava a escolta de marroquinos, um colonial ressecado pelo Marrocos, mas agora amolecido e molhado pela floresta da Indochina, veio até Salagnon, saudou-o sem cerimônia e se pôs a seu lado, punhos na cintura para contemplar seu comboio estropiado.

— Se soubesse como estou farto, tenente, de enfrentar a morte com meus homens só para entregar três caixotes na selva. E para postos que não aguentarão o primeiro ataque sério. — Suspirou. — Não digo isso no seu caso, mas caramba. Andem, descarreguem rápido, temos de voltar.

— Aceita um aperitivo, capitão?

O capitão olhou para Salagnon apertando os olhos, o que formava rugas moles, sua pele era de papelão molhado prestes a se rasgar ao primeiro esforço.

— Por que não.

Estabeleceu-se uma corrente para descarregar as caixas. Salagnon levou o capitão para a casamata, lhe serviu um *pastis* apenas um pouco mais fresco que a temperatura externa, era tudo o que podia fazer.

— Se lhe digo que estou farto, é porque passamos todo o nosso tempo fazendo outra coisa que não dirigir e escoltar. Manejamos a pá, a picareta, o guincho. Trabalho permanente de operário para construir passo a passo a estrada pela qual passamos. Eles abrem buracos para nos impedir de passar. Trincheiras cortando a estrada, que eles cavam durante a noite, de surpresa, impossível prever. A estrada passa pela floresta e, paf!, cortando a estrada, uma trincheira. Muito bem-feita, perpendicular à estrada, as beiradas bem retas e o fundo plano, porque são gente cuidadosa, e não uns selvagens. Então a gente tapa o buraco. Quando acabamos de tapar, prosseguimos. Alguns quilômetros depois, são árvores, serradas certinho, atravessando. Então guinchamos. Empurramos a árvore, prosseguimos. Depois outra trincheira. Levamos ferramentas nos caminhões e temos prisioneiros para tapar. Viets capturados, milicianos duvidosos, camponeses suspeitos que encontramos nas aldeias. Todos se vestem com o mesmo pijama preto, baixam a cabeça e nunca dizem nada; levamos esses caras para todo lugar em que tem alguma coisa a carregar ou terra a movimentar; mandamos eles fazerem e, se não for complicado demais, eles fazem. Esses aí estavam fresquinhos, uma coluna viet destruída por um batalhão de paraquedistas que procuravam outra coisa que ainda não haviam encontrado. Então eles nos confiaram esses caras, para a gente levá-los ao delta. Mas é uma chatice, temos de vigiá-los, entre eles tem gente esperta, comissários políticos que não somos capazes de reconhecer, é perigoso para nós. Então a primeira trincheira eles taparam, mas na terceira senti que a coisa ia acabar mal. Trincheiras tão próximas, aquilo tinha cheiro de ataque, e um ataque com uns caras nas nossas costas para a gente vigiar, não ia ser mole. Então mandei matá-los na trincheira, fuzilar, e tapamos o buraco. O comboio passou por cima, problema resolvido. — Terminou seu copo, bateu-o na mesa. — Caminhões mais leves, encrencas evitadas. Não tem problema de contagem: eles nem sabem quantos nos entregaram e, na chegada, nem sabem que levávamos uns viets. E depois os suspeitos a gente não sabe mais onde botar. Toda a Indochina está povoada de suspeitos.

Salagnon serviu-o novamente. Ele bebeu a metade de um só gole, ficou de olhos vagos, sonhador.

— Falando em comboios, sabe que o Vietminh atacou o BMC?

— O bordel militar?

— Pois é, o bordel itinerante. O senhor vai me dizer: normal. Eles passam meses na floresta. Com oficiais e suboficiais tonquineses não muito entusiastas. Então, os nervos deles estouram. Um acaba soltando a ideia: "Ei, pessoal! (imita o sotaque vietnamita), bordel passando. Vamos fazer emboscada e dar umazinha".

"Seria engraçado, mas não foi assim que aconteceu. O BMC são cinco caminhões de putas que vão de uma guarnição a outra, umas anamitazinhas e algumas francesas, com uma cafetina de coronel. Os caminhões são dotados de pequenas camas, umas cortininhas com fitinhas, uma saída de um lado e outra do outro, para trepar em série sem se incomodar e sem demorar. Para escoltar tudo isso, quatro caminhões de senegaleses. Não é fácil escolher quem escolta o BMC. Os marroquinos ficam chocados, nos costumes deles o sexo é escondido, salvo em razias; mas aí eles matam depois, ou levam consigo e se casam. Os anamitas ficam chocados, são uns românticos tradicionais que gostam de ficar de mãos dadas em silêncio. E depois ver compatriotas suas nessa situação fere o orgulho nacional, que é bem recente, logo sensível. A Legião não se interessa por essas coisas, eles se movimentam em falange, entre rapazes, para o combate. Tem a infantaria colonial, mas eles bancam os engraçadinhos, sacaneiam as putas, levam-nas, então a segurança com eles não é garantida. Restam os senegaleses: eles se entendem bem com as putas, fazem grandes sorrisos para elas, e as anamitazinhas não são do formato que eles apreciam. Então botam tudo em caminhões e fazem um giro pelas guarnições da selva. Mas dessa vez acabou mal. O Vietminh caiu em cima deles, com um regimento inteiro, equipado como se fossem tomar Hanói."

— Para atacar um bordel?

— Pois é. É o que eles visavam, sem sombra de dúvida. Primeiro foguetes de carga oca na cabine dos caminhões, e não sobrou nada dos motoristas; depois salvas de morteiro entre o gradeado dos *half-tracks* de escolta, metralha nos que pulam fora e tentam fugir. Em alguns minutos todos foram mortos.

— Inclusive as putas?

— Principalmente as putas. Quando uma coluna de socorro chegou, encontraram os caminhões incendiados no meio da estrada e todos os mortos enfileirados na beira. Deitados paralelamente, os senegaleses, seus oficiais, as putas, a cafetina. Eles os deitaram no mesmo sentido, os braços ao longo do corpo, um a cada dez metros. Devem ter medido, é rigorosa essa gente, era perfeitamente regular. Havia uma centena de mortos, o que formava um quilômetro de cadáveres enfileirados. Já pensou? Um quilômetro de cadáveres arrumados como numa cama é interminável. E em torno das carcaças fumegantes dos caminhões, restos cor-de-rosa, bijuterias, travesseiros, roupa de cama, roupa de baixo, cortinas das cabines especiais.

— Eles tinham... se servido antes de ir embora?

— Sexualmente, não tocaram em nada. O médico as examinou e é taxativo. Mas decapitaram as putas anamitas e puseram a cabeça delas em cima da barriga; o espetáculo era de gelar o sangue. Vinte moças de pescoço cortado, cabeça em cima da barriga, maquiagem intacta, batom, olhos abertos. E fincada ao lado delas uma bandeira viet novinha em folha. Era um sinal: não é para trepar com o corpo expedicionário. É para combatê-lo. Um regimento inteiro para dizer isso. Quando a notícia se espalhou, produziu certo calafrio em todos os bordéis da Indochina, até Saigon. Certo número de anamitas não esperaram e voltaram para sua aldeia. O corpo expedicionário foi acertado nos culhões.

Terminaram de beber em silêncio, comungaram numa justa consideração do absurdo do mundo.

— A guerra revolucionária é uma guerra de símbolos — disse por fim Salagnon.

— Isso, tenente, é complicado demais pra mim. Vejo somente que estamos num país de doidos, e sobreviver aqui é um trabalho em tempo integral. Não dá tempo para refletir, como todos os que estão escondidos na proteção dos seus postos. Já eu, estou num caminhão e tapo trincheiras. Bom, obrigado pelo copinho. Seu abastecimento deve ter sido descarregado. Vou voltar.

Salagnon ficou olhando eles descerem a estrada colonial. Nunca o termo "sacolejante" foi mais adequado, pensou; eles avançavam tremelicando nas pedras, o que produzia ruídos metálicos, soluços de motor. Desciam a estrada de terra como uma fila de elefantes cansados; e não os de Aníbal, não elefantes de guerra, mas elefantes de circo aposentados que teriam sido contratados para o carregamento, mas que um dia se deitariam na beira da estrada e por lá ficariam.

No pátio do posto, os tais arrumavam as caixas de munição, as armas sobressalentes, os rolos de arame farpado, um projetor, tudo o que é preciso para sobreviver. Os postos só existiam graças aos comboios que os abasteciam, e os comboios só existiam graças à estrada que lhes permitia rodar. O corpo expedicionário não está nas casamatas, ele se estende por centenas de quilômetros de estradas, se espalha como o sangue, numa infinidade de vasos capilares finíssimos e fragilíssimos, que se rompem ao menor choque, e o sangue escorre e se perde.

Esse comboio que acaba de submergir na floresta talvez não chegue, talvez chegue, ou talvez chegue pela metade. Talvez seja dizimado por uma chuva de obuses de morteiro, ou por rajadas de fuzis-metralhadoras cujas balas perfuram as cabines como se fossem de papel dobrado. Os caminhões tombam, pegam fogo, os motoristas mortos caem sobre o volante, os atiradores deitados de barriga na estrada tentam responder sem ver nada, e tudo para. Quando os comboios chegam, os que guiam mal se aguentam de pé, gostariam de dormir imediatamente, e mesmo assim partem de volta.

Cada comboio ocasiona perdas, estragos. O corpo expedicionário se esgota lentamente, perde sangue gota a gota. Quando a estrada se torna impraticável, renuncia-se aos postos, que são declarados abandonados, riscados do mapa do comando, e os que os ocupavam devem voltar. Como puderem. A zona francesa encolhe. Em Tonquim, ela se resume ao delta, e olhe lá, não todo. Em torno dela se erguem os postos quilométricos, torres regularmente espaçadas que tentam guardar as estradas. Os postos são numerosos, cada um deles é ocupado por pouquíssimos homens, que hesitam em sair. Tenta-se conter a água numa peneira, tenta-se reduzir os buracos para perder um pouco menos d'água; claro, não se consegue.

Fizeram concreto. Haviam recebido pelo comboio material para levantar quatro muros. Consertaram a pequena betoneira de campanha, presente em todos os postos — a máquina parece modesta, mas é o principal instrumento da presença francesa na Indochina — e a puseram para funcionar. Gascard, torso nu, pôs-se na frente, ocupou por iniciativa própria a penosa função de pôr dentro dela água, areia, cimento numa nuvem de poeira que faz ranger os dentes. Torso nu em pleno sol, misturou os ingredientes até ficar empoeirado de branco, branco sulcado de suor, mas, dentes cerrados, não dizia nada, apenas soltava suspiros de esforço, dava para crer que aquilo lhe fazia bem. Carregaram o concreto em baldes até os moldes feitos de tábuas. Fizeram numa das torres de canto, de madeira e terra, um pequeno cubo dotado de seteiras. Instalaram dentro dele uma pesada metralhadora americana sobre um reparo. Em cima fizeram um teto inclinado com chapas onduladas que os caminhões haviam trazido.

— Impõe respeito, não? — exclamou Mariani. — Com isso a gente metralha sem molhar os cabelos. Tac-tac-tac-tac! A gente rasga a terra, ninguém se aproxima. Eles não chegarão perto.

— Dada a qualidade do concreto, não resistirá a um tiro — disse Moreau, que não havia tocado num só balde, limitando-se a olhar de longe.

— Um tiro de quê? Os viets não têm artilharia. E se tivessem canhões chineses, acha que os canhões poderiam atravessar a floresta? Troço com rodas não passa. O que é que você acha, Salagnon?

— Não sei. Mas agimos bem. Os trabalhos pesados fazem passar os porres de Gascard. E dentro a gente ficará mais a seco do que num troço feito de terra.

— Eu não piso lá dentro — disse Moreau.

Todo mundo olhou para ele. Submetralhadora ao alcance da mão, a risca do cabelo bem-feita, recendia tranquilamente a barbearia no calor da tarde.

— Você é que sabe — disse enfim Salagnon.

As chuvas vieram depois de uma longa preparação. As nuvens barrigudas como juncos de guerra se acumulavam acima do mar da China. Elas balançavam lentamente seus flancos pintados de preto laqueado, avançavam como grandes navios, projetavam abaixo delas uma sombra densa. As colinas adquiriam à sua passagem cores de um esmeralda profundo, vidro líquido espesso cada vez mais viscoso. As nuvens disparavam salvas de roncos, por se chocarem talvez, ou para semear o terror à sua passagem. Rufos de grandes tambores repicavam de vale em vale, mais fortes, mais próximos, e uma cortina de chuva desabou de uma só vez. Enormes massas de água morna ricochetearam nas paredes de madeira trançada, resvalaram nos tetos de folhas, escavaram o solo barrento em mil riachinhos avermelhados que corriam para a parte baixa. Salagnon e Moreau tinham ouvido as trovoadas os seguirem, e a cortina de chuva se abater sobre as árvores; correram pelo caminho lamacento, perseguidos por esse barulho que ia mais depressa do que eles, metralha dos galhos, estrondo do céu, correram até a aldeia construída no declive. "Construída" é uma palavra exagerada para choças de bambu com um teto de folhas secas; deveríamos dizer "posta" ou, melhor, "plantada"; como arbustos, como legumes nos quais morasse gente. Numa abertura da floresta, grandes choças vegetais cresciam sem ordem num chão magro salpicado de folhas secas. Morro abaixo, os arrozais em terraços iam até um riacho por entre pedregulhos. A estrada colonial passava ao longo da aldeia, o rio marrom a três dias de marcha.

Nessas aldeias das montanhas tudo parece precário, provisório, o homem só está ali de passagem, a floresta espera, o céu nem dá bola; seus habitantes são atores de um teatro ambulante instalado para a noite, andam eretos, são limpíssimos, falam pouco, e suas roupas são estranhamente suntuosas naquela clareira da floresta.

Salagnon e Moreau corriam pelo caminho e a chuva já afogava os cumes, as nuvens enchiam o céu, a água descia a encosta mais rápido do que eles eram capazes de correr, desnudando as pedras redondas, decapando uma lama avermelhada que descia morro abaixo, o caminho fugia com eles, os ultrapassava, se tornava entre suas pernas, sob seus pés, uma torrente vermelha. Por pouco não escorregavam, foram alcançados pelo aguaceiro. A borda do chapéu de mato logo amoleceu, se dobrando sobre as bochechas deles. Pularam na varanda da casa principal, a grande choça enfeitada no meio de todas as outras. Estavam à espera deles, senhores sentados em semicírculo espiavam a chuva cair. Os dois se sacudiram às gargalhadas, tiraram o chapéu e a camisa, torceram e ficaram torso nu, cabeça nua. Os anciãos, sem dizer nada, observavam-nos. O chefe da aldeia — eles o chamavam assim por não saberem traduzir o termo que designava sua função — se levantou e veio apertar a mão deles sem cerimônia. Ele havia visto as cidades, falava francês, sabia que na França, onde estava a força, o que lhe parecia de uma grande falta de educação era um sinal de modernidade, logo de suprema educação. Então ele se adaptava, falava com cada um a linguagem que este um queria ouvir. Apertava a mão meio molemente, como tinha visto fazer na cidade, tentava imitar esse gesto que não lhe convinha. Era o chefe, conduzia a aldeia, o que era tão difícil quanto conduzir um barco nas corredeiras. O barco podia afundar a cada instante, e ele não poderia ser salvo. Os dois franceses foram se sentar com os velhos senhores impassíveis sob o beiral do telhado, olhando a cortina de chuva, e um vapor gelado chegava a eles; uma velha senhora curvada veio lhes servir numas cumbucas um álcool turvo que não tinha um cheiro bom, mas que lhes proporcionou muito calor. A água na encosta corria continuamente no mesmo sentido, formava um rio, um canal, traçava como que uma rua na aldeia. Do outro lado haviam construído uma choça sem paredes; um simples assoalho elevado, com um teto de sapê sobre pilastras de madeira. O material parecia novo, a construção rigorosa, todos os ângulos retos. Crianças sentadas acompanhavam a aula, um professor em pé, de calça social e camisa branca, mostrava um mapa da Ásia com uma vareta de bambu. Designava uns pontos e as crianças diziam o nome, recitavam a lição em coro com aquele piado de pintinhos das línguas tonais faladas por vozinhas.

— Nossas crianças aprendem a ler, a contar, a conhecer o mundo — disse o chefe sorrindo. — Fui a Hanói. Vi que o mundo mudava. Vivemos pacificamente. O que acontece no delta não é conosco, está longe de nós, dias e dias de caminhada. Está longe do que somos. Mas vi que o mundo mudava. Trabalhei para que a aldeia construísse esta escola e recebesse um professor. Contamos com os senhores para manter a calma na floresta.

Moreau e Salagnon aquiesceram, encheram de novo as cumbucas deles, beberam, estavam embriagados.

— Contamos com os senhores — repetiu. — Para que possamos continuar vivendo calmamente. E mudar como o mundo muda, não mais depressa porém, apenas no ritmo certo. Contamos com os senhores.

Nublados pelo álcool, envoltos no barulho da chuva que saltitava no sapê, no glu-glu das cascatas que escorriam em volta deles, cataratas que desabavam nas poças, sulcavam o chão, aquiesceram de novo, balançando a cabeça ao ritmo da recitação das crianças, um sorriso búdico pairando em seus lábios.

Quando a chuva parou, subiram de volta para o posto.

— O Vietminh está aqui — disse Moreau.

— Como você sabe?

— A escola. O professor, as crianças, o mapa da Ásia, os anciãos que se calam e o chefe que nos fala; sua maneira de falar.

— Mas escola é bom, não é?

— Na França é. Mas o que você quer que eles aprendam aqui, senão o direito à independência? Seria melhor ignorarem tudo.

— A ignorância salva do comunismo?

— Sim. Deveríamos desconfiar, interrogar, liquidar talvez.

— E não vamos fazer isso?

— Seria reinar sobre mortos. Ele sabe disso, esse espertinho. Ele também está jogando sua pele. Está entre os vietminhs e nós, tem duas maneiras de morrer, dois recifes em que pode afundar seu barco. Deve existir um caminho de sobrevivência, mas tão estreito que mal dá para passar por ele. Talvez pudéssemos ajudá-lo. Não estamos aqui para isso, mas às vezes fico farto da nossa missão. Gostaria que essa gente vivesse em paz conosco, em vez de ter de desconfiar sempre. Deve ser o álcool. Não sei o que botam nele. Tenho vontade de fazer como eles: sentar e olhar a chuva.

No mundo inteiro, a noite chegando é uma hora que entristece. Em seu posto na Alta Região, ao entardecer, respiravam mal, sentiam a noite pesar com um aperto no coração, mas é normal, a falta progressiva de luz age como uma falta progressiva de oxigênio. Falta ar a tudo, pouco a pouco: a seus pulmões, seus gestos, seus pensamentos. As luzes se atenuam, sobrevivem penosamente, os peitos se enchem com dificuldade, os corações se afligem.

O mundo só estava presente pelo rádio. O estado-maior comunicava vagas tendências. É preciso tapar os buracos. O Vietminh passa como se estivesse em casa. É preciso tornar estanque. É preciso não deixá-lo alcançar o delta. É preciso tornar-lhe a montanha desconfortável. É preciso ir de encontro a ele. É preciso lançar grupos móveis; fazer de cada posto uma base de que partem incessantes ataques-surpresa. O rádio chiante, na boca da noite sob a lâmpada única da casamata, lhes dava conselhos.

Na boca da noite, Moreau partia com seus tais. Salagnon montava guarda no posto; tinha dificuldade para dormir. Na casamata, debaixo daquela lâmpada única, ele desenhava. O grupo eletrogêneo roncava suavemente e enviava corrente para os fios do fosso. Ele pintava a nanquim, pensava em Eurydice, contava-lhe sem palavras o que acreditava ver na Alta Região de Tonquim. Pintava as colinas, o estranho nevoeiro, a intensa luz quando este se dissipava, pintava as palhoças e os bambus, as pessoas tão eretas e o vento no capim-amarelo do posto. Pintava a beleza de Eurydice espalhada por toda a paisagem, na menor luz, em todas as sombras, no menor fulgor verde através da folhagem. Pintava a noite não enxergando nada, pintava a imagem de Eurydice superposta a tudo, e Moreau o encontrava de manhã dormindo ao lado de uma pilha de folhas recurvadas pela umidade. Ele rasgava ou queimava a metade, e empacotava o resto com cuidado. Confiava o pacote aos comboios terrestres que lhes traziam munições e víveres, endereçava-os a Argel, não sabia se chegavam. Moreau observava-o fazer aquilo, observava-o escolher, rasgar uma parte, empacotar outra. "Você está progredindo", dizia. "E além do mais isso mantém suas mãos ocupadas. É importante manter as mãos ocupadas quando não se tem o que fazer. Eu só tenho uma faca." E enquanto Salagnon triava seus desenhos, Moreau amolava seu punhal, que guardava numa bainha de couro lubrificado.

A coisa não ia lá muito bem no posto dos condenados em suspensão de pena. Os dias se arrastavam, eles sabiam bem quanto eram frágeis: sua fortaleza comandava um setor de floresta, e aparecia sozinha no topo da sua elevação, aonde ninguém poderia vir acudi-los. Os tais viam o tempo passar acocorados, conversavam com suas vozes pipilantes, fumavam lentamente, jogavam jogos de azar que os levavam a longas disputas misteriosas em que se levantavam e iam embora furiosos, seguidas de reconciliações inesperadas, e a novos jogos, novos longos silêncios à espera de que o sol se pusesse. Moreau cochilava numa rede que havia armado no pátio, mas espreitava todos os movimentos entre seus cílios nunca fechados; e várias vezes por dia inspecionava as armas, os fossos, a porta; nada lhe passava despercebido. Salagnon desenhava no maior silêncio, e nem interiormente pronunciava nenhuma palavra. Mariani lia uns livrinhos que havia trazido, voltava tanto a cada página que devia conhecê-las bem melhor do que seus próprios pensamentos. Gascard se encarregava dos trabalhos físicos com um grupo de combate de tais, cortava bambus, apontava-os com um talho magistral feito com seu facão e confeccionava armadilhas disseminadas nos arredores do posto; quando parava, se sentava, tomava uma bebida e não se levantava mais até o anoitecer. Rufin escrevia cartas, num papel bom de que tinha uma reserva, escrevia sentado à mesa da casamata, numa postura de escolar que possibilita seguir as linhas. Escrevia à sua mãe, na França, com uma letra impessoal de guri, dizia que estava no escritório em Saigon, encarregado do abastecimento. Tinha de fato trabalhado nesse escritório, mas tinha fugido de lá, tinha batido a porta para correr de noite na floresta, e queria apenas que sua mãe não soubesse.

O tempo não passava muito depressa. Ele sabia muito bem que o exército inteiro do Vietminh podia atacá-los. Esperavam passar despercebidos. Poderiam ter construído outra torre de concreto, mas o comboio terrestre não lhes havia mais trazido cimento.

Uma noite, enfim, Salagnon partiu com Moreau. Eles se esgueiraram entre as árvores, mal discernindo na noite a parte de trás do saco de campanha do que ia na frente. Rufin abria a marcha porque enxergava na escuridão e conhecia ínfimas trilhas de bichos que até de dia era difícil seguir; Moreau ia atrás para que ninguém se perdesse, e entre os dois Salagnon e os tais levavam explosivos. Por um bom tempo puseram um pé na frente do outro sem notar nenhum avanço, sentindo pelo cansaço que os entorpecia a lenta acumulação da distância. Desembocaram numa extensão um pouco menos escura, cujos limites não enxergavam; certo desafogo, menos opressão lhes fazia sentir que haviam saído da cobertura de árvores. "Vamos esperar a manhã", murmurou Rufin a seu ouvido. Todos se deitaram. Salagnon cochilou vagamente. Viu a noite se dissipar, os detalhes aparecerem, um brilho metálico banhar uma grande extensão de mato alto. Uma estradinha de terra a atravessava. De barriga para baixo, ele espiava entre os talos de capim diante do seu nariz como entre pequenos troncos. Os tais não se mexiam, como de costume. Moreau também não. Rufin dormia. Salagnon tinha certa dificuldade para se habituar, o capim lhe dava coceiras, sentia vir em colunas entre suas pernas, sob seus braços, sobre seu abdome, insetos que logo desapareciam; devia ser o suor que comichava, o medo de se mexer e, ao mesmo tempo, o medo de permanecer imóvel, o medo de ser confundido com um tronco por insetos xilófagos, o medo de fazer as gramíneas se mexerem e serem vistos; o contato dos vegetais vivos com a pele é desagradável, as pequenas folhas cortam, as inflorescências dão coceira, as raízes incomodam, a terra se mexe e é grudenta. Depois de ter feito a guerra é possível detestar a natureza. O dia despontava, o calor começou a pesar, e as comichões percorriam sua pele, que se ensopava de suor.

— Lá vai um. Ali, olhe. Aqui é bom, a gente reconhece o inimigo pela cara.

Um rapazinho surgiu da orla do mato, pegou a estrada. Parou. Olhava para um lado e para o outro, desconfiava. O aspecto da estrada, margeada por um mato alto que se mexia, devia lhe desagradar. Era vietnamita, percebia-se de longe, sua cabeleira negra com um repartido bem reto, seus olhos afilados como um traço que olhavam sem tremer, que lhe davam um ar de passarinho à espreita. Devia ter dezessete anos. Apertava contra o peito alguma coisa que escondia nas mãos, se aferrava a ela. Parecia um colegial perdido no bosque.

— O que ele segura nas mãos é uma granada. Está sem o pino de segurança. Se ele a soltar, ela explode, e o regimento que vem atrás dele cai em cima de nós.

O rapazola se decidiu. Saiu da estrada e entrou no capinzal. Avançava com dificuldade. Os tais sem se mexer se enfiaram mais no chão. Conheciam Moreau. O rapazola progredia, abria passagem com uma mão e mantinha a outra apertada contra o peito. De vez em quando parava, olhava por cima do capim, ouvia, e continuava. Ia bem em direção a eles. Estava a alguns metros. Escondidos de barriga colada ao chão, viam-no chegar. Os caules finos mal os ocultavam. Eles se dissimulavam detrás dos talos de capim. O rapaz vestia uma camisa branca amarrotada, suja, manchada de marrom e de verde, em parte para fora do calção. Os cabelos negros ainda estavam bem cortados, o repartido ainda era visível. Não devia viver na floresta havia muito tempo. Moreau sacou o punhal que escorregou sem fazer barulho para fora da bainha lubrificada, justo o roçar da língua de um réptil. O jovem ficou imóvel, abriu a boca. Adivinhava, claro, mas queria acreditar na presença de um bichinho que deslizasse. Suas mãos se abaixaram e se abriram bem lentamente. Moreau irrompeu do mato, Salagnon atrás dele por reflexo, como se cordões os ligassem membro a membro. Moreau correu para o rapaz, caiu em cima dele; Salagnon agarrou a granada no ar e segurou-a com força, prendendo bem a alavanca. O punhal logo encontrou a garganta que não oferece resistência ao gume da lâmina, o sangue escorreu às golfadas da carótida aberta, jorrou com um chiado musical, a mão de Moreau na boca do garoto já morto impedia este de emitir o menor gemido. Salagnon segurava a granada tremendo, não sabia o que fazer com ela, não compreendia direito o que havia acontecido. Podia ter vomitado, ou gargalhado, se desfeito em lágrimas, e não fazia nada disso. Moreau enxugou a lâmina com cuidado, senão ela enferruja, e com precaução, porque corta a carne melhor que uma navalha. Estendeu a Salagnon um pequeno anel metálico.

— Ponha novamente o pino. Não vai ficar segurando o resto da vida. Ele só tinha isso: uma granada destravada. Para ele era ou tudo, ou nada. Os regimentos em marcha são circundados por granadeiros. Se eles topam conosco, se matam, explodem, ou atiram a granada na gente e tentam escapar. É um teste para os que entram na guerrilha ou uma punição infligida pelo comissário político aos que saíram da linha. Os que sobrevivem são integrados. Devemos ter alguns minutos antes da chegada dos outros.

A granada se incrustou para sempre na memória de Salagnon; ele a travou com dedos trêmulos. Seu peso, a densidade do seu metal espesso, o verde preciso da sua pintura, o caráter chinês gravado com destaque, se lembraria de tudo. Os tais arrastaram o corpo para fora de vista e, sob a direção de Rufin que sabia como fazer, posicionaram as cargas na trilha, em duas linhas alternadas, desenrolaram os fios.

— Vamos nos reposicionar — disse Moreau.

Bateu no ombro de Salagnon, que por fim se mexeu. Formaram vários grupos, cercaram a trilha como com os dentes de uma armadilha. Deitaram-se de novo, dispuseram granadas diante de si, o cano dos fuzis-metralhadoras aparecendo acima do capim.

O regimento viet saiu da floresta; duas fileiras de homens, arma atravessada na barriga, capacete coberto de folhas. Caminhavam a passo igual, a distância igual uns dos outros, sem fazer barulho. No meio da estradinha, entre os soldados, avançavam *coolies* vergados sob cargas enormes. Passaram entre as minas. Rufin se inclinou sobre seu fuzil-metralhadora; Moreau abaixou o dedo, e o sargento tai uniu os fios.

Acima das florestas de Tonquim o céu costuma estar velado, a ebulição permanente da vegetação o alimenta com nevoeiros, com nuvens, com vapores que impedem de ver o dia azul, e de ver as estrelas de noite. Mas uma noite todo o céu se descobriu e as estrelas apareceram. Apoiado no parapeito de terra, a cabeça apoiada num saco de areia, Salagnon ficou olhando para elas. Pensou em Eurydice que não devia contemplar muito as estrelas. Porque Argel estava sempre iluminada. Porque em Argel nunca se olhava para o alto. Porque em Argel as pessoas falavam se movimentando, ninguém passava a noite assim, sozinho, olhando horas a fio para o céu. Sempre havia alguma coisa a fazer em Argel, sempre alguma coisa a dizer, sempre alguém a ver. O contrário daqui. Moreau foi para junto dele.

— Viu as estrelas?

— Olhe para a floresta, não para elas.

Moreau designou o que serpenteava entre as árvores. Adivinhavam-se luminosidades através da tampa que a copa das árvores formava, mas como esta brilhava sob a lua era difícil enxergá-las. No entanto, olhando-se por algum tempo, bastante tempo, distinguia-se uma linha contínua.

— O que é?

— Um regimento viet que vai para o delta. Seguem em silêncio, sem luz. Para não se perderem, põem lanternas na trilha, lanternas ocultas que não iluminam para cima, mas para baixo, só a trilha, para os combatentes pisarem certo. Eles passam através das nossas linhas, uma divisão inteira, e a gente nem percebe.

— Vamos deixar eles passarem?

— Viu quantos somos? A artilharia está longe demais. Os aviões não adiantam nada, à noite. Se eles captam uma chamada vinda de nós, nos massacram. Não somos mais fortes, então é melhor fingir que estamos dormindo. Vão passar pela aldeia. Os anciões não vão aparecer. O chefe arrisca sua cabeça.

— Então não fazemos nada?

— Nada.

Calaram-se. Uma linha luminescente atravessava a paisagem, visível somente por eles.

— Um dia nos pegam, meu velho, um dia nos pegam. Um dia ou outro.

De manhã uma coluna de fumaça subia da aldeia. Com o sol que se levantava apareceu uma fileira de aviões que vinham do delta. Avançavam num ronronar suave, uns DC3 de nariz redondo que semearam uma fileira de paraquedas. As corolas desceram no céu rosa, como margaridas intimidadas, e uma a uma desapareceram no vale, como que bruscamente aspiradas pela sombra. Um estrépito de artilharia ressoou no flanco das colinas; trechos de floresta pegaram fogo. O barulho diminuiu, e à tarde o rádio, forte e nítido, os chamou.

— Vocês continuam aí? O grupo móvel retomou a aldeia. Entrem em contato com ele.

— Retomar a aldeia? A gente tinha perdido alguma coisa? — resmungou Moreau.

Desceram. Um exército inteiro se estendia na estrada colonial. Caminhões carregados de homens grimpavam a encosta devagar, tanques estacionados na beira da estrada, com a torre assestada nas colinas esfumaçadas, atiravam. Os paraquedistas ficavam apartados, deitados na relva, espiavam trocando cigarros aquela profusão de material. A casa principal ardia, o teto da escola se arreganhava, uma cratera cercada por lascas de pau furava o piso.

No meio da aldeia havia sido erguida uma barraca, com mesas para os mapas e os rádios, antenas flexíveis balançando acima. Oficiais se movimentavam sob o abrigo, murmurando nos aparelhos, dirigindo-se aos ordenanças com frases curtas, soltando palavras vivas imediatamente seguidas de ação. Salagnon se apresentou a um coronel, fone de ouvido na cabeça, que mal o escutou. "São vocês os caras do posto? A região está totalmente porosa, a aldeia infestada. O que vocês fizeram? Brincaram de cabra-cega? Sinto muito lhes dizer, mas com essa brincadeira quem vai ganhar são os viets." E se pôs a dar instruções de tiro em seu microfone, sequências de números que lia num mapa. Salagnon deu de ombros e saiu da barraca. Foi se sentar junto de Moreau; ficaram encostados numa palhoça, os tais acocorados em linha ao lado deles, vendo passar os caminhões, os canhões montados em seus reparos, os tanques que faziam o chão tremer ao passar.

O alemão se plantou diante deles. Sempre elegante, um pouco mais magro, vestia um uniforme da Legião com insígnia de sargento.

— Salagnon? Era o senhor no posto? Escaparam de boa. Uma divisão inteira passou esta noite. Devem ter esquecido de vocês.

Dois legionários o seguiam, louros como caricaturas. Seguravam a arma na anca, a correia no ombro e o dedo no gatilho. Falou com eles em alemão e eles se dispuseram atrás dele, pés afastados, bem plantados como se estivessem de guarda, vigiando os arredores com uma atenção de gelar o sangue. Salagnon se levantou. Se houvesse imaginado essa situação tão improvável, teria ficado incomodado. Mas para sua grande surpresa, foi simplíssimo e não teve nenhuma hesitação ao lhe apertar a mão.

— A Europa está crescendo, não é? Suas fronteiras recuam: ontem o Volga, hoje o rio Negro. A gente se afasta cada vez mais de casa.

— A Europa é uma ideia, não um continente. Sou seu guardião, ainda que lá não se saiba disso.

— Em todo caso vocês fazem estragos consideráveis por onde passam — disse Salagnon designando a casa comunitária que ainda ardia, e a escola destroçada.

— Oh, a casa não foi a gente. Foi a divisão viet, esta noite. Quando chegaram, reuniram todo mundo. Fazem isso nas aldeias por que passam: grande cerimônia à luz das tochas, comissários políticos atrás de uma mesa, e os suspeitos passam um a um. Eles têm de fazer sua autocrítica perante o povo e o partido, responder pela menor suspeita, provar sua consciência política. Reuniram o tribunal revolucionário e condenaram aquele sujeito por colaboração com os franceses. Ele foi condenado e sua casa queimada. Vocês não perceberam nada? Estavam no posto lá em cima. Não souberam protegê-lo. Quanto à escola, se é que se pode chamar isso de escola, foi um obus errado. Nossa artilharia está a vinte quilômetros daqui e a essa distância um obus nem sempre cai onde deve. Visávamos o tribunal, instalado onde está nossa barraca. As fotos aéreas nos indicavam sua localização. Quando chegamos tudo ardia, todos haviam fugido, passamos a manhã capturando-os.

— Sinto pela escola.

— Oh, eu também. As escolas são uma boa coisa. Mas aqui nada é inocente; o professor era do Vietminh.

— Sabem disso por fotos aéreas?

— Informação, meu velho. Muito mais eficaz do que brincar de esconde-esconde com seus camaradas em seu castelinho. Venha ver.

Salagnon e Moreau o seguiram, os tais também, guardando distância. Passaram por entre as palhoças, onde os aldeões estavam acocorados, vigiados por legionários.

— Minha seção — disse o alemão. — Somos especializados na busca e na destruição. Aprendemos o que temos de saber, encontramos o inimigo e o liquidamos. Esta manhã reunimos todo mundo. Identificamos rapidamente os suspeitos: os que têm cara inteligente, os que têm cara de ter alguma coisa a esconder, os que têm medo. É uma técnica, é coisa que se aprende; com um pouco de prática, a gente fareja isso e logo alcança resultados. Ainda não encontramos o professor, mas não vai demorar.

Um vietnamita de joelhos estava com o rosto tumefato. O alemão se plantou diante dele. Seus esbirros louros, arma na anca, dedo sempre no gatilho, o vigiavam; controlavam o espaço vazio em torno dele com seus olhos frios, era como uma cena, e todos podiam ver o que acontecia. O alemão retomou o interrogatório. Os vietnamitas baixavam a cabeça, apertavam-se uns contra os outros, acocorados numa massa trêmula. Os legionários ao redor não davam a mínima. O alemão berrava perguntas, sem nunca perder o controle, num francês elegantemente deformado pelo sotaque. E o vietnamita de joelhos, rosto ensanguentado, respondia num francês monossilábico e choroso, dificilmente compreensível, não formava nenhuma frase completa e cuspia mucosidades vermelhas. Um dos esbirros bateu nele, e ele foi abaixo, continuou aos pontapés sem que seus traços se crispassem; as grossas esculturas do seu solado esmagavam o rosto do homem no chão, e o outro esbirro olhava em volta, arma pronta. A cada pancada o vietnamita no chão estremecia, o sangue jorrava da sua boca e do seu nariz. O alemão continuava, berrando perguntas, mas sem se zangar, trabalhava. Moreau olhava para a cena com desprezo, mas sem dizer nada. Os tais acocorados esperavam com indiferença, o que acontecia com os vietnamitas não lhes dizia respeito. As mulheres apertavam seus filhos contra si, escondiam o rosto deles, piavam num tom tão agudo que não se sabia se diziam alguma coisa ou choravam; os raros homens não se mexiam, sabiam que sua vez chegaria. Salagnon ouvia. O alemão interrogava em francês, e o vietnamita respondia em francês. Não era a língua de nenhum dos dois, mas o francês na selva de Tonquim era a língua internacional do interrogatório implacável. Isso perturbava Salagnon muito mais do que a violência física, que não o atingia mais. O sangue e a morte agora lhe eram indiferentes, mas o uso da sua língua materna para dizer uma tal violência, não. Isso também passaria, e as palavras para dizer essa violência desapareceriam. Ele esperava pelo dia em que essas palavras não seriam mais empregadas, em que se faria por fim o silêncio.

O alemão deu uma ordem breve designando uma mulher; dois soldados foram até o grupo dos vietnamitas acocorados e a levantaram. Ela soluçava, escondida atrás dos seus cabelos desgrenhados. Ele voltou ao francês: "É sua mulher? Sabe o que vai acontecer com ela?". Um dos esbirros a segurava. O outro arrancou sua túnica, e apareceram pequenos seios pontudos, pequenos volumes de pele clara. "— Sabe o que podemos fazer com ela? Oh, não vamos matá-la, não vamos machucá-la, só brincar um pouco. E então? — Embaixo da escola", disse o outro num murmúrio.

O alemão fez um gesto, dois soldados saíram correndo e voltaram arrastando o professor. "— Um esconderijo, debaixo da escola. — Bom, aí está ele."

O alemão fez o gesto de varrer com um revés de mão, e os esbirros levantaram o vietnamita interrogado, seguraram-no sem rispidez; levaram-no com o professor em direção à orla da floresta, afastada dali. Acendeu um cigarro e voltou até Salagnon.

— O que vão fazer?

— Oh, liquidá-los.

— Não vão interrogar o professor?

— Para quê? Foi identificado e encontrado; era ele o problema. Era também o chefe de aldeia, que fazia jogo duplo, mas os viets o pegaram antes de nós. Pronto, aldeia limpa. *Vietfrei*.

— Tem certeza de que o professor era o dirigente viet?

— O outro o denunciou, não? E na situação em que ele estava, ninguém mente, acredite.

— Se vocês tivessem liquidado dois caras ao acaso, daria na mesma.

— Isso não tem a menor importância, jovem Salagnon. A culpa pessoal não tem a menor importância. O terror é um estado geral. Quando é bem administrado, bem implacável, sem trégua e sem fraqueza, as resistências cedem. É preciso saber que o que quer que seja pode acontecer com qualquer um, e então ninguém fará mais nada. Acredite na minha experiência.

Os caminhões continuavam a subir a estrada colonial, se enfiavam na floresta com seu carregamento de soldados. Outros desceram, levando os paraquedistas para Hanói, rumo a outras aventuras. Dois caças chegaram voando bem baixinho, com um ruído de mosquitos apressados. Roçaram o topo das árvores, voaram de faca, asas na vertical, e largaram sobre eles um galão que desceu em parafuso. Deram meia-volta, desapareceram, e atrás deles a floresta ardeu, consumiu-se depressa numa grossa chama redonda manchada de negro.

— Estão jogando napalm na floresta, para queimar os que sobraram — sorriu o alemão. — Ainda deve haver alguns da divisão que passou por vocês. A coisa não acabou.

— Venha — disse Moreau.

Arrastou Salagnon e subiram para o posto, seguidos pelos tais, que não diziam nada.

— Acha que eles estão se lixando? — perguntou Salagnon.

— Eles são tais, os aldeões são vietnamitas; não estão nem aí. E depois os asiáticos têm uma percepção da violência diferente da nossa, um limiar de tolerância muito mais elevado.

— Você acha?

— Viu como eles suportam tudo?

— Não têm muita escolha...

— O problema são nossos problemas de consciência. Esse cara que você conhece, esse alemão, o que ele faz, faz sem problemas de consciência. Precisaríamos ter um pouco menos de consciência, uma consciência sem problemas para fazer como eles. É assim que faz o Vietminh, e é por isso que vence. Mas, paciência, ele só está um pouco na frente da gente, só alguns anos; alguns meses, talvez. Com o que fizemos hoje logo estaremos como ele; como eles. E então veremos.

— Mas nós não fizemos nada.

— Você viu tudo, Victorien. Nesse domínio, quase não existe diferença entre olhar e fazer. Só um pouco de tempo. Sei do que estou falando: aprendi na prática, olhando. E agora não me vejo voltando para a França.

Na noite velada não se via grande coisa. O ataque ao posto foi brutal. As sombras deslizavam no mato alto, as sandálias com sola de pneu deles não faziam barulho. Um toque de clarim acordou todo mundo. Eles berraram juntos e correram, os primeiros tostaram nos fios que entrelaçavam os bambus pontudos. A eletricidade cuspia faíscas azuis, dava para vê-los gritar, boca aberta, dentes brancos, olhos alargados. Salagnon dormia de calção, enfiou suas botinas sem dar laço, caiu da cama, pegou a arma que estava largada em cima dela e saiu correndo da casamata. No fosso, as sombras do Vietminh se amontoavam em cima das defesas. As armadilhas de Gascard funcionavam, corpos reduzidos à sua silhueta oscilavam, vinham abaixo bruscamente, berravam, o pé num buraco guarnecido de pontas afiadas. As metralhadoras das torres lustravam a base dos muros com um tiro contínuo, seu lampejo e o das granadas davam um rosto aos que tombavam, no instante da sua morte. Salagnon não tinha nada a dizer, nenhuma ordem a dar, não se podia ouvir nada que fosse dito. Cada um, sozinho, sabia o que fazia, fazia tudo o que podia. Depois, veriam. Ele se somou a dois tais no alto do muro de terra, encostados no parapeito, de costas para o ataque, ao lado de uma caixa aberta. Pegavam uma granada, tiravam o pino, atiravam-na por cima do ombro como o invólucro de um grão de girassol, sem olhar. Ela explodia ao pé do muro com um grande clarão e um abalo que fazia tremer a terra batida. Continuavam. Salagnon arriscou uma olhada. Um tapete de corpos, dos quais emergiam pontas de bambu, enchia o fosso, a eletricidade havia acabado por ser cortada, a primeira onda havia derretido os fios, um novo batalhão vinha ao assalto, servindo-se do precedente como escada. Ouviu balas assobiarem no seu ouvido. Sentou-se com os tais diante da caixa aberta e, como eles, começou a descascar as granadas e lançá-las por cima do ombro, sem nada ver. Um traço de chama atravessou a noite, um foguete de carga oca percutiu o cubo de concreto que eles haviam construído e explodiu dentro dele. O bloco de concreto carbonizado rachou e se inclinou, a torre de terra veio metade abaixo. Dois tais curvados subiram correndo na ruína, levando um fuzil-metralhadora, deitaram-se. Um atirava, mirando com precisão, o outro o segurava pelo ombro e lhe designava os alvos, passava-lhe os carregadores que pegava num grande saco. O clarim soou, claríssimo, e as sombras se retiraram, deixando manchas escuras no chão. "Suspender fogo!", berrou Moreau em algum ponto do muro. No silêncio, Salagnon sentiu que lhe doía a parte interna dos ouvidos. Levantou-se e encontrou Moreau, de calção, descalço, o rosto preto de pólvora, os olhos brilhantes. Uns tais caídos aqui e ali não se levantavam. Não sabia o nome deles; se deu conta de que depois de conviver tanto tempo com eles não os reconhecia. Só poderia saber se faltava algum contando-os.

— Estão se retirando.
— Vão voltar.
— Quase conseguiam.
— Nem tanto assim. Agora estão discutindo. Coisa de comunistas. Eles analisam o primeiro ataque, debatem, depois disso atacarão de um ângulo melhor, e aí vai dar certo. É demorado, porém mais eficaz. Não resistiremos, mas temos um pouco de tempo. Vamos cair fora.
— Cair fora?
— A gente se esgueira pela noite, pela floresta, e encontramos a unidade móvel ao longo do rio.
— Não chegaremos lá.
— Agora estão discutindo. Da próxima vez seremos liquidados. Ninguém virá nos buscar.
— Vamos tentar o rádio.

Correram para a casamata, chamaram. Com muito chiado o rádio finalmente respondeu. "A unidade móvel está retendo o inimigo. Estamos no rio. Evacuem o posto. Estamos evacuando a região."

Eles se reuniram. Mariani acordou Gascard que ainda curtia o porre e não havia entendido direito a causa da barulheira. Dois tapas na cara, a cabeça enfiada na água e a explicação do que ia acontecer em seguida terminaram com a bebedeira. Cair fora o interessava. Endireitou-se, quis carregar as bolsas cheias de granadas. Rufin se penteou antes de partir. Os tais estavam acocorados em silêncio, apenas com suas armas.

— Vamos lá.

Saíram correndo em silêncio pela floresta, um a cada dois metros. Corriam, carregando apenas um saco, a arma e munições. Os viets se reagrupavam no lado da torre desmoronada, mas disso eles não sabiam; passaram por sorte pelo lado em que os viets não estavam. Um pequeno grupo de combate guardava esse caminho, eles o passaram ao facão, sem fazer barulho, deixando corpos abertos e ensanguentados na beira do caminho, despencaram encosta abaixo e escaparam em silêncio pela floresta, não viam nada além do que tinham pela frente, e ouviam o que vinha atrás. Corriam, carregados apenas de armas.

Às suas costas ouviram de novo o clarim, depois tiros, um silêncio, depois uma grande deflagração e um clarão ao longe. As munições do posto explodiam, Moreau havia minado a casamata.

Puseram pelo caminho granadas ligadas a um fio, uma a cada quilômetro, e a granada explodia quando se tropeçava no fio. Ao ouvirem a primeira granada souberam que estavam sendo perseguidos. Evitaram a aldeia, evitaram a estrada, passaram pela floresta para chegar ao rio. As explosões abafadas atrás deles mostravam que os seguiam metodicamente; o comissário político dispunha sua seção depois de cada granada, designava um chefe de destacamento, e tornavam a partir.

Eles fugiam a toda pressa, corriam entre as árvores, seccionando os galhos que incomodavam, marcando sua passagem, pisoteando as folhas e a lama, descambavam pelas colinas, às vezes escorregavam, se agarravam a um tronco, ou ao camarada por que passavam, e caíam juntos. Quando o dia nasceu, estavam extenuados e perdidos. Bancos de neblina se prendiam às folhagens, suas roupas estavam duras de lama, impregnadas de água gelada, mas eles porejavam um suor morno. Continuaram a correr, incomodados pela vegetação desordenada, algumas moles, algumas cortantes, algumas sólidas e fibrosas como barbantes, incomodados pelo solo decomposto que cedia a seus pés, incomodados pelas cordas do saco que lhes cortavam os ombros, comprimindo seu peito, o pescoço batia dolorosamente. Pararam. A coluna alongada levou tempo para se reunir. Sentaram-se, encostaram-se nas árvores, nos rochedos que rompiam do chão. Comeram sem pensar bolas de arroz frio. Recomeçou a chover. Não podiam fazer nada para se proteger, então não fizeram nada. Os cabelos volumosos dos tais colavam em seus rostos como escorrimentos de asfalto.

A explosão surda das granadas ecoava ao longe; o eco ressoava entre as colinas, chegava-lhes de várias direções. Não podiam avaliar a distância.

— Precisamos de um ponto de retenção. De uma retaguarda para retardá-los. Um de nós e quatro homens — disse Moreau.

— Eu fico — disse Rufin.

— Ótimo.

Rufin encostado em seu saco de campanha já estava farto daquilo. Fechou os olhos, estava cansado. Ficar ali lhe permitiria parar de correr. O cansaço reduz a quase nada o horizonte temporal. Ficar ali era não correr mais. Depois veria. Deram-lhe todas as granadas, os explosivos, o rádio. Posicionaram um fuzil-metralhadora ao abrigo de um rochedo, um outro do lado oposto, onde os que viriam se protegeriam quando o primeiro atirasse.

— Vamos lá.

Continuaram a correr ladeira abaixo em direção à estrada colonial e ao rio. Parou de chover, mas as árvores gotejavam à sua passagem, ao menor choque. Os viets continuavam a avançar atrás deles, um na frente cerrando os dentes, e logo o caminho minado explodia sob seus pés. O primeiro da coluna se sacrificava por Doc Lap, pela independência, a única palavra que Salagnon sabia ler nos slogans pintados nas paredes. O sacrifício era uma arma de guerra, o comissário político era o que a manejava, e os sacrificados cortavam os arames farpados sob o fogo das metralhadoras, se jogavam contra os muros, explodiam para abrir as portas, absorviam com sua carne as saraivadas de balas. Salagnon não compreendia exatamente essa obediência levada ao extremo; intelectualmente não compreendia; mas correndo na floresta, tolhido por sua arma, os braços e as pernas ardendo de arranhões e hematomas, esgotado, embrutecido de cansaço, sabia muito bem que teria feito tudo o que lhe houvessem ordenado; contra os outros, ou contra si mesmo. Sabia muito bem.

Numa só noite, os pequenos postos da Alta Região foram varridos, uma brecha se abriu no mapa deles, as divisões do general Giap se despejavam sobre o delta. Eles fugiam. Quando chegaram à estrada colonial, um tanque tombado fumegava, escotilha aberta. Carcaças enegrecidas de caminhões haviam sido abandonadas, objetos diversos juncavam o chão, mas nenhum corpo. Eles se esconderam no capinzal à margem da estrada, desconfiados, mas ficar deitados e não se mexer mais fazia que temessem adormecer.

— Vamos lá? — sussurrou Salagnon. — Eles não vão tardar.

— Espere.

Moreau hesitava. Um apito rasgou o ar impregnado de água. O silêncio se fez na floresta, os bichos se calaram, não houve mais gritos, não houve mais estalos de galhos, não houve mais farfalhar de folhas, não houve mais pio de passarinhos e cri-cri de insetos, tudo o que se acaba por não mais ouvir e que no entanto está sempre presente: quando tudo isso para, impressiona, se espera o pior. Na estrada apareceu um homem empurrando uma bicicleta. Atrás dele, homens seguiam devagar, cada qual empurrando uma bicicleta. As bicicletas pareciam pequenos cavalos asiáticos, barrigudos e de patas curtas. Bolsas enormes vinham penduradas no quadro, ocultando as rodas. Acima, se equilibravam caixotes de armas pintados de verde com caracteres chineses a estêncil. Rosários de obuses de morteiro ligados por cordões de palha desciam ao longo de seus flancos. Cada bicicleta se inclinava, guiada por um homem de pijama preto que a controlava com uma bengala de bambu presa ao guidom. Avançavam lentamente, em fila e sem barulho, vigiados por soldados de uniforme marrom, capacete de folhas na cabeça, fuzil de través no peito, que inspecionavam o céu. "Bicicletas", murmurou Moreau. Tinham lhe falado do relatório do Serviço de Informações que calculava a capacidade de transporte do Vietminh. Este não dispõe de caminhões, nem de estradas, os animais de tração são raros, os elefantes só existem nas florestas do Camboja; tudo, portanto, é carregado em lombo de homem. Um *coolie* carrega dezoito quilos na floresta, tem de levar sua ração, não pode carregar mais. O Serviço de Informações calculava a autonomia das tropas inimigas a partir de números indiscutíveis. Sem caminhões, sem estradas, dezoito quilos no máximo, e tem de carregar sua ração. Na floresta não se encontra nada, nada além do que se traz. Portanto, as tropas do Vietminh não podem se concentrar mais do que alguns dias, pois não têm o que comer. Por falta de caminhões, por falta de estradas, por falta de dispor de outra coisa além de uns homenzinhos que não carregam grande peso. Era possível, portanto, aguentar mais tempo do que eles, graças a caminhões encaminhando pelas estradas uma infinidade de latas de sardinha. Mas ali, diante deles, pelo preço de uma bicicleta Manufrance comprada em Hanói, quem sabe roubada de um depósito de Haiphong, cada homem carregava sozinho e sem maior esforço trezentos quilos na floresta. Os soldados da escolta inspecionavam o céu, a estrada, as margens desta. "Vão nos ver." Moreau hesitava. O cansaço o havia amolecido. Sobreviver é tomar a decisão certa, um pouco ao acaso, e isso requer estar tenso como uma corda. Sem essa tensão o acaso é menos favorável. O zumbido dos aviões ocupou o céu, sem direção precisa, pouco mais forte que uma mosca num quarto. Um soldado da escolta levou aos lábios o apito de bolinha pendurado no pescoço. O sinal acutíssimo rasgou o ar. As bicicletas deram meia-volta ao mesmo tempo e desapareceram entre as árvores. O zumbido dos aviões se acentuava. Na estrada não sobrava nada. Do alto não se percebia o silêncio dos animais. Os dois aviões passaram em baixa altitude, com os galões especiais pendurados sob as asas. Afastaram-se. "Vamos lá." Permanecendo curvados, eles se embrenharam na floresta. Correram entre as árvores, longe da estrada colonial, em direção ao rio onde talvez ainda os esperassem. Às suas costas o apito soou de novo, abafado pela distância e pelas folhagens. Correram pelo mato, acompanhando o declive, rumando para o rio. Quando o fôlego começou a faltar, continuaram a passo rápido. Em fila, produziam um martelamento no chão, um barulho contínuo de arquejos, de solas espessas contra o solo, de roçaduras em folhas moles, de entrechoques das presilhas de ferro. Jorravam suor. A carne do seu rosto se derretia no cansaço. Não se distinguia mais nada além dos ossos, das rugas de esforço como um sistema de cabos, da boca que não podiam mais fechar, dos olhos arregalados dos europeus que arfavam, e daqueles, reduzidos a frestas, dos tais que corriam a passos curtos. Ouviram um ronco contínuo, tornado difuso pela distância, pela vegetação, pelas árvores emaranhadas. Bombas e obuses explodiam em algum lugar, mais longe, para os lados a que se dirigiam.

    Deram com os viets por acaso, mas isso devia acontecer. Um grande número deles percorria em segredo aquelas florestas desertas. Os soldados do Vietminh estavam sentados no chão, encostados nas árvores. Haviam ensarilhado seus fuzis chineses, falavam soltando risadas, alguns fumavam, alguns bebiam em jarros envoltos em palha, alguns de torso nu se deitavam; eram todos bem jovens, faziam uma pausa, conversavam. No meio do círculo, uma bicicletona Manufrance deitada em cima das suas sacolas parecia uma mula doente.

    O momento em que os viram não durou, mas o pensamento anda depressa; e em alguns segundos a juventude deles impressionou Salagnon, sua delicadeza e sua elegância, e aquele ar festivo que tinham quando sentavam juntos sem cerimônia. Aqueles rapazes vinham aqui para escapar de todos os pesos, aldeões, feudais, coloniais, que oprimiam a gente do Vietnã. Uma vez na floresta, quando ensarilhavam suas armas, podiam se sentir livres e sorrir contentes. Esses pensamentos vinham a Salagnon enquanto desabalava encosta abaixo com uma arma na mão, vinham amarrotados em bola, sem se desdobrar, mas tinham força de evidência: os jovens vietnamitas em guerra tinham mais juventude e espontaneidade, mais prazer de estar juntos do que os soldados do corpo expedicionário francês do Extremo Oriente, desgastados pelo cansaço e pela inquietude, que se escoravam ombro a ombro à beira da ruptura, que se amparavam no naufrágio. Mas talvez isso se devesse à diferença das fisionomias, e a dos outros ele interpretava mal.

Um *coolie* se ocupava da roda de trás da bicicleta deitada. Enchia o pneu com uma bomba manual, e os outros, sem fazer nada para ajudá-lo, aproveitando a pausa, o estimulavam rindo. Até o derradeiro momento eles não se viram. O bando armado de franceses descia o declive olhando para o chão; os vietnamitas acompanhavam os gestos do *coolie* que acionava com gestos curtos a bomba manual. Eles se viram no derradeiro momento e ninguém soube o que fazer, todos agiram por reflexo. Moreau portava um fuzil-metralhadora a tiracolo; ia com a mão no cabo para que ele não balançasse, atirou enquanto corria, e vários viets sentados tombaram. Os outros tentaram se levantar e foram mortos, tentaram pegar seus fuzis e foram mortos, tentaram fugir e foram mortos, o sarilho de fuzis foi ao chão, o *coolie* de joelhos diante da bicicleta se levantou, a bomba manual ainda atarraxada ao pneu, e foi abaixo, o torso atravessado por uma só bala. Um viet que tinha se afastado, que havia desatado o cinto atrás de uma moita, pegou uma granada que estava pendurada neste. Um tai o abateu, ele soltou a granada que rolou morro abaixo. Salagnon sentiu um golpe tremendo na coxa, um golpe nos quadris que lhe suprimiu as pernas, caiu. O silêncio se fez. Tudo havia durado alguns segundos, o tempo de descer o morro correndo. Dizê-lo já é dilatá-lo. Salagnon tentou se levantar, sua perna pesava como uma viga pendurada em seu quadril. Sua calça estava molhada, quente. Não via nada mais que a folhagem acima dele, escondendo o céu. Mariani se inclinou. "— Você está machucado, murmurou. Consegue andar? — Não." Ocupou-se da perna dele, abriu a calça à faca, fez uma atadura bem apertada na coxa, ajudou-o a se sentar. Moreau estava deitado de barriga para baixo, os tais em círculo à sua volta, imóveis. "— Morreu na hora, sussurrou Mariani. — Ele? — Um fragmento de granada; corta como uma lâmina. Você levou um na coxa. Teve sorte. Ele, foi na garganta. Zap!" Fez o gesto de passar o polegar abaixo do queixo, de um lado a outro. Todo o sangue de Moreau tinha se espalhado, formava uma grande mancha de terra escura em torno do seu pescoço. Cortaram uns caules maleáveis, limparam-nos com o facão, fizeram padiolas com camisas tiradas dos mortos. "— A bicicleta, disse Salagnon. — O que tem a bicicleta? — Vamos pegá-la. — Está maluco, não vamos nos amolar com uma bicicleta! — Vamos pegar. Nunca vão acreditar na gente se dissermos que vimos bicicletas na selva. — Com certeza. Mas, estamos cagando pra isso, não? — Um cara sozinho com uma bicicleta carrega trezentos quilos na selva. Vamos pegar. Vamos levar. Vamos mostrar. — Está bem. Está bem."

Salagnon foi carregado por Mariani e Gascard. Os tais levaram o corpo de Moreau. Deixaram os vietnamitas onde tinham tombado. Os tais saudaram os corpos levando a mão à testa, e partiram. Continuaram a descer o morro, um pouco mais devagar. Dois homens carregavam a bicicleta desmontada, livre dos sacos, um as duas rodas, o outro o quadro. Os tais que transportavam Moreau iam no passo leve dos que levam a carga pendurada num varal, e o cadáver levemente sacudido não protestava; mas Gascard e Mariani seguravam as alças da padiola como quem empurra um carrinho de mão, com os braços esticados, o que resultava em solavancos. A cada solavanco a perna de Salagnon continuava a sangrar, empapando os panos, pingando no chão. Cada passo ecoava em seu osso que parecia crescer, querer rasgar sua pele, sair ao ar livre; ele se impedia de berrar, cerrava os lábios e detrás destes seus dentes tremiam, cada uma das suas expirações fazia o barulho lamuriento de um gemido.

Com as mãos ocupadas, os dois carregadores se tornavam desajeitados, derrapavam nos resíduos da mata que juncavam o solo, batiam nas árvores com os ombros, avançavam aos trancos, e os impactos que recebia na perna se tornavam insuportáveis. Xingava sem parar Mariani que ia na frente, o único visível quando de dor erguia o pescoço. Berrava as piores grosserias a cada tropeção, a cada impacto, e suas explosões repetidas terminavam em gorgolejos, em queixas estranguladas, porque ele fechava a boca para não gritar alto demais, em suspiros sonoros que saíam pelo nariz, pela garganta, pela vibração direta do seu peito. Mariani soprava, arquejava, prosseguia mesmo assim e o odiava como nunca se odeia ninguém, a ponto de querer estrangulá-lo lentamente, olhos nos olhos, de vingança longamente calculada. Salagnon mantinha os olhos abertos, via o topo das árvores se agitarem como que tomado por uma ventania quando nada movia o ar espesso e quente demais que os sufocava de suor. Sentia em sua perna cada passo dos seus maqueiros, cada pedra em que batiam, cada raiz em que tropeçavam, cada folha mole que atapetava o solo e nas quais escorregavam; tudo aquilo ressoava em seu osso ferido, em sua coluna vertebral, em seu crânio; ele gravava para sempre um caminho de dor na floresta de Tonquim, ele se lembraria de cada passo, recordaria cada detalhe do relevo daquela parte da Alta Região. Fugiam perseguidos por um regimento vietminh inexorável que os teria alcançado como o mar que sobe, se houvessem parado para respirar. Continuavam. Salagnon desmaiou por fim.

A aldeia estava um pouco mais em ruínas, e mais bem fortificada. As construções de alvenaria se reduziam a lances de parede furada. Só a igreja, solidamente construída, ainda estava de pé, uma metade de teto intacta acima do altar. Sacos de areia empilhados dissimulavam passagens, trincheiras, reparos de artilharia, cujos canos tinham uma inclinação fraca, para alvejar mais de perto.

Salagnon recobrou a consciência deitado na igreja. Fachos de luz passavam pelos buracos das paredes, o que reforçava a penumbra em que repousava. Tinham-no deixado na maca empapada de sangue. Um pouco de seiva ainda escorria dos caules jovens cortados a facão. Tinham cortado cuidadosamente sua calça, limpado e pensado sua coxa, ele não tinha percebido nada. A dor havia desaparecido, sua coxa batia simplesmente como um coração. Na certa tinham lhe dado morfina. Outros feridos deitados dormiam na sombra, paralelamente a ele, respirando regularmente. Na abside intacta ele adivinhava outros corpos. Eram numerosos em tão pouco espaço. Enxergava-os mal; não compreendia sua disposição. Quando seus olhos se acostumaram à sombra compreendeu como haviam arrumado os mortos. Tinham-nos empilhado como lenha. Na última camada, deitado de costas, reconheceu Moreau. Sua garganta estava negra, e sua boca fina, enfim relaxada, quase sorridente. Os tais devem tê-lo penteado antes de entregar o corpo porque a risca do cabelo estava bem nítida, e seu bigodinho perfeitamente luzidio.

— Impressionante, não?

O alemão estava de cócoras a seu lado, não o tinha ouvido vir, talvez estivesse lá havia tempo, vendo-o dormir. Designou a abside.

— Fazíamos assim em Stalingrado. Os mortos eram numerosos demais para que os enterrássemos, e nós não tínhamos nem a força nem o tempo de cavar o solo gelado, que era duro como vidro. Mas não íamos deixá-los onde tombavam, pelo menos no início, então nós os recolhíamos e os arrumávamos. Como aqui. Mas os corpos gelados têm mais compostura. Eles esperavam sem se mexer que terminássemos o combate. Estes aí se achatam um pouco.

Salagnon não conseguia contar os cadáveres empilhados a seu lado. Eles se fundiam lentamente uns nos outros. Às vezes emitiam pequenos suspiros e cediam um pouco mais. E exalavam um cheiro nada bom. Mas o chão tampouco tinha um cheiro bom, nem sua maca, nem mesmo o ar todo, que recendia a pólvora, a queimado, a borracha e a gasolina.

— Nunca os enterramos, a primavera não veio, e não sei o que os russos fizeram com eles. Mas estes nós vamos tentar levar de volta — continuou o alemão. — E o senhor também. Tranquilize-se, no seu caso será vivo, se pudermos.

— Quando?

— Quando for possível. Partir é sempre difícil. Eles não querem nos deixar ir embora. Atacam a gente todos os dias, nós os enfrentamos. Se partirmos, eles atirarão em nossas costas e será um massacre. Então ficamos. Eles vão nos atacar ainda hoje, e esta noite, e amanhã, sem se importar com as suas perdas. Querem mostrar que nos derrotam. E nós queremos mostrar que sabemos realizar uma evacuação. É Dunquerque, meu velho, mas uma Dunquerque que deveria ser vista como um sucesso. Isso deve lhe lembrar alguma coisa.

— Eu era jovem demais.

— Devem ter lhe contado. Aqui, na situação em que estamos, uma retirada bem realizada seria uma vitória. Os sobreviventes de uma fuga podem ser condecorados como vencedores.

— Mas e o senhor, o que está fazendo aqui?

— A seu lado? Sabendo notícias suas. Gosto muito do senhor, jovem Salagnon.

— Quero dizer, na Indochina.

— Lutando, como o senhor.

— O senhor é alemão.

— E daí? Que eu saiba, o senhor não é mais indochinês do que eu. O senhor faz a guerra. Eu faço a guerra. Pode-se fazer outra coisa depois que se aprendeu a fazer isso? Como eu poderia viver em paz agora, e com quem? Na Alemanha todas as pessoas que conhecia morreram numa só noite. Os lugares em que vivi desapareceram nessa mesma noite. O que resta na Alemanha do que eu conhecia? Por que voltar? Para reconstruir, ser industrial, comerciante? Para trabalhar num escritório, com uma pasta e um chapéu? Ir todas as manhãs para o escritório depois de ter percorrido a Europa em mangas de camisa, como vencedor? Seria terminar a minha vida de um modo horrível. Não tenho ninguém para contar o que vivi. Então quero morrer da maneira como vivi, como vencedor.

— Se o senhor morrer aqui, será enterrado na selva, ou até largado no chão, num canto que ninguém saberá.

— E daí? Quem ainda me conhece, à parte os que fazem a guerra comigo? Os que poderiam se lembrar do meu nome morreram numa só noite, já lhe disse, desapareceram nas chamas de um bombardeio com bombas de fósforo. Não sobrou nada do corpo deles, nada de humano, só cinzas, ossos envoltos numa membrana ressecada e poças de gordura que foram limpas de manhã com água quente. O senhor sabia que cada homem contém quinze quilos de gordura? A gente ignora isso quando vive, é quando ela derrete e escorre que a gente se dá conta. O que resta do corpo, o saco ressecado boiando numa poça de óleo, é muito menor, muito mais leve que um corpo. Não dá para reconhecer. Não dá nem mesmo para saber que é humano. Então fico aqui.

— Não vá bancar a vítima para mim. As piores sujeiras foram vocês que fizeram, não?

— Não sou uma vítima, sr. Salagnon. E é por isso que estou na Indochina, em vez de ser contador num escritório reconstruído de Frankfurt. Venho acabar minha vida como vencedor. Agora durma.

Salagnon passou uma noite horrível, em que tremeu de frio. Sua coxa ferida crescia até sufocá-lo, depois desinchava de repente e ele perdia o equilíbrio. A pilha de mortos reluzia na escuridão, e várias vezes Moreau se mexeu e tentou lhe dirigir a palavra. Polidamente, olhava para a pilha dos mortos, que hora a hora cedia mais um pouco, preparando-se para responder se ele lhe fizesse claramente uma pergunta.

De manhã, uma grande bandeira vermelha ornada com uma estrela dourada se ergueu. Ela foi agitada na orla da floresta e um clarim soou. Uma nuvem de soldados de capacete de folhas avançou correndo em direção ao arame farpado enrolado, aos sacos de areia dissimulando as trincheiras, aos buracos com minas no fundo, às estacas pontudas, às armadilhas, às armas que atiravam até os canos ficarem rubros. Tão numerosos eram que absorviam o metal que atiravam neles, que continuavam caminhando, que resistiam ao fogo. Sob Salagnon deitado, o chão tremia. Esse tremor era doloroso, penetrava por sua pele, subia até seu crânio. O efeito da morfina se dissipava; ninguém pensava em lhe dar mais.

Morria-se muito nos arredores daquela aldeia. As defesas se enchiam de corpos mutilados, destroçados, queimados. O exército do Vietminh morria em massa e sempre avançava; a Legião morria um homem depois do outro e não recuava. Ficaram tão próximos que os canhões se calaram. Atiravam granadas de mão. Os homens se encontravam cara a cara, se agarravam pela camisa e se abriam o ventre a faca.

Os tanques anfíbios saíram do rio, sapos-bois negros e luzidios, precedidos por chamas e seguidos por uma fumaça estrondejante. Gotejando, grimparam a margem lamacenta e contra-atacaram. Pequenos aviões de zumbido denso passaram acima das árvores e, atrás destas, a floresta pegou fogo, com todos os homens que ela continha. Chatas armadas subiram o rio, de porões vazios. Os buracos fortificados foram evacuados, o material destruído, os obuses e as granadas foram deixados para trás, transformados em minas. "— E minha bicicleta? perguntou Salagnon quando o transportaram. — Que bicicleta? — A bicicleta que eu havia trazido. Eu a tomei dos viets. — Os viets andam de bicicleta na selva? — Transportam arroz. Temos de mostrar a bicicleta em Hanói. — Acha que a gente vai se amolar com uma bicicleta? Quer voltar de bicicleta, Salagnon?" Os homens subiam a bordo sem correr, carregavam os feridos e os mortos. Obuses caíam a esmo, às vezes na água, às vezes nas margens em que levantavam girândolas de lama. Uma chata foi atingida, um obus devastou o porão, e seus ocupantes com ele. Derivou pegando fogo na correnteza lenta do rio. Gascard desapareceu num turbilhão de água marrom ensanguentada. Salagnon deitado no metal vibrante não era mais do que dor.

Acordou no hospital militar, numa grande sala em que se alinhavam os feridos em leitos paralelos. Os homens emagrecidos permaneciam deitados em lençóis limpos, devaneavam olhando para o ventilador de teto, suspiravam e às vezes mudavam de posição procurando não arrancar o cateter nem se apoiar em seus curativos. Uma luz suave vinha das grandes janelas deixadas abertas, veladas com cortinas brancas que mal tremulavam. Elas agitavam tênues sombras nas paredes, nas pinturas empalidecidas, roídas pela umidade colonial; essa tranquila deliquescência cuidava do corpo deles melhor que todos os medicamentos. Alguns morriam como quem se apaga.

Na extremidade da fila de leitos, bem longe da janela, um homem que tivera uma perna amputada não conseguia dormir. Queixava-se em alemão, a meia-voz, repetia sempre as mesmas palavras com uma voz infantil. Um grandalhão na outra extremidade da fila empurrou seu lençol, se levantou de repente e percorreu todos os leitos mancando, se apoiando com uma careta na armação de ferro. Chegando ao leito do gemedor, se empertigou, rígido em seu pijama, e xingou-o em alemão. O outro baixou a cabeça, aquiesceu chamando-o de Obersturmführer e se calou. O oficial voltou a seu leito sempre fazendo caretas e tornou a se deitar. Não houve mais na sala senão respirações tranquilas, o voo das moscas e o rangido do grande ventilador de teto que não girava muito depressa. Salagnon adormeceu de novo.

E depois? Enquanto Victorien Salagnon se curava de seu ferimento, lá fora a guerra continuava. A toda hora colunas motorizadas atravessavam Hanói, iam para todos os cantos do delta, voltavam da Alta Região. Os caminhões descarregavam seus feridos no pátio do hospital, estropiados com curativos malfeitos que os soldados carregavam em padiolas, que as enfermeiras amparavam até um leito vazio, no caso dos feridos menos graves. Eles se arriavam no leito com um suspiro, cheiravam os lençóis limpos e muitas vezes dormiam logo em seguida, salvo os que sofriam demais de seus ferimentos cobertos por crostas; então o médico passava, distribuía morfina, acalmava as dores. Essa estranha máquina que é o helicóptero trazia sobre o teto os mais gravemente feridos, com o uniforme irreconhecível, o corpo enegrecido, as carnes tão tumefatas que tinham de ser transportados pelos ares. Aviões passavam por cima de Hanói, caças carregados de galões especiais, Dakotas em fila ronronante repletos de paraquedistas. Alguns voltavam puxando atrás de si uma pesada fumaça negra que tornava seu equilíbrio incerto.

Mariani vinha vê-lo, tinha saído incólume da evacuação. Trazia-lhe jornais, comentava as notícias.

— Uma violenta contraofensiva das tropas franco-vietnamitas — lia ele — permitiu deter a progressão do inimigo na Alta Região. Foi preciso evacuar uma linha de postos para reforçar a defesa do delta. O essencial está firme. Estamos tranquilizados. Sabe quem são?

— Quem?

— As tropas franco-vietnamitas.

— Vai ver que somos nós. Escute, Mariani, será que não estamos misturando as coisas? Somos o exército francês e travamos uma guerra de guerrilha contra o exército regular de um movimento que trava uma guerrilha contra nós, que lutamos pela proteção do povo vietnamita, que luta por sua independência.

— Combater a gente sabe. Quanto ao porquê, espero que em Paris eles saibam.

Aquilo os fazia rir. Sentiam prazer em rir juntos.

— Encontraram Rufin?

— Captaram sua última mensagem. Enchi a paciência do cara da transmissão até ele me dar a transcrição exata. Não dizia grande coisa. "Os viets estão a alguns metros. Saudações a todos." Depois mais nada, o silêncio, me disse o cara das transmissões. Na verdade, aquele ruído que o rádio faz quando não transmite nada, como areia crepitando numa caixa de metal.

— Acha que ele conseguiu escapar?

— Ele sabia fazer de tudo. Mas se escapou, está vagando pela selva desde esse dia.

— Seria bem o jeito dele. O anjo da guerra fazendo sua guerrilha sozinho, aqui e ali na floresta.

— Podemos sonhar.

Evocaram Moreau, que não tivera a morte heroica que merecia. Por outro lado, a gente sempre morre depressa. Na guerra, a gente morre de uma hora para a outra. Quando se conta a morte com lirismo, é uma mentira piedosa, é para dizer alguma coisa; inventa-se, dilata-se, encena-se. Na verdade, a gente morre sorrateiramente, depressa, em silêncio; e depois também é o silêncio.

O tio veio ver Salagnon. Examinou ele próprio o ferimento, pediu a opinião do médico.

— Você tem de voltar em forma para nós — disse a ele antes de ir embora. — Tenho projetos para você.

Salagnon descansava; passava o tempo passeando por aquele hospital tropical, por aquele grande jardim sob as árvores, naquela sauna da Terra que é a Indochina colonial. "Estou começando a amolecer", dizia rindo aos que de vez em quando vinham vê-lo, como se põe para amolecer o pão seco nos navios que atravessam o oceano, a fim de torná-los novamente comestíveis.

Ele começava a amolecer, para melhor cicatrizar, como faziam os soldados feridos gravemente, mas o ópio não o atraía. Para fumá-lo era preciso se deitar e isso fazia dormir; ele preferia se sentar, porque assim podia ver, e pintar. Os gestos do pincel lhe bastavam para reduzir a opressão, se libertar da dor e flutuar. Ele saía pelas ruas de Hanói, tomava nas biroscas de calçada sopas cheias de pedaços flutuantes. Sentava em meio ao povo das ruas e ficava ali um tempão, olhando, sentava nas casas de chá debaixo de uma árvore, duas mesas e alguns banquinhos, onde um cara magro de calção passa, com uma chaleira amassada, para encher de água quente sempre a mesma tigela, sempre as mesmas folhas de chá que, pouco a pouco embebidas de água, não têm mais cheiro algum.

Ele deixava o tempo passar, se contentava em olhar e desenhava as pessoas nas ruas, e as crianças que corriam em bandos; as mulheres também ele se contentava em desenhar. Via nelas uma grande beleza, mas uma beleza própria do desenho. Não se aproximava o suficiente delas para vê-las de outro modo que por um traço. Elas eram linhas puras de tecido flutuante, roupa no varal, e seus longos cabelos negros, como um escorrido de nanquim deixado pelo pincel. As mulheres da Indochina andavam com graça, se sentavam com graça, usavam com graça o chapelão de palha trançada. Desenhou muitas e não abordou nenhuma. Zombaram da sua timidez. Acabou sugerindo, sem muitos detalhes, que era noivo de uma francesa de Argel. Não zombaram mais, louvaram porém sua coragem com sorrisos de entendidos. Cúmplices, evocavam o temperamento de fogo das mediterrâneas, seus ciúmes trágicos, sua agressividade sexual incomparável. As mulheres asiáticas continuavam passando ao longe num farfalhar de véu, altivas, graciosas, afetando serem inacessíveis e verificando discretamente a seu redor o efeito produzido. Elas têm um ar meio frio, desse jeito, diziam. Mas vencida essa barreira, descoberto o ponto fraco, aí... Isso dizia tudo. Não dizer mais lhe convinha.

O fantasma de Eurydice voltava em todos os seus momentos de ócio. Escreveu-lhe de novo. Entediava-se. Só cruzava com gente com quem não desejava conviver. O exército mudava. Recrutavam jovens na França, ele se sentia velho. Chegou de navio um exército de cretinos que queriam o soldo, a aventura ou o esquecimento; eles se engajavam para ter um trabalho, que na França não encontravam. Durante essas semanas em que se restabeleceu andando por Hanói aprendeu a arte chinesa do pincel. Nesse domínio, no entanto, não há nada a aprender: só a praticar. O que ele ficou sabendo em Hanói foi da existência de uma arte do pincel; e isso vale por aprender.

Antes de encontrar seu mestre, havia pintado muito para ocupar seus dedos, dar um objetivo às suas caminhadas, ver melhor o que tinha diante dos olhos. Enviava a Eurydice florestas, rios larguíssimos, colinas pontudas envoltas em bruma. "Desenho a floresta para você como um veludo enorme, como um sofá profundo", escrevia ele. "Mas não se engane. Meu desenho é inverídico. Ele fica do lado de fora, se dirige aos que — felizardos — nunca porão os pés na selva. Ela não é tão consistente, tão profunda, tão densa, é até pobre em seu aspecto, desordenada em sua composição. Mas se eu a desenhasse assim, ninguém acreditaria que se trata da selva, me tomariam por melancólico. Achariam meu desenho inverídico. Então eu a desenho inverídica para que a creiam verdadeira."

Sentado, encostado num tronco da grande avenida margeada de pés de jasmim-manga, esboçava a pincel o que via das belas residências entre as árvores. Seu olhar ia da folha às fachadas coloniais, buscava um detalhe, seu pincel se detinha por um instante acima do pote de tinta posto a seu lado. Sua concentração era tanta que as crianças acocoradas a seu redor não ousavam lhe dirigir a palavra. Pelo desenho ele consumava o milagre de tornar mais vagaroso e silencioso um bando de crianças asiáticas. A meia-voz, com seus monossílabos de passarinho, elas se interpelavam mostrando umas às outras um detalhe do desenho, apontavam-no na rua com o dedo, depois riam com a mão cobrindo a boca ao ver a realidade assim transformada.

Um homem vestido de branco, que descia a avenida balançando uma bengala, parou atrás de Salagnon e deu uma olhada em seu croqui. Usava um panamá mole e se apoiava, mas só um pouco, só por elegância, em sua bengala de bambu envernizado.

— O senhor se interrompe muito, meu rapaz. Compreendo que deseja verificar se o que traçou é verdadeiro, mas para que sua pintura viva, tanto quanto o senhor, tanto quanto essas árvores que deseja pintar, é necessário que o senhor não interrompa sua respiração. O senhor deve se deixar guiar unicamente pela pincelada.

Salagnon ficou calado; pincel no ar, observava aquele estranho anamita tão bem vestido, que acabava de lhe falar sem fórmula de polidez, sem baixar os olhos, num francês muito mais refinado do que o dele mesmo, com um sotaque imperceptível. As crianças tinham se levantado, um pouco incomodadas, e não ousavam se mexer diante daquele homem tão aristocrático que falava a um francês sem obsequiosidade.

— Unicamente pela pincelada?
— Sim, meu rapaz.
— É uma coisa chinesa?
— É a arte do pincel, expressa da maneira mais simples.
— O senhor pinta?
— Às vezes.
— Sabe fazer dessas pinturas chinesas que vi, com montanhas, nuvens e personagens pequeninos?

O homem tão elegante sorriu com benevolência, o que abriu uma fina rede de minúsculas rugas em todo o seu rosto. Devia ser bem velho. Não o mostrava.

— Venha amanhã a este endereço. À tarde. Eu lhe mostrarei.

Deu-lhe um cartão de visita escrito em chinês, em vietnamita e em francês, ornado do lacre vermelho com que os pintores de lá assinam suas obras.

Salagnon aprendeu a conhecê-lo. Foi visitá-lo com frequência. O ancião puxava seus cabelos negros para trás, o que lhe fazia um penteado de argentino, e usava somente ternos claros, sempre enfeitados com uma flor fresca. Paletó aberto, mão esquerda no bolso, ele o recebia com familiaridade, apertava sua mão com uma leveza de diletante, uma distância divertida em relação a todos os usos. "Venha, meu rapaz, venha!" E abria para ele com um gesto os vastos cômodos da sua casa, todos vazios, cuja pintura corroída pelo terrível clima adquiria tons pastel à beira das lágrimas. Falava num francês perfeito, em que o sotaque não passava de um fraseado original, quase indefinível, como uma ligeira preciosidade que ele manteria por divertimento. Usava construções acadêmicas que só se ouvem em Paris, em certos lugares, e palavras escolhidas que sempre empregava na definição exata. Salagnon se espantava com tal ciência de sua língua materna, que ele mesmo não possuía. Fez-lhe essa observação, que levou o ancião a sorrir.

— Sabe, meu jovem amigo, as melhores encarnações dos valores franceses são as pessoas ditas de cor. Essa França de que se fala, com sua grandeza, seu humanismo altivo, sua clareza de pensamento e seu culto à língua, pois bem, essa França o senhor encontrará em estado puro nas Antilhas, e entre os africanos, os árabes e os indochineses. Os franceses brancos, nascidos lá, nesse mundo que chamam de a França estrita, sempre nos veem com estupefação encarnar a este ponto aqueles valores de que ouviram falar na escola, que são para eles utopias inacessíveis, e que são nossa vida. Encarnamos a França sem sobras, sem excessos, à perfeição. Nós, indígenas cultos, somos a glória e a justificação do Império, seu sucesso, e isso acarretará sua queda.

— Por que sua queda?

— Como alguém pode querer ser o que se chama indígena, sendo francês a tal ponto? Tem de escolher. Ambos são o fogo e a água encerrados no mesmo pote. Um vai ter de prevalecer, e depressa. Mas venha ver minhas pinturas.

No maior cômodo de sua casa antiga, cujo teto escurecia nos cantos, cujo gesso descascava em quase toda parte, não restavam como móveis mais do que uma grande poltrona de vime e um armário laqueado de vermelho, fechado com um anel de ferro. Tirou desse armário uns rolos guardados em capas de seda, fechadas com laços. Fez Salagnon se sentar na poltrona, varreu o chão com uma pequena escova e pôs os rolos a seus pés. Desatou os nós, tirou-os de suas capas e, inclinado com graça, desenrolou-os lentamente no chão.

— É assim que se admiram as pinturas da tradição chinesa. Não convém pendurá-las na parede de uma vez por todas, deve-se desenrolá-las como se desenrola um caminho. Vê-se então aparecer o tempo. No tempo de admirá-las se juntam o tempo de concebê-las e o tempo de tê-las feito. Quando ninguém as admira, não se deve deixá-las abertas, mas enroladas, ao abrigo dos olhares, ao abrigo delas mesmas. Só devem ser desenroladas diante de alguém que saberá apreciar seu desvelamento. Foram concebidas assim, como se concebe o caminho.

Desenrolou aos pés de Salagnon uma grande paisagem, com gestos comedidos, espreitando os sentimentos sobrevirem no rosto do rapaz. Salagnon tinha a impressão de levantar lentamente a cabeça. Montanhas longuíssimas emergiam das nuvens, bambus erguiam seus caules, árvores deixavam se estenderem seus galhos, de onde pendiam raízes aéreas de orquídeas, águas caíam de um plano a outro, um caminho estreito entre rochedos pontiagudos subia a montanha, entre pinheiros torcidos que se prendiam como podiam, mais enraizados nas brumas do que nas rochas.

— E o senhor só usa tinta nanquim — sussurrou Salagnon maravilhado.

— Lá é preciso outra coisa? Para pintar, para escrever, para viver? O nanquim basta para tudo, rapaz. É preciso apenas um pincel, um só, um bastonete de tinta prensada que você dilui e uma pedra escavada para conter a tinta obtida. Um pouco d'água também. Esse material de toda uma vida cabe num bolso; ou, se você não tem bolso, numa bolsa pendurada no ombro. Pode-se andar sem dificuldade com o material de um pintor chinês: é o homem caminhante que pinta. Com seus pés, suas pernas, seus ombros, sua respiração, com sua vida inteira a cada passo. O homem é pincel, e sua vida é tinta. Os traços de seus passos deixam pinturas.

Desenrolou várias.

— Estas aqui são chinesas, antiquíssimas. Aquelas são minhas. Porém não pinto mais.

Salagnon se agachou bem perto, acompanhava de quatro os rolos, tinha a impressão de não entender nada. Não se tratava exatamente de quadros nem exatamente do ato de ver, nem tampouco de compreender. Uma profusão de pequenos signos, ao mesmo tempo convencionais e figurativos, se agitavam infinitamente e isso provocava uma exaltação da alma, uma lufada de desejo pelo mundo, um impulso em direção à vida inteira. Como se ele visse música.

— O senhor fala do homem que pinta, mas não estou vendo ninguém. Não há silhueta, não há personagem. O senhor às vezes faz retratos?

— Não há homens? Meu rapaz, o senhor se engana e me surpreende. Tudo aqui é o homem.

— Tudo? Só vejo um.

Salagnon designou uma pequena figura envolta numa túnica pregueada, difícil de distinguir, galgando o primeiro terço da trilha, uma figura do tamanho da unha do dedo mindinho, prestes a desaparecer detrás de uma colina. O outro sorriu com um ar paciente.

— O senhor mostra certa ingenuidade, meu jovem amigo. Isso me diverte, mas não me espanta. O senhor acumula três ingenuidades: a da juventude, a do soldado, a do europeu. Permita-me sorrir, à sua custa, mas com benevolência, por vê-lo possuir assim tanto frescor: é o privilégio da minha idade. Não é porque o senhor não distingue nenhum corpo humano que esta pintura toda não mostra o homem. O senhor precisa ver o homem para constatar a presença do homem? Seria trivial, não?

"Neste país, não há nada que não seja humano. O povo é tudo, tenente Salagnon. Olhe à sua volta: tudo é o homem, mesmo a paisagem; sobretudo a paisagem. O povo é a totalidade do real. Senão, o país não passaria de lama, sem firmeza, sem existência, levada pelo rio Vermelho, trazida pelas ondas, diluída pelas monções. Um momento de desatenção, uma interrupção do labor perpétuo, e tudo volta à lama, cai no rio. Não existe outra coisa que não o homem: a terra, a riqueza, a beleza. O povo é tudo. Não é de espantar que o comunismo seja tão bem compreendido aqui: dizer que só as estruturas sociais são reais é aqui uma banalidade. Então a guerra se manifesta no homem: o campo de batalha é o homem, as munições são o homem, as distâncias e as quantidades se exprimem em passos de homem e em carga de homens. Massacre, terror, tortura não são mais que a maneira como a guerra se faz no homem."

Tornou a enrolar suas pinturas, fechou-as dentro das capas, refez com cuidado os laços de seda.

— Se quiser, venha me ver de novo. Eu lhe ensinarei a arte do pincel, já que o senhor parece ignorá-la. O senhor tem um certo talento, vi-o trabalhando, mas a arte é um estado mais sutil que o talento. Ela se situa além dele. Para se transformar em arte, o talento deve tomar consciência de si mesmo, e de seus limites, e ser imantado por uma finalidade, que o oriente numa direção indiscutível. Senão, o talento se agita; tagarela. Venha me ver de novo, será um prazer. Posso lhe indicar o caminho.

Durante toda a sua convalescença Salagnon voltou à casa do ancião, que o recebia com a mesma elegância, a mesma delicadeza de gestos, a mesma leveza precisa em todas as suas palavras. Mostrava seus rolos, contava as circunstâncias da sua pintura, lhe dava conselhos de uma forma ao mesmo tempo simples e misteriosa. Salagnon acreditou na amizade de ambos. Abriu-se a seu tio, com entusiasmo.

— Ele me recebe em casa, sou sempre esperado. Entro como se a casa fosse minha, e ele me mostra suas pinturas que mantém escondidas nos armários, e passamos horas conversando.

— Tome cuidado, Victorien.

— Por que eu desconfiaria de um velho, feliz de me mostrar o que sua civilização faz de melhor?

A ênfase fez o tio rir.

— Você se engana de cabo a rabo.

— A respeito do quê?

— De tudo. A amizade, a civilização, o prazer.

— Ele me recebe.

— Ele se envilece. E isso o diverte. É um nobre anamita; e um nobre anamita é mais arrogante ainda que um nobre da França. Podamos os aristocratas do nosso país, eles ficam um pouco vigilantes; aqui não. Para eles a palavra "igualdade" é intraduzível, a própria ideia os faz sorrir como uma vulgaridade de europeus. Aqui os nobres são deuses, e seus camponeses, cães. Diverte-os que os franceses afetem não ver isso. Eles sabem. Se ele te faz a honra de te receber para falar do seu passatempo de ocioso, é só porque isso o diverte, isso o distrai de relações mais elevadas. Ele te considera provavelmente como um cãozinho afetuoso que o tivesse seguido na rua. Se relacionar sem cerimônia com um oficial francês também é afetar uma modernidade que deve lhe servir, de uma maneira ou de outra. Conheço um pouco esse sujeito. É aparentado a esse cretino do Bao Dai, esse que querem sagrar imperador de uma Indochina de onde sairíamos sem deixá-la totalmente. Ele e seus semelhantes, os nobres de Aname, são indiferentes à aliança com a França. Contam os séculos como você as horas. A presença da França não passa de um resfriado da História. Nós passamos, eles assoam o nariz, permanecem; aproveitam para aprender outras línguas, ler outros livros, enriquecer-se de outras maneiras. Vá, aprenda a pintar, mas não creia muito na amizade. Nem no diálogo. Ele o despreza, mas você o diverte; faz você representar um papel numa peça de que você ignora tudo. Aproveite, aprenda, mas desconfie. Como ele sempre desconfia.

Quando Salagnon chegava, um velho criado, muito mais velho que seu patrão, seco e curvado, lhe abria a porta e o precedia nos cômodos vazios. O velho homem o esperava de pé, com um fino sorriso, os olhos muitas vezes dilatados, mas a mão direita bem firme para cumprimentá-lo à francesa. Salagnon percebeu que ele só utilizava a mão direita, para cumprimentar, para pintar, para atar os rolos, para levar aos lábios a tigelinha de chá. A esquerda ele nunca utilizava, guardava-a no bolso do seu elegante terno claro, dissimulava-a sob a mesa quando estava sentado, e apertava-a entre os joelhos. Ela tremia.

"— Ah, o senhor está aí! — dizia invariavelmente. — Estava pensando em si." E designava um novo rolo fechado, pousado na mesa comprida que mandara instalar no cômodo maior. Uma segunda poltrona de vime havia sido acrescentada à primeira, e uma mesa baixa entre as duas, onde estavam dispostos os instrumentos de pintura. No momento em que se instalavam para pintar, outro criado trazia uma chaleira fumegante, um rapaz bem mocinho, magro, com gestos de gato. Nunca erguia seu olhar selvagem, seus olhos baixos se moviam aos arrancos, furiosos, à direita e à esquerda. Seu patrão o via chegar com um sorriso indulgente, e nunca dizia nada quando ele servia desastradamente o chá, sempre derramando um pouco de água quente fora da tigela. O patrão agradecia com uma voz suave, e o mocinho se virava bruscamente, lançando à sua volta olhares malignos mas breves.

Depois de um suspiro do mestre começavam as lições da arte do pincel. Eles abriam o rolo antigo e o desenrolavam, apreciavam juntos a aparição da paisagem. Com a destra, o ancião esvaziava o estojo de seda num ritmo regular, e com a esquerda um pouco trêmula designava certos traços sem insistir, sua mão desajeitada dançava acima da pintura que crescia, sublinhando o ritmo vago da respiração, seguindo com tremores a respiração da tinta, que saía viva e fresca do rolo em que estava habitualmente contida. Às vezes a mesa não bastava para o comprimento da pintura, então eles recomeçavam várias vezes, enrolando novamente a base enquanto o topo continuava a aparecer. Andavam juntos por um caminho de tinta, ele lhe indicava os detalhes, a meias palavras, a meios gestos, e Salagnon apreciava com pequenos grunhidos, movimentos de cabeça; parecia-lhe agora compreender essa música silenciosa dos traços. Aprendia.

Fez sua tinta, demoradamente, esfregando um bastonete compacto numa pedra escavada, com uma gota d'água, e esses pequenos gestos repetidos o preparavam para pintar. Pintou num papel muito absorvente em que só se podia fazer um traço, uma só passagem imobilizada e sem volta, um só vestígio, definitivo. "Cada traço deve ser preciso, meu rapaz. Mas se não for, pouco importa. Faça que os seguintes o tornem preciso."

Salagnon segurava entre os dedos o irremediável. No início, aquilo o paralisava; depois, o libertou. Não era mais preciso voltar sobre as marcas passadas, sem recurso, elas estavam feitas. Mas as seguintes podiam melhorar sua precisão. O tempo corria; em vez de se preocupar com isso, bastava se inscrever nele firmemente. Ele dizia ao ancião o que compreendia no decorrer das lições, e este o ouvia com o mesmo sorriso paciente. "Compreenda, meu rapaz, compreenda. É sempre bom compreender. Mas pinte. A única pincelada é o caminho único da vida. O senhor tem de tomá-lo por si mesmo, para viver por si mesmo."

Aquilo acabou um dia, na hora costumeira, quando Salagnon se apresentou à porta, e ela estava entreaberta. Deu um puxão na sineta que servia para chamar os criados, mas ninguém apareceu. Entrou. Atravessou sozinho os grandes cômodos vazios até a sala de cerimônia consagrada à pintura. O armário laqueado de vermelho, as poltronas, a mesa sobressaíam na luz poeirenta da tarde como templos abandonados na floresta. O velho criado jazia atravessado na porta. Um buraco se abria em seu crânio, entre os olhos, mas dali quase não saía sangue. Seu corpo velho e seco não devia conter quase mais nenhum. Seu patrão estava à mesa de pintura, a testa caída sobre um rolo antigo definitivamente estragado. Sua nuca desaparecia num mingau sangrento, os instrumentos de pintura estavam derrubados, a tinta misturada com o sangue formava na mesa uma poça luzidia de um vermelho profundíssimo. Parecia dura; Salagnon não ousou tocá-la.

Não encontraram o jovem criado.

— Foi ele — afirmou Salagnon ao tio.

— Ou não.

— Não teria fugido.

— Aqui, o que quer que façam, fogem. Principalmente um jovem cujos arrimos desapareceram. Se a polícia o tivesse interrogado, ele teria sido inculpado. Eles sabem fazer a coisa muito bem. Com eles, qualquer um confessa; tudo. Nossa polícia colonial é a melhor do mundo. Ela encontra sistematicamente os culpados. Toda pessoa detida é culpada, e acaba confessando. Logo qualquer testemunha menor foge; e, assim, se torna culpada. Não tem saída. Na Indochina para arranjar um culpado o único trabalho que se tem é o de escolher; basta catá-lo, a rua está cheia deles. Você mesmo poderia ser um.

— Foi por minha causa que ele morreu?

— É possível. Mas não se superestime. Um nobre anamita tem numerosas razões para morrer. Todo mundo pode ter interesse em sua morte. Outros aristocratas, para dar um exemplo, para desencorajar as ocidentalizações chamativas demais; o Vietminh, para ampliar o fosso colonial, para que creiam que é irremediável; os comerciantes chineses, que traficam ópio e têm casas de jogo, com a bênção de Bao Dai, a nossa, a do Vietminh, porque todo mundo molha a mão; nossos serviços, para embaralhar as pistas e fazer crer que foram os outros, e para que depois eles se matem uns aos outros. E também pode ser seu jovem *boy*, por motivos pessoais. Mas ele próprio poderia estar sendo manipulado por todos esses que acabo de enumerar. E estes mesmos, manipulados pelos outros, e assim infinitamente. Você notou que na Indochina se morre depressa, por razões imprecisas. Mas se por um lado as razões são vagas, por outro sempre se morre claramente; é inclusive a única coisa clara neste maldito país. Chegamos a amá-la por causa disso.

— A Indochina?

— A morte.

Salagnon desenhava na rua. A quantidade de crianças em torno dele era inimaginável, elas berravam, piavam, pulavam no rio lá embaixo, corriam descalças pela estrada de terra. Passou uma fila de caminhões, levantando poeira, cuspindo um diesel negro, precedidos por duas motos que avançavam com um ronco de baixo de ópera, seus pilotos bem eretos com óculos grandes e capacetes de couro. Os meninos os seguiram correndo, eles sempre se movimentavam em bandos e, ao correr, seus pezinhos nus batendo na terra, debochavam dos soldados sentados na traseira dos caminhões, soldados cansados que lhes faziam sinais com a mão. Depois o comboio acelerou com estalidos metálicos, roncos de motor, espalhou atrás de si uma nuvem de poeira de terra amarela e as crianças se agitaram como um bando incalculável de estorninhos, se reunindo de novo, correndo em novas direções e mergulhando todos no rio. As crianças daqui são em número inimaginável, muito mais do que na França, elas parecem jorrar do solo tão fértil, parecem crescer e se multiplicar como os jacintos-d'água nos lagos imóveis. Felizmente aqui se morre depressa, senão o lago ficaria coberto deles; felizmente eles também se multiplicam depressa, porque se morre tanto que tudo ficaria despovoado. Como na selva, tudo cresce e tomba, morte e vida ao mesmo tempo, de um mesmo gesto. Salagnon desenhava crianças brincando à beira d'água. Desenhava-as com uma pincelada depurada, sem sombras, com um traço vibrante, elas se mexiam o tempo todo, acima do traço horizontal da superfície da água. À medida que nesse país ele se afundava na morte e no sangue, enviava a Eurydice desenhos cada vez mais delicados.

Quando o sol vermelho desaparecia a oeste, Hanói se agitava. Salagnon ia comer, pediu de novo uma sopa naquela noite — nunca na vida tomou tanta sopa. Em sua grande tigela, elas eram todo um mundo boiando num caldo perfumado, assim como a Indochina boia na água de seus rios e nos perfumes de carnes e de flores. Puseram à sua frente a tigela onde, entre legumes em cubos, o macarrão transparente e a carne em lamelas, havia uma pata de galinha com as unhas todas de fora. Agradeceu pela atenção: conheciam-no. À sua volta, os tonquineses comiam depressa com ruídos de aspiração, soldados franceses pediam mais cerveja e oficiais da aeronáutica, que haviam posto na mesa seu belo quepe com asas douradas, conversavam entre si e riam dos relatos que cada um, sucessivamente, fazia. Tinham-no convidado a juntar-se a eles, entre oficiais, mas ele havia declinado mostrando seu pincel e um caderno aberto numa página em branco. Eles o cumprimentaram com um ar compreensivo, voltaram à sua conversa. Salagnon preferia comer sozinho. Do lado de fora a agitação não diminuía, dentro os tonquineses se revezavam para comer, sempre depressa, e os franceses se atardavam à mesa, para beber e conversar. Uma senhora madura, de cabelos com permanente, trazia os pratos, os olhos pintados de azul e a boca bem vermelha. Ela descompunha sem parar a mocinha que fazia o serviço do bar com um vestido com fenda, sem abrir a boca, contorcendo-se como uma enguia para evitar os soldados, que tentavam pegá-la rindo. Ela levava cervejas à mesa sem nunca reduzir o passo, e Salagnon não sabia se a dona a mandava escapar das mãos dos soldados ou se deixar pegar por elas.

A luz se apagou. O ventilador que girava rangendo parou. Aquilo deflagrou um rastilho de palmas, risos e gritos falsamente assustados, todos pronunciados por vozes francesas. Do lado de fora o céu ainda luzia, e os lampiões a querosene pendurados nas lojinhas da rua proporcionavam luzes trêmulas. Tiros espocaram. Sem uma palavra, os tonquineses saíram todos juntos. As duas mulheres desapareceram, não se podia mais ouvi-las, e os franceses ficaram sozinhos na birosca. Calaram-se e começaram a se levantar, viam-se suas silhuetas e as chamas alaranjadas dos lampiões da rua se refletiam em seu rosto. Salagnon fora surpreendido com a tigela entre as mãos, tomando a sopa, quando a luz se apagou. Não ousou continuar, por medo de engolir na penumbra a pata de galinha com suas garras. Seus olhos se acostumaram. Um movimento de multidão avultou na rua. Houve um barulho de corre-corre, gritos, tiros. Um jovem vietnamita desgrenhado surgiu na sala. As chamas trêmulas o iluminavam de vermelho, ele brandia uma pistola e vasculhava as sombras com o olhar. Percebeu as camisas brancas ornadas de dourados e atirou nos oficiais da aeronáutica gritando: "Criminosos! Criminosos!" com um forte sotaque. Os oficiais caíram, atingidos, ou então se jogaram no chão. Ele permanecia na moldura da porta, pistola erguida. Voltou-se para Salagnon, que ainda estava sentado, tigela de sopa entre as mãos. Avançou, pistola apontando para o outro, vociferando alguma coisa em vietnamita. Foi a sua sorte, que o rapaz falasse em vez de atirar. Dois metros diante de Salagnon ele parou, olhos fixos, crispou os dedos, ergueu a arma, visava um ponto bem entre os olhos de Salagnon que segurava com as duas mãos a tigela da sopa sem saber direito para onde olhar, para a tigela e a pata que boiava, para os olhos, para a mão que o ameaçava, para o cano negro, e o vietnamita desabou no estrondo de uma rajada de metralhadora. Caiu de cara na mesa, que veio abaixo. Salagnon se levantou por reflexo, salvou sua tigela de sopa que continuava segurando com as duas mãos e perdeu seu frasco de tinta, que se quebrou. A luz voltou, e o ventilador pôs-se de novo a funcionar com seu rangido regular.

Na entrada, dois paraquedistas armados giravam lentamente, o corpo magro arqueado em torno de suas metralhadoras. Exploravam a sala com seus olhos de caçadores. Um deles virou com o pé o vietnamita abatido.

— Teve sorte, tenente. Um pouco mais, ele acertava no senhor uma bala à queima-roupa.

— É, acho que acertava mesmo. Obrigado.

— Mais sorte que nossos pilotos, em todo caso. Aqueles, sem as asas, estão mal parados.

Um dos oficiais da força aérea se levantava, a camisa manchada de sangue, e se inclinava sobre os outros, ainda no chão. O paraquedista revistava o vietnamita com uma mão hábil; tirou-lhe seu pingente, um buda de prata do tamanho de uma unha, pendurado num cordão de couro. Virou-se para Salagnon e atirou-lhe o adorno.

— Tome, tenente. Com isso era para ele ser imortal. Mas foi ao senhor que deu sorte. Fique com ele.

O cordão estava manchado de sangue, mas já seco. Não sabendo onde guardá-lo, Salagnon passou-o no pescoço. Terminou a sopa. Deixou a pata de galinha, garras de fora, no fundo da tigela. As duas mulheres não reapareceram. Foram embora todos juntos, levando mortos e feridos.

Comentários VI
Eu a via desde sempre, mas nunca teria ousado falar com ela

— E depois?
— Nada. As coisas seguiram seu curso sinistro por si mesmas. Sobrevivi a tudo; foi esse o principal acontecimento digno de ser relatado. Alguma coisa me protegia. As pessoas morriam ao meu redor, eu sobrevivia. O pequeno buda que não me deixava devia absorver toda a sorte disponível ao meu redor e comunicá-la a mim; os que se aproximavam de mim morriam, eu não.
— Olhe, eu ainda o tenho — me disse.
Abriu vários botões da camisa e me mostrou. Eu me inclinei, ele me mostrou seu peito magro semelhante a uma planície ressecada que se erode, onde outrora corriam rios. Os pelos grisalhos mal o cobriam, a carne se retirava, a pele se dobrava sobre os ossos que ela modelava molemente com pequenas dobras; isso formava uma rede fóssil, a dos rios de Marte onde nenhum líquido corre mais, porém embaixo, em profundidade, talvez ainda corra um pouco de sangue.
Na ponta de um cordão de couro que eu nunca havia percebido pendia um pequeno buda de prata. Estava sentado em lótus, seus joelhos despontavam sob sua túnica pregueada, ele erguia uma mão aberta; e com muita atenção podia-se adivinhar um sorriso. Ele fechava os olhos.
— O senhor sempre o usa?

— Nunca o tirei. Deixei-o como no primeiro dia. Olhe.

Ele me mostrou a ferrugem encrostada onde a estatueta tinha pregas: o pescoço, as pernas dobradas.

— Nunca o limpei. A prata não enferruja, é o sangue do outro. Guardo comigo a lembrança do dia da minha morte. Eu não deveria ter sobrevivido àquele momento, todo o resto da minha vida me foi dado a mais. Eu o guardo comigo, é um monumento aos mortos que eu levo, à memória dos que não tiveram sorte e à saúde dos que tiveram. Fosse troféu, eu o teria limpado; mas é um ex-voto, então eu o deixo como estava.

O cordão de couro luzia, encerado por décadas de suor. Também não deve tê-lo trocado, devia ser o couro de um búfalo negro que pastava na Indochina, nas profundezas do século precedente. Pode ser que isso tenha lhe dado um cheiro, mas eu não me aproximava o suficiente para sabê-lo. Tornou a pô-lo contra o peito e abotoou a camisa.

— Esse homenzinho com seus olhos fechados deve me servir de coração. Nunca ousei me afastar dele, pô-lo de lado por muito tempo, eu tinha medo de que alguma coisa se detivesse e que tudo verdadeiramente se acabasse. Ele é feito com a quantidade de metal exata para forjar uma bala, uma bala de prata dessas utilizadas contra os lobisomens, os vampiros, os seres maléficos que não são mortos pelos meios habituais. Então peguei essa bala que não me acertou, essa bala que tinha um bilhete em meu nome, e enquanto eu a tiver bem oculta, enquanto eu a apertar contra mim, ela não me atingirá. Ninguém viu esse buda, salvo Eurydice que me viu nu, salvo meus amigos paraquedistas que me viram de cueca ou debaixo do chuveiro, mas a esta altura estão mortos, e você. De toda essa história, só guardo essa morte que não tive.

— O senhor não trouxe nada, não guardou nada? objetos exóticos que lhe trouxessem lembranças?

— Nada. À parte um talismã e ferimentos. Não me resta nada daqueles vinte anos da minha vida; à parte essas pinturas, fiz tantas e tento me desfazer delas. O calor que fazia lá me curou do exotismo. E olhe que a Indochina era um senhor brechó, todo mundo esvaziava seu sótão, encontrava-se de tudo: armas americanas, sabres de oficiais japoneses, sandálias do Vietminh com sola de pneu Michelin, objetos chineses antigos, móveis franceses quebrados, tudo o que haviam levado para lá se tropicalizava. Não guardei nada. Deixei tudo, perdi tudo com o tempo; me tomaram, destruíram ou confiscaram, e o que podia restar, o que resta no sótão de um velho militar, como um quepe ou uma insígnia, uma medalha, às vezes uma arma, joguei fora. Não me resta nenhuma lembrança. Aqui nada mais tem a ver com isso.

Rodeados que estávamos de todos os objetos imbecis que decoravam o cômodo, que mostravam unicamente sua idiotice, que afirmavam visivelmente não estar ligados a nada mais que a eles mesmos, eu acreditava sem dificuldade nele.

— Só me resta isso, o buda de prata que acabo de te mostrar; e o pincel que ainda uso, comprei em Hanói seguindo os conselhos daquele que foi meu mestre. E uma foto. Só uma.

— Por quê?

— Não sei. O pequeno buda, eu não abandonei, nunca esteve mais longe que ao alcance da mão nos últimos cinquenta anos; o pincel, eu ainda uso; mas a foto ignoro por que continuo com ela. Talvez ela deva sua sobrevivência tão só ao acaso, porque alguma coisa tem de restar. Da massa de objetos que manipulei durante vinte anos, há alguns que escapam, um dia a gente os acha e se pergunta por quê.

"Poderia ter tomado a decisão de rasgá-la, jogá-la fora, mas nunca tive coragem. Essa foto eu guardei, ela superou todas as formas de desaparecimento e ainda está aí, como um vestígio banal que a gente se pergunta como pôde atravessar os séculos quando todo o resto desapareceu, uma pegada na areia, uma sandália estragada, um brinquedo de criança feito de barro. Há uma forma de acaso arqueológico que faz que certos vestígios, sem nenhuma razão, permaneçam."

Ele me mostrou uma foto de tamanho pequeno, metade menor do que um cartão-postal, com margem branca dentelada, como era uso então. Nessa pequena superfície se comprimiam pessoas de pé, diante do aparelho, em volta de uma grande máquina sobre lagartas. Não dava para enxergar grande coisa por causa do tamanho das silhuetas e dos cinzas pouco contrastados. Economizava-se o papel fotográfico e os produtos químicos, e os laboratoristas das cidadezinhas da Indochina eram amadores que trabalhavam às pressas.

— Não enxergar nada contribuiu para que eu a guardasse. Eu sempre me prometia reconhecer os que estavam nela, e contar os que restavam. De tanto esperar, isso tendeu a zero; não sobra mais que eu, acho. E talvez a máquina, uma grande carcaça a enferrujar na floresta. Você me achou?

Era difícil distinguir os rostos, eles não passavam de uma mancha cinzenta, na qual um escurecimento ínfimo figurava os olhos, e um ponto branco, o sorriso. Tinha dificuldade em reconhecer a engenhoca, sua torre não era as que vemos nos tanques, parecia sair dela apenas um cano curto. Detrás adivinhavam-se frondes confusas.

— A floresta do Tonquim; às vezes dizíamos a jângal, mas esta palavra desapareceu. Está me achando?

Reconheci-o enfim por sua estatura elevada, sua esbelteza, e por sua maneira triunfante de sustentar a cabeça, por seu porte de estandarte fincado no chão.

— Este aqui?

— É. A única imagem minha em vinte anos, e mal me reconhecem.

— Onde estava?

— Nesse momento? Em toda parte. Éramos a Reserva Geral. Íamos aonde as coisas iam mal. Tinham me lotado nela depois da minha convalescença. Necessitavam de homens em forma, de homens sortudos, de imortais. Nós só nos movimentávamos correndo, pulávamos em cima do inimigo. Nos chamavam: nós íamos.

"Aprendi a saltar de um avião. Não saltávamos muito, íamos principalmente a pé, mas saltar é um gesto intenso. Estávamos lívidos, mudos, enfileirados na carlinga do Dakota que vibrava e não ouvíamos nada além do motor. Esperávamos diante da porta aberta para o nada, pela qual penetravam horríveis correntes de ar, a barulheira das hélices, o desfile de diferentes variedades de verde, lá embaixo. E um a um saltávamos, dado o sinal, em cima do inimigo, lábios arreganhados, dentes luzindo de saliva, garras tensas, olhos vermelhos. Nós nos lançávamos num amontoado atroz, nós nos precipitávamos em cima deles depois de um voo rápido, uma queda em que não éramos nada mais que um corpo nu no vazio, as bochechas vibrando, o ventre contraído de medo e do desejo de combater.

"Não era só ser paraquedista. Éramos atletas, hoplitas, *bersekers*. Tínhamos de ficar acordados, saltar de noite, caminhar dias e dias, correr sem nunca reduzir o passo, combater, carregar armas pesadíssimas e mantê-las limpas, e ter sempre o braço firme o bastante para enfiar um punhal num ventre, ou carregar o ferido que precisava ser carregado.

"Embarcávamos em grandes aviões cansados, com um pacote de seda dobrado nas costas, voávamos sem dizer uma palavra e, chegando acima das florestas, de pântanos, de capinzais, que vemos de cima como nuances de verde mas que são outros tantos mundos diferentes, que carregam outros tantos sofrimentos particulares, perigos especiais, diferentes tipos de morte, saltávamos. Saltávamos em cima do inimigo oculto no capinzal, debaixo das árvores, na lama; saltávamos no dorso do inimigo para salvar o amigo pego numa armadilha, prestes a sucumbir, em seu posto sitiado, em sua coluna atacada, que tinha nos chamado. Não fazíamos outra coisa: salvar; chegar bem depressa, combater, nos salvar a nós mesmos depois. Permanecíamos limpos, tínhamos a consciência tranquila. Se essa guerra parecia suja, era só a lama: nós a fazíamos num país úmido. Os riscos que corríamos purificavam tudo. Salvávamos vidas, de certo modo. Só cuidávamos disso. Salvar; nos salvar; e, no meio-tempo, correr. Éramos máquinas magníficas, felinos e safos, éramos a infantaria ligeira aerotransportada, magra e atlética, morríamos facilmente. Assim permanecíamos limpos, nós, formidáveis máquinas de guerra do exército francês, os mais formidáveis homens de guerra que já houve."

Calou-se.

— Está vendo — prosseguiu —, há nos fascistas, além da pura brutalidade, que está ao alcance de todos, uma espécie de romantismo mortuário que lhes faz dizer adeus a toda vida no momento em que ela é mais forte, uma alegria sombria que lhes faz por exaltação desprezar a vida, a deles como a dos outros. Há nos fascistas um tornar-se-máquina melancólico que se exprime no menor gesto, na menor palavra, que se vê em seus olhos — eles têm um brilho metálico. Por isso, éramos fascistas. Pelo menos fingíamos ser. Aprendíamos a saltar por essa razão: para fazer a triagem, reconhecer os melhores de nós, rejeitar os que dariam nos calcanhares no momento do choque, para conservar apenas os que não se importam com a própria morte. Só conservar os que a encaram direto nos olhos, e avançam.

"Não fazíamos outra coisa além de combater, éramos soldados perdidos, e nos perder nos protegia do mal. Eu via um pouco mais, por causa da tinta. A tinta me escondia, a tinta me permitia me distanciar um pouco, enxergar um pouco melhor. Praticar a tinta era me sentar, me calar e enxergar em silêncio. Nossa estreiteza de vistas nos proporcionava uma incrível coesão, de que mais tarde ficamos órfãos. Vivíamos uma utopia de rapazes, ombro contra ombro; no amontoado, não havia mais que o ombro do vizinho, como na falange. Gostaríamos de viver assim, e que todos vivessem assim. A camaradagem sangrenta parecia resolver tudo."

Calou-se outra vez.

— Esta engenhoca sobre lagartas — estimulei-o a continuar —, também a mandavam de paraquedas com vocês?

— Aconteceu. Nos enviavam de paraquedas armas pesadas desmontadas, para estabelecermos campos fortificados na floresta, para atrair os viets e para que eles se empalassem em nossas estacas. Servíamos de isca. Eles não queriam nada tanto quanto destruir nossos batalhões de paraquedistas; não queríamos nada mais que destruir suas divisões regulares, as únicas que eram do nosso tamanho. A um contra cinco a favor deles, considerávamos o enfrentamento como de igual para igual. Brincávamos de esconde-esconde. Às vezes nos mandavam do céu essas máquinas grandonas. Nós as desplantávamos do chão, montávamos, elas enguiçavam. Naquele maldito país nada além de nós funcionava; o homem nu, que empunha uma arma.

— A forma da torre é esquisita.

— É um blindado lança-chamas. Um blindado americano recuperado da guerra do Pacífico, que servia para os ataques na praia; eles queimavam os bunkers de tronco de coqueiro que os japoneses haviam construído em todas as ilhas. Era fácil de fazer, troncos fibrosos, areia, blocos de coral bem duro, e aquilo resistia às balas e às bombas. Para destruí-los era preciso lançar chamas líquidas pelas seteiras e incendiar tudo lá dentro. Então podiam avançar.

— Vocês faziam a mesma coisa?

— O Vietminh não tinha bunkers; ou tinha tão bem escondidos que não os encontrávamos; ou então em lugares em que os blindados não iam.

— Para que serviam o blindado de vocês então? Vocês posam ao redor dele como se fosse o elefante predileto.

— Ele servia para nos transportar em seu lombo, e para queimar as aldeias. Só isso.

Fui eu que me calei dessa vez.

Lançaram na Indochina um estranho exército que tinha por única missão se virar. Um exército disparatado, comandado por aristocratas de antanho e resistentes perdidos, um exército feito de dejetos de várias nações da Europa, feito de jovens românticos e bem instruídos, de um apanhado de nulidades, de cretinos, e de canalhas, com muitos sujeitos normais que se encontravam numa situação tão anormal que se tornavam o que nunca teriam tido a oportunidade de se tornar. E todos posavam para a foto, em volta da máquina, e sorriam para o fotógrafo. Eram o exército heteróclito, o exército de Dario, o exército do Império, poderia ter sido empregado para mil usos. Mas a máquina tinha um modo operacional claro: incendiar. E aqui só o que havia para incendiar eram aldeias e seus casebres de palha e de madeira, com tudo o que havia dentro. A própria ferramenta impedia que a coisa ocorresse de outro modo.

A casa se incendiou com todos os que estavam dentro. Como se tratava de palha, tudo queimava bem. As folhas secas que formavam o teto se incendiaram, o fogo tomava a parede de bambu, tudo isso abrasou enfim os pilares de madeira e o assoalho, foi um ronco enorme que pôs fim a todos os gritos. Aquelas pessoas sempre gritam em sua língua que não é feita mais que de gritos, que parece imitar os ruídos da floresta, elas gritavam e o ronco do incêndio cobria seus gritos, e quando o fogo se acalmou, quando não restou mais que os pilares enegrecidos e o assoalho fumegante, não houve mais que um grande silêncio, estalos, brasas, e um cheiro repugnante de gordura queimada, de carne carbonizada, que pairou acima da clareira dias a fio.

— O senhor fez isso?
— Fiz. Víamos tantos mortos, empilhados, pilhas de mortos encavalados. Nós os enterrávamos a trator quando tudo acabava, a tomada da aldeia ou o embate com algum regimento viet. Não os víamos mais; eles nos importunavam com o cheiro, e nós tentávamos nos proteger enterrando tudo. Os mortos não eram mais que um elemento do problema, matar não era mais que uma maneira de fazer. Tínhamos a força, então com seu uso fazíamos estragos. Tentávamos sobreviver num país que se esquiva: não nos apoiávamos em nada, a não ser uns nos outros. A vegetação era urticante, o solo movediço, as pessoas fugidias. Eles não se pareciam conosco, não sabíamos nada. Praticávamos para sobreviver uma ética da selva: ficar juntos, prestar atenção onde púnhamos os pés, abrir a facão uma picada para nós, não dormir, atirar

assim que ouvíamos a presença de feras. A esse custo, consegue-se sair da selva. Mas o que deveríamos era não ter entrado.

— Quanto sangue — murmurei.

— Pois é. Foi mesmo um problema, o sangue. Tive sangue debaixo das unhas, durante dias na floresta, um sangue que não era o meu. Quando enfim tomava uma chuveirada, a água era marrom, depois vermelha. Uma água suja e sangrenta escorria de mim. Depois era água clara. Eu estava limpo.

— Uma chuveirada e pronto?

— Pelo menos uma chuveirada para continuar a viver. Sobrevivi a tudo; e não foi fácil. Você notou que são os sobreviventes que contam as guerras? A ouvi-los, você imagina que dá para se safar, que uma providência protege você e que você vê a morte de fora se abater sobre os outros. Chega-se a acreditar que morrer é um acidente raro. Nos lugares que frequentei morria-se facilmente. A Indochina em que vivi era um museu de maneiras de perder a vida: morria-se de uma bala na cabeça, de uma rajada no corpo, de uma perna arrancada por uma mina, de um estilhaço de obus que fazia um rasgão pelo qual você se esvaziava, moído fininho por um tiro de morteiro, esmagado na ferragem de um veículo tombado, queimado em seu abrigo por um projétil perfurante, furado por uma armadilha envenenada ou, mais simplesmente — muito embora seja misterioso —, de cansaço e de calor. Sobrevivi a tudo, mas não foi fácil. No fundo não foi tanto por mérito próprio. Apenas escapei de tudo; estou aqui. Creio que a tinta me ajudou. Ela me dissimulava.

"Mas agora é o fim. Mesmo que eu não acredite de verdade, vou desaparecer logo. Tudo isso que estou contando a você, não contei a ninguém. Os que viveram o mesmo que eu não precisam que eu lhes conte, e os que não viveram não querem ouvir; e a Eurydice contei pelos gestos. Pintei para ela. Mostrei a ela como era bonito, sem nada acrescentar, e estendi em torno dela uma tinta negra para que ela não desconfiasse de nada."

— Então, por que eu?

— Porque é o fim. E você, você vê através da tinta.

Eu não tinha certeza de ter compreendido o que ele me dizia. Não ousava lhe perguntar. De pé, ele olhava para fora, me dava as costas, não devia avistar pela janela outra coisa que as casas de Voracieux-les-Bredins enquadradas por espigões, na luz cinzenta de um inverno interminável.

— A morte — disse ele.

E disse aquilo com aquela voz francesa, aquela voz de igreja e de palácio, aquela voz que imagino tenha sido a de Bossuet, vibrante como uma palheta de fagote dentro do seu nariz, que produz quando ele fala com força uma nota desacentuada, mas terrível; a nota do estado de coisas que afirmamos, contra o qual não podemos nada, mas que clamamos. Porque é preciso continuar a viver.

— A morte! Que ela chegue enfim! Estou cansado desta imortalidade. Começo a achar esta solidão pesada. Mas não digo isso a Eurydice. Ela conta comigo.

Fiz a pé o caminho de volta a Lyon, um caminho que ninguém previu para uso de um pedestre. Eu cerrava os punhos nos bolsos do meu capote, me enrolava em volta dos meus dentes cerrados, avançava.

Não se previu que alguém pudesse caminhar em Voracieux-les-Bredins, ninguém caminha. Os programas imobiliários são limitados por uma zona nebulosa na qual o sujeito tropeça, e além dela não se pensa nada. Eu caminhava tenso, era como um ritmo, pequeno tambor do meu coração, tambor dos meus passos, grande tambor dos grandes prédios pousados ali, um a um, ao longo do meu itinerário. Eu atravessava áreas e caminhos concebidos para fluxos e tinha de passar por cima das muretas oblíquas, descer lances de terra em que os sapatos se afundam, em que matos aveludados molham a calça, tinha de pegar pequenas trilhas desmoronadas, cheias de lixo entre espaços mal rejuntados. No traçado do projeto, vai-se de carro, é fácil, mas na escala dos corpos os espaços se conglutinam molemente pelo suor dos passos, as pessoas passam apesar dos pesares, escorrem por sendas que o projeto não havia previsto. Nunca se pensou que alguém a pé pudesse ir de um lugar a outro. Em Voracieux-les-Bredins nada casa, foi concebida assim.

Atravessando essa cidade por trilhas de mula, vi o cartaz do GARFAR colado às dezenas em todas as extensões de parede. O urbanismo feito às pressas deixa uma multidão de paredes cegas, grandes quadros-cinza em que só falta escrever; eles convidam a isso, se ornam de pinturas a aerossol e cartazes que a chuva descola pouco a pouco. Este do GARFAR era azul com a cara de De Gaulle bem reconhecível, por seu nariz, seu quepe, seu bigodinho dos tempos de Londres, a rigidez arrogante da sua nuca. Uma longa citação se destacava em branco, valia a pena ser lida.

> *É bom que haja franceses amarelos, franceses negros, franceses morenos. Eles mostram que a França está aberta para todas as raças e que ela tem uma vocação universal. Mas contanto que permaneçam uma pequena minoria. Senão a França não seria mais a França. Somos afinal, antes de tudo, um povo europeu de raça branca, de cultura grega e latina e de religião cristã.*

Era só, assinado GARFAR, com a sigla. Pespegam-se essas palavras dando a entender que ele é que as escreveu, o romancista. Não se acrescenta nada, pespegam-nas em toda parte nas paredes cegas de Voracieux-les-Bredins. Isso parece bastar; eles se entendem. Voracieux é o lugar em que fermentam nossas ideias sombrias. Pespega-se um texto, superpõe-se esse texto a um rosto, tal como era em seu período heroico, e isso bastaria. Não se indica nenhuma referência. Conheço esse texto: o Romancista nunca o escreveu. Ele o disse, é verdade, publicaram-no nas transcrições das suas entrevistas. Começa assim: "Não podemos nos contentar com as palavras". E no entanto, elas contentam, como sabemos. Imagina-se ele diante do seu interlocutor que toma notas, ele se acalora, ele dispara: "Não venham com histórias! Os muçulmanos, vocês foram vê-los? Vocês os viram com seus turbantes e suas túnicas? Vocês veem muito bem que não são franceses. Os que pregam a integração têm um cérebro de colibri, mesmo se são grandes sábios. Tentem integrar azeite e vinagre. Agitem a garrafa. Passado um momento eles tornarão a se separar. Os árabes são árabes, os franceses são franceses. Vocês acham que o corpo francês pode absorver dez milhões de muçulmanos, que amanhã serão vinte milhões e depois de amanhã quarenta? Se fizéssemos a integração, se todos os árabes e os berberes da Argélia fossem considerados franceses, como vocês poderiam impedi-los de virem se instalar na metrópole, onde o nível de vida é muito mais elevado? Minha aldeia não se chamaria mais Colombey-les-Deux-Églises, mas Colombey-les-Deux-Mosquées*".

A gente ouve sua voz pronunciando estas palavras. Ouve porque a conhecemos: sua voz anasalada, seu entusiasmo de ironista, sua verve que utiliza

---

* Colombey das Duas Igrejas/ Colombey das Duas Mesquitas. (N. T.)

todos os níveis de língua para impressionar, seduzir, fazer sorrir, embaralhar as perspectivas e vencer a parada. Ele utiliza como um mestre os meios da retórica. Ele sempre é ouvido com prazer. Mas uma vez dissipado o sorriso, se tomarmos o cuidado de anotar, ficamos pasmos com tanta vagueza, má-fé, cegueira desdenhosa; e virtuosismo literário. O que parece ser uma visão clara, que encontraria o fundo sólido do bom senso, não passa de um palavrório de boteco, lançado para arrancar a aquiescência de quem ouve, confundir o pensamento, ficar com a palavra. O Romancista quando fala não passa de um homem animado pelas motivações mais banais. Ninguém é um grande homem em todas as circunstâncias, nem todos os dias.

Leiam! Albornozes, turbantes! O que isso tem a ver? Vejam quem mora em Argel, em Oran, são tão diferentes assim? Colibri? genial! espera-se um pardal e ele vem com o exótico cantante, a gente sorri, e ao sorrir já perdeu o controle. Azeite e vinagre? mas quem é azeite, quem é vinagre, e por que esses dois líquidos imiscíveis, quando o homem por definição se mistura infinitamente? Árabes e franceses? como se fosse possível comparar duas categorias cujas definições não são em nada equivalentes, como se elas fossem fundadas na natureza, ambas, definitivamente. Ele faz sorrir, ele é cheio de espírito, porque o gênio francês se caracteriza pelo espírito. O que é o espírito? São todas as vantagens da crença sem os inconvenientes da credulidade. É agir de acordo com as leis estritas da tolice, simulando não estar sendo tapeado. É encantador, é muitas vezes engraçado, mas pode-se achar isso pior que a tolice, porque rindo a gente acredita que dela escapa, mas não escapa, não. O espírito é apenas uma maneira de dissimular a ignorância. Quarenta milhões, diz ele, quarenta milhões de outros, tantos quantos nós, concebidos muito mais depressa do que nós nos concebemos, um permanente atentado à bomba demográfico; não é acaso o temor perpétuo que se exprime aí, o temor de sempre, de que o outro, o outro, o outro tenha a verdadeira força, a única: sexual?

Ele se contenta fartamente com palavras, o Romancista. Ele utiliza as que brilham e as joga para nós, nós as recolhemos como um tesouro, e é moeda falsa. Se falamos de semelhança, sempre somos entendidos, a tal ponto a semelhança é nosso primeiro modo de pensamento. A raça é um pensamento inconsistente, que repousa sobre nossa avidez desmesurada de semelhança; e que aspira a justificações teóricas que não encontrará, porque elas não existem. Tanto faz, porém, o importante é dar a entender. A raça é um peido do corpo social, a manifestação muda de um corpo doente da sua digestão; a raça é para divertir a galeria, para ocupar as pessoas com sua identidade, esse troço indefinível que a gente faz força para definir; não conseguimos, então isso nos ocupa. O objetivo do GARFAR não é fazer uma triagem dos cidadãos de acordo com a sua pigmentação, o objetivo do GARFAR é a ilegalidade. Eles sonham com o uso estúpido e desenfreado da força, de maneira que os mais dignos finalmente não tenham mais nada que os contenha. E por trás, embaixo, na escuridão dos bastidores, enquanto o público aplaude o teatro de marionetes racial, entram em cena as verdadeiras questões, que são sempre sociais. Foi assim que se fizeram engabelar, sem desconfiar de nada, os que acreditaram inabalavelmente, até o fim, no código de cor da colônia. Os *pieds-noirs* foram em pequena escala o que a França é agora, a França inteira, a França apavorada, contaminada em sua língua mesma pela podridão colonial. Sentimos que nos falta alguma coisa. Os franceses a procuram, o GARFAR simula procurá-la, nós a procuramos, nossa força perdida; gostaríamos tanto de exercê-la.

Eu caminhava, curvado. Não sabia direito onde estava. Ia vagamente para oeste, via ao longe os montes do maciço lionês e do Pilat, ainda bem que aqui tem montanhas para a gente saber onde está indo. No vasto subúrbio não sei onde estou, não sei quando se está. É a vantagem e o inconveniente de viver sozinho, de trabalhar pouco, de pertencer assim a si mesmo. A gente é remetido a si mesmo; e si mesmo não é nada.

Cheguei a um lugar cercado onde um bando de crianças se agitava em torno de brinquedos de balançar e de trepar. Deviam ser, portanto, umas cinco horas, e aquele prédio achatado com uma grande porta devia ser uma escola. As crianças obedecem a migrações regulares. Fui me sentar perto delas, num banco que as mães haviam deixado livre. Sentado, punhos cerrados no bolso, gola levantada, era visível que eu não havia levado ali nenhuma criança. Vigiaram-me. As crianças, agasalhadas com blusões de penas, trepavam nas escadas dos escorregadores, corriam umas atrás das outras, pulavam em balanços de mola, sempre aos berros, e ninguém se machucava. A vitalidade das crianças as protege de tudo. Quando caem, o impacto é fraco, e logo se levantam; já eu, se caísse, quebrava alguma coisa.

Que elas se agitassem me exasperava, e que produzissem ao meu redor tamanha barulheira. Não me pareço com elas. São incontáveis, sempre em movimento, as crianças de Voracieux-les-Bredins, negras e morenas debaixo de seus gorros, acima das suas echarpes, várias nuances de preto e de moreno, nenhuma das quais a minha, tão clara. Fazem as cabriolas mais perigosas, nunca lhes acontece nada, a vitalidade dela as protege, recuperam a forma depois de cada queda. Elas são o cimento que prolifera e repara por si só a casa comum toda rachada. Não é a cor certa. Então digamos que se refaça a pintura da casa. Precisamos sobretudo de um teto, e que ele não venha abaixo, para nos proteger e nos conter. A pintura das paredes não altera em nada a solidez do teto. Basta que ele aguente firme.

Em que se pareciam comigo essas crianças negras e morenas que se agitavam aos berros nos balanços de mola? Em que se parecem comigo aqueles que são o meu futuro, eu lá envolto num capote de inverno e sentado num banco? Em nada *visivelmente*, mas nós bebemos um dia o mesmo leite da língua. Somos irmãos de língua, e o que se diz nessa língua nós ouvimos um dia juntos; o que se murmura nessa língua nós entendemos um dia, todos, antes mesmo de ouvi-lo. Até no xingamento, nós nos entendemos. É maravilhosa esta expressão que diz: nós nos entendemos. Ela descreve um entrelaçamento íntimo em que cada um é uma parte do outro, figura impossível de representar, mas que é evidente do ponto de vista da língua: estamos entrelaçados pelo entendimento íntimo da língua. Nem mesmo o enfrentamento destrói esse laço. Tente bater boca com um estrangeiro: nunca é mais do que se chocar contra uma pedra. É só com um dos seus que se pode de fato brigar, e se matar; entre si.

Não entendo nada de criança. Tinha passado meses pintando com um homem que me relatava coisas tais que eu tinha de voltar para casa a pé para secar. Eu devia me lavar depois de ouvi-lo, preferiria não ouvir nada. Mas não ouvir nada não faz desaparecer: o que está presente age no silêncio, como uma gravitação.

Também fui criança, mesmo que me seja difícil agora me lembrar disso. Também gritei, sem outro motivo além da minha vitalidade, também me agitei sem nenhum objetivo, me diverti, o que é o ato essencial da infância com sua estranha forma pronominal. Mas sentado como estou agora, punhos cerrados, ombros curvos, a gola do capote de inverno que dissimula meu queixo abaixado, é difícil eu me lembrar. Estou paralisado neste momento do tempo, sentado num banco, no subúrbio sem direção. Este o fracasso, esta a desgraça: estar paralisado neste momento do tempo. Estar apavorado com o que foi feito, ter medo do que se arma, estar irritado com o que se agita, e ficar aqui; e pensar que aqui é tudo.

Um garotinho que corria — eles todos só se movimentam correndo — parou diante de mim. Olhava para mim, seu narizinho sobressaía da sua echarpe, cachos negros escapavam do seu gorro, seus olhos negros brilhavam com uma grande candura. Com a mão enfiada numa luva baixou a echarpe, liberou a boquinha de que saíram vapores brancos, sua respiração de criança no ar frio.

— Por que você está triste?
— Estou pensando na morte. Em todos os mortos deixados para trás.

Ele olhou para mim, sacudiu a cabeça, boca aberta, e os vapores da sua respiração o rodeavam.

— Você não pode viver se não pensar na morte.

E voltou correndo para brincar, berrar com os outros nos balanços de mola, correr todos juntos nos tapetes de borracha que tornam todos os tombos insignificantes.

Merda. Ele não deve ter mais de quatro anos e acaba de me dizer isso. Não tenho certeza de que ele teve a intenção de dizer, não tenho certeza de que ele compreende o que diz, mas disse, pronunciou na minha frente. A criança talvez não fale, mas diz; a palavra passa através da criança sem que ela perceba. Pelas virtudes da língua, nós nos compreendemos. Entrelaçados.

Então me levantei e prossegui. Não cerrava mais os punhos, alguma coisa do tempo tinha se posto novamente em movimento. Voltei a pé para casa, as luzes se acendiam à minha passagem, as ruas aqui eram mais bem traçadas, as fachadas mais bem alinhadas, eu estava em Lyon, numa cidade como meus pensamentos que enfim se ordenavam. Eu ia tranquilamente para o centro.

Também fui criança; e como muitas outras daquela época, eu morava numa estante. As pessoas eram dispostas em parques, em grandes estantes de concreto claro, estreitos prédios altos e compridos. Na estrutura ortogonal os apartamentos se alinhavam como livros, davam para os dois lados do bloco, janelas na face da frente, sacadas na face dos fundos, como os alvéolos de um favo. Pela sacada dos fundos, cada morador exibia o que bem entendesse. Do gramado central, da vastidão do estacionamento, viam-se todos os andares, as sacadas que deixavam adivinhar alguma coisa, como o título dos livros que vemos em sua lombada quando estão alinhados na estante. Dava para se debruçar, ver passar; estender a roupa mais tempo que o necessário; xingar-se; brigar por causa das crianças; sentar; sentar e ler; pôr uma cadeira, uma mesinha minúscula e fazer alguns trabalhos; trabalhos domésticos, selecionar legumes, remendar meias, trabalhos por empreitada para pequenas indústrias. Vivíamos todas as classes misturadas ante o olhar uns dos outros. Cada um se divertia vendo a vida das sacadas, mas cultivava um desejo de fuga. Cada um aspirava a enriquecer bastante para comprar sua casa, construí-la e viver sozinho. Aconteceu com muitos. Mas naqueles anos em que eu era criança, ainda vivíamos juntos, classes misturadas, numa idade de ouro dos conjuntos habitacionais logo depois da sua construção. Eram novos, tínhamos bastante espaço. Da minha altura de criança, do gramado central plantado com um cipreste onde brincávamos, eu via se erguerem ao meu redor as estantes da experiência humana; ali se dispunham todas as idades, todas as condições de riqueza — de modesta a média —, todas as configurações familiares. Eu os via em câmera baixa, da minha estatura de criança, todos juntos na cabine do elevador social. Mas todos já pensavam em comprar e construir, em viver sozinhos num canto de paisagem isolado por uma cerca viva de tuias.

Brincávamos. As áreas asfaltadas entre os carros se prestavam para os patins. Jogávamos hóquei com uma bola de pingue-pongue e um taco feito de duas tábuas pregadas. Púnhamos em nossas bicicletas tirinhas de cartão para imitar o barulho das mobiletes. Brincávamos no entulho das obras nunca terminadas, obras sempre em andamento que deixavam montes de terra removida, montes de areia em cima de lonas, montes de tábuas com crostas de cimento, andaimes nos quais trepávamos pelas cordas de cânhamo utilizadas para subir baldes, e as compridas pranchas elásticas nos projetavam no ar quando pulávamos. Oh, como se construiu naqueles anos! Nós mesmos éramos construções em andamento. Só se fazia isso: construir; demolir; reconstruir; cavar e recobrir; modificar. Os magnatas da construção eram donos do mundo, senhores todo-poderosos da paisagem, da habitação, do pensamento.

Se compararmos o que era e o que se vê hoje, não reconheceremos nada. Prédios se erguiam em toda parte para alojar todas aquelas pessoas que iam viver lá. Construíam depressa, terminavam depressa, punham o teto o mais rápido possível. Nesses prédios não eram projetados sótãos, só porões. Não havia nenhum pensamento claro, nenhuma lembrança a guardar, só terrores escondidos. Brincávamos na rede dos porões enterrados, nos corredores de pedra bruta, no chão de terra batida, macia e fria como a pele dos mortos, nos corredores iluminados com lâmpadas nuas protegidas por uma grade, cuja luz crua parecia não ir longe, se detinha depressa, luz assustada com a sombra, não ousando clarear os cantos, que deixava escuros. Brincávamos brincadeiras de guerra no porão, nem muito violentas, nem muito sexuais; éramos crianças. Deslizávamos na escuridão e atirávamos com metralhadoras de plástico, que matraqueiam, e pistolas de polietileno mole cujo suposto barulho imitávamos enchendo as bochechas cada qual do seu jeito. Eu me lembro de ter sido capturado no porão e de ter fingido ter sido amarrado, e eles fingiram me interrogar, eles fingiram me torturar pedindo que eu falasse, eles, quer dizer, a brincadeira, e levei um tapa que estalou na minha cara.

Paramos bruscamente de brincar, corando; estávamos todos muito excitados, febris, a respiração acelerada, a testa pelando. Aquilo estava indo longe demais. Minha bochecha ardendo mostrava que aquilo estava indo longe demais. Gaguejamos que a brincadeira havia terminado, que tínhamos de ir para casa. Subimos todos para casa, para o ar livre; subimos para as estantes.

Éramos crianças, não sabíamos dizer nada, nem da violência nem do amor, fazíamos sem saber. Não tínhamos a palavra. Agíamos.

Uma noite de verão cismamos de desenhar a giz grandes corações flechados no chão de asfalto. Nós os fazíamos cor-de-rosa, entrelaçados, rodeados de rendas, e escrevíamos no meio todos os nomes que nos passavam pela cabeça, rabiscávamos um de cada vez, com obstinação, com uma alegre obstinação que quebrava o giz, com a deliciosa impressão de escrever palavrões amáveis, e se um dos nossos pais houvesse chegado, teríamos nos dispersado corando e soltando risinhos agudos, mãos cheias de pó de giz, incapazes de explicar nem nossa alegria nem nosso mal-estar. Fizemos esses desenhos num entardecer de verão, bem debaixo de uma sacada do primeiro andar, a um metro do solo, onde um jovem casal acabava de se instalar. A nuvem de garotos traçava diante da sacada do casalzinho corações entrelaçados, o céu passava lentamente do rosa para o violeta, o ar estava ameno, feliz, e eles nos viam brincar abraçados, a cabeça dela no ombro dele; sorriam sem dizer nada, e a luz azul do entardecer se adensava lentamente.

Brincávamos, brincávamos obstinadamente; compartilhávamos com os mais velhos a paixão pelas obras públicas e organizávamos todos os dias canteiros de obra em miniatura. Lavrávamos a terra móvel de modo a obter terrenos planos para bolinhas de gude, pistas de corrida de ciclistas de chumbo, para que nossos carrinhos Majorette circulassem livremente. Começávamos com pequenos tratores com lâmina de metal que faziam parte de nossos brinquedos, mas isso logo passava a ser pouco. Cavávamos com pedaços de pau quebrados, com pás de praia, com pequenos ancinhos e baldinhos de plástico que levávamos para a praia, aonde quer que houvesse areia para cavar. Aqui cavamos a terra em que eram construídas nossas casas; e logo o cheiro começou a se propagar.

Os três blocos do conjunto haviam sido construídos num terreno em declive, que fora terraplenado em três lugares para fincar as grandes estantes em que se alinhavam os apartamentos. O estacionamento formava um plano inclinado bem liso, ótimo para nossas brincadeiras de patins, e a avenida que saía dali para ir à cidade formava uma pequena ladeira, margeada por um muro de cimento com a parte de cima plana, que tinha pelo menos dois metros na sua extremidade mais distal — o que estava fora do nosso alcance — e se fundia na horizontal com sua outra extremidade, onde morávamos. Esse muro de cimento perfeitamente regular desempenhava um grande papel em nossas brincadeiras. Era uma maravilhosa autoestrada, o lugar com maior pista de rolamento de todo o conjunto, adaptado ao minúsculo trânsito de carrinhos Majorette. Todos os dias os garotinhos, numerosos, faziam seus carros e seus caminhões rodarem com um zumbido de lábios, indo e vindo, dando meia-volta na extremidade, onde o muro se fundia ao asfalto do solo, depois onde ele era alto demais para que pudéssemos continuar a empurrar o carrinho em seu topo. Os maiores davam meia-volta mais longe.

Esse muro, construído no declive, sustentava um talude terroso ainda não plantado, que era a terra virgem de todos os nossos canteiros de obras. O mato não conseguia se manter nele porque cavávamos sem parar, ruas, garagens, pistas de aterrissagem ao longo da autoestrada por onde fluía o trânsito contínuo das miniaturas, que só se interrompia na hora das refeições principais e do lanche. Um dia de efervescência, uma tarde de verão em que a noite hesitava em cair, cavamos mais, éramos muitos com pás, baldes, pedaços de pau, querendo fazer um buraco. O cheiro nos excitava. Quanto mais cavávamos, mais fedia. Uma nuvem de crianças se agitava no talude, acima do muro em que estavam agora estacionados os carrinhos imóveis, porque ninguém mais pensava em empurrá-los. Os maiores, os mais despachados cavavam, escavavam a terra misturada com raízes, evacuavam a terra removida com ar importante, alguns se improvisavam mestres de obras e organizavam a rotação dos baldes. A maioria não tocava em nada, iam e vinham, superexcitados, o nariz franzido, soltando gritos de nojo, e repetindo os gritos tremendo com todos os seus membros. O cheiro saía do chão, como um lençol mefítico que teríamos furado e que se espalhava, pesado, pegajoso, mais intenso onde se cavava. Encontramos dentes. Dentes visivelmente humanos, exatamente iguais aos que tínhamos na boca. E depois fragmentos de ossos. Um adulto se distraía nos vendo em ação; outro olhava pela janela da cozinha. O cheiro ignóbil não os atingia; ficava no chão. Não nos levavam a sério, acreditando se tratar de uma brincadeira, mas nós já não tínhamos a impressão de brincar. O cheiro ignóbil nos provava que tocávamos a realidade. Fedia tanto que tínhamos certeza de fazer algo verdadeiro. Os fragmentos de ossos e de dentes se multiplicavam. Um garoto maior pegou uns, levou para casa e voltou. "Meu pai disse que é um túmulo. Disse que antes era um cemitério. Construíram em cima. Ele me disse que isso era nojento e que era pra gente tapar tudo de novo; pra não tocar em nada."

Anoitecia enfim, o grupo lentamente se desfazia, a fedentina subia até nossos joelhos, nós a sentíamos ao nos agachar. Não passávamos de alguns, indecisos. A fedentina não se dissolvia no frescor da noite. Com o pé, tapamos o buraco. "Venham lavar as mãos, crianças. É nojento isso tudo." O adulto que nos observava sorrindo tinha ficado até o fim. Tinha se aproximado, se agachado, acompanhava nossos gestos sem dizer nada, sempre sorrindo. Só falou com a gente quando começamos a ir embora. "Venham, eu moro bem ali, no térreo. Vocês têm de lavar as mãos, é nojento." Ele tinha um sorriso permanente e uma voz infantil, um pouco aguda, que criava um vínculo conosco, o que nos inquietava um pouco. Insistiu. Três de nós o seguiram. Morava no térreo, primeira porta ao entrar. Todas as suas janelas estavam fechadas. Não tinha um cheiro muito bom lá dentro. Ele fechou a porta depois que entramos, bateu-a com um pequeno rufar metálico, falava sem parar. "Esse cheiro é horrível, eu o reconheço, a gente sempre o reconhece quando o sente uma vez, é o cheiro das valas comuns, das valas comuns quando a gente as abre, depois. Vocês têm de lavar as mãos. Muito bem lavadas. Já. E o rosto também. É mesmo um nojo, a terra que fede, os pedaços dentro, os ossos; isso causa doenças."

Atravessamos uma sala mal iluminada, entulhada de objetos difíceis de identificar, uma estante envidraçada que brilhava, um fuzil pendurado na parede, uma faca em sua bainha suspensa num prego, debaixo de um pedaço de couro absurdamente alfinetado no papel de parede.

O banheiro era pequeno, a três na pia nós nos atrapalhávamos, a luz crua acima dos espelhos nos assustava, nós o víamos sorrir por cima das nossas cabeças e seus lábios se torcerem ao falar, descobrindo seus dentes sujos que não nos agradavam. No banheiro pequenino ele roçava na gente para passar o sabonete, abrir a torneira. Sufocávamos. Lavamo-nos depressa, estávamos loucos para ir embora. "— Temos de ir pra casa, já está escuro — disse enfim o que ousou interrompê-lo. — Já? Bom, se vocês quiserem..." Passamos de novo pela sala escura, apertados uns contra os outros como se batêssemos em retirada. Tirou o fuzil da parede e estendeu-o a mim. "— Quer segurá-lo? É de verdade, foi utilizado e tudo. Um fuzil de guerra." Nenhum de nós estendeu as mãos, nós as mantínhamos ao longo do corpo, fazíamos força para que nada se destacasse dele. "— Meu pai não quer que eu toque em armas — disse um deles. — Pena. Ele se engana." Pendurou a arma de volta, suspirando. Acariciou o pedaço de couro alfinetado na parede. Despendurou a faca, tirou-a da bainha, olhou para a lâmina cheia de crostas e guardou-a também. Rumamos para a porta. Ele abriu a estante de vidro e tirou um objeto negro que também nos mostrou. "— Peguem." Ele se aproximou. "— Peguem. Peguem na mão. Digam o que é." Sem pegá-lo, reconhecemos um osso. Um grande osso de coxa, quebrado, com sua extremidade bulbosa bem reconhecível, envolta em carne totalmente ressecada que parecia carbonizada. "— Peguem, peguem. — O que é isto? Um pedaço de churrasco? Seu cachorro não quis?" Seu gesto ficou suspenso, calou-se, olhou fixamente. "— O senhor não tem cachorro? — Cachorro? Ah, claro, eu tinha um cachorro. Mas eles o mataram. Degolaram meu cachorro." Sua voz se alterava, e isso nos meteu medo no escuro. O pedaço de couro absurdamente preso na parede refletia uma luz rosada desagradável. Giramos nos calcanhares, nos precipitamos para a porta. Estava trancada, mas era só a ferrolho. "— Até logo, senhor, obrigado!" Era só a ferrolho, bastava girá-lo, e nos vimos do lado de fora. O ar estava arroxeado, os lampadários acesos, o estacionamento vazio, e nunca como naquele momento tive a sensação de vastos espaços, de campo aberto, a impressão do ar livre. Sem nos olhar nos dispersamos, corremos cada qual para o prédio em que morávamos. Desci às carreiras o talude terroso, a terra que tínhamos posto de volta em seu lugar cedia a meus pés, eu afundava. Nós a tínhamos revolvido, estava cheia de ossos e de dentes. Pulei o muro de concreto, cheguei ao asfalto; corri. Subi a escada de três em três, os passos mais compridos que minhas pernas podiam dar. Entrei em casa.

Nunca mais cavamos tão fundo, permanecíamos na superfície, nos contentamos com obras superficiais ao longo da pequena autoestrada. As maiores escavações praticamos em outros lugares, longe. Cresci sobre um cemitério oculto; quando se escavava o chão, ele fedia. Mais tarde me confirmaram: morávamos em cima de um cemitério abandonado. As pessoas de idade madura se lembravam. Haviam aterrado, construído. Só restava o grande cipreste do gramado central, em torno do qual brincávamos sem saber de nada.

Eu me pergunto agora se havia assassinos nas estantes em que vivíamos. Não posso afirmar que sim, mas as estatísticas respondem. Todos os homens entre vinte e cinco e trinta e cinco anos na época daquele conjunto habitacional feliz, todos os amigos dos meus pais tiveram a oportunidade de sê-lo. Todos. A oportunidade. Dois milhões e meio de ex-soldados, dois milhões de argelinos expatriados, um milhão de *pieds-noirs* escorraçados, um décimo da população do que agora é a França, marcada diretamente pela infâmia colonial, e isso é contagioso, pelo contato e pela palavra. Entre os pais dos meus amigos, entre os amigos dos meus pais, devia haver algum manchado por ela, e pelas virtudes secretas da língua todos estavam sujos. Só se pronunciava a palavra "argelino" após uma hesitação ínfima, mas sensível ao ouvido, porque o ouvido percebe as menores modulações. Não se sabia como chamá-los, então se faziam caras e bocas, se preferia não dizer nada. A gente não os via; a gente não via ninguém a não ser eles. Não havia palavra que lhes conviesse, então eles iam sem nome, eles nos assombravam, palavra bem na ponta da língua, e a língua mil vezes tentava encontrá-la. Mesmo "argelino", que parece neutro, pois designa os cidadãos da República argelina, não convinha porque designou outros cidadãos. O francês é uma presa de guerra, dizia um escritor que escrevia nessa língua, e tinha toda a razão, mas o nome deles, argelino, também o é, um despojo arrancado de que ainda se vê o sangue, os coágulos secos ainda presos no couro, eles habitam um nome, como há quem habite o centro de Argel nos apartamentos esvaziados de seus habitantes. Não se sabe mais o que dizer. A palavra "árabe" está suja pelos que a dizem, "indígena" não tem outro sentido além do etnológico, "muçulmano" põe em evidência o que não tem de ser posto, utilizou-se toda a enfiada de palavrões trazidos de lá, inventou-se a palavra "cinzento" para designar aqueles que a gente não qualifica, recomendou-se o termo "magrebinos", que a gente dizia sem acreditar, como o nome das flores em latim. A podridão colonial corroía nossa língua; quando empreendíamos escavá-la, ela fedia.

As janelas do térreo continuaram fechadas, que eu me lembre, e nunca mais voltei a ver o homem de voz infantil, que nunca soubemos em que podia se transformar, porque fomos embora. Com meus pais, depois, fui morar no campo, um pedaço de paisagem recortado por uma cerca viva; sozinhos. Empoleirados num morro, detrás de muralhas de folhas, podíamos ver quem chegava.

Nessa cavalgada horrífica que durou vinte anos, vinte anos sem interrupção da mesma coisa, a função de cada guerra era esponjar a precedente. Para fazer tábua rasa à saída do festim de sangue, era preciso passar a esponja, que se recolhessem os restos do banquete, que se pudesse novamente pôr a mesa e comer juntos. Durante vinte anos, as guerras se sucederam, e cada uma apagava a precedente, os assassinos de cada uma desapareciam na seguinte. Porque assassinos elas produziam, cada uma dessas guerras, a partir de pessoas que nunca teriam levantado a mão contra seu cachorro, ou sequer sonhavam bater nele, e entregava-se a elas uma multidão de homens nus e amarrados, fazia-se com que reinassem sobre rebanhos de homens amputados pelo fato colonial, massas cujo número não se conhecia e de que se podia abater uma parte para preservar o resto, como se faz nos rebanhos para prevenir as epizootias. Os que haviam tomado gosto pelo sangue desapareciam na guerra seguinte. Os sanguinários e os loucos, os que a guerra utilizou, e sobretudo os que a guerra produziu, todos os que nunca teriam pensado em machucar alguém e que no entanto se banhavam de sangue, todo esse estoque de homens de guerra, bem, era escoado como excedentes, como os excedentes de armas fabricadas em demasia, e isso era encontrado nas guerras sujas de baixa intensidade, nos atentados crapulosos ou terroristas, entre os criminosos. Mas e o resto? Aonde foi parar o excedente humano da última das nossas guerras?

Dada a minha idade eu talvez tenha convivido com eles na minha infância, na escola, na rua, na escada do meu prédio. Adultos que eram pais dos meus amigos, amigos dos meus pais, todos pessoas adoráveis que me beijavam, me levantavam do chão, me pegavam no colo, me serviam à mesa, talvez com essas mesmas mãos houvessem atirado, degolado, afogado, dado choques elétricos que arrancavam berros. Talvez os ouvidos que escutavam nossas vozes de crianças tenham ouvido berros ignóbeis, quando o grito do homem faz com que ele degringole através de toda a evolução, grito de criança, de cachorro, de macaco, de réptil, suspiro de peixe sufocado e enfim estalos viscosos do verme que a gente esmaga; talvez eu tenha vivido num pesadelo em que só eu dormia. Vivi entre fantasmas, não os ouvia, cada um retraído em sua dor. Onde estavam aqueles a quem haviam ensinado a fazer isso? Quando finalmente paramos de combater, como fizemos para esponjar os assassinos da última das nossas guerras? Fez-se uma vaga limpeza, eles voltaram para casa. A violência é uma função natural, ninguém é privado dela, ela está encerrada dentro da gente; mas se lhe dão rédeas largas ela se propaga, e quando se abre a caixa em que estava a mola, não se pode mais comprimi-la para fechar a caixa. Que fim levaram todos aqueles cujas mãos foram manchadas de sangue? Devia haver alguns deles em torno de mim, dispostos em silêncio nas estantes de concreto em que passei minha infância. Os que a violência marcou incomodam, porque são numerosos, e não houve nada para esponjá-los salvo os movimentos de ressentimento nacional.

— Eu? — me disse Victorien Salagnon. — Eu desenho, para Eurydice. Isso me poupa o ressentimento.

E ele me ensinava a pintar. Eu ia visitá-lo, regularmente. Ele me ensinava a arte do pincel, que ele possuía espontaneamente e cuja imensidão entrevira com um mestre. Em sua casinha de subúrbio horrivelmente decorada ele me ensinava a arte mais sutil, tão sutil que mal necessita de um suporte; basta a respiração.

Eu ia a Voracieux de metrô, ônibus, ia até o fim da linha, era longe; eu tinha todo o meu tempo. Via desfilar a paisagem urbana, os espigões e os blocos, as casas antigas, as grandes árvores deixadas ali por acaso, as pequenas árvores plantadas em linha, os galpões fechados que são a forma moderna da fábrica e os shopping centers cercados por um estacionamento tão grande que mal dá para distinguir as pessoas a pé do outro lado. Em silêncio detrás da janela do ônibus eu ia aprender a pintar. A paisagem mudava, o subúrbio é sem cessar reconstruído, nada se conserva lá a não ser por esquecimento. Eu sonhava, pensava na arte de pintar, via as formas flutuarem na janela do ônibus. Percebi então policiais municipais esbeltos, as ancas cingidas de armas incapacitantes. Eles andavam em grupos ao longo das largas avenidas, paravam em torno de um veículo rápido listado de azul, munido de uma sirene giratória, estavam a serviço com os braços cruzados, armas penduradas, no canto dos shopping centers. Aquilo me causou um choque; compreendi tudo àquela simples imagem: a violência se propaga, mas mantém sempre a mesma forma. Sempre se trata, em pequena ou grande escala, da mesma arte da guerra.

Antigamente, confiávamos a totalidade da nossa violência ao nosso Estado, e o policial municipal provocava sorrisos. Ele descendia do guarda campestre, com uma simples redução do bigode, e não carregava tambor. A polícia municipal foi por muito tempo senhores de mobilete que paravam furiosos e diziam não, não era permitido estacionar ali; e seguiam em frente, o quepe posto bem alto no crânio, numa nuvem untuosa de mistura de óleo e gasolina, o combustível malcheiroso daquelas engenhocas. Foi também umas senhoras maduras, que andavam pelas ruas de uniforme pouco elegante, em busca dos mal estacionados; elas passavam sermão nos adolescentes que no verão mergulhavam no Saône, afirmando que não iriam salvá-los, e altercavam com os comerciantes por questões de limpeza das calçadas, de varridos deixados ali, de baldes d'água jogados longe demais. Depois a coisa se aperfeiçoou, como tudo. Engajaram outro tipo de homens. Estes foram mais numerosos. Não tiveram armas de fogo, mas equipamentos de contenção que lhes ensinaram a utilizar. Eram parrudos, pareciam os homens de guerra.

Depois das eleições, eu os vi aparecer, iam em grupos a Voracieux. Tinham a mesma corpulência e o mesmo corte de cabelo dos integrantes da Polícia Nacional. Levavam no cinto cassetetes de polícia com punho lateral. Impunham respeito. Eu os vi pela janela do ônibus, nunca os tinha visto antes, me perguntei quanto a França possui, além da sua polícia de Estado, em matéria de policiais locais, seguranças, vigilantes, todos de botinas, calças apertadas na canela, blusão azulado. A rua se militariza, como a rua de lá.

Essa nova forma de polícia apareceu em Voracieux, porque ela é nosso futuro. As cidades centrais são conservatórios, as cidades periféricas são a aplicação do que aconteceu desde então. Vi os atléticos guardas municipais pela janela do ônibus que me levava para pintar. Atravessando o bairro dos espigões, eu os vi aparafusando uma placa numa parede. A placa bem visível trazia contra um fundo branco uma letra preta, seguida de um ponto e de um algarismo menor. Eles a incrustavam no cimento espesso da entrada, com uma furadeira pesada cujo barulho eu ouvia apesar da distância, apesar do vidro da janela, apesar da zoeira do ônibus lotado onde sempre alguém ligava o rádio, sei lá por quê. Vi outras dessas placas em todos os espigões do bairro dos espigões, cada uma com uma letra diferente, uma letra preta visível de longe. Outras haviam sido fixadas nos painéis de sinalização dos cruzamentos e assinalavam as ruas. Eu me perguntei por que os guardas municipais se encarregavam dos serviços de equipamento urbano. Porém não pensei mais a fundo no assunto.

Quando cheguei à casa de Salagnon, Mariani estava lá, num paletó desastroso de quadrados verdes, e sempre com seus óculos semitransparentes que borravam seu olhar. Estava exultante, falava com grandes gestos e ria entre duas frases.

— Venha ver, garoto, você que se interessa por essas coisas sem ousar se meter nelas. Demos um passo no sentido da solução dos nossos problemas. Finalmente nos ouvem. O novo prefeito me recebeu com alguns dos meus rapazes, os que têm um pouco de instrução. Apesar dos pesares, sou sempre eu que falo, e é a mim que respondem. Ele nos recebeu, como tinha nos prometido antes de ser eleito; mas não tornou público porque não gostam da gente. Têm raiva de nós por dizermos a verdade, por gritar o que todo mundo prefere manter escondido, isto é, nossa humilhação nacional. As pessoas preferem baixar a cabeça, fazer fortuna e esperar que tudo passe, ou então ir embora, para bem longe, uma vez a fortuna feita. Então quando tentamos levantar a cabeça delas, dói, ela está travada em posição baixa, e elas ficam com raiva da gente. Mas o prefeito conhece nossas ideias. Permanece discreto porque não gostam da gente; ele permanece discreto, mas nos compreende.

— Ele compreende vocês?

— Foi exatamente o que nos disse. Ele nos recebeu em sua sala, a mim e a meus rapazes, apertou a mão de nós todos, nos fez sentar, e estávamos na frente dele como numa reunião de trabalho. Foi ele que nos disse: "Eu compreendi vocês. Sei o que aconteceu aqui".

— Sério?

— Sério. Palavra por palavra. E continuou no mesmo tom: "Sei o que vocês quiseram fazer. E quero mudar muitas coisas aqui".

— Eu me pergunto onde ele vai buscar tudo isso — pontuou Salagnon.

— Vá saber. Ele deve ter umas leituras esquisitas. Ou então diante da gente foi alcançado pela inspiração, teve a visão do seu papel na História, e os Antigos falaram através dele.

— Ou está debochando.

— Não. É ambicioso demais; tudo no primeiro grau. Pediu nossa opinião para controlar Voracieux. Utilizar da melhor maneira possível as forças policiais para controlar as populações. Me nomeou conselheiro para as questões de segurança.

— Você?

— Referências eu tenho, afinal. Mas é um cargo fantasma. Não gostam da gente, desprezam a gente, apesar de revelarmos o sonho de muita gente. Aconselharei a polícia municipal, e meus conselhos não vão cair no vazio. Aplicaremos nossas ideias.

— É coisa do senhor, os parrudões, as patrulhas e as placas nos prédios?

— É sim. Identificação, controle, coleta de informações, e ação. Esses lugares em que a polícia não vai mais, vamos reconquistá-los e pacificá-los. Como lá. Nós temos a força.

Sua voz tremia um pouco, de idade e de alegria, mas eu sabia muito bem que iam ouvi-la. A História que tinha parado voltava a arrancar a partir do ponto em que a tínhamos deixado. Os fantasmas nos inspiravam: os problemas, tentávamos confundi-los com os de antes, e resolvê-los como havíamos fracassado em resolver os de antes. Gostamos tanto da força, tanto, desde que a perdemos. Um pouco mais de força nos salvará, sempre acreditamos, sempre um pouco mais de força do que a que dispomos. E fracassaremos de novo.

Como não sabemos mais quem somos, vamos nos livrar dos que não se parecem conosco. Saberemos então quem somos, já que estaremos entre semelhantes. Será nós. Esse "nós" que permanecerá será os que terão se livrado dos que não se parecem consigo. O sangue nos unirá. O sangue sempre une, ele cola; o sangue que corre unido, o sangue derramado juntos, o sangue dos outros que derramamos juntos; ele nos fixará num grande coágulo imóvel que constituirá um bloco.

A força e a semelhança são duas ideias estúpidas de uma incrível remanência; a gente não consegue se desfazer delas. São duas crenças nas virtudes físicas do nosso mundo, duas ideias de tamanha simplicidade que uma criança pode compreendê-las; e quando um homem que possui a força é animado por ideias de criança, faz estragos pavorosos. A semelhança e a força são as ideias mais imediatas que podemos conceber, são tão evidentes que cada um de nós as inventa sem que nos sejam ensinadas. Podem-se construir com base nesses alicerces um monumento intelectual, um movimento de ideias, um projeto de governo que terá seu garbo, que *dará na vista* (a expressão é um presságio), mas tão absurdo e tão falso que à menor aplicação virá abaixo, esmagando em sua queda milhares de vítimas. Mas não se tirará nenhuma lição, a força e a semelhança nunca evoluem. Pensa-se depois do fracasso, ao contar os mortos, que teria bastado apenas um pouco mais de força; que teria bastado ter avaliado com um pouco mais de precisão as semelhanças. As ideias estúpidas são imortais de tal modo vivem bem junto ao nosso coração. São ideias infantis: as crianças sempre sonham com mais força, e procuram aqueles com quem se parecem.

— São ideias infantis — falei por fim em voz alta.

Mariani parou, parou de ir e vir pela lamentável sala de Salagnon e me olhou fixamente. Segurava sua cerveja na mão e um pouco de espuma perolava seu bigode, é, seu bigode, ele tinha um bigode grisalho, ornamento que ninguém mais usa, que todo mundo raspa, não sei por quê, mas eu o entendo bem. Seus olhos cansados me fixavam por trás das lentes coloridas que lhes davam uma cor de crepúsculo. Ele me fitava boquiaberto deixando ver dentes que não se sabia quais eram verdadeiros. Seu paletó berrante combinava maravilhosamente mal com os pavorosos estofados da mobília.

— Temos de mostrar a eles.

— Mas quanto tempo faz que vocês mostram e é um fracasso?

— Não vamos nos deixar tosquiar; como... como lá.

— Mas por quem?

— Você sabe muito bem, só se recusa a ver as diferenças. E se recusar a ver leva a ser tosquiado. Você não é idiota nem cego; você educa seu olhar com as aulas de colorir de Salagnon: você enxerga muito bem a diferença.

— Dar à semelhança virtudes é uma ideia infantil. A semelhança não prova nada, nada além do que se acreditava antes mesmo de descobri-la. Qualquer um se parece com todo mundo, ou com ninguém, conforme o que se procura.

— Ela existe. Abra os olhos. Olhe.

— Não vejo nada mais que pessoas diversas, que podem falar com uma só voz e dizer "nós".

— Salagnon, seu rapaz é cego. Tem de parar as aulas de pintura. Ensine a ele música.

A conversa divertia Salagnon, mas ele não intervinha.

— Já que fala de música — provocou ele —, e que pronuncia meu sobrenome, você notou que de nós três, e até mesmo de nós quatro se acrescentarmos Eurydice, que não vai demorar, sou o único cujo sobrenome se diz com sílabas que pertencem ao francês clássico? O menino não diz apenas besteiras.

— Não vai você também começar! Se sou o único a não perder o rumo, vamos todos ser tosquiados; e quando digo tosquiar, eles sabem fazer coisa bem pior com uma tosquiadeira, ou com qualquer objeto cortante. Não poderemos mais sair de casa sem levar uma facada.

— Mas ninguém tem faca! — exclamei.

Ninguém tem faca. Estiletes, armas de fogo, bombas de cloro, mas faca, não. Ninguém mais sabe se servir de uma, a não ser na mesa, nem sabe exibi-la na rua. Mas sempre se fala em levar uma facada. Os maus elementos de outrora, a rapaziada de além-mar, tinham uma, como sinal de virilidade. É disso mesmo que se fala: de uma agressão sexual antiga. Quem perde, cortam-lhe fora. Quem se extravia no território do outro, enfiam-lhe uma. Nessa brincadeira éramos bastante bons. Nossos militares se distinguiam bem.

— Tanto faz, é uma imagem. As imagens impressionam, e permanecem, e nos servem.

— E vocês vão fazer de novo o que fizeram lá?

— E o que você teria feito, lá?

— Eu não estava lá.

— Boa desculpa. E se tivesse estado? Você viu o que eles podiam te fazer? A gente defendia gente como você. Contínhamos o terror.

— Semeando o terror.

— Você sabe o que eles faziam com os nossos? E com pessoas como você? Com todos os que tinham essa sua cara e essas suas roupas? Barriga aberta e recheada de pedras, estrangulados com seus intestinos. Estávamos sozinhos diante dessa violência. Alguns, bem escondidos, bem poupados dos jatos de sangue, ousaram dizer que a situação colonial gerava essa violência. Mas qualquer que seja a situação, não se pode ser violento a esse ponto, a não ser que não se seja humano. Estávamos face a face com a selvageria, e sós.

— Na colônia, eles não eram humanos, não exatamente; não oficialmente.

— Na minha companhia eu tinha viets, árabes e um malgaxe, perdido por lá. Éramos irmãos de armas.

— A guerra é a parte mais simples da vida. Nela, se confraterniza facilmente. Mas depois, fora da guerra, tudo se complica. Compreende-se que alguns não queiram sair dela.

— O que você teria feito diante do terraço de um café juncado de vítimas e de escombros, de gente gemendo, de meninas sem uma perna, cobertas do próprio sangue e das próprias lágrimas, e dos cacos de vidro que as dilaceraram? O que você teria feito, sabendo que aquilo ia recomeçar? A machado, a bomba, a podadeira de vinha, a cacete. O que você teria feito diante dos que eram cortados vivos pela única razão da sua aparência? Nós fizemos o que devíamos fazer. A única coisa.

— Vocês ampliaram o terror.

— Sim. Pediram à gente para fazer isso. E fizemos. Ampliamos o terror para extingui-lo. O que você teria feito nesse momento? E esse momento quer dizer com os pés no sangue, as botinas manchadas, os solados rangendo em detritos de vidro, caminhando sobre retalhos de pele ainda sangrando, ouvindo gemer os que foram cortados vivos. O que você teria feito?

— Vocês fracassaram.

— É um detalhe.

— É o essencial.

— Quase chegamos lá. Não nos apoiaram até o fim. Uma decisão tomada por motivos absurdos estragou anos de trabalho.

Eu olhava para Salagnon e via que aquilo não lhe convinha; que nada lhe convinha, nem Mariani nem eu. Ele se levantava, tirava as cervejas, ia à janela, voltava, e puxava a perna, ela girava mal em seu quadril ferido e esse incômodo voltava naqueles momentos em que nada lhe convinha. Eu via que as coisas não estavam bem em seu rosto cujos traços conhecia. Via seu tormento; teria gostado de perguntar por quê, mas me via preso nessa diatribe em que os dois procurávamos ter a última palavra, fazer o outro se calar; e aí cada palavra do que se calou será desprezível. Preocupado com calar Mariani, eu não procurava ouvi-lo, e não lhe perguntava nada.

— As guerras são simples quando a gente as conta — suspirou Salagnon. — Salvo as que fizemos. Elas são tão confusas que cada um tenta se safar delas contando um romancezinho lacrimejante, que ninguém conta do mesmo modo. Se as guerras servem para fundar uma identidade, somos mesmo uns fracassados. Essas guerras que fizemos destruíram o prazer de estar juntos e, quando as contamos, hoje, elas apressam nossa decomposição. Não entendemos nada delas. Não há nelas nada de que possamos nos orgulhar; isso nos faz falta. E não dizer nada não permite viver.

— O que você teria feito? — apostrofou-me Mariani. — Você teria se escondido para não ter de se meter? Teria fugido? Teria pretextado estar doente para não agir? Teria se escondido? Onde? Debaixo da cama? Como quem se esconde pode ter razão? Como quem não está presente pode estar?

Mariani não estava errado, a despeito desse tom de provocação. Nossa única glória era a arte de gazetear. Participar, de uma maneira ou de outra, equivalia a caucionar; até mesmo viver era caucionar; então nós nos esforçávamos para viver menos, para quase não estar presentes, como se tivéssemos uma desculpa.

Não sei onde deveríamos estar nesses momentos em que não estávamos presentes. Como fazer, a gente compreende e tenta pelo cinema. O cinema é uma janela aberta para a idade adulta pela qual a gente espia pregado numa poltrona. A gente aprende com ele como dirigir um carro em caso de perseguição, como brandir uma arma, como beijar sem ser desajeitado uma mulher sublime; tudo coisas que não faremos mas que contam para nós. É por isso que gostamos das ficções: elas propõem soluções para situações que na vida são inextricáveis; mas discernir entre as boas soluções e as ruins permite viver. O cinema dá a oportunidade de várias vidas. Vemos, pela janela fora de alcance, o que devemos rejeitar e o que deve ser um modelo. As ficções propõem como fazer, e os filmes que todo mundo viu expõem as soluções mais comuns. Quando nos sentamos na sala nos calamos, vemos juntos o que foi, o que podia ter sido; juntos. Vemos nos Grandes Filmes franceses como sobreviver a não ter estado presente. Nenhuma das soluções convém, claro, porque não há solução para a ausência; cada uma das soluções é escandalosa, mas todas foram utilizadas, todas expõem um álibi em que se pode acreditar; são nossas desculpas.

Muito antes de assistir, eu já tinha ouvido falar de Os *visitantes da noite*. O filme é clássico, prestam-lhe qualidades estéticas, virtudes morais, um senso histórico. Foi feito em 1942. O roteiro é um conto medieval. Eu me perguntei por reflexo de cinéfilo, instalando-me na plateia, que vínculo eu iria encontrar entre 1942 e um conto medieval. A gente tem reflexos acadêmicos, imagina um vínculo entre um filme e a época em que foi feito. Desta vez no entanto não corro o risco! digo comigo mesmo me refestelando na poltrona. Mas esse filme contava nosso submundo de 1942. Aparece o diabo, ele queria a pele de um casal de namorados, certamente a alma deles, queria destruí-los. E eles se transformavam em pedra diante dele, furioso: o demo não podia mais arrancar-lhes a alma. O corpo deles não se mexia, o coração continuava batendo, esperavam que aquilo passasse. Pois é, eu me digo maquinalmente, assistindo enfim Os *visitantes da noite*: aí está uma solução bem francesa ao problema do mal: não fazer nada mas não parar de pensar nele, é só se fazer de estátua que o mal não poderá mais nada. E nós também não.

Convém não dizer nada de preciso sobre os momentos delicados da nossa história; não estávamos presentes. Temos nossas razões. Onde estávamos? De Gaulle conta em suas *Memórias*: estávamos em Londres, depois em toda parte. Ele satisfaz sozinho sem mais ninguém nosso gosto do heroísmo.

Também podemos pretender ter agido, mas sozinhos. Temos nossas razões. É sobre isso o filme mais mefítico do nosso cinema, e como tal foi plebiscitado. Ele conta com todos os pormenores o uso privado da força e inventa sua justificativa. O personagem principal de O *velho fuzil* vive o perfeito amor com sua lindíssima esposa, e não quer saber de outra coisa. Para a História ele não está nem aí, possui um castelo, em ruínas, é francês. Os alemães passam, mantinha com eles relações distantes mas corretas. Eles matam sua mulher de uma maneira horrível, a câmera se demora em sua morte. Decide então matar todos eles, de maneira atroz. A câmera não perde nada da engenhosidade sádica de todas as mortes. O filme pratica uma extorsão: já que a bela esposa foi tão cruelmente morta — ela, tão bela, que não tinha nada a ver com aquilo, ela que levava uma vida sossegada num castelo no campo, ela que vimos ser queimada viva, em detalhes —, então o espectador vai assistir a todas as mortes seguintes, em detalhes, e será autorizado a gozá-las, será forçado a gozá-las. Será proibido, sob pena de ser cúmplice do primeiro homicídio, de não gozar com os seguintes. Os espectadores, de olhos abertos no escuro da sala, são forçados à violência; são tornados cúmplices da violência feita aos culpados pela violência feita à esposa, detalhada com comprazimento. A violência une, na saída os espectadores eram cúmplices. Em seu tempo, esse filme foi considerado o preferido dos franceses. É de vomitar. No fim, quando todos os malvados são mortos, quando o personagem fica sozinho em seu castelo agora limpo, chegam uns resistentes, com sua cruz de Lorena, seu Citroën preto, seu boné. Perguntam o que aconteceu, se precisa de ajuda. Ele responde que não precisa de nada. Não aconteceu nada. Os resistentes partem. Os espectadores sorriem, pensam que aqueles resistentes que se alistam num movimento coletivo têm um lado absurdamente *funcionário*. Ficamos com o homem só, que tinha suas razões. Estamos cobertos de sangue.

Não sei o que fazer. Não há chuveiro para esse sangue, não há limpeza possível, a não ser fingir que não se está presente. Não posso fazer como se isso não houvesse acontecido: a humilhação, o desaparecimento e a redenção pelo massacre, e o silêncio incômodo que se seguiu, no qual cresci, em que pesava um interdito sobre a força e sobre toda consideração a propósito do sangue. Convinha não tocar no assunto; desprezar em silêncio. Não suportar a cor militar, regozijar-se com o insucesso permanente das nossas forças armadas, fazer daquelas cabeças com cabelo cortado rente a encarnação evidente da imbecilidade brutal. A violência estava presente sim, bem ali, fora de nós. Não éramos nós. Nós temíamos a força como se fosse a peste; e sonhávamos com ela, em devaneios envergonhados.

Nos escombros mentais que juncavam o solo à saída da guerra de vinte anos, não havia mais que vítimas que não queriam saber de nada, salvo da sua própria dor. As vítimas procuravam em meio ao entulho o vestígio de seu carrasco, porque tal sofrimento não pode advir sem carrasco. Essas violências precisavam de alguém para exercê-las, alguém que fosse extremamente ruim, e ainda é, porque dessa ignomínia ninguém se cura: ela está no sangue. O corpo social se fragmentou numa infinidade de associações de vítimas, cada uma designando seu carrasco, cada uma tendo sofrido; cada um passava por aquilo em toda inocência, e aquilo — os outros — era algo que lhes acometera.

Há violências demais, vítimas demais, carrascos demais, o conjunto é confuso, a História não para em pé; a nação está em ruínas. Se a nação é vontade, e orgulho, a nossa está quebrada pela humilhação. Se a nação é recordações comuns, a nossa se decompõe em recordações parciais. Se a nação é vontade de vida em comum, a nossa se desagrega à medida que se constroem os bairros e os loteamentos, que se multiplicam os subgrupos que não se misturam mais. Morremos em fogo brando por não querermos mais viver juntos.

— Todos inocentes, todos vítimas depois dessas guerras, como é Porquigny — contava Salagnon. — Passei de novo em Porquigny, uma só vez. As pessoas se lembram do massacre, aliás só se lembram disso. Vai-se de ônibus e placas indicam os lugares que se pode visitar. Um pequeno museu foi montado, as pessoas o visitam, encontram-se nele armas alemãs, calções dos Campos de Trabalho para a Juventude, estilhaços de obus, e até uma maquete do trem blindado, rebatizado de Trem do Inferno. Pode-se ver, intacto, o vestido de verão manchado de sangue da moça que vi morta. Na aldeia conservaram um pedaço de parede crivado de balas, está coberto com um vidro para que não se degrade. Se tivessem podido conservar o sangue e as moscas, teriam conservado. As ruas da aldeia se chamam rua dos Mártires, rua dos Inocentes Assassinados. Em frente à prefeitura há uma placa de calcário em que está gravado o nome de todos os mortos, em letras de vinte centímetros. A última linha é dourada e diz: Passante, lembre-se. Como se se corresse o risco de esquecer, nessa aldeia; como se alguém fosse se esquecer de fazer seus deveres de memória. Sempre fomos bons, na França, em fazer nossos deveres.

"Ao lado da placa erigiram uma estátua de bronze onde se veem inocentes angulosos, visivelmente vítimas, sem que nenhum carrasco esteja representado. Estão fora de si, não entendem o que acontece com eles. Para que não se esqueça, a praça diante da prefeitura se chama praça 24 de agosto de 1944. Ou seja, praça Dia do Massacre, praça Dia da Nossa Morte. Mas isso não aconteceu só em Porquigny! Por que não chamar essa praça com outro nome, por que escolheram a desgraça e a morte por toda a eternidade? Por que não a chamaram praça da Liberdade, praça Dignidade Recuperada, praça Chegada a Tempo dos Zuavos Motorizados, praça 120 Soldados Alemães que Matamos, praça Trem Blindado Finalmente Destruído?

"Já em Sencey não há vestígios. Lá tem uma praça da Prefeitura, uma rua da República, um monumento aos mortos de 1914. Aparafusou-se no pedestal, onde havia espaço, uma placa em que figuram os sete mortos de 44. Mas esses morreram de armas na mão, enquanto os de Porquigny foram amarrados e sacrificados, assassinados em massa ao longo de um muro. Prefere-se a lembrança de vítimas inocentes, e, assim, crer na guerra como intempérie: a França foi violentada, ela não tem nada com isso. Ela não entendeu, ela continua não entendendo; logo a violência nos é autorizada. A França geme e ameaça, e quando se põe de pé novamente é para bater no seu cachorro. Fazei vossos deveres de memória, e eles vos darão direito à violência legítima."

— Salagnon — suspirou Mariani —, você fala demais, elucubra, elucubra, mas aonde vai parar? Você devia estar conosco.

— Eurydice não vai demorar.

— O senhor tem medo dela? — perguntei divertido. — Ah! Que bonita a infantaria ligeira aerotransportada!

— Se o problema se resolvesse na porrada, eu não hesitaria um segundo, mas Eurydice não dá para resolver. Quando ela me vê, vira a cabeça; quando estou na casa dela, ela anda de um lado para o outro cerrando os dentes, fecha a cara, bate as portas; e passado um momento explode.

— Ela grita com o senhor?

— Não creio que seja pessoal, mas é pra mim que sobra. Ela tem raiva de todos.

— A todos os que se envolveram no caso, ela devota um grande desprezo — acrescentou Salagnon. — Ela solta o verbo! Um belo verbo modelado por séculos de tragédia mediterrânea, por séculos de expressão da dor, grega, judaica, árabe; ela sabe soltar, e com que alcance!

— Eu prefiro não ficar. O que ela me diz me magoa, e no fundo não acho que esteja errada.

— O que ela lhe recrimina?

— Devíamos protegê-la, não protegemos.

Mariani se interrompeu; parecia cansado, velho, detrás dos seus óculos crepusculares que lhe proporcionavam um olhar em meias-tintas. Virou-se para Salagnon, que prosseguiu.

— Semeamos o terror e colhemos o pior; tudo o que ela conhecia, o que ela amava, foi abaixo nas chamas e na degola. Tudo desapareceu. Ela sofre como as princesas de Troia, dispersas sem descendência em palácios que não são os delas, toda a vida anterior aniquilada pelo massacre e pelo incêndio. E lhe recusam a memória. Lhe recusam se lamentar, lhe recusam compreender, então ela urra como as carpideiras nos enterros dos assassinados, ela conclama a vingança.

— Quando ela me vê, eu a lembro disso: do desaparecimento de boa parte dela mesma e do silêncio que os encobre, a ela e aos seus. Eles incomodam. Todo o rancor, todas as dores deles estão encerradas numa garrafa térmica, minha presença tira a tampa, e tudo sai fora, intacto. Você não pode imaginar como fede esse melaço todo deixado tal qual. Gostaria de dizer que a compreendo, que compartilho, mas ela não quer. Ela quer enfiar minha cabeça dentro e me obrigar a comê-lo. E eu como. Os *pieds-noirs* são nosso sentimento de culpa, são nosso fracasso ainda vivo. Gostaríamos que eles desaparecessem, mas eles ficam, ainda ouvimos suas vociferações e seus excessos verbais. Ainda ouvimos seu sotaque em vias de extinção, como o risinho malévolo dos fantasmas.

— Mas isso está encerrado, não? Eles foram repatriados.

— É essa palavra que me faz rir. Porque repatriados, fomos todos. O repatriamento foi além das nossas esperanças. Tudo o que havíamos mandado para lá, trouxemos de volta. Aplicada às pessoas a palavra era absurda, foi dita e redita: como repatriar os que nunca tinham visto a França? Como se ser francês pudesse ser uma natureza; isso demonstra bem, aliás, que não é. Não foram as pessoas que repatriamos, foi o espírito das fronteiras que havia sido enviado para lá, o espírito de violência da conquista, o ilegalismo do pioneiro, foi o uso da força exercida entre si. Tudo isso voltou.

Agora eu entrevejo os navios de 1962, eu os entrevejo num mar do meio-dia como uma chapa de metal azul, escaldante, o ar branco se encurvando acima dela até um céu sem nuvens, deformando a silhueta dos navios que avançam lentamente, apenas visíveis quando a gente contempla o mar de olhos semicerrados, esse mar quente e cruel. Entrevejo aparecendo na noite semeada de luzes esses navios de 1962, em rotações exaustas, vibrando de cóleras e de prantos, carregados de pessoas comprimidas que enchem os conveses, as cobertas e as cabines, soldados, refugiados, assassinos e inocentes, recrutas que voltam e imigrantes que vão, e entre eles, entre eles que enchem até a borda os navios de 1962, estão os fantasmas repatriados, contidos entre as pessoas por um certo uso da língua. Entre as pessoas sentadas, deitadas, encolhidas, debruçadas na amurada, as que vagavam pelos conveses, as que não largavam sua mala e as que iam sem nada, sacudidas por cóleras e prantos, entre as pessoas transportadas apressadamente pelos navios de 1962, os fantasmas não dormiam. Eles velaram durante toda a travessia, eram coerentes e simples, e assim que abordaram a costa da França estrita, tal como seria agora, logo depois de desembarcar no cais de Marselha apinhado de gente perdida, prosperaram.

Os fantasmas são fatos de língua, unicamente de língua, costuma-se representá-los ocultos num lençol, mas é uma metáfora para dizer o texto, ou a tela em que é projetado; aqueles eram feitos de maneiras de dizer cuja origem esquecemos, eram tecidos com certas palavras, certos subentendidos, conotações invisíveis de certos pronomes, uma certa maneira de considerar a lei, uma certa maneira de querer usar a força. O repatriamento teve um êxito além de qualquer medida. Os fantasmas repatriados pelos navios de 1962 sentiram-se à vontade, misturaram-se à França geral, nós os adotamos; não foi mais possível nos desfazer deles. Eles são nosso sentimento de culpa. Para esses fantasmas que nos assombram, aqui é como lá.

— Tenho de ir — disse Mariani.
— Viu que com o garoto a gente pode falar.
— É, mas me cansa.
— Ela grita com o senhor também? — perguntei a Salagnon.
— Comigo? Não. Mas eu nunca me volto contra ela. Pinto para ela, só para ela, esguicho tinta, isso produz uma nuvem que me esconde. Moramos aqui, não deixamos transparecer nada, e se Mariani não voltasse estaríamos longe disso tudo. Mas não vou proibi-lo de vir, não vou me privar de vê-lo. Então jogo com as presenças, as ausências, procuro fazer com que não se cruzem.
— Já vou — disse Mariani.

Ficamos nós dois, Salagnon e eu. Em silêncio. O momento de lhe perguntar qual era seu tormento talvez houvesse chegado, mas não perguntei.

— Quer pintar? — ele me perguntou enfim.

Aceitei na hora. Sentamos em torno da mesa de falsa nogueira, bem larga, em que ele havia disposto os instrumentos da pintura, o papel branco que absorve sem volta, os pincéis chineses pendurados num pequeno pórtico, as pedras cavadas contendo um pouquinho d'água, os bastonetes de tinta prensada que será preciso dissolver com pequenos gestos. Pus-me à mesa como para um banquete, um pouco de suor umedecia a palma das minhas mãos, lubrificava meus dedos como se eles fossem línguas. Eu estava com fome.

"O que vamos pintar?", perguntei, olhando à minha volta, não encontrando nada que valesse a tinta, nada que valesse o gesto de pincel para descrever o que via. Isso o fez sorrir, meus olhos interrogadores, minha expectativa, meu olhar de aluno o divertiam. "Nada, ele respondeu. Pinte."

Em sua casinha de decoração pavorosa, ele me ensinou que não é preciso tema; que basta pintar. Fui-lhe muito grato por me ensinar que qualquer coisa valia por tudo. Antes que me ensinasse eu sempre me perguntava o que pintar; sem resposta, buscava um tema que me conviesse, sem sucesso, a busca do tema pesava sobre mim a ponto de me esmagar; eu não pintava. Disse-lhe isso, ele sorriu; não tinha importância. "Pinte árvores, pinte pedras, disse ele, verdadeiras ou imaginárias; há uma infinidade delas; todas iguais, todas diferentes. Basta escolher uma e pintar, nem mesmo escolher, é só decidir pintar, e logo se abre um mundo infinito de pintura. Tudo pode servir de tema. Os chineses pintam há séculos os mesmos rochedos que não existem, a mesma água que cai sem ser água, as mesmas quatro plantas que não passam de símbolos, as mesmas nuvens que são sobretudo desaparecimento da tinta; a vida da pintura não é o tema, mas o traço do que o pincel viu."

Sou grato por ter me ensinado isso, ele me falou de passagem. Logo em seguida fizemos a tinta e deixamos belos traços de um negro absoluto, que figuraram árvores. Essa lição me alivia: o que existe é a tinta, e o fôlego; o que existe é a passagem da vida através das mãos, passagem que deixa traços. Ele me ensinou isso, que não dura quando se diz, mas que exige tempo para ser compreendido; ele me ensinou isso, que é muito mais importante que todos os segredos de ateliê, muito mais fundamental do que os saberes técnicos, que de todo modo faltarão, trairão; é inútil escolher um tema: é só pintar. Oh! como aquilo me aliviava! O tema não tem importância.

"Pinte; simplesmente. Qualquer coisa. Pinte certo, dizia ele. Ponha-se diante de uma árvore, imagine-a, pinte sua vida; pegue uma pedra, pinte seu ser. Considere um homem; pinte a sua presença. Só isso: a presença única. Mesmo o deserto liso é cheio de pedras, ele permite pintar. Olhar em torno de si basta para começar."

A infinidade dos recursos me aliviou: basta estar presente, e realizar. Ele me ensinou a ver o rio de sangue, sem estremecer mais, e a pintá-lo, a sentir o rio de tinta em mim sem tremer, e permitir que ele corresse através de mim. Pude ver, compreender, pintar. Só pintar.

Eu ia aonde passava muita gente. Ia à estação desenhar qualquer um. Ia me sentar numa das conchas de plástico alinhadas que servem como assento de espera e contemplava o turbilhão que passa pelos dutos. A grande estação de Lyon é um polo multimodal, uma reunião de grandes tubos em que as pessoas passam. Pessoas sempre vêm. Eu me instalava ali para desenhar os que passam, para desenhar qualquer um, não escolhia, nunca mais voltaria a vê-los. A grande estação é o lugar perfeito para pintar o que vem.

Levei um bom tempo para compreender o que fazia o homem sentado a meu lado. Como eu, ele observava os que passavam e marcava casas em um folheto impresso, preso numa prancheta posta no colo. Eu não sabia o que ele marcava, não conseguia ler os itens, não compreendia o que ele contava. Vi-o acompanhar com os olhos os policiais que perambulavam pela estação. Os jovens atléticos iam e vinham entre a multidão. Eram vários grupos, cassetete batendo na coxa, mãos na cintura, a pala do boné deixando ver a direção do olhar. De vez em quando controlavam um passante. Mandavam pôr as bagagens no chão, mostrar a passagem, erguer os braços e revistavam os bolsos. Pediam os documentos, às vezes falavam num rádio, não detinham ninguém. O homem a meu lado marcava a casinha então.

— O que está contando?

— Os controles. Para saber quem eles controlam.

— E daí?

— Eles não controlam todo mundo. O diferenciador é o grupo étnico.

— Como faz para julgar?

— À vista, como eles.

— Não muito preciso.

— Mas é real. O grupo étnico é indefinível mas efetivo: não pode ser definido mas desencadeia atos mensuráveis. Os árabes são controlados oito vezes mais, os negros, quatro vezes mais. Sem que ninguém seja detido, aliás. É só controle.

O tratamento não é igual; ou pretender que é igual é dizer que eles são oito vezes mais numerosos. Como lá. E volta o lá. Eles não têm nome, mas são imediatamente reconhecidos. Estão ali, em volta, na sombra, tão numerosos. A lembrança sufocada de lá assombra até os números.

E depois eu a vi, ela, atravessar a estação puxando atrás de si uma mala de rodinhas, andando com aquele balanço de quadris que eu gostava nela, que sentia em meus quadris, em minhas mãos, quando a via caminhar. Levantei-me, cumprimentei o sociólogo que continuava a marcar, segui-a. Não fui longe. Ela pegou um táxi e desapareceu. Tinha de encontrá-la um dia, disse a mim mesmo; tinha de me dirigir a ela e lhe falar.

Como imaginar, num estado social tão desagregado quanto o meu, que eu ainda possa ter uma atividade amorosa? Como compreender que mulheres ainda aceitem que eu as tome em meus braços? Não sei. Ainda somos cavaleiros citas. Devemos nossas mulheres à força de nossos cavalos, à potência de nossos arcos, à rapidez da nossa corrida. As que protestassem deviam se interessar pelas estatísticas. As estatísticas parecem não dizer nada; mas mostram como agimos, sem sequer saber. A degradação social leva à solidão. A integração social favorece os vínculos. Como é que, tendo em vista meu estado social tão degradado, algumas delas ainda aceitam me beijar? Não sei. Elas são o oxigênio; eu sou a chama. Olho para as mulheres, não penso em mais nada, como se minha vida dependesse delas: sem elas eu sufocaria. Falo delas com elas, precipitadamente, e elas são a história que lhes conto. Isso as aquece, isso me dá ar. É isso, é exatamente isso, me dizem elas, à medida que lhes conto o que elas me dizem. A chama brilha. E depois elas sufocam. Elas carecem de seu próprio ar. Eu as deixo ofegantes, estou quase apagado.

Mas ela, não sei por quê, me fazia crepitar; eu não era mais chama de vela, mas fornalha capaz de fundir tudo, esperando somente mais oxigênio para saltar num grande braseiro diante dela.

Eu a via com frequência, somente na rua. De longe eu a percebia sempre. Parecia que a parte sensível do meu ser, o olho, a retina, a parte do cérebro que vê, tudo o que é sensível em mim farejava sua presença onde quer que ela estivesse, e no meio das torrentes de carros, das nuvens de gás, das motonetas, das bicicletas, dos ônibus enormes que tapam a visão, dos pedestres que iam em todos os sentidos, no meio de tudo isso eu logo a via. Na minha retina ávida seu rastro estava pronto; bastava-me um indício ínfimo, e no meio de milhares de pedestres em movimento, entre centenas de carros deslizando em orbes contraditórios, eu a via. Não via ninguém a não ser ela. Eu era capaz de extrair sua presença com a sensibilidade de uma armadilha de fótons. Eu a via com frequência. Devia morar perto de mim. Ignorava tudo dela, salvo seu movimento, e sua aparência.

Ela avançava na rua com um passo vivo, utilizando aquela propriedade que é o andar saltitante. Eu a via com frequência. Ela atravessava as ruas pelas quais eu me arrastava com a elasticidade de uma bola que quica, toda em curvas elegantes, sem nunca perder seu vigor, vigor contido em sua forma, contido em sua matéria, e que renascia em contato com o solo, e a propulsava de novo. No zumbido da rua apinhada, eu sabia da sua presença a partir de quase nada, eu apreendia seu andar dançante que atravessava a multidão, não via entre todos nada mais que seu movimento. E via de longe sua cabeleira. Todos os seus cabelos eram grisalhos, salvo alguns, inteiramente brancos. E isso dava a suas aparições bruscas uma estranha claridade. Seus cabelos dançavam em torno da sua nuca com a mesma vivacidade do seu passo, não havia nada neles que fosse opaco, eram vivos e cheios, fulgurantes, mas cinza mesclado de branco. Em torno do seu rosto formavam um adereço de plumas, de penugem branca, uma nuvem viva depositada com a precisão da neve nos galhos depurados de uma árvore, com perfeição, equilíbrio, evidência. Sua bela boca bem desenhada, de lábios plenos, ela pintava de vermelho. Ignorava sua idade. Esses sinais contraditórios me perturbavam confusamente. Infinitamente. Ela não tinha nenhuma idade, tinha a minha, que eu ignoraria se de vez em quando não fizesse as contas. Mas essa ignorância da idade, da minha, da sua, é, não um nada, mas uma duração, o tranquilo escoar do tempo de si. Ela era todas as idades juntas, como são as verdadeiras pessoas, o passado que ela carrega, o presente que ela dança, o futuro com que ela não se preocupa.

Eu a conhecia como minha alma, sem nunca ter falado com ela. A vida urbana nos levava a nos cruzar algumas vezes por ano, mas a emoção que eu sentia me fazia crer que era todo dia. A primeira vez que a vi durou apenas breves segundos. O tempo de um carro em velocidade média passar pela vitrine de uma loja. Eu ainda tinha um carro, então, que eu levava um bom tempo para manobrar, arrastar de farol em farol, pôr em fila atrás dos outros, e me arrastava assim pelas ruas não muito mais depressa que a gente a pé. Eu a vi por alguns segundos, mas essa imagem da primeira vez se imprimiu em meus olhos como o pé de um caminhante na argila fresca. Não dura mais que o tempo de um passo, mas os menores detalhes do seu pé ficam inscritos; e se secar: por muito tempo. Se for cozido, para sempre.

Eu ainda tinha uma esposa, voltávamos de carro pelas ruas já escuras e a vi bruscamente na vitrine iluminada de uma confeitaria que eu conhecia. Ela estava de pé na luz de neon branco. Me lembro das suas cores: o violeta de seus olhos rodeados de negro, o vermelho dos seus lábios, sua pele ocelada com pequenas efélides, o marrom cintilante do seu blusão de couro velho e, em torno de seu rosto, o cinza e o branco mesclados, a neve reluzente depositada à perfeição em seus gestos, em sua beleza, na plenitude dos seus traços. Durante esses poucos segundos fiquei com a respiração cortada. Uma vida inteira me havia sido dada, dobrada e redobrada como um bilhete, papel comprimido no espaço de alguns segundos. Esses poucos segundos diante de uma vitrine iluminada a neon tiveram uma densidade prodigiosa, um peso que deformou minha alma a noite toda, e a noite seguinte, e o dia depois.

Eu deveria, imaginava, ter parado o carro no meio da rua, deixado ele ali, de portas abertas, entrado na confeitaria e me lançado a seus pés, mesmo que ela risse. Teria lhe oferecido um docinho transbordante de creme leve, branquinho. E enquanto eu olhasse para ela, mudo, buscando as palavras, enquanto ela provasse o creme vaporoso com a ponta da língua, meu carro deixado com as portas abertas no meio da rua estreita teria parado o trânsito. Outros carros teriam se empilhado atrás, bloqueando a rua, depois as adjacentes, depois o bairro inteiro e a metade de Lyon. Enfileirados sem poder seguir em frente nas pontes e nos cais, teriam buzinado, todos, furiosamente, interminavelmente, ninguém mais podendo fazer nada além de gemer alto enquanto eu procurava as palavras, acompanhando com um colossal concerto de buzinas a timidez da minha primeira declaração.

Não fiz isso, não tive essa ideia de imediato, o abalo foi tal que paralisou meu espírito. Meu corpo sozinho havia continuado a dirigir, tinha entrado em casa depois de estacionar o carro; meu corpo sozinho tinha se despido e se deitado, tinha dormido fechando por hábito minhas pálpebras de carne, mas ao abrigo delas minha alma não dormia mais, procurava suas palavras.

Eu a via sem que ela soubesse, num ritmo que me dava a crer que eu vivia um pouco com ela. Conhecia seu guarda-roupa. Reconhecia de longe seu guarda-chuva, notava quando ela estava com uma bolsa nova. Não fazia nada mais que me virar para ela. Não fiz nada, não lhe disse nada. Não a segui nunca. Apagava da minha memória, com uma habilidade de censor, o rosto dos homens que às vezes a acompanhavam. Eles mudavam, creio; sem que eu nunca soubesse nada de suas relações. Quando voltei para Lyon depois de ter mudado de vida, cruzei de novo com ela, ela passava por aquelas mesmas ruas em que tínhamos nos cruzado com tanta frequência, permanente como o espírito do lugar.

Muita gente pensa que o que tem de ser será, já eu não sei. Mas a oportunidade havia batido na minha porta tantas vezes, com tanta insistência, tanta constância, e eu jamais havia respondido, jamais havia aberto, que quis finalmente falar com ela. Tinha me instalado num grande café vazio, e ela estava lá, a algumas mesas de mim, eu nem me espantava. Um homem falava com ela, ela o ouvia com uma distância divertida. Ele se foi bruscamente, magoado, melindrado, e ela não se desfez de seu leve sorriso que a tornava tão luminosa, e consciente dessa luz, e divertida com o que emanava dela. Eu o vi se afastar, aliviado. Ficamos a sós naquela sala do café vazio, à parte nós, em banquetas distantes, costas para os espelhos, gratos a esse silêncio que tinha enfim se feito. Vimos os dois aquele homem se afastar com gestos de irritação, e quando ele atravessou a porta nós nos olhamos, os dois na sala vazia, multiplicados pelo reflexo dos espelhos, e nos sorrimos. A sala podia conter cinquenta pessoas, éramos apenas dois, lá fora estava escuro e não enxergávamos nada, salvo a luz alaranjada dos postes e as silhuetas apressadas; me levantei e fui me sentar diante dela. Ela conservou aquele sorriso bonito em seus lábios cheios, esperou que eu lhe falasse.

— Sabe — comecei, sem ainda saber o quê. — Sabe, faz anos que tenho uma história com você.

— E eu não percebo nada?

— Mas eu me lembro de tudo. Quer que eu conte essa vida que levamos juntos?

— Pode contar. Depois digo se essa vida em que não estou me agrada.

— Está sim.

— Sem saber.

— Por acaso sabemos sempre o que fazemos? O que sabemos não são mais que algumas árvores em torno da clareira na floresta escura. O que vivemos de verdade é sempre mais vasto.

— Pode contar.

— Não sei por onde começar. Nunca abordei ninguém assim. Também nunca vivi tanto tempo com alguém sem que esse alguém soubesse. Sempre esperei que alguma coisa que não dependesse de mim me ligasse àquela que desejo, que alguma coisa que já estivesse presente, fora de mim, me autorizasse a pegar a mão daquela que eu desejaria porém acompanhar. Mas não sei nada de você, nós nos cruzamos por acaso, isso me alivia infinitamente. Esse acaso repetido cria uma história. A partir de quantos encontros começa uma história? Preciso contá-la a você.

Eu lhe disse daqueles encontros, comecei pelo primeiro em que fiquei deslumbrado pela sua cor. Ela me ouvia. Ela me disse seu nome. Ela me permitiu que eu a visse de novo. Ela me beijou no rosto com um sorriso que me derreteu. Voltei para casa. Aspirava escrever para ela.

Voltei para casa quase correndo. Subi a escada que me pareceu longa demais. Lutei com a fechadura que resistia. Minhas chaves caíram. Eu tremia de nervosismo. Acabei abrindo, fechei a porta batendo-a, arranquei o paletó, os sapatos, pus-me à mesa de madeira que me servia para tudo, que sabia muito bem me serviria um dia para escrever. Por fim, tratei de lhe escrever. Sabia muito bem que falar com ela não bastaria para retê-la. Só folhas revestidas de verbos poderiam retê-la um pouco. Escrevi-as. Escrevi-lhe. Escrevi cartas de várias páginas que pesavam no envelope. Não se tratava de cartas inflamadas. Eu lhe descrevia uma história, minha história, a dela. Contava cada um dos meus passos em Lyon, contava sua presença que reluzia como uma fosforescência, sobre os objetos que eu encontrava nas ruas. Descrevia Lyon com ela, eu caminhando, sua presença em torno de mim como um gás luminescente. Escrevi numa espécie de febre, numa exaltação insensata, mas o que eu escrevia tinha a doçura de um retrato, um retrato sorridente misturado a uma grande paisagem de fundo. O retrato se assemelhava ao que eu via dela, e ela olhava para mim, a paisagem de fundo era a cidade em que vivíamos juntos, pintada inteiramente com cores que eram as dela. Ela aceitou me rever. Tinha lido minhas cartas, tinha gostado da leitura, senti-me aliviado. "— Tudo isso por mim? ela sorri meigamente. — É só o começo, digo a ela. A menor das coisas." Ela suspirou, e esse ar que ela me dava, oxigênio, fez minha chama zumbir.

Mas eu desejava principalmente pintá-la, porque teria sido mais simples mostrá-la, ela, de um gesto. Eu admirava sua aparência, o movimento fluido que emanava dela permanentemente, admirava seu corpo que se inscrevia no traçado de uma amêndoa, na forma que eu podia ver quando apoiava num plano minhas mãos espalmadas, unidas pela extremidade dos dedos.

Eu poderia, creio, fixar sua forma com um único traço de pincel. Contemplá-la me enchia a alma. Convém por educação preferir o ser à forma, mas o ser não se vê, senão pelo corpo. Seu corpo regozijava minha alma por via anagógica e eu desejava ardentemente pintá-la, porque seria mostrá-la, designá-la, afirmar sua presença e, assim, alcançá-la.

Eu gostava da curva que se precisava descrever para percorrê-la por inteiro, dos seus pés roçando o chão à nuvem de penugem prateada que aureolava seu rosto, gostava do arredondado do seu ombro que chamava o arredondado do meu braço, gostava acima de tudo em seu rosto da linha viva do seu nariz, a linha sem réplica que organizava a beleza dos seus traços. O nariz é o prodígio da face humana, é a ideia que organiza de um só traço todos os detalhes que se dispersam, os olhos, as sobrancelhas, os lábios, até as orelhas delicadas. Há ideias moles e ideias grosseiras, ideias ridículas e ideias sem interesse, ideias divertidas, ideias logo esgotadas, e outras que se impõem e ficam para sempre. A contribuição mediterrânea à beleza universal das mulheres é a arrogância do seu nariz, traçado sem arrependimento, de um gesto de matador; o que deve poder se traduzir em todas as línguas que rodeiam esse mar que foi o nosso.

Eu a admirava, admirava sua aparência, e desejaria mais que tudo inscrever seu corpo nessa forma em amêndoa que descrevem duas mãos espalmadas num plano, unidas pela extremidade dos dedos. O que fiz.

Romance VI
Guerra trífida, hexagonal, dodecaédrica; monstro autófago

Não se parte de Argel sem mais nem menos. Não se atravessa o mar tão facilmente. Não se pode fazer isso por si próprio: é preciso conseguir uma passagem. Não se pode partir de Argel pelos próprios meios, a pé, caminhando no campo, esgueirando-se na mata. Não. Não se pode. Não há mata, nem campo, só água, o mar intransponível; não se pode partir de Argel a não ser que se consiga uma passagem num navio ou num avião. Da balaustrada acima do porto pode-se ver o mar e o horizonte. Mas para ir além dele, é preciso um navio, é preciso uma passagem, é preciso um carimbo.

Victorien Salagnon ficou dias esperando seu navio partir. Quando olhava o mar sentia às suas costas todo o país lhe pesar. A massa ruidosa e sangrenta de Argel estrondeava atrás dele, deslizava como uma geleira até a água, e ele se concentrava no mar e em seu horizonte plano, que ele queria atravessar; queria partir.

Na madrugada cinzenta do último verão, alguns paraquedistas coloniais chegaram de jipe no bulevar da República que domina o porto. Esse bulevar tem uma só fachada, a outra é o mar. Pararam e desceram do jipe espreguiçando-se, foram até a balaustrada em passos tranquilos e se debruçaram. Olhavam para o mar cinzento que ia se tornando rosado.

Quando um jipe carregado de homens de uniforme camuflado para num ponto qualquer em cima da calçada, todo mundo se afasta; eles saltam, correm, se engolfam num prédio, sobem os degraus de quatro em quatro, abrem as portas com um pontapé e descem com sujeitos que tentam segui-los sem tropeçar. Mas naquele dia, na madrugada cinzenta do último verão em que estiveram lá, desceram sem pressa do jipe e se espreguiçaram. Moviam-se com gestos lentos, as mãos deixadas no bolso, aqueles cinco paraquedistas coloniais de uniforme camuflado, mangas arregaçadas, como se cada um estivesse só; moviam-se sem dizer nada, caminhando com um passo negligente e cansado. Foram até a balaustrada acima do porto e se debruçaram a alguns metros uns dos outros. Uma fumaça pesada estagnava nas ruas. De quando em quando uma explosão sacudia o ar, vidros caíam no chão com um barulho claro. Chamas zumbiam pelas janelas destroçadas dos prédios. Olhavam para o mar que ia se tornando avermelhado.

Debruçados, ficaram ali aproveitando a frescura que só existe de manhã, olhando vagamente ao longe, sonhando estar além do horizonte o mais depressa possível, mudos, cansados no mais profundo de si mesmos, como que após uma longa noite sem dormir, várias noites sem dormir, anos de noites sem dormir, padecendo de uma horrível ressaca diante de Argel devastada.

Aquilo tudo não servira para nada. O sangue não servira para nada. Fora derramado em vão e agora não parava mais de correr, o sangue descia em cataratas pelas ladeiras de Argel, torrentes de sangue se lançavam no mar e se estendiam em manchas putrescentes. De manhã, assim que a luz se levantava, o mar se tornava avermelhado. Os paraquedistas coloniais debruçados na balaustrada acima do porto o viam se avermelhar, escurecer, tornar-se uma poça de sangue. Atrás deles as chamas zumbiam pelas janelas quebradas de todos os prédios que haviam sido destruídos durante a noite, fumaças escuras rastejavam nas ruas, gritos vinham de toda parte, barulhos de paixões brutas, ódio, cólera, medo, dor, e sirenes cortavam a cidade, sirenes milagrosas dos últimos serviços de socorro que ainda funcionavam, não se sabe por quê. Depois o sol se levantava corretamente, o mar ficava azul, o calor começava, os paraquedistas coloniais voltaram para o jipe parado em cima da calçada, do qual os passantes se afastavam com medo. Não lamentavam nada, mas não sabiam a quem dizê-lo. Aquilo tudo não servira para nada.

Partiram enfim num enorme navio. Tinham arrumado suas coisas, metido tudo na bolsa cilíndrica pouco prática mas fácil de carregar, atravessaram a cidade em caminhões enlonados dentro do qual não viam grande coisa. Prefeririam não ver grande coisa. Argel ardia; seus muros se esfarelavam sob os impactos das balas; poças de sangue coagulavam nas calçadas. Carros de portas abertas permaneciam imóveis atravessados nas ruas, peças de mobília quebradas se consumiam diante das portas, vitrines se escancaravam diante dos montículos de cacos de vidro, mas ninguém tirava nada dali. Subiram pela passarela do navio, em linha regular como sabiam fazer, e tiveram a impressão de fazê-lo pela última vez. Tiveram a impressão de que tudo aquilo não servira para nada e que eles não serviam para nada; que não serviriam mais.

Quando partiram, quando o navio se afastou do cais, muitos se fecharam nas cabines para não ver nada, se ensurdecer com o barulho das máquinas e enfim dormir; outros ficaram no convés e viram Argel se distanciar, o porto, o molhe, a casbá como uma calota gelada que derrete e da qual escorria todo aquele sangue, e a agitação no porto, a multidão no passeio à beira-mar. Argel se afastava, e chegava até eles o berro dos *harkis** sendo degolados. Foi o que eles se disseram, os *harkis* sendo degolados, mas para preservar em si mesmos certa cortesia, certo tato. Mas eles sabiam muito bem, eles tinham vivido nesse país de sangue, sabiam que os urros que se elevavam da multidão agitada da beira-mar eram os dos *harkis* sendo esquartejados, emasculados e queimados vivos, e que veem numa névoa de lágrimas sangrentas, suas lágrimas e seu sangue, os navios partindo. Eles se disseram, os que partem, que aqueles urros que ouvem são os dos *harkis* sendo degolados, eles se dizem isso para se tranquilizar delicadamente, para não evocar outras imagens, mais atrozes, que os impediriam para sempre de dormir. Mas sabem muito bem. De longe, saber não altera nada. O homem não é mais que uma determinada capacidade de gritar: uma vez atingida, não alterará nada que o degolem ou lhe arranquem a carne pedaço por pedaço com ferramentas de marceneiro. Os paraquedistas coloniais no convés do navio que viam Argel se afastar prefeririam, por polidez, pensar que aqueles homens que urravam eram degolados; que seja rápido, para eles, e para eles também.

Quando o navio já estava no meio do Mediterrâneo, rumando para a França ao ritmo abafado do martelar das máquinas, Victorien Salagnon, no convés, em plena noite, chorou, a única ocasião em sua vida, esvaziou-se de

---

* Paramilitares argelinos pró-franceses. (N. T.)

uma só vez de todas as lágrimas acumuladas por muito tempo. Chorou sua humanidade que o abandonava, e sua virilidade que não havia sabido inteiramente conquistar, e que não havia sabido conservar. Quando o dia despontou ele viu Marselha ensolarada. Estava exausto e de olhos secos.

No entanto tudo tinha começado bem. Haviam chegado a Argel em pleno inverno, naquele inverno cruel do Mediterrâneo em que o sol se esconde atrás de um vento cinzento e cortante como uma lâmina de aço. Haviam desfilado pelas ruas do bairro europeu, Josselin de Trambassac à frente, maravilhosamente ereto, maravilhosamente preciso em cada um dos seus gestos, maravilhosamente forte. O capitão Salagnon desfilou pelas ruas à frente dos seus homens, pelas ruas do bairro europeu que se parece com Lyon, com Marselha, e povoado de franceses que os aclamavam. Iam devagar, toda a divisão de paraquedistas coloniais, uniforme de campanha limpo, mangas arregaçadas, mandíbulas cerradas com sorrisos de estátua, corpos magros e treinados, todos no mesmo ritmo. Iam vencer desta vez. Entravam na cidade, podiam fazer o que quisessem para vencer; podiam fazer o que quisessem se no fim vencessem.

Nesse dia de janeiro num sol de inverno eles haviam entrado em Argel, tinham marchado juntos nas ruas sob a aclamação da multidão europeia, elásticos, leves e invencíveis, virgens de todo escrúpulo, aguerridos pela guerra mais atroz que se pode viver. Eles haviam sobrevivido, sobreviviam a tudo, iam ganhar. Eram todos uma máquina de guerra sem inquietudes espirituais, e Salagnon era um dos pilotos dessa máquina, chefe de matilha, centurião, guia de jovens que confiavam cegamente nele, e ao longo das ruas a população francesa de Argel os aclamava. A população francesa; porque havia outra? Esta não se via.

Bombas explodiam em Argel. Com frequência. Tudo podia explodir: uma cadeira num bar, uma bolsa deixada no chão, uma parada de ônibus. Quando ouviam uma bomba ao longe, as pessoas primeiro se sobressaltavam, mas aquilo aliviava por alguns minutos. Suspiravam. Depois o coração tornava a se apertar, outra podia explodir aqui; e continuavam andando na rua como se um abismo pudesse se abrir, como se o solo a cada instante pudesse faltar. Elas se afastavam de um árabe que levava uma sacola; evitavam cruzar com mulheres envoltas por um véu branco que podia dissimular algo; gostariam que eles não se mexessem, eles, abatê-los talvez, todos, que nada mais aconteça. Sentia-se uma perturbação desagradável diante daqueles cujos traços ou cuja expressão não se sabia julgar com um só olhar. Mudava-se de calçada por causa da cara dos passantes. Parecia que a semelhança podia salvar a vida. Não se sabia o que fazer, eles tinham sido convocados por isso. Eles saberiam, aqueles lobos magros vindos da Indochina; eles haviam sobrevivido, todos confiavam em sua força.

Eles se instalaram num grande palacete mourisco no alto de Argel. Compreendia um vasto porão, pequenos cômodos de janelas gradeadas, sótãos que foram divididos em quartos bem fechados, um grande salão nobre que servira outrora de salão de baile, onde Josselin de Trambassac reuniu seus oficiais que o ouviram de pé, mãos cruzadas nas costas, na posição regulamentar de descanso que não é de forma alguma a de dispersar. Uma bomba explodiu bem longe.

— Vocês são paraquedistas, homens de guerra. Sei o que valem, mas a guerra muda. Não se trata mais de saltar de um avião, nem de correr na floresta, trata-se de saber. Na época de Azincourt,* usar um arco, matar de longe sem riscos era incompatível com a honra do cavaleiro. A cavalaria da França foi degolada por uns maltrapilhos armados de arcos de madeira. Vocês são a nova cavalaria da França, podem se recusar a empregar as armas da guerra moderna, mas nesse caso serão degolados.

"Nós temos a força; foi-nos confiada a missão de vencer. Poderíamos fazer como os aviadores americanos, arrasar a parte de Argel que abriga nossos inimigos. Mas não adiantaria nada. Eles sobreviveriam sob os escombros, esperariam a bonança e, multiplicados, voltariam ao ataque. Os que nos combatem não se escondem, mas não sabemos quem são. Podemos cruzar com eles e eles nos saudarem, podemos falar com eles sem que nos agridam, eles esperam. Eles se escondem detrás dos rostos, dentro dos corpos. É preciso identificar o inimigo sob os rostos. Vocês os encontrarão. Vocês interrogarão duramente os verdadeiros culpados, com os bem sabidos meios que nos repugnam. Mas vocês vencerão. Vocês têm consciência de quem vocês são? Então, não podemos perder."

* Batalha da Guerra dos Cem Anos (ocorrida em 25 de outubro de 1415), em que os franceses foram massacrados pelos ingleses. (N. T.)

Terminou sua alocução com uma risadinha. Uma sombra de sorriso passou pelo rosto de seus homens elásticos e acerados. Todos saudaram batendo os calcanhares e voltaram aos escritórios improvisados com mesas escolares em todos os cantos do palacete mourisco. No salão nobre, Josselin de Trambassac instalou um organograma em que casas vazias se ligavam umas às outras em pirâmide por meio de flechas. Cada uma era um nome, cada uma só conhecia três outras.

— É o campo inimigo, sua ordem de batalha — disse ele. — Vocês têm de pôr um nome em cada casa, e deter todos eles. Isso é tudo. Quando tudo estiver preenchido, o exército desvendado se esfumará.

Isso agradou a Mariani. Ele já não lia tanto, sua maravilhosa inteligência livresca se aplicou em preencher o grande quadro. Usava homens como palavras. Anotava nomes, apagava, trabalhava com lápis e borracha. E no real, como um eco sangrento do pensamento sinóptico exposto no quadro branco, apreendiam-se, manipulavam-se corpos, extraíam-se os nomes e em seguida os descartavam.

Como encontrar pessoas? O homem é *zôon politikon*, nunca vive sozinho, sempre alguém é conhecido de outras pessoas. Era preciso pescar com arpão, na água lamacenta enfiar a arma ao acaso e ver o que viria com ela. Cada presa traria outras. O capitão Salagnon com dois homens armados foi à sede da polícia urbana. Pediu o arquivo de vigilância da população árabe. O funcionário em mangas de camisa não quis dá-lo. "— São peças confidenciais, que pertencem à polícia. — Ou você me entrega, ou eu pego o arquivo eu mesmo", disse Salagnon. Ele trazia sua pistola num coldre de lona pendurado no cinto, mantinha as mãos cruzadas atrás das costas, os dois homens com ele seguravam a submetralhadora na cintura. O homem em mangas de camisa apontou para uma estante, eles se foram com caixas de madeira castanha cheias de fichas.

Encontravam-se ali o nome e o endereço de gente que a polícia havia um dia observado. Eles haviam sido vadios, agitadores, sindicalistas, tinham dado mostras um dia ou outro de nacionalismo, vontade de agir ou espírito de rebelião. Todas as fichas eram redigidas no condicional, porque faltavam informantes, faltavam policiais, utilizava-se o ouvi-dizer. Todo o fermento da agitação da Argel árabe cabia nessas caixas.

Levaram para o palacete mourisco as pessoas mencionadas nas fichas para lhes perguntar por que as bombas explodiam; quem as punha. Se não soubessem, pediam o nome de alguém que saberia, e iam buscar essa pessoa, e recomeçavam. Os paraquedistas estavam ali para saber, se desdobravam para saber. Interrogavam sem cessar. Na selva do corpo eles perseguiam, armavam emboscadas, procuravam o inimigo. Quando o corpo resistia, eles o destruíam. Uma parte daqueles de quem se havia obtido alguma informação nunca mais era vista.

Dia e noite um intenso trânsito de jipes zunia em torno do palacete. Levavam homens, vestidos, de pijama, pasmos, aterrorizados, algemados, raramente feridos ou intumescidos, empurrados pelos paraquedistas que só se movimentavam correndo. Era preciso ser rápido. Quando um nome era dado no porão do palacete mourisco, os jipes partiam carregados de quatro paraquedistas de uniforme camuflado; desciam a toda as ladeiras ziguezagueantes, paravam diante da entrada de uma moradia e saltavam antes mesmo de o jipe parar, entravam correndo, subiam a escada correndo e voltavam com um homem ou dois que carregavam no veículo, cujo motor não tinha sido desligado. Subiam ao palacete mourisco, sentados como na ida, mas com um homem ou dois, de que só se viam as costas, encolhidos a seus pés. Lá, tentavam saber por que as bombas explodiam, insistiam, até que outro jipe saísse cantando pneus, carregado de quatro paraquedistas de uniforme camuflado que ao cabo de uma hora voltavam, trazendo outros homens, dos quais se procurava saber mais alguma coisa, a qualquer preço. E assim por diante. Quando um nome era dado, na mesma hora o homem que o tinha era trazido de jipe por quatro homens de uniforme camuflado, e por sua vez o interrogavam no mesmo porão em que seu nome havia sido pronunciado. O verbo agia sobre a matéria, só se falava francês. De manhã os oficiais subiam do porão do palacete com um lápis, um caderno de notas meio amarrotado, às vezes sujo. Iam ao salão nobre onde o sol levante pelas vidraças fazia brilhar o grande quadro sinóptico. Paravam no limiar do grande cômodo, ofuscados pela luz, o espaço vazio entre as paredes, o silêncio da manhã. Espreguiçavam-se, olhavam para o céu que se tornava rosado, depois se aproximavam do organograma e preenchiam certas casas copiando as páginas dos seus cadernos. Cada dia Salagnon via o quadro ser preenchido, casa após casa, com a regularidade de um procedimento de impressão. Quando estivesse cheio, tudo estaria acabado.

Josselin de Trambassac acompanhava a evolução do seu quadro com tanta atenção quanto um marechal do Império diante de um mapa cheio de alfinetes. Ele estava lá de manhã quando o preenchiam, e aos homens que subiam do porão pedia antes de qualquer coisa que lhe mostrassem as mãos. Aqueles cujas mãos haviam sido maculadas pelo trabalho noturno, ele mandava com gestos irritados para as torneiras do escritório. Tinham de lavá-las e secá-las com cuidado. Só as mãos limpas podiam se aproximar do organograma e contribuir para preenchê-lo. Josselin de Trambassac não admitia que pudessem manchar seu organograma. Se isso acontecesse, teria mandado refazê-lo inteiramente.

O palacete era cercado por um jardim poeirento em que cresciam palmeiras. A sombra delas era dilacerada e movediça, ninguém passeava nele, ninguém se incumbia de recolher as palmas mortas que se acumulavam nas alamedas. As janelas com gelosias permaneciam semicerradas como pálpebras de gato. Elas só viam dos dias de Argel a ofuscação do exterior, raias de luz na sombra e o movimento das palmas. Nunca eram abertas. Ali dentro fedia de diversos modos, fedia a suor, a fumo, a cozinha malfeita, a sanitários e mais outra coisa. Às vezes um pouco de vento vinha do mar lá embaixo, muito pouco. As cigarras cantavam, mas sem cheiro de pinheiral. Estavam na cidade, trabalhavam.

Mariani é que foi o primeiro a ter a ideia de pôr música, discos a todo volume numa grande vitrola enquanto trabalhavam no porão. Além do jardim, o palacete dava para a rua, pessoas passavam, e nos andares do palacete ouvia-se o trabalho do subsolo. Aquilo incomodava permanentemente. Puseram música em certas horas, num volume de festa-surpresa. Os que passavam em frente ao casarão ouviam as canções, o disco inteiro de uma cantora na moda. A todo volume. Mas os ruídos apenas perceptíveis quando se misturam com a música causam pequenas desarmonias, apenas audíveis, sensíveis somente pelo inexplicável incômodo que provocam. Aos que os ouviam naquele momento passando em frente ao palacete mourisco, o entretenimento franco-mediterrâneo que ali se ouvia provocava estranhos mal-estares.

Quando o capitão Mariani entra em sua sala, com seus óculos de piloto de lentes escuras e armação de fio de ouro, o suspeito sentado na cadeira comprime inconscientemente as pernas.

Mariani sorridente apoia uma nádega na mesa de trabalho virgem de todo papel, de todo lápis. Aqui se trabalha de homem a homem. À sua volta seus cães de sangue obedecem aos seus mais ínfimos gestos. Diante dele, numa cadeira, um jovem árabe de roupa rasgada está amarrado pelos pulsos. Hematomas no rosto fazem-no compor uma careta um tanto ridícula.

— O que você faz?
— Não fiz nada, oficial.
— Não venha com histórias. O que você faz?
— Sou estudante de medicina. Não fiz nada.
— Estudante de medicina? Você aproveita da França e não a ajuda.
— Não fiz nada, oficial.
— Seu irmão desapareceu.
— Eu sei.
— Você sabe onde ele está.
— Não, senhor.
— Vocês são todos irmãos, não é?
— Não, só eu e meu irmão.
— Então onde ele está?
— Não sei.
— Seu irmão está no maqui.
— Não sei. Ele desapareceu uma noite. Não sei de nada. Vieram buscá-lo.
— Como confiar num homem cujo irmão está no maqui?
— Não sou meu irmão.
— Mas você é irmão dele. Você se parece com ele. Tem algo dele em você, e ele está no maqui. Então como confiar em você? Queremos que diga onde ele está. Quem o contatou? Queremos saber como se vai ao maqui.
— Não sei nada disso. Sou estudante de medicina.
— Tem de dizer onde está seu irmão. Vocês se parecem. Você sabe: está marcado no seu rosto. Podemos superpor o rosto do seu irmão ao seu. Como você poderia não saber?

O outro sacode a cabeça. Choraria de desespero, mais que de dor e de medo.

— Não sei nada disso tudo. Sou estudante de medicina. Me dedico a meus estudos.

— Sei, mas você é irmão do seu irmão. E ele está no maqui. Você sabe um pouco, o que em você se parece com ele sabe onde ele está. E você nos oculta isso. Vai ter de nos dizer.

Mariani se senta, mãos abertas designa o homem a seus cães. Eles o agarram por sob os braços, levam-no embora. Mariani fica sentado à sua mesa de trabalho, impassível, não tira os óculos escuros com armação de fio de ouro. As janelas com gelosia deitam ripas de luz na mesa vazia. Aguarda a volta deles, aguarda o próximo, e os outros que se sucedem em sua sala, eles dirão o que sabem, dirão tudo. Isto é um trabalho.

Salagnon descendo sempre prendia a respiração, depois embaixo respirava nauseado e se habituava. Os maus cheiros nunca duram, apenas algumas inspirações, não se sente o odor do que dura. Barulhos confusos atravessavam as portas fechadas, ecoavam nas abóbadas, se misturavam com a barulheira de saguão de estação ferroviária comprimido no volume de uma adega. Tinham conservado vinho aqui, eles haviam esvaziado o que restava, instalado a eletricidade, pendurado lâmpadas nuas nas abóbadas, haviam descido com dificuldade mesas metálicas e banheiras pela escada estreita. Os paraquedistas que ficavam lá estavam com o uniforme sujo, a blusa de combate aberta até a barriga, a calça e as mangas encharcadas. Saíam no corredor sempre fechando cuidadosamente a porta, tinham os traços repuxados e os olhos como que saltados da cara, com pupilas abertas que metiam medo como uma boca de poço. Trambassac não queria vê-los assim. Exigia que seus homens fossem limpos, bem barbeados, cheios de dinamismo; um pacote de sabão em pó por roupa, aconselhava ele, e diante dele deviam falar claramente, movimentar-se com economia, todos sabiam a cada instante o que deviam fazer. À imprensa ele mostrava seus homens impecáveis, elásticos e perigosos, cujos olhos claros enxergavam tudo, radiografavam Argel, desentocavam o inimigo detrás dos rostos, perseguiam-no pelos labirintos do corpo. Mas alguns ficavam dias e dias perambulando nos cárceres que se escondiam sob o palacete mourisco, e metiam medo, até nos oficiais paraquedistas que ficavam na superfície, que faziam girar a nora de jipes, detendo suspeitos, preenchendo o grande quadro sinóptico. Esses não eram mostrados a Trambassac; e este não queria saber de vê-los.

Alguns que eram levados algemados para lá, arrastados e empurrados por paraquedistas armados, se liquefaziam só de sentir o cheiro úmido do porão, só de se ver refletidos no olhar dos lêmures com que cruzavam, cobertos de um suor gorduroso, uniforme aberto, peito encharcado. Outros levantavam a cabeça, e alguém fechava cuidadosamente a porta atrás deles. Eles se viam entre uns poucos numa pequena adega, sob a lâmpada nua, um oficial com um caderno de anotações que fazia perguntas, pouquíssimas perguntas, e dois ou três outros, sujos e de pouca conversa, com jeito de mecânicos de automóvel cansados. O zum-zum do subsolo entrecortado de gritos escorria ao longo das paredes, no meio da pequena adega havia utensílios, uma bacia, material de transmissão, uma banheira cheia cuja presença podia surpreender. A água que enchia a banheira não era mais água, era um líquido misturado, que brilhava nojentamente sob a lâmpada nua pendurada na abóbada. A sessão começava. Faziam perguntas. A sessão era em francês. Os que subiam de volta, às vezes tinham de ser carregados. Esses não eram devolvidos.

Quando Salagnon subia com o caderninho em que eram anotados os nomes, ele se dizia confusamente que, se fossem rápidos o bastante para pegar os que fabricavam bombas, pegar os que as punham, talvez uma bomba não explodisse num ônibus. Todos se diziam mais ou menos a mesma coisa, salvo os lêmures do porão; eles, ninguém mais sabia o que pensavam quando repetiam incansavelmente as mesmas perguntas aos afogados que não respondiam porque cuspiam água, aos eletrocutados cujas mandíbulas tetanizadas não deixavam mais passar nenhum som. Trambassac se explicava à imprensa com muita clareza. "Temos de agir, depressa e sem dramas de consciência. Quando trazem alguém que acaba de pôr vinte bombas que podem explodir de uma hora para a outra e que não quer falar, quando não quer dizer onde as colocou e quando elas vão explodir, é preciso empregar meios excepcionais para forçá-lo a dizer. Se pegamos o terrorista que sabemos ter escondido uma bomba e o interrogamos depressa, evitaremos novas vítimas. Temos de obter bem rápido essas informações. Por todos os meios. É quem se recusa a fazer isso que é o criminoso, porque tem nas mãos o sangue de dezenas de vítimas cuja morte poderia ter sido evitada."

Visto desse modo, é impecável. O raciocínio é sem falhas, podemos repeti-lo. Os raciocínios são sempre sem falhas porque são construídos assim, salvo por incompetentes. A razão tem razão, porque é seu princípio. De fato, quando se pega um terrorista que sabemos ter implantado alguma bomba, convém esprêmê-lo com perguntas. Espremer, comprimir, oprimir, pressionar, pouco importa. Tem de ser rápido. Visto desse modo, é irrebatível. Só que nunca pegaram ninguém que sabiam ter posto vinte bombas. Detiveram vinte e quatro mil pessoas e não sabiam o que nenhuma delas havia acabado de fazer. Levavam-nas para o palacete mourisco e perguntavam. O que essas pessoas haviam feito, o interrogatório é que estabelecia.

Trambassac pretendia para quem quisesse ouvi-lo que detinham culpados e os interrogavam, não para estabelecer sua culpa, mas para limitar seus estragos. Ora, eles não detinham culpados: eles os construíam, pela detenção e o interrogatório. Alguns eram culpados antes, por acaso, outros não. Muitos desapareciam, culpados ou não. Jogaram redes e pegaram todos os peixes. Não era preciso conhecer o culpado para agir. Bastava um nome, e eles tratavam do resto.

Naquele dia Trambassac teve um lampejo de gênio. O que ele disse à imprensa que o questionava, a razão que ele deu para o que acontecia no palacete mourisco, será repetido durante mais ou menos meio século da mesma forma, é a marca das grandes criações literárias marcar os espíritos, ser regularmente citadas, ligeiramente deformadas sem que se saiba mais quem as escreveu pela primeira vez — no caso, foi Josselin de Trambassac.

Eles viram Teitgen descer ao subsolo, com outro civil que era comissário de polícia, dessa polícia urbana despojada de seus poderes. Eles levavam o papelório da prisão domiciliar, os documentos administrativos, os formulários nominais a assinar. Levavam também um álbum de fotos. Mostraram-no a todos aqueles com quem cruzavam, mostraram-no a Trambassac, continha fotos horríveis de corpos mutilados tiradas nos campos alemães.

— Isso nós vivemos pessoalmente e tornamos a encontrar aqui.

— Também vivi isso, Teitgen. Mas deixe-me lhes mostrar o que acontece aqui.

Ele brandiu a capa do jornal *L'Écho d'Alger*, onde se via em página inteira, felizmente em preto e branco, a devastação da L'Otomatic, consumidores dilacerados jazendo nos cacos da vitrine.

— Eis o que procuramos: os que fizeram isso. Faremos tudo para encontrá-los e para que parem com isso. Tudo.

— Não se pode fazer tudo.

— Temos de vencer. Se não vencermos, o senhor terá razão, isso não terá passado de uma carnificina inútil. Se trouxermos de volta a paz, terá sido o preço justo a pagar por ela.

— Já estamos perdendo alguma coisa.

— Em que o senhor está pensando, na lei? Não acha a lei meio ridícula em nossos dias? Ela não foi feita para os tempos de guerra, é para administrar o ramerrão cotidiano. Mas seus papéis, aceito assiná-los em série.

— O fato de estarmos na ilegalidade não tem importância, Trambassac, concordo com o senhor. Mas não estamos mais nesse ponto. Estamos nos embrenhando no anonimato e na irresponsabilidade, isso nos leva aos crimes de guerra. Em meus papéis, como o senhor diz, em cada um dos meus papéis quero o nome de um elemento e uma assinatura legível.

— Deixe-me trabalhar, Teitgen. Entre meus homens, os que não querem fazer isso não fazem. Mas os que não passam seu fardo a outros, esses o carregam.

— Mesmo os que não fazem se sujarão. Isso vai se espalhar por todos nós. Até na França.

— Com licença, Teitgen, tenho de trabalhar.

Eles estavam em operação, nas escadas, nos corredores, nos quartos de dormir. Tomavam de assalto as portas, arrombavam fechaduras, armavam emboscadas pelos corredores, bloqueavam as saídas, janelas, tetos, pátios internos. Trabalhavam, noite e dia. Os porões do palacete mourisco não se esvaziavam mais. Não se via o dia. A temperatura não variava nunca, quente e úmida à luz de uma lâmpada nua. Salagnon caía de sono. Dormia de vez em quando. Quando subia ficava surpreso com o dia sempre mutante no salão nobre. Precisava andar rápido, encontrar nomes, lugares, prender os suspeitos antes que sumissem. Haviam escrito nomes nas paredes, riscado em vermelho os que haviam sido detidos, pendurado fotos de identidade dos dirigentes ainda escondidos, eles os viam todo dia, viviam com eles, conheciam seu rosto, os teriam reconhecido se houvessem cruzado com eles na rua. Poderiam reconhecê-los na multidão em que se escondiam. Eles se escondiam. O inimigo se escondia atrás de tetos falsos, paredes falsas, o inimigo se escondia nos apartamentos, se escondia na multidão, se escondia por trás dos rostos. Era preciso extraí-lo. Arrebentar as paredes. Explorar os corpos meticulosamente. Destruir o abrigo dos rostos. Noite e dia trabalhavam. Lá fora, bombas explodiam. Pessoas que tinham falado com eles eram degoladas. Era preciso ir mais rápido ainda. A nora de jipes trazia um fluxo contínuo de homens amedrontados para os porões do palacete mourisco. Teitgen queria que eles fossem contados, que anotassem o nome deles ao entrar. Fizeram isso. Insistia, persistia, aquele homenzinho feioso detrás das suas lentes grossas, suando em seus ternos tropicalizados, com um pouco de gordura e poucos cabelos, o único civil ali, tão diferente dos lobos atléticos que arrancavam nomes, detinham homens depois de uma breve corrida pelas escadas de Argel. Mas Teitgen tinha uma obstinação férrea. Tinham de assinar seus papéis, ele voltava todo dia, vinte e quatro mil foram assinados. E quando soltavam um homem, ele verificava, comparava as listas. Faltavam. Ele perguntava. Respondiam que haviam desaparecido.

"Não dá para devolvê-los assim, dizia Mariani diante dos que estavam arrebentados demais. Estão fodidos de qualquer modo." Salagnon dirigiu um caminhão enlonado repleto dos que não seriam devolvidos. Dirigiu de noite até para lá de Zéralda. Parou o caminhão perto de uma vala iluminada por projetores. Os cães de Mariani estavam lá. Desceram a carga. Seus braços balançavam ao longo do corpo, alguns empunhavam uma pistola, outros um punhal. Salagnon ouviu tiros e depois o barulho mole da queda de alguma coisa mole no mole, como um saco caindo em sacos. Às vezes o barulho da queda vinha sem nada antes, sem tiro, só um gorgolejo líquido que nem provocava sobressalto, e era mais horrível ainda, não sentir por isso o menor estremecimento.

Pediu a Trambassac para não ter mais de fazer aquilo, não dirigir mais caminhões até Zéralda, nem até o porto, nem até o helicóptero que partia em plena noite para dar uma volta acima do mar.

— O.K., Salagnon. Se você não quiser, não faça. Outro fará. — Calou-se por um instante. — Mas tem uma coisa que gostaria que você fizesse.

— O quê, coronel?

— Pintar meus homens.

— É o momento de pintar?

— É o momento ou nunca. Reserve um momento de vez em quando. Faça o retrato dos meus homens, seus colegas. Você pinta depressa, parece, não precisa de pose. Eles precisam se ver. Se ver mais bonitos do que são neste momento. Porque senão com o que fazemos aqui vamos perdê-los. Restitua a eles um pouco de humanidade. Você sabe fazer isso, não?

Salagnon obedeceu, fez essa coisa estranha de pintar o retrato de paraquedistas coloniais que trabalhavam dia e noite até despencar ébrios de cansaço, que refletiam o mínimo possível, que fugiam dos espelhos, pintou o retrato heroico de homens que não pensavam além do projeto de apanhar o próximo suspeito.

Quando a exaltação diminuía em torno do sujeito coberto de sangue, de baba e vômito, no desolado silêncio que sucede às maiores tensões, eles viam o que estava diante deles: um corpo excrementoso cujo cheiro invadia todos eles. "Não vamos pôr isto de volta em circulação", dizia Mariani. E evacuava tudo. Eles estavam entre camaradas. Pouco lhes importava saber quem tinha feito isto ou aquilo, quem havia feito mais ou menos, quem havia tocado ou quem havia olhado. Todos eram iguais, tanto quem só tinha olhado ou ouvido como os outros. Eles rejeitavam com desprezo os que fingiam não saber de nada, os que fingiam não se meter. Desses, gostariam de enfiar a cabeça no sangue ou mandá-los de volta para a França. Que Salagnon os pintasse, não estavam a fim. Preferiam estar todos juntos ou verdadeiramente a sós. Quando se deitavam, se enrolavam nos lençóis e se viravam para a parede. Deitados debaixo dos lençóis não se mexiam mais, dormindo ou não. Quando estavam juntos preferiam rir alto, bradar, falar obscenidades, e beber tudo quanto podiam até cair e vomitar. E vinha o Salagnon lhes pedir que ficassem imóveis diante dele, sem dizer nada. Eles não estavam a fim, mas Salagnon era um deles, então aceitaram, um a um. Fez deles grandes retratos a nanquim que os mostravam secos, sólidos, tensos, com a consciência da vida vacilante em si mesmos, com a consciência da morte ao seu redor, mas aguentavam e mantinham os olhos abertos. Sem lhe dizer, apreciavam aquele romantismo negro.

Aceitavam posar em silêncio para Salagnon, que não falava com eles, mas os pintava. Trambassac expôs vários dos seus retratos em sua sala. Recebia os coronéis, os generais, os altos funcionários, os representantes do governo geral sob o olhar negro de seus paraquedistas pintados. Sempre se referia a esses retratos. Ele os designava, apontava para eles falando. "É deles que estamos falando. Os que defendem os senhores. Olhem bem para eles." Esses retratos de que emanava um porte sombrio e louco participavam da chantagem ao heroísmo que todo dia ou quase ocorria em sua sala. A grande ceifadeira na Argel de 1957 era uma colheitadeira mecanizada, e os retratos de Salagnon eram uma peça sua, como a carroceria de metal pintado, que contribui para que não desmonte, que contribuía para que aquilo ficasse de pé. E ficou. "São todos culpados, mas são pelos senhores. Então eles cerram fileiras, se mantêm unidos. Pouco importa o que fazem. Fazem juntos. É só isso que conta. Quem não aguenta? Que vá embora. Ninguém ficará zangado com ele, mas que desapareça."

Os civis passaram a entrar a contragosto naquela sala em que vinham buscar os resultados. Trambassac os esperava em seu impecável uniforme de campanha e atrás dele os heróis impassíveis encaravam os recém-chegados; ele expunha os resultados, resultados magníficos, impressionantes, o número de terroristas eliminados, a lista das bombas apreendidas. Expunha organogramas maravilhosamente claros. Teitgen pedia contas, trazia suas listas de prisão domiciliar. Por trás das lentes grossas ele não tremia, fazia adições e mostrava os resultados a Trambassac.

— Se fiz as contas direito, coronel, em seu cálculo faltam duzentos e vinte homens. Que fim levaram?

— Ora essa, esses homens desapareceram!

— Onde?

— Quando lhe perguntarem, diga que está assinado por Trambassac.

Teitgen não tremia, nem de medo, nem de nojo, não desanimava nunca. Por trás das lentes grossas olhava tudo de frente, o coronel diante dele, a necrópole de tinta disposta ao longo das paredes, as contas que eram o vestígio dos mortos. Ele era o único a fazer a contagem das pessoas. Acabou pedindo demissão, e se explicou publicamente. Podiam achar ridícula sua aparência e seus papéis a preencher. Ele parecia uma perereca fazendo cobranças a uma assembleia de lobos, mas uma perereca animada por uma energia sobrenatural, cujas palavras não são suas, mas a expressão do que deve ser. Durante toda a batalha de Argel ele ocupou o lugar de um deus-perereca postado na entrada do Inferno: pesava as almas e anotava tudo no Livro dos Mortos. Podem zombar dele, desse homenzinho que sofria com o calor, que olhava através de lentes grossas, que cuidava dos papéis a serem preenchidos enquanto outros tinham sangue até os cotovelos, mas pode-se admirá-lo como se admira os deuses zoomorfos do Egito, e lhe prestar um culto discreto.

— Mariani não está muito bem. Fale com ele. Vou lhe ordenar uma licença de três dias. A você também. Encontre-o, não sei onde se meteu. Quando se passa do limite, ninguém sabe aonde a coisa vai parar.

As ruas de Argel são mais agradáveis que as de Saigon, aqui o calor é seco, dá para se pôr ao abrigo do sol, os cafés se abrem para a rua como grutas escuras, cheias de agitação e de conversa, sentar-se à mesa na calçada permite olhar os que passam. Mariani e Salagnon sentaram-se a uma mesa; de uniforme, podiam ser abatidos, mas eles se mostravam. Mariani tirou os óculos escuros que sempre usava. Seus olhos estavam vermelhos e turvos, castigados pela insônia.

— Você está com uma cara péssima.
— Estou exausto.

Ficaram vendo a multidão do fim do dia passar pela Rue de la Lyre.

— Detesto todos esses ratos. Eles nos odeiam. Nunca mostram nenhuma expressão quando cruzam com a gente, só a subserviência; mas por trás dessas caras se ocultam assassinos; e você, Salagnon, você nos abandona. Você faz seus trabalhinhos, trabalhinhos de escolar ou de moça. Na Indochina você também rabiscava, mas sabia fazer outra coisa.

— Não gosto disso, Mariani.

— E daí? Eu também preferia correr pelas montanhas, mas o inimigo está aí. Mais um pouco, e conseguimos, eles estão encurralados. Você está com a gente ou não?

— Perseguir uns elementos, eu topo. Mas eles estarem de pijama, me incomoda. E além disso, o que fazemos quando os trazem, não aguento mais.

— Não estou te reconhecendo, Salagnon.

— Nem eu, Mariani.

Calaram-se. Olhavam as pessoas passar, bebiam anisete a pequenos goles, tomaram mais um. Salagnon não sabia identificar pensamentos no rosto de Mariani, que se mexia como roupa ao vento. Enrijeceu-se de repente.

— Me pedem para desratizar, executo a ordem; ou, para ser mais preciso, executo os outros — brincou. Seu rosto era firme e duro agora, não olhava para ninguém, nem para Salagnon. — Estou bem aqui — prosseguiu. — Não gostaria de ter que ir embora. Sinto-me em casa.

— Vamos ter que voltar para casa, de qualquer modo. E nós mudamos. Que vai ser de nós na França?

— Ora, a França vai mudar.

Ele tinha vindo para Argel porque haviam decidido em Paris que seria bom para ele e os que eram como ele estarem aqui. Haviam decidido empregar a força, e ninguém tinha mais força do que esses lobos descarnados treinados na selva. Tinham vindo lentamente de navio, haviam atravessado o mar de janeiro, azul bem pálido, tinham visto Argel crescer no horizonte. Ele havia posto o pé no cais tomando cuidado para não pensar em Eurydice. Suas tarefas noite e dia não lhe permitiam mais escrever a ela, mas derreado de cansaços e de horrores, pegajoso do sangue alheio, em silêncio, quase à sua revelia, pensava sempre nela.

Não o procurou, foi Salomon que o encontrou, ficaram cara a cara na entrada do palacete mourisco. O sol mal se levantava, Salomon Kaloyannis subia os degraus cobertos de palmas mortas e de areia que ninguém pensava em varrer, na cabeça um chapéu de feltro preto, levando uma maleta de médico; Salagnon saía num trote curto, metralhadora no ombro, o motor do jipe que o aguardava roncando ao pé dos degraus. Pararam os dois, surpresos por encontrar o outro ali, naquele lugar que cada um achava ser o único a conhecer, em que cada um se acreditava absolutamente só, que cada um acreditava ter de percorrer sozinho até o fim, qualquer que fosse a finalidade.

O motor do jipe roncava, os três outros paraquedistas já instalados, pés no painel, pernas por cima da portinhola, agarrados ao varal do veículo, submetralhadoras no ombro. Salagnon tinha o endereço e os nomes rabiscados no bolso da camisa.

— Venha me ver, Victorien. E venha ver Eurydice, ela vai ficar contente.

— Ela se casou? — perguntou Salagnon; foi o que lhe passou pela cabeça, foi a única coisa que pensou em dizer na escada do palacete mourisco, nunca havia pensado nisso antes.

— Sim. Com um rapaz que a fazia rir, e de tanto fazê-la rir ele a aborrece. Acho que sente falta de você.

— De mim?

— É. Voltou o tempo dos soldados. Ou então nunca saímos dele. Venha me ver quando puder.

Entrou no palacete mourisco carregando sua maleta, Salagnon pulou no jipe que ato contínuo arrancou. Desceram a ladeira rumo a Argel correndo o risco de ser ejetados a cada curva. "Mais depressa, mais depressa", murmurava o capitão Salagnon se agarrando no para-brisa, desfrutando com felicidade o sol claro que nascia, que iluminava lá embaixo a enseada de Argel, os prédios brancos e os navios atracados.

Os doze anos passados haviam marcado Salomon Kaloyannis, sobretudo aqueles doze anos.

— Cada ano como uma pedra na minha mochila — disse a ele. — E cada ano uma pedra maior. Os anos me pesam, eu me curvo, essas pedras que recolho me puxam para baixo, olhe minhas costas, não sou nem mesmo capaz de me manter ereto. Olhe minha boca, suas dobras se aprofundam, e quando consigo arreganhar as comissuras, isso parece cada vez menos um sorriso. Não faço mais rir, Victorien, e não acho mais nada engraçado à minha volta, é como uma ferrugem que me invade ou uma lâmpada que se apaga. Tenho consciência disso, procuro me acender de novo, mas não posso fazer nada.

"O que faço no palacete? Meço a dor. Digo aos sujeitos do porão se devem parar um instante, ou se podem continuar. Se se trata de um simples desmaio ou de uma morte certa. É a guerra, Victorien. Fui médico militar, fui até a Alemanha, sei ler os sinais de alguém que vai morrer. Por que eu? Por que, médico obscuro de Bab el-Oued, vou ao palacete com a minha maleta? Por que vou ajudar a fazer o que nunca, mais tarde, você ousará contar a seus filhos? Tenho medo da violência deles, Victorien. Eu os vi cortar narizes, orelhas, línguas. Eu os vi degolar, desventrar, estripar. Não como maneira de falar, não mesmo, como maneira de fazer. Vi jovens que conhecia de vista se tornar assassinos e se justificar. Tive medo desse furor todo, Victorien. Tive medo de que ele nos arrastasse. Tenho tanto mais medo por saber muito bem que a fonte de degoladores é inesgotável porque a injustiça na colônia é flagrante. Apenas o medo os impedia de nos assassinar. Eles se assassinavam entre si. Mas agora não têm mais medo, o medo está do nosso lado. Tive medo, Victorien. E agora eles soltam bombas por toda parte, elas explodem em qualquer lugar, podem atingir o que tenho de mais caro. Sei que é preciso mais justiça, no entanto as bombas não permitem mudar, as bombas nos paralisam no terror. Prefiro de longe a vida da minha filha a qualquer justiça, Victorien. Vim me abrigar atrás da força de vocês. Vocês se tornaram os melhores soldados do mundo. Vocês farão isso parar; senão, ninguém mais conseguirá."

Calou-se. Ergueu o copo, Salagnon o imitou, e beberam o anisete. Beliscaram umas cenouras no vinagre e uns tremoços. Uma multidão passava nos dois sentidos, subia dos Três Relógios e ia a Bouzaréah.

— Mesmo assim, acho que vocês exageram — disse docemente.

Ele a viu. E no entanto as ruas de Bab el-Oued regurgitam de gente, regurgitam de lindas morenas com vestidos de florzinhas, tão leves que flutuam em torno das suas ancas, se levantam a cada passo, e elas avançam como o vento no capinzal abrindo em torno de si um sulco de perfume e de olhares. Ele a viu, pequena silhueta vindo em direção a eles sentados, crescendo lentamente em seu olhar, pertinho do seu espírito mais íntimo. Sabia que era ela, nada o provava, ele simplesmente soubera no momento mesmo em que ela havia aparecido ao longe na multidão, e aquela silhueta apenas visível, aquela, exatamente aquela, ele acompanhava com os olhos. Minha lembrança é maravilhosa e ela chega, pensava a toda a velocidade, em palavras confusas, em pensamentos embaralhados, eu me lembro de uma extrema beleza que me deslumbrava, que me deslumbrava tanto que eu mal a distinguia, os olhos queimados, o rosto queimado, corpo em fogo, e ela chega, ela vai estar diante de mim, e eu vou me dar conta de que ela não passa de uma mulher com o rosto marcado por doze anos mais, doze anos sem vê-la, uma mulher banal, uma mulher de carne espessada, uma mulher cujo rosto acharei harmonioso mas envelhecido, manifestando em todas as suas rugas o peso um tanto repulsivo da carne real. Viu suas ancas virem, viu o brilho do seu olhar, viu seus lábios se entreabrirem num sorriso radiante dirigido a ele, e ela o beijou. Ele estava deslumbrado, não via mais que seu sorriso dirigido a ele, um sorriso flutuando num nimbo de luz, um milagre que se consumava, achava sua beleza perfeita, sem excessos e sem falhas.

— Você quase não mudou, Victorien. Só está um pouco mais forte, um pouco mais bonito. Justo como eu mal ousava desejar que você fosse.

Cerimoniosamente, ele tinha se levantado, puxou uma cadeira e a fez se sentar a seu lado. As pernas de ambos se roçavam como se nunca houvessem se afastado e como se cada um contivesse em si a forma do outro. Ela cai em mim como uma roupa que eu tivesse usado por muito tempo, pensava ele, sempre confusamente, seu rosto me deslumbra, brilha de beleza e não consigo ver direito sua carne. Ele me emociona, simplesmente. Ela é exatamente tal como é na minha alma. E quando olha para mim com esse sorriso, eu suspiro de alívio, regresso a casa. Ela ocupa exatamente o volume da minha alma; ou então minha alma é sua vestimenta, e eu a visto exatamente. Sua beleza que adivinhei de longe agiu como um pressentimento. Eurydice, minh'alma, aqui estou novamente diante de ti.

Eurydice tomava lugar no lugar à sua medida que era o coração de Victorien. Tudo nela, seus olhos, sua voz e seu rosto, todo o seu corpo, irradiava aquela mesma luz que o havia iluminado doze anos antes e doze anos durante. "Como ela me deslumbra", murmurou, balbucio apenas articulado que somente Salomon ouviu. Tudo se precipitava, tudo, ele se estrangulava, as palavras não lhe vinham, não podia articular nada. Felizmente Salomon assumiu as rédeas da conversa, radiante, sua volubilidade recuperada.

Falava de tudo e de nada, exclamava, gargalhava, cumprimentava conhecidos de passagem, provocava a filha, que não replicava, ela devorava com os olhos o belo Victorien, escrutava seu rosto amadurecido passado na areia do tempo, ele percebia, deixava-a entregue a suas contemplações, questionava o capitão Salagnon a propósito das suas viagens, das suas aventuras, das suas façanhas, e Victorien respondia mal, de forma confusa, falava de jângal, de arroios e de fuga noturna na floresta encharcada. Desfiava recordações, designava-as como quem manda uma série de cartões-postais, não podia fazer nada melhor do que mostrar sua coleção, porque os recursos da sua alma estavam ocupados em ler a fisionomia de Eurydice e aflorar suas pernas debaixo da mesa, aquelas pernas de cuja pele, de cuja curva e de cujo peso se lembrava muito melhor do que se fossem as dele.

O marido de Eurydice chegou, cumprimentou calorosamente todo mundo, instalou-se; logo se meteu na conversa, era brilhante nisso, parceiro perfeito para Salomon. Era um belo homem, teatral, moreno, de cabelos anelados, a camisa branca fulgurante aberta sobre seu torso bronzeado, igualava Salomon no virtuosismo, distribuía sem contá-las uma torrente de palavras inteligentes e engraçadas, mas que muito mais estonteavam do que conveniam, diziam ou mesmo encantavam. Convinha, ouvindo-o, reagir com excesso e rir com frequência. Salomon era um ás nesse esporte, Salagnon foi logo passado para trás, perdeu rapidamente o fôlego e se contentou em olhar.

Era muito bonito esse homem moreno que se nutria de sol, que se valia da língua como um instrumento de música dançante. Mas no exato momento em que Victorien o vira, no momento em que o outro parara diante da mesa, em que se inclinara para eles de mão estendida, sorriso reluzente, tinha se perguntado o que Eurydice fazia com ele. O que o homem fazia com ela, sabia muito bem. Eurydice era o precioso tesouro de Salomon Kaloyannis, um esplendor que não havia como não desejar; mas aquele homem não estava à sua altura. Foi o que Victorien disse distintamente a si mesmo no momento em que apertava sua mão, com um belo sorriso firme de oficial paraquedista. Dentro de si, afastou-o com um revés de mão. Não está em seu lugar, dizia-se simplesmente. Não está em seu lugar neste lugar que é meu. Mas na longa conversa que se seguiu, pontuada de piadas e de exclamações, de cumprimentos aos passantes e de risos, nessa peça de teatro *pataouète* que era representada perto dos Três Relógios, Salagnon não falava muita coisa. Não tinha tempo; não tinha a rapidez, não sabia enfiar uma tirada no momento em que os outros tomavam fôlego, não sabia encenar pequenos nadas com muito barulho. Enquanto o pai e o marido atuavam, ele olhava para Eurydice, e Eurydice lentamente se sentia enrubescer.

Ela se lembrava das suas cartas, dos desenhos, de toda aquela conversa sem resposta que ele mantivera por doze anos, e os pelos suaves do seu pincel carregado de nanquim acariciavam sua alma, faziam sua pele fremir. Naquela estranha Argel em que a palavra era uma arte de rua, a pintura não tinha nada de visual; era silenciosa, lenta, e tátil.

Quando se separaram, o marido cumprimentou virilmente Victorien e convidou-o a visitá-los; Eurydice aquiesceu, incomodada. Os dois se afastaram, bonito casal. Ouviu-o dizer, sua voz tinha bom alcance, e ele tinha o ouvido apurado, educado pela selva, ou então o marido queria ser ouvido: "Esses caras bancam os mata-mouros, essa é a palavra, mata-mouros, com seus espadins e suas fardas extravagantes. Se exibem com seus bonés gaiatos e suas calças justas, mas quando você os encara olhos nos olhos, não soltam uma palavra".

Passou o braço pelos ombros de Eurydice, tão silenciosa quanto uma pedra, e desapareceram na multidão de Bab el-Oued. Victorien acompanhou-os com o olhar até não ver mais nada, não ouvir mais nada, e ficou nessa pose sem se mexer, olhos fitos no ponto em que haviam sido tragados pela floresta humana de Argel.

— Bonita, hein, minha filha! — lançou-lhe Salomon batendo na sua coxa, com um entusiasmo tão encantador que lhe arrancou um sorriso.

Seu tio o esperou em frente ao palacete, num jipe estacionado em cima da calçada, fumava olhando para o vazio, meio recostado no assento, braço pendendo por cima da portinhola. Salagnon saiu enfim, beijou-o sem uma palavra e sentou ao lado dele. O tio atirou o cigarro por cima do ombro, com um peteleco, e arrancou sem dizer nada. Levou-o a um pequeno café na cidade alta diante do qual se abria a baía de Argel. Pinheiros sombreavam o terraço, rochas de calcário seco afloravam entre as árvores, mesmo sendo inverno estavam à beira do Mediterrâneo. O dono do café, um *pied-noir* gordo de palavrório típico demais para não ser um tanto forçado, oferecia rodadas de anisete aos paraquedistas que frequentavam seu estabelecimento. Cingido de um avental que lhe apertava a barriga, contornava o bar, vinha servir pessoalmente e distribuía incentivos em voz alta, batendo com os dedos juntos na mesa, mão espalmada, para se fazer ouvir. "Temos de mostrar a eles, a esses ratos. A força, é só o que conhecem. Se você baixa a guarda, eles te esbofeteiam; se você oferece a outra face, eles te degolam. Se você vira as costas, eles te cravam uma faca, e você nem vê. Mas se você olhar para eles nos olhos, não se mexem. Paralisados, como troncos. Capazes de ficar um dia inteiro sem se mexer. Eu me pergunto o que eles têm no sangue. Uma coisa fria e viscosa, certamente. Como as lagartixas."

Pousava o anisete na mesa, uma *kemia* conforme a hora, "à vossa, senhores, é por minha conta"; e voltava para o bar, enxugava os copos ouvindo um rádio que emitia a meia-voz canções melosas e intermináveis.

Salagnon e seu tio ficaram em silêncio diante da baía que se estendia a seus pés. A água de inverno era de um azul pálido sem nuances, os prédios brancos se comprimiam à sua beira, tão calmos.

— Sempre dizem a mesma coisa — falou enfim o tio. — Que os conhecem porque foram à escola juntos. É por isso que é tão atroz. Exatamente por isso.

— Por que por isso?

— Os *pieds-noirs* não compreendem a violência que lhes é feita. Eles se entendiam tão bem, creem. Mas estranhamente todos os árabes compreendem a violência que é feita. Então, ou são de espécies diferentes, ou vivem em dois mundos separados. Ter ido à mesma escola para depois viver em mundos separados é explosivo. Não se ensina impunemente a liberdade, a igualdade e a fraternidade a pessoas a quem elas são recusadas.

Beberam, contemplando o horizonte perfeitamente límpido, o sol de inverno lhes aquecia o rosto e os antebraços, que ficavam de fora das mangas sempre arregaçadas da gandola.

— O que você está fazendo? — perguntou por fim Salagnon.

— A mesma coisa que você, imagino. Mas em outro lugar.

Mais não disse. Os traços do tio estavam tensos. Sua tez, um pouco doentia, pálida demais, os cantos da boca caíam, afundavam nas bochechas, atando pouco a pouco seus lábios.

— Se não conseguirmos nada, se tivermos um dia de partir, não terá passado de um crime — sussurrou, apenas audível. — Vão nos odiar.

O silêncio tornou a cair; ele pesava sobre Salagnon. Procurou à sua volta alguns detalhes que pudessem desviar a conversa, retomá-la em outro ponto. Os pinheiros se agitavam suavemente, o Mediterrâneo muito liso se estendia até o horizonte, os grandes prédios brancos mais abaixo, como blocos de gesso, se comprimiam para formar ruelas umbrosas.

— Continua estudando a *Odisseia*? — perguntou.

O rosto do tio se distendeu, ele chegou a sorrir.

— Estou progredindo. Sabe, li uma coisa estranha. Ulisses foi ao país dos mortos para perguntar a Tirésias, o adivinho, como aquilo terminaria. Oferece um sacrifício aos mortos, e Tirésias vem, ávido de beber.

Mas afasta-te da vala, desvia a tua espada afiada,
para que eu beba o sangue e te diga a verdade.

"Depois, explica como terminará: dez anos de guerra, dez anos de aventuras violentas para voltar para casa, durante os quais seus companheiros morrerão sem glória um a um, e um massacre para terminar. Vinte anos de uma carnificina à qual somente Ulisses sobreviverá. Tirésias, que era a voz dos mortos, que havia bebido o sangue do sacrifício para dizer a verdade, lhe indica também como ele poderá escapar, como poderá viver, depois da guerra.

Deverás partir com um remo de bom manejo, até que chegues junto daqueles que o mar não conhecem [...] quando outro viandante te encontrar e te disser que ao belo ombro levas uma pá de joeirar, então deverás fixar no chão o remo de bom manejo, oferecendo belos sacrifícios ao soberano Posídon, um carneiro, um touro, um javali que acasalou com porcas; depois regressa a casa e oferece sagradas hecatombes aos deuses imortais, que o vasto céu detêm, a todos por ordem; e do mar sobrevirá para ti a morte brandamente, que te cortará a vida já vencido pela opulenta velhice; e em teu redor os homens viverão felizes...

"Quando ninguém mais reconhecer os instrumentos da guerra, estará terminado."

Lá embaixo no mar espelho do céu um navio branco vinha para Argel. Ele aumentava vagarosamente, brilhava ao sol de inverno, deixava atrás de si um sulco que logo se fechava, mal perturbando um mar de óleo azul impassível. Devia conter viandantes, gente que regressava, funcionários da França e recrutas, incontáveis recrutas que vinham fazer aqui o que não imaginavam ser capazes de fazer. Alguns não regressariam, outros regressariam cobertos de sangue, todos seriam atingidos.

— Acha que um dia isso vai acabar?

— Ulisses levou vinte anos para regressar. Vinte anos é o tempo habitual de reembolso de uma dívida. Ainda não terminamos completamente.

Eles continuavam. Espremiam Argel até extrair a mais ínfima gota de rebelião. Descartavam progressivamente as peles secas que ficavam em suas mãos. Marcavam nas casas grandes algarismos com piche. Conheciam todos, cada casa era uma ficha em que inscreviam os nomes. Interrogavam os pedreiros porque eles podiam construir esconderijos, interrogavam os vendedores de produtos químicos porque eles podiam fornecer os produtos explosivos, interrogavam os relojoeiros porque eles podiam fabricar o mecanismo das bombas; interrogavam os que saíam a uma hora inadequada, interrogavam os que não estavam em casa numa hora em que deviam estar como bons pais de família e também os que estavam na casa de outros sem que razões familiares assim impusessem. O menor desvio em relação à ficha requeria esclarecimento. Quatro paraquedistas num jipe iam buscar aquele que poderia lhes dar explicações. No porão do palacete mourisco faziam-lhe perguntas.

Eles davam busca detrás dos rostos, acossavam na selva do corpo, perseguiam o inimigo dentro do outro amarrado na frente deles. A questão medieval com ajuda de instrumentos era o único meio de intervenção nessa guerra interna, nessa guerra de traição, nessa guerra que não se via porque situada dentro de cada um. Eles utilizavam os indícios a seu alcance, categorizavam os rostos, acreditavam na verdade do sofrimento. Pressionavam com perguntas. De tanto pressionar, não houve mais nada; peles mortas que descartavam. Devastavam, já que não podiam vencer; nessa guerra dentro do corpo mal era possível combater. A guerra que eles travaram foi um acontecimento ao mesmo tempo cognitivo, ético, militar, criaram-se nele prodigiosas novidades, novíssimas técnicas policiais, um ultraje inédito ao direito e aos homens, uma utilização do bom senso num nível nunca antes atingido, e foi um sucesso estrondoso; que preparou o fracasso de tudo.

Aquilo terminou quando mais nenhuma bomba explodiu em Argel. Não houve mais nenhum barulho nos porões do palacete mourisco, só um cheiro fétido que estagnava como um gás pesado incapaz de escapar. Todos os agitadores haviam sido eliminados, ou tinham fugido. Todos os que podiam articular uma oposição haviam sido reduzidos ao silêncio. Restava apenas um ódio mudo, compartilhado, batendo como um coração surdo nas ruelas pacificadas. Andando pela cidade árabe podia-se ouvi-lo, mas ninguém ia até ela. Mandaram então os paraquedistas para o interior perseguir os fora da lei que lá viviam em bandos. A tarefa dos paraquedistas era destruir o maqui. Em Argel, tinha-se esvaziado a água, o peixe não vivia mais lá.

Confiaram a ele uns jovens vindos da França, meninos menores de idade que acabavam de deixar a escola, que acabavam de deixar as suas famílias, que desciam do navio carregando um grande saco verde; subiam em caminhões dirigidos por paraquedistas de pouca conversa, de uniforme justo e mangas arregaçadas, e atravessavam Argel sentados em fila na traseira do caminhão, os grandes e incômodos sacos verdes apertados entre as pernas. A maioria deles nunca tinha visto uma cidade assim, agitada, balneária, miserável, uma cidade transbordando de gente, as ruas cheias de roupas estranhas que roçavam umas nas outras sem se ver, e de militares, militares por toda parte, de uniformes diversos, armados, em patrulha, de sentinela, de passagem, a pé, de jipe, em veículos ligeiros blindados, em caminhões empoeirados. Se chegavam num belo dia em que o sol iluminava as fachadas brancas, a cidade tinha seus encantos, e a tensão malsã que caía desse céu de zinco pintado, ardente e azul, os eletrizava. Os caminhões atravessavam a entrada fortificada da caserna, barrada por defesas e sacos de areia, e paravam na praça de armas. Ao lado do mastro em cujo topo tremulava a bandeira, longilíneo e reto, a bela cabeça fixada na extremidade da estaca do seu corpo, esperava-os o capitão Salagnon de uniforme de campanha, pernas afastadas, mãos cruzadas atrás das costas, boina vermelha levemente inclinada; e todos eles no caminhão ainda não sabiam o que significava a cor daquelas boinas. Iam aprender, com muitas outras coisas. Mas estranhamente a cor das boinas e a cor dos uniformes estariam entre as coisas mais importantes que eles aprenderiam aqui, precisariam não confundir azuis, verdes, vermelhos, pretos, e não experimentar os mesmos sentimentos para com os que usassem tal cor ou tal outra. Mandavam-nos descer, começavam a gritar, mandavam-nos se alinhar em posição de sentido, a mochila a seus pés. Queixo erguido, esperavam em face do capitão Salagnon plantado diante da bandeira. Os jovens vinham da França e nunca haviam estado tão longe, eram todos voluntários. Em seu rosto liso mal se adivinhava o que eram. Haviam estudado na França, aprendido a atirar e a saltar e a carregar — saltar só para ver se eram capazes porque jamais o fariam; não saltariam mais alto que da beirada do helicóptero assim que ele pousava, com a hélice ainda girando. Em seu olhar claro onde disputavam uma ingenuidade e uma dureza provenientes ambas da infância, eles, alimentando uma pequena chama, se davam o ar de querer partir para a luta. Quando a imobilidade enfim durava, quando o silêncio se tornava enfim opressivo, Salagnon se dirigia a eles com uma voz forte e clara. Sempre lhes falariam assim, alto para que ouvissem, claro para que compreendessem. "Senhores, vou torná-los paraquedistas. É preciso merecer para sê-lo; será difícil. Os senhores serão homens de guerra e imporão respeito; sofrerão mais

do que jamais sofreram. Serão admirados, e serão detestados. Mas os que me seguirem, eu nunca deixarei para trás. É tudo o que posso lhes prometer."
E mantinha a palavra. Eles não esperavam mais; vinham para isso.

A primeira vez que tornaram a se encontrar foi num hotelzinho da rua de la Lyre. Salagnon chegara adiantado; deitado na cama, esperava. O lugar não lhe convinha, o papel de parede descorado, os móveis antiquados e de cor demasiado escura, o espelho que refletia metade dele deformando-o, as cortinas descoradas, o barulho permanente da rua. Aquilo não conviria a ela tampouco. Pensou em se levantar, em pedir outro quarto, mas ela bateu, entrou, logo se juntou a ele sem que ele sequer tivesse tempo de se erguer. Foi um ajuste, ela se apertou contra ele, afundou o rosto em seu pescoço, sua orelha, murmurou seu nome e outra coisa que ele não entendeu. Endireitou-se e fitou-o intensamente.

— Como esperei este momento, Victorien. Quanto mais a situação piorava, mais eu sonhava com que mandassem vocês para cá. Que mandem o Victorien que tinha se aguerrido, que viria nos salvar, a mim em particular, que viria nos salvar de tudo isso, dessas violências atrozes, dessas imbecilidades, dessas traições, desse tédio sem fim.

— Você não me disse nada.

— É que eu não sabia exatamente disso. Descubro ao te dizer, mas sempre senti. Quando li no jornal que mandavam vocês para cá, meu coração saltou de alegria. Meu desejo que não era dito se realizava. Tudo isso, toda essa guerra, toda essa violência e todos esses momentos de horror nos levam a este momento, a este em que estamos. Estávamos tão longe, nascemos tão distantes um do outro que foi preciso duas guerras para nos unir. Eu esperava secretamente que a situação piorasse, que você viesse depressa. Eles não sabem por que guerreiam, os outros, sou a única a saber: eles guerreiam por nós, para que pudéssemos nos reencontrar.

Ela o beijou. Ele não pensava mais no aspecto do quarto. Ele não existia mais verdadeiramente. Ficaram o dia inteiro, e a noite, mas se separaram no dia seguinte. Às seis o capitão Salagnon subiu no veículo à frente de uma coluna de caminhões repleta de homens; partiam em operações.

Escreveu uma breve carta para ela, em que esboçava com um traço de pincel a curva do seu quadril, tal como se lembrava; mencionou o endereço do seu acantonamento para que ela pudesse responder. Eurydice pegou o Citroën 2 cv do pai e foi vê-lo. Tinha vestido um haique branco que prendia com os dentes. Deixou detrás de si um rastro de estupefação e de divertimento. Não é muito comum uma mulher de haique branco dirigindo a toda pelo campo. Não passou despercebida: alguém se disfarça e se esconde, pensavam à sua passagem. Não se sabe quem; mas se sabe que ela se esconde, porque ela não é de jeito nenhum o que pretende ser. Fantasmática e excitadíssima, desembarcou no bivaque do regimento de paraquedistas. Perguntou pelo capitão Salagnon ao sentinela perplexo. Ela se desenrolava de seu haique, falando, forçou a porta, caiu nos braços de Victorien surpreso que lhe disse que ela era louca, imprudente, na estrada tudo podia lhe acontecer.

— Estou escondida, ninguém me vê — disse ela rindo.
— É a guerra, Eurydice, não estamos brincando.
— Estou aqui.
— E seu marido?
— Ele não existe.
A resposta lhe convinha.

Uma chuva breve havia lavado a profundidade do ar. Havia secado depressa e lavado os longes, o céu, o horizonte, de todas as poeiras ocre que pairavam aqui e o velavam. A paisagem se estendia como uma roupa que acabara de ser lavada, resplandecente, em todas as direções sob um céu azul puro. Eles partiram no Citroën 2 cv de Salomon, pela estrada pedregosa, em direção ao pequeno desfiladeiro de Om Saada. Ele sabia que lá encontraria árvores, sombra, magras extensões de relva onde poderiam se deitar. Havia mostrado a Eurydice o caderno de desenhos que levava e, sem lhe dizer nada, escondido uma pistola debaixo do assento dianteiro. Haviam rodado devagar, conversando e rindo de tudo, as janelas dobráveis de vidro abertas para deixar passar o ar desordenado que recendia a pedra quente, relva aromática grelhada, troncos de pinheiro besuntados de resina. A estrada irregular maltratava a sensível suspensão do Citroën, que balançava aos sacolejões como uma leve nacela montada em molas. Os dois se chocavam um contra o outro rindo, agarrando-se na coxa ou no braço, tentavam às vezes se beijar mas corriam o risco de se dar uma cabeçada, e esse risco tão bobo os fazia rir. Eurydice dirigia, ele se deixava levar com felicidade, olhava para tudo, a paisagem, a claridade do ar, olhava para ela que dirigia com uma atenção tocante, e esquecia a arma escondida debaixo do seu assento. No desfiladeiro de Om Saada pegaram uma estradinha de terra que os levou à beira da floresta de pinheiros torcidos. Um prado de relva rasa os acolheu. Na primavera as plantas pensam que podem vencer as pedras, e uma vegetação de um belo verde vivo, flores de caule curto, lances de relva partiam à conquista do mundo. As coisas seriam diferentes no verão, mas naquele dia a força vital da estação não hesitava diante de nada. Deixaram o carro, sentaram-se à sombra dos pinheiros cujos galhos mais baixos, grossos como uma coxa, serpenteavam no chão. Ela tinha trazido o haique, estendeu-o na relva como um lençol branco e se deitaram nele. À sua volta, embaixo como o chão de seu quarto, um tapete de colinas ondulava até o horizonte, verde e ouro, sob um céu uniforme e azul; não se via nem estrada nem aldeia, porque são pedra sobre pedra, muito raras e pequeninas, qualquer construção humana discreta demais para ser vista daqui. O ar morno se agitava, seus pulmões vibravam como velas que se içam, se enchiam da paisagem. A Argélia feliz se estendia diante deles.

Aquele dia eles passaram nisso: conversar alegremente, beijar-se até a língua doer, fazer amor com as nádegas de fora ao sol, e nessa paisagem imensa em que estavam a sós, esvaziar o farnel que haviam levado, desenhar um pouco, dormir nos braços um do outro, espantando por bruscos espasmos uma mosca importuna, única, que esvoaçava em torno deles. Não podiam acreditar que doze anos os houvessem separado. Doze anos é muito, um túnel, as lembranças situadas na outra ponta deveriam ter se esfumado na bruma dos longes, eles deveriam ter mudado. Mas não. Os doze anos haviam sido apenas uma página: leva tempo ler uma página, depois ler a seguinte, se seguirmos as linhas; mas a página precedente está apenas atrás da fina folha de papel; em outro lugar, mas grudada nela.

O entardecer foi vigoroso, um grande sol pintou tudo cor de cobre. A pele deles, um contra o outro, fundia um no outro. O sexo de Victorien não tinha cansaço, só um pouco de dores musculares. Poderia ter ficado eternamente ereto entrando e saindo, mergulhando em Eurydice como numa água deliciosa, e isso o fazia rir, como se ri na piscina, pele morna, respingada de água fresca, feliz com uma liberdade sem limites.

— Temos de parar e voltar — murmurou no ouvido dela.

— O senhor oficial mandou soar o toque de recolher?

— O senhor oficial sabe o que faz neste lugar. Vamos.

O carro não pegou. Inclinado na beira da pista, todo empoeirado, emitiu apenas um resfolegar encatarrado quando Salagnon virou a chave. Remexeu o motor, apalpou os fios, não adiantou. O sol tinha se escondido, o ar ficava azulado.

— Estamos encrencados.

— Vamos voltar a pé. Não é tão longe assim.

Ele sacudiu a cabeça.

— Pegar a estrada de noite é perigoso demais para nós.

— Nós?

— Dois europeus, dos quais um oficial sozinho. A região não está pacificada, Eurydice.

— Você sabia antes de vir?

Ele não respondeu. Tirou a pistola de sob o assento e enfiou o coldre no cinto. Pegou o haique e o que restava das provisões.

— O que vamos fazer?

— Esperar escondidos, dormir um pouco. E ao raiar do dia ir ao encontro dos que virão nos procurar.

— Vão nos encontrar?

— Vão — ele sorriu. — Sãos e salvos, se tivermos um pouco de sorte; ou mortos e bem maltratados, se encontrarmos o lobo mau deste bosque.

Instalaram-se na relva, entre dois rochedos que faziam uma sombra espessa. Deitados viam o céu já escuro com muito mais estrelas do que jamais haviam visto, salvo talvez na França certa noite em que estiveram juntos. Viam estrelas grandes, médias e uma poeira infinita de minúsculas que fazia a sombra brilhar. O ar recendia a pinho.

— Volta ao ponto de partida — disse Eurydice, apertando a mão dele.

— Novo ponto de partida — disse Victorien, puxando-a contra si.

Ele sabia não dormir. Sabia apenas cochilar, reduzir sua atividade mental e física ao mínimo, como se hibernasse, mas permanecendo sensível aos barulhos súbitos, às vozes, às pedras que se deslocam, aos galhos que estalam. Eurydice dormia no seu ombro. Seu braço esquerdo a envolvia, sua mão direita repousava sobre a arma, coldre aberto, e o metal já tinha ficado morno com isso.

Entre dois cochilos, ouviu cochicharem. Os murmúrios iam e vinham conforme os leves sopros da noite, se afastavam depois se aproximavam, ele acreditou reconhecer a língua árabe, várias vozes que se respondiam, não sabia se eram *djunuds* ou *djins*,* sua mão deslizou sobre a arma morna, pousou suavemente seu indicador no gatilho. Eurydice dormia, uma mecha de cabelo no olho, colada a ele. Ele a velava. Ela suspirou suavemente. Respirava contra o pescoço dele, sorria. Ele sentia o sexo inchar. Não é o momento, pensou, mas isso não faz barulho. Os murmúrios desapareceram.

Bem lentamente a noite se tornou menos escura. Foi acordado pelo Alouette, o helicóptero com cabine em bolha de acrílico que voava bem alto para evitar os tiros. O barulho distante das pás revolvia o ar puro da manhã, o sol róseo brilhava na concha transparente, no solo eles ainda estavam na sombra. Salagnon se ergueu num grande rochedo e fez largos gestos. O Alouette respondeu com pequenos círculos e se afastou. Victorien foi se agachar diante de Eurydice, enrolada no haique amarfanhado, sujo de terra e de verde. Ela o fitava com aqueles seus olhos intensos que logo o transformavam num só coração que batia violentamente.

— Boas notícias. Vão nos encontrar vivos.

Ela abriu o véu, apareceu a ele tal como havia dormido, enternecida e levemente amarrotada, sorrindo para ele, e esse sorriso a ele só dirigido pairava no ar e dardejava nele um feixe de deslumbramento, que não lhe deixava ver mais do que isto: aquele sorriso pairando, para ele.

— Venha para junto de mim. Enquanto eles não chegam.

Ouviram os motores se aproximar, de bem longe. Na estrada sacolejavam um jipe, um *half-track* munido de uma metralhadora e dois caminhões. Eles os esperaram perto do Citroën, penteados, desamarrotados da melhor forma possível. Salagnon pusera sua arma de volta na cintura.

— Tudo isso por nossa causa? — perguntou aliviado ao tenente que pulava do jipe cumprimentando-o.

— A região não é segura, capitão.

---

* *Djunud*: combatente do Exército de Libertação Nacional. *Djim*: gênio ou demônio do folclore árabe. (N. T.)

457

— Eu sei. Eu é que cravo as bandeirinhas no mapa.
— Permita repetir: não é prudente sair sozinho. Capitão.
— Mas não estou sozinho.

O tenente se calou e olhou para Eurydice. Ela lhe devolveu seu olhar, envolta no haique como num xale.

— O senhor é o capitão Salagnon que passa por tudo — suspirou o outro.
— Vai ver como um dia essa imortalidade lhe pesará.

E foi comandar o reboque do Citroën.

Esse sujeito tem dez anos menos que eu, pensou Salagnon, e sabe o que faz. Nós educamos uma geração de engenheiros da guerra. O que vão fazer depois?

— Subindo para o posto...
— O *bordj*, capitão, o *bordj* — cortou Chambol. — Faço questão desse termo. Em árabe designa a torre e é uma palavra fortíssima na língua deles. Uma palavra nobre que afirma um sinal no deserto.
— Então está bem. Subindo para o... *bordj* de vocês vimos ao longo das estradas cadáveres de burros. Vários, em diversos estágios de decomposição.
— É a zona proibida, capitão.
— É proibida aos burros?
— Foi esvaziada da sua população, proibida a toda passagem. Cuidamos que ninguém mais passe por ela, que nenhum tráfico alimente os fora da lei. Eles que sintam fome, saiam dos bosques e venham combater. A regra é simples, capitão, é ela que nos permite controlar o país: a zona é proibida, logo toda pessoa vista aqui é fora da lei.
— Mas e os burros?
— Os burros na Argélia são um meio de transporte. Logo na zona o burro é um comboio inimigo.

Salagnon pensativo observava o coronel Chambol lhe falar seriamente.

— No decorrer das emboscadas matamos vários burros, eles levavam azeitonas ou trigo. Pode-se considerar isso um erro, mas é um erro: esfaimamos a rebelião.
— Vocês viram os combatentes?
— Os fora da lei? Nunca. Eles não devem estar passando bastante fome

para sair do bosque. Mas nós os esperamos. A vitória será de quem tiver paciência para esperar.

— Ou eles não estão lá.

— Aqui eu o interrompo. Interceptamos um burro que transportava armas. As mulheres que o acompanhavam usavam sapatos masculinos, o que despertou nossa suspeita. Nós as abatemos imediatamente. Quando inspecionamos os corpos, eram na verdade homens, e em seus cestos, debaixo dos sacos de sêmola de trigo, o burro transportava dois fuzis. Esse burro morto justifica todos os outros, capitão. Estamos no bom caminho.

— Imagino que vocês continuam perseguindo os burros.

— Continuaremos. Não cederemos. A firmeza de caráter é a maior qualidade do homem. Ela passa com folga antes da inteligência.

— Estou vendo. A verdade é um longo caminho juncado de burros mortos.

— O que o senhor quer dizer, capitão?

— Nada, coronel. Procuro encontrar um sentido para tudo isso.

— E encontra?

— Não. Os estragos vão continuar, acredito — sorriu.

Chambol olhava para ele sem entender, sem sorriso.

— O senhor está aqui exatamente para quê, capitão Salagnon? — perguntou por fim.

— Para interceptar uma *katiba** que de fato leve armas.

— E acha que não somos capazes de barrar a sua passagem?

— Cento e vinte homens bem treinados, coronel, armados tanto quanto nós, e de sobreaviso. No mínimo não seremos demais.

— O senhor é que sabe. Mas poderia ter evitado se deslocar para cá.

Salagnon não se deu ao trabalho de responder. Os paraquedistas se instalaram na sala de Chambol, arrumaram espaço, instalaram um posto de comando com rádio, montaram um quadro-negro, abriram mapas; agruparam-se em torno de Salagnon de pé, que no meio da agitação não dava nenhuma instrução, esperava que tudo fosse posto em seu devido lugar. Chambol, braços cruzados, bufava num canto; visivelmente, muito visivelmente, desaprovava.

— Vignier, Herboteau?

---

* Unidade do Exército de Libertação Nacional Argelino. (N. T.)

— Sim, capitão.

— Se vocês fossem eles, passavam por onde?

Os dois jovens tenentes se debruçaram sobre o mapa. Com muita seriedade estudaram-no, mostravam com gestos sua concentração, um esfregando a aresta do nariz, o outro manipulando o lábio entre o polegar e o indicador, depois os dois pousaram o dedo nos relevos finamente desenhados do mapa, aqui e ali, murmurando como se hesitassem; mostravam que refletiam, mostravam que iam dar a essa questão uma resposta bem sopesada. Sós, não teriam feito tanto, mas eles refletiam sob o olhar de Salagnon.

À parte o uniforme, não se pareciam. Nada era mais diferente do que Vignier e Herboteau: um parrudo, o outro filiforme, um tagarela e brincalhão, o outro apagado e parco em palavras, um filho de operário de Denain, o outro filho de burguês de Bordeaux, um merecedor, o outro herdeiro, e por milagre eles se entendiam maravilhosamente bem, se entendiam com meias palavras, nunca davam um passo um sem o outro. Não tinham outro ponto em comum além de serem tenentes paraquedistas. Tem um espelho de feira posto entre os dois, brincavam os outros, eles fazem os mesmos gestos ao mesmo tempo, um pequeno e atarracado, o outro grande e seco.

Salagnon gostava daqueles garotos que tentavam responder com a maior seriedade assim que ele lhes fazia uma pergunta. Ele os havia educado, gostava de pensar, tinha lhes ensinado o esconde-esconde da guerra.

— Aqui, capitão — disse Vignier acompanhando com o dedo um vale estreito.

— Ou então aqui — acrescentou Herboteau, seguindo outro vale.

— Dois é demais. É preciso escolher.

— O que vocês querem adivinhar, o que esses caras pensam? — resmungou Chambol.

Tinha lhes emprestado sua sala, mas não suportava que os paraquedistas se servissem dela como se ele estivesse ausente. Os mapas se espalhavam em sua mesa, eles a tinham liberado sem maiores cautelas, examinavam as fotos aéreas da região com óculos estereoscópicos. Como se fosse possível conhecer os relevos sem subir neles. Quando bastava lhe perguntar. Era ele, Chambol, o ponto central da rede de postos que cobriam a região, e fingiam ignorá-lo, aqueles caras de farda de palhaço que se recusavam por bravata a usar o capacete pesado, tudo isso para exibir seu ridículo boné pequeno demais, num crânio de que se viam os ossos.

— Eles desaparecem como querem, não os encontramos nunca.

— Apesar dos postos?

— É essa a prova de que desaparecem.

— Ou então é que seus postos não veem nada; e não servem para nada.

— Nós controlamos a região.

— Se me permite, coronel, vocês não controlam nada. E é por isso que estamos aqui.

— Eles conhecem o terreno. Eles se derretem nele como manteiga em pão quente. Vocês não vão encontrar nada.

A comparação não fez sucesso. Salagnon o fitava em silêncio. Os dois tenentes levantaram a cabeça, esperaram. Os militares que cuidavam do rádio moderaram seus gestos, os que estavam ao lado do quadro-negro se empertigaram numa quase posição de sentido que torna invisível.

— Não tem o menor sentido conhecer o terreno, coronel. Sempre se diz isso, mas não quer dizer nada.

— Eles estão em casa, conhecem o terreno, desaparecem diante dos nossos olhos como bem entendem.

— Trata-se de cento e vinte homens transportando caixas de armas e munições. Um comboio de burros, coronel. Isso não se esconde atrás de uma pedra. Por onde passam, dá para ver.

— Eles conhecem o terreno, estou dizendo.

— Nenhum desses caras é daqui. A metade cresceu na cidade, como o senhor e eu, os outros vêm de outros lugares. A gente só conhece os arredores de onde vivemos; e mesmo assim se passeamos muito. Não são pastores que estamos procurando, mas um exército de pessoas formadas de acordo com as regras, competentes e prudentes, que sabem como fazer para se deslocar discretamente. Seus homens nos postos nunca saem para passear, e de noite dormem. Não conhecem nada de onde estão, esperam voltar para casa.

— São árabes e estamos na Argélia.

— Nada predispõe um árabe a conhecer a Argélia, coronel. O árabe que vive na Argélia aprende a conhecê-la, como todo mundo.

Chambol ergueu os olhos para o céu com um ar irritado.

— Você não sabe de nada, Salagnon. Não conhece nem este país nem este povo.

— Mas sei o que é atravessar uma região quando se é um bando armado. Eu mesmo sou um bando armado. O mundo é o mesmo para todos, coronel.
— Virou-se para seus tenentes. — Senhores?

— Aqui! — responderam em coro, pondo o dedo num dos vales.

— É besteira — disse Chambol. — Passando por aí, atravessam a estrada e estão ao alcance de um dos postos.

— Sim, mas é o caminho mais curto e em boa parte dentro da floresta.

— E a estrada, e o posto?

— Eles são cento e vinte, bem armados, capazes de passar com um bom esforço; e apostam que o *bordj* não os incomodará.

— Por quê?

— Como o senhor mesmo diz: os postos não os veem. Fecham os olhos ou olham para o outro lado. Não guardam a região, guardam a si mesmos. Os postos servem apenas para imobilizar nossos homens. Para salpicá-los por todo o país, cada um deles um alvo. Sua ocupação principal é sobreviver.

— Ridículo.

— Eu não diria melhor. E como nos posicionaremos?

Eles traçaram o dispositivo no quadro-negro, posições de espera, locais de recuperação, *drop-zones*, ante o olhar zombeteiro de Chambol.

— Boa ratoeira, senhores. Nós os aguardamos para jantar, quando estiverem fartos de tanto esperar.

Os paraquedistas estão deitados sobre as grandes pedras. Escondem-se ao longo da crista da montanha contra blocos de calcário que queimam quem toca em sua superfície ensolarada. Dominam o vale seco, onde no inverno — mas há um inverno aqui? a gente o esquece a cada verão — corre um riacho caudaloso de que só resta um fio d'água, buracos de terra marrom onde crescem espirradeiras, gramíneas cujas inflorescências secas brilham ao sol, e árvores, árvores ao longo do riacho formando uma pequena mata, uma mata dura de madeira densa, galhos contorcidos, folhas envernizadas, que sobe por todo vale e forma um longo abrigo apropriado à dissimulação. Abaixo deles, uma estrada pedregosa sobe do vale, atravessa o riacho numa ponte talvez romana, larga demais para a água que corre, mas há que prever as cheias que chegam com as tempestades, e a estrada sobe a outra escarpa, do lado oposto, atravessa outra crista. Uma segunda seção está ali, escondida também no caos de grandes pedras, nos arbustos cinzentos que fazem uma rede de sombras quebradas no chão. Não dá para enxergá-los, nem de binóculo. Os poeirentos uniformes camuflados se confundem com o cascalho que cobre tudo, a encosta descendente do vale, a encosta ascendente, e para lá de outras colinas secas até o infinito. Seu uniforme mosqueado os faz desaparecer. As cores desbotaram, as dobras são marcadas pelo uso, o tecido se esfiapa, às vezes cede, seu equipamento de pano verde se deteriora. Vestem roupas de trabalho. Mesmo suas armas são riscadas e amassadas como as ferramentas se adaptam à mão que as utiliza com frequência. Os blocos de pedra contra os quais eles se deitam os protegem dos olhares, mas não do calor. Como lagartixas coladas numa parede, eles não se mexem, seus olhos reduzidos a fendas. Espreitam, às vezes cochilam, estão ali desde a noite, sentiram o sol subir nas suas costas o dia inteiro. Viram o céu ficar violeta, depois rosa, depois de um belo azul como no verão da França e enfim quase branco o resto do dia, todas as cores de uma placa de metal lentamente aquecida até o excesso. Transpiram sem se mexer.

Não me mexendo, pensava Salagnon durante essas longas horas, eu talvez não transpirasse mais; ou não sentiria. O corpo não se acostuma, mas podemos cagar para ele. O calor me persegue; toda a minha vida de homem se deu na transpiração. Mas aqui, pelo menos, eu me banho em meu próprio suco. Na Indochina, era a atmosfera inteira que me envenenava. O ar me oprimia. Aquilo me lambuzava, eu cozinhava no vapor, no suor fedorento de todos que se tornava coletivo. Aqui eu só me lambuzo de mim mesmo. Melhor.

Eles espreitavam as proximidades da floresta sombria, daquele abrigo de folhas empoeiradas que crepitava. Haviam previsto que uma coluna de cento e vinte homens armados ia sair dela, depois atravessar a estrada a descoberto. Esperavam-nos. Cento e vinte homens: todo um exército na escala daquela guerra. No mais das vezes não se vê nada. Passa-se a pente fino e não se encontra nada. Um jipe era atacado numa estrada deserta, como se as pedras e os arbustos houvessem investido contra ele, e você encontrava os passageiros na beira do caminho, cortados em pedaços. Valia por uma batalha. Era-se reduzido a invadir a aldeia de pedra mais próxima do ataque, a interrogar aqueles que eram capturados. Eles não entendiam as perguntas e ninguém entendia as respostas. Correspondia a uma contraofensiva. Então eles esperavam cento e vinte homens armados com alívio. Combater é melhor do que temer o tempo todo ser surpreendido. Os jovens deitados entre as pedras procuravam não desmaiar de insolação, dominar as batidas do coração e manter em cada músculo uma pequena luzinha como uma lâmpada de emergência, pronta a se avivar quando a coluna de cento e vinte homens armados saísse do abrigo das árvores.

Salagnon havia instalado o rádio debaixo de uma mimosa magra, a antena se confundia com os galhos, não dava para perceber nada, as partes metálicas que poderiam brilhar haviam sido pintadas com tinta fosca verde, granulosa e gasta pela areia. A trinta quilômetros dali dois helicópteros esperavam, seus pilotos todo equipados sentados à sua sombra, prontos para depositar uma seção onde fosse necessário, depois voariam de novo para posicionar homens aqui e ali. Trambassac era todo olhos para os helicópteros. No mapa cravava bandeirinhas precisas. Espetava-as nos relevos representados por curvas de nível. Por rádio informavam-no quando estavam lá. Ele construía armadilhas de pequenos alfinetes, jogava damas no mapa, confinava o inimigo; cortava-lhe a passagem; esperava-o numa curva; rodeava-o de alfinetes. E lá, no calor entre as pedras, no centro de um horizonte que dava uma volta completa, os inimigos se enfrentavam rastejando nas pedras. Ele apontava um dedo; transportavam os homens para onde seu dedo tinha pousado no mapa.

Dois Siko H 34 podiam levar uma seção para qualquer lugar. Trinta homens não é muito, mas com garra, precisão, armas automáticas bem municiadas, eles davam o golpe fatal. Os quinze homens levados por cada helicóptero sabiam poder contar uns com os outros. Um batalhão constituído de jovens que se conhecem e se estimam é invencível, porque nenhum ousará dar no pé diante dos amigos, nenhum abandonará aqueles com que combate, aqueles com que vive, porque se abandonaria a si mesmo.

Os olhos semicerrados sob o boné, Salagnon esperava alguma coisa se mexer. Num caderninho sem pauta que guardava no bolso rabiscava o vale seco, fazia o esboço da sua topografia depois sombreava, aprofundando os detalhes. Em seguida virava a página e desenhava de novo a mesma coisa. Desenhou esse vale onde estavam à espreita até conhecer todas as depressões, cada árvore; nenhum dos arbustos secos que cresciam ali havia séculos lhe escapou. Ele se disse que passando rapidamente de um desenho ao outro seria possível notar o que se move, vê-los chegar. O rádio-operador a seu lado, encostado no tronco, cochilava sob a sua pala abaixada.

Vignier se esgueirou por entre as pedras sem deslocar uma só e apareceu de repente diante dele. Salagnon teve um sobressalto, mas o rapaz acalmou seu coração tocando seu braço com o dedo e levando-o aos lábios.

— Olhe, capitão — murmurou. — No eixo do riacho, perto da ponte.

Maquinalmente, Salagnon pegou o binóculo.

— Não — fez Vignier a meia-voz. — Não corra o risco de enviar um reflexo. Eles estão lá.

Salagnon depôs o binóculo e olhou, franzindo os olhos. Silhuetas cautelosas saíam do arvoredo denso. A sombra sob os troncos contorcidos as tinha dissimulado até o último momento. Avançavam em fila. Burros carregados de caixas os acompanhavam. Um barulho de motores se fez ouvir na estrada. Uma tromba de poeira vinha em direção a eles, lentamente, com o estrondo dos caminhões militares. Salagnon desta vez esqueceu as precauções, pegou o binóculo, se levantou. Um jipe precedia caminhões de homens. Subiam do vale, vinham pela estrada direto para a ponte.

— Merda. O babaca do Chambol!

O primeiro obus de morteiro, atirado do leito do riacho, caiu na estrada na frente do jipe. Este derrapou e parou no acostamento. Outro acertou o motor de um caminhão que pegou fogo. Os homens saltaram, se dispersaram, se jogaram no chão, as balas ao seu redor estouravam os calhaus.

— Que babacas, que babacas! — berrou Salagnon. — Vamos lá!

A ratoeira, cuidadosamente armada durante horas, se acionou num mau momento. Os obuses explodiram no leito do riacho, os fuzis-metralhadoras dissimulados entre as pedras começaram a atirar, saturavam o ar de crepitações e estilhaços. As seções escondidas avançavam rastejando e, quando os homens da *katiba* refluíram, levantaram-se e correram ao ataque. Vários burros caíram com guinchos de sirene, seus condutores hesitaram e os deixaram deitados sob as caixas, foram todos correndo se esconder entre as árvores. Um fogo nutrido se iniciou, rajadas, tiros repetidos de fuzil, e os paraquedistas se jogaram no chão, não dava para distinguir o reflexo adquirido do efeito de um ferimento.

— Que trapalhada — resmungava Salagnon. — Que trapalhada!

Chamou Trambassac, ordenou fechar o extremo do vale, fechar a armadilha, enviar por helicóptero as seções previstas aos locais previstos. Os paraquedistas avançavam, de pedra em pedra, atingiram o leito do riacho. Para os da estrada a situação era melhor. Levantaram-se prudentemente. Tiros eram disparados ao longe, bem ordenados, como num exercício. A *katiba* subia de volta a encosta e dava com os pontos de apoio disseminados nas cristas da montanha. Dois helicópteros atravessaram o céu fazendo uma barulheira infernal.

— Mesmo assim está funcionando mais ou menos, mas que estrago.

No leito seco do riacho jaziam alguns homens mortos com o uniforme gasto da ALN,* que tentava funcionar como um exército regular, mas não chegava a ser um de fato. Os feridos deitados se esforçavam para não fazer gestos bruscos, fitavam em silêncio os paraquedistas armados que iam de corpo em corpo. Entre os homens jaziam também burros tombados sob suas pesadas caixas de armamentos, alguns levantavam a cabeça e com a boca escancarada bradavam com aquele guincho enorme típico dos burros. Todos sofriam de ferimentos horríveis que as balas grossas e os estilhaços causavam, perdiam as tripas, seus pelos se grudavam com o sangue. Um sargento ia de um burro a outro com a arma de mão, se aproximava devagar, encostava o cano com todo o cuidado na testa do animal e disparava uma só bala, depois se endireitava, se afastava quando haviam cessado de zurrar, quando os espasmos das patas haviam cessado. Abateu os burros feridos um depois do outro até o silêncio se fazer. A cada tiro os feridos imóveis estremeciam. Os fora da lei estavam de uniforme e portavam armas de guerra. Foram reunidos. Os que tinham um porte inegavelmente militar foram postos à parte. Não seriam levados. Os que haviam visivelmente passado pelo exército francês seriam tratados como desertores. Quanto àqueles que levariam, amarraram suas mãos, ordenaram que se sentassem perto dos paraquedistas de arma nos quadris. Com um oficial foram encontrados mapas, papéis, formulários.

Vignier estava deitado na encosta. A bala o havia atingido na testa, bem onde a pele se enruga quando as sobrancelhas se franzem. Na certa tinha morrido na hora, atingido no ar e caído morto. Herboteau ficou um momento

---

* Armée de Libération Nationale, Exército de Libertação Nacional argelino. (N. T.)

olhando para ele em silêncio. Depois tirou um lenço do bolso, umectou-o com a língua e limpou o sangue em torno do buraco bem redondo recortado em seu crânio.

— Melhor assim. Pelo menos morreu limpo.

Levantou-se e guardou o lenço com cuidado. Pegou a arma de volta, pediu autorização para perseguir a *katiba*, e se afastou, seguido por seus homens. Ainda se combatia ao longe, rio acima, nos bosques difíceis de penetrar.

Ao cair do jipe Chambol teve uma entorse no tornozelo. Os caras dos caminhões se reuniram, manquejando, se amontoaram sem ordem em torno de seus veículos. Eram jovens, tinham rostos lisos de garotos, sua indumentária de infantaria grande demais fazia que parecessem ter surrupiado num armário fantasias de um tamanho maior que o deles. Eram recrutas, novatos. Tinham tido muito medo. Salagnon hesitou entre lhes dar uma bofetada e consolá-los. Seguravam desajeitadamente sua arma. No crânio deles, o capacete pesado parecia torto, mal posto, grande demais. Os paraquedistas se vestem bem para ir combater. Não parece, mas isso muda tudo. Quando todos foram reunidos, viu que só tinham, ao todo, dois sargentos para lhes dizer o que fazer. Um cheirava a álcool e o outro tinha o ar cansado, devia viver naquele país que desgasta havia décadas, desde bem antes da guerra. Melhor fariam se ficassem protegidos em seu posto, em vez de sair tolamente para levar um tiro de surpresa. Avistou Chambol, que fazia caretas de dor pondo o pé no chão.

— O que vocês estavam fazendo aqui?

— Íamos reforçar um dos nossos postos.

— Assim, sem mais nem menos, um posto qualquer da rede de araque de vocês?

— Um informante nos disse que o posto ia ser atacado. Íamos espera-los lá. Para que eles encontrassem gente prevenida. Pensávamos chegar antes deles.

— O senhor acredita em seus informantes?

— É um ex-combatente, de toda confiança.

— Olhe à sua volta, no chão, esses homens que nós matamos. Há entre eles ex-combatentes. O senhor não pode ter confiança em ninguém aqui. Salvo nos meus homens. O senhor é um babaca, Chambol.

— Mandarei acabar com o senhor, Salagnon.

— E se eu não estivesse aqui para lhes salvar a pele, vocês fariam o quê? Ficariam escondidos em seus postos de araque? Quanto tempo vão precisar para virem buscar vocês? Acabe com estes paraquedistas desrespeitosos, e os *fellaga**** irão até suas camas cortar os culhões de vocês. Sem que suas sentinelas sequer percebam. E elas também terão o mesmo fim, sem se dar conta antes de sentir o frio da adaga, bem debaixo do nariz dos panacas que seus caminhões levam pra lá e pra cá, sob o mando dos trastes que lhe servem de suboficiais.

— Eu proíbo o senhor...

— Não tem de proibir nada, coronel. E agora, volte como puder. Tenho mais o que fazer.

Quando a noite caiu, trouxeram-lhe Ahmed Ben Tobbal. Ele o reconheceu pelo bigode enorme, bem preto, que tanto o impressionara quando ainda nem se barbeava. Continuava a usá-lo, basto e violento, num rosto emagrecido porém mais intenso. A noite chegava, já não se ouvia nenhum dos barulhos da guerra e um pouco de frescor caía do céu. Recendia a árvores resinosas, plantas suculentas que se aliviam exalando espessos perfumes, pedras aquecidas que difundem um odor de sílex. Os paraquedistas voltavam arrastando um pouco os pés, acompanhando prisioneiros de mãos amarradas, guiando burros carregados de caixas em ambos os flancos, e dois dos seus de través. Quando trouxeram o prisioneiro ao capitão Salagnon, o corpo amoldado pelo tecido de camuflagem, insígnia romana plantada no solo no meio dos mortos, fisionomia marcada por trinta e seis horas sem dormir, ele o reconheceu e isso o fez sorrir.

— Se você tivesse caído nas minhas mãos, menino Victorien, eu não teria te tratado bem — disse Ben Tobbal.

— Não caímos nas suas mãos, Ahmed, nós não.

— Acontece, capitão, acontece.

— Mas não aconteceu.

— Não. Quer dizer que é o fim para mim. E bem rápido, penso — acres-

* Combatentes pela independência argelina. (N. T.)

468

centou com um sorriso que distendeu todos os seus traços, como se desse um suspiro de alívio, como se fosse se espreguiçar e dormir após uma longa marcha, um sorriso que não era destinado a ninguém e pelo qual se podia sentir simpatia.

— Não vou deixar.

Ele deu de ombros.

— Isso está muito além de você, capitão. Seus rapazes não me meteram uma bala na testa porque eu era o chefe da coluna. Eles me trouxeram. Sei a quem você vai me entregar. E se vocês me soltassem, me liquidariam do outro lado. Por ter perdido minha *katiba* e me ter deixado ser pego, isso me sujou, e entre nós a limpeza é simples: pelo sangue. Você percebeu que neste país a limpeza sempre se faz pelo sangue? Com sangue corrente, como se diz com água corrente. Aqui falta água, mas não sangue. — Aquilo o fez rir. Acocorou-se, um relaxamento o invadia, como que uma ligeira embriaguez. — Então eu enxergo muito bem meu futuro, ele é curto, apesar de você ser muito amável por me ouvir, menino Victorien. O dr. Kaloyannis gostava muito de você, gostaria que você se casasse com a filha dele. Mas as coisas mudaram, não sei por quê. O bom doutor se tornou um homem assustado, a bela Eurydice se casou com um sujeito que não a merece, de enfermeiro virei cortador de gargantas, e você, menino Victorien, que desenhava tão lindamente, está aí, homem de guerra cheio de orgulho, a algumas horas ou alguns dias da minha execução. Tudo acabou mal, e tudo ficará cada vez pior, até que todo mundo mate todo mundo. Não me descontenta que isso pare. Anos e anos correndo vales e montes, escorregando entre os dedos de vocês. Só cruzando com gente para eventualmente matá-la, você não imagina como isso cansa. Não me descontenta que isso pare.

— Ben Tobbal, você é apenas um prisioneiro.

Isso o fez sorrir de novo; acocorado, olhava de baixo para cima o capitão paraquedista inclinado para ele com solicitude.

— Você se lembra do seu colega lá da França? Ele foi o único francês que perguntou meu sobrenome. Para os outros um primeiro nome basta para designar um árabe. E me chamam de você porque dizem que na minha língua todos se tratam assim, mas nenhum dos que dizem isso fala minha língua; sabem coisas sobre nós, os franceses. Não falam árabe, mas sempre reconhecem o árabe.

Herboteau, fechado, escrutava Ben Tobbal e seus dedos se crispavam em movimentos nervosos como se ele se contivesse.

— Fazemos o que com ele, capitão? — perguntou sem tirar os olhos dele.
— Levem-no. Interroguem-no, é prisioneiro.
Herboteau suspirou.
— Assim é, tenente — insistiu Salagnon. — Por uma vez que travamos uma batalha em vez de nos degolar nos cantos, vamos obedecer às leis da guerra.
— Que leis? — grunhiu Herboteau.
— As leis.
Abriu o cantil e passou-o ao prisioneiro agachado; Ahmed bebeu com um suspiro, enxugou o bigode.
— Obrigado.
— Virão te buscar.

O helicóptero pousou alguns minutos para embarcar os feridos, o corpo dos mortos e aquele prisioneiro. Mariani, que não tirava os óculos de sol apesar de ser noite, curvado sob o vento das hélices, recebeu a pasta de couro gasto, a pequena pasta de contador que continha os papéis da FLN, formulários, listas, mapas.

— Isso deveria bastar — disse vendo Ben Tobbal ir para o helicóptero.

Mãos amarradas, ele subia desengonçado. Fez um breve cumprimento a Salagnon, como um piscar de olhos, um gesto de impotência, e desapareceu no habitáculo.

— Cuide disso — falou Salagnon.
— Sem problema — respondeu Mariani dando um tapinha na pasta, e subiu no aparelho que decolou ruidosamente.

Um vento fresco desceu da crista das montanhas, o céu violeta escurecia, o helicóptero se elevou até captar um reflexo rosa, um derradeiro raio de sol que sobrava naquela altitude; tomou o rumo de Argel. O sol devia ter se posto, e no céu malva pálido viram uma silhueta despencar do aparelho, dar um giro no ar e desaparecer entre as colinas escuras. O helicóptero não desviou da rota e desapareceu no ar negro. Não se fez mais ouvir.

— O senhor sabia que ia ser assim? — perguntou Herboteau.
— Em se tratando de Mariani, era de esperar. Bom, vamos voltar.

Os caminhões tinham vindo buscá-los. Faróis altos iluminavam a estrada pedregosa deserta. Os dedos de Herboteau haviam cessado de se crispar. Na cabine sacolejante, não conseguia dormir como faziam apesar dos pesares os outros, exaustos, na plataforma traseira munida de bancos. Cochilava e uma náusea o impedia de fechar os olhos. Sacudido pela estrada, acabou vomitando pela janela e levou uma bronca do motorista, que nem por isso parou.

— Está doente, Herboteau? — perguntou Salagnon quando chegaram.
— Estou capitão. Mas nada que eu não possa dominar.
— Se arranja sozinho?
— Sim.
— Ótimo; durma.

Iam dormir. Estavam esgotados pelas noites em claro e pelas marchas, pela espera, pela deflagração brusca do combate que os animava de repente, lhes permitia extraordinárias façanhas que os deixavam ofegantes, sonhando com praia, cerveja fresca, cama. Desgastavam-se. Parecia-lhes comprido o corredor do acantonamento, mal iluminado por lâmpadas de baixa voltagem, não enxergavam seu fim, percorriam-no arrastando os pés, as solas de borracha empoeiradas e gastas sobre o linóleo surrado, seguiam pelo corredor num passo mecânico rumo ao sono. Não era elegante a tropa que voltava, olhos vermelhos, o uniforme endurecido pelas crostas de sujeira, a pele grudenta de suor fedido, seguiam como um rebanho hesitante para o dormitório, para a cama de ferro em que se enrolariam num lençol e não se mexeriam mais. E desta vez voltavam quase todos, não tinham o peso dos mortos para arrastar, só três, e eles, sua própria carne cansada, sua alma por demais lavada de sangue, brilhante no escuro. Tudo tinha corrido bem, no fundo, eles puderam surpreender, não haviam sido surpreendidos, voltavam quase todos. No fundo. A iluminação pobre do acantonamento não os diferenciava, acentuava as protuberâncias de seus crânios, as sombras profundas de seus traços, figurando rictos em torno de seus lábios crispados, seus olhos no fundo das órbitas, sem reflexos, não se viam mais. Estavam cansados, não se gostavam, mantinham-se juntos acotovelando-se, apoiando-se ombro contra ombro. Querem dormir, pensava Salagnon, somente dormir. Vejo-os voltar nesta luz amarelada em que turbilhonam os insetos, vejo-os arrastar os pés, pensar em dormir neste corredor sinistro do acantonamento, rebanho que se sente forte, parecem mortos-vivos, e eu sou seu chefe. É noite, a manhã vai chegar, entramos na cripta e puxarei a laje depois que entrarem, poderemos passar o dia. Continuo a viver quando não deveria, essa é a origem do suor forte que me rodeia como vapores de sepultura, fui morto na Indochina à queima-roupa, de surpresa, comendo uma pata de galinha, não deveria estar aqui. E ainda assim continuo. Todos nós continuamos, não deveríamos estar aqui; ao que vivemos, ao que fazemos, ninguém resiste, ninguém pode sair ileso, mas continuamos ainda assim, somos o exército zumbi que se espalha pela Terra e semeia a destruição. Saciados, voltamos ao túmulo para passar o dia; na próxima noite sairemos de novo, farejando sangue. Quanto tempo isso vai durar? Até nos desfazermos em poeira, como os mortos secos que encontramos no deserto, que, se mexermos muito neles, se tornam em nada mais que um pouco de areia. Era preciso esvaziar a água, toda a água, fora decidido assim. O solo devia ficar seco, para que nenhum peixe sobrevivesse; só resta a poeira. Fizemos o que era para fazer: e no fim da noite voltamos para a cripta a fim de passar o dia.

— À prova de balas — disse ele. — Testei. A dez metros talvez não, mas de qualquer modo veremos; o que verifiquei foi que detém uma rajada de fuzil-metralhadora a cinquenta metros. Uma bala pode passar, mas tenho minhas chances. — O motorista deu uns tapinhas na placa de lata que ele havia aparafusado na porta do veículo, e a outra como um quebra-luz cobrindo o alto do para-brisa. — Eu preferia vidros blindados — prosseguiu —, mas não sou chefe de Estado. Não se encontra vidro blindado nas oficinas comuns.

Ele tinha vindo buscar Salagnon e seus homens após dois dias de emboscadas. Salagnon na cabine se deixava refrescar pelo vento da noite que entrava pelo vidro aberto, estava incrustado de areia e de suor seco que fazia cristais brancos em seu rosto e em seu uniforme de campanha de cores desbotadas.

— Sou caldeireiro e metódico — disse o motorista, sem tirar os olhos da estrada. Precisava prestar atenção nos buracos, o caminhão sacolejava, o que aqui se chama de estrada é um caminho de pedras mais ou menos quebradas, esmagadas, e que escorrem em massa durante as tempestades de verão, e se esfarelam sem avisar, rastejam para os desfiladeiros quando das longas chuvas de outono.

— E isso ajuda? — perguntou Salagnon distraidamente, olhos perdidos na paisagem.

— É que meu lugar é bem mais arriscado que o seu.

— O senhor acha?

— As estatísticas, capitão. Os motoristas morrem mais do que os oficiais paraquedistas. Em compensação, a gente morre com a bunda no assento, deitado no volante, no caminhão que pega fogo; e vocês com os braços em cruz, lá fora, uma bala na testa e de cara para o céu.

— Nas boas mortes — sorriu Salagnon.

— É uma imagem. Mas nas emboscadas miram nos motoristas; eles param o caminhão, toda a coluna que vem atrás e alvejam tudo isso, devidamente imobilizado, com fuzis-metralhadoras. O primeiro que ganha uma ameixa de presente sou eu, o cara ao volante. Às vezes, quando dirijo, a cabeça me arde só de eu saber que ela está tão exposta.

— Daí a blindagem?

— Eu bem que teria posto mais, no entanto preciso enxergar a estrada. Mas para me acertar é preciso agora uma arma de boa qualidade e boa pontaria. Eu me torno um alvo menos fácil, menos ao alcance deles; tentarão acertar outro cara, em outro caminhão. Teoricamente, escapo.

— O senhor é metódico — riu Salagnon.

— E caldeireiro. O senhor vai ver, é sob medida. Chapa de dez ajustada como papel recortado. Trabalho de primeira, capitão.

Passaram por Chambol que estava na beira da estrada, de pé em seu jipe parado.

Segurava-se no para-brisa, olhava para a aldeia mais abaixo, a luz inclinada do entardecer esculpia seu rosto, lhe dava uma máscara de estátua marcial. Não se mexia.

— O que esse babaca está fazendo ali?

Salagnon o cumprimentou com um movimento dos dedos, ao qual o outro respondeu com um imperceptível movimento de queixo. Dois *half-tracks* bloqueavam a entrada da aldeia. Jovens soldados desocupados estavam plantados aqui e ali, o capacete metálico inclinado, segurando o fuzil como se fosse uma vassoura, infantis em sua calça grande demais. O sol voltava ao horizonte, a poeira em suspensão captava reflexos acobreados, os rostos jovens dos soldados refletiam esse estupor. Eles ficavam onde os haviam deixado, não sabiam o que fazer. Salagnon desceu do caminhão. No ar espesso do entardecer, aquecido por um sol baixo que fazia os olhos piscarem, ouviu as moscas. Elas faziam ressoar o âmbar espesso em que estavam todos paralisados, aqueles soldados que não empunhavam direito seu fuzil, que permaneciam imóveis e se calavam. Os atiradores dos *half-tracks* mantinham as mãos na empunhadura das metralhadoras, olhavam reto para diante, e tampouco se mexiam. Ouviu gritos; alguém gritava em francês, alto demais para suas cordas vocais, Salagnon não entendia o que dizia. Vários corpos estavam estendidos no cascalho entre as casas. Era de lá que vinha o zumbido das moscas. A parede de barro acima deles estava marcada por uma fileira de buracos irregulares; as balas das metralhadoras a atravessavam sem dificuldade, arrancando pedaços de terra seca. Um sargento berrava com um árabe deitado, um velho tetanizado que murmurava entre as gengivas em que faltavam dentes. Vários soldados observavam a cena como espectadores, alguns com as mãos nos bolsos, nenhum dizia nada nem ousava esboçar um gesto. O sargento enchia o velho de pontapés berrando acima das possibilidades de suas cordas vocais. Salagnon acabou entendendo:

— Onde ele está? Onde ele está?

— Sargento, está procurando alguma coisa?

O sargento se endireitou, olhar brilhante, um pouco de baba no canto dos lábios de tanto urrar sem retomar fôlego.

— Estou procurando o patife que nos deu essa informação falsa. Perdi quatro homens por causa disso, quatro meninos, e quero encontrar esse patife.

— Ele sabe alguma coisa?

— Todos sabem. Mas não dizem nada. Um acoberta o outro. Mas vou encontrar. Ele vai me dizer. Esse patife vai pagar caro. Se tiver de arrasar a aldeia para que eles paguem, eu arraso. Temos de mostrar a eles. Não deixamos passar nada.

— Deixe esse sujeito. Ele não sabe de nada. Ele nem entende suas perguntas.

— Não sabe de nada? Então vamos parar logo com isso, o senhor tem razão.

Sacou a pistola regulamentar do coldre e num só gesto apontou para o velho e disparou. O sangue do seu crânio respingou no coturno do soldado mais próximo, que teve um sobressalto, olhos arregalados, seus dedos crispados no fuzil se apertaram, o tiro atingiu o chão, levantando poeira, sacudindo-o, e ele ficou todo vermelho como se tivesse sido pego fazendo algo errado, balbuciou desculpas. Salagnon se aproximou um passo, o outro o observava vir, olhar vago, cheirava mesmo a álcool. Deu-lhe um soco sob o queixo. O sargento foi ao chão, e na terra não se mexeu mais.

— Desobstruam a estrada. Empurrem seus caixotes de rodinhas para a beira da pista.

Os *half-tracks* cumpriram a ordem numa nuvem de óleo diesel, os soldados se afastaram. Salagnon voltou para seu caminhão. Atravessaram lentamente a aldeia, evitando os buracos e as pedras grandes que cortavam o caminho. O barulho constante das moscas se afinava com o dos motores pesados. O sargento continuava no chão. Os soldados aparvalhados não se mexiam mais, fuzil apontado para o chão, olhos piscando ao sol do entardecer. Os corpos estendidos mergulhavam na sombra.

— É só uma arrumadinha — grunhiu Salagnon. — Eles se virarão muito bem sem a gente.

— Não parecem muito espertos — notou o motorista.

— Pedem para eles fazerem coisas horríveis, sob as ordens de uns babacas, comandados por um coronel de opereta, e isso por nada muito claro. Vão nos odiar por isso, durante muito tempo.

Em 1958 o Romancista retomou o comando do Estado. Era escritor militar, no sentido desse personagem do Império ou do Grande Século, do gênero que esboça grandes ofensivas a lápis vermelho nos mapas, que maltrata amantes em cada um dos seus acantonamentos, que conhece seu exército nas estradas como se conhece sua matilha de cães corredores, do gênero que obedece ostensivamente à vontade do príncipe mas não segue na campanha nenhuma outra opinião que não a sua, do gênero que escreve cartas brilhantes na véspera das batalhas e grossos volumes de *Memórias* no fim de seus dias. Mas ele, que retomou o comando do Estado, nunca liderou nenhuma guerra, nunca exibiu nenhuma amante e não encontrou nenhum príncipe a quem obedecer.

Em 1958 os militares puseram o Romancista no topo do Estado, onde só há lugar para um. É estranho pensar que nesse lugar feito para um príncipe tenham instalado um militar. É estranho que se devotassem a um militar que não combatia, cuja única resplandecência era verbal, que se construiu a si mesmo obstinadamente graças a um extraordinário gênio literário. Sua obra, grandiosa, não estava toda contida em seus livros; estava sobretudo em seus discursos, que eram como peças de teatro, em suas alocuções, que eram como oráculos, e no extraordinário formigamento de anedotas das quais se tem o relato, a maioria apócrifas porque ele nunca teria tido o tempo de contá-las todas, mas também fazem parte da sua obra. Tinha fôlego, esse grande general sem soldados que manobrava as palavras, tinha fôlego romanesco. Usou-o em seus livros, e no próprio espírito dos que o liam. O espírito dos franceses constituiu a grande obra do romancista: ele os reescreveu, os franceses foram seu grande romance. Ainda o leem. Ele tinha espírito, que é a maneira francesa de usar o verbo, com ele e contra ele.

Os militares, inábeis com a pena, o puseram à testa do Estado; encarregaram-no de escrever a História. Já havia escrito o primeiro tomo: encarregaram-no de escrever a continuação. Ele teria nesse romance de cinquenta milhões de personagens o lugar do narrador onisciente. A realidade se fará inteiramente do que ele terá dito; o que ele não disse não existirá, o que sugerirá com meias palavras existirá. A força narrativa desse homem era admirável. Concederam-lhe a onipotência do verbo criador, tivemos com ele uma dessas relações pouco conhecidas que os personagens de um romance mantêm com seu escritor. Em geral, eles se calam, não são mais que as palavras de um outro, não têm nenhuma autonomia. Só o narrador tem a palavra, ele diz a verdade, diz os critérios do verdadeiro, dá a entender o verdadeiro, e o que resta, o que resta fora das categorias do que ele narra não passará de ruídos, queixumes, eructações e borborigmos fadados a se extinguir. Os personagens são habitados por uma dor de ser tão pouco, que os faz morrer ruidosamente, dilacerados.

De helicóptero ele via os comandos de caça* percorrer a região, via-os marchar em longas fileiras espalhadas nas solidões da zona proibida, via do

---

* Criados por De Gaulle, os comandos de caça tinham por missão detectar e perseguir as *katibas* da FLN. (N. T.)

alto nos rochedos claros a linha pontilhada de silhuetas escuras, maciças, sacos pesados demais, cantis de água, armas atravessadas nos ombros. Eles percorriam a zona sem deixar passar nada, perseguiam o que restava das *katibas* destruídas, procuravam, para matá-los, os pequenos grupos de homens famintos portando armas tchecas, que andavam à noite e passavam o dia em grutas. Os comandos de caça andavam muito, para na maioria das vezes não encontrar nada, mas seus músculos se tornavam cabos de aço duros, sua pele se bronzeava, sua alma se tornava impermeável ao sangue, seu espírito reconhecia o inimigo pelo rosto, pelo nome, pelo grão da sua voz. Salagnon sobrevoava a zona de helicóptero, pousava no lugar certo, quando era preciso assestar uma porretada decisiva. Com seus homens de bela aparência formavam porretes, tomavam de assalto uma gruta, interceptavam um bando mais forte comandado por oficiais formados no Leste europeu. "Somos tropas de choque", dizia Trambassac aos outros oficiais, que tratava como imprestáveis; "nós partimos para o contato; partimos e vencemos." Eles partiam por rotações de helicópteros, eram vencedores, sempre; voltavam de caminhão. E isso não mudava nada. Esvaziavam a zona rural, boa parte da população era reunida em campos fechados, expunham depois de cada operação os corpos inertes dos fora da lei abatidos, contabilizavam-nos, e isso não mudava nada. Em Argel a hostilidade geral corroía a Argélia francesa. O terror técnico havia espalhado o medo, poeira fina que embranquecia tudo, cheiro persistente do qual era impossível se desfazer, lama colante espalhada por toda parte da qual não seria mais possível se limpar. O terror racional produzia o medo, como um dejeto industrial, como uma poluição, como a fumaça cuspida por uma fábrica, e o céu, o sol, os corpos estavam impregnados dele. Salagnon e seus homens continuavam a bater forte, aqui e ali, isso não mudava nada, o medo impregnava as pedras sobre as quais se andava, o ar que se respirava, cobria a pele e a alma, espessava o sangue, entupia o coração. Morria-se de paralisação, de coagulação, de obstrução generalizada da circulação.

— Isso não pode acabar. Não tenho mais árabes com quem falar — dizia Salomon. — Eles morreram, em fuga, ou se calam e desaprovam, e olham para mim com um ar temeroso; as pessoas não me respondem nem mesmo quando falo com elas. Me evitam. Quando ando na rua, tenho a impressão de ser uma pedra no meio de um riacho. A água me evita, dá a volta, mal me molha, continua a escorrer fora de mim, e o calhau que sou morre por não poder se impregnar, morre por ser estanque, e por ver à sua volta a água escorrer sem dar atenção a mim. Não passo de uma pedra, Victorien, e sou infeliz como são as pedras.

— Ele diz que te conhece, disse Mariani.

Salagnon reconheceu Brioude, apesar do seu olho inchado, seu rosto tumeficado, suas roupas amarrotadas com manchas na frente, sua gola rasgada com um botão pendente de uma linha, prestes a cair; reconheceu Brioude sentado no chão contra a parede, meio de través, as mãos amarradas nas costas. Um jovem árabe a seu lado, exatamente no mesmo estado, usava estranhamente na lapela do seu casaco puído uma cruzinha latina de prata.

— O padre Brioude — prosseguiu Mariani —, padre católico, com certeza, e ex-combatente, ele pretende. O outro diz se chamar Sébastien Bouali e ser seminarista.

— Libanês?

— Muçulmano da Argélia. Convertido. A desculpa é esfarrapada demais.

Quando Mariani o mandara chamar, Salagnon desceu à geladeira, no porão do palacete mourisco, naquela adega nua em que os faziam esperar. Algumas horas na geladeira às vezes bastavam, porque eles ouviam os gritos através das paredes e sentiam a atmosfera viciada que estagnava, viam passar os caras musculosos de blusa de campanha cujos olhos não conseguiam ver, perdidos no fundo das suas órbitas como poços naquela iluminação parca. Colocá-los na geladeira às vezes bastava para que o terror os liquefizesse; às vezes não. Levavam-nos então a outras adegas do porão do palacete mourisco, onde se faziam as perguntas, até eles falarem, ou morrerem.

Brioude não tinha mudado muito, mais imperioso ainda apesar de um olho que não conseguia se abrir, mais impaciente, mais exasperado ainda com os obstáculos que o mundo se obstinava em erguer ao seu redor. Salagnon se agachou, falou suavemente com ele.

— O que está fazendo aqui?

— Ajudando, meu velho. Ajudando.

— Pelo menos sabe a quem ajuda, padre? — perguntou secamente Mariani.

— Perfeitamente, meu filho — disse com um sorriso que curvou seus lábios finos, irônico.

— O senhor está ajudando os degoladores, que explodem bombas nas ruas para matar ao acaso. Sabe quem é a FLN?

— Sei.

— Então como é que um francês como o senhor pode apoiá-los? E mesmo compreendê-los? Se o senhor fosse comunista, vá lá; mas padre!

— Sei quem eles são. Uma pavorosa mistura que nós mesmos compusemos. Mas quem quer que sejam, os argelinos têm razão de querer nos botar daqui para fora.

— Os argelinos são os franceses daqui; e aqui é a França.

Salagnon se levantou.

— O que foi que ele fez?

— Ainda não sei. É suspeito de ser agente de ligação da FLN.

— Deixe pra lá.

— Está brincando? Nós o pegamos, não vamos soltá-lo. Ele vai nos passar muitas informações.

— Deixe pra lá. Mande-o de volta para a França com o que ele sabe, que é certamente pouca coisa. E intacto. Já foi bastante abalado assim. Ele combateu comigo durante a guerra. Não vamos nos dilacerar a este ponto.

Levantaram-no, tiraram-lhe as algemas, e Brioude massageou os pulsos avermelhados com alívio.

— E ele?

Todos os três de pé olharam para o jovem árabe contra a parede, que os acompanhava com os olhos sem falar nada.

— Seu nome e sua cruzinha são uma cobertura?

— Ele é de fato católico e batizado. Escolheu seu nome no momento do batismo, porque o antigo era o do profeta, que ele quer deixar fora disso. Ele se converteu para ser padre. Quer conhecer a Deus e achou os estudos islâmicos imbecis. Quarenta meninos sentados repetindo o Corão sem entender, diante de um maníaco que faz uso da vara ao menor erro, isso leva somente à submissão, mas a submissão à vara, não a Deus. O Amor e a Encarnação lhe pareceram mais próximos do que ele sentia. Não é mais muçulmano, mas católico. Respondo por ele, pode soltá-lo e mandá-lo para a França comigo.

— Vai ficar conosco.

— Ele não sabe de nada.
— Vamos nós mesmos nos certificar disso.
— Ele não é mais muçulmano, estou dizendo! Nada mais se opõe a que ele seja um francês, como vocês e eu.
— O senhor não sabe exatamente o que é a Argélia, padre. Ele continuará sendo muçulmano, quer dizer, súdito francês; e não cidadão. Árabe, indígena, se preferir.
— Ele se converteu.
— Não se perde o estatuto de muçulmano se convertendo. Ele pode ser católico se quiser, é problema dele, mas continua sendo muçulmano. Não é um adjetivo. Não se muda de natureza.
— A religião não é uma natureza!
— Na Argélia é. E a natureza dá direitos, e tira.

O jovem homem agachado contra a parede não se mexia nem protestava, acompanhava a discussão com um ar entristecido, desanimado. O terror viria mais tarde.

— Vá, padre; eles sabem o que fazem. O que dizem parece absurdo, mas aqui eles têm razão.

— É uma guerra de capitães — tinha lhe murmurado o tio.

Os arbustos secos jogados no fogo se esbrasearam bruscamente e iluminaram a todos. Ele nem via mais o uniforme, só compartilhava a vida com gente que vestia o uniforme. Não via mais que os rostos e as mãos de seus camaradas, os rostos livres de cabelos, as mãos e os antebraços livres das mangas que todos usavam arregaçadas. As grandes labaredas de arbustos faziam dançar sombras nítidas nos jovens ao seu redor. Pensou na tinta. As labaredas diminuíram. Os galhos grossos e as raízes densas que eles haviam amontoado embaixo produziriam um fogo tranquilo e duradouro. Voltaram a ver as estrelas. Línguas de brisa vindas de longe traziam cheiros de mato aromático e pedras esfriando. O ar recendia aos grandes espaços; passavam a noite na montanha.

— São nossos homens. Eles nos seguem, vamos aonde bem entendemos. Somos os capitães. Nossa vida e nossa morte dependem de nós. Não é o que você desejava?
— Sim.

Um disco de brasa aquecia o rosto deles. Pequenas chamas azuis dançavam nos fragmentos de galhos negros. A lenha densa queimava calmamente produzindo um calor que se irradiava na noite.

— Victorien, você está com a gente?

— Para quê, precisamente?

— Tomar o poder, matar De Gaulle se preciso, manter a França em toda a sua extensão, preservar o que fizemos. Vencer.

— É tarde demais. Houve tantos mortos. Todos aqueles com quem podíamos falar estão mortos.

— A FLN não é o povo. Ela se mantém pelo terror. Não devemos deixar passar nada, devemos extraí-la lentamente.

— Estou cansado de todos esses mortos e dos mortos por vir.

— Você não pode parar agora. Agora não.

— Eles não estão errados em querer nos expulsar.

— Por que deveríamos partir? Argel fomos nós que fizemos.

— É. Mas a um preço que é uma chaga em nós mesmos. A colônia é um verme que carcome a República. O verme nos carcome deste lado do mar, e quando voltarmos, quando todos os que viram o que aconteceu aqui voltarem, a podridão colonial atravessará o mar com eles. Temos de amputar. De Gaulle quer amputar.

— É uma covardia, Victorien, partir e deixar todo mundo se virar. De Gaulle não passa de um trocadilho encarnado.* Ele só é a França como jogo de palavras, como uma manifestação do espírito francês. Ele decide nos quebrar, bem quando estávamos pertinho de nos reconquistar. Venha conosco, Victorien, em nome do que você queria ser.

— Não acho que isso seja o que eu queria.

— Faça isso por Eurydice. Se partirmos, ela não será mais nada.

— Eu a protegerei. Eu mesmo.

O tio suspirou e se calou por um bom momento. "Você é quem sabe, Victorien." Um a um eles adormeceram em torno do círculo de brasa, em seus sacos de dormir militares. Sentinelas os protegiam, deitadas nos rochedos.

As operações duravam várias semanas, depois das quais voltavam para

---

* De Gaulle: da Gália. (N. T.)

Argel. Contavam cuidadosamente os dias passados para não se perderem, faziam a conta precisa das semanas de sol como um líquido ardente, pedregulhos com cheiro de forno, tiroteios na poeira, emboscadas detrás dos arbustos, noites mal dormidas debaixo de estrelas frias, todas elas presentes no céu negro, goles de água morna com gosto de metal e sardinhas no óleo comidas direto da lata. Voltavam para Argel de caminhão. Cochilavam apertados nos bancos da traseira, Salagnon na frente, na cabine, a cabeça contra o vidro da janela. Nem todos regressavam, eles sabiam exatamente quantos deles faltavam. Sabiam quantos quilômetros haviam percorrido a pé e quantos de helicóptero; sabiam o número de balas que haviam disparado, fora contado pela intendência. Não sabiam exatamente o número de foras da lei que haviam matado, haviam matado muita gente, ele não sabia quem exatamente. Os combatentes, os simpatizantes dos combatentes, os descontentes que não ousavam ir às vias de fato, e os inocentes que passavam por lá, todos se pareciam. Todos mortos. Mas podem ser inocentes os que creem ser, quando são todos aparentados? Se a colônia cria a violência, todos eles estão, pelo sangue, na colônia. Não sabiam quem haviam matado, combatentes certamente, aldeães às vezes, pastores nos caminhos; haviam contado o número de corpos deixados às pedras, nos bosques, nas aldeias, haviam aumentado esse número com o de corpos que haviam visto cair, desaparecidos e levados, o que dava uma soma que registravam. Todo corpo caído era de um fora da lei. Os mortos, todos, tinham alguma coisa a censurar. O castigo era a marca da culpa.

Eles regressavam a Argel de caminhão sem se precipitar, os motoristas uma vez na vida respeitavam os limites de velocidade, observavam as prioridades, procuravam não sacolejar muito, evitavam os buracos da estrada porque levavam uma carga de homens enviados a descansar. Iam devagar pelas ruas de Argel, cedendo a passagem. Parando nos semáforos. As moças de Argel lhes faziam sinais, moças morenas de olhar intenso, nigérrimo, lábios bem vermelhos que sorriem muito e tagarelam, moças de vestidos floridos que dançam em seu corpo, descobrindo as pernas a cada passo, estas. As outras não contavam. Argel tem um milhão de habitantes, a metade dos quais tem a palavra. Os outros se calam de nascença. Não têm a palavra porque não dominam essa língua em que se diz o pensamento, o poder e a força. Quando a dominam, porque querem a todo custo compartilhar a língua do poder, os felicitam. E persegue-se a menor inflexão, o menor idiotismo, a menor impropriedade. Ele será encontrado, encontra-se o erro quando se procura, nem que seja uma leve modulação inabitual. Sorriem. Eles são felicitados por esse domínio, mas não compartilharão. Não pertencem, é bem visível. Vão-se multiplicar os controles; vai-se encontrar um sinal. No corpo deles, na alma, no rosto, no grão da voz. Vai-se agradecer a eles por esse domínio da língua, mas eles continuarão sem ter o direito completo à palavra. Não tem fim. Precisaríamos de alguma coisa de que nos orgulhássemos de ter feito juntos, pensava Salagnon. Alguma coisa boa. São palavras infantis, mas a gente só vibra com palavras infantis.

Da recusa a nos dobrar podemos ter orgulho. Vai-se contar isto, o sobressalto que salvou a honra. Sobre o resto vai-se jogar um véu pudico. E esse véu, lençol posto sobre os cadáveres, sobre o que se adivinha serem cadáveres desfigurados, nos sufocará. Mas por enquanto as jovens de Argel, as que andam com os cabelos soltos, pernas bronzeadas, olhar atrevido, nos fazem sinal; para nós, os guerreiros de caminhão que descem das montanhas, magros e morenos como os pastores, banhados de suor que se cristaliza, manchados de sangue enegrecido, mal barbeados, exalando um cheiro de feras cansadas, de medo superado mas vivido, de pólvora, de graxa de armas e de óleo diesel; elas nos fazem pequenos sinais a que nós mal respondemos. As outras não contam. Os paraquedistas cochilam nos bancos do caminhão, a cabeça inclinada balançando no ombro do vizinho, coxas abertas, as armas bem engraxadas postas a seus pés. Nem todos voltaram. Eles parecem ser o que são: garotos de dezenove anos apertados uns contra os outros. Um deles dirige; Salagnon, que passou dessa idade, está na cabine e indica a direção com um gesto. Ele lhes diz aonde ir. Eles o seguem, de olhos fechados.

Os grandes GMC não tinham como transitar pelas ruas da casbá entrecortada de escadas. Teriam feito isso, se assim não fosse, teriam passado com aqueles grandes caminhões carregados de homens pelo bairro árabe, roncando com seu motor pesado, fedendo a óleo diesel, porque não há nenhum território que deva ser fora da lei: era preciso mostrar nessa guerra, era preciso mostrar a eles. Mas nas ruelas enladeiradas os caminhões de rodas largas não podiam passar, então ladeavam o bairro das casas brancas, fervilhando de homens, repleto como são os formigueiros, passavam pelas ruas mais abaixo, Randon e Marengo, antes de atravessar Bab el-Oued, para mostrar de novo.

Os caminhões reduziram a velocidade. As pessoas andavam no meio da rua, eram incontáveis. São eles! se disse bruscamente Salagnon. E subitamente desperto se endireitou. Eles! A tolice dessa exclamação o encantou: como era simples! Os homens da traseira também se endireitaram, como cães de caça à espreita, não dormiam mais. *Eles*. Os caminhões rodavam devagar na rua repleta, roçando nos passantes que não olhavam para eles, seus olhos deixados à altura dos grandes pneus poeirentos dos GMC, atentos apenas a não terem os pés esmagados. Eles. São tão numerosos, pensou, um rio, e somos pedras impenetráveis, são tão numerosos que vão nos engolir.

Extenuado por semanas de operações na montanha, ninado fazia horas pelo suave roncar da coluna de caminhões, foi acometido de fobia demográfica ao entrar em Argel. A multidão, talvez, a estreiteza das ruas, talvez, a intoxicação pelos gases enegrecidos dos motores pesados nas ruas confinadas; talvez. A fobia demográfica o acometeu por uma brusca ojeriza ao índice de fecundidade. É uma forma de loucura ser acometido de ojeriza a um número, mas no domínio da raça tudo é loucura. As medidas são loucas.

Os árabes não erguiam os olhos, não os desviavam, não olhavam; eles nos rejeitam, pensou Salagnon. Esperam apenas que partamos. E partiremos, a não ser que os quebremos todos, o que não poderemos. Oito para um, e tantas crianças. Um rio imenso e não passamos de algumas grandes pedras. A água sempre atinge seus fins. Partiremos um dia ou outro por causa da sua paciência para suportar.

Eles; e nós, a nos olhar sem nos ver. Eles mais abaixo, nós em caminhões enormes, nossos olhares não diretos, cada um olhando para outra coisa, mas em contato ininterrupto. Nós tanto mais nós, tanto mais firmemente nós quanto mais eles são eles; e eles tanto mais eles quanto mais nos rejeitam. Não conheço um só, e faz tempo que estou aqui, pensava Salagnon. Um só com quem eu tenha falado sem esperar a resposta que queria ouvir, um só que tenha me dirigido a palavra sem tremer com o que eu ia fazer. Nunca falei com nenhum deles, e não é um problema de língua. O francês, eu utilizei para calar. Faço perguntas; as respostas deles são forçadas. As palavras entre nós eram fios de ferro, e por dezenas de anos mais, quando utilizarmos as palavras que foram utilizadas então, seremos eletrocutados a seu contato. Pronunciar essas palavras paralisará a mandíbula num espasmo galvânico, não se poderá mais falar.

Mas via o rosto deles quando eles roçavam em seu caminhão que rodava em baixa velocidade; sabia ler os rostos porque havia pintado tantos deles. Eles nos rejeitam, pensava, vejo isso, eles aguardam nossa partida. Têm orgulho de nos rejeitar, juntos, firmemente. Partiremos um dia, por causa do que eles suportam juntos, e têm orgulho de suportar. Fingimos não compreender nada do que acontece. Se admitíssemos que somos semelhantes, imediatamente os compreenderíamos. Compartilhamos desejos semelhantes, os próprios valores da FLN são franceses e se expressam nessa língua. As ordens de missão, as contas, os relatórios, todos os papéis ensanguentados apreendidos de oficiais mortos são redigidos em francês. O Mediterrâneo brilhando ao sol é um espelho. Somos, de ambas as partes, reflexos trêmulos uns dos outros, e a separação é horrivelmente dolorosa e sangrenta; como irmãos próximos nós nos matamos à menor discórdia. A violência mais extrema é um ato reflexo diante dos espelhos ligeiramente inexatos.

O caminhão à testa parou, a multidão coagulava na rua ao pé do bairro árabe, ele não avançava mais. Roncou seu motor, soou a nota mais grave e poderosa da sua buzina, e as pessoas se afastaram lentamente, lentamente porque estavam ombro a ombro. São tão numerosos que vão nos engolir, pensou Salagnon, oito para um, e tantas crianças. O governo da França não quer saber do direito de voto porque ele enviaria cem deputados daqui ao parlamento. Os europeus daqui não querem saber de igualdade porque seriam engolidos. Oito para um, e tantas crianças.

Nós temos a força. Se nos derem um ponto de apoio, poderemos levantar o mundo. O ponto de apoio é apenas uma pequena palavra: "eles". Com "eles" podemos usar a força. Cada qual, nesta guerra em espelho, nesta matança numa galeria de espelhos, cada qual se apoia no outro. "Nós" se define por "eles"; sem eles não existimos. Eles se constituem graças a nós; sem nós eles não existiriam. Todo mundo tem o maior interesse em que não tenhamos nada em comum. Eles são diferentes. Diferentes em quê? A língua, a religião. A língua? O estado natural da humanidade é falar pelo menos duas. A religião? Ela tem tanta importância assim? Para eles, sim; dizemos. O outro é sempre irracional; se há um fanático, é ele.

O islã nos separa. Mas quem acredita nele? Quem acredita na religião? Ela se parece com essas fronteiras nas selvas, que foram traçadas um dia num mapa, e que concordamos em não tocar, e que acabamos por considerar naturais. A França se agarra ao islã como a uma barreira desse tipo, uma barreira que passa por natural entre os cidadãos e os súditos. Nada na República pode justificar que vivam no mesmo solo cidadãos e súditos. A religião providenciará isso, como um caráter inato, transmissível, próprio à natureza de alguns, que os tornará inadequados para sempre a qualquer cidadania democrática.

A FLN se agarra ao islã como a um caráter quase físico, hereditário, que permite tornar incompatível o súdito colonial e a França, deixando como porvir a independência plena e inteira de uma nova nação, islâmica e falando exclusivamente árabe.

De que se tem medo? Da força do outro, da perda de controle, do enfrentamento das fecundidades. Aplica-se a alavanca da força à palavrinha "eles", a qual é mais importante do que tudo, para nós. O islã ocupa toda a paisagem de comum acordo. Pessoas que eram indiferentes à questão são obrigadas a só pensar nisso; os que não gostariam de pensar nisso são eliminados. Pede-se a cada um que escolha seu lugar de cada lado do limite, limite de papel, que agora se acredita natural. Bastaria tirar a pedrinha em que se apoia a alavanca, tirar *eles*, só utilizar um *nós* de maior tamanho. Enquanto se trata de *eles e nós*, eles têm razão de querer que partamos. Só ficamos se pisotearmos os princípios que inventamos e que nos fundam. É em nós que as tensões são mais fortes, somos nós que as contradições destroem, elas nos diláceram por dentro, e partiremos, antes que a dor que lhes infligimos lhes faça desistir. Partiremos, porque continuamos a empregar esta palavra: *eles*.

Quanto tempo isso vai durar?

Eurydice radiosa tinha se instalado num apartamento minúsculo, um cômodo no sexto andar cuja sacada dava para a rua. Apoiada na balaustrada de ferro preto, observava a agitação de cima, bem de cima, com um sorriso feliz nos lábios. Victorien vinha vê-la, subia os seis andares correndo e a apertava contra si. Seus corações precipitados se harmonizavam, ele estava sem fôlego e isso o fazia rir, um riso entrecortado de inspirações profundas, logo ele que corria, marchava na montanha, tinha pernas e uma resistência a toda prova. Quando recuperava o fôlego, o bastante para que sua boca ficasse aliviada da tarefa de respirar, eles se beijavam demoradamente. Ela trabalhava como enfermeira no Hussein-Dey, às vezes de dia, às vezes de noite, voltava então de manhã e adormecia na animação da rua que ascendia ao longo das fachadas, passava pela sacada, atravessava as janelas entreabertas e vinha acalentá-la em sua cama. Sem despertá-la, ele se deitava contra ela; ela abria os olhos em seus braços.

Passava longas horas de um tempo desregulado olhando para fora, olhando para o teto acima da cama e achando nesse tempo sem nada a matéria de uma felicidade imensa. Lia as cartas de Victorien, escrutava os desenhos que ele lhe mandava, procurando nos traços, nas pinceladas, em todos os efeitos da tinta o mais ínfimo vestígio do mais ínfimo dos seus gestos. Agora ela respondia. Ele vinha de maneira irregular, quando seu bando armado voltava para descansar, curar as chagas, tapar os buracos, alguns dias na cidade como um dique seco em que pensavam em outra coisa antes de tornarem a partir. Nunca voltavam todos. Subia os seis andares correndo, às vezes de uniforme de passeio, passado, limpo, barbeado, e às vezes ainda todo impregnado de suor e de poeira, seu jipe estacionado de qualquer jeito na calçada, largado ali, atrapalhando todo mundo, mas seu aspecto e seu uniforme cansado lhe permitiam fazer o que queria em Argel. Pessoas o cumprimentavam mesmo tendo de descer da calçada para contornar o jipe. Tomava um banho e se deitava contra ela, seu membro permanentemente ereto.

— E seu marido?

— Nem dá bola. Passa o tempo com os amigos, eles se reúnem muito. Teve uma briga com meu pai que acha que ele é um frouxo. Creio que não viu nenhum inconveniente em que eu me mude. Com outros homens, manipula armas, falam alto. Fortificaram nosso apartamento. Não tenho mais lugar nele. Querem fazer de Bab el-Oued uma fortaleza, uma Budapeste inexpugnável de que ninguém poderia expulsá-los. Querem arrancar a pele dos árabes. Desde que eu não circule com você, não liga para o que faço; e se alguém gozá-lo, ele mata. Se ele te encontrar comigo, ele te mata.

Disse isso com um sorriso estranho e o beijou.

— Ele vai direto ao assunto — sorriu Victorien.

— A Argélia está morrendo, Victorien. Há tantas armas, todos querem uma; o que as pessoas pensavam baixinho, o que se contentavam em dizer, agora fazem. Você não imagina quanto fico feliz ao ver no hospital uma crise de apendicite, um parto, uma fratura no braço por um tombo de bicicleta, todos esses problemas que os outros hospitais tratam; porque neste chegam dia e noite gente ferida à bala, à faca, queimada por explosões. Nos corredores tem agora policiais armados, militares fardados diante dos quartos para que não venham metralhar, degolar, raptar os feridos, acabar o trabalho. Sonho com uma epidemia simples, uma gripe sazonal, sonho ser uma enfermeira em tempo de paz para cuidar dos dodóis e confortar os velhos que ficam um pouco gagás. Me abrace, me beije, venha em mim, Victorien.

Ficavam um tempo enorme um contra o outro, arquejantes, encharcados de suor, olhos fechados. Um pouco de ar vinha às vezes do mar, insinuava-se pela janela e acariciava a pele deles. Passavam por ali odores de flores e de carne grelhada. Pela janela entreaberta ouviam o zum-zum da rua, e às vezes uma explosão fazia vibrar o ar quente. Ela não os sobressaltava.

Seu tio veio buscá-lo.

— Está na hora, Victorien, de saber o que queremos. E o que eu quero é preservar o que ganhamos. Salvamos a honra. Precisamos preservá-la.

Foram ver Trambassac. Homens armados iam pelos corredores, em grupos, com boinas de cores diferentes, e quando os grupos se cruzavam se encaravam sem saber exatamente o que fazer. Avaliavam as boinas, julgavam as insígnias e seguiam seu caminho, lançando olhares desconfiados por cima do ombro, o indicador posto no guarda-mato da arma. O golpe de Estado era geral, todo mundo era golpista por conta própria. Trambassac continuava atrás da sua mesa, sentado. Havia arrumado todas as suas pastas, recolhido suas coisas, só havia deixado as pinturas na parede; fora isso, tudo estava pronto para uma mudança. Esperava.

— O que vai fazer, coronel?

— Obedecer ao governo, senhores.

— Qual?

— Qualquer um. Substituam o governo, continuarei obedecendo. Mas não contem comigo para mudá-lo. Eu obedeço. Me pediram para reconquistar, por certas razões; reconquistei. Me pedem para abandonar por outras razões, quem sabe pelas mesmas; abandono. Ordem e contraordem, marcha e contramarcha, é a rotina militar.

— Estão nos pedindo para renunciar, coronel, para renunciar ao que ganhamos.

— O espírito militar não se detém nesses detalhes. Somos gente de ação; fazemos. Desfazer é sempre fazer. Em frente, marche! Toda força, a ré! Eu obedeço. Meu papel é manter tudo isto. — De um gesto englobou o uniforme, a sala e, na parede, os desenhos emoldurados de Salagnon. — Pouco importa o que faço. Devo manter.

Os paraquedistas de tinta nanquim olhavam fixamente para eles como uma guarda de honra que nada perturbaria; cada qual tinha um nome, vários estavam mortos; Trambassac os conservava com todo o cuidado. "Eu mantenho isso", disse. "Tenho orgulho desses homens. Obedeço. Façam o que devem fazer, senhores."

O tio se levantou bruscamente e saiu furioso.

— E você, Victorien?

— Não quero o poder.

— Eu também não. Só o respeito pelo que fizemos. Vamos conseguir. Temos de conseguir. Senão, não me recobrarei nunca dessa humilhação que já dura vinte anos. E todos esses sujeitos mortos em torno de mim terão sido mortos por nada.

— Eu também estou rodeado de mortos. Tenho a impressão de que o contato comigo mata. Isto vai longe demais. Tenho de parar. Já devia ter parado.

— Parar agora é perder tudo. Perder tudo o que aconteceu antes.

— Já está perdido.

— Você está com a gente?

— Faça sem mim.

Pintar salvava sua vida e sua alma. Ficou vários dias sem fazer nada além disso. Pintar possibilita alcançar esse estado maravilhoso em que a língua se apaga. No silêncio dos gestos, ele não era nada mais do que o que estava ali. Pintou Eurydice. Pintou Argel. Dormia na caserna para saberem onde estava. Na confusão que se seguiu ao golpe, vieram detê-lo. Quatro homens à paisana se precipitaram em seu quarto, se dispuseram em arco de círculo à sua volta, para não se atrapalharem e liberarem os eixos de tiro, não deixarem ângulo morto; com uma voz firme mas levemente inquieta pediram-lhe para acompanhá-los. Ele se levantou sem gestos bruscos, deixando as mãos visíveis; limpou os pincéis e seguiu-os. Seu tio havia desaparecido, soube que estava na Espanha, fugindo. Uns paisanos o interrogaram demoradamente, mas sem tocar nele. Foi posto na solitária. Concederam-lhe ficar com um caderno e um lápis. Podia ficar muito tempo assim, reduzido a uma folha branca do tamanho de uma mão diante de si.

Soltaram-no. Não tinham prendido todo mundo. Quem então continuaria preso? Voltou a seu batalhão, reestruturado, cujo nome havia sido mudado.

As forças em presença se multiplicavam. Os homens de guerra como ele não eram mais os únicos a ter armas. Os jovens recrutas recém-saídos de suas famílias tinham armas. Os policiais fardados tinham armas. Os diversos serviços de polícia tinham armas. Homens à paisana vindos da França tinham armas. Os europeus de Argel, desorganizados e furiosos, tinham armas. Os árabes, radiantes e disciplinados, tinham armas. Tiroteios esporádicos espocavam de hora em hora. Explosões surdas faziam tremer as vidraças. Ambulâncias percorriam Argel, levando os feridos para o Hussein-Dey. As pessoas se matavam entre si nos quartos. As operações haviam sido suspensas, não se davam mais batidas, permanecia-se vivo. Outros combatiam, armavam emboscadas nos cafés, explodiam mansões, jogavam corpos mutilados no mar. Trambassac vegetava em sua sala, sua bela ferramenta inútil.

Foram repatriados. Atravessaram o mar de navio, Salagnon foi lotado na Alemanha. De novo por aqui, sorriu, mas que desvio de percurso! Fora acantonado numa base em companhia de um regimento de tanques. Os helicópteros alinhados no cimento limpo não voavam. As grandes casas da Alemanha, novinhas, serviam apenas para morar, tudo nelas era funcional, as ruas não possibilitavam viver. O céu sempre coberto parecia um capitel de pano cinzento, inflado por uma incrível quantidade de água prestes a cair, e que sempre ressumava.

Quando a guerra terminou lá, deu baixa. Não haveria outra por muito tempo, e ele não se via manobrando blindados às cegas contra outros blindados. Entrou em contato com Mariani. Ele tinha posto fim a seu contrato e não sabia o que fazer. Em julho pegaram o avião para Argel.

Com seu aspecto idêntico, sua corpulência e seus crânios raspados, seus gestos claros e seus olhos à espreita, a camisa colorida por cima da calça, pareciam agentes secretos em missão secreta que teriam se disfarçado de agente secreto em missão secreta.

Nas cadeiras alinhadas na carlinga só havia eles. A aeromoça veio conversar um instante, depois tirou o sapato e cochilou numa fileira de poltronas vazias. Ninguém mais ia para Argel, mas o avião voltaria repleto, os passageiros brigariam para entrar. De muito longe acima do mar viram as colunas de fumaça negra. O avião girou para se posicionar no alinhamento das pistas e pela janela viram subir em sua direção a fumaça dos incêndios acima das ruas brancas que conheciam tão bem. Cada um deles tinha uma pequena sacola de viagem e uma pistola enfiada na cintura da calça, sob a camisa solta. Não foram controlados, ninguém mais controlava nada, o duo gêmeo, a corpulência e o corte de cabelo de homens de guerra, a pequena sacola, ainda que suspeita, tudo parecia normal. Deixavam-nos passar, afastavam-se à sua passagem, cumprimentavam-nos, os militares, os policiais armados até os dentes, os agentes civis. As dependências do aeroporto estavam lotadas de famílias desabadas sobre malas empilhadas. As crianças, os velhos, todos estavam ali com muita bagagem, os homens iam e vinham, transpirando em suas camisas brancas aureoladas debaixo do braço, muitas mulheres choravam, soluçando baixinho. Eram todos europeus. Funcionários árabes atravessavam às vezes a multidão para cuidar da limpeza, do atendimento, das bagagens; tentavam não esbarrar em ninguém, olhavam onde punham os pés, eram seguidos por olhares de ódio. Os europeus de Argel esperavam aviões. Os aviões chegavam vazios e partiam sem demora, levando-os para a França às centenas. Nem se vendiam mais os bilhetes. Entrava-se no avião graças a um misto de cara de pau, suborno e ameaças.

Em toda parte, vestígios de balas eram visíveis nas paredes, isolados ou em rosários de buracos. Os cafés incendiados estavam tapados com tábuas. A maioria das lojas tinha baixado a porta de ferro, mas algumas estavam dilaceradas, entortadas, arrombadas com alicate. Objetos diversos entulhavam a rua. Móveis empilhados, camas, mesas, cômodas queimavam. Viram um homem abrir a porta do próprio carro, pôr um galão de gasolina no banco da frente e atear fogo. Ficou vendo o carro arder, e as pessoas aparvalhadas que passavam por ali, evitando os detritos das casas na calçada, lançavam não mais que um olhar distraído para a cena. Uma cama tombou de uma janela e se espatifou no chão. Em todos os muros e paredes um pouco desobstruídos tonitruavam inscrições borradas em grandes letras brancas: OAS* estava em toda parte. Uma mulher apertando o haique contra o corpo atravessou correndo a rua. Uma motoneta com dois jovens ziguezagueou no asfalto, evitando os cacos de vidro, os carros perfurados por balas. Chegaram por trás da mulher que se apressava sem olhar nada à sua volta, o carona brandiu uma pistola e disparou duas vezes na cabeça dela; ela caiu, seu haique ensanguentado, e eles continuaram a descer a rua de motoneta em sua velocidade ziguezagueante. As pessoas saltavam por sobre a mulher como se fosse um detrito. Viram duas outras na mesma rua, estendidas em seu sangue. Uma família inteira saiu de um prédio, carregando uma montanha de bagagens, o homem corpulento arrastava duas malas, a mulher carregava umas bolsas volumosas a tiracolo, as quatro crianças e a avó levavam o que podiam. Ele os xingava transpirando, andaram uns dez metros. Foram parados por jovens de camisa branca que lhes indicaram que deviam dar meia-volta. Seguiu-se uma altercação, o tom subiu, gestos largos foram feitos, o homem pegou suas malas, uma em cada mão, e deu um passo à frente. Um dos jovens sacou uma pistola da cintura e abateu o homenzinho corpulento com uma só bala. "Ninguém parte!", berraram se afastando, dirigindo-se às janelas abertas, às sacadas em que os moradores se inclinavam para ver. "Todo mundo fica!" E todos na rua aprovavam vagamente, baixavam a cabeça, se afastavam do morto. Mariani e Salagnon não se detinham em nada. Eles atravessavam Bab el-Oued para buscar Eurydice. O apartamentinho dela estava vazio. Encontraram-na na casa do pai.

Salomon, esgazeado, ficava em casa. Havia fechado as janelas, vivia na penumbra, havia aparafusado em cada janela chapas de metal que as bloqueavam a meia altura. Victorien tocou-as com o indicador, elas ressoavam maciamente.
— Onde achou isto, Salomon?
— São tampas de fogão.
— Acha que isso vai te proteger?

* Organização Armada Secreta, ou também Organização do Exército Secreto. Movimento francês de extrema direita contrário à independência da Argélia. (N. T.)

— Victorien, atiram na rua. Atiram nas pessoas, você é morto ao passar em frente da sua janela. Nem sei quem atira. Eles nem sabem em quem atiram. Atiram baseados num rosto, e aqui as pessoas se parecem muito, apesar de tudo. Eu me protejo. Não quero morrer por acaso.

— Salomon, uma bala nem percebe quando fura uma chapa destas. Você não está se protegendo e não enxerga mais nada. Só prega seu caixão com você dentro. Você tem de partir. Vamos te levar.

Quando os dois homens entraram no apartamento escurecido que começava a receder a porão, com seus ombros largos, seus gestos precisos, seus olhares desconfiados, Eurydice deslizara para os braços de Salagnon, infinitamente aliviada.

— Vim te buscar — sussurrou ele em seu ouvido, invadido de repente pelo aroma cativante dos seus cabelos.

Ela havia aquiescido com o queixo apoiado em seu ombro, sem dizer nada, porque se houvesse aberto a boca para falar teria soluçado. Uma explosão fez vibrar os vidros, bem perto, Eurydice estremeceu sem abrir os olhos, Salomon enfiou a cabeça um pouco mais nos ombros. Permanecia de pé no meio da sala, olhos fechados, não se mexia mais.

— Bom, Kaloyannis, vamos embora — disse Mariani.

— Para onde?

— Para a França.

— O que querem que eu vá fazer na França?

— É o país de que o senhor tem passaporte. Aqui, pelas chapas que o senhor pôs nas janelas, não é mais a sua casa.

— Vamos, papai — disse Eurydice.

Ela foi buscar duas malas já prontas. Bateram violentamente na porta. Mariani foi abrir. Um sujeito superexcitado arremeteu sala adentro, a camisa branca largamente aberta reluzia na penumbra. Parou bem diante de Eurydice.

— O que querem dizer estas malas?

— Vou embora.

— Quem é? — perguntou Mariani.

— O marido dela.

— É você, Salagnon, que a leva? — ladrou.

Sacou uma arma da cintura. Falava gesticulando, o dedo no gatilho.

493

— Está fora de cogitação você partir. Vocês, sim. Voltem para a França. Não foram capazes de dominar esses mouros de merda, então adeus, a gente se encarrega disso. Eurydice é minha mulher, ela fica em casa. O doutor Kaloyannis é meio judeu, meio grego, mas é daqui. Ele que não se mexa, senão lhe meto uma bala. — Era muito bonito o marido de Eurydice. Falava inflamado, seus pesados cabelos negros caíam sobre a testa, um pouco de saliva espumava na comissura de seus belos lábios. Apontava a arma enquanto falava. — Kaloyannis, se você tocar naquela mala, eu liquido com você. E você, Salagnon, paraquedista fajuto, traidor e fujão, caia fora daqui com sua boneca de camisa florida antes que eu me irrite. A gente acerta isso entre nós.

A arma apontava para a testa de Salagnon, o indicador tremia no gatilho. Mariani levantou o braço como num exercício de tiro e disparou-lhe uma bala na base do crânio. O sangue jorrou na chapa aparafusada na janela, e ele caiu, todo mole.

— Você é doido, Mariani, se ele tivesse tido um espasmo teria me acertado uma ameixa.

— Não dá para controlar tudo sempre; mas dessa vez deu certo.

Eurydice mordia os lábios e os seguiu. Pegaram Salomon pelo ombro e ele foi junto docilmente. Uma explosão abalou o ar, uma nuvem de poeira branca se ergueu na extremidade da rua. Detritos juncavam a calçada, uma loja pegava fogo, móveis quebrados esperavam para ser queimados. Vários carros, as portas abertas, o para-brisa estrelado de rachaduras, tinham ficado de través; num deles o motorista ensanguentado estava deitado no volante. Um árabe elegante inspecionava o Citroën 2 cv estacionado ao longo da calçada.

— Dr. Kaloyannis, prazer em vê-lo.

O homem se endireitou. A coronha de um revólver assomava da sua cintura. Ele sorria, muito à vontade.

— O senhor apareceu na hora certa. Acabo de comprar a loja dos Ramirez. Por pouca coisa, muito mais no entanto do que se a tivessem tomado deles. Também contava comprar seu carro.

Puseram as bagagens no porta-malas do carro.

— Faço questão, dr. Kaloyannis.

— Não está à venda — rosnou Mariani.

— Eu posso pegar para mim, e estou me oferecendo para pagar por ele — sorriu o homem.

Os tiros se sucederam bem depressa, mas no caos da rua nem foram notados. Mariani havia atirado no peito, o outro titubeou e foi ao chão, a mão metade fora do bolso, segurando algumas notas amarrotadas.

— Mariani, não vá matar todo mundo.

— Estou pouco ligando para os mortos. Vi tantos. Os que me atrapalham, eu afasto. Agora vamos.

Atravessaram Argel que ruía, Salagnon dirigia, Mariani cotovelo na janela tamborilava na coronha da sua arma. No banco de trás Eurydice segurava a mão do pai. No caminho do aeroporto foram parados por uma barreira de gendarmes. Os homens não largavam a submetralhadora a tiracolo, transpiravam sob seu capacete negro. Um pouco atrás deles, um grupo de árabes de uniforme novo esperava, sentados no capô de um jipe.

— O que é isso?

— O exército da FLN. Esta noite vamos embora. Eles vão tomar nosso lugar e mais ninguém vai passar. Na verdade, não sabemos de nada. E estamos pouco nos lixando. Que eles se arranjem entre si.

Salomon abriu a porta do carro e saiu.

— Papai, aonde você vai? — reprimiu-se Eurydice.

— A França é longe demais — ele resmungou. — Quero ficar aqui. Quero ficar em casa. Vou ver com eles.

Dirigiu-se para os homens da FLN, falou-lhes. Começaram uma conversa. Salomon se animava, os árabes sorriam largamente, puseram a mão em seu ombro. Fizeram-no entrar no jipe, atrás, um deles a seu lado. Falavam, mas do 2 CV não se distinguia o que diziam, Salomon tinha um ar inquieto, os árabes sorriam, mantendo a mão em seu ombro.

— Vão ou não vão? — perguntou o gendarme irritado.

— Eurydice? — Salagnon ao volante não se virou, perguntou-lhe simplesmente sem olhar para ela, as mãos no volante, pronto para tudo.

— Faça como quiser, Victorien.

Sem verificar seu rosto no retrovisor, contentando-se com a firmeza da sua voz, ele arrancou, passou pela barreira. Carros de todo tipo se acumulavam desordenadamente nas laterais da estrada. O aeroporto estava apinhado. Chegava gente sem parar. Um cordão de soldados impedia o acesso às pistas. Os dois homens ladeando Eurydice abriram caminho em meio à multidão. As pessoas se comprimiam, berravam, brandiam seus bilhetes, os soldados ombro a ombro barravam a passagem. Os aviões decolavam um depois do outro. Victorien avistou o oficial, lhe disse algumas palavras no ouvido. Ao cabo de alguns minutos, um jipe chegou, Trambassac desceu. Eles passaram pelo cordão.

— Nada bacana sua última missão, coronel.
— Eu obedeço. Esta eu imagino que o senhor não vai desenhar.
— Não.

Arranjou um lugar para eles num pequeno avião oficial, que transportava altos funcionários do governo francês na Argélia; eles abandonavam seus escritórios com pastas cheias de documentos, voltavam para a França, não prestaram a menor atenção neles.

O avião decolou, virou sobre a asa acima de Argel e tomou a direção do norte. Lágrimas escorriam mansamente dos olhos de Eurydice, sem tremores. Como se ela se esvaziasse por buraquinhos. Então Victorien a abraçou, os dois fecharam os olhos e fizeram toda a viagem assim.

Mariani não podia desgrudar da janela, olhou tanto quanto pôde o desmoronamento de tudo em fumaças de gasolina, praguejava contra aquele desperdício. Quando não viu mais nada, quando estavam sobrevoando o mar, sua cólera o impediu de fechar os olhos; e ele via diante de si, permanentemente, sua cólera fratricida recriminá-lo. Não sabia o que responder.

Comentários VII
Olhávamos sem compreender o desfile dos mortos

Escrever não é o meu forte; gostaria de ter mostrado, pela pintura se necessário, e que isso bastasse. Mas a mediocridade do meu talento fez com que eu me visse narrador. Não interessava a ninguém esta narração de pequenos acontecimentos, mas eu me obstinei a reconstituir em francês um pouco da vida dos que o falam, teimei em contar a história de uma comunidade de pessoas que podem se falar porque compartilham a mesma língua, mas que fracassam em se falar porque tropeçam em palavras mortas. Há palavras que a gente não pronuncia mais, mas elas restam, e falamos com coágulos de sangue na boca, isso embaraça os movimentos da nossa língua, corremos o risco de nos estrangular, então acabamos nos calando.

É essa uma consequência banal dos períodos violentos da História: certas palavras em uso explodem por dentro, entupidas de sangue coagulado, vítimas de uma trombose da circulação do sentido. Essas palavras, que morrem de ter sido utilizadas, não se pode mais empregá-las sem sujar as mãos. Mas como elas estão sempre aí, a gente as evita, as contorna como quem não quer nada, mas contornar se vê; a gente emprega perífrases e um dia tropeça, porque esquece que não se podia dizê-las. Emprega essas palavras obstruídas pelo sangue e elas espirram, a gente faz respingar ao nosso redor os coágulos que elas contêm, suja a camisa dos que nos ouvem, eles soltam um grito de

497

espanto, recuam, protestam, a gente pede desculpa. A gente não se entende. Empregou por inadvertência uma palavra morta, que andava por aí. Poderíamos não a ter empregado, mas a dissemos. Gostaríamos de empregá-la, mas não podemos mais; ela está carregada de História, que é sangue. Fica por aí essa palavra doente de coagulação, doente da parada do que se movia nela, fica por aí, perigosa, como uma ameaça de infarto da conversa.

Escrever não é o meu forte, mas escrevo por ele, que não pode contar nada a ninguém, para que ele me ensine a pintar; e escrevo também para ela, para lhe dizer o que ela é e para que aceite que o que eu conto, ela mesma, me abra seus braços.

Escrever não é meu forte, mas, impelido pela necessidade e a falta de meios, eu me esforço para fazê-lo quando gostaria é de pintar, mostrar em silêncio, e que isso bastasse. Isso não basta. Quero continuar a ouvir falar, temo que minha língua se extinga, quero ouvi-la, quero reconstituir minha língua degradada, quero reencontrá-la inteira com todos os que vivem dela e a fazem viver, porque ela é o único país.

Perdemos palavras à medida que o Império se esgarça, e isso equivale a perder uma parte das terras em que morávamos, isso equivale a reduzir a extensão do "nós". Há pedaços podres em nossa língua, uma parte malsã de palavras imobilizadas, de sentido coagulado. A língua apodrece como a maçã, lá onde recebeu uma pancada. Isso data do tempo em que o francês, língua do Império, língua do Mediterrâneo, língua das cidades fervilhantes, dos desertos e das selvas, do tempo em que o francês, de ponta a ponta do mundo, era a língua internacional do interrogatório.

Procuro contar dele o que ele nunca disse. Procuro dizer dela o que ela não ousa imaginar. Eu preferiria ter mostrado; preferiria ter pintado; mas se trata do verbo, que circula entre nós e ameaça emperrar, e o verbo não se vê. Então narro, para evitar o acidente que nos deixaria coagulados, paralisados, em pouco tempo nauseabundos, todos nós, nós dois, eu mesmo.

Escrevo para ti, meu coração. Escrevo para que continues a bater bem colada a mim, para que o sangue continue a escorrer sob a tua pele, sob a minha, em condutos brandos forrados de seda. Eu te escrevo, meu coração, para que nada pare, para que o sopro não se interrompa. Para te escrever, para te manter viva, para te preservar branda, quente, circulante, devo utilizar todos os recursos da língua, todos esses verbos trêmulos e quase imprecisos, a totalidade desses substantivos como um tesouro de pedrarias, como uma arca enorme, cada qual refletindo um brilho por suas facetas polidas pelo uso. Preciso de tudo para te escrever, meu coração, para construir um espelho de verbo em que tu te miras, espelho móvel que seguro em minhas mãos cerradas, e tu te miras nele, e não te afastas.

Reflito, construo um espelho, não faço mais que refletir. Examino cada detalhe da tua aparência, cada detalhe epifânico do teu corpo, que ecoam todos no real do batimento do sangue dentro de ti, meu coração, do deslizar ritmado do sangue em teus vasos forrados de seda, ressonância na gruta rubra em que entro, oh! gruta de veludo! onde permaneço, e desfaleço.

E, mais que tudo, gosto em ti da mistura dos tempos, desse estado de presença que tens para mim e que me é uma oferenda perpétua, dessas marcas que te esculpem e são partes da tua vida acabadas, e outras em curso, e outras por vir, gosto dessa vitalidade em ação como o sangue que corre, que é a evidente promessa de que nada se detém, de que o depois virá, como agora, como um presente perpétuo que me seria dado.

Gosto, mais que tudo, das asperezas da tua aparência; elas me mostram que a vida passa desde sempre e para sempre, e que nesse fluir, nesse movimento mesmo, ela é possível. Oh meu coração! tu palpitas bem colada a mim como o ritmo mesmo do tempo, gosto da carne dos teus lábios que sorriem quando te falo, que aceitam e entregam carícias que as mãos não podem; gosto da penugem arrepiante dos teus cabelos, cinza, branca, nuvem de penugem de cisne em torno dos teus traços, gosto do peso dos teus seios que se expandem tal como uma argila macia toma a forma, lentamente, do que a contém; gosto do alargamento das tuas ancas que te dão essa curva puríssima da amêndoa, curva das mãos juntas, polegar contra polegar, indicador contra indicador, forma exata de feminilidade imemorial, forma da fertilidade. És fértil, o verbo viceja em torno de ti; ouço o tempo deslizar em ti, meu coração, o tempo sem começo nem fim, como o sangue, como o rio, como o verbo que nos atravessa.

Que tenhas a minha idade, meu coração, exatamente a minha idade, faz parte do amor que tenho por ti. Os homens da minha idade se esforçam para sonhar com alguma coisa que não tem existência, sonham com um ponto imóvel no curso do tempo, um calhau posto no rio, uma pedra despontando que estaria sempre seca e que não se mexeria, jamais. Os homens da minha idade sonham com a coagulação e a morte, que tudo pare enfim, sonham com mulheres bem jovens sem nenhuma marca do tempo e que teriam toda a eternidade diante de si. Mas a eternidade não se mexe.

Tu não imaginas o que contigo eu possuo. Estas rugas no canto de teus olhos, de que às vezes te queixas, que pensas em ocultar e que imediatamente eu beijo, me oferecem a duração inteira. Devo isso a Salagnon. Sou grato a ele por ter me restituído o tempo por inteiro, por ter me ensinado — sem que ele soubesse, talvez, mas ele me mostrou — como apreendê-lo, como escorregar nele sem perturbá-lo e flutuar na paz da sua superfície irreversível; no mesmo ritmo, exatamente no mesmo ritmo. O mistério, digo em teu ouvido, o mistério, digo baixinho, eu deitado contra ti, o mistério é que não precisei lutar para te alcançar. Os tesouros estão guardados, mas a ti eu encontrei sem lutar. "Porque eu te esperava", sussurraste. E essa resposta me explicava tudo; ela me bastava.

Eu a levava ao cinema; gosto muito de cinema. Entre todos os modos de narração é o que mais mostra, é aquele a que se tem acesso mais facilmente porque se trata somente de ver; é o mais difundido entre nós. A gente vê os mesmos filmes, vê juntos, os relatos do cinema são compartilhados entre todos.

Eu a levava ao cinema pegando-a pela mão, nós nos sentávamos nas grandes poltronas vermelhas e erguíamos os olhos juntos para aqueles rostos imensos e luminosos que falavam por nós. As pessoas se calam na sala de cinema. O cinema conta histórias falsas que se desenrolam em plena luz, diante de nós, sentados quase sem nos mexer, silhuetas escuras alinhadas, boquiabertas diante desses grandes rostos iluminados, muito maiores, e que falam.

As histórias cativam, mas são demasiadas, a gente as esquece pouco a pouco. Não adianta nada continuar a acumulá-las, podemos nos perguntar por que nos apressamos, por que vamos ver, mais e mais, histórias falsas. Mas por outro lado o cinema é um procedimento de registro.

A câmara que é usada, a câmara escura da máquina, capta e guarda dentro de si a imagem do que se desenrolou diante dela. No cinema do século XX tinha-se de compor os lugares e fazer as pessoas representarem dentro da câmara escura. O que se filmava, travestido de ficção, havia existido. Então nós, na sala, olhos arregalados e erguidos, boca muda, víamos diante de nós, em grande escala, em plena luz, falar os mortos em sua eterna juventude, reaparecer intactos os lugares desaparecidos, se erguerem de novo as cidades agora destruídas, e certos rostos murmurarem seu amor a outros rostos de que só resta o pó.

O cinema mudará, se tornará uma região menor do desenho animado, não precisará mais de nenhum lugar real nem de nenhum rosto vivo, vai-se pintar diretamente na tela, a história se desenrolará na tela, mas então não nos dirá mais respeito. Amei apaixonadamente esse balbucio das técnicas, essa máquina de histórias que foi contemporânea dos trens a vapor, dos motores a explosão, dos telefones com fio, essa máquina física que impunha fazer pessoas representarem em lugares; e o que víamos na tela iluminada, única luz na sala escura, à parte nossos olhos brilhantes alinhados, à parte a caixa verde que indica a direção das saídas de emergência, o que víamos tinha de fato ocorrido. A tela para a qual olhávamos sem dizer nada era uma janela para o passado desaparecido, uma janela aberta no muro do tempo, que voltava a se fechar quando a luz se acendia de novo na sala. Debruçados na janela, proibidos de sair, sentados em ordem e em linha no escuro, olhávamos sem compreender o desfile dos mortos.

Eu a levava, ela confiava em mim para escolher, eu tinha vivido tanto diante da lanterna mágica que sabia o que nos proporcionaria mais felicidade. Então fui ver com ela *A batalha de Argel*, de Gillo Pontecorvo.

Esse filme era uma lenda porque ninguém o tinha visto. Tinha sido proibido, falava-se dele com meias palavras, era uma lenda de esquerda. "Um filme magnífico", diziam. "Magnífico pelas pessoas, os atores, que às vezes são os verdadeiros protagonistas... Quase não há reconstituição... Parece até que a gente está lá... É um grande filme que foi proibido por muito tempo... na França, claro", dizia-se.

Quando enfim foi visível, eu desejei levá-la, lhe expliquei. "— O velho que vejo me ensina a pintar. Em troca me fala da guerra. — Qual? — A que durou vinte anos. Ele a viu de cabo a rabo, então eu também gostaria de ver esse filme de que tanto falam; gostaria de ver o que se filmou para compreender o que ele me diz."

Vimos enfim essa lenda de esquerda, esse filme proibido por muito tempo, roteirizado pelo chefe da zona autônoma de Argel, que representava seu próprio papel. Eu o vi e me espantei que tivessem achado que deveriam proibi-lo. Sabe-se muito bem da violência. Sabe-se muito bem que, quando Faulques e Graziani diziam obter informações com um par de tabefes, era mentira. Sabe-se muito bem que "par de tabefes" era uma metonímia, a parte visível que se pode admitir da massa obscura das sevícias de que não se dirá nada. Sabe-se. O filme as evoca, mas não se detém nisso. A tortura é uma técnica fastidiosa, demorada, que não convém ao cinema. Os paraquedistas interrogam os suspeitos: trabalham. Perseguem a informação no corpo em que está escondida, sem sadismo nem racismo; o filme não mostra nenhum extravasamento. Eles buscam os membros da FLN, encontram, os prendem ou os matam. Esses técnicos militares não sentem ódio, seu profissionalismo pode meter medo, mas eles fazem a guerra e tratam de ganhá-la; no fim, perdem-na.

Quanto aos argelinos, têm a nobreza de um povo soviético; cada um no filme é um *exemplum* marxista, que o cineasta filma à maneira de uma estatuária. Ele mostra as figuras do povo em closes no meio das cenas de rua, indivíduos sem nome no meio de uma multidão de seus semelhantes, alegres quando têm de estar, com raiva quando têm de estar, sempre dignos, e cada um dos retratos indica o que convém sentir no momento de sua aparição.

O filme é de uma clareza admirável. Os heróis argelinos morrem, mas o povo anônimo os substituirá; a agitação da rua é incontrolável, os técnicos da guerra nada podem contra o sentido da História. O filme será mostrado a todas as crianças argelinas, elas aprenderão sua gesta heroica, ficarão orgulhosas de pertencer a esse povo obstinado, desejarão se parecer com aqueles belos retratos imóveis tirados da multidão, naquele preto e branco granulado das ficções de esquerda que gostariam de passar por documentários. O coronel Mathieu — dá para reconhecer de quem se trata — é notável por sua inteligência. Sem ódio, ele concebe e executa um plano perfeito. Yacef Saadi é prodigioso em heroísmo fanfarrão. Ali La Pointe, o matador, tem o romantismo do lumpemproletariado, e morre no fim porque não se saberia o que fazer com ele: ele é provisório. Tudo é bem amarrado, tudo é claro, nada fica na sombra. Compreendi bem esse filme. Ninguém é mau, há apenas um sentido na História ao qual não há resistência a opor. Eu não compreendia que tivessem achado necessário proibi-lo. Foi tão mais sórdido.

Foi bem mais sórdido do que o filme ousa se mostrar, a FLN cortava narizes, lábios, culhões com a podadeira, os paraquedistas eletrocutavam uns sujeitos envisgados na própria merda, os pés banhados no próprio mijo. Todo mundo passava por isso, os culpados, os suspeitos, os inocentes. Mas não havia inocentes, só havia atos. O moedor triturava as pessoas sem perguntar seu nome. Matava-se maquinalmente, morria-se por acaso. A raça, essa inclusão aproximativa num grupo, lida nos rostos, fazia morrer. Traía-se, liquidava-se, não se sabia direito quem pertencia ao quê, assassinava-se com base nas semelhanças, a duplicidade era o motor inesgotável que movia a guerra, motor a explosão, motor elétrico, associado a uma violência que se procurará não descrever.

Mas esqueçamos. É a paz dos bravos agora, Trinquier, o paranoico, e Saadi, o histrião, podem falar na televisão. O povo unido jamais será vencido. Tudo é claro em *A batalha de Argel* de Gillo Pontecorvo. Mas me parecia estranho esse filme simples. Algo invisível nos lugares que ele mostrava deixava em mim uma inquietude que eu não compreendia. Eu sabia que havia sido rodado em Argel mesma, com as pessoas que vivem lá, os que agora são chamados argelinos, quando esse nome, antes, designava outros. Os lugares me pareciam vazios. Os europeus estavam em suas sacadas como marionetes em seu palco. O estádio que vemos no momento de um atentado estava em enquadramento fechado, como num filme histórico em que se evitam as linhas elétricas ou a passagem dos aviões. Um jipe cheio de soldados transitava por uma rua vazia, portas fechadas, lojas fechadas, com alguns europeus à sacada postos lá como potes de gerânio, muito poucos, e todos rígidos. O cenário desse relato bem claro me causava uma perturbação de que eu mal tinha consciência. Não pensava verdadeiramente nisso; e no fim vi os tanques.

Tanques mesmo, só havia um, cercado de gendarmes na curva abaixo do bairro Climat de France. Ele figurava sozinho *os tanques*, que são, no imaginário de esquerda, a figura da manutenção da ordem, a figura do esmagamento do povo. Nas últimas cenas de *A batalha de Argel* de Gillo Pontecorvo, vê-se o aparelho repressivo do Estado pré-fascista francês tentar controlar o povo argelino — não acrescento "progressista" a "povo", seria pleonástico — e apesar de todos os seus recursos técnicos não conseguir. A vitalidade popular superava a ferramenta repressiva. Sob as paredes do Climat de France, entre gendarmes vestidos de preto aparecia um tanque. Caí na gargalhada.

Fui o único a rir, e grudada em mim ela se espantou, mas apertei sua mão com tanto amor que ela sorriu por sua vez e se aninhou um pouco mais contra mim.

Eu conhecia aquele tanque que acabava de aparecer na curva abaixo do Climat de France. Eu havia lido, criança, a Enciclopédia Larousse, a versão ilustrada em cores, e gostava mais do que tudo da página *Uniformes*, da página *Aviões*, da página *Blindados*. Aquele tanque na tela não era francês, era russo. Chamava-se ISU-122, tanque pesado caçador de tanques. Você o reconhece por seu canhão baixo, inserido numa torre fixa que faz nele dois ombros carrancudos, e pelos galões atrás, que contêm não sei o quê, talvez nada. Eu entendia de blindados, tinha coberto com eles as margens dos meus cadernos escolares, havia desenhado esse, com seu canhão baixo e seus galões atrás. Pontecorvo havia filmado *in loco*, em Argel, com as pessoas que haviam vivido aquilo. No imaginário de esquerda era uma prova de autenticidade. Mas rodar em Argel em 1965 um filme que se desenrola em 1956 é uma mentira. Em 1965, a cidade de 1956 não existia mais. Como encontrar europeus em Argel em 1965? Era preciso trazê-los sabe-se lá de onde, colocá-los nas sacadas como plantas em vasos e fechar o enquadramento no estádio que eles não podiam lotar. Como rodar em 1965 no bairro europeu de Argel, a não ser esvaziando-o de seus novos moradores, fechando as lojas deixadas em 1962 e esperando que isso não seja notado, bloqueando suas ruas para que a multidão dos novos moradores não apareça? Como encontrar paraquedistas e gendarmes em 1965, a não ser caracterizando como tais militares e policiais argelinos? Como encontrar um tanque francês em Argel, em 1965, a não ser utilizando um tanque da ALN, fornecido pela URSS, esperando que ninguém o reconheça? Havia muitos desses tanques nas ruas de Argel em 1965, já que a ALN tomava o poder. O exército estava ali com suas tropas regulares e seus tanques, bastava que eles se disfarçassem para filmar. Pontecorvo estava em Argel em 1965, cineasta oficial do golpe de Estado. Era um mau caráter, os cinéfilos sabiam. Alguns anos antes havia feito um *travelling* num outro filme, e se tratava de uma questão moral. Ele decidiu fazer um *travelling* que começava no momento em que uma jovem mulher se suicidava num campo de concentração, ela se atirava nos fios de arame farpado e, no momento do choque, no momento da sua morte fictícia na cerca ficticiamente eletrificada, ele iniciava o *travelling* para enquadrá-la, de modo a fazer da cena um quadro do sofrimento. Ainda passa ser o ato dela improvável, segundo os próprios deportados; mas há regras morais no cinema. O homem que decide enquadrar um cadáver em câmera baixa tem direito tão só ao mais profundo desprezo.

No momento mesmo do golpe de Estado, Pontecorvo debochava da História, oferecia à República militar argelina o fundamento de seu mito. A *batalha de Argel* é exatamente o filme oficial dos acordos de Évian: o acordo entre os dois aparelhos político-militares, o que sai, o que o substitui. É por isso que os paraquedistas nesse filme são gente de fino trato. Saadi, o esquartejador de passantes, e Trinquier, o eletrocutador-geral, assinam a paz dos bravos. Numa mixórdia confusa em que tantos adversários se enfrentaram, três, seis, doze, só esses dois ficam com a palavra no fim. Eles dividem o butim entre si e fazem os outros desaparecer. Esta era minha perturbação, enfim compreendi: o bairro europeu de Argel estava vazio, vazio demais para uma cidade mediterrânea. Ele acabava de ser esvaziado. Os que nele moravam acabavam de ser apagados.

Trinquier e Saadi podem conversar como velhos camaradas, eles se põem de acordo para evocar um só povo argelino, um povo unido, radiante da sua identidade reencontrada, que não existe; eles se põem de acordo para não dizer nada de um povo *pied-noir* evacuado em algumas semanas. Estes incomodavam, a própria existência deles era um incômodo; negaram a eles o direito à História. Quando os impérios se transformam em nações, é preciso apagar aqueles cujo pertencimento não pode ser inventado.

São eles portanto os únicos malvados do filme, os que não têm direito a nenhum retrato, os que a gente só vê de longe, que não passam de uns gritalhões, racistas e mesquinhos, linchadores de crianças, linchadores de velhotes, cães latidores e covardes que não terão mais direito à existência. Eles estão errados em ser, o filme insiste, a História os deixa à margem, como cadáveres abandonados já apodrecendo. O tanque que sobe para o Climat de France encerra a História, e seu disfarce mostra o que acontece. O falso tanque francês mas verdadeiro soviético, rodeado de figurantes disfarçados de franceses que são verdadeiros militares argelinos, reprime verdadeiros argelinos que fazem o papel de argelinos. Mas eles são os verdadeiros reprimidos. Nas ruas ao redor estão estacionados os tanques da ALN, que controlam a capital e tomam o poder. Poderíamos afixar essa imagem — o tanque na curva abaixo do Climat de France —, ampliando o fotograma, e teríamos um quadro: *Monumento fúnebre para todo o povo argelino*. Povo argelino desaparecido, de um lado, reprimido, de outro, duas vezes na mesma imagem. O exército das fronteiras se apossava do poder, Gillo Pontecorvo filmava *A batalha de Argel* na Argel esvaziada, eles escreviam a História. Nessa guerra que dividia até o interior dos indivíduos e cujo motor foi a traição infinita, duas partes falaram claramente por todos, uma pela França, a outra pela Argélia. E é isso mentir.

O cinema é uma ficção; por outro lado, é um procedimento de registro. O tanque tinha estado lá, as ruas vazias tinham estado lá, a nuvem de figurantes disfarçados tinha estado lá: o real tinha se fixado na película e permanecia. Quando a tela se apagou e a sala zunzunando se acendeu, quando as luzes se inverteram, me levantei num repente, rígido e furioso, e ela se inquietou com minha cólera cuja causa não compreendia. Eu gostaria de lhe explicar por que uma imagem me agitava assim, mas não sabia como lhe dizer em algumas palavras. Teria sido necessário começar pelo Grand Larousse Illustré, explicar por que eu entendia de tanques por gosto de meninote e lhe contar toda a vida de Salagnon como ele a tinha contado para mim, e como eu a tinha compreendido, e lhe dizer o que vivemos aqui faz quarenta anos. As pessoas saíam da sala com um ar compenetrado, tinham a sensação de ter enfim visto um filme proibido, que dizia a verdade, já que haviam tentado escondê-lo. Nessa sala, provavelmente ninguém via a mentira na tela, porque provavelmente ninguém entendia de tanques.

Ela me acompanhava, silenciosa e confiante. Saímos do cinema, entramos no bulício da tarde, na rua de pedestres e seu calor, onde a multidão ia nos dois sentidos. "Vou te levar a Voracieux", disse a ela. "Você vai ver esse homem que me ensina a pintar." Pegamos o metrô até o fim da linha, depois o ônibus. Ela estava sentada juntinho de mim, a cabeça no meu ombro, interrogativa, mas sem perguntar nada. "Ele me ensina a tentar te pintar", disse eu quando rodávamos entre os espigões. "Não consigo direito, mas não desejo nada com mais força." Ela me beijou meigamente. Eu pensava na horrível imagem que encerrava aquele filme, que o fazia soçobrar de repente na mentira quando cada detalhe era verdadeiro, essa imagem do tanque ao pé do Climat de France como um lapso que mostra querendo ocultar, que tenta dizer o que se estima verdadeiro mas manifesta o que é verdadeiramente, pela obstinação de um detalhe impossível de ocultar.

Quando nos sentamos na sua sala tão feia, eu me abri para Salagnon. Ele riu.

— Mas eu sei o que você está dizendo. Vivo com uma *pied-noir* faz tanto tempo.

E meigamente acariciou o rosto de Eurydice sentada juntinho dele, e ela lhe sorriu com um sorriso tão meigo que todas as rugas que marcavam sua pele de seda amarrotada se dissiparam. Só restou seu rosto tão bonito, resplandecente. Ela não teve outra idade que a do seu sorriso: alguns segundos.

— Não se vê o que o senhor viveu. Não resta nenhum sinal.

Eu abarcava com um grande gesto essa decoração impessoal que nos rodeava de uma maneira opressiva.

— É a ausência de sinais que é o sinal.

— Pare com suas tiradas chinesas. São ilusões de óptica para fazer crer em profundidades. Fale de verdade.

— Deveria haver sinais, mas não há. Trouxe Eurydice. Se eu quiser que ela fique a meu lado, temos de não nos virar; jamais. Senão ela desapareceria no buraco de amargor que os *pieds-noirs* deixaram ao partir. Não devo me virar, só tirá-la do inferno e ficar com ela; nunca mais falar de antes.

— O que vocês fizeram desde então; desde que estão aqui juntos?

— Nada. Você nunca se perguntou o que fazem o homem e a mulher que se encontraram durante um filme de ação? O que fazem depois do filme? Nada, ora. O filme para, a luz se apaga, a gente volta para casa. Fiz um jardinzinho, que você viu, onde não cresce grande coisa.

— Não tiveram filhos?

— Nenhum. Quando se viveu isso, ou se tem muitos, e só se pensa neles, ou não se tem, e só se pensa em si. Nós nos amávamos bastante, creio, para só pensar em nós.

Eles se calaram, ambos; eles se calavam juntos, e isso era ainda mais íntimo do que falar juntos. Não os interrompi.

Pela porta aberta eu via um corredor e, no fim, na parede, uma faca pendurada num prego balançava, com não sei que corrente de ar porque eu não sentia nada, as janelas estavam fechadas. Sua bainha de couro toda gasta emitia uma luz vermelho-escura, a cor do couro bruto apenas tingido, a cor do anoitecer que agora caía à nossa volta, a cor de uma lâmina inchada de ferrugem; a cor de uma crosta de sangue, que envolveria a lâmina e a dissimularia inteiramente. Não se via a lâmina, embainhada de couro, embainhada de ferrugem, embainhada de sangue seco, via-se uma emanação avermelhada que oscilava na ponta de uma tira suspensa num prego. O sangue se mexe por si só, incansavelmente, emite uma luz escura, um calor suave que nos mantém vivos.

— A pintura me ajudou — disse ele enfim —, ajudou a não me virar. Para pintar, devo estar aqui, nada mais; graças à pintura minha vida se contenta com uma folha. Posso te transmitir a arte do pincel se você ainda vier me ver, é uma arte modesta, bem à medida do que podem as mãos, um tufo de pelos comprimidos, uma gota d'água. A arte do pincel, se você a pratica pelo que ela é, permite que você viva sem orgulho. Permite tão só se certificar de que tudo está ali, diante de você, e que você enxergou bem. O mundo existe e é bem assim, mesmo que seja de uma crueldade que não se imaginava, e de uma grande indiferença.

Calou-se de novo. Não o interrompi. Não ouvia mais que nossas respirações, a minha, a dela, e a respiração dos dois velhos sentados diante de nós, aquele homem grande e magro e aquela mulher de pele finamente enrugada, a respiração um pouco sibilante deles, um pouco grumosa, irregular de tanto ter passado por seus brônquios gastos, polidos por anos de sopro. Sentada a meu lado, meu coração, ela não tinha dito palavra. Havia olhado para Salagnon sem perder nada do que ele dizia, ela fitava sem desviar os olhos o velho que me contava aquilo que eu ignorava de todo, e que em troca me ensinava uma arte de que eu queria me servir com ela, meu coração. A luz do anoitecer passava pela janela encortinada de musselina. Seus cabelos bastos salpicados de branco a aureolavam de uma penugem de cisne. Seus lábios firmes brilhavam de um vermelho profundo, seus olhos difundiam uma luz que eu acreditava violeta, três manchas cor de sangue no cerne de uma nuvem de plumas. Eu não sabia o que você pensava então, meu coração; mas se você soubesse o que eu pensava naquele instante, nós todos imóveis, se você soubesse que eu pensava em você sem interrupção, você teria vindo se aconchegar em meus braços e neles teria ficado para sempre. Eu tinha certeza de que pela porta aberta, no fim do corredor, a faca pendurada num prego, em sua bainha, se mexia.

Salagnon mudou de posição com uma careta. Estendeu a perna.

— Os quadris — murmurou. — Meus quadris me fazem padecer em certos momentos. Não sinto nada durante anos, e de repente volta.

Gostaria de lhe perguntar o que exatamente o faz sofrer. Talvez, se eu perguntasse a esse homem qual é o seu tormento, eu o curasse da sua ferida. Com o coração batendo, avancei sentado na minha poltrona de veludo áspero, desconfortável e apagado. Ela olhava para mim, meu coração, sentia que eu ia lhe falar, ela me sustentava com seus olhos, com seus lábios, com aquelas três luzes intensas, vermelhas, aureoladas de uma penugem de cisne. Avancei, mas baixei os olhos, e peguei maquinalmente um pequeno objeto pesado que estava na mesinha de centro. Eu sempre o vira no mesmo lugar, numa tigela, o que não espantava porque na casa de Salagnon tudo estava como que aparafusado, com uma ciência da decoração que só se vê nos catálogos ou nos seriados de tevê. Esse objeto denso, eu sempre o vira, nunca tinha me perguntado o que era, porque o que sempre está ali a gente não vê. Eu tinha avançado hesitante até a beirada da minha poltrona, ele estava ao alcance da mão bem à minha frente, eu o havia pegado. Ele pesava, concentrado e metálico, feito de peças encerradas num cabo de baquelite. Nunca tinha sabido o que era. Naquela noite ousei lhe perguntar:

— O que é este objeto que está sempre aí? Um canivete suíço? Uma lembrança? Visto que o senhor não guarda nada?

— Abra-o.

Desdobrei as peças de metal com certa dificuldade. Elas giravam em seu eixo grimpado, uma lâmina curta e cortante, banal, e uma ponta de seção quadrada, do comprimento de um dedo, bem sólida.

— É mesmo um canivete suíço — falei. — Mas sem abridor de latas, sem lâmina para passar manteiga, sem chave de parafuso. O senhor utiliza para quê? Catar cogumelos?

Ele sorriu com felicidade.

— Não sabe o que é?

— Não.

— Nunca viu nada parecido?

— Nunca.

— É uma faca para desnucar; para matar alguém em silêncio, enfiando a ponta na pequena cavidade da nuca, bem abaixo do crânio. Com uma mão firme, entra fácil. A outra mão tapa a boca, a pessoa morre instantaneamente, sem ninguém perceber. Este canivete foi concebido com esse fim, só pode servir para isso, matar as sentinelas sem elas gritarem. Aprendi a utilizá-lo, ensinei outros a utilizá-lo, nós o levávamos dobrado num bolso quando estávamos na selva. Este é o meu.

Pus o objeto de volta na mesa, com delicadeza, não ousando fechá-lo.

— Fico feliz por você não o reconhecer.

— Nem sabia que isso existia.

— Nós tínhamos ferramentas para a guerra. Venho de um mundo de que não se tem mais ideia. A gente se matava à faca, se respingava do sangue dos outros. Hoje ninguém se aproxima mais, tritura-se à distância, utilizam-se máquinas. Acabou esse ofício em que um sentia o cheiro do outro, e o calor do outro, e o medo do outro se misturar ao nosso medo na hora de matá-lo. Vejo agora propagandas para o exército. Você pode se alistar, fazer carreira, é um ofício que visa proteger as pessoas, salvar vidas, se superar. Quanto a nós, nós não salvávamos nenhuma outra vida além da nossa; nós nos protegíamos como podíamos, e procurávamos simplesmente correr mais que a morte. Posso enfim desaparecer, se você não reconhece as ferramentas da guerra. Você não imagina quanto sua ignorância me dá prazer.

Eu contemplava o objeto em cima da mesa; sabia agora do seu uso simples, sugerido por sua forma.

— Minha ignorância lhe dá prazer?

— Sim. Ela me alivia, como se a profecia do meu tio se consumasse: vamos poder pôr fim a isso. A última vez que o vi, foi na prisão. Durou alguns minutos, tinham me feito entrar na sua cela, deixaram-nos a sós, não me encararam na hora de virar a chave e empurrar a porta. Estava condenado à morte, ao isolamento, mas havia a lei e havia a fidelidade. Me fizeram entrar para que eu o visse pela última vez, me disseram para ser rápido e nunca dizer nada. Ele lamentava não ter mais consigo seu exemplar da *Odisseia*. Sabia o poema de cor àquela altura, havia terminado a tarefa de aprendê-lo, mas gostaria de senti-lo ao seu alcance, como durante os vinte anos que então chegavam ao fim. Lá, na prisão, não tínhamos grande coisa a dizer sobre os acontecimentos, um alçar de ombros bastava para exprimir o desmoronamento de tudo, ou então teria sido necessária uma vida inteira de recriminações; então ele me falou da *Odisseia*, e do seu fim. No fim, Ulisses e Penélope "de seguida chegaram felizes ao ritual do leito conhecido". E depois de satisfazerem o seu desejo de amor, deleitaram-se com palavras. Mas não acaba assim. Ulisses tem de partir novamente levando no ombro o remo de bom manejo de uma nau. Quando chegar a um lugar onde lhe perguntarão por que leva no ombro uma pá de joeirar, quando estiver longe o bastante para que não se tenha mais ideia do que é o remo de uma nau, então poderá parar, plantar no chão o remo, como uma árvore, e voltar para casa para morrer brandamente de velhice.

"Meu tio se entristecia por não conhecer esse fim de serenidade e esquecimento, quando os utensílios não seriam mais reconhecidos. Naquele momento, todo mundo matava todo mundo. Todo mundo havia aprendido a matar e contava com a possibilidade de ser morto. As armas circulavam em Argel, todo mundo tinha uma, todo mundo usava uma. Argel era um caos, um labirinto de sangue, as pessoas se matavam nas ruas, nos apartamentos, torturavam nos porões, jogavam cadáveres no mar, enterravam-nos nos jardins. E todos os que fugiam para a França levavam armas em suas pobres bagagens, carregavam consigo a lembrança aterrorizada de todas as armas que tinham visto. Eles as reconheceriam por toda a vida, não se esqueceriam de nada, isso faria em torno de seu coração uma gaiola estreita demais que o impediria de bater. Só encontraremos a paz quando todo mundo houver esquecido essa guerra de vinte anos em que se ensinava a cilada, o assassinato, e a dor infligida, como se fossem técnicas de pequenos consertos domésticos. Meu tio sabia que não conheceria essa paz, não teria tempo para tal. Havia acabado de decorar seu livro e sabia que era o fim. Nós nos dissemos adeus e saí da cela, fecharam a porta e me acompanharam sem olhar para mim.

"Meu tio foi fuzilado no dia seguinte por alta traição, complô contra a República, tentativa de assassinato do chefe de Estado. Tentativa, explicitaram, porque não deu certo, nada deu certo. Eu ainda me espanto de que sujeitos tão eficientes em outras circunstâncias tenham podido agir com tamanho amadorismo. Nessa insurreição do fim, a única coisa que souberam fazer foi matar pessoas ao acaso. Só foram capazes de aumentar o terror geral, designar culpados mais ou menos ao acaso e matá-los; meteram-se na política e só conseguiram consumar o ato político mais primário e mais estúpido, fazer o uso mais imbecil da força: o chute no cachorro, a bala na cabeça do primeiro a aparecer. No desespero do fim, matavam pessoas que passavam por ali. Obtiveram a ignomínia, o estrago, a morte deles e dos outros. Não se desvia o rio do tempo atirando seixos nele, nem mesmo se faz com que ele corra mais devagar assim; eles não compreendiam mais nada."

Ele se endireitou um pouco, fez uma careta, segurou o quadril. Eurydice, cheia de solicitude, passou sua mão fina e salpicada de manchas em sua coxa. Eu tinha de lhe perguntar agora. Ele me havia ensinado a pintar e contado sua história; eu conhecia as modulações da sua respiração e o grão da sua voz. Eu tinha de lhe perguntar qual era esse tormento que o seguia por toda parte, aonde quer que ele fosse, esse tormento que lhe verrumava o quadril fazia tantos anos, esse ferimento persistente que ninguém quer mais conhecer neste mundo em que ele não vivia quase mais, e onde eu ainda vivia.

— Sr. Salagnon — perguntei-lhe enfim —, o senhor torturou?

Ela olhava para mim, meu coração, a meu lado. Ela prendia a respiração. No fim do corredor a faca oscilava pendurada num prego, luzia de uma cor vermelha que podia ser o couro, a luz do anoitecer ou sangue seco. Salagnon sorriu para mim. Sorrir naquele momento era a pior resposta que podia dar. Tremias a meu lado, meu coração, teus olhos, teus lábios, três manchas numa auréola de uma penugem de cisne.

— Não foi a pior coisa que fizemos.

— O que pode ser pior? — exclamei, com um grito agudo.

Ele deu de ombros, me falava com mansidão, era paciente.

— Agora que essa guerra acabou, a que durou vinte anos e ocupou minha vida, não se fala de outra coisa senão da tortura. Procuram saber se ela existiu, ou a negam; procuram saber se exageramos ou não, designam quem a teria praticado ou não. Só se pensa nisso. Não é esse o problema. Não era.

— Estou falando de tortura e o senhor me diz que é um detalhe?

— Não estou falando de detalhe. Digo que não é o pior que fizemos.

— Mas então o quê? o que foi pior?

— Faltamos para com a humanidade. Nós a separamos, quando ela não tem nenhuma razão de ser separada. Criamos um mundo onde, de acordo com a forma do rosto, de acordo com a maneira de pronunciar o nome, de acordo com a maneira de modular uma língua que nos era comum, era-se súdito ou cidadão. Confinado cada um em seu lugar, esse lugar era herdado e se lia nos rostos. Esse mundo nós aceitamos defender, não há sujeira que não tenhamos feito para mantê-lo. A partir do momento em que admitimos a imensa violência da conquista, fazer isso ou aquilo não passava de dramas de consciência. Não era para ir; eu fui. Todos nós nos comportamos como carniceiros, todos nós, os doze adversários nessa atroz refrega. Cada um era carne a maltratar para os outros, nós cortávamos, batíamos com qualquer arma até reduzir os outros a carniça. Às vezes tentávamos ser cavalheirescos, mas isso não durava mais que o tempo de ter essa ideia. Que o outro fosse ignóbil garantia nossa razão; nossa sobrevivência dependia da nossa separação, e do rebaixamento deles. Então detectávamos sotaques, ríamos dos nomes, classificávamos os rostos em categorias a que atribuíamos atos simples: detenção, suspeita, liquidação. Em linhas gerais, simplificávamos: eles e nós.

Salagnon se agitava. Ele não podia verdadeiramente parar, porque o que dizia tinha lhe aparecido ano após ano e nunca tinha tido ninguém a quem dizê-lo. Não que não se diga nada, ao contrário, essa guerra todo mundo a conta, mas isso produz uma algazarra de queixas e ódios em que não se entende nada. Os lugares de vítimas e de carrascos se intercambiam permanentemente entre os doze protagonistas da atroz refrega, e no grupo social em que cresci tinha sido admitido sem maior reflexão que Salagnon e seus semelhantes tinham sido os piores. O suposto silêncio em torno da guerra de vinte anos foi uma barafunda, uma roda-viva sem fim em que todo mundo se metia, e que girava, e que sempre evitava o centro do problema. Se lá era em nosso país, quem eram os que viviam lá? E se vivem aqui, quem são agora? E nós, então?

Victorien e Eurydice, com bem mais de um século de idade os dois somados, permaneciam apertados um contra o outro, débeis e enrugados, duas lembranças do século XX de que ouvíamos, ela e eu, ela ao meu lado, a respiração um pouco sibilante, correntes de ar em papéis que esvoaçam.

— A podridão colonial nos roía. Todos nós nos comportamos de maneira desumana porque a situação era impossível. Só em nossos bandos armados é que nos comportávamos com um pouco do respeito que cada um deve ao homem para continuar sendo um homem. Nós cerrávamos fileira, não havia mais humanidade geral, simplesmente camaradas ou carne adversária. Tomando o poder, queríamos isto: organizar a França como um campo de escoteiros, com base no modelo das companhias sanguinolentas que vagavam pelo campo seguindo seu capitão. Imaginávamos uma república de amigos, que seria feudal e fraterna, e que seguiria a opinião do mais digno. Isso nos parecia igualitário, desejável, exaltante, como quando estávamos juntos limpando nossas armas em torno de uma fogueira na montanha. Éramos ingênuos e fortes, confundíamos um país inteiro com uma companhia de rapazes percorrendo campos e montes. Havíamos sido a honra da França naqueles tempos em que a honra era medida pela capacidade de matar, e não compreendo exatamente aonde tudo foi parar.

"Éramos águias; mas todo mundo ignorava isso porque vestíamos farda camuflada, de quatro no mato ou deitados atrás das pedras. E nossos adversários não estavam à nossa altura. Não por sua coragem, mas por seu aspecto. Se eles nos derrotavam, ficavam extasiados com que uns homenzinhos pobres pudessem nos derrotar; se nós os derrotávamos, zombavam de nosso troféu de caça fácil demais, constituído de homenzinhos pobres, mal vestidos, mal armados, deitados lado a lado diante de nós, fardados. Éramos águias, mas não tivemos a sorte de ser fulminados como a águia alemã, a águia da Chancelaria que cai triturada pelas bombas e se abate no chão. Fomos águias envisgadas, como aves marinhas cuja plumagem teme o óleo; quando o óleo negro se espalha na água, elas definham, perecem de uma morte ignominiosa, em que a sufocação rivaliza com o ridículo. O sangue derramado coagulou, com a gente dentro; isso nos dá um aspecto atroz.

"E no entanto salvamos a honra. Nós nos reerguemos, recuperamos a força que nos faltara; mas a aplicamos depois a causas confusas e, afinal de contas, ignóbeis. Nós tínhamos a força, nós a perdemos, não sabemos exatamente onde. O país nos guarda rancor, essa guerra de vinte anos só fez perdedores, que se xingam em voz baixa num tom cheio de fel. Não sabemos mais quem somos."

— Está exagerando, Victorien — disse Eurydice com uma vozinha. — Não era tão ruim assim a vida lá. Os grandes colonos eram raros, éramos na maioria gente humilde. Nós nos cruzávamos pouco, mas nos entendíamos bem. Nós vivíamos entre nós, e eles entre nós.

— Eurydice — eu a interrompi —, a senhora ouve o que está dizendo?

— Não era o que eu queria dizer — ela enrubesceu.

— Era sim! A gente sempre diz o que quer dizer.

— Às vezes a gente se engana. As palavras saem sozinhas.

— Porque estavam ali; como uma pedra debaixo da areia que faz a roda desviar, e a gente sai da estrada. A senhora disse o que era, Eurydice: vocês entre vocês, e eles entre vocês, o tempo todo, dia e noite, eles que obcecam vocês e destroem vocês, que destroem a vida de vocês por sua presença, porque vocês destruíram a vida deles, com sua presença, e eles não têm mais para onde ir.

— Você está exagerando. Nós nos entendíamos bem.

— Eu sei. Todos os *pieds-noirs* dizem isso: eles se entendiam bem com a empregada. Compreendo o que diz Victorien, agora: o drama da Argélia não é a tortura, mas se entender bem ou não com sua empregada.

— Eu não teria dito isso assim — disse ele com ar divertido —, mas é bem o que penso.

— Sempre se pode debater sobre a colônia — continuei —, e por muito tempo. Escolhe-se um lado ou outro, joga-se na cara do outro as realizações e as injustiças, equilibram-se as obras públicas com uma relação minuciosa das violências. A conclusão que cada um tirará será a confirmação da sua primeira ideia: o fracasso trágico de uma boa causa, ou a ignomínia persistente de um pecado original. Aos que recusam o direito deles à existência, os habitantes da colônia sempre respondem que se entendiam bem. É tudo o que podem: a colônia permite no máximo se entender com a empregada, chamá-la pelo seu primeiro nome, o que ela nunca ousará fazer, a não ser que o faça preceder por "senhora". Quando vai bem, a colônia permite que pessoas muito humanas, muito respeitosas, habitadas pelos melhores sentimentos do mundo, olhem com gentileza para um pequeno povo colorido com o qual não se misturam. A colônia permite apenas um paternalismo afetuoso, assegurado pelo mais simples dos critérios: a semelhança hereditária. Eis ao que se chega quando todo mundo dá uma mãozinha: se dar bem com a empregada, e as crianças a adoram, mas ela sempre será chamada pelo primeiro nome.

"Como dar vida a três departamentos franceses com seu prefeito, seus cargos, suas escolas, três departamentos como aqui, com seus monumentos aos mortos, seus cafés repletos na hora do aperitivo, suas ruas sombreadas por plátanos para jogar bocha, como vocês querem fazer viver esses três departamentos contendo oito milhões de invisíveis que tentam não fazer muito barulho para não incomodar? Oito milhões de pastores, de engraxates, de empregadas domésticas que não têm sobrenome, e não têm lugar, oito milhões de farmacêuticos, advogados e estudantes também, mas que também não têm aonde ir e que serão os primeiros a sofrer a violência quando se tratar de separar o que é "nós" do que é "eles". Camus, que entendia do assunto, dá a imagem perfeita do árabe: ele está sempre ali, no cenário, sem dizer nada. Faça-se o que se fizer, a gente se precipita sobre ele, ele está ali e acaba incomodando; ele obceca como uma nuvem de fosfenos de que a gente não consegue se livrar, ele perturba a vista; a gente acaba atirando. Somos finalmente condenados porque não nos arrependemos, a gente afastava os fosfenos com um gesto da mão, mas o opróbrio geral é um alívio. Fizemos o que cada um desejava, e agora temos de pagar, mas foi feito. A violência da situação é tal que são necessários sacrifícios humanos regulares para aplacar a tensão que, de outro modo, destruiria a nós todos."

— Tive razão de te contar o que contei — disse Salagnon.

Eurydice olhava para mim com um tremor nos lábios. Ela queria me responder, mas não sabia exatamente o quê. Isso podia ser um atentado, mais um, a seu direito de ser.

— Não se equivoque, Eurydice. Eu mal a conheço, mas dou muito valor à sua existência. A senhora está aqui, e a gente tem sempre razão de ser. Acho trágico a Argélia francesa ter desaparecido. Não digo "injusto" nem "uma pena", mas "trágico". Ela existia, foi criada, alguma coisa foi criada em que as pessoas viviam, e não sobrou nada dela. O fato dela ter se fundado na violência, na injustiça da separação das raças, num preço humano ignóbil pago a cada dia, não a diminui em nada, porque o ser não é uma categoria moral. A Argélia francesa existia; não existe mais. É trágico para um milhão de pessoas apagadas da História sem ter o direito de dizer sua tristeza. É trágico para setenta e quatro deputados que se levantaram na Assembleia e saíram para não voltar mais, porque não representavam mais nada. É trágico para o milhão de argelinos que viviam na França, que eram chamados de Muçulmanos para diferenciá-los dos que, franceses, vivem na Argélia e de quem se retirou a nacionalidade francesa porque um outro país tinha se criado ao longe. A confusão dos nomes era total. Renomeou-se. Tudo se tornou claro. Mas não se sabia mais de que se falava. E os jovens daqui, que se parecem com os de lá, a quem não se concede aqui o ser pleno e inteiro devido a uma herança confusa, querem ser chamados de muçulmanos, como lá antigamente, mas sem maiúscula; isso lhes daria uma dignidade em lugar daquela que lhes recusam. A confusão é total. A guerra está próxima, ela nos aliviaria. A guerra alivia por ser simples.

— Uma simplicidade que não desejo mais — murmurou Salagnon.

— Então há que reescrever a História, escrevê-la voluntariamente antes que ela mesma faça seus garranchos. Pode-se falar de De Gaulle, pode-se debater seu talento de escritor, se espantar com sua capacidade de mentir falando a verdade quando traveste o que incomoda e cala sobre o que perturba; pode-se sorrir quando se concilia com a História em nome de valores mais elevados, em nome de valores romanescos, em nome da construção de seus personagens, ele próprio em primeiro lugar, pode-se; mas ele escreveu. Sua invenção permitia viver. Podíamos ter orgulho de estar entre seus personagens, ele nos compôs com esse fim, para termos orgulho de ter vivido o que ele disse, ainda que suspeitássemos que, para lá das páginas que ele nos atribuía, existia um outro mundo. É preciso reescrever agora, é preciso ampliar o passado. Para que ruminar alguns períodos dos anos 1940? A que conduz essa identidade nacional católica, essa identidade de pequenas aldeias aos domingos? A nada, mais nada, tudo desapareceu; é preciso ampliar.

"Nós nos fraturamos ao não reconhecer a humanidade plena dos que faziam parte de nós. Riu-se de não se ter ousado chamar de 'guerra' o que se evocava como 'os acontecimentos'. Acreditou-se que falar de 'guerra' assinalaria o fim da hipocrisia. Mas dizer 'guerra' remete, lá, ao estrangeiro, quando essas violências ocorriam bem aqui entre nós. Nós nos compreendíamos tão bem; só se entremata bem entre semelhantes.

"As violências no seio do Império nos fraturaram; os controles maníacos nas fronteiras da nação continuam a nos fraturar. Nós inventamos a nação universal, conceito um tanto absurdo, mas maravilhoso por seu absurdo mesmo, porque homens nascidos no outro extremo do mundo podiam fazer parte dele. O que é ser francês? O desejo de sê-lo, e a narração desse desejo em francês, narrativa inteira que não esconde nada do que foi, nem o horror, nem a vida que apesar dos pesares adveio."

— O desejo? — disse Salagnon. — Isso bastaria?

— Bastou para o senhor. Só ele aproxima. E todos os véus negros que o ocultam são odiosos.

Ela olhava para mim, meu coração, enquanto eu falava, eu sabia que ela olhava para mim durante tudo o que eu dizia, então quando terminei, me virei lentamente para ela e vi aqueles três resplendores intensos numa nuvem de penugem de cisne, vi seus olhos que brilhavam na luz do anoitecer, e seus lábios cheios que sorriam para mim. Pousei minha mão na sua que vinha ao meu encontro, e nossas duas mãos tão bem acasaladas se apertaram e se seguraram sem mais se largar.

Levantamos enfim e cumprimentamos com afeto Victorien e Eurydice que tinham nos recebido em casa, e partimos. Eles nos acompanharam até a porta, ficaram no alto dos três degraus, sob a marquise de vidro todo vermelho da claridade do anoitecer. Enquanto atravessávamos seu jardim seco em que não crescia grande coisa, os dois nos seguiam com os olhos sorrindo, o braço dele passado no ombro dela, e ela aconchegada a ele, bem juntinho. No momento de abrir o portão para sair, me virei para saudá-los com a mão e vi que Eurydice, em seu ombro, sorridente, chorava por tudo o que havíamos dito.

Voltamos para casa; pegamos o ônibus para o oeste, atravessamos de novo Voracieux-les-Bredins, mas no sentido bom, no sentido da urbanidade, em direção à cidade-centro. O sol em seus últimos instantes mergulhava no fim da avenida, no alinhamento exato da trincheira de cimento entupida de carros, caminhões e ônibus, todos lentos, todos fedidos, todos roncando, todos cuspindo sua fumaça, e eles vaporizavam uma grande nuvem de cobre sujo e quente. Lyon não é tão grande, mas somos muitos a viver lá, apertados, no caldeirão urbano que cozinha em fogo brando, e dentro dele as correntes humanas se movimentam como lavas orgânicas, se espalham pelas ruas, se enrolam em torno das entradas do metrô que as aspiram em lentos turbilhões infinitamente plásticos. Temos a sorte de dispor de um grande caldeirão urbano em que tudo se mistura. As pessoas subiam e desciam do ônibus, pegavam nosso meio de transporte, e ouso usar o possessivo somente porque havíamos conseguido lugar alguns pontos antes. São tão numerosas as pessoas, embora Lyon não seja tão grande, estamos tão apertados no ônibus que vai chacoalhando pela avenida de cobre sujo, compartilhamos o mesmo assoalho que vibra, aspiramos o mesmo ar quente, ombro contra ombro, e em cada um de nós, nessa caixa de ferro que nos transporta, que segue em baixa velocidade pela avenida orientada para o poente, que atravessa lentamente a nuvem ofuscante de cobre, em cada um de nós vibra a língua em silêncio segundo a tonalidade própria do francês. Cada um, posso compreender isso sem esforço, eu apreendo o sentido do que diz antes mesmo de identificar as palavras. Estamos apertados uns contra os outros e eu compreendo todos.

Fazia calor no ônibus que ia para oeste, envolvido nos gases que o sol em seus derradeiros instantes iluminava de cobre vermelho; estávamos sentados, meu coração, porque tínhamos subido antes dos outros, cozinhávamos em fogo brando na panela de cobre com todos os outros que subiam, desciam, tomavam como nós o meio de transporte, estávamos todos no caldeirão urbano posto ali, nas margens do Ródano e do Saône, tínhamos a sorte de ele estar posto ali porque nele se cria a riqueza, infinita riqueza proveniente do caldeirão mágico, caldeirão nunca esvaziado do qual sai mais do que nele pomos; nele tudo se mistura, tudo se recria, nós nos misturamos, a preciosa sopa cozinha em fogo brando e muda, sempre diversa, sempre rica, e a colher de pau que a mexe é o pênis. O sexo nos aproxima e nos une; os véus que a gente estende para dissimular essa verdade são odiosos.

Isso deveria bastar.

Não tirei os olhos de ti durante todo o trajeto de volta; não me cansava da beleza do teu rosto, da harmonia das curvas do teu corpo. Tu sabias que eu olhava para ti, e me deixavas olhar fingindo acompanhar o que se desenrolava pela janela, com um ligeiro sorriso em teus lábios vermelhos, trêmulos, sempre à beira de falar comigo, e esse sorriso enquanto eu te olhava era, no domínio dos símbolos, o equivalente de me beijar ininterruptamente.

Quando estávamos no túnel do metrô as janelas que não davam para nada se fizeram espelhos, e eu me vi te vendo, naquele espelho em que se destacavam teu rosto perfeito aureolado de uma branca penugem de cisne, e teus olhos que eu via violetas, e tua boca vermelha fonte de felicidade, e a esplêndida arrogância do teu nariz que é o presente do Mediterrâneo à beleza universal das mulheres.

Quando chegamos à casa dela, ela me preparou um chá, chá verde que recendia a menta, bem forte, bem doce, denso como gasolina, e aquilo logo ardeu nas minhas veias. Queria estar ainda mais próximo dela, queria despi-la e pintá-la, e gozar com ela e lhe mostrar e narrar isso. Juntos. Deitados na casa dela em almofadas que ela dispõe num sofá baixo, tomamos esse chá que me inflamava, conversamos demoradamente, mas nossos corações batiam forte demais para que ouvíssemos direito o que dizíamos. Ela me contou que, nas famílias que se instalam aqui vindas de outros lugares, os vestígios desses outros lugares desaparecem progressivamente, por etapas. O desejo de voltar se dissolve, depois os gestos e as posturas que adquiriam sentido em outros lugares, depois a língua; não tanto as palavras — as palavras continuam mais um pouco como seixos no chão, entulho de um grande prédio destroçado cuja planta se perdeu —, não tanto as palavras quanto a compreensão íntima da língua. Ao fim, nos filhos e netos dos que se instalaram aqui só restam lufadas de cheiros desaparecidos, o gosto de certas músicas porque eles as ouviam antes de aprender a falar, certos nomes que podem ser tanto daqui quanto de lá, conforme a maneira como você os pronuncie, e preferências culinárias, algumas bebidas em certos momentos do dia, ou um grande prato de festa raramente preparado, mas de que se fala muito. Eu tomava ouvindo-a esse chá que ela me fazia, que recendia a menta, que ela adoçava muito, esse chá que eu tomava ardente como gasolina inflamada, petróleo espesso na minha língua, e na sua superfície bailavam chamas, e línguas de fogo escorriam até meu coração, consumiam minha alma, se inflamavam no meu espírito, brilhavam na minha pele, e ela, se animando, brilhava também. Brilhávamos os dois porque um pouco de suor nos envolvia, um suor odorante que nos atraía, que favorecia nossos movimentos, poderíamos deslizar, um contra o outro, sem nenhum choque, sem nenhum cansaço, indefinidamente.

 Eu pousava minha mão na sua coxa e a deixava assim, para sentir seu calor, para sentir o calor líquido circular sob a sua pele. Isso provocava, sob a pele da extremidade dos meus dedos, o formigamento do desejo dela e do desejo da tinta. Não sei se se trata da sua pele, não sei se se trata dos meus dedos; não sei tampouco se se trata de um formigamento, muito embora se trate sim da tinta. Mas uma perturbação física me agitava. E quando dentro de mim eu alucinava de tomá-la em meus braços, ou quando alucinava de pegar entre meus dedos o pincel carregado de tinta, minha perturbação se acalmava. Vê-la me agitava; pensar em tomá-la em meus braços, ou pintá-la, me acalmava. Como se diante dela eu sufocasse com demasiada intensidade, eu sufocasse de excesso de vida, como se diante dela minha chama sufocasse por falta de ar; e quando em meu pensamento meus braços a apertavam contra mim, quando em meu pensamento eu começava a pintá-la, eu tinha ar; eu respirava enfim; eu ardia mais. Pode-se achar estranho que a tinta se misture aos desejos; mas a pintura por acaso não é isso, somente isso? O desejo, a matéria e a visão misturados, no corpo de quem a fez, e no corpo de quem a vê?

 Pintar com nanquim proporciona uma sensação particular. A tinta diluída é muito fluida, o menor gesto a influencia, um sopro a perturba; como a respiração de quem bebe enruga a superfície da sua cuia. Eu aprendi. Utilizo as cóleras que não conseguia dizer e que faziam da minha vida uma sequência de acidentes. Pinto desajeitadamente, mas com força. O que pinto não se parece. Com meus pobres meios, com um líquido negro espalhado com o pincel, minha pintura teria dificuldade de imitar o que vejo. Mas a pintura a nanquim não representa, ela é. Em cada um dos seus traços percebe-se a sombra da coisa pintada e também o vestígio do pincel furioso que a pintou. Na palavra também a coisa dita se confunde com a vibração do ar que se produz. O que se ouve não tem nada a ver, mas nada a ver mesmo, com o que se quer dizer, mas imediatamente a coisa dita aparece. Não se explica esse milagre, a gente passa os primeiros anos da vida a dominá-lo, e o milagre sempre volta. Como a palavra, a pintura a nanquim é verbo encarnado, ela aparece no tempo de dizer, de acordo com esse ritmo trêmulo que as imagens mentais têm de aparecer. A pintura a nanquim aparece no feixe da consciência, e ela mostra, afinada com os batimentos permanentes dos nossos corações.

Os chineses que justificam tudo certamente têm um mito de invenção da pintura; certamente, mas não vou procurar. Seria algo sobre um mestre calígrafo, que iria certa manhã à montanha; estaria acompanhado por seu serviçal que carrega tudo, faz perguntas cretinas e recolhe as respostas. Ele se instalaria num lugar agradável em que poderia alcançar nobres pensamentos. Atrás dele se elevaria a montanha, a seus pés correria uma torrente brutal. Pinheiros estariam encravados na rocha, uma cerejeira registraria a primavera, vivas orquídeas cairiam dos galhos, bambus se agitariam num roçar de folhas. O serviçal teria instalado um para-vento de seda em torno do mestre, seria de manhã, o dia ainda indeciso, e no ar frio cada uma das palavras do mestre se acompanharia de volutas de vapor. Ao correr do pincel, ele improvisaria poemas a propósito do vento, a propósito dos movimentos do ar, das ondulações do mato, das figuras variáveis da água. Ele os diria em voz alta no momento de anotá-los a tinta, e o vapor modulado por suas palavras iria se perder detrás dele, absorvido pela seda do para-vento que o protege. Ao cair a tarde, pousaria seu pincel e se levantaria. Seu serviçal arrumaria tudo, o bule, o travesseiro de meditação, o papel de escrever coberto de poemas, a pedra para a tinta onde teria moído os numerosos bastonetes negros de resina de pinho. Em sua pressa de homem simples, tropeçaria, derrubaria a pedra-tinteiro ainda cheia e aspergiria os painéis do para-vento. O tecido precioso beberia a tinta, avidamente; mas onde o vapor das palavras tivesse impregnado a seda a tinta não se fixaria. O serviçal confuso não saberia o que fazer, contemplando sem ousar dizer nada o para-vento arruinado, à espera da repreenda. Mas o mestre veria. Os escorridos de tinta esboçados nos painéis de seda criariam brancos sutis onde ele teria falado, entre grandes respingos negros onde tinha calado. Ele sentiria uma emoção tão forte que titubearia. Um dia inteiro de pensamentos elevados estariam ali, intactos, recolhidos em sua exatidão, preservados bem melhor do que a caligrafia é capaz de fazer. Então ele rasgaria todos os poemas que tivesse escrito e jogaria os pedacinhos de papel na torrente. Por que escrever? se o menor pensamento estava ali, mostrado a todos em sua exatidão, sem que fosse preciso ler. Ele voltaria com o anoitecer, apaziguado, seu serviçal não muito seguro, seguindo a pequenos passos atrás dele, carregando tudo que tinha de ser carregado.

A pintura a nanquim tende a ser o penúltimo vestígio da respiração, a ligeira vibração do ar no momento do murmúrio, logo antes de ele se extinguir. Quero isto: preservar o movimento da palavra antes que ela se detenha, conservar um vestígio da respiração no momento em que ela se dissipa. A tinta me convém.

Eu te sentia vibrante bem juntinho de mim, meu coração; mais do que tudo desejaria te pintar; mais do que tudo desejaria me aproximar de ti, e ouvir em ti, e ecoar em mim, o batimento constante da presença.

Tu me deixaste de manhã, meu coração, e murmuraste ao me beijar que voltaria logo, logo mesmo, então fiquei em tua casa te esperando. Sozinho em tua casa, sem sequer me vestir, eu ia de um cômodo a outro, não era grande, um cômodo em que havíamos dormido e um cômodo cuja janela aberta dava para o Saône; eu ia de um a outro, me impregnava de ti sem que estivesses presente, te esperava com a paciência infinita daquele que sabe que virás. Passei o tempo à janela, olhava a ponte que atravessava o rio em três arcos, e quando a água lisa do Saône alcançava os pilares de pedra, sua superfície se franzia preguiçosamente, como se franzem os lençóis de uma cama quando alguém dorme sob eles. Eu olhava as gaivotas flutuarem sobre o rio, elas tentavam dormir acima da água, e para isso tinham de se entregar a uma lenta manobra para não desaparecer ao longe, o que mostra a impossibilidade do repouso quando o tempo continua a passar. Elas pousam na água, dobram as asas, e a correnteza as leva. Quando descerem várias centenas de metros no fluxo tão lento do Saône, rodopiando como patos de plástico, elas se sacodem, alçam voo, sobem contra a corrente as centenas de metros que desceram, e pousam de novo, e escoam de novo com a água. Talvez possam dormir entre dois voos para recuperar o tempo. Elas nunca flutuam duas vezes na mesma água, mas sempre dormem no mesmo lugar. Eu me debruçava à janela, tomava o sol da manhã, olhava passar as gaivotas e as pessoas na rua. Não imaginas o que contigo possuo. O tempo restabelecido; as águas que de novo escoam.

Vi uma mulher com um véu preto entrar no prédio; não distingui nada dela, só uma sombra que avança. Alguns minutos depois ela saiu, desapareceu na esquina. Voltou com um cesto carregado, que eu não a tinha visto levar vazio. Tornou a sair logo em seguida; mas sem o cesto. Levava uma bolsa. Maquinalmente olhei para seus sapatos. Ela desapareceu na mesma esquina, na qual reapareceu quase em seguida, mas sem a bolsa; entrou no prédio. Eu me debrucei mais para vê-la entrar.

— Que leva e traz, hein?

Na fachada à minha direita, um homem de idade madura tomava de camiseta o sol da manhã, acotovelado nos balaústres de ferro forjado da sua janela aberta. Observava como eu as gaivotas no Saône e as pessoas na rua.

— É mesmo. Ela não para.

— Elas não param. No plural, rapaz, no plural. São várias. Essa mulher embrulhada que vai e vem faz um tempo são várias mulheres. Elas moram no grande apartamento do primeiro andar.

— Juntas?

Olhou para mim com um ar de quem tem dó. Inclinou-se sobre sua balaustrada de ferro descascado, para me falar a meia-voz.

— O fulano do primeiro andar, o de barba, vive com todas elas. É polígamo.

— Oficialmente? Ninguém pode se casar várias vezes, salvo engano...

— Mas é como se casasse. Ele vive com todas, nem se sabe quantas. É polígamo.

— Vai ver que são irmãs dele, a mãe, as primas...

— O senhor é de uma ingenuidade que beira a tolice! Ou o fascínio. São suas mulheres, estou dizendo, casadas à maneira deles, do jeito que eles querem, eles não seguem as regras. Cada uma pretende ser a única, elas recebem benefícios sociais por isso, benefícios indevidos. Fizemos petições, cartas a quem de direito, para que sejam expulsos.

— Expulsos?

— Do prédio; e da França, aproveitando o embalo. São insuportáveis esses costumes.

O polígamo apareceu na rua, barbudo de fato, sorridente, na cabeça um solidéu de renda, trajando uma túnica branca; um passo atrás caminhava uma sombra flutuante.

— Lá vem ele — reprimiu-se o vizinho.

Antes de entrar olhou para cima e nos viu. Sorriu para nós com um ar estranho; irônico. Abriu a porta para a sombra de contornos vagos que o acompanhava, cedeu-lhe a vez, olhou para nós de novo com o mesmo sorriso zombeteiro e entrou. O vizinho a meu lado na fachada, debruçado como eu à janela, se reprimiu, balbuciou "fora com eles", com ruídos líquidos porque babava um pouco, de raiva.

— Viu como ele debocha? Quando o GARFAR estiver no poder, vão achar graça em outras paragens. Os sorrisinhos de través vão acabar. Será fora daqui para todos.

— O senhor imagina o GARFAR no poder?

— Sim. O mais depressa possível. No GARFAR tem gente que enxerga as coisas e ousa dizê-las.

— Como Mariani? O senhor acha que Mariani enxerga as coisas com clareza?

— O senhor conhece Mariani?

— Conheço, um pouco. E em matéria de enxergar e de dizer, temo que não tenha nem pé nem cabeça.

— Estou pouco me lixando. Só sei que ele bate com o pau na mesa. Precisamos disso: de gente que bate com o pau na mesa. Para mostrar que não estamos de brincadeira.

— Ah, não estar de brincadeira, ele não está mesmo. É uma pena, até.

— Temos de mostrar para eles. É só o que eles conhecem. Afinal não vamos suportar isso.

— Isso?

— Isso.

Saiu de novo o vizinho de baixo com duas sombras flutuantes da mesma altura, impossíveis de distinguir, ele caminhava bem ereto, todo de branco, e elas atrás. Após alguns passos, ergueu a cabeça, olhou de novo para nós, eu e o vizinho à janela, com aquele olhar zombeteiro; seu sorriso se alargou, ele parou e tranquilamente nos mostrou a língua, depois desapareceu na esquina acompanhado por suas duas sombras.

— Está vendo? Era o que eu dizia. É polígamo, estou dizendo, debaixo do nosso teto; ele afronta a gente.

— Dá inveja, não dá?

Ele me fitou com um olhar fulminante, se reprimiu, e fechou brutalmente a janela. Fiquei sozinho contemplando o Saône, nu em pelo ao sol da manhã; eu te esperava na tua casa, meu coração.

Salagnon tinha me dito: com "eles" a coisa sempre acaba na rivalidade, em quem corta o pau de quem, quem eletrocuta o pau de quem, quem foderá com quem. Nós nos desejamos demais para nos separar, nós nos parecemos demais para nos afastar. Se o GARFAR estivesse no poder, quem poríamos para fora? Os que têm cara de? E quem seria o "nós" que poria para fora? Os que se sentem unidos pelo sangue? Mas que sangue? O sangue derramado? Mas o sangue de quem?

Lá, me dizia Salagnon, havíamos tentado manter um equilíbrio ignóbil. Nós nos obstinamos, misturamos todo mundo, para que aquilo dissesse respeito a todos nós. Lá, nos deram rédeas largas, tínhamos carta branca, e comprometemos todo mundo; cuidamos que cada um arrancasse um pedaço da vítima. Nós. Já faz um instante que falo como Salagnon. Já faz um instante que resvalo na forma gramatical do relato de Salagnon. Mas como não o fazer? Nós envolvemos todo mundo. Nós. Não posso dizer quem era "nós" no início, mas se tornou todo mundo. Todo mundo tem sangue até o pescoço, todo mundo tem a cabeça enfiada na banheira de sangue até saciar a sede, até não respirar mais, até vomitar. Nós enfiávamos mutuamente nossa cabeça na banheira de sangue. E depois, ao ouvir o apito, fizemos como colegiais pegos com a boca na botija, saímos assobiando, mãos nas costas, olhando para o outro lado; fizemos como se nada tivesse acontecido; como se eles é que tivessem começado. Cada um fingiu voltar para casa porque já não se sabia direito quem se era, não se sabia mais agora o que era "casa". A França estreita nos continha, comprimidos uns contra os outros, não dizíamos nada, procurando não olhar para quem estava presente; e para quem não estava mais. A França saía da História, nós decidimos não nos interessar por mais nada.

Quando o GARFAR apareceu e começou a monopolizar a atenção, nós, os doces idiotas da classe média, o tomamos por um grupinho fascista. Podíamos representar novamente as cenas fundadoras, podíamos "entrar em resistência" como ao longo de páginas e mais páginas o Romancista contava. Fizemos passeatas. Nós o tomamos como o inimigo, quando ele apresentava um espetáculo de peidômano para desviar a atenção. Punha em cena a raça, mas a raça não passa de um peido, vento, maus modos ligados a uma má digestão, uma conversa incoerente que dissimula o que não queremos ver, a tal ponto é pavoroso porque diz respeito a todos nós, doces idiotas da classe média. Quisemos tomar o GARFAR por um grupinho racista, quando é bem pior: um partido ilegalista, um partido do entre-nós e do uso da força, de que a colônia foi a utopia realizada. A vida real da colônia, feita de falsa bonomia e verdadeiras bofetadas, de arranjos entre homens e de ilegalismo aplicado a todos, é o verdadeiro programa do GARFAR, partido fantasma que voltou nos navios de 1962.

Mas quem somos então? isso não se pergunta. A identidade se crê, se faz, às vezes se lamenta, mas não se diz. No instante em que se abre a boca para dizê-la, alinhavam-se asneiras; não há uma palavra a seu respeito que não fuja da razão; se insistimos, tomamos emprestadas as formas do delírio. A separação das raças, perfeitamente irracional, perfeitamente ilegal, não tem nenhum critério para dizê-la, mas todo mundo a pratica. É trágico: nós a sentimos e não podemos dizê-la. O peido não significa nada. Ele não é mais que o romance para dizer a identidade, e ele mente. Pensa-se nela, e pensa-se em vão, porque a identidade por ela mesma tende à idiotice; ela é idiota, sempre, porque ela quer ser, ela mesma, por si mesma; ela quer ser por si mesma, que idiota. Isso não leva a nada.

Se alguém der ouvidos ao rumor, poderá crer que a identidade daqui é a dos franceses do Berry; uma identidade de terra fértil e de florestas úmidas, identidade de outonos e de chuvas, de brotos pálidos e de chapéus de feltro, de montes de estrume atrás da fazenda e de campanários de ardósia que ameaçam furar o céu. Poderá acreditar que na identidade daqui o Mediterrâneo não penetra por nenhum lado. Não é incrivelmente falso e tolo se reduzir ao reino de Bourges? Se o Mediterrâneo está ali! O Mediterrâneo em todas as suas formas, o Mediterrâneo visto de longe, o Mediterrâneo aos nossos pés, o Mediterrâneo visto do norte, o Mediterrâneo visto do sul, e também o Mediterrâneo visto de lado, visto de toda parte e dito em francês. Nosso Mar. O rumor nos reduz ao reino de Bourges, mas ouço vozes que falam em francês, com fraseados diversos, sotaques estranhos, mas em francês, compreendo tudo espontaneamente. A identidade é perfeitamente imaginária. A identidade não passa de uma escolha de identificação, efetuada por cada um. Crê-la encarnada, na carne ou no solo, é entrar nessas loucuras que fazem crer na existência, fora de si, do que agita a alma.

Sentimos os distúrbios. Não sabemos quem exatamente, mas alguém os provoca. Estamos muito apertados na França estreita, sem saber exatamente quem, sem ousar olhar, sem dizer nada. Fomos postos fora da História, seguindo os sábios preceitos do Romancista. Não deveria acontecer nada; e no entanto... Procuramos quem, entre nós, encerrados na França estreita, provoca distúrbios assim. É um mistério de entre quatro paredes, o culpado tem de estar lá. Giramos em torno da raça sem ousar dizê-lo. Chegamos ao ponto de considerar as diferenças de religião diferenças de natureza. A raça é um peido, o ar da França estreita se torna irrespirável; os distúrbios continuam. A origem das violências é tão mais simples, tão mais francesa, mas repugna ver nua essa verdade. Prefere-se assistir aos espetáculos dos peidômanos e, na sala, se digladiar entre adversários e partidários dos peidos. Existe aqui um gosto profundo pela querela literária que descamba para a refrega.

A origem dos distúrbios, aqui como lá, outra não é que a falta de consideração, e também que a repartição desigual das riquezas não cause escândalo. Essa razão é perfeitamente francesa, e essa guerra lá foi francesa de cabo a rabo. Eles se pareciam demasiadamente conosco para continuar a viver no lugar que lhes deixávamos. Do mesmo modo, a rebelião que vem se fará em nome dos valores da república, valores um tanto dissolvidos, corroídos que são pela importância dada à linhagem, pela desigualdade ilegal, mas valores sempre desejados pelos que, mais que qualquer outra coisa, querem viver aqui. Aqui como lá se faz a guerra entre nós que nos parecemos tanto, e buscamos furiosamente tudo o que poderia nos separar. A classificação das fisionomias é uma operação militar, a dissimulação dos corpos é um ato de guerra, uma recusa explícita de toda paz que não seja a eliminação do outro. O campo de batalha das guerras civis é o aspecto do corpo, e toda a arte da guerra consiste no mau-trato dele.

Vi Mariani na primeira página do *Le Progrès*, mas eu talvez tenha sido o único, porque a foto não tinha a intenção de mostrá-lo. *Le Progrès* é o jornal de Lyon, ele afirma a quem quiser lê-lo, em cartazes, em letra miúda acima da manchete, em letra graúda nos ônibus: "se for verdade está no progresso". Mariani estava no progresso, na primeira página, no canto de uma grande foto que mostrava a polícia de Voracieux-les-Bredins. Eles posavam, orgulhosos e atléticos em seu uniforme militarizado, os quadris cortados por um cinturão de armas, a calça apertada na canela pelas botas de paraquedista. Mãos nas cadeiras, mostravam sua força. O artigo citava largamente os discursos, que eram verdadeiros ditirambos à força recuperada. "Contra a delinquência e os incivilizados, uma nova polícia. Responder golpe por golpe. Marcar novamente presença nesses locais ao pé dos prédios aonde a polícia não vai mais, onde, caindo a noite, o estado de direito não existe mais, voltar às alamedas, às garagens, às escadas, portas e entradas, às praças e bancos públicos, que são, caindo a noite, e agora de dia, o território de sombras agressivas pairando nos vapores permanentes do haxixe. Tráfico. Violência. Insegurança. Lei ancestral dos chefes à sombra dos espigões. Há que bater forte, brandir a força pública. Tranquilizar os verdadeiros cidadãos."

A foto não mostrava Mariani: ela mostrava em página inteira do *Le Progrès* a nova polícia de Voracieux-les-Bredins, a polícia municipal forjada pela vontade, equipada para o choque; mas Mariani estava ali, em tamanho reduzido, entre as pessoas que se apinhavam em torno do grupo dos homens de azul, em torno dos atletas da ordem que posavam para mostrar a força, eu o reconhecia. Ele assistia à apresentação da tropa de choque; pela primeira vez na França, municipal. Não se via seu rosto, não citavam seu nome, ninguém sabia quem ele era, mas eu sabia muito bem o seu papel. Havia reconhecido na multidão à paisana seus óculos crepusculares, seu bigode antiquado, seu horrível paletó xadrez, e ele ria. A fotografia havia registrado seu riso apenas visível na multidão, mas eu conhecia seu papel. Ele o sabia muito bem, o seu papel, ria silenciosamente na multidão que rodeava a polícia.

Comprei o jornal, levei-o comigo, mostrei-o a Salagnon que na mesma hora encontrou Mariani na multidão comprimida em torno dos homens fortes, desses homens que a França parece produzir em abundância e lançar na refrega sem pensar. Quantos serviços de polícia militarizados, privados, municipais, estatais existem, quantos homens de uniforme cada vez mais bem treinados para o choque? Quantos homens fortes, na França, cuja força está pronta, e mal dirigida?

O guarda civil com seu cassetete branco, sua gordura, sua pelerine enrolada no braço para aparar os golpes faz parte de um passado que a gente nem compreende mais: como é que eles faziam para manter a ordem sem armas incapacitantes, sem armas ofensivas, com uns senhores pouco paramentados que não sabiam correr e mal sabiam combater? Nem dá para acreditar. As companhias republicanas de segurança, superequipadas, supertreinadas, supereficazes, cuidam de tudo, de diversas tarefas, de rebeliões e de injúrias, percorrem a França em micro-ônibus blindados, apagando como princípios de incêndio o início dos distúrbios, intervindo em toda parte, desencadeando incêndios e apagando outros tantos, são chamadas depois, tarde demais, elas vêm para salvar, como vinha a reserva geral, quando já se tem um pé no caos. Oh! Mas como sabem agir! De três em três atrás dos seus escudos de policarbonato, um suporta o choque, o outro o ampara, o terceiro empunha o cassetete e se prepara para irromper em contra-ataque, pegar o delinquente, arrastá-lo para a retaguarda. Sabem combater melhor do que ninguém, sabem manobrar, são chamados; eles vêm, veem, sabem vencer. Deslocam-se por toda a França como legiões. Apagam o fogo, e o fogo torna a se acender nos lugares de que eles se retiram. Eles são a elite, a polícia de choque, são muito pouco numerosos. Se se concentram, perdem terreno; se se dispersam, perdem a força. Então precisam treinar mais, ser mais rápidos, bater com mais força ainda.

— São tão bonitos quanto éramos — suspirou Salagnon —, têm tanta força quanto tínhamos, e isso também não servirá para nada. Também são tão pouco numerosos quanto éramos, e os que eles perseguem escaparão sempre, na selva das escadas e dos porões, porque existe uma reserva infinita desses, produzem tantos deles quantos capturam, capturá-los os produz. Viverão o fracasso como nós vivemos, o mesmo fracasso desesperador e amargo, porque nós tínhamos a força.

Houve violências. No início uma coisa à toa, um assalto, um cassino, assalto a um estabelecimento que sabe que vai ser assaltado e que toma medidas contra essa intempérie, não uma simples padaria. Um cara tinha virado bandido. Queria pegar o dinheiro lá onde o amealhavam, não tinha vontade de trabalhar para obtê-lo gota a gota. Isso se explica sem dificuldade na lógica liberal, sem se aborrecer, sem moral: trata-se apenas da apreciação por um ator econômico racional do balanço de perdas e ganhos. A coisa acabou mal. Depois de uma perseguição e de uns tantos tiros, o bandido foi morto. Poderia ter ficado nisso, mas foi assinalada a sua linhagem; de comum acordo, em toda parte, falaram da sua linhagem. Bastava dizer seu nome e seu sobrenome, isso designava sua parentela. Desse bandido morto, estendido no chão de um conjunto habitacional com uma bala no corpo, fizeram um deles; de um problema que pertence sobretudo à microeconomia, fizeram um sobressalto da História. Para isso, todos estavam de acordo. Eis o que se pensou: eles estão vindo; eles estão vindo com armas na mão retomar as riquezas acumuladas no centro da cidade.

É que a repartição da riqueza no mundo em que vivemos não é tão óbvia assim: nada é ligado aos esforços que as pessoas fazem. Então, o que um ganhou, pode-se perguntar se não roubou; e o que um não tem, este um pode imaginar ter de tomá-lo. E quando se reconhece os pobres pelo seu rosto, pela pronúncia do seu nome, teme-se que uma parentela queira se apossar do que uma outra lhe teria tomado. Pode-se acreditar que certa forma de rosto, que parece ser um parentesco, queira pedir reparação. Isso tende a se resolver pelas armas, mas poderia se resolver pelo sexo. O sexo, em três gerações, tornaria imprecisos os rostos e misturaria os parentescos, deixaria intacta apenas a língua, mas se prefere as armas. As mulheres são cobertas de panos negros, postas dentro de casa, escondidas, e exibem-se armas. As armas dão o gozo imediato da força. Os efeitos do sexo se fazem esperar demais.

Houve violências. Começou com uma coisa à toa. Um assalto, num mundo em que um homem pode mostrar ostensivamente que sua fortuna vale a de mil outros, a de cem mil outros; num mundo em que o dinheiro é ostentado como uma zombaria, em que as distâncias para ir meter a mão não são tão grandes, em que as armas não são compradas muito caro. O assalto é uma solução simples, uma atividade racional e realizável, fazem filmes sobre isso. Mas em nosso mundo tem outro elemento: as linhagens se reconhecem pelos rostos. Todo problema social é duplicado instantaneamente por um problema étnico, que é reduplicado por um mal-estar histórico. As violências explodem, basta uma faísca. A rebelião fermenta; a rebelião agrada, a rebelião virá.

Começou com uma coisa à toa: um assalto. Um homem tinha virado bandido, queria meter a mão, foi morto. Se só tivesse se tratado de dinheiro, não se teria mais falado no assunto. Mas assinalaram sua linhagem. O assalto seguido de uma perseguição desencadeou o estado de sítio. Houve violências: várias noites de agitação e de insônia, de clarões de incêndio sobre as altas fachadas dos espigões, de latões de lixo que se inflamam, de carros que pegam fogo e explodem quando o calor vem lamber seu tanque de combustível; houve várias noites de pedras voando sobre os bombeiros vindos para apagar as chamas, de parafusos pesados se abatendo sobre os policiais vindos para proteger os bombeiros, restabelecer a calma, dissolver o trombo que ameaça a cidade de sufocação; os jatos de objetos crepitavam na noite clareada pelas fogueiras de gasolina, se chocando nos escudos levantados e nos capacetes, num martelamento perigoso de granizo de aço; e houve tiros, vários na noite disparados com uma falta de perícia insigne, tiros que não mataram ninguém, mal feriram, menos que um parafuso atirado com uma funda, que teria estourado um crânio, quebrado uma mão, mas um tiro é outra coisa. Os jovens vindos em coluna blindada não estavam lá para isso, não estavam lá para ser alvo; eles eram atléticos e eficientes, treinados, mas civis. Apreenderam, deram batidas, revistaram sem consideração, jogaram no chão e passaram algemas de plástico, levantaram agarrando por debaixo das axilas e enfiaram nos furgões de janelas protegidas por grades. Faziam isso à perfeição, acabavam de sair do treinamento, esses jovens; a maioria dos homens que intervêm nessas cidades da periferia são muito jovens, se iniciam na carreira, conhecem os equipamentos, os procedimentos, as técnicas, porém menos o homem. Chegam em coluna blindada no fragor dos incêndios e das pedradas, fazem prisioneiros, fazem estragos e vão embora. Pacificam. Nós temos a força. Nossos reflexos nacionais são armados como armadilhas para lobos.

Nos dias que se seguiram, seis jovens foram presos por denúncia, todos foram soltos no dia seguinte, não havia provas, não eram fichados, denúncia anônima. A rebelião engrossou; a rebelião agrada. Policiais militarizados saíam do seu micro-ônibus blindado usando escafandro de intervenção, protegiam-se dos parafusos e das pedras, prendiam os que não corriam suficientemente depressa. A rebelião continuava. É inútil ser tão forte. O uso da força é absurdo, porque a natureza do mundo é líquida; quanto mais se golpeia, mais ele endurece, quanto mais forte se bate nele, mais ele resiste, e se se bater ainda mais, é-se esmagado contra ele. Nossa própria força produz a resistência. Pode-se, claro, sonhar com destruir tudo. É o desfecho sonhado da força.

Acumular dinheiro cria um bandido, abater um bandido deflagra uma rebelião, reprimir a rebelião atinge tão profundamente o país que parece serem dois, dois países no mesmo espaço travando uma luta mortal para se separar. Somos tão entrelaçados que procuramos qualquer coisa que nos separe. Decretaram o toque de recolher. Exumaram um decreto de lá, empregá-lo era um jorro de gasolina no fogo dos distúrbios. Acusaram bandidos estrangeiros de terem provocado a rebelião, mas os que eram pegos nas perseguições noturnas não eram nem estrangeiros nem bandidos, só decepcionados. A estes se tinha feito a promessa de que seriam semelhantes, a lei lhes dava a garantia de serem semelhantes, e eles não são. Porque ao vê-los, sabe-se bem a dessemelhança. Prendiam com base na fisionomia jovens comuns, instruídos, querendo a qualquer preço participar da França, e eles viviam em suas periferias por razões mal formuladas de que não conseguimos nos desfazer. Não sabemos que nome lhes dar. Não sabemos quem somos. Isso, vai ser preciso que alguém escreva.

Quando me convidaram para a pesca, tive um momento de surpresa. O que os fez rir.

— Te espanta, a pesca? Afinal somos vovôs. Então também devemos ter nossas atividades de vovôs. Ficamos no meio do rio, esperamos sem nos mexer o peixe vir. Isso nos alivia do tempo que passa, nos consola do tempo passado; e do tempo por vir, a gente se lixa: ele vem tão devagar quando a gente está no barco que poderia não chegar. Venha conosco.

Mariani fez dois de seus rapazes porem seu bote inflável no Ródano, numa praia de cascalho onde o 4 x 4 e o reboque podiam se aproximar da água verde e de suas marolas. Entramos no bote de borracha, carregamos a bordo cestos de plástico, linhas, bebida e comida para um dia, e até um pouco mais. Sentamos no tubulão inflado, todo o equipamento era verde-militar, se erguia um sol fresco mas claro, tiramos nossas jaquetas impermeáveis. A luz suave aquecia tudo o que tocava. Mariani deu partida no motor e deixamos os dois rapazes na margem, com o 4 x 4 e o reboque. Eles ficaram vendo nos afastarmos, de mãos nos bolsos, dando chutinhos nos seixos redondos.

— Eles vão ficar lá?

— Vão nos esperar. Sabem que na guerra o que mais se faz é esperar, como fazíamos nos buracos cavados na selva ou deitados atrás de pedras escaldantes. Estão treinando.

Descemos o Ródano margeado de florestas galerias. Os prédios de linhas nítidas se erguiam em branco acima das árvores. Sob a folhagem projetando-se acima da água avançavam praias de seixos. Uns senhores vinham até a beira d'água e ali permaneciam de pé. Tiravam o capote, abriam a camisa, alguns ficavam de torso nu. Os olhos semicerrados, eles se deixavam tingir de rosa e ouro pelo sol ameno. Formavam uma estranha assembleia de banhistas, parcialmente despidos e silenciosos. Mariani acelerou bruscamente. Nós nos agarramos ao tubulão, o bote disparou, arqueado, deixando atrás de si uma esteira que parecia uma trincheira na água. Passou rente à praia, virou bruscamente, e uma grande onda aspergiu os senhores parados ali, que saíram em debandada. "Galinhas molhadas!", berrou virando-se para eles; e isso o fez rir.

— Pare, Mariani — disse Salagnon.

— Não suporto eles — resmungou o outro.

— É ilegal — sorriu Salagnon.

— Estou cagando para a legalidade.

Voltou para o meio do rio e conduziu em linha reta, descendo a correnteza num grunhido de motor, o bote dando pequenos saltos na água que tinha ficado dura.

— De quem vocês estão falando exatamente?

— Se você não sabe, não precisa saber, como muitas outras coisas.

Os dois se riram. Atravessamos Lyon à flor da água, Mariani pilotava segurando com firmeza o motor, as pernas bem fixadas no fundo, Salagnon e eu agarrados às cordas das laterais. O bote de borracha roncava, funcionando a toda, seguíamos sem choques, vencíamos o espaço sem resistência, éramos fortes e livres, íamos nos lançar sobre nossas presas, os peixes, tão vivamente quanto os martins-pescadores. Atravessando a confluência, subimos as águas mais calmas do Saône por vários quilômetros. Paramos no rio imóvel entre duas linhas de árvores. Grandes casas de pedra dourada olhavam para nós com seu ar antigo, tão calmo; grandes propriedades burguesas enlanguesciam à beira de seus gramados. Pescamos. Demoradamente, em silêncio, cada qual a seu modo. Nós púnhamos iscas, Salagnon plocou. Não sei qual é o termo, ele bateu na água com um cano vazio que fazia a cada batida um ploc sonoro que ecoava na água. O ploc atraía os peixes, todos os que, entorpecidos, rastejavam no lodo. Eles acordavam, subiam e mordiam o anzol sem pensar. Todos pescávamos, conversávamos preguiçosamente, de pouca coisa. Um suspiro de satisfação podia dizer tudo. Os dois se entendiam bem, pareciam se compreender sempre, riam de uma só palavra pronunciada de certa maneira. O que eles se diziam era sibilino, alusivo, e eu não compreendia porque as raízes da minha língua não mergulhavam em tal profundidade de tempo. Então eu lhes fazia perguntas, explicitamente, sobre aquilo que tinha sido. Eles me responderam, depois continuamos a pescar. Comemos, bebemos. A luz suave nos mantinha aquecidos sem nunca nos assar. O volume da nossa pescaria era ridículo. Mas esvaziamos todas as garrafas que tínhamos trazido.

— E o alemão, que fim levou?

— Morreu lá, com o resto. O material, as pessoas, tudo era de segunda mão, e nada se aguentava de pé; tudo desaparecia depressa. Fizemos uma guerra de belchiores com a sobra das outras aventuras, com armas americanas, soldados fugitivos de outros exércitos, uniformes ingleses reformados, resistentes desocupados e oficiais de sobrenome nobre sonhando com feitos de bravura: tudo era material usado, que não prestava mais em outras partes. Ele morreu na própria merda, aonde seu destino o conduzia. Estava em Dien Bien-Phu, defendia uma trincheira com seus legionários teutônicos, resistiu aos morteiros e aos ataques, foi pego com os outros quando o entrincheiramento caiu. Levaram-no para a selva, morreu de disenteria num dos campos de prisioneiros deles. Morria-se depressa nesses campos improvisados, pouco vigiados, morria-se de fraqueza, de desnutrição, de abandono. Pegavam-se doenças tropicais, comia-se arroz e folhas, às vezes peixe seco.

— Vocês foram prisioneiros?

— Mariani, sim. Eu não. Ele também foi pego em Dien Bien-Phu, mas sobreviveu. O rapazola do começo havia endurecido, tinha se tornado um furioso, isso ajuda a não soçobrar. Assisti à sua volta, quando nos devolviam os prisioneiros, não muitos, esqueletos: ele marchava atrás de Bigeard e Langlais, magro e com olhos de doido, mas a boina bem presa na cabeça, inclinada como nas paradas; e todos juntos eles marchavam apesar de estarem a ponto de cair, ele descalço no caminho de terra, diante dos oficiais vietminhs que não deixam transparecer nada. Ele queria lhes mostrar.

— Eu estava em forma quando fui pego. O alemão também, mas ele vivia em lugar nenhum fazia muito tempo. Já estava farto, acho, entregou os pontos. Os caras que ficavam sozinhos esperando, sem nada em que se agarrar, morriam depressa. Eu me alimentava da cólera.

— E o senhor, Salagnon?

— Eu? Quase fui. Apresentei-me como voluntário para me juntar a eles. Fomos uns tantos pedir para participar da batalha, logo antes do fim. Com uma inconsequência esplêndida, aceitaram nosso pedido. Eu estava previsto para a última troca, estávamos na pista, paraquedas nas costas e capacete na cabeça, a metade de nós nunca havia saltado. Subíamos à carlinga quando o motor parou. Enguiço. Tivemos de descer. Quando terminaram de consertá-lo, Dien Bien-Phu havia caído. Lamentei por muito tempo.

— Lamentou? Não ter sido feito prisioneiro, ou morto?

— Sabe, entre todas as babaquices suicidas que cometemos, essa foi a mais enorme. Mas era a única de que podíamos não nos envergonhar. Sabíamos que o reduto ia cair, a aviação não podia fazer nada, a coluna de socorro não chegaria, mas às dezenas nós nos apresentamos como voluntários para ir lá, para não os deixar entregues à própria sorte. Não tinha nenhum sentido: Dien Bien-Phu estava perdida, sem alternativa, e uns caras se levantavam, dirigiam-se às bases aéreas e pediam para ir. Gente que nunca tinha saltado de paraquedas pedia apenas que lhes dissessem como era para fazer. O comando, inebriado com esses vapores de bravura, autorizava essa babaquice final, fornecia paraquedas e aviões, e vinha nos ver partir em posição de sentido. Não nos restava mais grande coisa, depois dos anos de guerra, fora isso: naqueles países havíamos perdido todas as qualidades humanas, não nos restava mais nada da inteligência e da compaixão, não nos restava nada a não ser a *furia francese*, levada ao extremo. Os oficiais superiores, com seu quepe dourado e todas as suas condecorações, vinham à beira da pista, se alinhavam em silêncio e saudavam os aviões que decolavam, cheios de gente que havia comprado um bilhete de ida simples para os campos de batalha da selva. Queríamos morrer juntos, isso teria apagado tudo. Mas infelizmente sobrevivemos. Voltamos mudados, a alma amarfanhada com pregas pavorosas, impossíveis de endireitar. Os viets simplesmente nos puseram na floresta, nos alimentando pouco, mal nos vigiando, e nós nos víamos definhar e morrer. Aprendemos que a alma mais firme pode se destruir por si mesma quando se acabrunha.

Calou-se por um momento porque sua linha tremia. Puxou-a um pouco depressa demais, e o anzol reapareceu sem nada. O peixe tinha comido a isca e voltara se deitar no fundo de lodo, sem que o víssemos. Ele suspirou, pôs nova isca, e continuou tranquilamente.

— Claro que nos atiramos na boca do lobo, mas era para ele fazer a festa. Aquilo tinha de acabar; buscávamos o choque, nós o provocamos. Ele aconteceu e nós perdemos. Tudo repousava num blefe, um golpe único que decidiria tudo. Fomos para a montanha longe de Hanói, servir de iscas. Tínhamos de nos mostrar fracos o bastante para que eles viessem, e fortes o bastante para que uma vez vindos nós os destruíssemos. Mas não éramos tão fortes quanto havíamos pensado, e eles bem mais fortes do que estimávamos. Tinham bicicletas que empurravam na selva, eu as vi, mas ninguém nunca quis acreditar em mim; minha história de bicicleta arrancava grandes risadas. E enquanto nossos aviões tinham tanta dificuldade para nos ajudar, cegos pelas brumas e incomodados pelas nuvens, as bicicletas deles passavam pelas trilhas das montanhas, levando para eles arroz e munições que os tornavam inesgotáveis. Não tínhamos tanta força. Não passávamos de um exército de belchiores, não tínhamos muitos meios, nem máquinas suficientes, então lançamos lá o que tínhamos de melhor: nós, as belas máquinas humanas, a infantaria ligeira aerotransportada; descemos do céu nas trincheiras de lama, como em Verdun, para sermos sepultados ali até o último homem. Fomos pegos, entregamos os pontos, partimos. Bons jogadores, apesar de tudo. Mas eu não estava entre eles. Sobrevivi. Mais valia que tivéssemos perdido tudo; a continuação não teria acontecido, teríamos ficado limpos, lavados por nossa morte. É o que lamento. É absurdo.

A luz se tornava mais densa, atravessando as casas de pedra dourada esculpidas num mel translúcido, a noite se anunciava.

— E seu pai?

— Meu pai eu não vi mais, depois de 1944. Soube da sua morte quando estava na Alta Região, por uma carta da minha mãe que levou meses para chegar, toda amarrotada, as beiras gastas pelo atrito, a tinta lavada em linhas inteiras como se ela houvesse chorado ao escrever, mas eu sabia que era o clima das selvas onde eu estava. Um troço súbito no coração, acho. Não me fez um grande efeito saber que ele tinha morrido. Minha mãe, eu revi depois da Argélia, pequenina e emagrecida, e ela não se lembrava de nada. Viveu alguns meses num asilo onde ficava sentada sem falar, sem expressão, os olhos um pouco exorbitados e vagos; seu cérebro degradado não guardava nada, ela morreu sem saber. Nunca havia procurado revê-los. Tinha medo.

— Medo? O senhor?

— Nunca quis me virar, nunca quis olhar para trás. Para ir aonde? Encontrar aqueles cuja morte eu provoquei? Eu seguia em frente. Mas o pai, infelizmente, é programático; aquele cujo sangue trazemos já traçou a trilha por que passaremos. Nós a seguimos sem saber; acreditamos apenas tomá-la e não saímos dela; a não ser que empreendamos a grande custo obras de terraplenagem. Eu me pareço com ele, nossos rostos se superpõem; eu tinha medo de, olhando para ele, perceber meu fim. Esse circo em que viveu me enojava: brincar com as regras, brincar com as palavras, se justificar, tudo isso eu não quis aprender. Foram necessárias três guerras para eu me afastar da trilha, e não sei se fui muito longe. Creio que a pintura me salvou. Sem ela, como Mariani, eu teria comandado um mundo diminuto, janelas fechadas, onde reina o sonho da força.

— Seu mundo também não é lá muito grande — resmungou Mariani. — Uma folha de papel! Eu não o quereria pra mim.

— Eu queria apenas não estar aonde me levavam.

— É por isso que levou uma vida de aventuras? Uma vida de que poderia ter orgulho?

— Não tenho orgulho de nada, à parte de estar vivo. Fiz o que fiz; e nada pode fazer que isso não seja assim. Não sei verdadeiramente o que vivi. Há coisas que nós mesmos não podemos dizer.

— Salagnon não é um aventureiro — interveio Mariani. — É apenas um sujeito que tem dor na bunda.

— O quê?

— Quando ele fica sentado muito tempo, quer desentorpecer as pernas. Em outros tempos, esporte e algumas viagens bastariam. Ele poderia ter sido alpinista ou etnólogo, mas foi adulto durante aquele curto momento em que, sem más intenções, a gente podia manejar armas. Antes, era lamentável, e depois, foi vergonhoso; pelo menos na França. Nascendo mais cedo ou mais tarde, ele teria tido outra vida. Teria talvez sido pintor, mas pintor mesmo, e eu não o teria gozado, teria admirado seus gostos delicados.

— E o senhor?

— Oh, eu... a certa altura, senti a necessidade do confronto. Talvez quando corríamos na selva com os viets atrás de nós. Desde então, estou furioso.

Salagnon deu uns tapinhas amáveis em seu braço.

— Sua fúria faz você fazer papel de bobo, mas você deve sua vida a ela.

— É por isso que não quero curá-la.

Pescamos. Descíamos lentamente o Saône, a noite caía. Veio a rebelião. Houve sirenes, incêndios se acenderam e se refletiram na água imóvel. Mariani nos deixava derivar sem motor, seguíamos ao sabor da corrente muito lenta, eu descia o rio que se avermelhava em companhia de dois vovôs pescadores. Ouvíamos o barulho abafado dos disparos de bombas de efeito moral e o estalo mais nítido do seu impacto.

— Lembra desse barulho, Mariani? O puf do disparo, a gente baixava a cabeça, segurava o capacete e esperava o projétil cair.

— Viu, acabou acontecendo. Não estou descontente por ter razão. Isso até me tranquiliza. A revolta vem aí.

— Não vai levar a nada. Alguns carros queimados, nada mais, um problema das seguradoras.

— Sabe o que seria bom? O bote virar e a gente morrer afogado esta noite. Assim poderíamos desaparecer sem brigar. Sem que um de nós tenha razão e o outro não. Seria melhor. É uma boa noite para nos reconciliarmos para sempre.

— Deixe de besteira, Mariani. O garoto está com a gente.

— Ele na certa sabe nadar.

— Não contamos tudo isso a ele para que desapareça conosco.

— Vamos deixá-lo em terra.

Eu tinha encontro marcado com ela, de todo modo. Eles me deixaram no cais, o bote partiu de novo devagar, afastou-se nas águas vermelhas, desapareceu atrás de uma ponte. Ela morava à beira do Saône, as janelas do seu quarto davam para as águas. O horizonte se avermelhava.

Eu me juntei a ti, meu coração, tu me esperavas. A água luzidia do Saône tremulava na noite, se retraía para passar sob as pontes e depois se expandia novamente, espelho negro; sua corrente tão poderosa e tão lenta o levava para o sul. Desde que te conheço, meu coração, sigo o curso dessa água, e sobre a sua pele negra e viscosa, sobre a sua pele impenetrável deslizavam os clarões vermelhos dos incêndios, deslizava o barulho das sirenes, deslizavam os clarões da rebelião, tudo deslizava mas sem nela penetrar.

Eu me despi para me aproximar de ti, mas queria te pintar. Estavas deitada na cama rente ao chão, braços cruzados detrás da nuca, teus olhos brilhantes aureolados de uma penugem de cisne, e tu me vias vir para junto de ti. Mostravas tuas formas plenas. Não havíamos acendido nenhuma lâmpada, a luz de fora nos bastava. Derramei a tinta numa tigela, uma tigela para esse uso encrostada de tinta seca como várias camadas de laca, como várias peles, como várias mudas. Seguro a tinta na mão quando pinto, porque pintar é como beber, e eu vejo assim o que meu pincel toma, vejo meu pincel tomar a tinta na tigela, bebê-la, controlo o que ele bebe e pinto. A tinta na tigela se evapora, se espessa, é preciso pintar sem se demorar. Os primeiros traços têm a fluidez de uma respiração úmida, de um beijo que se aproxima, mas depois o peso da tinta aumenta, ela cola mais, ela envisga os pelos do pincel, ela pesa, a gente a sente nos dedos e no braço e no ombro, os traços se fazem graves e, enfim, viscosa como um óleo mineral, espessa como um betume cobrindo o fundo da tigela, ela dá ao último traço um peso assustador de água de poço. Sabendo disso, eu te pintei primeiro com uma graça ligeira depois ganhei em gravidade. Pintei tuas formas plenas, pintei teu rosto de linha pura, o gesto arrogante do teu nariz, a massa arredondada dos teus seios assentados como duas dunas em equilíbrio, pintei tuas mãos repousadas, tuas pernas estendidas, teu umbigo como um ponto d'água na curva do teu ventre. Os reflexos do Saône tremulavam no teto, nas paredes, brilhavam em teus olhos que me viam te pintar; os reflexos vermelhos da rebelião que urrava lá fora estremeciam na superfície luzidia da minha tinta, bem na superfície, sem que nada pudesse nela penetrar. Minha tinta se espessava. Eu te pintei, a ti que olhavas para mim, com uma tinta que lentamente se tornava mais grave. Meu pincel mergulhava na tigela e não tomava nada das luzes vermelhas que deslizavam na superfície da tinta, e no papel ele não deixava nada delas, só o traço das tuas formas magníficas. Acabei. Eu havia figurado tua incrível cabeleira sem tocar em nada, havia deixado o papel intacto. Lavei o pincel, para que não secasse, para que pudesse continuar a servir, mais e mais, para que eu pudesse te pintar sempre.

Fui para junto de ti. Estava nu, havia pintado assim, meu sexo não me incomodava; ele repousava na minha coxa e eu o sentia pulsar. E quando me deitei perto de ti, ele se desenrolou e inflou e ficou duro. Esse contraste entre teus cabelos cinza e branco, penugem de cisne, e tua boca viva e teu corpo pleno, me comovia além de qualquer medida. Fui a ti, tomei-te em meus braços, tu me acolheste, entrei em ti.

Lá fora a rebelião continuava. Ouviam-se gritos, correrias desvairadas, choques, sirenes e explosões. Os reflexos vermelhos do Saône tremiam no teto. O rio espesso, sem nunca parar, continuava sua corrida. O fluxo de sangue escorre. As contas se apuram. Um rio escuro avermelhado pelo incêndio atravessava mansamente a cidade. Esse fluxo indiferente e ininterrupto me salvava. Eu gostava que o Saône se parecesse com sangue. Eu estava grato a Victorien Salagnon por ter me ensinado a ver o rio e a não temê-lo. Eu me inflava inteiro, meu membro também, eu estava pleno, e vinha em ti. Enfim, eu estava bem.

ESTA OBRA FOI COMPOSTA PELO GRUPO DE CRIAÇÃO EM ELECTRA E
IMPRESSA PELA PROL EDITORA GRÁFICA EM OFSETE SOBRE PAPEL PÓLEN SOFT
DA SUZANO PAPEL E CELULOSE PARA A EDITORA SCHWARCZ
EM JUNHO DE 2014